Alverall
Kemt
Solem
Levan

Laura Jane Arnold
Fiktive Landkarte
Deutschland
Frankreich
Schweiz
Österreich
Alanien
Italien

DAS GESCHWÄRZTE MEDAILLON

Für meinen Onkel und meine Tante,
die immer stärkend in meinem Rücken stehen.
Für meine Cousine und meinen Cousin,
die die Welt noch etwas phantastischer machen.

Für die Freunde, die unseren Weg begleiten
und unsere Geschichte formen.

Die Chroniken der Seelenseherin

Das Amulett der Seelentropfen (Band 1.)
Das Geschwärzte Medaillon (Band 2.)
Das Schmuckstück der Welt (Band 3.)

www.laura-jane-arnold.de
www.facebook.com/LauraJaneArnold.SeelenseherTrilogie
info@laurajanearnold.de

2015

Umschlagabbildung: © Laura Jane Arnold
Umschlaggestaltung: Laura Jane Arnold
Kreis: © olga4075 /Depositphotos.com
Ornamente: © lienchen020_2 /Fotolia.com.
Umschlaggestaltung: Laura Jane Arnold
Herstellung und Druck: Siehe Eindruck auf der letzten Seite

ISBN-13: 978-1522776284
ISBN-10: 1522776281

Laura Jane Arnold

DAS GESCHWÄRZTE MEDAILLON

DIE CHRONIKEN DER SEELENSEHERIN

Nicht den Tod sollte man fürchten, sondern dass man nie beginnen wird zu leben.

- Marcus Aurelius -

Prolog
Eine ganz unnormale Nacht

Ich spürte den kühlen Nachtwind ganz deutlich über meine Haut streifen, aber nicht er verursachte mir einen unheimlichen Schauer, der meinen ganzen Körper schüttelte. Die Nacht, die sonst so klar und undurchdringlich war, wurde von grünen Blitzen erschüttert. Sie zuckten über den Himmel und brannten sich in meine Augen. Wo ihr Schimmer noch Sekunden, nachdem er erloschen war, zurückblieb. Das, was ich sah, war nicht normal. Magie, soviel hatte ich im letzten Jahr gelernt, existierte. Sie existierte in der Welt und sie existierte in mir. Das, was ich erblickte, war Magie. Magie der finsteren Sorte. Magie, die das Amulett der Seelentropfen auf meiner Brust unheilverkündend zum Vibrieren brachte. Es zuckte mit jedem Blitz, der unweit von meinem Anwesen aus der Erde zu sprießen schien. Grüne Blitze. Noch nie hatte ich etwas Derartiges gesehen. Und in diesem Moment war ich die Einzige, die sie sah. Die Einwohner Amalens lagen alle in ihren Betten und ahnten nicht, wovon diese Nacht verkündete. Ich wusste, dass sie schliefen, weil ich eine Alverra war. Genauer gesagt war ich Janlan Alverra, Oberhaupt des Ordens von Alverra, Hüterin des Amuletts der Seelentropfen und vor allem war ich eine Seelenseherin. Ich konnte genau sehen, wie die Menschen, die ich als meine Nachbarn kannte, ruhig schliefen oder von Albträumen geplagt wurden. Ich sah ihre Seelenenergie leise und sachte pulsieren oder wild rasen.

Ich konnte jeder Seelenergie einen Namen zuordnen, ein Gesicht und eine Lebensgeschichte. Heute Nacht konnte ich sagen, dass niemand von ihnen die grünen Blitze erspähte oder das Gefühl wahrnahm, das sich in mir aufstockte. Es fühlte sich an, als würde ich beobachten, wie der Tod aus der Erde wuchs und sich nach dem Himmel streckte. Unwillkürlich schüttelte ich mich in der Hoffnung, dass diese Bewegung auch meine Gedanken vertreiben würde. Eine ganz andere Berührung verursachte einen erneuten Schauer, der meinen Körper überfiel: Wärme. Ich spürte, wie sich ein Arm um meine Taille legte und der andere mir sachte mein Pony aus der Stirn strich, die ohne, dass ich es bemerkt hatte, schweißgebadet war.

»Janlan, was machst du hier draußen?«

Mein Magen zog sich zusammen, als ich seine Stimme hörte und seine Berührung fühlte. Immer noch erschien es mir jedes Mal wie ein Traum. Ich erzitterte erneut, als ich seine warmen Lippen an meinem Hals spürte. Sie strichen sanft über meine Haut und verweilten dort für einen viel zu kurzen Moment. Noch vor wenigen Monaten hätte jede seiner Berührungen meinen Tod bedeutet. Craig war ein Seelengeist gewesen, als ich ihn in meinen Träumen das erste Mal traf. Schon damals dachte ich, welch ein schlechter Abklatsch einer Hollywood Teeniekomödie es gewesen war. Im wirklichen Leben kam so etwas nicht vor. Durch ihn war ich für eine kurze Zeit selbst zu einem Seelengeist geworden. Ein Zustand, der schlimmer als der Tod war. Es war so viel geschehen. So vieles, das so unvorstellbar schien, dass ich manchmal selbst nicht glaubte, dass es Wirklichkeit war. Dass ich Spuren davon zurückbehalten hatte. Spuren, die jeder sehen konnte und Spuren, die einen im tiefsten Innern verändern. Wie meistens glitten meine Augen an mir herab, ohne dass ich mich aus Craigs Umarmung löste. Sein Hemd, das ich trug, verbarg nur einen Teil dieser Überbleibsel. Rote Narben zogen sich immer noch über meinen Körper und berichteten von den Qualen, die ich während meiner Gefangenschaft beim Zirkel der Seelensammler erlitten hatte. Sie waren stumme Zeugen des Unwirklichen. Noch immer sah ich sie ungern an. Es war jedes Mal, als würde ein Teil von ihnen erneut aufbrechen und meinen Körper wieder mit diesen unerträglichen Schmerzen quälen, die nun alleine aus meinen Erinnerungen entstanden.

Eine Träne hatte sich aus meinem rechten Auge geschlichen und schimmerte in dem fahlen Mondlicht. Die grünen Blitze waren erloschen und nichts bewies, dass es sie jemals gegeben hatte.

Craigs Hand wischte mir die Träne so sachte weg, dass ich mir nicht sicher war, ob er mich dabei überhaupt berührte. Als er sprach, flüsterte er so leise, als wolle er nicht, dass die Welt mitbekam, was er mir zu sagen hatte.

»Janlan, es ist vorbei. Sie können dir oder Keira nichts mehr tun. Sie können niemandem mehr etwas tun. Du und Keira, ihr habt den Zirkel zerschlagen. Dank euch sind alle am Leben. Dank euch wird Alanien schon bald wieder Teil der Weltgeschichte sein.«

Keira Kanterra war meine beste Freundin und zufälligerweise auch meine Schützerin. Ganz alleine ihr verdankte ich die Tatsache, dass ich in diesem Moment atmete. Sie hatte mir mehr als einmal das Leben gerettet und dafür einen viel zu hohen Preis zahlen müssen. Wenn es einen Menschen gab, der selbst die verborgensten Winkel meiner Seele kannte, dann war dieser Mensch Keira. Sie war meine Familie geworden, als ich mit neun Jahren von meinem letzten Familienmitglied verlassen wurde. Seitdem hatte uns nichts trennen können. Nicht der Zirkel der Seelensammler, nicht einmal der Tod selbst. Keira, die in diesem Moment ebenfalls in ihrem Bett schlummerte und nicht einen einzigen grünen Blitz über den Himmel hatte zucken sehen, besaß eine Seelenenergie, die von einem so reinen Blau war, dass sie sich kilometerweit abhob. Sie wollte es mir nie glauben und entgegnete stets, dass ich mir das nur einbildete. Aber ich wusste es besser. Am Ende war es Keira gewesen, die den Seelentropfen, den ich nicht hatte zuordnen können, der Person zurückgab, die ihn so dringend gebraucht hatte. Mir. Ich war diese Person gewesen.

Craigs warmer Atem kitzelte in meinem Nacken, als er mich leise etwas fragte: »Wie kommt es eigentlich, dass du mich vom ersten Moment an geliebt hast?«

Für einen Moment verwirrte mich seine Frage. Es war so logisch und natürlich für mich, dass ich oft nicht daran dachte, wie merkwürdig es für Außenstehende aussehen musste.

»Ich kann deine Seele sehen, schon vergessen?«

Ich erzwang ein Grinsen, auch wenn meine Gedanken bereits wieder bei den grünen Blitzen waren. Sie schienen mein Bewusstsein zu umfangen und nichts schien mich wirklich von ihnen ablenken zu können. Nichts, abgesehen von ihm.

Ein Kuss, der meine Knie zum Schwanken brachte, holte mich aus meinen Gedanken. Selbst nach Monaten zitterte ich noch bei jeder von Craigs Berührungen. Es war, als würde ich jedes Mal von neuem den Rausch erleben, den ich verspürte, als ich ihn das erste Mal wirklich hatte berühren können. Wie selbstverständlich stützte er mich, während er mich zurück ins Haus führte. Ich ließ es geschehen, nicht imstande mich seinem liebevollen Griff zu entwenden. Er zog mich an sich und legte seinen Mund an mein Ohr. Wieder gesellte sich seine Stimme zu den Geräuschen der Nacht und fügte ihnen den einen Ton hinzu, der bis eben zu fehlen schien, um die Symphonie vollkommen zu machen.

»Ich liebe dich Janlan. Du musst keine Angst haben. Sie können dir nichts mehr tun. Es ist vorbei und ich bin jetzt bei dir.«

In jeder anderen Nacht, in jeder normalen Nacht, hätten diese Worte in mir ein Gefühl der Geborgenheit ausgelöst. Zuversicht darüber, dass der Zirkel zerschlagen war. Aber nicht in dieser. Ich wusste, dass dies keine normale Nacht war. Und ich wusste auch, dass es nicht vorbei war. Es hatte gerade erst begonnen.

1
Ein ungutes Gefühl

Seit der merkwürdigen Nacht, die von grünen Blitzen erhellt gewesen war, waren drei Tage vergangen. Ich hatte Recht behalten. Außer mir hatte niemand sie gesehen. Nicht einmal Keira oder Craig. Ich war die Einzige, die das Spektakel beobachtet hatte. Ich versuchte, das ungute Gefühl abzuschütteln, das der Anblick in mir ausgelöst hatte. So richtig war es mir nicht gelungen und Craig hatte ich zudem auch noch nervös gemacht. Ich war nicht die angenehmste Gesellschaft gewesen und hatte auch nicht viel gesprochen.

In diesem Moment stand ich nur eine Handbreit vom Abgrund der Unendlichen Schlucht entfernt. Mein eisblauer Mustang GT stand nicht unweit von mir und glänzte in der frühen Mittagssonne. Ich hatte noch ungefähr fünfzehn bis zwanzig Minuten, dann würde Keira hier sein. Ich wusst, dass Craig sie anrufen würde, sobald er aufwachte und feststellte, dass ich schon wieder hier rausgefahren war. Vor einigen Monaten hatte ich an genau derselben Stelle gestanden und in die Schlucht hinuntergesehen. Ich fragte mich, ob ich auch heute wieder in den Tiefen der Schlucht eine Antwort finden würde. Langsam setzte ich mich auf die Kante und starrte die mir gegenüberliegende Felsenformationen an. Ich hatte zusammen mit Keira den Zirkel der Seelensammler zerstört. Es gab nicht einen einzigen Anhänger mehr und dennoch ließ mich das Gefühl nicht los, dass ich mich zu früh auf ein normales Leben eingelassen hatte. Ein merkwürdiges Glucksen kam aus meiner Kehle. Ein Geräusch, das zwischen einem Lachen und sarkastischen Knurren hängen geblieben war.

Bevor ich aussprechen konnte, was mir gerade durch den Kopf gegangen war, ging ein Ruck durch meinen Körper und ich spürte, wie ich an der Taille nach hinten gerissen wurde, weg von der Felskante.

»Bist du verrückt!«

Es war Keiras wohlklingende Stimme, die mich in ihrem gewöhnten sorgenvollen Ton anschrie. Ich fiel rücklings auf den dreckigen Boden und fing unwillkürlich an zu lachen. Das Lachen, das mir eben noch in der Kehle stecken geblieben war.

»Das ist echt nicht lustig! Wirklich Janlan!«

Ich gluckste, in dem Versuch meinen Lachkrampf in den Griff zu bekommen. Es gelang mir nur halb, was meine Worte nicht gerade verständlicher machte.

»Keira ... entspann dich.«

Dass ich dafür einen bösen Blick erntete, war klar. Nur schüchterte er mich ausnahmsweise mal nicht ein.

»Warum machst du so etwas immer wieder!«

Sie klang schärfer, als sie beabsichtigte, aber daran hatte ich mich schon vor Jahren gewöhnt. Keira war eine Kanterra und damit ein Mitglied des Ordens der Schützer. Es lag in ihren Genen mich beschützen zu wollen, ob es nun vor einem ›Feind‹ oder – und das waren die häufigeren Fälle - vor mir selbst war.

»Es wäre nichts passiert. Ich wollte nur ein wenig nachdenken.«

Ich sprach leiser, als ich gemusst hätte, aber das bedrückende Gefühl hatte sich wieder zurück in meine Brust geschlichen und machte sich dort nun erneut breit.

»Ich weiß. Craig hat mich angerufen. Was ist los mit dir? Seit drei Tagen habe ich dich weder gesehen, noch etwas von dir gehört. Also?«

Ich spürte ihren musternden Blick auf meinem Gesicht.

»Es ist nichts weiter. Nur so ein Gefühl.«

Ich hoffte, sie würde es dabei belassen, denn um ehrlich zu sein, wusste ich ja selbst nicht einmal richtig, was war. Und ich wollte wirklich, dass alles in Ordnung wäre. Dass die Welt nicht erneut vor einer Katastrophe stand und nur zwei Neunzehnjährige in der Lage sein sollten sie zu retten. Ich hatte Keira und Craig versprochen, dass alles normal sein würde und dieses Versprechen wollte ich unbedingt halten.

»Ein Gefühl?«

Auch wenn sie es zu unterdrücken versuchte, entging mir nicht die schwache Spur der Skepsis in ihrer Stimme.

»Ja. Nichts von wirklicher Bedeutung.«

Ich zuckte mit den Schultern, wie ich es oft tat, wenn ich unbekümmert wirken wollte.

»Janlan ...«

Keira stupste mich mit der Schulter an, eine unausgesprochene Aufforderung ihr zu erzählen, was das für ein Gefühl war.

»Also?«

›Also‹, wie oft sie dieses Wort gebrauchte und wie viele Bedeutungen es bei ihr haben konnte. Dieses Mal war es ein ›also‹, das ihre Ungeduld zeigte und mich zugleich aufforderte endlich etwas zu sagen. Es wurde nicht minder durch ihre hochgezogenen Augenbrauen untermalt. Durchdringend und gnadenlos durchforstete ihr Blick meine Seele, fast so als wäre sie, und nicht ich, die Seelenseherin.

»Keira ...«, setzte ich an, nur um dann gleich wieder innezuhalten. Was konnte ich auch schon groß sagen? ›Ich habe grüne Blitze gesehen und jetzt bin ich sicher, dass die Welt untergeht?‹ Klang nicht wirklich überzeugend.

»Ich höre?«

Ich seufzte und ergab mich in mein Schicksal.

»Vor drei Tagen, in der Nacht ... «, sie unterbrach mich, bevor ich überhaupt richtig anfing zu erzählen.

»Du erzählst mir jetzt gleich von den grünen Blitzen, die du gesehen hast, oder?«

Ich sah sie fragend an. Ihr hatte ich bis jetzt noch nichts davon erzählt.

»Woher ...«, ich seufzte erneut, »... Craig.«

»Er macht sich eben Sorgen.«

Sie sah mich entschuldigend an. Was bei mir sogleich ein schlechtes Gewissen auslöste. Sie meinte es nur gut und dasselbe galt für Craig. Für eine Sekunde sah ich seine graublauen Augen, wie sie mich besorgt musterten, als er mir vor zwei Tagen dieselbe Frage gestellt hatte. Ich hatte ihn abgeblockt, so wie ich es gerade eben mit Keira versucht hatte. Bei Craig hatte es noch funktioniert, aber nicht bei ihr. Sie würde weiterbohren, so lange, bis sie die Antwort zu jeder ihrer Fragen hatte.

»Vergessen wir's einfach.«

Ich nahm einen Stein, der neben mir auf der trockenen Erde lag. Ich drehte ihn in meiner Hand und betrachtete seine raue, ungleichmäßige Oberfläche.

»Au ... Scheiße!«, stieß ich aus, als ich den Stein ruckartig fallen ließ und auf meine rechte Handfläche starrte. Ein tiefer Schnitt klaffte in ihr und rotes Blut strömte bereits an meinem Handgelenk hinunter und tropfte auf den sandigen Boden.

»Scheiße, scheiße, scheiße!«, wütend sprang ich auf, schnappte mir den Stein und warf ihn mit aller Kraft auf die gegenüberliegende Felswand. Das Echo des ersten Aufpralls hallte noch nach, als der Stein immer weiter in die Tiefe fiel. Keira war ebenfalls aufgesprungen und versuchte meine Hand zu packen. Gerade als sie ansetzte mich anzufahren, damit ich endlich stehen blieb, hörte ich ein merkwürdiges Geräusch, das ganz sicher nicht von dem immer noch fallenden Stein stammte.

»Janlan, kannst du bitte ... «, ich hörte den Rest von dem, was sie sagte, nicht. Ich hatte eine Art Gurgeln gehört. Ein Röcheln, wie von einem verletzten Tier. Aber das konnte nicht sein. In der Unendlichen Schlucht lebte nichts. Keiner wusste, wie tief diese Schlucht überhaupt reichte. Dennoch hatte ich etwas gehört. Ich war mir sicher.

Ein kräftiger Griff an meinem Handgelenk riss mich herum.

»Janlan, verdammt, jetzt halt endlich still!«

Keira zerrte mich zu meinem Mustang und langte mit einem geübten Griff nach dem Erste-Hilfe Kasten. Mit einem Schubser drückte sie mich auf den Fahrersitz.

»Wie bekommst du das bloß immer hin?«

Vorsichtig untersuchte sie meine Hand und verband sie mit geübten Handgriffen. »Das muss genäht werden. Rutsch rüber.«

Sie deutet auf den Beifahrersitz und ließ keinen Widerstand zu.

Amalen hatte seit einigen Jahren ein eigenes Krankenhaus. Es hatte ewig gedauert, aber da das nächste erst in Solem war, hatte die Gemeindeverwaltung sich nicht mehr gegen den Bau eines eigenen Krankenhauses wehren können. Das Sellersen Krankenhaus lag am östlichen Rand von Amalen. Es war nicht besonders groß, aber für das kleine Dorf reichte es und ich war dort bereits eine Berühmtheit. Es wunderte also niemanden, als ich dort mit einem blutgetränkten Verband auftauchte.

Misses Redstean war eine ältere Dame, die immer noch die meisten Schichten an der Anmeldung der Notaufnahme übernahm.

»Tag Miss Alverra, Miss Kanterra«.

Sie nickte uns freundlich zu und schenkte uns ein breites Lächeln.

»Hi Misses Redstean, wir brauchen mal wieder ihre Hilfe.«

Keira deutete auf meine verbundene Hand, von der gerade ein Blutstropfen auf den sauberen Krankenhausboden fiel. Ich schaute verlegen weg. Ich war definitiv viel zu oft hier.

»Ich sage Doktor Halfersen, dass er sich beeilen soll«.

»Das ist, ist nicht nötig ... es geht schon«, stammelte ich unverständlich. Misses Redstean lächelte mich aufmunternd an. Sie war die Art ältere Dame, die man sich immer als liebevolle Großmutter wünschte und vorstellte.

»Ist schon gut meine Liebe, das macht doch keine Umstände. Doktor Halfersen ist sicher gleich bei dir. Du kannst ruhig schon in das Behandlungszimmer gehen.«

Mit dem vertrauten Lächeln wies sie mich zu der verschlossenen Tür, auf der die Nummer eins prangte. Wieder einmal freute ich mich, dass ich nicht rot anlief, als ich mit gesenktem Kopf in das Zimmer ging und mich schnell auf die Barre setzte. Ich konnte schon fast mit geschlossenen Augen sagen, wo sich all die medizinischen Gegenstände befanden, ohne dass ich wirklich hinsehen musste. Ich hasste Krankenhäuser. Das sterile Weiß war mir nicht geheuer und das blasse Hellblau verbesserte meinen Eindruck nicht. Am schlimmsten war der Geruch. Den konnte ich am allerwenigsten leiden. Ich fühlte mich unwohl, sobald ich nur die Türschwelle überschritt. Wie stets biss ich mir vor Nervosität auf die Lippen.

»Lass das«, wies Keira mich sofort zurecht.

»Ich hasse Krankenhäuser«, drückte ich zwischen meinen zusammengebissenen Zähnen heraus.

»Ich weiß und dennoch sorgst du nicht dafür, dass du weniger oft herkommen musst. Was sollte das vorhin?«

Erneut sah sie mich forschend an, als fürchtete sie, ich könnte es schaffen, mir selbst an der Krankenhausbarre auch noch die andere Hand zu verletzten. Bevor ich antworten konnte, schwang die Tür auf und Doktor Halfersen trat mit federndem Schritt ins Zimmer. Er war das Klischee eines Doktors. Ein Gott in Weiß, wie es immer so schön hieß. Er war bestimmt eins neunzig, von stattlicher Statur und eingekleidet in einen weißen Ärztekittel. Sein Gesicht war markant und wies die attraktiven Merkmale eines reifen Mannes auf. Sein dunkelbraunes Haar saß so perfekt chaotisch, dass es von einem Hollywood Visagisten hätte frisiert sein können.

»Also Janlan, was ist dieses Mal passiert?«, er lächelte mich bei seiner Frage einnehmend an, wobei leichte Krähenfüße an seinen Augen erschienen, die ihn nur noch sympathischer wirken ließen. Sie trugen unweigerlich dazu bei, dass sich jeder Patient in Behandlung von Doktor Halfersen gut aufgehoben fühlte.

»Nun ja ...«, fing ich erneut an zu stottern. Meine Tollpatschigkeit war mir zwar mehr als vertraut, aber das machte sie nicht weniger peinlich.

»Sie hat sich mit einem scharfen Stein versehentlich die Handfläche aufgeschnitten. Ist recht tief. Ich denke, das muss genäht werden.«

Keira hatte es bereits berichtet, bevor ich auch nur noch ein weiteres Wort hatte sagen können. Doktor Halfersen nahm auf dem schwarzen Lederhocker Platz und rollte elegant zu mir herüber.

»Dann wollen wir uns das mal ansehen.«

Wie zuvor Keira, nahm nun auch er vorsichtig meine Hand. Der Verband war inzwischen so blutgetränkt, dass er nicht mehr einen einzigen Tropfen auffangen konnte.

»Du bist ja schon richtig professionell im Verbinden, Keira.«

»Ich bekomme ja leider auch mehr als genug Übung.«

Sie sagte es ohne jeden vorwurfsvollen Unterton. Ich musste ja selbst eingestehen, dass sie bedauernswerterweise recht hatte. Ich zuckte zusammen, als Doktor Halfersen den Verband vom Schnitt zog. Ein Pochen fuhr durch meine Hand und breitete sich dann in jedem Zentimeter meines Körpers aus. Der Schnitt war wirklich tief und Keira behielt blöderweise Recht mit ihrer Einschätzung. Mit jedem Stich zuckte ich erneut zusammen. Acht Mal musste ich das über mich ergehen lassen, bis endlich ein sauberer weißer Verband an meiner rechten Hand prangte. Ich betastete vorsichtig die Arbeit des Doktors und stellte zufrieden fest, dass der Verband nicht so schnell verrutschen würde.

»Du kommst dann wie gewöhnlich zur Kontrolle.«

Ich nickte und wollte mich gerade bedanken, als Doktor Halfersen erneut anfing zu reden.

»Bevor ich es vergesse, habt ihr in den letzten Tagen meine Nichte Clara gesehen? Sie ist seit drei Tagen nicht daheim gewesen. Es ist nicht ungewöhnlich, dass sie mal eine Nacht oder auch zwei nicht nach Hause kommt, aber inzwischen macht sich meine Schwester ernsthafte Sorgen.«

Ehrliche Besorgnis schimmerte in den sonst so freundlichen und fröhlichen Augen.

»Es tut mir leid, Doktor Halfersen, aber ich habe Clara schon länger nicht mehr gesehen. Du?«

Auch Keira schüttelte den Kopf und wiederholte meine Worte. Ein wenig enttäuscht sagte er, »Nun gut, aber wenn ihr sie seht, sagt mir doch bitte Bescheid.«

»Das werden wir natürlich machen. Danke, dass Sie sich so schnell um mich gekümmert haben. Ich bin sicher, Clara kommt wieder zur Vernunft und sitzt heute Abend beim Abendessen.«

Er lächelte mich dankend an, sagte aber nichts mehr, als er das Zimmer verließ.

Clara Halfersen war drei Jahre jünger als ich und in ganz Amalen für ihr aufbrausendes Temperament bekannt. Sie hatte sich schon immer schwer mit Regeln und Grenzen getan. Ihr durchaus gutes Aussehen hatte nicht gerade wenig dazu beigetragen, dass die Leute dazu neigten, ihr Dummheiten durchgehen zu lassen. Zudem konnte sie auch noch mehr als charmant sein und wusste, wie sie die Menschen zu ihrem Vorteil beeinflussen konnte. Allerdings war es wirklich untypisch für sie, länger als zwei Nächte fortzubleiben. Sie tat es meistens, wenn sie der Meinung war, sie müsste ihren Eltern eine Lektion erteilen. Aber drei Nächte, das war selbst für Clara übertrieben. Ich spürte, wie sich das ungute Gefühl in meiner Brust erneut zu einem bemerkbaren Kloß zusammenbraute. Unwillkürlich schlang ich mir die Arme um den Bauch, so wie ich es immer tat, wenn ich starke Bauchschmerzen oder Übelkeit hatte.

»Alles Okay? Soll ich Doktor Halfersen zurückholen?«

Keira musterte mich besorgt. »Du siehst irgendwie plötzlich ziemlich blass aus.«

Sie legte mir prüfend eine Hand auf die Stirn, als glaubte sie, ich hätte Fieber.

»Nein. Mir geht's gut. Ich will einfach nur heim.«

Ich hatte nicht beabsichtigt, so barsch zu klingen. »Entschuldige. Ich bin einfach nur müde und würde mich gerne ein wenig hinlegen.«

Keira sah mich misstrauisch an, schien es dann aber auf den Blutverlust zu schieben.

Auf der Heimfahrt breitete sich ein unangenehmes Schweigen aus. Ich konnte mich nicht überwinden etwas zu sagen. Dafür war ich viel zu sehr mit dem drückenden Gefühl beschäftigt. Als wir endlich bei mir ankamen, musste ich nicht mehr nur so tun als wäre ich müde. Ich war es wirklich und wäre ich auch nur für eine halbe Minute stehen geblieben, ich wäre auf der Stelle stehend eingeschlafen.

Craig stand bereits in der Haustür und wartete, dass wir die Einfahrt hinaufgefahren kamen. Ich stolperte aus dem Auto, wobei ich Keira noch ein unverständliches »Danke« zu murmelte.

»Was hast du mit deiner Hand gemacht?«

Klar, dass er sofort danach fragte, allerdings antwortete ich ihm nicht. Es war, als hätte ich ihn nicht einmal richtig gehört. Ich drückte mich an ihm vorbei durch die Tür und schleppte mich ins Schlafzimmer, wo ich mich ächzend auf mein Bett fallen ließ. Ich konnte noch Keiras und Craigs gedämpfte Stimmen hören.

»Was ist passiert? Was hat sie?«

Craig klang aufrichtig besorgt, wenn nicht sogar ein wenig verängstigt.

»Sie hat sich mit einem Stein die Handfläche aufgeschnitten. Es musste natürlich genäht werden.«

Ich dachte auch in Keiras Stimme etwas Beunruhigtes zu hören, aber wahrscheinlich war das nur Einbildung.

»Es war keine Absicht, oder?«

Ich zuckte innerlich zusammen, als ich ihn diese Fragen stellen hörte. Wie kam er bloß auf solch einen Gedanken? Fast schon hätte ich mich wieder erhoben, drauf und dran ihn anzubrüllen, aber dann spürte ich wieder die Müdigkeit und das schmerzhafte Pochen in meiner Hand.

»Nein! Natürlich nicht. Ich war dabei. Es war ein Versehen.«

In Gedanken bedankte ich mich erneut bei meiner besten Freundin. Ich verstand nicht ganz, was da draußen vor sich ging. Meine Gedanken schienen nicht mehr fähig zu sein das Gesprochene zu verstehen.

»Ich mache mir wirklich Sorgen, Keira. Sie verhält sich so merkwürdig. Die letzten Nächte ist sie mitten in der Nacht aufgestanden und zum Fenster gegangen. Sie hat immer nur da gestanden und hinausgesehen. Sie hat auf nichts reagiert, egal was ich getan habe. Es war ... es ist unheimlich. Was hat sie bloß?«

Ich versuchte angestrengt das Gesagte von Craig zu verstehen. Nachzuvollziehen, warum seine Stimme so besorgt und beunruhigt klang. Es gelang mir nicht. Es war, als wären meine Gedanken gelähmt. Ich versuchte ihnen weiter zuzuhören, aber alles, was ich noch mitbekam, war wie Keira antwortete: »Ich weiß nicht, was sie hat. Sie hat etwas von einem Gefühl gesagt ...«

Der Rest des Satzes verschwand in einem wirren Gemurmel, das schnell nichts weiter war als ein fernes Hintergrundgeräusch. Der Schlaf hatte mich überwältigt und brach nun mit aller Gewalt über mich herein und trug Träume mit sich, an die ich mich nie würde erinnern wollen.

Als ich am Morgen aufwachte, hatte ich das ungute Gefühl, dass ich beobachtet wurde. Ich lag in meinem Bett und hatte mein Lieblingsnachthemd an. Es war eines von Craigs Hemden, das ich mir geliehen und dann nie wieder zurückgegeben hatte. Ich konnte mich nicht daran erinnern, es selbst angezogen zu haben. Das Einzige, was ich noch vom Tag zuvor wusste, war der klaffende Schnitt in meiner Hand und ein unverständliches Gemurmel, das ich nicht mehr zuordnen konnte. Mein Schlafzimmer war in völlige Dunkelheit gehüllt. Kein einziger Sonnenstrahl fiel durch die Vorhänge. Sofern es überhaupt Tag war. Unbeholfen wollte ich mich aufsetzen, wobei ich natürlich vergaß, dass meine rechte Handfläche eine Zeit lang nicht besonders belastbar sein würde.

»Au«, flüsterte ich mehr, als dass ich es wirklich überrascht ausrief. Ich schwang meine Beine aus dem Bett und bewegte mich unsicher zum Fenster. Mein Kopf fühlte sich an, als hätte ich drei Tage durchgefeiert. Er pochte unaufhörlich und mein Sichtfeld verschwamm im Sekundentakt, wobei mein Magen sich gegen jede Bewegung aufbäumte. Ich stütze mich notdürftig an der Wand ab. Was war bloß los mit mir? Ich griff mir an die Brust, ein Stechen schien mir förmlich die Luft abzuschnüren. Als meine viel zu kalten Finger auf meine Haut trafen, erschrak ich. Nicht weil ich überrascht war von der Kälte, sondern weil meine Finger auf das Amulett hätten stoßen müssen. Wo war es? Ich hätte es nie im Leben abgenommen. Verwirrt und viel zu schnell drehte ich mich herum und versuchte mich von der Wand wegzudrücken. Bevor ich auch nur einen Schritt getan hatte, zerrte mich etwas zu Boden. Ich schnappte nach Luft und erwartete einen überraschten Quietscher, aber aus meiner Kehle drang kein Laut. Panik kroch in mir hoch und sickerte in jede Faser meines Körpers. Ich versuchte mich aufzusetzen. Drückte mit aller Kraft gegen den Boden, versuchte mich hochzustemmen. Egal was ich tat, ich konnte mich einfach nicht bewegen, während der Druck auf meine Brust zunahm und sich jeder Muskel weiter versteifte. Lautlos rief ich nach Craig. Flehte, dass er ins Zimmer kam. Dass irgendetwas ihn dazu bewegen würde, nach mir zu sehen. Er kam nicht und mein Sichtfeld wurde zunehmend kleiner. Als endlich die erlösende Entspannung meines Körpers einsetzte, war es die Bewusstlosigkeit, die mich aus meiner misslichen Lage rettete. Ich hörte nicht die schweren Schritte, die erst langsam ins Zimmer kamen und dann panisch über den Boden rannten. Auch bekam ich nicht mit, wie ich endlich von dem Boden hochgehoben wurde oder wie sich die weichen Decken meines Bettes um meinen strapazierten Körper aufplusterten. Ich hörte auch nicht sein verängstigendes Rufen und Fragen. Mein Geist lag in tiefer Schwärze und reagierte auf nichts weiter als das nahe Pulsieren des Amuletts der Seelentropfen. Dieses Pulsieren war wie ein rettendes Licht, das mir den Weg aus der Dunkelheit wies. Ich tastete nach dem Schmuckstück und endlich hörte ich auch Craigs entfernte Stimme. Ich verstand noch nicht, was er sagte, aber zumindest wusste ich, dass er da war. Immer wieder stellte er mir eine Frage. Alles, was ich sagen konnte, war: »Amulett.« Ich brauchte das Amulett. Ich spürte wie das Bett unter dem hektischen Suchen von Craig bebte. Er wühlte sich durch die Deckenberge und suchte nach dem Gegenstand, den ich immer wieder vor mich hin murmelte. Als sich das kühle Metall auf meine Brust legte, war es, als würde ich durch die Wasseroberfläche stoßen, kurz bevor ich ertrunken wäre. Ich schnappte nach Luft, als wäre es das erste Mal, dass sich meine Lungen mit Sauerstoff füllten.

»Janlan! Alles Okay? Was ist passiert?«, fragte mich Craig, als er mich besorgt und erleichtert zugleich in den Arm nahm. Ich war mir nicht sicher, was passiert war, aber es war ganz sicher nicht normal gewesen. Es war wie der Anblick der grünen Blitze gewesen. Unheimlich und schwarzmagisch. Keira und Craig hatten mir bezüglich der Blitze nicht geglaubt, dann würden sie mir auch nicht glauben, dass ich von irgendetwas zu Boden gezogen wurde und mich nicht mehr bewegen konnte. Dass – und so musste es gewesen sein – etwas oder jemand meinen Körper kontrolliert hatte.

»Ich war einfach nur erschöpft.«, flüsterte ich leise gegen seine Schulter gelehnt.

»Janlan, du warst bewusstlos.«

»Ich muss mir wohl beim Sturz den Kopf gestoßen haben. Es war nichts weiter. Ich brauche nur ein wenig Schlaf.«

»Ich werde Doktor Halfersen anrufen.«

Ich seufzte innerlich.

»Craig, das ist nicht nötig. Ich will nur schlafen.«

Ich sah in seine graublauen Augen und fügte leise hinzu, »Bitte.«

Nur widerwillig nickte er und gab mir dann einen Kuss auf die Stirn.

»Na gut, dann ruh dich noch ein wenig aus. Ich rufe Keira an.«

»Nein Craig, nicht. Beunruhige sie nicht damit. Sie wird sich nur wieder aufregen, dass ich nicht aufgepasst habe. Es ist wirklich nicht nötig. Lass mir nur ein paar Stunden Schlaf. Wirklich, dann bin ich wieder fit.«

Er neigte seinen Kopf zur Seite und musterte mich liebevoll. Ein Blick, dem ich normalerweise nicht widerstehen konnte. Heute legte ich ihm nur die gesunde Hand auf die Wange, während ich schwach lächelte. Er gab mir noch einen kurzen Kuss, bevor er mich wieder alleine ließ. Unter der Decke fühlte ich unentwegt nach dem Amulett. Irgendwie hatte es mich aus der Umklammerung dieser erdrückenden Macht gerettet. Wie war es bloß von meinem Hals gekommen? Ich legte es nie ab. Nicht einmal, wenn ich duschte. Ich verstand nicht, was geschehen war. Noch bevor ich weiter über dieses neue unheimliche Ereignis nachdenken konnte, forderte mein Körper den verdienten, hoffentlich erholsamen Schlaf ein.

2
Ein realer Albtraum

Ich bewegte mich unruhig im Schlaf und schlug überrascht die Augen auf, als ich spürte, dass jemand neben mir lag. Ich konnte mich nicht erinnern, was für ein Tag es war oder wer das neben mir war. Es war, als wären mir meine eigenen Gedanken fremd. Ich erkannte nicht einmal das Zimmer, in dem ich war. Alles war durcheinander und ergab keinen Sinn. Mein verwirrter Zustand machte mir Angst. Was war los mit mir? Warum erinnerte ich mich nicht? Und vor allem, wer lag neben mir? Ich versuchte mich vorsichtig aus der Umarmung des Mannes zu lösen, dessen Gesicht ich im Dunklen nicht erkennen konnte. Ich zuckte zusammen und schnappte nach Luft, als ein stechender Schmerz durch meine Hand zuckte und sich dann durch meinen Körper fraß. Entsetzt starrte ich auf den weißen Verband, der sehr gut im Dunklen zu erkennen war. Je länger ich darauf sah, umso röter wurde er. Blut sickerte durch den weißen Stoff und verschlang immer mehr von der weißen Fläche, bis der Verband nicht mehr zu existieren schien. Ich keuchte auf, als ich mit ansah, wie der Verband sich auflöste und meine geschundene Haut sich auftat. Ein tiefer Schnitt klaffte auf meiner Handfläche und schien mit jeder Sekunde tiefer zu werden. Ich spürte den Schmerz, aber der Schock über das, was ich sah, lähmte meine Stimmbänder. Ich musste träumen. Das war die einzige sinnvolle Erklärung. Ich hatte einen Albtraum.

Mehr nicht. Ich würde jeden Moment aufwachen und dann wäre der Verband wieder weiß und ich würde den Namen des Mannes neben mir wissen.

Ein Albtraum. Mehr nicht. Nur ein Albtraum. Ich murmelte es in Gedanken immer und immer wieder vor mich hin, während ich weiter auf meine Hand starrte. Das Blut strömte inzwischen nur so aus dem Schnitt und lief über mein Handgelenk und tropfte schließlich auf die weißen Laken. Der Fleck auf dem weißen Stoff wurde immer größer und leuchtete mir entgegen. Ich sah nichts mehr außer dem strahlenden Rot meines eigenen Blutes.

»Ein Traum«, formten meine Lippen geräuschlos. Ich zuckte zusammen, als brennender Schmerz durch meine Hand fuhr. Ich schrie, ohne dass ein Laut aus meiner Kehle kam. Es war unerträglich. Nun brannten auch meine Augen und meine Sicht verschwamm unter den Tränen, die sich an die Oberfläche drückten. Ich starrte auf meine Hand. Zwischen dem ganzen roten Blut schimmerte mir etwas Weißes entgegen. Ich sah meine eigenen Handknochen. Der Schnitt war bis zu den Knochen aufgerissen. Das Blut auf dem Laken hatte sich so weit ausgebreitet, dass ich es bereits an meinen Knien spüren konnte. Warm und nass. Ich hörte nicht auf zu schreien, ohne dass ich wirklich schrie. Ich hoffte endlich aufzuwachen. Endlich diesem Schmerz zu entkommen. Es geschah nicht. Ich wachte nicht auf, weil ich nicht schlief. Dieser Albtraum war Realität. Grauenvolle, schmerzhafte Realität. Der Schnitt, das Blut, mein Blut, das sich überall verteilte. Das war real. Endlich bewegte der Mann sich und ich konnte sein Gesicht sehen. Bilder zuckten vor meinen Augen auf und jagten sich durch meine Gedanken. Ein silberblaues Gesicht, das mich aus der Ferne ansah. Dasselbe Gesicht, wie es mich besorgt im Rückspiegel musterte. Das mich liebevoll ansah, als ich nur im BH und Jeans neben einem Wagen stand. Dasselbe Gesicht, derselbe Mann, der nur Millimeter von mir in dem Wasser einer heißen Quelle stand und ein Netz aus Lichtlinien durchs Wasser spannte. Derselbe

Mann, den ich küsste, in dem Moment als ich starb und derselbe Mann, den ich küsste, als ich wieder lebte. Der Mann, den ich von der ersten Sekunde an geliebt hatte. Der Mann, dessen Seele ich wohl besser kannte als meine eigene. Wie hatte ich bloß seinen Namen vergessen können? Die tiefe Verbindung, die wir teilten? Wie hatte ich mich nicht an Craig erinnern können? Wenn ich ihn vergessen hatte, wer war dann noch alles aus meinem Gedächtnis verschwunden?

Ich stöhnte vor Schmerz und vor Angst vor dem, was ich noch vergessen haben könnte. Craig bewegte sich weiter unruhig im Schlaf und nun berührte seine Hand den blutgetränkten Bereich des Lakens. Ich hatte mich nicht bewegt. Ich konnte mich nicht bewegen. Ich konnte nur meine Hand sehen, aus der immer noch Blut sickerte und Craigs Gesicht. Ein Ruck fuhr durchs Bett, als er sich schlagartig aufsetzte und die Decke dabei von seiner Brust rutschte. Er sah auf seine Hand. Für eine Sekunde schien es so, als wüsste er nicht, was er dort glitzern sah. Dann schlug er auf den Lichtschalter über seinem Nachttisch. Weißes Licht durchflutet das Schlafzimmer und ließ die Szene noch grauenvoller erscheinen. Das Blut, das die gesamte Seite meines Bettes eingefärbt hatte, leuchtete noch intensiver. Es war einfach überall.

»Janlan!«, Craig keuchte und rang nach Luft, als sein Verstand versuchte zu verstehen, was genau er eigentlich sah. Ich konnte fast erkennen, wie seine Gedanken rasten. Er riss einen Streifen Stoff vom Laken ab, welches nicht von meinem Blut besudelt war, und band es fest um meine Handfläche. Seine Augen weiteten sich entsetzt, als auch er die Knochen meiner rechten Hand sah.

»Was ist passiert?«, schrie er mich an. Ich starrte nur zurück. Meine Stimme gehorchte mir immer noch nicht. Ich wollte etwas sagen. Ich wollte ihm antworten, aber nichts kam über meine Lippen. Hecktisch griff Craig nach seinem Handy. Seine Finger flogen über die kleine Tastatur.

»Doktor Halfersen, sie müssen sofort kommen ... Hier ist alles voller Blut ... Janlans ... Janlans Hand ...«

Craig rief nur unzusammenhängende Worte in das Handy. Als er auflegte, huschten seine Finger bereits erneut über die Tasten. Gleichzeitig spürte ich, wie meine Sinne schwanden und die Kontrolle über meinen Körper für einen kurzen Moment zurückkehrte. Es war dasselbe Gefühl wie vor ein paar Nächten. Die Bewusstlosigkeit erlöste mich aus der fremden Umklammerung.

Die erste Bewegung, die ich ausführte, war der unbewusste Griff nach dem Amulett. Es war nicht da. Erneut trug ich es nicht mehr und wieder hatte ich es nicht abgenommen. Craig bemerkte meine Bewegung nicht. Er hatte das Handy am Ohr und schien darauf zu warten, dass jemand abnahm. Ich wandte den Kopf nach links und sah über die Bettkante. Dort lag es. Auf dem Boden direkt neben dem Bett. Dann hörte ich noch zwei Dinge und sah etwas, das für mich keinen Sinn ergab. Neben dem Amulett lagen kleine Erdklumpen und Dreck. Ich hörte, wie Craig »Keira ...« sagte und das ferne Heulen von Sirenen. Dann wurde alles schwarz und ich kippte auf das blutgetränkte Laken.

Ein Geruch stach in meine Nase, als ich langsam erwachte. Ich kannte den Geruch und ich konnte ihn ganz und gar nicht leiden. Es roch nach Krankenhaus.

Beim Aufschlagen meiner Augen musste ich unwillkürlich blinzeln, weil ich das Licht unangenehm grell fand. Als sich meine Augen endlich daran gewöhnt hatten, sah ich, dass jemand an meinem Bett saß und meine gesunde Hand hielt. Ich seufzte erleichtert, als mir der Name der Person einfiel. Es war Keira. Ich hatte sie nicht vergessen. Ich war so erleichtert, dass ich lächelte.

Sie saß auf einem Stuhl und lag mit dem Kopf auf der Kante meines Bettes. Es sah furchtbar unbequem aus. Ich war mir sicher, dass ihr zumindest der Hals wehtun würde, wenn sie aufwachte. Meine linke Hand war eingeschlafen und kribbelte nun unangenehm, als ich vorsichtig versuchte, sie aus ihrem Griff zu befreien, ohne sie zu wecken. Fast wäre es mir gelungen. Keiras Griff festigte sich und mit einem Ruck saß sie aufrecht im Stuhl und sah mich plötzlich hellwach an. Noch bevor sie etwas sagte, rang ich schon nach Luft, weil sie mich so stürmisch umarmte.

»Krieg ... keine ... Luft ... «, stotterte ich mühselig und zugleich viel mir ein Stein vom Herzen. Ich konnte wieder sprechen. Keira wich auf ihren Stuhl zurück, ließ aber meine Hand immer noch nicht los. Ihre Augen waren rot gerändert und ihre Nase war ebenfalls leicht gerötet. Sie musste geweint haben.

»Keira ... was ist los?«, fragte ich vorsichtig. Okay ich lag im Krankenhaus, aber das war doch kein Grund. Als sie mich fassungslos ansah, wusste ich, dass es wohl doch ein Grund war.

»Was los ist?«

Sie klang nicht verärgert, wie sonst, wenn ich mich verletzt hatte. Sie klang einfach nur müde und besorgt.

»Du bist fast verblutet.«

»Oh«, war alles, was ich sagte. Das Bild des blutigen Lakens tauchte aus meinen Erinnerungen auf. Klar, es war viel Blut gewesen, aber dass es so viel gewesen war, hatte ich nicht gedacht.

»Hätte Craig nur noch ein paar Minuten länger geschlafen -«

Sie sprach nicht zu Ende. »Er macht sich furchtbare Vorwürfe. Warum hast du ihn nicht geweckt? Was ist passiert, Janlan?«

Sie ließ mir keine Zeit zu antworten. Die Worte schienen jetzt nur so aus ihr herauszusprudeln. Ich fragte mich, wie lange ich wohl geschlafen hatte.

»Doktor Halfersen sagt, dass der Schnitt bis auf den Knochen eingerissen wäre. Wie hast du das hinbekommen? Er sagt auch, dass du eigentlich nicht so viel Blut hättest verlieren dürfen. Es war immerhin nur ein Schnitt. Und warum verdammt noch mal, hast du Craig nicht geweckt? Er hat gesagt, du hast einfach nur auf deiner Seite des Bettes gekniet und auf deine Hand gestarrt. Was ist los mit dir? Was ist passiert?«

Endlich hielt sie inne und wartete. Offensichtlich war ich jetzt an der Reihe zu reden. Ich atmete tief ein und schloss kurz die Augen, weil mein Kopf zu schwirren anfing.

»Keira, ich weiß nicht, was passiert ist. Ich bin aufgewacht und -«, ich stockte. Ich zog meine Hand aus Keiras und suchte nach der kühlen Kette des Amuletts.

»Wo ist es!«

Keira zuckte zusammen, als ich sie ungewollt anfuhr. In meiner Brust staute sich Panik an. Ich brauchte das Amulett, es war mein einziger Schutz gegen was auch immer mir das angetan hatte. Keira rannte fast um das Bett und zog hektisch eine Schublade des sterilen Nachttischs auf. Sie hatte die Panik in meiner Stimme gehört. Sie langte hinein und holte das Amulett heraus.

»Hier. Es lag neben dem Bett. Ich habe es aufgehoben und mitgenommen.«

Mit zitternder Hand versuchte ich es anzulegen. Keira nahm es mir wortlos wieder ab und half mir.

»Warum hast du es abgelegt?«

»Das habe ich nicht! Ich lege es nie ab!«

»Aber es lag doch neben dem Bett.«

»Ich weiß, aber ich habe es nicht abgelegt!« Ich betonte jedes Wort mit Nachdruck. Keira atmete ein paar Mal tief ein. Sie versuchte ihr Temperament zu zügeln. Sie wollte mich wohl nicht anfahren, wenn ich im Krankenhaus lag und ein wenig blass war.

»Janlan, was ist passiert?

Sie hatte sich wieder auf ihren Stuhl gesetzt und sah mich fragend an. Ich ließ die linke Hand auf dem Amulett liegen. Es war, als würde es ein Schutzschild um mich herum aufbauen. Zumindest fühlte es sich so an, als wäre ich in diesem Moment vor dem Etwas sicher.

»Keira, ich weiß nicht genau, was passiert ist. Ich bin aufgewacht -« Ich hielt inne.

Warum war ich eigentlich aufgewacht? Keira zog eine Augenbraue hoch, weil ich mitten im Satz aufgehört hatte zu sprechen und nun Löcher in die Luft starrte.

»Du bist aufgewacht?«, fragte sie schließlich.

»Ja und ich habe mich aufgesetzt, dann hat meine Hand geschmerzt und ich habe darauf gesehen. Ab da konnte ich mich nicht mehr bewegen -«

Sie unterbrach mich: »Wie meinst du das, du konntest dich nicht mehr bewegen?«

»Genau so, wie ich es sage«, erwiderte ich leicht gereizt. Ich merkte jetzt schon, dass sie mir nicht glauben würde. Genauso wenig wie sie das mit den grünen Blitzen geglaubt hatte.

»Ich konnte mich nicht bewegen, obwohl ich es wollte. Ich ... sagen wir: Ich hatte nicht die Kontrolle über meinen eigenen Körper.«

Ich sprach schneller, damit sie mich nicht wieder unterbrach und vielleicht nur die Hälfte von dem merkwürdigen Zeug wirklich mitbekommen würde.

»Dann ist der Verband rot geworden und hat sich vor meinen Augen aufgelöst. Und der Schnitt ist einfach aufgerissen und immer tiefer geworden und dann ist Craig aufgewacht und dann bin ich wohl bewusstlos geworden.«

»Ja, das bist du allerdings. Du hast im Koma gelegen. Vier Tage lang.«

»Oh«, war wieder alles, was ich darauf antwortete.

»Auch das ist nicht normal, hat Doktor Halfersen gesagt. Er war sich nicht mal sicher, ob du überhaupt wieder aufwachst.«

Ihre Stimme klang brüchig, so als ob sie gleich wieder anfangen würde zu weinen.

»Aber ich bin aufgewacht«, flüsterte ich ihr leise zu. Es schmerzte mich, dass ich ihr so viel Kummer bereitet hatte und an Craig wollte ich gar nicht erst denken. Er würde es sich nie verzeihen, dass er nicht früher aufgewacht war.

»Ja. Dieses Mal«, sie sagte es so leise, dass ich es fast nicht verstanden hätte. Mein Kopf fing an wehzutun und meine Hand pochte im Rhythmus meines Herzens.

»Ich habe bestimmt nur ein paar blöde Bewegungen im Schlaf gemacht und da ist der Schnitt aufgerissen. Und weil ich geschockt war, konnte ich nichts machen.«

»Doktor Halfersen meinte auch, dass du unter Schock gestanden haben könntest. Aber normal ist das trotzdem nicht.«

»Keira, mir geht es jetzt gut. Wo ist Craig?«

Ich versuchte meine beste Freundin so gut es ging zu beruhigen und auf ein anderes Thema zu lenken. Auch wenn das bei mir nicht wirkte. Ich wusste, dass ich keine blöden Bewegungen gemacht hatte und ich wusste, dass ich ganz sicher nicht unter Schock gestanden hatte.

»Naja du hast noch nicht in den Spiegel gesehen, oder?«

Sie versuchte zu grinsen, aber die Sorge der letzten Tage steckte ihr noch viel zu tief in den Knochen.

»Eh nein. Ich hab dieses unheimlich bequeme Bett noch nicht verlassen. Wie sehe ich denn aus?«

»Naja, ungesund. So als wärst du fast gestorben. Vampirmäßig irgendwie ... Craig wollte ein paar Klamotten zum Wechseln holen. Wir haben hier die letzten vier Tage mehr oder weniger gewohnt. Er kommt sicher gleich wieder.«

»Keira ...«, setzte ich an, aber dann wurde ich von der aufgehenden Zimmertür unterbrochen. Doktor Halfersen kam herein und hatte seine Nase über mein Krankenblatt gesenkt.

»Guten Morgen Doktor«, begrüßte ich ihn und versuchte ihn so unbeschwert wie möglich anzulächeln. Er blieb abrupt stehen und sah aus als würde er einen Geist sehen. Dann hellte sich seine Miene auf und die vertrauten Krähenfüße erschienen.

»Janlan. Na du hast uns einen schönen Schrecken eingejagt. Seit wann bist du wach?«

Ich zuckte mit den Schultern und sah Keira fragend an.

»Seit ungefähr einer dreiviertel Stunde würde ich sagen«, antwortete sie.

»Gut, gut«, sagte er, wobei er ungewöhnlich zerstreut wirkte. »Und wie fühlst du dich?«

»Eigentlich ganz gut.«

»Nun ja, das werden wir dann noch sehen. Ich lasse ein paar Tests machen und dann komme ich wieder. Du solltest dich am besten weiter ausruhen. Dein Körper ist sehr mitgenommen.«

Doktor Halfersen wandte sich wieder in die Richtung der Tür

»Ist Clara wiedergekommen?«, fragte ich. Jetzt, da mir mein letzter Arztbesuch einfiel. Er blieb stehen und nun war auch klar, warum er so zerstreut wirkte.

»Nein. Leider nicht. Wir machen uns große Sorgen und die Polizei ist auch schon längst informiert. Sie suchen überall nach ihr und in jedem Revier in Alanien hängt ein Foto. Aber bis jetzt ist es, als wäre sie einfach vom Erdboden verschwunden.«

Er wartete nicht auf eine Reaktion, sondern verließ fluchtartig mein Zimmer. Ich sackte in mein Bett zurück. Mein Kopf schwirrte jetzt noch mehr. Das alles war beunruhigend. Nur dass es außer mir niemand zu bemerken schien.

3
Von Vampiren und Gedächtnislücken

Die Tage, die ich im Krankenhaus verbrachte, schienen sich ins Unerträgliche zu ziehen. Ich war nie alleine, wenn ich aufwachte. Immer saß entweder Keira oder Craig in dem Stuhl an meiner Seite. Am zweiten Tag, nachdem ich wieder zu Bewusstsein gekommen war, weckte mich ein sanfter Kuss auf meine Stirn. Ich brauchte einen Moment, bis ich völlig wach war. In den ersten Sekunden war ich jedes Mal verwirrt und wusste nicht, wo ich mich befand. Der Geruch, den ich meistens zuerst wahrnahm, rief es mir dann leider in Erinnerung. Krankenhaus.

»Wie geht es dir?«

Ich blinzelte, bis Craigs Gesicht klarer wurde und der Schleier des Schlafes sich von meinen Augen geliftet hatte. Ich lächelte sanft. Es war wundervoll sein Gesicht nach dem Aufwachen zu sehen. Oder zumindest war es das gewesen, bevor der ständige Ausdruck von Sorge in seine Augen Einzug gehalten hatte. Mein Lächeln schmälerte sich ein wenig, auch wenn ich versuchte, es aufrechtzuerhalten.

»Gut. Wirklich gut. Ich denke, heute wäre der perfekte Tag nach Hause zu gehen.«

Ich hatte erwartet sein jungenhaftes Lächeln zu sehen. Ein

Lächeln, das er nur mir schenkte und sich immer in seinen Augen spiegelte. Statt diesem geliebten Ausdruck erhielt ich nur eine gerunzelte Stirn. Sorgenfalten, die mir so tief erschienen, dass Craig für einen Moment aussah, als hätte er schon drei Viertel seines Lebens hinter sich.

»Ich denke, Keira hat mit ihrer Vampirtheorie Recht. Du bist viel zu blass, um annähernd lebendig zu wirken.«

Es sollte ein Witz sein, aber Craig konnte seiner Stimme einfach nicht die passende Tonlage dafür geben. Er strich mir mein Pony aus der Stirn. Es war ein leicht zu durchschauender Trick. Er wollte im Grunde nur meine Stirn fühlen, um zu sehen, ob ich Fieber hatte. Ich fühlte mich nicht so, aber sein Blick verunsicherte mich.

»Mir geht es schon viel besser«, versuchte ich ihm noch einmal zu versichern. Er grinste schwach. Sein Grinsen war genauso kurzlebig, wie mein Lächeln es gewesen war.

»Janlan ...«, setzte er an. Ich wusste, was jetzt kommen würde. Ich sah es in seinen Augen, noch bevor er meinen Namen ausgesprochen hatte. Ich wollte nicht über die Nacht reden. Nicht direkt, weil es für mich schmerzhaft war sich zu erinnern, sondern viel mehr aufgrund des Schmerzes, den er fühlen würde.

»Craig, das ist unnötig. Bitte ... Ich weiß nicht, was passiert ist. Ich habe dir und Keira alles erzählt, woran ich mich erinnere. Du bist rechtzeitig aufgewacht. Es ist also völlig unnötig, dass du dich so quälst.«

Ich legte ihm eine Hand liebevoll auf seinen Arm. Seine Muskeln waren angespannt, als würde er gleich aufspringen und anfangen Löcher in die Wand zu schlagen.

»Craig ...«

Sein Mundwinkel zuckte auf eine schlechte Art. Ich wusste, dass er sich nicht mehr zurückhalten konnte.

»Und was, wenn nicht!«, platzte es schließlich aus ihm heraus. Ich wusste, dass sein scharfer Ton nicht gewollt war, aber ich zuckte dennoch ein wenig zusammen. Ich hatte Craig bisher noch nie seine Beherrschung auf diese Weise verlieren sehen.

»Was, wenn ich nicht in dein Blut gefasst hätte! Wenn ich mich einfach mehr zur Bettkante gedreht hätte anstatt zu dir! Du bist alles, was ich habe! Ich weiß nicht, wer ich bin ohne dich. Wortwörtlich. Ich kann mich nicht erinnern. An nichts, bis zu dem Zeitpunkt, an dem sich unsere Wege gekreuzt haben. Du bist schon einmal in meinen Armen gestorben! Verdammt, Janlan! Du bist wegen mir gestorben! Und jetzt hätte sich das beinahe wiederholt, nur weil ich geschlafen habe! Du hast keine Ahnung ...«

Er sackte zurück auf den Stuhl, von dem er aufgesprungen war. Er schien schlagartig erschöpft zu sein. Seine Schultern sackten zusammen und sein Kopf senkte sich auf seine Brust, zum Teil, um sicherlich nicht sofort meinem Blick begegnen zu müssen. Ich griff wieder nach seiner Hand, die kraftlos auf der Bettkante lag, und umschloss sie mit meinen Händen. Im Gegensatz zu seinen wirkten sie regelrecht winzig.

»Craig, das was-wäre-wenn Spiel hilft nie weiter. Ganz besonders nicht, wenn du nichts hättest anders machen können. Es ist alles gut gegangen. Ich habe nur ein paar blöde Bewegungen gemacht und die Nähte haben dann einfach den Schnitt weiter eingerissen. Ich hatte einen Schock und du dann sicher auch und dennoch warst du in der Lage sofort Hilfe zu holen. Du hast dir nichts vorzuwerfen. Und überhaupt, meine Hand ist gut am Heilen. Ich bin schon wieder so gut wie neu.«

Ich nahm meine Hand von seinem Arm und schmiegte sie stattdessen an seine Wange. Eine Träne hatte sich aus seinem Augenwinkel geschlichen und zog ihre feuchte Spur über sein Gesicht. Ich wischte sie sanft mit dem Daumen weg. Ein dankbarer Ausdruck trat in seine Augen, auch wenn er immer noch von tiefer Besorgnis begleitet wurde.

»So gut wie neu ist wohl nicht die Wortwahl, die Keira, Doktor Halfersen oder ich verwenden würden ...«

»Gut, dann sagen wir eben: in gutem Zustand mit leichten

Gebrauchsspuren.«

Craigs Mundwinkel zuckten nach oben bei meinem Witz. Ein kleiner Triumph, den ich für den heutigen Tag verbuchen konnte. Für einen kleinen Moment kämpfte ich mit mir selbst. Ich wollte das Lächeln, das endlich auf seinem Gesicht erschienen war, nicht sofort wieder mit der Frage zerstören, die mir auf der Zunge lag. Ich konnte mich nicht zurückhalten. Ich musste ihn einfach fragen. Auch wenn ich glaubte, die Antwort zu kennen.

»Du kannst dich immer noch an nichts erinnern?«

Es war merkwürdig, nichts über sein Leben, bevor wir uns kennengelernt hatten, zu wissen. Ich konnte mir kaum vorstellen, wie es für ihn sein musste.

Craig schüttelte frustriert den Kopf.

»Nichts. Manchmal denke ich, da wären Fetzen, an die ich mich erinnere. Bevor ich sie jedoch zu fassen bekomme, sind sie wieder weg.«

»Und du weißt nicht im Geringsten, was das für kurze Erinnerungsmomente sind?«

»Nein. Wie ich sagte, bevor ich verstehen kann, was sich gerade in meinen Gedanken abspielt, ist es schon wieder vorbei und ich habe nicht die winzigste Ahnung, was es war.«

Ich streichelte ihm über den Arm. Er fühlte sich viel zu warm an. Er zuckte bei meiner Berührung zusammen. Was ich äußerst merkwürdig fand.

»Craig, hast du Fieber?«

»Nein«, kam gleich seine Antwort. »Du aber. Deine Hände sind eiskalt.«

»Das gehört sich so für einen Vampir.«

Ich wollte grinsen, stattdessen fuhr mir ein Stechen durch den Kopf, der meine Hände sogleich zu meinen Schläfen zucken ließ.

»Hast du Kopfschmerzen?«

Craig kannte diese verräterische Geste. Ich nickte. Ich fühlte mich mit einem Mal so müde, als hätte unser Gespräch mich jeder

Kraft beraubt.

»Du solltest schlafen. Ich werde Doktor Halfersen holen und vielleicht eine weitere Decke für dich auftreiben.«

Er lächelte mich liebevoll an. Ich erwiderte es, konnte meine Augen aber kaum noch offen halten. Gerade als Craig sich aus seinem Stuhl erhob, griff ich nach seinem Handgelenk um ihn aufzuhalten. Er zuckte dieses Mal nicht zurück, auch wenn meine Hand noch genauso kalt war.

»Wir werden deine Erinnerungen wieder finden«, flüsterte ich leise. Er lächelte mich erneut an, erwiderte aber nichts. Er lehnte sich nur zu mir und gab mir einen kurzen Kuss auf die Stirn, bevor er aus dem Zimmer ging. Ich schlief fast sofort ein.

Weder Keira noch Craig wollten mich in den nächsten Tagen nachhause lassen und Doktor Halfersen war auch keine große Hilfe. Er war der Meinung, dass ich besser noch unter Beobachtung bleiben sollte. Mir war nicht entgangen, dass ich noch blasser war als gewöhnlich. Aber inzwischen waren weitere drei Tage vergangen und ich fand, dass mein Gesicht seine übliche Farbe zurückhatte. Nichts Vampirmäßiges mehr. Der Schnitt auf meiner Hand war auch nicht wieder aufgerissen. Ich sah also keinen Grund, warum ich weiter hier bleiben sollte. Ich hatte immer wieder versucht Doktor Halfersen, und vor allem Keira, davon zu überzeugen, aber es schien einfach aussichtslos. Dass ich mir angewöhnt hatte, alle paar Minuten nach dem Amulett an meinem Hals zu greifen, half mir nicht bei meinen Bemühungen, sondern brachte mir nur sorgenvolle Seitenblicke von Keira ein. Ich war mir immer noch sicher, dass das Amulett mich schützte. Seit ich im Krankenhaus lag und es trug, war nichts Merkwürdiges mehr passiert. Ich hatte aufgegeben, mit Craig oder Keira darüber reden zu wollen. Sie wechselten jedes Mal das Thema. Sie benahmen sich fast so, als hätten sie noch nie etwas mit Magie zu tun gehabt. Und etwas anderes hatte es unmöglich sein können. Es war, als würden sie denken, ich sei aus Glas und könnte jede Sekunde zerspringen, wenn sie eine Diskussion darüber mit mir beginnen würden. Dann warf Craig jedes Mal einen besorgten Blick zu Keira und diese versuchte mich geschickt auf ein anderes Thema zu lenken. Ich bemerkte, was sie tat. Zuerst hatte mich das wütend gemacht, am sechsten Tag hatte ich es schließlich aufgegeben und behielt meine Gedanken für mich.

Als die Sonne am achten Tag hinter den Dächern der kleineren Häuser verschwand, wartete ich bis Keira das Krankenhaus verlassen hatte. Ich hatte sowohl sie als auch Craig am fünften Tag endlich überzeugen können, nicht mehr länger abwechselnd in diesem unbequemen Stuhl zu schlafen, sondern in ihren eigenen Betten. Sie hatte endlich nachgegeben, sicherlich nicht nur wegen mir, sondern auch wegen ihren geschundenen Muskeln. Beide hatten jedes Mal gestöhnt, wenn sie größere Bewegungen gemacht hatten, die ihre Muskeln auch nur ein wenig gestreckt hatten. Ich drückte sofort den Rufknopf für die Schwestern, als ich sicher war, dass Keira auf ihrem Weg nach Hause war. Es dauerte nicht lange, bis Ronja - eine der jüngeren Schwestern - in mein Zimmer kam.

»Wie kann ich dir helfen?«, sie fragte es und schaffte es währenddessen die ganze Zeit zu lächeln.

»Ich würde jetzt gerne nach Hause. Und soweit ich weiß, kann ein Patient sich selbst entlassen. Stimmt doch, oder?«

Ich sah sie prüfend an, entschlossen, dass ich nicht noch eine Nacht in diesem Bett verbringen würde.

»Das stimmt schon, allerdings ist es uns allen lieber, wenn ein Arzt einen Patienten entlässt.«

Sie lächelte mich immer noch an und ich starrte nur grimmig zurück. Ich wollte endlich nach Hause und ihr strahlend weißes Lächeln würde mich nicht davon abbringen.

»Ich werde nicht noch eine Nacht hierbleiben. Also können sie bitte den Papierkram holen.«

Ich hatte es nicht als Frage formuliert und Ronja schien

das nicht entgangen zu sein. Sie stand noch eine Minute unentschlossen in der Tür, doch dann drehte sie sich um und verschwand aus meinem Sichtfeld. Ich ließ mich zurück in das Bett fallen und sah genervt aus dem Fenster. Der Himmel war bereits in sein schwarzes Laken gehüllt und die Sterne warfen ein schwaches Licht in das sterile Zimmer. Die einzige Farbe, die den Raum etwas gemütlicher gemacht hatte, stammte von den ganzen Blumen, die Craig jeden Tag mit in das Krankenhaus brachte. Als ich das Rascheln von Papier vernahm, wandte ich meine Aufmerksamkeit wieder auf die Tür. Ronja kam gerade um die Ecke und sortierte die Entlassungspapiere.

»Ich habe mit Doktor Halfersen gesprochen. Er ist von deiner Entscheidung nicht angetan, aber er respektiert sie und hat die Papiere bereits unterzeichnet. Dann fehlt nur noch deine Unterschrift.«

Sie reichte mir Stift und Papier, das ich ihr sogleich abnahm und eilends unterschrieb. Kaum dass sich die Spitze des Stiftes wieder vom Papier trennte, sprang ich auch schon aus dem Bett. Ich schwankte kurz, aber das war für mich mehr als normal. Etwas, das Ronja nicht wusste.

»Bist du sicher, dass du gehen möchtest?«, sie hielt eine Hand hinter meinen Rücken, als fürchtete sie, dass ich jeden Moment umkippen könnte.

»Ja. Mir geht's prima. Muss ich sonst noch etwas unterschreiben oder kann ich jetzt einfach gehen?«

Sie beäugte mich misstrauisch, wobei sie dennoch immer noch lächelte. Etwas, das zusammen äußerst skurril aussah.

»Nein, das war alles. Du kannst gehen.«

Das war mein Stichwort. Ich packte meine Jacke, zog sie über und schulterte meine Tasche, die ich seit Tagen schon gepackt hatte. Ich dachte nicht einmal daran, mir etwas anderes als meinen Pyjama anzuziehen. Ich stürmte aus dem Zimmer und nahm eines der Taxis vor dem Krankenhaus. Craig würde nicht erfreut sein, dass ich mich gegen den Rat des Arztes entlassen hatte, aber mit ihm würde ich schon fertig werden. Ich hatte so meine Mittel ihn abzulenken. Das Gespräch mit Keira hingegen würde unangenehmer werden. Craig lag jetzt vermutlich schon im Bett, und wenn ich Glück hatte, würde er nicht einmal merken, dass ich mich mitten in der Nacht in mein eigenes Haus schlich. Ich reichte dem Taxifahrer zehn Euro, als er den Wagen vor der großen Haustür anhielt. Wie immer war die Tür nicht verschlossen. Ich schloss sie nie ab, ich hatte ja ein Tor, das unerwünschten Besuch fernhielt. Das Schloss klickte leise, als ich die Tür öffnete. Ich vermied es, Licht zu machen. Ich musste ja nicht provozieren, dass Craig aufwachte. Fast schon entschied ich mich dafür, auf der Couch zu schlafen, aber dann fiel mir ein, wie ungemütlich diese zum Schlafen war. Auf Zehenspitzen schlich ich mich in unser Schlafzimmer. Jetzt erwies es sich als sehr praktisch, dass ich immer noch meinen Pyjama trug. So würde ich mich nicht im Dunklen zum Schrank tasten müssen. Ich ließ die Jacke auf den Boden fallen und glitt geräuschlos in das Bett. Craigs Körper hob sich als schwarze Silhouette von dem Mondlicht ab, welches durch das geöffnete Fenster fiel. Er atmete ruhig und gleichmäßig. Ich hatte nicht vorgehabt ihn zu wecken, wenn er nicht von selbst aufwachen würde, aber nun fiel das silbrige Licht auf sein Gesicht und es schimmerte wie an dem Tag, als ich ihn das erste Mal in meinen Träumen gesehen hatte. Das Licht tanzte über sein Gesicht und zeichnete jedes Merkmal sanft heraus. Ich konnte nicht glauben, dass ich für einen Moment nicht mehr gewusst hatte, wer er war. Es war beängstigend, wie einfach ich ihn vergessen hatte. Jetzt, da ich mich erinnerte, schien mir das, was wir hatten, noch wertvoller. Ich musste es nicht bewusst steuern. Ich sank einfach in die Seelensicht und erblickte den silbrig blauen Faden, der mich mit Craig verband. Ein für mich sichtbarer Beweis, dass ich nicht mehr suchen musste.

Einem Impuls folgend, den ich nicht im Geringsten unterdrücken konnte oder wollte, legte ich sachte eine Hand an Craigs Wange. Ich erinnerte mich nur zu gut, dass diese einfache Berührung noch vor Monaten nicht möglich gewesen war. Tödlich hätte es damals eher getroffen. Ich neigte meinen Kopf zu ihm hinunter und küsste ihn. Eine Gänsehaut überfiel meinen Körper, als hätte ich ihn zum ersten Mal geküsst. Zuerst erwiderte er meinen Kuss, dann zuckte sein Kopf zurück und er blinzelte in die Dunkelheit.

»Janlan?«

Er klang verwirrt. Ich antwortete ihm nicht, sondern setzte mich auf seinen Schoß und verschränkte meine Arme hinter seinem Nacken. Ich küsste ihn erneut, nur nicht so zaghaft wie eben noch. Er wollte etwas sagen, was mich nur dazu verleitete ihn noch heftiger zu küssen. Ich spürte, wie sein Widerstand zu bröckeln begann. Mit meiner gesunden Hand fuhr ich über seine freie Brust und zeichnete seine Muskeln nach. Ich fühlte, wie er unter meiner Berührung zitterte. Liebevoll strich er mit seinen Fingern meinen Rücken hoch und wieder hinunter. Als seine Hand das dritte Mal meinen Rücken hinauf glitt, zog er mein Pyjamaoberteil mit sich. Es landete bei meiner Jacke neben dem Bett. Seine Finger fuhren nun über meine unzähligen Narben, die selbst bei dem Mondlicht noch gut sichtbar waren. Einige waren immer noch rot. Sie ließen mich nicht vergessen, dass ich gefoltert worden war. Das würde ich wohl nie vergessen dürfen. Craig hingegen sah sie als einen Teil von mir. Er küsste jede Einzelne und fast war es so, als würde mit jeder Berührung seiner Lippen ein wenig von dem Schmerz der Erinnerung verschwinden. Seine Lippen trafen nun auf eine Narbe an meinem Hals. Die Stelle war immer noch empfindlich und jagte einen Schauer durch meinen Körper.

»Ich liebe dich. Das darfst du nie vergessen«, flüsterte ich ihm leise ins Ohr. Es war nur für ihn bestimmt, der Rest der Welt sollte es nicht hören. Bevor ich es wirklich mitbekam, lag ich unter Craig und verschwand in den sich aufbäumenden Deckenbergen.

4
Ein Ausflug mit Schrecken

Als ich am nächsten Morgen von einem Sonnenstrahl auf meinem Gesicht geweckt wurde, lag mein Kopf auf Craigs Brust und ich hörte seinen leisen, rhythmischen Herzschlag. Es war wundervoll, seine warme Haut zu spüren. Nicht so wundervoll war der weiße Verband, der sich von seiner Hautfarbe abhob und mich wieder an alles erinnerte. Dieser Morgen hatte sich so normal angefühlt. So friedlich. Ich wusste, dass es trügerisch war. Und ich wusste, dass ich Recht hatte. Dass sich dort draußen etwas zusammenbraute. Ich würde es für mich behalten. So viel von dem normalen Leben leben, wie es mir möglich war. Und vor allem Craig und Keira ein normales Leben führen lassen. Bis jetzt war niemand anderem etwas geschehen. Warum also ihre heile Welt ins Wanken bringen?

»Guten Morgen«, flüsterte ich zu Craig. Ich streckte mich zu seinem Gesicht, um ihm einen Kuss zu geben, als ich merkte, dass er wach war.

»Morgen«, erwiderte er und drückte mich noch enger an sich. Es war perfekt und ich würde nicht diejenige sein, die diese Illusion zum Einsturz brachte. Nicht jetzt. Nicht heute und wenn möglich nie.

Ich hielt an meinem Plan fest. Oder eher versuchte ich an

meinem Plan festzuhalten. Allerdings geriet mein Entschluss bereits beim Mittagessen wieder ins Schwanken. Im Fernsehen liefen nebenbei die Nachrichten. Ich hörte normalerweise nicht wirklich zu. Heute tat ich es. Ich hatte Claras Foto aus dem Augenwinkel gesehen und stellte den Ton sofort lauter. Die Nachrichtensprecherin war die Art Reporterin, die Massen von Einschaltquoten haben musste und fast jeder ihrer Zuschauer war sicherlich männlich.

»Wieder liegt der Polizei ein weiterer Vermisstenfall vor. Vermisst wird die siebzehnjährige Clara Halfersen aus Amalen. Die Polizei bittet um die Mithilfe aller Bürger Alaniens und ist für jeden Hinweis auf Claras Aufenthaltsort dankbar. Clara Halfersen ist nun die Zweiundzwanzigste, die dieses Jahr verschwand. Die Polizei fürchtet Zusammenhänge zwischen den einzelnen Fällen, da es sich immer um Kinder und Jugendliche im Alter von acht bis achtzehn Jahren handelt. Die Polizei fordert alle Eltern auf, Kinder in diesem Alter nicht unbeaufsichtigt zu lassen und hofft auf eine baldige Aufklärung. Das war für sie Sandra Alberny, hier kommt jetzt How I Met Your Mother. Ich wünsche viel Spaß und einen wunderschönen Tag.«

Sie lächelte verführerisch und die Titelmelodie der Serie vermittelte einen unbeschwerten Eindruck. Mir hatte sich der Magen umgedreht.

»Bist du in Ordnung?«

Craig sah von seinem Buch auf und musterte mein blasses Gesicht. Ich ärgerte mich, dass ich zwar nicht rot werden konnte, sehr wohl aber blass.

»Mir geht's gut. Keine Sorge.«

Ich lief zum Sofa und setzte mich neben ihn, wobei ich mich an ihn kuschelte. Der Sonnenschein vom Morgen war wie ein weit entfernter Traum. Das Wetter war umgeschlagen. Regen prasselte nun gegen die Fensterscheiben und verhüllte alles, was weiter als zehn Meter entfernt war. Der perfekte Tag um die Zeit vor dem

Kamin zu verbringen. Ich trug einen von Craigs Pullis. Einen marineblauen mit V-Ausschnitt, der mir viel zu groß war, aber furchtbar bequem. Zudem hatte er noch so lange Ärmel, dass ich ohne Probleme den Verband verstecken konnte. Ich mochte es nicht, wie Craigs Gesichtsausdruck sich veränderte, wenn er ihn sah.

»Tut es noch weh?«

Er nickte zu meiner Hand und versuchte so beiläufig wie möglich zu klingen. Er hatte seinen Blick nicht wirklich vom Buch abgewendet.

»Nicht besonders.«

Ich zog den Ärmel über meine Hand und verschränkte die Arme vor der Brust. Ich fröstelte trotz des Kamins.

»Ist dir kalt?«

Sofort klang er besorgt. Es war lästig, wie vorsichtig Craig und Keira mit mir umgingen. Wie mit einem Porzellanpüppchen. Und ich war ganz sicher kein Püppchen. Ich war noch nie ein Püppchen gewesen und ich hatte mir auch nie gewünscht eines zu sein. Daher ärgerte es mich ganz besonders.

»Nicht mehr als sonst. Steht in der Zeitung etwas über Clara?«

Ich wollte ein ergiebigeres Thema finden, als die Tatsache, dass ich eine Frostbeule war, deren gängigstes Accessoire ein weißer Verband war. Er ließ sich darauf ein, wissend, dass ich nicht weiter über meine Hand reden würde.

»Nur das, was in den Nachrichten bekannt gegeben wurde und eine Liste von Namen der Kinder, die ebenfalls vermisst werden. Warum interessierst du dich so dafür?«

»Weil ich Clara kenne! Ich kenne Clara und ich kenne ihre ganze Familie. Ich bin mit ihr aufgewachsen. Wie kann dich das nicht interessieren? Sie würde nie freiwillig so lange wegbleiben. Ein, zwei Tage, ja. Aber nicht so lange. Und die anderen Kinder ... Das ist nicht normal und die Familien tun mir leid. Jemand sollte etwas unternehmen. Wir leben in Alanien und nicht in New

York. Wir können nicht raus aus Alanien. Das heißt, die Vermissten müssen irgendwo im Land sein. Wenn es einen Weg über die Berge geben würde, dann wären schon längst eine ganze Menge Menschen geflohen, als der Zirkel an der Macht war. Die Nachricht über einen Weg hinaus würde sich sicher verbreiten wie ein Waldbrand. Und es ist auch nicht so, als würde die Welt sich wirklich für uns interessieren. Klar, wir bekommen hier ihr Fernsehen und alles, aber kannst du dich erinnern, wann das letzte Mal jemand mit einem Bewohner eines anderen Landes geredet hat? Oder kannst du dich zumindest daran erinnern, dass deine Eltern etwas Derartiges mal erzählt haben? Ich nicht. Der Zirkel ist fort. Niemand sollte mehr Angst haben hier zu wohnen und wie soll man keine Angst haben, wenn Kinder und Jugendliche einfach verschwinden? Wie kann dich das kalt lassen? Clara wohnt fünf Straßen weiter. Ihr Onkel hat mich mehr als einmal wieder zusammengeflickt. Falls du dich erinnerst, er hat mir erst kürzlich das Leben gerettet.«

Ich wurde immer wütender und das Letzte war unfair gewesen, allerdings konnte ich nicht anders. Ich spürte, wie mein Herzschlag zu rasen begann und ich viel zu schnell atmete. Craig packte mich an den Schultern und zwang mich ihn direkt anzusehen.

»Janlan beruhige dich. Ich bin genauso besorgt um Clara wie du. Ich wollte dich nicht unnötig aufregen. Das wird sich alles sicher aufklären. Die Polizei unternimmt schon alles, was in ihrer Macht steht. Sie werden Clara finden.«

Ich sah, wie sein Blick besorgt über meine Hand huschte, als würde er fürchten, die Naht würde durch den Stress erneut aufreißen. Dieser simple Blick brachte mich nur noch mehr in Rage.

»Hör auf damit!«

Ich spürte, wie Hitze in mein Gesicht stieg. Craig sah nun völlig verwirrt aus.

»Womit?«

»Mich zu behandeln, als würde ich jeden Moment zerbrechen.

Mir geht es gut! Also hör auf damit. Hör auf mich anzusehen, als würdest du befürchten, dass ich durchdrehen würde. Hör auf immer auf meine Hand zu starren. Hör einfach auf damit! Ich bin es leid.«

Ich stand auf und rannte fast aus dem Zimmer, wobei ich die Tür hinter mir heftig zuschlug. Ehe ich mich versah, saß ich auch schon hinter dem Steuer meines eisblauen Ford Mustang GT und raste die Landstraße entlang. Ich schlitterte beinahe um jede Kurve und nahm kaum wahr, wohin ich eigentlich fuhr. Alleine der Seelensicht verdankte ich, dass ich mit keinem entgegenkommenden Auto zusammenstieß. Ich sah die Seelenenergien früh genug, um meinen Fahrstil für einen Moment zu zügeln. Mein Handy hatte ich auf den Rücksitz geworfen. Ich hörte, wie es einige Male vibrierte, dachte aber nicht einmal daran ran zu gehen. Ich hoffte für Craig, dass er nicht gleich zu Keira rannte.

Ich fuhr bestimmt schon eineinhalb Stunden, als ich schließlich rechts an den Straßenrand fuhr. Ich war am Fuß des Heldras. Mein Blick wanderte den Berg hinauf. Ich legte den Rückwärtsgang ein und fuhr ein kurzes Stück zurück. Ich dachte, ich hätte einen kleinen Weg gesehen, der sicher ein wenig den Berg hinauf führte. Er war gerade breit genug, dass der Mustang dort entlang fahren konnte. Der Regen prasselte unaufhörlich auf die Frontscheibe. Er war so stark geworden, dass die höchste Stufe der Scheibenwischer kaum ausreichte. Ich würde später nicht wenden können, aber vorerst war mir das egal. Ich hielt den Wagen an und langte nach hinten und holte meinen Regenmantel hervor. Ich hatte vor langer Zeit gelernt, dass es oft sehr hilfreich sein konnte, diverse Dinge immer im Auto zu haben. Ein Regenmantel gehörte dazu. Ich schlug die Tür zu und folgte dem Rest des Weges zu Fuß. Der Pfad wurde immer schmaler und von allen Seiten ragten Büsche und Sträucher auf den Weg. Hier war wohl seit sehr langer Zeit niemand wirklich langgelaufen. Die Dornen der Büsche kratzten über meine Jacke und der Boden fing unter meinen Füßen an zu knatschen. Ich lief bestimmt schon eine halbe Stunde durch den Regen, als ich eine Art Höhle erspähte. Okay, es war mehr eine kleine Einbuchtung, aber es reichte, um für eine Weile dem Regen zu entkommen. Der Tag war inzwischen alt geworden und die Sonne versuchte ein letztes, vergebliches Mal, sich durch die dunklen Wolken zu schlagen. Eine schwarze undurchdringliche Wand, die sich immer weiter auszubreiten schien. Die Temperatur war erheblich gefallen und doch machte ich noch keine Anstalten zurückzufahren. Ich liebte den Duft von Regen und für den Moment beruhigte mich sein monotones Geräusch.

Inzwischen tat mir mein Ausbruch schon ein wenig leid. Ich würde einiges wieder gut zu machen haben. Gerade als ich aufstehen wollte, um zu gehen und Craig aus seiner Sorge zu befreien, verharrte ich mitten in meiner Bewegung. Da waren sie wieder. Grüne Blitze. Sie zuckten über den schwarzen Hintergrund und hüllten alles in ein unheimliches Grün. Meine Hand fuhr unweigerlich an meine Brust und suchte nach dem Amulett. Ich atmete erleichtert auf, als meine Finger auf den kühlen Gegenstand stießen. Mit jedem grünen Blitz hatte ich das Gefühl, dass diese unheimliche Kraft ihre Finger nach mir ausstreckte und die Kontrolle über meinen Körper haben wollte. Ich schauderte. Eine Reaktion, die der kalte Regen nicht bei mir hatte auslösen können. Was hatte es mit diesen Blitzen auf sich? Ein erneuter Schauer überfiel mich. Dieser kam nicht von den Blitzen. Ich drehte mich ruckartig herum. Ich hatte das dumpfe Gefühl gehabt, dass hinter mir jemand war. Ich kniff die Augen zusammen und starrte in die Dunkelheit der nicht allzu tiefen Höhle. Ich konnte nicht das Geringste erkennen. Dennoch war ich mir sicher, dass da jemand oder etwas war. Ich glitt in die Seelensicht und der vertraute Schleier der Unschärfe legte sich über meine Augen. In meiner Brust sammelte sich die Furcht, dass ich jede Sekunde eine rote Seelenenergie erblicken würde. Die Seelenenergie eines Seelenjägers. Ich hatte meine Dolche nicht bei mir. Ich wäre schutzlos ausgeliefert ...

Da war nichts Rotes. Kein verhasstes Pulsieren einer roten Seelenenergie. Ich entspannte mich ein wenig. Ich reagierte einfach über. Da war nichts. Die grünen Blitze hatten mich nervös gemacht. Vielleicht sogar ein wenig paranoid. Der Zirkel der Seelensammler war zerstört. Es gab keine Seelenjäger mehr und auch keine Sammler.

Gerade als ich dachte mich wieder unter Kontrolle zu haben, erhellte ein erneuter grüner Blitz das Innere der Höhle. Ich piepste einen hysterisch hohen Ton, als ich den Umriss einer annähernd menschlichen Gestalt sah. Sie stand mir gegenüber am anderen Ende der Höhle. Sie schien merkwürdig verkrüppelt und klobig. Ich erstarrte. Angst schnürte mir die Brust zu. Ich hatte nichts gesehen. Da war keine Seelenenergie gewesen. Nichts. Ich war alleine gewesen. Kein anderer Mensch im Umkreis von zehn Kilometern. Vielleicht war es auch nur ein merkwürdig geformter Fels und meine Fantasie ging einfach mit mir durch.

»Hallo?«, flüsterte ich heiser in die wiedergekehrte Dunkelheit. Meine Ohren waren bis auf das Schärfste gespitzt. Ich lauschte auf jedes noch so kleine Geräusch. Ich wusste nicht, ob das, was ich gerade tat, sehr mutig oder einfach nur sehr dumm war. Ich würde Letzteres vermuten, wenn ich an die ganzen Horrorfilme dachte. Und dennoch wiederholte ich unsicher: »Hallo?«

Ein Scharren hallte zu mir herüber, gefolgt von einem grauenvollen Röcheln. Ich sprang herum und rannte aus der Höhle. Wie dumm war ich gewesen. Ich sah nicht zurück. Ich rannte oder schlitterte viel mehr den Berg hinunter. Der Boden war matschig und glitschig. Es war fast unmöglich einen sicheren Halt zu finden. Ich rannte so schnell es die Umstände zuließen und wagte es fast nicht zu atmen. Was war das bloß gewesen? Wieso hatte ich es nicht sehen können? Der Anblick meines eisblauen Mustangs war wie ein Geschenk des Himmels. Ich sprang in den Wagen und schlug die Tür zu, nur um sie dann gleich von innen zu verriegeln.

Mit zitternden Händen steckte ich den Schlüssel in das Zündschloss, während ich bereits den Rückwärtsgang einlegte. Die Reifen drehten durch und für einen Moment schien es, als würde ich nicht von der Stelle kommen. Ich fühlte mich jetzt wirklich wie in einem dieser schlechten Horrorfilme. Gleich würde wahrscheinlich noch die verkrüppelte Gestalt im Regen vor mir auftauchen. Dann endlich sprang der Wangen mit einem Ruck zurück und der Matsch flog unter den Rädern davon. Ich fuhr nicht weniger halsbrecherisch als zuvor, nur hatte es dieses Mal einen ganz anderen Grund. Ich atmete erst wieder normal, als ich auf die Landstraße nach Amalen einbog und der Berg weit hinter mir lag. Was auch immer das war, hierher hatte es mir zu Fuß nicht folgen können. Zumindest hoffte ich, dass dem so war. Offensichtlich wusste ich nicht viel. Oder war es doch nur ein Fels gewesen? War ich dabei durchzudrehen? Ich schüttelte den Kopf, als würde das alles beheben. Ich war nicht verrückt. Und das war kein Fels gewesen. Es hatte sich bewegt und Geräusche gemacht. Es hatte gelebt. Aber warum hatte ich dann seine Seelenenergie nicht gesehen? Ich starrte immer weiter auf die Straße und versuchte etwas durch den Schleier der dicken Regentropfen zu erkennen. Dass ich noch nicht von der Straße abgekommen war, konnte ich wohl als ein Wunder verbuchen. Als ich den Mustang vor meiner Haustür anhielt, war es halb zwölf. Ich konnte nirgends Keiras Fahrrad erkennen. Craig war so klug gewesen, sie nicht mit in unsere kleine Auseinandersetzung hineinzuziehen. In mir stiegen unaufhaltsame Schuldgefühle auf. Ich hatte völlig überreagiert und Craig war wahrscheinlich schon krank vor Sorge. Nur zögerlich überwand ich mich, die Tür aufzustoßen.

»Craig?«, rief ich ein wenig zu leise. Ich ging in die Küche und wollte gerade das Licht einschalten, als ich Schritte aus dem Wohnzimmer kommen hörte.

»Craig?«, fragte ich erneut.

Die schweren dumpfen Schritte wurden schneller. Ich hatte

erwartet, dass sie sich auf mich zu bewegen würden, nun hörte es sich allerdings so an, als würden sie leiser werden.

»Craig, bist du da?«

Ich spürte, wie ich unruhig wurde. Was, wenn das nicht Craig war. Meine Hände zuckten zu meinen Waden, wo sie normalerweise die Griffe meiner Dolche gefunden hätten, die aus meinen schwarzen Stiefeln ragten. Heute nicht. Ich trug nur meine inzwischen völlig durchnässten Chucks. Sie knatschten bei jedem Schritt, als ich mich ins Wohnzimmer vortastete. Gerade als ich ein merkwürdiges Knacken aus der linken Seite des Wohnzimmers hörte, schaltete jemand das Licht ein. Ich blinzelte überrascht.

»Janlan, da bist du ja endlich.«

Craig stand in der Tür zum Schlafzimmer und sah mich erleichtert an. Ich hingegen musste ein wenig verwirrt aussehen. Ich hatte sofort, als das Licht anging, in die Ecke geschaut, aus der das dumpfe Geräusch gekommen war. Dort war nichts. Nichts was nicht hätte dort sein sollen. Ich schüttelte den Kopf. Meine Nerven waren einfach überreizt.

»Craig, es tut mir leid.«

Ich schlang meine Arme um seine Taille und drückte mich fest an ihn. Der Schrecken saß mir immer noch in den Knochen und im Moment wollte ich mich einfach nur sicher fühlen. Ein Gefühl, das ich in Craigs Nähe immer hatte. Auch er legte einen Arm um mich und fuhr mit der anderen durch meine langen lockigen Haare, die dank der Regenjacke einigermaßen trocken waren. Er küsste mich auf die Stirn, wie er es seit der Nacht in der heißen Quelle oft tat. Dann drückte er mich noch fester und flüsterte mir zu: »Dir passiert nichts. Das werde ich niemals zulassen.«

Stumme Tränen flossen über meine ohnehin nassen Wangen. Ich hatte ihn nicht verdient. Ich hatte ihn vor Stunden wahllos angeschrien und nun tröstete er mich, ohne wirklich zu wissen, was passiert war oder was mich so aufwühlte. Er fragte mich auch nicht danach. Er war einfach da und liebte mich. Ohne Bedingung, ohne Einschränkung. Er war Craig. Er war mein Craig. Ich stellte mich auf die Zehenspitzen, um sein Gesicht zu erreichen. Ich küsste ihn und meine ganze Dankbarkeit für seine bloße Existenz lag in diesem einen Kuss, der sich anfühlte wie eine wundervolle Ewigkeit, in der nur er und ich existierten.

5
Ein unerwarteter Brief

Das war die letzte Nacht, in der ich die grünen Blitze über den Himmel hatte zucken sehen. Ich war dankbar für jeden Tag, der ohne sie verstrich und langsam verflüchtigte sich das Gefühl, das so beharrlich an mir gezerrt hatte. Drei Wochen waren seit dem Abend in der Höhle vergangen und ich war mir nicht mehr sicher, ob ich dieses Wesen wirklich gesehen hatte. Mit der verstrichenen Zeit verschwammen seine Umrisse immer mehr zu denen eines leblosen Steines. Ich entschied, dass es meine Nerven gewesen waren, die mich hatten mehr sehen lassen, als es wirklich zu sehen gab. Meine Hand war so gut wie verheilt. Nur ein leichter Schorf bedeckte noch die Wunde und würde bald einer roten Narbe weichen. Ich freute mich nicht über diese neue Narbe und erst recht nicht über die Geschichte, die mit ihr kam, aber ändern konnte ich es nicht, also musste ich es wohl oder übel akzeptieren. Weder Keira noch Craig hatte mich noch einmal nach der Horrornacht gefragt und ich hatte auch nicht mehr davon angefangen. Sie nahmen hin, dass es ein Unfall war und ich dachte nicht daran sie eines Besseren überzeugen zu wollen. Ihre Welt heil zu lassen war mehr in meinem Interesse und ich redete mir ein, dass es ein Albtraum gewesen war. Auch wenn ich genau wusste, dass das nicht der Wahrheit entsprach. Wir hatten inzwischen den siebenundzwanzigsten Mai. Das verrückte Wetter würde sich hoffentlich bald verabschieden. Man wusste nie, welche Kleidungsstücke am nächsten Tag benötigt wurden. Heute war ein langärmliges Shirt ausreichend. Gestern war ich in meinem Lieblingspulli durch den Tag gegangen.

Die Sonne verteilte gerade ihre wohlig warmen Strahlen, als ich die Einfahrt hinunter zum Briefkasten lief. Ich ärgerte mich immer wieder darüber, wie mein Großvater – oder wer auch immer meiner Vorfahren - auf die Idee gekommen war, den Briefkasten soweit vom Haus entfernt aufzustellen. Ich winkte meinem Gärtner Mister Kelson zu, als ich gerade die Einfahrt erreichte. Er pflegte die Beete, die sich zwischen den Bäumen die Einfahrt hinauf schlangen. Ohne Gärtner würde ich in einer trockenen Einöde wohnen. Ich schaffte es, jede Pflanze umzubringen. Wenn ich sie nicht vertrocknen ließ, ertränkte ich sie. Ich hatte es noch nicht geschafft, das Mittelmaß zu finden.

Der Briefkasten knarrte, als ich ihn aufzog. Er war einer dieser altmodischen, die ein Fähnchen hatten, das anzeigte, ob Post da war. Ich musste daran denken, die Klappe zu ölen oder den Rost irgendwie zu entfernen. Was auch immer gegen dieses Knarren helfen würde. Die Post stapelte sich im Innern und wurde von der heutigen Zeitung auch noch zusätzlich zusammen- gequetscht. Ich warf unbewusst einen Blick auf die Titelseite. Das Gesicht eines Jungen blickte mir entgegen. Er war sicher erst neun und schien ein aufgeweckter kleiner Kerl zu sein. Sein Lächeln war von der Sorte, das ansteckte und einen durch den Tag trug. Ungewöhnlicherweise war es ein Farbfoto. Für gewöhnlich druckte die Zeitung nur schwarz-weiß. Ich legte die restliche Post auf die flache Sandsteinmauer, die die Einfahrt einrahmte. Ich schlug die Zeitung auf, um die Schlagzeile lesen zu können.

„Benjamin Derian, Nummer dreiundzwanzig?“

Ich starrte auf die Überschrift und fing dann langsam an zu lesen. Benjamin war gerade mal acht. Seine Eltern waren mit ihm in der

Nähe des Waldrandes von Weralt spazieren gewesen. Seine Mutter hatte sich nur einen Moment abgewandt, um mit einer zufällig getroffenen Bekannten zu reden. Als sie wieder nach ihrem Sohn sehen wollte, war dieser nirgends zu finden. Nach dem Bericht hatte die Polizei Tage damit verbracht, den Wald nach dem Jungen abzusuchen. Ohne Ergebnis. Nun gingen sie davon aus, dass auch Benjamin entführt wurde. Ich sah unverwandt in die hellen braunen Augen, die mich so unschuldig von der Zeitung aus ansahen. Eine Träne fiel auf das Zeitungspapier und verschmierte die Tinte. Ich zerknitterte die Zeitung, als ein Funken des Gefühles in meinem Magen aufflammte.

»Nein. Nicht schon wieder«, sagte ich zu niemand Bestimmten. Mister Kelson sah auf und schien für einen Moment verunsichert, ob ich mit ihm geredet hatte. Vor Wut ballte ich die Hand, in der ich die Zeitung hielt, zu einer Faust. Das Papier knirschte und verzerrte das junge Gesicht zu einer merkwürdigen Fratze. Ich versuchte, mich zu beruhigen und dachte, dass das Sortieren der restlichen Post dabei helfen würde. Rechnung, Rechnung, Werbung, Rechnung und noch mehr Rechnungen. Als ich zum letzten Briefumschlag kam, sah ich verwundert auf den Absender. Paul Ericson.

Paul Ericson war der Name, unter dem mein Großvater nun lebte. Zumindest hatte er das zu der Zeit des Zirkels. Warum hatte er nicht seinen richtigen Namen wieder angenommen? Verwundert riss ich den Briefumschlag an einer Ecke ein und zog den Brief heraus. Die krakelige, fast nicht mehr leserliche Schrift meines Großvaters nahm unverkennbar das gesamte Papier ein. Ich hatte seit dem Tag auf der Terrasse des Hotels in Solem nichts mehr von ihm gehört. Ich war mir nicht einmal sicher, ob ich überhaupt etwas von ihm hören wollte. Ich hatte ihm nie richtig verziehen, dass er mich mit neun Jahren alleine gelassen hatte und das hatte sich bis heute nicht geändert, obwohl ich nun seine Gründe kannte. Ich klemmte mir den Rest der Post, zusammen mit der Zeitung, unter den Arm und lief die Auffahrt zurück, während ich anfing den Brief zu lesen.

Liebe Janlan,

es tut mir leid, dass du erst jetzt von mir hörst. Es gibt viel zu tun, seit du den Zirkel ausgeschaltet hast und du sollst wissen, dass ich sehr stolz auf dich bin. Ich habe nie daran gezweifelt, dass du es schaffen kannst. Allerdings bedeutet Oberhaupt des Ordens von Alverra zu sein mehr als der letzte gewonnene Kampf gegen den Zirkel. Der Orden dient dem Schutz Alaniens. Der Zirkel war immer die größte Bedrohung, aber nun, da dies nicht mehr der Fall ist, bin ich über etwas gestolpert, dass womöglich die Aufmerksamkeit des Ordens erfordert. Du bist das Oberhaupt und somit ist es deine Aufgabe, dem nachzugehen und solltest du auf etwas stoßen, so musst du die Bewohner von Alanien davor beschützen. Sicher sind dir schon die vermehrten Vermisstenfälle aufgefallen. Das Ganze ist schon einmal geschehen, vor ungefähr fünfunddreißig Jahren. Auch damals sind Kinder und Jugendliche verschwunden. Nach fünf Jahren hat es aufgehört, aber die Polizei hat die Opfer nie gefunden. Damals waren mehr als hundert Personen verschwunden. Ich fürchte, es fängt von neuem an. Als Oberhaupt musst du dafür sorgen, dass die Vergangenheit sich nicht wiederholt.

Paul Ericson

Ungläubig drehte ich den Brief immer wieder um und suchte nach dem Rest des Briefes. Da musste noch etwas folgen. Das konnte es unmöglich gewesen sein. Kein: Ich bin froh, dass du noch lebst. Keine Frage, wie es mir jetzt geht oder wie mein Leben seit dem gelaufen ist. Nichts was darauf hinwies, dass er mein Großvater war. Ich drehte den Brief erneut und hielt ihn ins Licht. Ich schöpfte jede Möglichkeit nach einer versteckten Botschaft aus. Da war nichts. Nichts. Rein gar nichts. Das war der erste Brief meines Großvaters, nach neun Jahren, und der erste, seit er mich in den tödlichen Kampf gegen den Zirkel geschickt hatte und nun ... Jetzt, wo alles gut sein sollte, teilte er mir in einem Brief mit, dass da womöglich etwas sein könnte. Eine Vermutung, wegen der ich bei meinem Leben erneut auf die Pause-Taste drücken sollte, um ihr nachzugehen. Denn das wäre ja meine Aufgabe als Oberhaupt des Ordens. Eine vertraute Wut brodelte langsam in mir hoch. Ich hatte nie darum gebeten, das Oberhaupt zu werden. Ich wollte nie verantwortlich für die Sicherheit eines ganzen Landes sein. Ich wollte auch nie das Leben meiner besten Freundin und das meines Freundes oder mein eigenes aufs Spiel setzen. Ich hatte um all das nicht gebeten und nun legte mein einziger lebender Verwandter diese Verantwortung wieder auf mich. Erneut ballte sich meine Hand zu einer Faust. Mein Herz raste und ich spürte die vertraute Übelkeit, die mich jedes Mal überfiel, wenn ich mich aufregte. Das musste ein Scherz sein. Das war nicht wirklich ein Brief meines Großvaters. Ich versuchte mir dasselbe einzureden wie damals, als ich die Truhe fand. Damals war es kein Scherz gewesen. Ich glättete das zerknirschte Papier und faltete es dann auf eine winzige Größe zusammen und stecke es in meine Gesäßtasche. Ich hatte inzwischen die Haustür erreicht und atmete tief ein, um mich zu beruhigen und die lauernde Übelkeit zu unterdrücken. Ich atmete ein letztes Mal ein und legte dann die Hand auf die kühle Türklinke.

»Wieder da?«, erklang Craigs Stimme aus der Küche.

»War nur am Briefkasten«, antwortete ich, als ich mich ihm gegenüber an den Esstisch setzte. Er hatte gerade eine Schüssel Kelloggs gegessen und schob nun die leere Schüssel von sich weg.

»Hast du heute schon die Nachrichten gesehen?«, ich sah ihn fragend an. Vor meinen Augen erschien wieder das lächelnde Gesicht des kleinen Benjamins. Craig schüttelte den Kopf.

»Die Nachrichten waren gerade vorbei, als ich den Fernseher eingeschaltet habe. Wieso?«

Ich gab ihm die Zeitung und wartete, bis er den Artikel gelesen hatte. Ich beobachtete, wie auch er zunächst lächelte, als er das Foto sah. Das änderte sich mit dem Sehen der Schlagzeile. Langsam faltet er die Zeitung wieder zusammen und legte sie neben die leere Schüssel.

»Die Eltern tun mir leid. Die Polizei sollte doch langsam den Entführern auf die Spur kommen. Ich meine, dreiundzwanzig! Bei einem dieser Fälle muss derjenige, oder diejenigen, einen Fehler begangen haben.«

Er hatte Recht. Man sollte wirklich annehmen, dass die Polizei eine Spur hatte. Sofern es normale Entführungen waren, die die Polizei auch wirklich lösen konnte. Nichts Übernatürliches, das in meinen Aufgabenbereich fallen würde. Zumindest, wenn es nach meinem Großvater ging.

»Meinst du, sie finden sie?«

Er seufzte traurig.

»Ich hoffe es, aber wenn sie bis jetzt nichts haben ...«

Ich biss mir auf die Lippen und ballte die Hände unter dem Tisch zu Fäusten. Wieder hatte er Recht. Die Polizei schien dem nicht Herr zu werden.

»Hat Keira angerufen, während ich draußen war?«

Er schüttelte wieder den Kopf.

»Nur die Post. Ein Paket mit Büchern ist für dich angekommen.«

Amalen hatte keinen Paketservice. Daher wurden alle Pakete in die Postfiliale im Zentrum gebracht. Ich hatte erst vor drei Tagen ein paar Bücher bestellt. Es war verblüffend, wie schnell die Online-Geschäfte inzwischen lieferten. Ich warf einen Blick auf meine Handyuhr. Es war gerade erst halb elf.

»Ich denke, ich geh das Paket mal holen. Wann musst du arbeiten?«

Craig hatte sich gleich, nachdem er zu mir gezogen war, einen Job in Amalen gesucht. Es half, dass ich einigermaßen bekannt war, obwohl ich selbst nicht besonders viele kannte. In einem großen, Villa ähnlichen Haus zu wohnen, brachte automatisch einen gewissen Bekanntheitsgrad mit sich. Er hatte einen Job beim Teldian Verlag bekommen. Er war der Assistent der Lektorin Eleanor Wersten, eine Bekannte von Hendrik Albert, der wiederum ein Freund von Selena Halfersen war. Sie war Doktor Halfersens Schwester und er hatte nur zu gerne die Hebel für Craig in Bewegung gesetzt.

Es war furchtbar, wenn ich wieder daran dachte, was die Halfersens gerade durchmachen mussten. Clara war immer noch nicht wieder aufgetaucht.

»Erst um fünf, Eleanor meinte aber, ich könnte mir jederzeit freinehmen.«

Er sagte es so beiläufig, dass ich stutzig wurde.

»Weshalb solltest du das tun?«, fragte ich bereits leicht verärgert und zog misstrauisch eine Augenbraue hoch. Eine unmissverständliche Warnung. Er sollte bloß nicht wieder anfangen, mich zu bemuttern. Alleine die Vorstellung benötigte meine ganze Selbstbeherrschung. Er zuckte unschuldig mit den Schultern. Eine Geste, mit der er mich beruhigen wollte.

»War nur ein allgemeingültiges Angebot von ihr.«

Ich ging darauf nicht weiter ein. Das war die einfachste Methode dem Thema ein Ende zu bereiten.

»Ich gehe jetzt. Vielleicht gehe ich auch noch bei Keira vorbei, also wunder dich nicht, wenn ich vor fünf nicht wieder da bin.«

Ich ging um den Tisch herum und küsste ihn. Auch wenn ich ein wenig sauer war, so wollte ich mir doch keine Gelegenheit entgehen lassen, ihn zu küssen. Dafür waren seine Lippen einfach viel zu einladend und seine Küsse zu gut. Das jungenhafte Grinsen, das ich so liebte und dem ich nie widerstehen konnte, erschien auf seinem Gesicht.

Ich zog die Tür hinter mir ins Schloss und sogleich überfiel mich mein schlechtes Gewissen. Ich log Craig nicht gerne an, aber manchmal musste es sein. Zumindest war die Hälfte wahr gewesen. Ich stieg wirklich in meinen eisblauen Mustang und fuhr zum Postamt. Bücher waren immer ein gutes Mittel um mich zu beruhigen oder abzulenken und das könnte ich nachher vielleicht noch gebrauchen. Ich kam gerade dort an, als Misses Denver die Tür abschließen wollte. Wie es in einer Kleinstadt war, ließ sie mich noch hinein und überreichte mir lächelnd mein Paket. Es waren acht Bücher, die jetzt im Pappkarton auf meiner Rückbank lagen. Da es so ein schöner Tag war, zumindest was das Wetter betraf, beschloss ich das Verdeck des Mustangs zu öffnen. Es war immer ein wundervolles Gefühl, wenn der Sommer anbrach und Fahrten mit offenem Verdeck wieder möglich wurden. Der Fahrtwind zerrte an meinen Haaren und ließ den Deckel des Kartons klappern. Ich fuhr nicht, wie ich zu Craig sagte, zu Keira, sondern fuhr an Amalens Grenzen entlang zur Unendlichen Schlucht. Mein üblicher Ort, wenn ich das Bedürfnis hatte nachzudenken. Ich entschied mich die Fahrt richtig auszukosten und drückte das Gaspedal durch und schaltete in den fünften Gang. Der Mustang jagte nun mit hundertvierzig über die Straße. Die Staubwolke, die hinter dem Wagen erschien, als ich ihn mit einer Vollbremsung zum Stehen brachte, war beeindruckend. Von weitem hätte man sicher weder mich noch mein Auto gesehen, so dicht war die Wolke. Ich lachte vergnügt auf und freute mich an dem anhaltenden Adrenalinstoß, den meine brisante Fahrt ausgelöst hatte. Ich sprang aus dem Auto, ohne es abzuschließen und ging ein Stück die Schlucht entlang, bis ich mich an die Felskante setzte und den Brief aus meiner Tasche zog. Ich starrte das zusammengefaltete Papier minutenlang an. Ich war mir nicht sicher, ob ich ihn wirklich noch einmal lesen wollte. Ich legte den Brief neben mich und beschwerte ihn mit einem Stein. Meine Füße schlugen wieder gegen die Felswand, während sie über der breiten Felsspalte pendelten. Kleine Steinchen lösten sich und fielen in die nie endenwollende Schlucht. Erst jetzt nahm ich die Vogelgesänge um mich herum wahr und fragte mich, seit wann die Vögel zurück waren. Und überhaupt schien die ganze Welt wieder erwacht zu sein, ohne dass ich es mitbekommen hatte.

Ich atmete einmal tief ein und nahm den Stein vom Brief, wobei ich aufpasste, mich nicht wieder an einer scharfen Kante zu schneiden. Unwillig faltete ich den Brief auseinander und las ihn erneut. Nicht nur einmal, auch nicht zweimal ... Ich lass ihn viermal. Seine Bedeutung veränderte sich jedoch nicht und ich fand auch keine versteckte Botschaft oder etwas anderes, das ich zwischen den Zeilen hätte lesen können. Da war nichts. Rein gar nichts. Ich spürte die Wut in mir aufkochen und die Hitze in meinen Kopf steigen.

»Alter, mieser Sack!«

Das, was ich vorhin zurückgehalten hatte, brach nun in Form von sämtlichen mir bekannten Schimpfwörtern aus mir heraus. Ich wartete nur darauf, dass die Vögel bei meinem Gefluche aus den umstehenden Bäumen flüchteten.

»Wie kann dieser Mistkerl, dieser Arsch, uhh ...«, brüllte ich und stampfte mit den Füßen in die sandige Erde.

»Wie kann er es wagen? Schon wieder! Zehn. Nein fast elf Jahre kein Wort und jetzt will er mich gleich zweimal kurz hintereinander in etwas rein schubsen, von dem ich keine Ahnung habe! Verblödeter, vergesslicher, alter Sack!«

Je länger meine Beschimpfungen anhielten, umso wütender schien ich zu werden. Es war nicht direkt der Brief, sondern das, was er bedeutete und das, was er in mir auslöste. Ich war schon längst aufgesprungen und lief die Kante auf und ab, wobei ich auch nicht gerade wenig Staub aufwirbelte, und zum Teil legte ich es darauf an.

»Das kann er nicht machen! Nicht einfach so! Nicht schon wieder! Nicht mal eine Adresse oder wenigstens eine E-Mail-Adresse. Nichts! Und dann unterschreibt er mit Paul Ericson. Das ist nicht sein Name! Und brauchen tut er ihn auch nicht mehr! Was soll dieses Maskeradespiel? So was Kindisches und das von einem alten Mann! ›Du bist das Oberhaupt und somit ist es deine Aufgabe, dem nachzugehen, und solltest du auf etwas stoßen, so musst du die Bewohner von Alanien davor beschützen‹, äffte ich meinen Großvater nach. Ich habe nicht darum gebeten eine Seelenseherin zu sein! Geschweige denn das Oberhaupt eines Ordens, über den ich so gut wie absolut nichts wusste.

»Schön, ihm kommen die Entführungen merkwürdig vor, aber das findet auch jeder andere in Alanien! Was genau kann ich tun, was die Polizei nicht schon getan hat!«

Ich kickte einen Stein in die Schlucht. Ich wusste, dass ich mich selbst belog. Ich konnte mehr tun als die Polizei. Ich hatte Wissen, das die Polizei nicht besaß, und zwar das Wissen um Magie, und ich hatte eine Fähigkeit, die auch nicht besonders verbreitet war. Es war das Aufgezwungene, das mich so erzürnte. Die Formulierungen, dass ich mal wieder keine Wahl hatte. Dass ich nicht Herrscher über mein eigenes Leben war, sondern mir dieses von meinem Erbe diktiert wurde. Ich hasste dieses Gefühl, keinen Ausweg zu haben. Ich wollte nicht wieder unter der Last ersticken und trotzdem fühlte ich mich verpflichtet, dem Drängen meines Großvaters nachzukommen. Ich hasste mich dafür, dass ich mich dem nicht wiedersetzte. Ich kickte weiter Steine in den Abgrund und fluchte immer weiter vor mich hin. Meine Flüche wurden unterbrochen, als mich ein Kitzeln in meiner rechten Hosentasche ablenkte. Ich zog mein Handy heraus und sah auf das Display. In weißen Buchstaben stand dort Keira. Ich atmete ein paar Mal ein und aus und versuchte meiner Stimme einen ruhigen Ton zu verleihen.

»Hey, was gibt's?«, fragte ich so unbefangen wie möglich.

»Wo bist du?«, erklang Keiras Stimme aus dem kleinen Lautsprecher. Nicht mal ein ›Hallo‹ dachte ich missmutig.

»Unterwegs. Besorgungen machen.«

Es blieb einen Moment ruhig, was ich als kein gutes Zeichen interpretierte.

»Besorgungen? Hast du dafür nicht deine zwei Hausangestellten? Außerdem meinte Craig, du würdest zu mir kommen. Ich hab bei dir daheim angerufen.«

Sie war misstrauisch. Das Letzte, was ich jetzt gebrauchen konnte, war, dass Keira etwas von der Sache mitbekam. Sie musste es nicht wissen. Noch war es nur meine Sache.

»Ich hatte Lust, es mal selbst zu übernehmen. Es ist so ein schöner Tag.«

Dass sie mir das abkaufte, war mehr als unwahrscheinlich. Der letzte Satz hatte sich schon für meine Ohren absolut falsch angehört. Wie war das dann bloß für Keiras.

»Ach so«, kam es trocken zurück.

»Es ist nicht irgendetwas anderes. Da gibt es nichts, das du mir erzählen möchtest?«

Ich biss mir auf die Lippen. Nur gut, dass sie mich nicht sehen konnte.

»Eigentlich nicht. Warum fragst du?«

»Weil du nicht gekommen bist.«

Ich verdrehte die Augen und wieder war es gut, dass sie das nicht sah.

»Ich habe dir nicht gesagt, dass ich komme.«

»Aber Craig.«

Ich beschleunigte meine Schritte. Ein Zeichen, dass mir dieses Gespräch nicht gefiel.

»Schön. Ich habe es dir aber nicht gesagt. Herrje, Keira, Craig und ich sind nicht eine Persönlichkeit. Ich treffe eigene

Entscheidungen und manchmal kommt es sogar vor, dass ich ihn nicht über jeden meiner Schritte informiere. Es war nur ein Gedanke, den ich hatte und vielleicht noch in die Tat umgesetzt hätte.«

Ich klang patzig und sicher auch ein wenig zickig, aber das war mir gerade egal.

»Ist ja gut. Du musst nicht gleich an die Decke gehen. Was ist bloß schon wieder los mit dir?«

Ich wusste, dass die Schützerin in ihr erwacht war. Sie spürte meine Unsicherheit, meinen Zorn und vielleicht sogar meine Angst, die ich mir selbst noch nicht eingestand. Nicht mehr lange und die Schützerin in Keira würde erkennen, dass ich etwas verheimlichte, das vielleicht durchaus gefährlich werden konnte. Noch hatte ich ja keine Ahnung, mit was ich es zu tun hatte.

»Nichts. Ich habe nur schlecht geschlafen und deshalb Kopfschmerzen. Tut mir leid, wenn ich unfair war.«

»Ich dachte, das wäre besser geworden«, fragte sie nun wieder misstrauisch.

»Schon, aber ich musste heute Nacht an Clara denken und habe daher nicht so viel geschlafen. Mehr nicht. Ich rufe dich morgen an. Einverstanden?«

Ich wartete einen Moment auf ihre Antwort.

»Okay, aber sollte doch was sein, ruf an oder komm vorbei. Und wenn du Kopfschmerzen hast, dann geh schlafen.«

»Mach ich«, war das Letzte, was ich sagte, bevor ich auflegte. Schlafen gehen ... Das konnte vielleicht bei Kopfschmerzen helfen, aber es war nicht die Lösung für alles andere. Und ganz bestimmt nicht für das, was noch im Dunklen lag. Schlafen war nicht die Lösung.

Ich setzte mich wieder an die Kante. Ich musste eine Entscheidung treffen. So viel stand fest. Meine Augen verschließen war keine Option, die ich wählen konnte, so gerne ein egoistischer Teil von mir es wollte. Ich zerknitterte erneut das ohnehin schon sehr mitgenommene Papier mit der linken Hand, während meine rechte das Amulett umklammerte. Es gab nichts zu entscheiden. Die Entscheidung war mir schon lange vor meiner Geburt abgenommen worden. Ich war das Oberhaupt des Ordens von Alverra, ob es mir gefiel oder nicht. Frustriert und entschlossen pfefferte ich den Knäuel, der einmal der Brief gewesen war, in die Schlucht. Ich hörte keinen Laut, was nicht erstaunlich war, immerhin war es nur ein Stück Papier und kein Stein. Ich lehnte mich über die Kante und versuchte einen weißen Punkt auszumachen, welcher der Brief sein könnte, aber alles, was ich sah, war undurchdringliche Schwärze.

»So viel zum Brief«, murmelte ich, als ich immer noch wütend zu meinem Mustang ging und dabei eine Unmenge Staub aufwirbelte. Der Motor des Mustangs sprang, wie gewöhnlich, sofort an und schnurrte, als ich den ersten Gang einlegte. Ich wollte nach Hause. Ich brauchte meinen Laptop. Einen ruhigen Platz, an dem ich zudem auch noch Zugang zum Internet hatte.

Ich war ganz froh, dass Craig arbeiten war. Ich wollte nicht wieder erklären müssen, was ich tat oder in diesem Fall suchte. Ich lief oft mit meinem Laptop durch das Haus. Ich hatte eigentlich so gut wie überall Empfang. Jetzt gerade lief ich zu einem der Orte, an denen ich noch nie mit dem Laptop gearbeitet hatte. An diesen Ort zog ich mich eher zurück, wenn ich alleine sein wollte. An dem Ort fand mich nicht einmal Keira, weil sie dachte, dass ich ihn meiden würde. Es war das kleine Gewächshaus meiner Mutter, das im kleinen Hof stand und so dicht bepflanzt war, dass man nicht von außen hineinsehen konnte. Meine Mutter war eine begabte Gärtnerin gewesen. Als ich jünger war, hatte ich das Gewächshaus tatsächlich gemieden. Es hatte mir immer wieder vor Augen geführt, dass ich meine Mutter nicht kennenlernen durfte. Mit den Jahren hatte ich gelernt, es anders zu sehen. Nun fühlte ich mich ihr jedes Mal ein wenig näher, wenn ich mich darin aufhielt. Um die Pflanzen kümmerte ich mich allerdings nicht. Ich würde sie alle auf die eine oder andere Art umbringen. Deshalb überließ ich sie den fähigen Händen von Mister Kelson. Er tat seine Arbeit, wie gewöhnlich, mehr als gut. Als ich das Gewächshaus betrat, schlug mir die warme, schwere Luft entgegen. Es war als würde ich mit nur einem Schritt von Alanien in den Regenwald reisen. Einer der Träume, die nie war wurden, wenn man in Alanien lebte. Es waren keine gewöhnlichen Pflanzen, die meine Mutter gezüchtet hatte. Es waren bedrohte Arten aus den Subtropen. Vielleicht nicht der beste Ort für ein elektronisches Gerät wie meinen Laptop, aber das Risiko ging ich ein. Der Gedanke, dass meine Mum vor Jahren hier gestanden und gesessen hatte, war tröstlich und nach diesem Gefühl sehnte ich mich gerade. In dem Gewächshaus gab es eine kleine Ecke, in der ein winziger Tisch und ein einziger Stuhl standen. Ich legte den handlichen Computer auf den Tisch, der diesen bereits völlig füllte. Ich war froh, dass ich auch hier Empfang hatte. Mein Internetexplorer poppte auf und lud in Sekundenschnelle Google. Genau die Seite, die ich brauchte. Ich wusste nicht so richtig, wie ich meine Suche am besten einschränken sollte. Ich versuchte es mit einigen Suchwörtern, bis ich endlich eine Seite fand, auf der ich die gewünschten Informationen entdeckte. Es war eine genaue Statistik eines Kriminalistikstudenten aus Alanien, der alle Entführungsfälle aus ganz Europa über die Jahre gesammelt hatte. Ich hoffte, dass seine Angaben verlässlich waren und zugleich wünschte ich mir, dass sie es nicht waren. Die Zahl verschlug mir den Atem. Von der Webseite sprang mir in Rot die Zahl 578.000 entgegen. So viele bekannte Entführungen hatte es in den letzten hundertfünfzig Jahren gegeben. Und jede von ihnen war ungelöst geblieben. Die Opfer verteilten sich über ganz Europa und waren immer Kinder und Jugendliche. Genau wie der Student kam auch ich nicht umhin zu bemerken, dass die Entführungen in Intervallen auftraten. Sie hörten nie ganz auf, aber nach einem bestimmten Zeitraum gab es mehr Opfer und jedes Mal schien es, als wären die Entführer einfach ein Land weiter gereist. Es war unbegreiflich, wie die Polizei trotz dieser offensichtlichen Tatsache nie in der Lage war, die Entführer zu finden. Und außerdem musste der Entführer inzwischen uralt sein, oder jemand anderes führte dieses kranke Werk fort. Ich fragte mich, was wohl mit den ganzen Menschen passiert war. Es war eine unvorstellbar große Zahl. Wie konnte sich das immer wieder wiederholen? Und wie hatte der Orden es zugelassen, dass es auch in Alanien dazu kam. Dass sie nichts gegen die Entführungen in den anderen Ländern machen konnten, verstand ich. Die Bewohner Alaniens hatten sich schon lange damit abgefunden, dass sie hier mehr oder weniger gefangen waren und das würde sich nicht ändern, bis die Kommunikation mit einem anderen Land gelang. Nachrichten gingen raus, aber nie kam eine Antwort zurück. Wir konnten auf das Wissen der Welt zugreifen, aber selbst keines für andere hinterlassen. Viele schoben es auf das Internet. Sie meinten, es gäbe einen Verbindungsfehler oder Ähnliches ... Ich war mir da nicht mehr so sicher. Also warum hatte der Orden nichts unternommen? Ich hätte mich am liebsten selbst geohrfeigt für diesen Gedanken. Genau darum ging es meinem Großvater. Ich war der Orden. Ich musste dafür sorgen, dass es nicht wieder zu so vielen, ungelösten Entführungen kam. Das Problem war, dass sie bereits angefangen hatten. Wer auch immer dahinter steckte, war schon mitten in seinem Werk und ich hatte nicht die kleinste Idee, wer er war und warum er das den Kindern und Jugendlichen antat. Wie immer wusste ich darauf keine Antwort. Der Einzige, der etwas wissen könnte, hatte mir keine Möglichkeit gegeben, ihn zu erreichen. Ich klappte den Laptop von neuem wütend zu. Mir war inzwischen so warm, dass ich kleine Schweißperlen auf der Stirn hatte und meine Wut minderte die aufsteigende Wärme in mir nicht gerade. Meine Gedanken fingen an, sich schnell umeinander zu drehen. Ich suchte nach etwas, das ich vielleicht übersehen hatte. Ich wusste nicht, wie lange ich noch in dem stickigen Gewächshaus saß. Für jemanden, der mich beobachtet hätte, wäre es wie eine

Ewigkeit gewesen. Für mich war es nicht mehr als ein Augenzwinkern. Ich hatte es an einem einzigen Tag so oft durchdacht, aber ich kam zu keinem anderen Schluss. Ich musste mit meinem Großvater reden und der Einzige, der ihn eventuell erreichen konnte, war Daniel Reeden. Der Bürgermeister von Galin. Ich musste nach Galin und ich wollte alleine gehen.

6 Meldon

Meine Reisetasche lag gepackt auf dem Rücksitz, als ich mich gegen die eisblaue Tür des Mustangs lehnte und mich hoffnungslos in Craigs Armen verlor. Es war mir unmöglich, mich gegen seine Küsse zu wehren. Sobald ich etwas sagen wollte, lagen seine Lippen schon wieder zärtlich auf meinen und ich gab meine Versuche zu sprechen nur zu gerne auf. Er ließ mich nur sehr ungerne alleine gehen, aber ich hatte darauf bestanden.

»Craig ...«, hauchte ich, als ich ein paar Sekunden Zeit hatte Luft zu holen. »Nicht fair ...«, stammelte ich, als seine Lippen mich am Hals kitzelten. Er musste lachen, ließ aber dennoch nicht von meinem Hals ab.

»Willst du es dir nicht noch einmal anders überlegen?«, er flüsterte es in mein Ohr und war dabei so nahe, dass es nicht nur ein wenig kitzelte. Es war unfair, wie leicht er mein Herz zum Rasen brachte und jede meiner Entscheidungen mit einer bloßen Berührung zum Schwanken bringen konnte. Ich schüttelte fast wehrlos den Kopf.

»Ich komme bald wieder, aber das muss ich alleine klären. Mein Großvater und ich haben so vieles zu besprechen. Du bist einfach zu gut darin, mich abzulenken. Wie du wieder mal mit Perfektion beweist.«

Ich musste kichern und zwickte ihn harmlos in die Seite. Als

Antwort umschlang er mich noch fester, dass ich dachte, ich wäre in die Fänge einer Boa constrictor gekommen.

»Craig ... keine ... Luft..«, witzelte ich. Er lachte, ließ mich aber nicht los.

»Versprich, dass du schnell wieder kommst.«

Er war jetzt völlig ernst und seine Miene war ungewöhnlich düster.

»Nichts könnte mich davon abhalten.«

Dieses Mal war ich es, die ihn zuerst küsste. Ich entwand mich seinen Armen und stieg in mein Auto.

»Ich werde hier warte«, sagte er, als ich den Motor anließ.

»Ich weiß«, antwortete ich mit einem breiten Grinsen im Gesicht. Ich versuchte, nicht in den Rückspiegel zu sehen, als ich den Mustang die Einfahrt hinunter lenkte. Ich wollte mich nicht in Versuchung führen, meine Meinung vielleicht doch noch zu ändern. Kaum hatte ich ihn zurückgelassen und konnte ihn auch nicht mehr im Rückspiegel sehen, da bemerkte ich die Umrisse einer Person, die am Tor wartete. Ich hatte Keira angerufen und ihr gesagt, dass ich meinen Großvater besuchen würde. Ich hatte gehofft, das würde reichen. Ich konnte sie nicht gut anlügen, und wenn ich es doch mal schaffte, durchschaute sie mich meistens sofort.

»Keira, ich wäre noch bei dir vorbei gefahren.«

Die Staubwolke von meiner Bremsung hüllte uns ein und verunreinigte für einen Moment die sonst so saubere Luft.

»Wärst du nicht.«

Sie hatte die Arme vor der Brust verschränkt und sah mich streng an.

»Warum willst du nicht, dass ich mitkomme?«

Ich seufzte lautlos und stellte den Motor aus.

»Weil ich das alleine machen will. Ich muss die Geschichte mit meinem Großvater endlich abschließen.«

»Das ist alles, was du vorhast?«

Na toll, sie war mir bereits auf der Spur. Wenn ich jetzt nicht loskam, würde ich sie wieder mit hineinziehen und ich würde sie nicht noch einmal für mich sterben lassen. Es war ein Wunder einmal von den Toten wieder aufzuerstehen – wenn man es so nennen konnte – ein zweites Mal wäre einfach zu viel verlangt.

»Das ist alles. Sobald ich mit ihm geredet habe, komme ich zurück. Mehr nicht. Er hat mich in einem Brief darum gebeten.«

Sie zog eine Augenbraue hoch.

»Von einem Brief hast du mir nichts erzählt.«

Ich zuckte mit den Schultern.

»Stand nichts Erwähnenswertes drin. Nur, dass er mich sehen will, um über alles zu reden.«

Ich hoffte sie würde es schlucken.

»Und ich, als eine Kanterra, sollte darüber nicht aufgeklärt werden?«

Jetzt waren wir bei dem Punkt, an dem auch sie ihre Abstammung ins Spiel brachte. Keira gehörte einem ebenso alten Orden an wie ich und unsere zwei Orden waren unwiderruflich und bindend miteinander verschlungen. Ich schüttelte den Kopf. Ich musste dieses Gespräch in eine andere Richtung leiten, sonst würde ich ein Déjà-vu erleben, das ich unbedingt verhindern wollte.

»Mit den Orden hat das nichts zu tun. Es geht nur um meine Familie oder das, was davon übrig ist. Vielleicht erzählt er mir auch endlich, was mit meinen Eltern passiert ist. Ich weiß über ihren Tod nicht das Geringste. Ich weiß ja noch nicht einmal wirklich, ob sie überhaupt tot sind. Deshalb muss ich ihn sehen.«

Ich dachte, ich müsste unter ihrem harten Blick schrumpfen, und doch schlug ich mich gut und hielt die Fassade meiner Geschichte aufrecht. Sie war zu echt, als das Keira sie so schnell hätte durchschauen können. Ich wusste nicht, was mit meinen Eltern passiert war und es gab tausende unbeantwortete Fragen, die ich über meine Familie hatte. Als sie ihre verschränkten Arme löste, atmete ich auf. Sie würde mich gehen lassen, und zwar alleine.

»Na schön, aber du könntest wenigstens aussteigen, um dich richtig von mir zu verabschieden.«

Sie funkelte mich böse an, wobei ihre Mundwinkel immer wieder nach oben zuckten.

»Also eigentlich dachte ich, dass ich jetzt weiterfahre. Außer du bestehst auf diese sentimentale Bestätigung unserer Freundschaft.«

Ich grinste sie frech an und sprang aus dem Auto, wobei ich mit meinem Ärmel an der Autotür hängen blieb. Keira musste unwillkürlich lachen.

»Du schaffst es auch immer wieder.«

»Alles andere wäre ja auch langweilig«, sagte ich, während ich sie zum Abschied umarmte.

»Wie lang bleibst du?«

Ich zuckte mit den Schultern.

»Weiß ich noch nicht so genau, aber allzu lange wird es bestimmt nicht dauern.«

»Wenn du das sagst. Schreibe mir auf jeden Fall jeden Tag, damit ich weiß, dass du nicht über deine eigenen Füße gestolpert bist und dir dein Genick dabei gebrochen hast.«

Ich versuchte sie meinerseits böse anzufunkeln, aber das hatte ich auch im Verlauf der letzten Monate nicht gelernt.

Sie lachte und sagte: »Gib es auf, das wirst du nie hinbekommen.«

Ich unterdrückte den Impuls, ihr die Zunge herauszustrecken.

»Das werden wir ja noch sehen. Ich komme bald wieder.«

Ich stieg zurück in meinen Mustang und achtete darauf, nicht wieder irgendwo hängen zu bleiben.

»Melde dich«, war das Letzte, was Keira zu mir sagte, bevor ich den eisblauen Mustang durchs Tor und auf die Straße lenkte. Ich war froh, dass sie nicht die Dolchgriffe entdeckt hatte, die aus meiner Reisetasche hinausragten. Das Wappen meiner Familie war eindeutig zu sehen. Ein brüllender Löwe. Hätte Keira die Dolche gesehen, wäre ihr sofort klar gewesen, dass ich mit Schwierigkeiten rechnete, und dann wäre es mir unmöglich gewesen, sie davon abzuhalten mich zu begleiten. Auch meine Stiefel lagen im Fußraum des Beifahrers. Ich war also für den Fall, dass ich mich verteidigen musste, ausgerüstet. Ich hoffte inständig, dass es nicht dazu kam. Meine Tollpatschigkeit war nicht plötzlich verschwunden. Es wäre sicher ein Segen, aber nichts, das wohl in nächster Zukunft passieren würde.

Amalen lag in kürzester Zeit hinter mir und ich lenkte den Mustang auf die gerade, lange Landstraße. Die Straßenränder waren von einem satten Grün geprägt, das immer wieder von blühenden Farbflecken unterbrochen wurde. Es war offensichtlich, dass der Sommer in das Land Einzug hielt und ich saß im Auto und jagte irgendwelchen schwachsinnigen Ideen hinterher. Hätte ich ein normales Leben, oder noch besser, wenn ich normal wäre, dann würde ich jetzt auf der Terrasse in meinem Hof liegen und ein gutes Buch lesen. Nur leider war ich nicht normal. Ich war eine Seelenseherin, und ich war auch die Einzige. Alles blieb an mir hängen, ob ich es wollte oder nicht. Genau deshalb fuhr ich erneut diese Straße entlang und hoffte irgendwo Antworten zu finden. Ich hoffte, sie bei meinem Großvater zu bekommen, aber auch ihn musste ich erst einmal aufspüren.

Mein Handy vibrierte und holte mich aus meinen trübsinnigen Gedanken. Ich sah kurz von der Straße und hin zum Display. Eine SMS war eingetrudelt und ich konnte mir schon denken, von wem sie war. Ich warf das Handy zurück auf den Beifahrersitz, nachdem ich es mit einem einzigen Handgriff ausgeschaltet hatte. Ich würde später nachsehen. Der Weg nach Galin war zum Glück mehr als einfach. Ich musste lediglich der Landstraße folgen. Sie führte direkt ins Zentrum der Stadt. Morgen Abend würde ich sicher schon dort ankommen, sofern ich nicht ewig lange Pausen machte. Meine Beschäftigung für die nächsten Stunden war also - neben dem selbstverständlichen Autofahren – das Lauschen der neusten Musikkreationen. Sobald ein Lied anschlug, dessen Töne ahnen ließen, dass es nicht meinem Geschmack entsprach, wechselte ich den Sender. Meine Laune stieg mit jedem Lied, das ich kannte und teilweise sogar mitsang. Es machte die lange Fahrt erträglicher und hielt meine Gedanken in Schach. Zuviel nachdenken tat niemandem gut und erst recht nicht mir, wenn ich nicht wusste, mit was ich es zu tun hatte. Die Stunden verflogen schneller, als ich es erwartet hatte oder mitbekam. Das Fahren hatte etwas Beruhigendes, das meine Gedanken zumindest ein wenig zu ordnen schien.

Es war kurz nach zehn, als ich in das Dorf Meldon kam. Es war ein winziges Dorf. Man konnte quasi alle Häuser sehen, wenn man die Hauptstraße entlang lief. Es bestand, einfach gesagt, aus ungefähr sechs Familienhäusern, einem Supermarkt und, merkwürdigerweise, auch einem Hotel. Genau dieses war jetzt mein Ziel. Eine Matratze war immer verlockender als ein nach hinten gestellter Autositz. Ganz im Gegenteil zu Solem war es hier kein Problem, einen Parkplatz zu finden. Es sah nicht einmal danach aus, als würde hier irgendjemand ein Auto besitzen. Als ich die Tür meines eisblauen Mustangs zuschlug, überkam mich ein Kälteschauer. Sofort wechselte ich in die Seelensicht. Ich erwartete jedes Mal, dass rote Seelenenergien anfingen mich einzukreisen. Doch da war nichts. Und nichts bedeutete, absolut nichts. Keine einzige Seele war in diesem Dorf. Nicht eine. Das Dorf war tot. Schnell griff ich in meine Tasche und zog die Dolche heraus. Es war zwar kein Mensch hier, aber damals, in der Höhle, hatte ich auch keine Seelenenergie gesehen. Ich würde nicht wieder blind in ein Wesen rennen, das ich nicht kannte, geschweige denn sehen konnte. Meine Hände umklammerten die mit Leder eingebundenen Hefte der Dolche. Vorsichtig drückte ich die Tür auf. Es war nicht wirklich eine Überraschung, dass sie nicht zugeschlossen war. Sie war noch nicht mal richtig zu gewesen. Ich blieb neben der Tür stehen und lauschte in das Halbdunkle hinein. Die Schreibtischlampe hinter der Rezeption brannte noch und verströmte ein diffuses, warmes, gelbes Licht. Ich konnte immer noch keine leuchtenden Punkte sehen - egal welcher Farbe - die darauf hinwiesen, dass sich

Leben in diesem Haus befand.

Vorsichtig und sehr darauf bedacht kein Geräusch zu machen, schlich ich weiter in den Raum hinein, wobei ich mich an der Wand entlang schob. So konnte mich wenigstens keiner von hinten überraschen. Ich erstarrte zu Eis, als etwas unter meinen Füßen verräterisch knirschte. Ich wartete minutenlang, ohne mich zu bewegen. Ich wartete darauf, dass mich irgendetwas anfallen würde.

Es blieb ruhig. Nur langsam traute ich mich, auf den Boden zu sehen. Das, was das Geräusch verursacht hatte, war Erde. Erdklumpen waren überall auf dem Boden verteilt. Sie bildeten regelrecht eine Spur und führten durch das gesamte Hotel. Auch wenn jede Faser in meinem Körper schrie ›Raus hier!‹, weil ich mich erneut fühlte, als wäre ich Teil eines schlechten Horrorfilms. Die Szene, bei der jeder weiß, dass gleich der Mörder auftaucht und die Protagonistin trotzdem so dumm ist und in das dunkle Zimmer geht. Ich war die Protagonistin und dennoch musste ich einfach nachsehen, ob in diesem Hotel nicht doch irgendetwas war. So winzig das Dorf war, so klein war auch das Hotel. Vier Zimmer und ich stand vor Zimmer Nummer eins. Den Dolch im Anschlag schlich ich hinein, wobei es immer wieder unter meinen Füßen knirschte. Die Erde war einfach überall. Egal, in welches Zimmer ich ging, der Anblick war immer derselbe. Das Bett war zerwühlt, die Schränke aufgerissen und jede Schublade herausgezogen. Jemand hatte jedes einzelne Zimmer durchsucht. Was auch immer er gesucht hatte, ich glaubte nicht, dass er fündig geworden war. Mit flauem Gefühl im Magen verließ ich das Hotel und ging zum nächsten Haus. Ich ahnte schon, was ich dort vorfinden würde. Es war ein ganz normales Familienhaus. An der Klingel stand der Name Berton. Auch hier stand die Tür offen. Es war wie im Hotel. Jedes Zimmer war durchsucht und überall lagen Erdklumpen. Es war unheimlich. Das ganze Dorf war geflohen. Zumindest hoffte ich das.

Ich war innerhalb weniger Minuten wieder auf der Straße und

drehte mich einmal langsam im Kreis. Jedes Haus war verlassen. Und jetzt sah ich selbst auf der Straße Erdklumpen. Langsam schritt ich die Straße hinunter, während mein Schatten mir vorausging. Eine Geisterstadt. Was anderes war Meldon nicht mehr. Ich geriet ins Wanken, als ich mit meinem Fuß in der Straße versank und schmerzhaft umknickte. Wie stets entfleuchte mir das gewöhnliche »Autsch!« und anschließend die prompt darauf folgenden Flüche über meine Tollpatschigkeit. Das schwummrige Licht der Laterne hatte nicht genug Licht gespendet, um zu beleuchten, was sich mitten auf der Straße befand. Ein Riss teilte die Straße. Es war ein Glück, dass ich über den winzigen Auslauf des Risses gestolpert war, ansonsten wäre ich höchstwahrscheinlich einfach in der Straße verschwunden und hätte mir sicherlich das Genick gebrochen. Keira wäre davon ganz und gar nicht begeistert gewesen. Ich lief zurück zum Mustang und holte meine Taschenlampe heraus. Ich wollte sichergehen, dass keiner der Bewohner meine Tollpatschigkeit nachgeahmt hatte. Ich bewegte mich vorsichtig auf die Kante zu und ließ den Lichtpegel der Taschenlampe in den Riss wandern. Ich atmete erleichtert aus, als ich niemanden in dem dunklen Abgrund mitten in der Straße sah. Ich wollte die Taschenlampe gerade wieder ausschalten, als ich ein Geräusch hörte. Ein Geräusch, das ich schon einmal gehört hatte. Es kam aus dem Riss. Ein Röcheln. Das Röcheln aus der Höhle. Und von was auch immer es kam. Es war nahe. Für meinen Geschmack zu nahe.

Mein Herz sprang mir fast aus der Brust, als ich zurück zum Mustang rannte. Ich bildete mir ein, trappelnde Schritte zu hören, die hinter mir herrannten. Es hörte sich an, als würde Matsch auf die Straße platschen. Ich unterdrückte das Verlangen mich umzudrehen, um zu sehen, was mich verfolgte. Als ich am Auto war, riss ich die Tür auf und warf mich auf den Fahrersitz. Die Tür knallte zu und ich schlug auf den Knopf, der sie verriegeln würde. Der Motor sprang an und mit ihm auch die Scheinwerfer. Mir entwich ein Quieken, als ich eine Matschspur sah, die aus dem Riss auf meinen Wagen hinführte. Hecktisch sah ich mich um. Vor mir auf der Straße war nichts, das konnte ich klar sehen. Wo war also das Wesen, das mich verfolgt hatte? Fast schon panisch, da ich nicht wusste, wo mein Feind war, legte ich den Rückwärtsgang ein und riss den Mustang herum. Meine Augen scannten jedes Detail der Umgebung, die an mir vorbei flog. Immer wieder bildete ich mir ein, das merkwürdige Röcheln, gefolgt von den platschenden Schritten, zu hören. Das war schwachsinnig, da ich mit über hundert die Straße entlang raste. Zumindest hoffte ich wirklich, dass es schwachsinnig war. Ein Wesen, das hundert Stundenkilometer schnell war, war keines, dem ich gerne begegnen würde.

Immer wieder sah ich in den Rückspiegel, um diesen wahnsinnigen Gedanken zu ersticken, aber der Blick brachte nicht die gewünschte Beruhigung. Auch wenn ich dort nichts entdecken konnte, ließ mich das Gefühl nicht los, verfolgt zu werden. Ich hasste dieses Gefühl. Es war nicht angenehm. Die eindeutige Folge davon war, dass mein Fuß selbstständig das Gaspedal durchdrückte. Der Tacho kletterte auf hundertsechzig und der Motor protestierte lautstark. Ich konnte nicht erkennen, was außerhalb des Lichts der Scheinwerfer lag. Und eigentlich konnte ich nicht mal erkennen, wie schnell ich vorankam. Die gerade Straße und die einkreisende Dunkelheit waren mehr als irreführend. Es war, als würde ich mich überhaupt nicht von der Stelle bewegen, und doch drehte sich die Anzeige der Kilometer fortwährend weiter. Unheimlich. Alles an dieser Nacht war einfach unheimlich. So unheimlich, dass ich mir fast schon eingestanden hätte, dass Keira nicht mitzunehmen ein Fehler gewesen sein könnte. Und dass der Zirkel der Seelensammler wohl nicht das einzige Böse in Alanien gewesen war.

Meldon war ein ausgestorbenes, winziges Dorf und ich hatte nicht den kleinsten Hinweis, was aus seinen Bewohnern geworden war. Mich ließ das Gefühl nicht los, dass ich in der Rolle als Oberhaupt des Ordens von Alverra gerade dabei war, furchtbar zu versagen. Ich konnte wirklich nur hoffen, dass ich meinen Großvater mit Daniels Hilfe schnell finden würde. Auch wenn ich es nicht wollte, ließ ich um halb fünf Uhr morgens meinen Mustang am Straßenrand ausrollen und zog die Handbremse an, die ein ächzendes Geräusch von sich gab. So viel zu meinem Plan, eine Matratze einem zurückgestellten Sitz vorzuziehen. Es war nur gut, dass im Mustang inzwischen immer eine dicke Wolldecke lag. Ein wenig hatte ich aus den Monaten auf der Straße gelernt. Eine Decke im Auto war immer eine gute Idee. Bevor mir die Augen endgültig zufielen, verriegelte ich jede Tür mindestens fünfmal und überprüfte sie bestimmt noch weitere dreimal. Was auch immer in Meldon gewütet hatte, ich würde es sicher nicht in meinem Auto haben wollen. Das wollte ich ganz und gar nicht.

7
Ein verwirrendes Gespräch

Die Nacht ging nicht an mir vorbei, ohne dass ich viel zu oft aufwachte, geplagt von unschönen Träumen, in denen lebende Felsformationen eine große Rolle spielten. Ich erwachte zum letzten Mal mit einem Stöhnen, mein Kopf pochte, als hätte ich letzte Nacht mehr als einmal einen Schlag abbekommen.

»Kopfschmerztabletten ...«, grummelte ich mürrisch.

Ich war meistens kein netter Mensch, wenn ich diese Art Kopfschmerzen hatte, und war ich mal nicht so, dann schlug es ins kindische Verhalten um. So oder so ... Ich war mit Kopfschmerzen nie so ganz ich selbst. Und heute Morgen war es besonders schlimm. Es hatte mir gerade noch gefehlt, dass mein Handy penetrant auf dem Beifahrersitz vibrierte. Ich war sehr versucht, einfach nicht ranzugehen und nachdem der Anrufer aufgegeben hätte, es endgültig auszuschalten. Übellaunig entschied ich mich dagegen.

»Hallo?«, brummte ich in mein Handy. Die Stimme, die antwortete, hob meine Laune nicht gerade.

»Ist das alles? Hallo? Du solltest dich melden oder hast du das schon vergessen?«

Keira war verärgert. Das war nicht zu überhören und eigentlich hätte ich das schon erwarten müssen.

»Keine Zeit«, grummelte ich erneut. Jetzt wünschte ich mir, ich hätte mein Handy ausgeschaltet. Ich konnte fast sehen, wie Keira mit ihrem bösen Blick ihr Telefon umbrachte und ihre Augen beängstigend schmal wurden. Bei ihrem Blick bekam der Spruch ›Wenn Blicke töten könnten.‹ eine ganz neue Bedeutung. Wenn sie ihn nicht sogar geprägt hatte.

»Ach ja? Was hat dich denn so in Atem gehalten, dass du nicht mal für eine Minute anrufen konntest?«

»Ich bin gefahren. Soweit ich weiß, ist telefonieren während des Autofahrens verboten. Oder wurde das Gesetz geändert, seit ich gestern aus Amalen weg bin?«

Ich dachte, dass ich jetzt eine ebenso bissige Antwort auf meinen schwachen Sarkasmus bekommen würde, stattdessen fragte sie: »Kopfschmerzen?«

»Ja, verdammt starke.«

Ihre einfache Frage hatte meine unbegründete Wut verpuffen lassen.

»Hast du Tabletten mitgenommen?«

»Ich wollte gerade eine nehmen, als du angerufen hast. Das würde ich jetzt gerne auch tun, sonst komme ich heute keinen Meter weit. Wäre das okay?«

Ich fragte mehr um sie zu besänftigen, als das ich ihre Zustimmung wollte.

»Wenn du spätestens heute Abend anrufst.«

»Mache ich, wenn ich nicht gerade am Fahren bin.«

Ich legte auf und warf das Handy zurück auf den Sitz. Ich hatte ihre Einwände nicht wirklich hören wollen. Ich lenkte den Mustang wieder auf die Straße und hoffte inständig, dass demnächst eine Tankstelle auftauchen würde. Mein Magen knurrte unaufhörlich. Ich merkte, wie mir bereits übel wurde, so hungrig war ich. Ich hatte gestern Abend nichts gegessen. Die Ereignisse in Meldon hatten mich ein wenig davon abgehalten und wirklich Appetit hatte ich danach nicht gehabt. Es dauerte eine Ewigkeit, bis ich endlich an einer winzigen Tankstelle anhielt. Es war auch höchste Zeit, denn meine Tankanzeige leuchtete mir schon rot entgegen. Über der Tür läutete noch eine altmodische Klingel, als ich die Tankstelle betrat. Es war inzwischen Mittag und ich würde jetzt erst mein Frühstück zu mir nehmen. Besonders viele Angebote hatten sie hier nicht. Zwei Kühlregale und zwei normale Regale, auf denen nichts weiter zu finden war, als Schokolade. Ich entschied mich für ein Tomaten-Hähnchen-Sandwich. Natürlich erlag ich auch der Verführung der Schokolade. Ich konnte Zartbitter einfach nicht widerstehen. An der Kasse stand ein älterer Herr, der wie die Türglocke aus einer anderen Zeit zu kommen schien. Sein Gesicht war von tiefen Falten durchfurcht und von einem gepflegten Vollbart geprägt. Er trug eine gebügelte Hose und ein graublaues Hemd, das er bis oben zugeknöpft hatte. Er passte ganz und gar nicht an die Kasse einer kleinen heruntergekommenen Tankstelle mitten im Nirgendwo. Zumindest war es für mich das Nirgendwo, da ich keine Ahnung hatte, wie weit ich heute Nacht gefahren war. Der Mann lächelte mich freundlich an, als ich mit meinem Frühstück zu ihm trat.

»Schönen guten Mittag, junge Dame. Kann ich Ihnen sonst noch weiterhelfen?«

Er lächelte mich so frei und offen an, dass es mich fast schon ein wenig verunsicherte. Er nahm mir das Sandwich und die Schokolade ab und rechnete alles zusammen. Dabei benutzte er keinen Scanner oder irgendetwas anderes Technisches. Diese Tankstelle war wirklich alt.

»Vielleicht könnten Sie mir noch sagen, wo ich bin?«

Ich lächelte ihn schüchtern an. Er erwiderte es freundlich, wobei sich um seine Augen herum Krähenfüße bildeten.

»Sie sind zweihundert Kilometer von Galin entfernt und Meldon ist einige Kilometer in die Richtung, aus der sie kamen.«

Mein Gesicht musste für eine Sekunde verraten haben, dass die Erwähnung von Meldon nichts Gutes war.

»Verzeihen Sie, ich scheine etwas Falsches gesagt zu haben.«

Er sah mich besorgt an. Ich schüttelte ein wenig zu heftig den Kopf.

»Nein, nein. Das haben Sie nicht. Kommen Sie aus Meldon?«

Ich hoffte, dass ich einem der Bewohner von Meldon gegenüberstand. Ein Beweis dafür, dass sie alle überlebt hatten, was auch immer dort geschehen war.

»Ich komme aus keinem bestimmten Dorf. Ich wohne auf dem Grundstück hinter dieser Tankstelle. Gleich fünfhundert Meter von hier. Ich habe eine kleine Hütte im Wald. Da wohne ich seit bestimmt schon fünfzig Jahren. Meldon ist nur das Dorf, das am nächsten liegt.«

Ich nickte verständnisvoll mit dem Kopf.

»Das hört sich nett an. Kennen sie jemanden in Meldon?«

Ich war mir nicht sicher, ob es eine gute Idee war, diese Frage zu stellen. Allerdings beschäftigte mich das Schicksal der Bewohner viel zu sehr.

»Ich kannte ein paar Leute, allerdings ist es Jahre her, dass ich sie getroffen habe. Weshalb fragen Sie?«

Ich überlegte einen kurzen Moment, ob ich ihm die Wahrheit sagen sollte.

»Es schien verlassen zu sein, als ich hindurch kam.«

Besorgnis legte sich über das Gesicht des alten Mannes.

»Das ist nicht möglich. Auch wenn ich lange keinen mehr gesehen habe, so weiß ich doch, dass Meldon von einigen Familien bewohnt wird.«

»Oh, naja, vielleicht habe ich mich auch geirrt. Es war sehr spät, als ich dort war. Wie viel schulde ich Ihnen eigentlich?«

Ich versuchte, von dem Thema abzukommen. Ich sollte ohnehin weiterfahren.

»Oh, ja natürlich ...«, sagte er zerstreut. »Fünfundfünfzig Euro für alles.«

Ich reichte ihm sein Geld und fühlte mich furchtbar, dass ich diesen netten Herren mit meinen Sorgen gequält hatte.

»Vielen Dank und ich bin sicher, dass ich mich geirrt habe. Es war wirklich nett, Sie kennenzulernen.«

Ich lächelte unbeholfen und verließ eilig die Tankstelle. Ich musste dringend meinen Großvater finden. Wirklich sehr dringend. Immerhin war ich nicht mehr so weit von Galin entfernt. Das war mal etwas Gutes. Ich würde es heute noch erreichen. Und wenn ich mich beeilte, noch vor dem Sonnenuntergang. Es tat mir leid, den netten Mann so unwissend zurückzulassen, aber was könnte ich jetzt schon tun. Ich half ihm und allen anderen am besten, wenn ich all dem auf den Grund ging und ein Ende bereitete. Es waren nun nicht mehr dreiundzwanzig Vermisste. Es waren viel mehr und ich war mir sicher, dass noch nicht bekannt war, dass ein ganzes Dorf verschwunden zu sein schien. Ich würde nicht mehr anhalten, bis ich in Galin eintraf. Das Sandwich hatte zwar meinen Hunger nur ein wenig gestillt, aber vorerst würde es reichen.

Ich erreichte mein Ziel, noch bevor sich einer der Sonnenstrahlen orange färbte. Es war halb fünf, als ich das Ortseingangsschild von Galin passierte. Ich hielt mich nicht damit auf, ein Hotel zu suchen. Mein Ziel war das eckige Betongebäude, in dem sich alle politischen Büros befanden. Dort war natürlich auch das Büro von Daniel Reeden. Er war der Bürgermeister und einer der Anführer des Widerstands. Die Reifen des Mustangs quietschten, als ich genau vor dem Eingang des Kolosses parkte. Dort war das Parken zwar verboten, aber wirklich interessieren tat es mich in diesem Moment nicht. Ich packte meinen Rucksack vom Rücksitz, steckte meine Dolche in die Stiefel und sprang aus dem Wagen. Ich war so schnell durch die Drehtür hindurch, dass mich keiner der Wachleute am Eingang aufhalten konnte. Ich war mir nicht mal sicher, ob sie mich überhaupt hatten kommen sehen, ehe ich nicht schon an ihnen vorbei war. Die Eingangshalle war ebenso riesig wie das Gebäude, und genauso hässlich. Der Zirkel hatte alles daran gelegt, dieses Gebäude und jeden, der in ihm arbeitete, zu demütigen. Jetzt, da der Zirkel nicht mehr existierte, hatte der Widerstand mit dem Wiederaufbau von Alanien begonnen und auch hier war das sichtbar. An den Wänden standen Gerüste. Sie waren weitestgehend verhüllt. Der Empfangsbereich war bereits fertiggestellt. Ein marmorner Tresen empfing die Besucher und die Angestellten. An der Wand hinter den Tresen stand in riesigen schwarzen Marmorbuchstaben ›Galin‹. Man konnte durchaus davon beeindruckt sein. Ich hingegen ging zielstrebig auf die Aufzüge zu.

»Miss!«

Eine tiefe Baritonstimme brüllte hinter mir her und wurde von heftig widerhallenden Schritten begleitet. Ich stöhnte genervt auf und blieb abrupt stehen, was dazu führte, dass mir mit einem Mal die Luft aus dem Körper entwisch, als ich hart auf dem polierten Boden aufprallte.

»Au, Idiot!«, schrie ich den Mann an, der überrumpelt versuchte sein Gleichgewicht zu halten und mir gleichzeitig beim Aufstehen helfen wollte.

»Es tut mir so leid«, stotterte er.

Ich rappelte mich auf und betrachtete den Idioten, der mich umgerannt hatte.

»Chris!«, stieß ich ungläubig aus.

Chris war der Sohn von Daniel und hatte bei meinem letzten Besuch versucht, uns zu helfen. Er hatte sich nicht besonders gut dabei angestellt. Ihn jedoch jetzt in einer Sicherheitsuniform zu sehen, überraschte mich doch sehr.

»Chris was ...? Du bist Sicherheitsmann?«

Ich konnte den überraschten Unterton einfach nicht aus meiner Stimme verbannen. Er grinste unbeholfen und sein Gesicht bekam einen leichten Rotschimmer.

»Ja ... ich ... mein Vater. Er war der Meinung, ich müsste endlich einen Beruf ausüben. Ist Keira auch da?«

Chris hatte, wie die meisten Männer, gefallen an Keira gefunden. Es war nur blöd für ihn gelaufen, dass sie zuvor in Furn Ryan kennengelernt hatte. Seitdem war sie mit ihm zusammen, auch wenn es im Moment eher eine Fernbeziehung war. Er war, im Gegensatz zu Craig, nicht nach Amalen gekommen, nachdem der Zirkel gestürzt war.

»Sie ist in Amalen geblieben. Tut mir leid.«

Ich konnte mir diesen kleinen Seitenhieb nicht verkneifen.

»Oh ... verstehe.«

»Chris, ich muss zu deinem Vater. Ist er da?«

Wie immer huschte der gekränkte Ausdruck über Chris' Gesicht, wenn man ihn nach seinem Vater fragte. Er stand ganz offensichtlich im Schatten seines Vaters und das gefiel ihm nicht.

»Er ist in seinem Büro. Soll ich dich zu ihm bringen?«

»Ich weiß noch, wo sein Büro ist, aber wenn du darauf bestehst.«

Er zuckte unentschlossen mit den Schultern, kam mir aber dann doch hinterher, als ich zu den Aufzügen ging.

»Doch noch entschieden«, neckte ich ihn über meine Schulter hinweg.

»Eh ja ... ich habe jetzt Pause.«

»Na dann.«

Ich ging in den Aufzug, auch wenn ich Aufzüge eigentlich nicht mochte. Fast noch schlimmer als die Vorstellung, dass das Kabel riss, war die schreckliche Musik, die auch in diesem unaufhörlich vor sich hin dudelte. Es war eine viel zu fröhliche Melodie, die einen nur auf die Palme brachte und alles andere als froh machte. Mich machte sie sogar eher noch leicht aggressiv, was nicht gut war, da ich im Moment eh vor unterdrückter Wut brodelte. Es dauerte eine Ewigkeit, bis der Fahrstuhl endlich anhielt und ich von dieser Musik nicht mehr gefoltert wurde.

»Endlich«, grummelte ich, als die Tür langsam aufging. Ein empörtes Räuspern kam von der Sekretärin, als ich direkt auf das Büro von Daniel zuging. Ich hatte sie schon damals nicht leiden können.

»Kann ich Ihnen weiterhelfen?«

Ihre Stimme klang noch genauso rauchig und ätzend wie damals. »Oh, hallo Chris«, fügte sie noch hinzu, als sie ihn hinter mir entdeckte. Sie sagte es so abschätzend, dass es mir Leid tat, ihn eben noch geneckt zu haben. Im Gegensatz zu ihr lag hinter meinen Worten keine böse Absicht. Irgendwie schien Chris das Objekt der öffentlichen Belustigung zu sein. Jeder machte sich über ihn lustig, ohne dass er sich groß dagegen wehrte. Es war keine fiese Art, die einem das Leben zur Hölle machte, aber es war sicherlich immer wieder ein unangenehmes Gefühl. Es schien, als hätte er noch mehr von seinem Selbstbewusstsein verloren, seit ich ihn das letzte Mal gesehen hatte. Überhaupt verhielt er sich anders. Ich wusste nicht genau, wie ich plötzlich darauf kam, aber etwas war anders und nicht im guten Sinne. Ich verschleierte meinen Blick für eine Sekunde mit der Seelensicht. Chris' Seelenenergie war getrübt und schwach. Sie pulsierte langsam vor sich hin, ohne dass sie die gewöhnliche Energie aufwies. Es schien, als wäre sie krank, geschwächt und irgendwie taub. Ein erneutes Räuspern der unhöflichen Sekretärin holte mich zurück. Sie tippte mit ihren künstlichen Fingernägeln genervt auf ihren Block und sah mich unter ihrer Brille hervor herablassend an. Oh ja, ich konnte diese Frau überhaupt nicht leiden.

»Ich möchte zu Daniel. Jetzt«, fügte ich streng hinzu.

»Und wer sind Sie?«, kam die bissige Frage zurück. Sie wusste sehr genau, wer ich war. Sie fragte das nur, um mich zu reizen. Und ich musste gestehen, sie hatte ein wenig Erfolg.

»Sie wissen genau, wer ich bin. Und ich bin sicher, Daniel wäre nicht erfreut, wenn er erfährt, dass Sie mich unnötig aufgehalten haben. Aber sollte Ihr Gedächtnis wirklich so fehlerhaft und voll mit Lücken sein, dann helfe ich Ihnen gerne weiter. Ich bin Janlan Alverra, Oberhaupt des Ordens von Alverra.«

Mit jedem Wort, das ich sagte, richtete sie sich noch etwas weiter auf, was bei ihrem bereits steifen Rücken nicht mehr möglich sein sollte.

»Ich werde Mister Reeden sofort über Ihre Anwesenheit informieren.«

Sie drückte einen Knopf an ihrem Wichtigtuertelefon.

»Mister Reeden, eine Miss Alverra ist hier, um Sie zu sprechen und sie besteht darauf, Sie sofort zu sehen.«

Mir entging das ›eine Miss Alverra‹ nicht. Ein erneuter Versuch ihrerseits mich zu provozieren. Ich ignorierte es. Das würde sie bestimmt am meisten ärgern. Eine verzerrte Stimme ertönte deutlich aus dem Lautsprecher des Telefons.

»Mein Gott, Renee, schicken sie Janlan sofort zu mir herein.«

Ich konnte mir ein schadenfrohes Grinsen nicht verkneifen, als ich wie selbstverständlich zur Tür des Büros ging. Ich klopfte noch einmal kurz, bevor ich hineinging. Daniel lehnte an seinem Schreibtisch und lächelte mich strahlend an.

»Janlan, ich freue mich wirklich dich zu sehen. Was du und Keira geschafft habt, ist einfach unglaublich. Wir können euch nie genug danken.«

Er sagte es so überschwänglich, dass ich fast angefangen hätte zu kichern. Er schloss mich beschwingt in die Arme.

»Ihr habt wirklich ein Wunder vollbracht.«

»Daniel, ich freue mich, dass du dich so freust, aber ich bin aus einem ganz bestimmten Grund hier. Ich brauche mal wieder deine Hilfe.«

Sein Gesichtsausdruck wurde ernster, dann wanderte sein Blick zu Chris.

»Chris, was möchtest du von mir?«

Seine Stimme klang plötzlich ungewöhnlich weich. So hatte ich ihn noch nie mit Chris reden hören. Für gewöhnlich war er mehr als streng mit ihm.

»Ich habe Janlan nur hierauf begleitet«, erwiderte er leise und niedergeschlagen.

»Kommst du heute Abend zum Essen zu uns?«

Daniel legte seine Hand mitfühlend auf Chris Schulter.

»Ich weiß noch nicht. Ich sage später noch Bescheid. Ich gehe jetzt besser wieder runter. Meine Pause ist gleich vorbei.«

Er wartete nicht auf eine Reaktion von seinem Vater oder mir, sondern ging einfach hinaus und zog die Tür hinter sich zu.

»Entschuldige bitte, Janlan, Chris hat es im Moment etwas schwer.«

Daniel setzte sich wieder hinter seinen Schreibtisch.

»Ich habe schon vermutet, dass etwas nicht stimmt«, ich sagte es ein wenig abwesend, da mir Chris' Seelenenergie wieder vor Augen war. Daniel seufzte leise.

»Seine Freundin gehört zu den dreiundzwanzig Vermissten.«

Ich erstarrte für eine Minute. Das hatte ich nicht erwartet.

»Das tut mir Leid, aber genau deswegen bin ich hier.«

Daniels Blick wurde wacher und er sah mich nun fragend an.

»Wie meinst du das?«

»Ich muss meinen Großvater finden, damit das aufhört. Die ganzen Vermissten. Ich muss etwas dagegen tun, aber dazu muss ich mit meinem Großvater - Ich meine Paul Ericson - Ich muss mit Paul Ericson reden. Nur weiß ich wieder nicht, wie ich ihn finden kann. Ich habe gehofft, du könntest mir diesbezüglich wieder weiterhelfen.«

Besorgnis überkam mich, als ich sah, wie Daniels Miene sich verfinsterte. Es roch geradezu nach weiteren Problemen.

»Daniel, stimmt etwas nicht?«

Ich sah ihn fragend an und wartete, dass er seine plötzliche Stimmungsänderung erklären würde. Er seufzte leise und wich meinem Blick aus, als er sagte: »Paul Ericson ist verschwunden. Wir haben seit zehn Tagen nichts mehr von ihm gehört. Und dabei hat er jeden zweiten Tag, immer um dieselbe Zeit, bei mir angerufen. Ich befürchte inzwischen, dass ihm etwas zugestoßen ist. Und ... habe ich richtig verstanden, dass er dein Großvater ist?«

Er sah mich nun prüfend an. Ich hielt seinem Blick problemlos stand und nickte schließlich zur stillen Bestätigung. Wieder seufzte er.

»Ich hatte wirklich gedacht, dass das Leben jetzt etwas einfacher sein würde. Es tut mir wirklich leid, Janlan, ich weiß wirklich nicht, wo dein Großvater ist. Was hoffst du denn von ihm zu erfahren?«

Er legte seine Hände gefaltet vor sich auf den Schreibtisch und sah für einen kurzen Moment auf ein Foto, das ich nicht sehen konnte.

»Sie waren verlobt«, sagte er leise und ich war mir nicht ganz sicher, ob er es zu mir gesagt hatte oder in Gedanken vor sich hin sprach.

»Er hatte endlich angefangen, etwas aus seinem Leben zu machen. Sie hat ihn verändert und jetzt ist sie einfach verschwunden. Keine Nachricht, keine gepackten Koffer. Sie ist einfach verschwunden.«

Er sah wieder zu mir auf, bevor er weitersprach: »Ich weiß nicht, was vor sich geht oder warum die Polizei nicht weiterkommt, aber solltest du dem Verschwinden all dieser Menschen ein Ende bereiten können, dann werde ich dir helfen, so gut ich kann. Aber ich verstehe noch nicht ganz, warum du denkst, dafür verantwortlich zu sein? Die einzige Aufgabe des Ordens von Alverra war doch das Bekämpfen des Zirkels und das habt ihr erfolgreich getan. Du verstehst also, dass ich es nicht ganz nachvollziehen kann.«

Daniel lehnte sich in seinen Stuhl zurück und jetzt, da das Licht ganz anders auf sein Gesicht fiel, sah ich, wie erschöpft er wirkte. Ich hatte nicht daran gedacht, dass auch er eine Menge im Kampf gegen den Zirkel hatte durchstehen müssen und nun sah er sich mit etwas konfrontiert, das er nicht kontrollieren oder verhindern konnte. Daniel war eine Führungsperson, die nicht in der Lage war, zu führen. Er war nur ein gewöhnlicher Mensch und das, was vor sich ging, war nicht gewöhnlich. Es fiel, wie es aussah, viel eher in meinen Bereich und jetzt, nach Meldon, war das einfach unbestreitbar.

»Ich wünschte, es wäre so, dass alles, was ich als Oberhaupt von Alverra zu tun hatte, das Vernichten des Zirkels der Seelensammler gewesen wäre. Zuerst war ich auch der Meinung, dass die Vermisstenfälle ganz alleine die Arbeit der Polizei sind, aber ich habe einen Brief von meinem Großvater, alias Paul Ericson, bekommen, der mich auffordert, dem nachzugehen. Der Orden von Alverra sei zum Schutz der Bewohner Alaniens da. Ich bin wohl davon ausgegangen, dass er wegen des Zirkels gegründet wurde, aber die waren anscheinend nur die größte Bedrohung und wurden so zum Feind Nummer eins. Auf jeden Fall steckt mehr hinter den Vermisstenfällen. Und mit mehr meine ich etwas Übernatürliches. Ich kann noch nicht sagen, was oder wer dahinter steckt. Sicher ist nur, dass was oder wer auch immer dafür verantwortlich ist, ein ganzes kleines Dorf verschleppt hat. Und das wäre nur der beste Fall -«

Ich wollte gerade mit meiner Rede weitermachen, als Daniel mir ins Wort fiel und sich mit einem Ruck wieder in seinem Stuhl aufrichtete.

»Was meinst du damit, dass ein ganzes Dorf verschleppt wurde?«

Er lehnte sich über seinen Schreibtisch zu mir hin und sah mich mit aufgerissenen Augen an.

»Es sind nicht nur dreiundzwanzig Vermisste. Es sind viele mehr. Auf meinem Weg hierher bin ich durch das Dorf Meldon gekommen. Es war völlig verlassen. Jede Haustür stand offen und jedes Haus war durchsucht worden. Ich weiß nicht wonach. Und auf der Hauptstraße ist eine riesige Erdspalte. Ich konnte nicht mal sehen, wie tief sie ist -«

Wieder unterbrach er mich: »Sie waren alle verlassen?«

Ich nickte.

»Jedes einzelne Haus. In Meldon lebt keine einzige Seele mehr und ich muss es wissen. Immerhin bin ich die Seelenseherin.«

Er nickte und schien unter einem leichten Schock zu stehen.

»Und da war ein Loch in der Straße? Ein richtiges Loch?«

»Ja, ich wäre fast hineingefahren. Die Straße ist einfach eingesackt und verschwunden.«

»Das ist nicht gut. Das ist gar nicht gut. Ein ganzes Dorf ...«

Er schien in Gedanken abzudriften.

»Genau deshalb muss ich meinen Großvater finden. Ich muss mehr wissen, damit ich dagegen vorgehen kann.«

Daniel nickte heftig.

»Ja ... ja, wir müssen etwas unternehmen. Ein ganzes Dorf... Es ist wirklich schlimmer als ich dachte ... Ich ... wirst du eine Weile in Galin bleiben?«

Er schien Probleme zu haben, seine Gedanken beieinander zu halten. Ich verstand nur zu gut, wie er sich fühlte. Ihn auch noch über die unheimlichen Wesen aufzuklären, würde er im Moment sicher nicht gut verkraften.

»Ich hatte gehofft, so schnell wie möglich weiterfahren zu können, da ich aber nicht weiß wohin, werde ich gezwungener Maßen ein paar Tage in Galin bleiben. Zumindest bis ich weiß, was zu tun ist.«

»Gut«, sagte er und wieder schimmerte seine Erschöpfung durch seine normalerweise harte Fassade. »Ich werde die Suche nach Paul verstärken, vielleicht versteckt er sich nur irgendwo. Und bis dahin werde ich mit Ryan über die neue Entwicklung reden. Vielleicht weiß er mehr. Ich werde Renee anweisen, dir ein Zimmer zu mieten. Zwei Straßen weiter ist das Summerhill Hotel. Eines der besten in der Stadt.«

Bevor ich ihm widersprechen konnte, drückte er einen Knopf an seinem Telefon und die Stimme von der so liebenswürdigen Renee erklang.

»Was kann ich für Sie tun, Mister Reeden?«

Ihre Stimme triefte vor Schleim, sodass ich dachte, dass er gleich aus dem Lautsprecher hervorquellen würde.

»Reservieren Sie bitte ein Zimmer für Miss Alverra im

Summerhill Hotel. Für eine unbestimmte Zeit«, fügte er hinzu, bevor Renee nachfragen konnte.

»Ich werde dem sofort nachkommen.«

Es klickte und das Rauschen aus dem Lautsprecher hörte auf.

»Das wäre nicht nötig gewesen«, sagte ich mit einer etwas leiseren Stimme. Mir war es peinlich, wenn jemand etwas für mich bezahlte, egal welcher Größenordnung. Ich hatte immer mehr als genug Geld gehabt und so nie Schwierigkeiten für irgendetwas aufzukommen. Er winkte ab.

»Du hast schon mehr getan, als man von dir hätte erwarten dürfen. Wir stehen alle in deiner Schuld. In deiner und Keiras, auch wenn das kaum einer weiß. Diejenigen, die es wissen, wissen es wirklich zu schätzen. Wir stehen alle in eurer Schuld, das ist nur eine unbedeutende Kleinigkeit.«

»Danke«, sagte ich kleinlaut.

»Ich werde tun, was ich kann, um deinen Großvater zu finden und dir bei deiner neuen Aufgabe zu helfen, was auch immer sie sein mag.«

Ich war mehr als froh, dass ich nicht rot wurde. Bei all dieser Wertschätzung hätte ich inzwischen ausgesehen, wie eine Tomate. Ich biss mir verlegen auf die Lippe und bedankte mich noch einmal bei Daniel, bevor ich aufstand und zur Tür ging.

»Janlan ...«

Ich verharrte mit meiner Hand auf dem Türgriff und drehte mich zu ihm um.

»Ja?«, fragte ich, als er nichts weiter sagte. Ich sah in sein Gesicht, das von Unsicherheit gezeichnet war. Etwas, das ich bei Daniel bis zu diesem Tag nicht gesehen hatte. Es war untypisch. Daniel Reeden war einer der nettesten und liebenswürdigsten Menschen, die ich kannte, aber er war auch bestimmt und sicher. Manchmal sogar sehr distanziert. Ich sah, wie sein Blick erneut zu einem Foto wanderte. Auch dieses konnte ich nicht sehen. Der Anblick schien ihn traurig zu machen. Sein Verhalten verwirrte mich zunehmend und ich verstand nicht, was hier gerade passierte.

»Daniel?«, fragte ich zögernd. Er sah rasch von dem Bild weg und ließ seinen Blick wieder zu mir wandern. Ein Lächeln erschien auf seinem Gesicht, aber ich konnte sehen, dass es nicht ehrlich war. Es war über eine Maske der Trauer gelegt. Trauer, die er wohl vor mir zu verbergen versuchte.

»Ach nichts ...«

Er winkte ab, wobei er mich immer noch anlächelte. »Ich melde mich bei dir, sobald ich etwas Neues weiß.«

Ich nickte und verließ schließlich sein Büro. Ich stöhnte leise, als Renees schleimige Stimme erklang.

»Miss Alverra, unten wartet ein Fahrer auf sie. Er wird sie zum Summerhill Hotel bringen. Sie werden dort bereits erwartet.«

Sie lächelte mich so falsch an, dass ich mich angestrengt zu beherrschen versuchte. Ich konnte solch ein Verhalten einfach nicht leiden.

»Danke, Renee«, gab ich höflich zurück. Eine Sekunde glaubte ich zu sehen, wie ihr Stolz gekränkt war, da ich sie beim Vornamen genannt hatte. Ich stieg in den Aufzug, und als die Türen sich schlossen, konnte ich mir ein Lächeln nicht verkneifen.

8
Blutrausch

Das Hotel lag wirklich nur zwei Straßen weiter. Es war ein unnötiger Aufwand gewesen, mit dem Auto dorthin zu fahren. Eine einfache Wegbeschreibung hätte ihren Zweck mehr als erfüllt. Das Hotel war beeindruckend. Es reichte weit in den Himmel und hatte in den obersten Stockwerken breite Fenster, die fast die gesamten Wände einnahmen. Und in genau so einem Stockwerk lag die mir zugewiesene Suite. Sie nahm das halbe Stockwerk ein und war insgesamt so groß wie eine überdurchschnittliche Wohnung. Sie hatte alleine schon drei Schlafzimmer und jeder andere Raum war ebenfalls größer als ihn irgendein lebender Mensch bräuchte. Auf jeden Fall war sie größer, als für mich nötig gewesen wäre. Ich hätte mich auch mit dem billigsten Zimmer zufriedengegeben. Was für dieses Hotel sicher hieß, dass es immer noch so groß war wie eine gute Drei-Zimmer-Wohnung. Ich hatte ein schlechtes Gewissen, dass ich Daniel dafür bezahlen ließ. Vielleicht konnte ich es bezahlen, bevor er es tat. Ich konnte es zumindest versuchen. Es klopfte an der Tür, gerade als ich nach dem Telefon griff.

»Ja?«, fragte ich.

»Janlan, ich bin es ... Chris.«

Ich blieb für einen Moment überrascht stehen, bevor mir einfiel, dass ich ihm die Tür aufmachen sollte.

»Komm rein«, sagte ich und deutete mit einer Handbewegung auf das geräumige Sofa.

»Danke«, nuschelte er, als er an mir vorbei ging.

»Ich war mir nicht sicher, ob es dir recht sein würde, dass ich hier so einfach auftauche.«

»Willst du etwas trinken? Und natürlich ist es in Ordnung, dass du gekommen bist. Auch wenn ich noch nicht weiß warum.«

Ich lächelte ihn aufmunternd an. Er sah noch mitgenommener aus als sein Vater. Er knetete unsicher und unaufhörlich seine Hände und schien keine Ruhe zu finden. Es war beunruhigend, wie sehr die beiden sich verändert hatten.

»Ich ... also ...«, er stockte. Er wusste wohl nicht so ganz, wie oder wo er anfangen sollte.

»Also, willst du etwas zu trinken haben? Vielleicht fangen wir erst einmal damit an.«

»Oh ja, ehm danke. Ein Wasser wäre nett.«

Er versuchte, unsicher zu lächeln, aber seine Anspannung ließ es nicht so richtig zu. Ich ging in die Küche und öffnete den riesigen, zweitürigen Kühlschrank.

Ich reichte ihm ein Glas mit Wasser und stellte die Flasche auf den Wohnzimmertisch. Mir selbst hatte ich ein Glas Cola eingeschenkt und saß nun auf einem bequemen Sessel gegenüber von Chris.

»Also Chris, was ist los?«

Es dauerte einen Moment, bis er genug Mut gesammelt hatte und anfing zu reden.

»Ich weiß, warum du hergekommen bist. Wegen der Vermissten. Das ist doch richtig, oder?«

Ich nickte nur, da ich nicht wollte, dass er wieder den Mut verlor, weiterzusprechen. »Das dachte ich mir. Ich weiß nicht, ob mein Vater es dir gesagt hat, aber ...«, er holte einmal tief Luft, »meine Verlobte gehört zu ihnen.«

Er lächelte sanft bei dem Wort Verlobte. Es war süß und zugleich unheimlich traurig.

»Wir wollten im Juli heiraten. Sie ist einfach großartig. Sie heißt Rachel. Rachel Falcer.«

Er stockte erneut und kramte unbeholfen in seiner Jackentasche.

»Das ist sie.«

Er reichte mir ein Foto von einer jungen Frau mit glatten schwarzen Haaren, die mich freundlich aus dem Foto heraus anlächelte. Sie konnte nicht viel älter sein als ich.

»Sie ist vor dreieinhalb Wochen verschwunden. Sie war einfach weg. Kein Brief, keine Nachricht. All ihre Sachen sind noch in ihrer Wohnung. Ihr Schmuck, ihre Schuhe, einfach alles. Ich hätte sie an dem Abend treffen sollen, aber sie ist einfach nicht gekommen. Wir waren glücklich. Wirklich. Sie wohnt ganz in der Nähe des Ordenhauses. Du weißt schon, das ich dir und Keira gezeigt habe. Sie würde mich nicht einfach so verlassen. Sie wurde entführt. In ihrem ganzen Haus war Erde über den Boden verstreut. Es hat ausgesehen, als wäre jemand eingebrochen. Nur haben wir bis jetzt kein Erpresserschreiben bekommen. Ich weiß nicht, was ich tun soll.«

Er schluckte hart und ich bemerkte, dass seine Augen unangenehm wässrig aussahen. Ich wäre überfordert, wenn er anfangen würde zu weinen.

»Chris, ich werde alles tun, um sie und alle anderen zu finden. Ich verspreche es. Alles, was in meiner Macht steht.«

Er nickte nur. Sicher hinderte ihn gerade ein wachsender Kloß im Hals am Sprechen.

»Das weiß ich«, brachte er schließlich angestrengt hervor. »Mein Vater hat mir erzählt, was Keira und du getan habt. Wenn jemand Rachel finden kann, dann bist das wohl du. Ich wollte nur, dass du weißt, wie sie aussieht. Dass, wenn du sie findest -«

Er schien nicht weitersprechen zu können. Zögernd und unsicher nahm ich seine Hand und drückte sie mitfühlend. Ich war schlecht bei diesen Sachen und fühlte mich auch nicht besonders wohl dabei.

»Ich werde alles tun, Chris. Ich verspreche es.«

»Danke«, flüsterte er mit leicht bebender Stimme. Er räusperte sich schließlich verlegen. »Ich werde dich dann auch nicht länger stören. Es war nett von dir, dass du mir zugehört hast.«

»Das war selbstverständlich.«

»Ja ehm danke noch mal. Ich gehe dann jetzt.«

Er sprang fast schon auf und ging schnell zur Tür.

»Es war schön dich wiederzusehen«, sagte er noch, bevor er die Tür hinter sich zuzog. Ich stand für einen Moment wie in Stein geschlagen da. Völlig perplex über sein abruptes Aufbrechen. Ich schüttelte den Kopf und räumte die Wasserflasche zurück in den Kühlschrank. Warum, wusste ich auch nicht. Ich stellte Wasser normalerweise nie kühl.

Erst als mein Magen knurrte, wurde mir bewusst, dass ich, außer dem Sandwich nichts weiter gegessen hatte. Wenig später klopfte es erneut an meiner Tür und der Zimmerservice brachte mir eine exzellente Pizza. Als ich sie auf den Wohnzimmertisch stellte, fiel mein Blick wieder auf das Foto von Rachel. Sie war wirklich hübsch. Ich griff unwillkürlich nach meinem Handy. Craigs Nummer war die erste in meinem Speicher. Ich drückte die grüne Wahltaste und lauschte dem Freizeichen, bis die nervige Stimme ertönte, die einem mitteilte, dass der Gesprächspartner zurzeit nicht zu erreichen war. Enttäuscht legte ich auf. Ich hätte Craigs Stimme nur zu gerne gehört. Ich kuschelte mich in das ebenfalls riesige Bett und schaltete den Flachbildschirm ein, wie er hier in fast jedem Zimmer zu finden war. Ich schlief ein, noch bevor ich richtig mitbekam, was eigentlich im Fernsehen lief. Ein penetrantes Geräusch weckte mich aus einem Traum, der mich zurück zu der heißen Quelle geführt hatte. Schlaftrunken tastete ich in der Dunkelheit nach dem Lichtschalter der Nachttischlampe. Es klickte und gedämpftes warmes Licht erhellte sanft das Zimmer. Ich stieg aus dem Bett und suchte in meiner Hose, die über einem

Stuhl hing, nach meinem Handy.

»Hallo«, sagte ich leise, wobei ich angestrengt einen Gähner unterdrückte. Ich hatte keine Ahnung, wie spät es war.

»Janlan?«, fragte Keiras Stimme leise am anderen Ende der Leitung.

»Ja, was ist? Wie viel Uhr haben wir?«

Verwirrt sah ich mich im Zimmer nach einer Uhr um, konnte jedoch keine entdecken.

»Janlan, es ist ... es ist etwas passiert«, sagte sie unsicher. Ich war mit einem Schlag wach.

»Was? Was ist passiert? Keira!«

Wenn Keira nicht wusste, wie sie sich ausdrücken sollte, dann war wirklich etwas passiert. Etwas Schlimmes.

»Craig ...«, flüsterte sie, als würde sie hoffen, ich könnte es nicht verstehen. Es war, als würde mein Herz stehen bleiben und die Welt sich gleichzeitig unglaublich schnell weiterdrehen. Ich starrte ins Nichts und hielt das Handy stumm an mein Ohr. Ich wollte nicht nachfragen. Wollte es nicht hören und zugleich wusste ich bereits, was sie auf meine Fragen antworten würde. Und dennoch musste ich sie stellen. Ich musste sie stellen, um wirklich zu verstehen, was sie sagte. Ich spürte, wie mein Mund sich öffnete und wieder schloss, aber es kamen keine Laute heraus.

»Janlan?«, erklang Keiras Stimme wie aus ewig weiter Ferne. Ich hatte minutenlang nichts gesagt.

»Was ist mit ihm?«, krächzte ich schließlich mit gebrochener Stimme. Ich war der festen Überzeugung, dass mein Herz nicht wieder angefangen hatte zu schlagen.

»Er ...«, fing sie zögernd an.

»Keira spuck es aus!«

»Er ist verschwunden. Dein Haus ist ziemlich verwüstet. Überall liegt Erde und in der Einfahrt ist eine Erdspalte. Und auf ... auf eurem Bett lag ein Zettel. Irena hat mich angerufen, als sie das Chaos gesehen hat. Sie hat von all dem nichts mitbekommen.

Es muss irgendwann heute Nacht passiert sein - Janlan? ... Janlan!«

Ich antwortete nicht. Ich hatte nicht einmal mehr mitbekommen, was Keira gesagt hatte. Das Handy war mir aus der Hand gerutscht und mit einem dumpfen Geräusch auf den Boden gefallen. Ich saß einfach nur auf meiner Bettkante und starrte aus dem breiten Fenster in die Nacht hinaus.

»Janlan!«, kam es immer wieder leise aus dem Handy. Ich hörte es nicht und ich reagierte nicht. Ich starrte einfach in die Nacht hinaus. Ich war wie in einer Starre. Ich konnte, oder ich wollte mich nicht bewegen. Ich wollte nichts wahrnehmen. Ich sah nicht die Sterne und ich sah nicht, wie das tiefe Schwarz immer mehr einem blutroten Sonnenaufgang wich. Ich hatte nicht einmal mitbekommen, wie Keiras Rufen in das Besetztzeichen überging. Das Einzige, was ich hörte, war der eine Gedanke, der mich in meiner Starre gefangen hielt.

»Sie haben Craig.«

Immer wieder hörte ich meinen eigenen Gedanken. Ich hatte mich keinen Zentimeter bewegt. Ich spürte mein Herz nicht und meine Augen brannten wie Feuer. Ich hatte nicht mal geblinzelt. Gerade als das erste klare Purpur am Himmel erschien, stand ich wie in Trance auf. Zog eine schwarze Jeans an, ein schwarzes Top und meine Stiefel. Ich steckte die Dolche in die Stiefel und griff an der Tür nach meiner schwarzen Lederjacke. Ich dachte nicht. Zumindest nicht mehr als diesen einen Gedanken.

»Sie haben Craig.«

Das Amulett hing schwer um meinen Hals, als ich im Aufzug den Knopf für die Lobby drückte. Eine fröhliche Musik tönte aus den Lautsprechern in den beiden hinteren Ecken des Fahrstuhls. Sie war unerträglich fröhlich und ich befand mich im achtunddreißigsten Stockwerk. Noch bevor ich wusste, was ich tat, zog ich mit einer schnellen Bewegung die Dolche hervor und warf sie im siebenunddreißigsten Stockwerk auf die Lautsprecher. Für eine Sekunde entstand ein kleiner Funkenregen und das Quietschen von sterbenden Tönen, dann war Ruhe. Mit einem Ruck zog ich die Dolche aus den Lautsprechern und steckte sie zurück an ihren Platz. Der Fahrstuhl hielt in vier weiteren Stockwerken, doch wenn die Personen mich sahen, sobald die Türen beiseite glitten, entschieden sie sich dafür, die Treppe zu nehmen oder auf den nächsten Aufzug zu warten. Als die Tür das fünfte Mal beiseite glitt, breitete sich vor mir die weite Lobby aus. Sie war gesäumt von Bildern und viel zu vielen Pflanzen. Rechts ging es zur Bar und links zu einem Ballsaal oder etwas Ähnlichem, das hatte ich zumindest alles gestern Abend gesehen. Jetzt sah ich nur die Tür, die hinaus in den blutigen Morgen führte.

»Miss Al ...«, eine junge Frau an der Rezeption sprach mich an, verstumme jedoch sofort, als ich ihr mein Gesicht zuwandte. Ich sah meine Reflexion in dem Glas der Drehtür. Es war kein Wunder, dass die Leute mir lieber aus dem Weg gingen. Mein Gesicht zeigte keine Regung. Kein Zeichen, dass ich irgendwie am Leben war. Das Unheimlichste jedoch waren meine Augen. Sie waren rot. Meine eigentlich eisblaue Iris schimmerte blutrot. Genauso wie die Partie um meine Augen. Ich wäre mir auch aus dem Weg gegangen, hätte ich mich gesehen.

Die Straßen waren wie tot. Kein weiterer Mensch begegnete mir, während die roten Sonnenstrahlen zwischen den Häusern in Zeitlupe hervor krochen. Entweder war die Zeit stehen geblieben oder ich bewegte mich einfach außerhalb von ihr. Der Himmel war nicht weniger rot, als ich in die Straße einbog, die mein Ziel war. Ich erspähte das Haus des Ordens, noch bevor es wirklich in Sichtweite kam. Es war noch eingefallener als das letzte Mal. Der Putz war fast vollständig verschwunden und jedes Fenster war eingeschlagen. Es war nicht mehr als eine Bruchbude, die jeden Moment zusammenzubrechen schien. Ich riss förmlich das Brett beiseite, das vor der Eingangstür angebracht war. Als ich das Haus betrat, glitt ich von selbst in die Seelensicht. Ich sah nun durch einen roten Schleier. Nicht einmal das holte mich aus meiner

Trance zurück. Ich dachte nicht. Ich reagierte nicht. Ich funktionierte. Ich funktionierte in einer unmenschlichen Weise. Ich schob jedes noch so schwere Brett von jedem Fenster weg und erlaubte dem purpurnen Licht des Sonnenaufgangs das Haus zu durchfluten. Zusammen mit dem roten Schleier der Seelensicht war es, als würde ich durch Blut waten. Ich lief durch jeden Raum und verursachte mit jedem Schritt das Knirschen von zertretener Erde. Im Keller wurde ich schließlich fündig. Ein Riss hatte den Boden gespaltet und den größten Teil des Raumes verschluckt. Noch bevor ich wusste, was ich tat, sprang ich in die Dunkelheit hinein. Ich landete ungewöhnlich sicher auf meinen Füßen und verletzte mich dabei nicht einmal.

Ich war schneller auf dem Boden aufgekommen, als ich erwartet hatte. Ein schwaches Flackern in der Ferne zog mich an. Ich bewegte mich durch eine Art Tunnel. Er war gerade hoch genug, dass ich aufrecht gehen konnte. Ich sah nicht eine einzige Seelenenergie. Der Tunnel erstreckte sich vor mir und war, wie alles, in das Rot der merkwürdigen Seelensicht getaucht. Ich lief immer weiter dem Flackern entgegen, bis ich vor einer primitiven Fackel stand, die an der Wand angebracht war. Das Licht wirkte unwirklich. Irgendetwas daran war nicht normal. Ich streckte die Hand aus. Das Feuer loderte um sie herum. Ich spürte nichts weiter als ein kaum wahrnehmbares Kribbeln. Weiter hinten im Gang erspähte ich eine weitere Fackel. Ich zog meine Hand zurück und ging weiter. Immer dem nächsten Licht entgegen. Der Tunnel wurde breiter und breiter. Die Wände waren glatt. Doch auf dem Boden waren überall Erdklumpen, wie schon oben im Haus. Es schien unmöglich zu sagen, wie viel Zeit vergangen war, seit ich einfach in das Loch gesprungen war. Ich lief und ich würde weiterlaufen, bis mich jemand oder etwas daran hinderte. Es war, als hätte ich es heraufbeschworen. Ich hörte ein tiefes dröhnendes Röcheln, noch bevor ich an die Gabelung des Tunnels kam. Dennoch blieb ich nicht stehen. Im Gegenteil, meine

Schritte schienen sich zu beschleunigen. Ein kreisrunder Raum breitete sich vor mir aus. Vier weitere Tunnel führten in jede Richtung. Ich ging zur Mitte und dann blieb ich einfach stehen. Ich stand wie versteinert und wartete auf das, was aus dem Tunnel kommen würde.

Mein Körper zitterte vor Anspannung. Es war keine Furcht. Es war die ruhige, freudige Erwartung der Vergeltung. Und ich musste nicht lange warten. Zu dem immer lauter werdenden Röcheln kam nun das Knirschen von unzähligen Schritten hinzu. Und noch etwas veränderte sich. In dem Blutschleier der Seelensicht tauchten schimmernde Punkte auf. Sie hatten keine Farbe, da einfach alles von einem Rot verschluckt wurde. Sie pulsierten unterschiedlich stark und auch ihre Intensität war verschieden. Das alles war mir egal. Zu dem einen Gedanken gesellte sich nun ein weiterer dazu.

»Sie kommen.«

Es waren zu viele, um sie zählen zu können. Die Dolche waren in meinen Händen, ohne dass ich die Bewegung wahrgenommen hatte. Alles, was ich noch wusste, war, dass sie kamen. Sie kamen aus jedem der vier Tunnel und sie kamen schnell. Zum ersten Mal sah ich die Wesen.

Das Licht der Fackeln erhellte den runden Raum und zeigte mir, was sie waren. Es waren gebückte Gestalten. Sie ähnelten vom Körperbau einem Menschen, doch hatten sie keine Haut oder Haare. Sie waren zusammengesetzte Erdklumpen. Risse zogen sich durch die Erde, was bei ihnen wohl als Haut galt. An ihrem Kopf war die Erde glatt, als hätte man mit schlammigem Wasser jede Ritze geschlossen. Dicke Wülste überschatteten ihre Augen, die alle ein matschiges Gelbbraun hatten. Ihre Nasen schienen nicht mehr zu sein als eine zufällige Ansammlung an Erde. Ihr Mund war nur ein weiterer Riss. Ihre Hände glichen Klauen, aus denen spitze Steine wuchsen und ihre Füße sahen nicht viel anders aus. Es war mehr als deutlich, dass dies Geschöpfe dunkler Magie waren. Ihr Röcheln und Gurgeln hallte durch die Tunnel und ließ es zu einem eigentlich unerträglichen Lärm anschwellen. Für mich war dieses Geräusch ein Genuss, denn ich wusste, dass es bald verstummen würde. Ich ging ihnen nicht entgegen und ich bewegte mich nicht. Ich wartete darauf, dass sie zu mir kamen. Sie bewegten sich geschmeidiger als ihr Anblick hätte vermuten lassen. Es war ein Genuss, auf diese niederen Wesen hinabzusehen. Vor allem, ihrem Ende entgegen zu sehen.

Ein Lachen entrang sich meiner Kehle, als sie endlich bei mir ankamen. Ich war umzingelt. Es war großartig. Sie umringten mich und griffen mit ihren Klauen nach meinem Körper. Grinsend, und wie in einem Rausch, stürzte ich mich auf sie. Ich drehte mich einmal um meine eigene Achse und sah mit Genugtuung, wie unzählige Klauen in einem Regen aus Erde und dreckigem rotbraunem Blut durch die Luft flogen. Von den Wesen kam ein wütendes Knurren, das mich nur noch mehr anstachelte. Ich fuhr von einem Wesen zum anderen und ließ die Dolche in die Brust oder den Bauch fahren. Ich stieß sie in alles, was nahe genug bei mir war. Ich schlitzte durch ihre ohnehin rissige Haut. Stach in ihre matschigen Augen und sah zu, wie das Blut aus ihnen heraus sickerte. Ich durchschnitt ihre Kehlen und trennte ihre Gliedmaßen vom Körper.

»Wo ist er!«, brüllte ich in das Knurren und Röcheln hinein. Immer wieder stellte ich diese Frage und immer wieder kam als Antwort ein und dasselbe Geräusch: ein aufgebrachtes Keifen. Die Wesen hatten jede Größe und jede Statur und ich verschonte keines. Die wenigsten schafften es, mich auch nur zu kratzen und kamen sie dazu, hatten sie eine Sekunde später keine Hände mehr.

Der Boden schmatzte unter meinen schnellen Bewegungen und roter Matsch spritzte jedes Mal hoch. Ich trat auf Körperteile und leblose Gestalten. Bald schon war es fast unmöglich, einen Schritt auf freien Boden zu tun. Ich ging völlig in meiner unkontrollierbaren Rache auf. Sie hatten mir Craig genommen. Ich sah im wahrsten Sinne des Wortes rot. Die Flut der Wesen wurde immer schwächer. Allmählich fing ich an, mich zu langweilen. Erneut stellte ich die Frage, auf die ich einfach keine Antwort bekam.

»Wo ist er?«

Ein Gurgeln kam von meiner rechten, das anders klang. Ich sprang herum und sah in die matschigen Augen eines hochgewachsenen Wesens. Es starrte zurück und machte keine Anstalten mich anzugreifen. Im Gegensatz zu seinen Gefährten, die sich nun in meinem Rücken befanden. Ich fuhr einmal herum und hatte ihnen die Kehlen aufgeschlitzt, noch bevor sie einen weiteren Schritt hatten machen können.

»Wo ist er!«, fragte ich nun direkt an das Wesen gerichtet.

»Beggrri ggerr Gemgrrrim«, kam es gurgelnd aus seiner Kehle.

»Wo ist er?«

Die Klinge eines Dolches sprang an seine Kehle und drückte in die rissige Haut, bis dieses dreckige Blut hervorquoll. Das Wesen wiederholte seine Geräusche und für einen Moment dachte ich, dass es mich hoffnungsvoll ansah.

»Ich verstehe nicht«, fuhr ich es an.

Dieses Wesen war anders. Etwas an ihm machte mich stutzig. Ich trat einen Schritt zurück und tötete die neu aufgetauchten, bevor ich mich wieder zu ihm umdrehte. Ich betrachtete es durch den roten Schleier hindurch. Es wirkte menschlicher. Seine Gestalt war noch nicht ganz so gebeugt und seine Haut war noch etwas glatter. Als mein Blick zu seinem Kopf wanderte, dachte ich vor Matsch strotzende, blonde Haaransätze zu erkennen. Ich ging auf es zu und blieb nahe davor stehen. Außer ihm war kein weiteres Wesen mehr da und es kamen auch keine neuen mehr. Ich streckte eine Hand aus und wollte etwas von der Erde aus dem Gesicht streichen. Noch bevor ich es berühren konnte, ertönte ein gequältes Jaulen aus seiner Kehle. Es sprang vor und streckte seine Klauen nach meiner Halsschlagader aus.

»Janlan!«, erklang ein Schrei aus dem Tunnel hinter mir.

Das Wesen erstarrte und brach dann schlaff zusammen, noch bevor es mich erreicht hatte. Der Dolch in meiner rechten Hand ragte aus seiner Brust, dort, wo bei einem Menschen das Herz gewesen wäre. Ich zog ihn mit einem Ruck heraus und ließ das Wesen zu Boden fallen, ohne es auch nur noch ein einziges Mal anzusehen. Ich drehte mich langsam herum, zu dem Tunnel, aus dem ich gekommen war. Ich sah mich einer Seelenenergie gegenüber die anders war. Sie war stark und ging von einem Herzen aus. Sie pulsierte gleichmäßig, aber aufgeregt. Ihre Farbe war rot. So rot wie alles andere. So rot wie die Wesen. Ich senkte meine Dolche nicht, von denen Blut auf den ohnehin triefenden Boden tropfte. Meine Brust hob und senkte sich mit keuchenden Atemzügen. Noch hatte ich nicht entschieden, ob ich einem weiteren Feind gegenüberstand. Ich umklammerte die Dolche und die vereinzelten Stellen meiner Knöchel, die nicht mit Blut beschmiert waren, wurden weiß.

»Janlan?«

Die Stimme klang verunsichert, wenn nicht sogar ein wenig verängstigt. Die Person tat einen Schritt in meine Richtung und ich hörte das leise Klirren von Schwertern, die aneinander schlugen. In wenigen Sekunden hatte ich die Distanz überbrückt und ging auf den neuen Feind los. Funken sprühten in dem roten Dämmerlicht, als meine Dolche auf gezückte Schwerter stießen.

»Janlan! Hör auf damit!«, fuhr mich mein Gegner an. Ich wurde zurückgestoßen. Ich verlor für eine Sekunde mein Gleichgewicht, als ich auf eine abgetrennte Klaue trat. Ich stürzte wieder vorwärts, als mich ein heftiger Schlag im Gesicht traf.

»Janlan, komm zu dir!«

Der Schlag war wie ein Schock. Ich blinzelte verwirrt und der rote Schleier hob sich von meinen Augen. Ich ließ die Dolche sinken und sah mich erschrocken im Raum um. Ich wusste, dass ich all diese Wesen getötet hatte und dass ich verantwortlich war für den blutgetränkten Boden, aber ich konnte es nicht ganz glauben.

»Janlan?«

Eine Hand berührte mich vorsichtig an der Schulter und drehte mich zu sich um. Ich starrte in Keiras Gesicht, das mich wiederum prüfend ansah.

»Was ist mit deinen Augen?«

Ich fuhr mir unweigerlich mit den Fingern an meine Augen und betastete sie. Ich konnte nichts Ungewöhnliches fühlen. Die rote Seelensicht war fort, aber ich spürte, dass sie darauf lauerte, jede Sekunde wieder zu erscheinen.

Ich war immer noch der Meinung, dass mein Herz nicht wieder schlug. Langsam spürte ich, wie das Gefühl für Schmerzen in meinen Körper zurückkehrte. Mein rechtes Knie sackte weg, als ich ein unerträgliches Stechen spürte. Keira fing mich auf, bevor ich auf dem blutigen Boden auftraf.

»Wir müssen dich hier raus bringen.«

Sie schlang sich meinen Arm um die Schulter und führte mich durch den Tunnel.

»Was ist los mit dir? Was ist mit deinen Augen?«

In ihrer Stimme fehlte jeder Zorn und jeder Vorwurf. Etwas, das unter diesen Umständen für Keira mehr als unnatürlich war. Ich antwortete ihr nicht. Ich war immer noch in meiner Trance gefangen, auch wenn Keira mich aus meinem Blutrausch geholt hatte. Der einzige Gedanken, den ich nun wieder hatte, war: »Sie haben Craig.«

»Janlan?«, kam immer wieder Keiras Frage. Ihre Schritte wurden schneller, mit jedem Mal, das ich nicht antwortete. Als sie mit mir auf die Straße trat, stach das Licht des Tages in meinen Augen und ich konnte die vielen Menschen, die auf der Straße standen, zuerst nicht sehen. Sie verstopften sie und starrten Keira und mich an, bevor ein Lärm ausbrach, als sie alle gleichzeitig anfingen aufgeregt zu reden. Blitze zuckten über meine Augen, als unzählige Fotografen ihre Kamera auf mich richteten. Die

Menschen verstummten, wenn sie meinem Blick begegneten, und Furcht breitete sich in Sekundenschnelle auf ihren Gesichtern aus. Ich glaubte, ein Knurren zu hören, das aus meiner eigenen Kehle zu kommen schien.

»Schhh. Beruhig dich Janlan«, flüsterte mir Keira unruhig und besorgt zu. Ich hörte nicht hin. Ich spürte und sah gleichzeitig, wie meine Sicht wieder rötlich schimmerte. Ein ängstliches Raunen ging durch die Menge, als ich meinen Kopf hob. Meine Hände zuckten zu meinen Stiefeln. Ich wollte meine Dolche haben.

»Nein«, kam es entschieden von Keira. Ich hörte nicht auf sie. Alleine die Schmerzen verhinderten, dass ich sie ziehen konnte.

»Lassen Sie uns durch!«, befahl Keira mit fester Stimme. Die Leute ließen nicht von uns ab, auch wenn die Angst klar auf ihren Gesichtern zu erkennen war. Wieder knurrte ich. Es klang wie das Knurren eines wilden Tieres, das in die Enge getrieben wurde. Ein paar der Umstehenden wichen wenige Schritte zurück, nur um dann gleich wieder näher zu kommen. Je enger die Leute sich um uns drängten, umso röter wurde meine Seelensicht. Ich konnte nicht mehr erkennen, ob es Menschen waren, oder Wesen. Ich sah nur ihre pulsierenden Seelenergien, die in ein unglaubliches Rot getaucht waren. Ich wollte mich auf sie stürzen.

»Sie haben Craig.«

Keiras Griff wurde fester und schmerzte schon fast.

»Janlan, bitte beruhige dich.«

Sie flüsterte es mir unaufhörlich zu, ohne zu bemerken, dass es keinen Sinn hatte. Der einzige Grund, dass ich sie noch nicht angefallen hatte, war, dass ich alleine nicht stehen konnte. Für den Moment brauchte ich sie. Auch wenn es schwerfiel, sie von den anderen zu unterscheiden. Nur der Körperkontakt überzeugte mich davon, dass sie anders war. Ich spürte, wie mich jemand berührte. Mein Kopf zuckte hoch und ein erneutes, viel lauteres Knurren erklang bedrohlich aus meiner Kehle.

»Lassen Sie uns in Ruhe!«

Immer noch zuckten Blitzlichter von überall her und erhellten den Tag weiter. Ein Quietschen ertönte und wurde von einem ohrenbetäubenden Hupen begleitet. Die Menge stob auseinander, als ein Auto mitten in sie hinein fuhr.

»Keira hierher!«, rief Chris durch ein heruntergelassenes Fenster. Keira rannte auf den Wagen zu, wobei sie mich fast schon trug. Ich fing an mich zu wehren. Ich wollte nicht zu dem Wesen ins Auto steigen. Ich knurrte und fing an mich gegen ihre Umklammerung zu stemmen.

»Janlan, lass das!«

Sie riss die hintere Tür auf und drängte mich hinein, wobei ich ihr einen Schlag ins Gesicht versetzte.

»Janlan!«, schrie sie mich wütend an. Sie stieg zu mir und versuchte, meine um sich schlagenden Arme zu bändigen. Ich knurrte unaufhörlich. Ich konnte sie nun nicht mehr von den andern unterscheiden. Sie war nur eine Seelenenergie von fielen. Rot und gefährlich.

»Was ist los mit ihr?«, fragte Chris erschrocken, als auch er in mein Gesicht sah.

»Ich weiß es nicht«, presste sie angestrengt zwischen zusammengebissenen Zähnen hervor. Ich versuchte, an meine Dolche zu kommen. Ich musste mich von den Wesen befreien.

»Sie haben Craig.«

»Janlan, nein!«

Keira schlug meine Hand weg, gerade als ich einen der Griffe eines Dolches gespürt hatte. Ich knurrte sie an. Als sie meinem Blick begegnete, breitet sich auch auf ihrem Gesicht Furcht aus.

»Janlan, hör auf. Bitte«, flehte sie schon fast.

Als Antwort kratzte ich sie am rechten Oberarm, die einzige Stelle, die ich erreichen konnte. Sie drückte mich in die Sitze und versuchte alles, um mich daran zu hindern, mich zu wehren.

»Janlan!«

Die Seelensicht war nun so blutrot wie zuvor unten im kreisrunden

Raum. Chris raste durch die Stadt und versuchte, die vielen Autos der Journalisten und Schaulustigen abzuhängen. Mit einem heftigen Ruck löste ich mich aus Keiras Umklammerung und zog einen meiner Dolche. Ich zielte auf die Kehle des Wesens über mir. Ich musste mich befreien.

»Sie haben Craig.«

Eine Faust traf mich erneut mitten im Gesicht und ich sackte besinnungslos zusammen.

9
Rückkehr

Ich wurde gerade durch einen, für mich stark verschwommenen Flur geschleift, als ich wieder einigermaßen zu Bewusstsein kam. Zu all den anderen Schmerzen war nun auch ein pochender Schmerz in meinem Kopf gekommen. Als ich meinen Kopf angestrengt zur Seite drehte, erkannte ich die Umrisse einer Person. Dasselbe fand ich auf der anderen Seite. Sie trugen mich geradewegs auf eine Tür zu. Es klickte und ein Fuß drückte die Tür soweit auf, bis wir seitlich hindurchpassten.

»Ins Schlafzimmer«, keuchte eine mir bekannte Stimme.

Ich stöhnte, als ich auf das Bett gelegt wurde. Ich spürte sämtliche Prellungen und blaue Flecke, von den offenen Wunden ganz zu schweigen.

»Ich brauche alles Verbandszeug, warmes Wasser und saubere Tücher. Ich denke nicht, dass es im Moment gut wäre, einen Arzt zu rufen. Vielleicht können wir verhindern, dass ihr Name in allen Zeitungen auftaucht. Kann dein Vater das verhindern oder zumindest beeinflussen? Ach, und ich brauche Iod. Reichlich Iod.«

Ich hörte, wie eilige Schritte wieder das Zimmer verließen. Ich konnte immer noch nicht klar sehen. Ich wechselte zu schnell zwischen den Sichten, um wirklich etwas erkennen zu können. Vorsichtig zog die Frau mir die Lederjacke aus. Ich stöhnte vor Schmerzen, die ihre Berührungen auslösten. Ich hatte gar nicht mitbekommen, wie oft die Wesen mich verletzt hatten. Die Frau packte mein Gesicht mit ihren Händen. Ich sah in das verschwommene Gesicht und fing endlich an es zu erkennen.

»Deine Augen sehen furchterregend aus. Was ist los mit dir?«, fragte sie leise. Ich war mir nicht sicher, ob sie mich wirklich fragte oder mehr mit sich selbst geredet hatte.

»Janlan ...«

Sie rüttelte sanft an mir und entlockte mir so ein unbeabsichtigtes Knurren. Sofort war der rote Schleier zurück.

»Hörst du jetzt endlich auf, mich permanent anzuknurren! Das fängt an zu nerven!«

Dieser Satz machte mich stutzig. Ich zwang mich, mehrmals zu blinzeln.

»Na also, es geht weg. Hörst du mich jetzt?«

»Keira?«, stammelte ich erschöpft. »Was geht weg?«, fragte ich verwirrt.

»Das Rot in und um deine Augen.«

Ich fuhr mit meiner rechten Hand an meine Augen. Ein erschrockenes Keuchen kam von Keira. Sie packte mein Handgelenk und ließ es nicht mehr los.

»Janlan, was hast du mit deiner Hand gemacht! Chris, ich brauche eine Schüssel mit kaltem Wasser! Jetzt beeil dich mal!«

Ich starrte selbst auf meine Hand. Sie war gerötet und an einigen Stellen hatten sich kleine Blasen gebildet.

»Oh«, stammelte ich, »Fackel.«

Keira sah mich besorgt und wütend zugleich an.

»Fackel? Du hast deine Hand nicht wirklich in die Flamme einer Fackel gehalten.«

»Doch.«

»Schlau. Das war wirklich schlau. Und was ist mit deinen Augen? Was hast du überhaupt da unten gemacht und wie hast du die ganzen Wesen getötet? Und was waren das für Dinger?«

Chris eilte mit vollen Armen in den Raum und warf sämtliche

medizinische Materialien auf das Bett neben Keira. Sofort verließ er wieder das Zimmer und ich hörte, wie er den Wasserhahn in der Küche aufdrehte.

»Meine Augen ...«, stotterte ich zusammenhangslos.

»Was?«, fragte Keira, während sie sich daran machte mich mal wieder zu verarzten.

»Ich glaube, das hat etwas mit meinen Augen zu tun. Meine Seelensicht - Sie ... Sie war rot.«

»Mh.«

Sie zog etwas zu heftig an meinem Arm.

»Warum bist du darunter und hast nicht einfach auf mich gewartet?«

Der eine Gedanke erklang wieder in meinem Kopf und für eine Sekunde war der ganze Raum wieder in Blutrot getaucht.

»Craig«, flüsterte ich. Es schmerzte schon, nur seinen Namen auszusprechen. »Was ...?«

Ich sah Keira mit Tränen in den Augen an. Ich wollte die Frage nicht zu Ende stellen.

»Nachher«, antwortete sie sanft. »Zuerst müssen wir dich verarzten. Du hast schwer was abbekommen. Eigentlich müsstest du tot sein, in Anbetracht der ganzen Leichen, die du hinterlassen hast. Ich weiß wirklich nicht, wie du das alleine geschafft hast.«

Sie schüttelte ein wenig fassungslos den Kopf.

»Und der Lärm. Das war ohrenbetäubend. Deswegen waren auch die ganzen Menschen da. Ich hoffe nur, sie bekommen deinen Namen nicht raus. Ich glaube, das wäre nicht so gut.«

Es dauerte ewig bis Keira auf jedem Kratzer ein Pflaster hatte. Am linken Oberarm musste sie einen Verband verwenden, sowie an ein paar anderen Stellen. Ich hatte unzählige Prellungen, die ich noch tagelang spüren würde. Nachdem meine Hand einige Minuten in dem kalten Wasser gelegen hatte, verband Keira auch sie. Ich sah aus, als wäre ich gerade aus dem Krieg zurückgekehrt.

»Die Lederjacke kann ich wohl wegschmeißen.«

Sie hatte den Kampf nicht besonders gut verkraftet. Überall waren Risse im Leder und Blut befleckte sie.

»Craig?«, fragte ich wieder leise und wich dabei Keiras Blick aus.

»Ich schicke erst Chris heim.«

Chris hatte im Wohnzimmer gewartet. Er hatte sich mehr als unwohl gefühlt im selben Zimmer zu sein, während Keira meine Verletzungen behandelte.

»Oh, ja. Sag ihm Danke.«

Sie nickte und verließ den Raum. Ich konnte hören, wie sie sich gedämpft mit Chris unterhielt, aber ich verstand nicht, was sie sagten. Ich verkniff mir ein schmerzhaftes Stöhnen, als ich mich zur Tür schlich, um vielleicht doch etwas zu verstehen. Als das nichts brachte, schleppte ich mich zurück zum Bett und legte mich hin. Das Klicken der Tür verriet mir, dass Chris schließlich gegangen war. Keira kam mit einer dampfenden Tasse zurück.

»Hier, der wird dir gut tun.«

Sie reichte mir die Tasse und der vertraute Geruch von Pfefferminz stieg mir in die Nase.

»Danke.«

Ich nahm ihr die Tasse ab und stellte sie auf den Nachttisch, da der Tee noch zu heiß zum Trinken war. Keira zog einen zusammengefalteten Zettel aus ihrer Tasche und reichte ihn mir. Ich versuchte, das Zittern meiner Hände zu unterdrücken. Es gelang mir nicht und zudem spürte ich noch Keiras mitfühlenden Blick auf mir ruhen. Es war eine furchtbar krakelige Schrift. Wie von einem Kind, das gerade erst schreiben gelernt hatte.

DER MEISTER HAT DEINEN MANN. ER WILL DICH.

Ich starrte auf den Zettel. Die Worte waren einfach und dennoch schienen sie sich vor mir zu verschließen.

»Wie?«, flüsterte ich mit gebrochener Stimme. Ich stand kurz vor einem weiteren Nervenzusammenbruch. Wenn man mein noch nicht ganz verarbeitetes Erlebnis so nennen konnte. Ich hatte keine Ahnung, was mit mir geschehen war.

»Ich sagte doch schon am Telefon, da war eine Erdspalte in deiner Auffahrt und euer Haus war völlig verwüstet. Überall war Erde über den Boden verstreut.«

»Blut?«

Ich konnte nicht in ganzen Sätzen reden. Ich hätte es nicht geschafft, ohne dabei in Tränen auszubrechen.

»Nein, da war kein Blut. Ihm geht es ganz bestimmt gut.«

Das war ein schwacher Trost, aber es war immerhin etwas.

»Janlan, was waren das für Wesen? Warum bist du in den Tunnel hinunter? Warum ist da überhaupt ein Tunnel?«

Das waren alles logische und naheliegende Fragen, die sie mir stellte, aber ich hatte keine richtigen Antworten auf sie. Ich zuckte mit den Schultern. Wie üblich eine blöde Bewegung, wenn man überall am Körper Verletzungen hatte.

»Ich weiß nicht, was sie sind. Ich weiß nur, dass sie irgendwie mit den Entführungen in Verbindung stehen. Ich bin durch das Dorf Meldon gekommen. Es war verlassen und eine Erdspalte war mitten in der Straße. Jedes Haus war durchsucht und überall lag Erde. Ich wollte meinen Großvater finden. Er ist der Meinung, dass es etwas Übernatürliches ist und dass ich dagegen angehen muss. Und jetzt haben sie -«

Ich schluckte und ging zu Keiras anderen Fragen über. »Ich weiß nicht, warum ich zu dem Haus des Ordens bin. Nachdem du angerufen hast, ist mit mir irgendetwas passiert. Ich war nicht ganz ich selbst und trotzdem wusste ich genau, was ich tat. Meine Seelensicht war anders. Sie war ganz rot und ich konnte die verschiedenen Seelenenergien auch nicht unterscheiden und irgendwie habe ich mich unbesiegbar gefühlt. Ich war, denke ich, von ... von Rache getrieben. Es war auf jeden Fall Magie im Spiel. Meine Magie. Ich weiß wirklich nicht, was das war.«

Ich redete immer schneller und fing an, meinen eigenen Gedanken vorauszueilen.

»Janlan, beruhige dich. Deine Augen fangen wieder an sich zu verfärben.«

Ich sah in Keiras besorgtes Gesicht und sprang vom Bett. Im Spiegel konnte ich sehen, wie sich rote Adern klar um meine Augen abzeichneten und sich auch meine Augen selbst verfärbten.

»Keira, was ist das?«

Ich tastete über die Adern. Ich konnte sie nicht fühlen. Meine Haut war glatt wie immer. Sie war auch nicht gereizt. Sie war einfach von blutroten Adern durchzogen und färbte auch den Rest meiner Augenpartie.

»Janlan, du musst dich beruhigen.«

Sie kam zu mir und nahm mich fest in die Arme. Ich spürte, wie mein Herzschlag sich normalisierte und konnte gleichzeitig beobachten, wie das Rot wieder wich.

»Es ist weg.«

Sie wollte gerade etwas erwidern, als ihr Handy klingelte und sie eilig ran ging. Als sie auflegte, nahm sie gleich den Hörer des Telefons vom Hotel ab.

»Ich hätte gerne eine Ausgabe der neusten Zeitung«, sagte sie bestimmend in die Sprechmuschel. Nur wenige Minuten später klopfte es an der Tür und Keira nahm dem Zimmerservice die Zeitung ab.

»Mist«, fluchte sie wütend.

»Was ist?«

Immer noch unsicher auf meinen Füßen, ging ich zu ihr und nahm ihr das Bündel Papier ab. Sie wollte sie mir nur widerwillig geben. Ich sah auf die Titelseite und erstarrte. Ein übergroßes Farbfoto nahm fast die ganze Seite ein und die Frau, die es zeigte, war mehr als Furcht einflößend.

»Bin das wirklich ich?«

Meine Stimme erstickte. Die Frau auf dem Foto sah gefährlich aus. Ihre Augenpartie strahlte rot und verlieh ihr ein unzähmbares wildes Wesen. Keira nickte gequält.

»Ich fürchte ja. So hast du ausgesehen, als ich dich im Tunnel gesehen habe. Daniel konnte nicht so schnell handeln, wie die Druckerpressen bereits druckten.«

Ich sah unverwandt das Foto an. Die Schlagzeile verkündete: »Unbekannte sorgt für dämonischen Aufruhr.«

»Immerhin wissen sie nicht, wer du bist.«

Sie sagte es, als wäre es ein Trost.

»Keira, ich muss rausfinden, was mit mir passiert ist. Ich muss zurück in den Tunnel.«

Meine Stimme hatte die feste Autorität des Oberhaupts des Ordens von Alverra angenommen. Keira ließ sich davon nicht besonders beeindrucken. Sie baute sich mit verschränkten Armen vor mir auf und sah mich streng an.

»Und was glaubst du damit zu erreichen, außer dass sie vielleicht doch noch herausfinden, wer du bist. Du glaubst doch nicht, dass niemand das Haus jetzt beobachten wird. Ich wette, es wird zu einer neuen Touristenattraktion von Galin.«

»Keira ...«, stöhnte ich und schlurfte zurück zum Bett. Ich fühlte mich nicht in der Verfassung, groß mit ihr zu streiten. »Ich brauche viel mehr Informationen. Diese Wesen haben Craig -«, ich schluckte, als ich seinen Namen sagte. »Sie haben Craig entführt und jeden anderen. Ich bin dafür verantwortlich, dass es aufhört. Ich muss sie retten. Ich muss ihn retten und dafür muss ich wissen, mit wem ich es zu tun habe. Ich muss wissen, was das für Wesen sind. Wo sie herkommen oder wie sie erschaffen werden. Ich muss wissen, wer dieser Meister ist und was er von mir will. Irgendwo muss ich anfangen. Warum also nicht dort? Du hast gesehen, dass da weitere Tunnel waren. Sie müssen ja irgendwohin führen.«

Ich behielt für mich, dass ich dachte schon zu wissen, was der Meister von mir wollte. Ich hatte die Erdklumpen nicht vergessen, die in der Nacht, in der meine Hand sich von alleine verletzte, über den Boden verstreut lagen und das Amulett nicht mehr um meinem Hals gehangen hatte.

»Irgendwo muss ich anfangen. Ich gehe auch, wenn du nicht mitkommst.«

Ich verschränkte ebenfalls meine Arme und mit den ganzen Verletzungen sah ich irgendwie, auf eine merkwürdige Art, bedrohlich aus. Meine Miene ließ keinen Zweifel an meinen Worten zu. Ich hatte auch keine. Der Meister hatte mir Craig genommen und dafür würde ich ihn töten. Ich erschrak über meinen eigenen Gedanken und war froh, dass ich ihn nicht laut ausgesprochen hatte.

»Janlan ...«, sagte Keira mit leiser, flehender Stimme. Sie ahnte ihre Niederlage. Sie war nicht die Einzige, die sehr dickköpfig sein konnte.

»Ich werde gehen.«

Wie zur Untermalung meiner Worte griff ich nach der zerschlissenen Lederjacke. Keira atmete hörbar genervt auf.

»Na schön, aber nicht jetzt sofort. Das geht nicht.«

Ich funkelte sie an. Ich sah keinen Grund, warum ich warten sollte. Sie schien meine Gedanken zu lesen.

»Da werden immer noch lauter Schaulustige sein. Willst du wirklich, dass die dich erkennen?«

»Und wenn?«, fragte ich provozierend. »Was wäre schon dabei?« Ich streckte trotzig mein Kinn vor.

»Janlan, sei doch vernünftig. Sie werden dich nicht in Ruhe lassen, wenn sie wissen, wer du bist. Menschen sind viel zu interessiert an den Dingen, die sie nicht kennen oder verstehen. Sie werden die Frau auf diesem Foto nicht in Ruhe lassen, bis sie wissen, was es mit ihr auf sich hat. Menschen glauben nicht an Magie und trotzdem suchen sie danach. Willst du das wirklich riskieren?«

Sie wollte keine Antwort auf ihre Frage und sie war mit ihrer kleinen Predigt auch noch nicht fertig, aber ich fuhr ihr mit einem kalten »Ja« dazwischen.

»Ich kann dich wirklich nicht -«

»Nein.«

»Janlan ...«

»Nein, Keira. Ich gehe. Jetzt.«

Sie versperrte die Tür.

»Keira, geh mir aus dem Weg.«

»Nein. Du kannst nicht gehen.« Mit einem resignierenden Seufzer fügte sie hinzu: »Zumindest nicht so.«

Ich zog eine Augenbraue hoch und sah sie skeptisch an.

»Du musst was anderes anziehen. Deine Klamotten sind immer noch blutbesudelt. So fällst du gleich jedem auf. Und wir müssen hinten aus dem Hotel raus und auch von hinten in das Haus des Ordens gehen.«

»Du kommst mit?«, fragte ich immer noch skeptisch, schon halb in der Annahme, dass es eine Falle war.

»Natürlich. Ich kann dich ja offensichtlich nicht davon abbringen.«

»Nein, kannst du nicht.«

»Schön, dann zieh dich um.«

Ich brauchte etwas länger als gewöhnlich, aber selbst die Schmerzen konnten mich von meinem Vorhaben nicht abbringen. Ich musste etwas tun, sonst würde ich zusammenbrechen.

Keira hatte in der Zeit eine Tasche zusammengepackt, in der sie sämtliche Sachen verstaute, die wir eventuell gebrauchen könnten. Ich hatte mich für eine normale Jeans und ein einfaches weißes Oberteil entschieden. Es war definitiv anders als mein Outfit vom Morgen und ich dachte, dass es Keira etwas besänftigen würde. Sie fuhr unnötige Umwege und ließ das Auto sogar drei Straßen weiter stehen. Ich fand ihr Verhalten auffälliger, als wenn wir einfach in der Straße geparkt hätten. Ich behielt meine Meinung für mich. Mir reichte es, dass wir zum Haus unterwegs waren. Immerhin war der Garten des Hauses vom Orden so verwildert, dass die Nachbarhäuser ihre Gärten mit hohen Holzzäunen abgegrenzt hatten. Es war also mehr als einfach von hinten in das Haus einzusteigen.

Ich hatte keine Menschengruppen gesehen, die mit aufgerissenen Augen auf das Haus gaffte. Ich wäre auch sehr überrascht gewesen. Ich fand ohnehin, dass Keira mit ihren Befürchtungen übertrieben hatte. Daniel hatte sicher dafür gesorgt, dass die Menschenmenge aufgelöst wurde. Selbst im Haus war keine einzige neugierige Menschenseele. Ich ging zielstrebig zur Kellertreppe. Sie war verstaubt und knarrte bei jedem Schritt. Das hatte ich heute Morgen nicht mitbekommen.

»Du bist dir sicher?«, fragte Keira zum tausendsten Mal, als wir vor dem Loch im Kellerboden standen. Ich nicke nur und sprang unbeholfen hinunter. Der Aufprall drückte die Luft aus meinem Körper und ließ mich nach Luft japsen. Ich sank auf die Knie und versuchte keuchend ein wenig Sauerstoff in meine Lunge zu bekommen. Keira landete geschmeidiger auf ihren Füßen und griff mir dann unter die Arme.

»Du hättest zumindest warten müssen, bis es dir besser geht.«

»Keine Zeit«, presste ich unter Schmerzen hervor.

»Das redest du dir ein.«

»Keira«, fuhr ich sie etwas zu heftig an. Sie klappte ihren Mund zu und sagte nichts weiter. Ich humpelte den Tunnel entlang und ließ den Lichtpegel einer Taschenlampe über die Tunnelwände gleiten. Ich wusste, dass es nicht mehr weit war bis zu dem kreisrunden Raum.

Es war ein grausiger Anblick. Das weiße Licht der Taschenlampe ließ das Blut, das den Boden tränkte, leuchten. Mir wurde schlecht von den ganzen aufgeschlitzten und verstümmelten Körpern. Es sah aus, als hätte hier ein wildes Tier gewütet. Ich konnte nicht glauben, dass ich dieses Tier gewesen war und doch wusste ich noch jeden Schritt und erinnerte mich an jeden Dolchstoß. Ich musste mich an die Wand lehnen, um nicht ohnmächtig zu werden oder mich zu übergeben. Ich hatte das getan.

»Das war ein Fehler«, erklang Keiras Stimme an meiner Seite. Ich stieß mich von der Wand weg.

»Nein, war es nicht. Lass uns weitergehen.«

Ich lief an der Wand entlang und versuchte nicht zu sehr auf das tote Fleisch oder die tote Erde zu sehen. Ich führte Keira in den ersten Tunnel zu unserer Rechten. Er war klein und schien gerade erst im Entstehen zu sein. Die Wände waren noch grob behauen und überall waren Spuren der Werkzeuge zu sehen. Wir standen nach wenigen Metern vor dem Ende.

»Sackgasse«, sagte ich tonlos und drehte wortlos um.

»Wo, meinst du, soll der Tunnel hinführen, sobald er fertig ist?«

Ich zuckte als Antwort mit den Schultern. Ich war so versessen darauf etwas zu finden, dass ich mir darüber keine Gedanken machte.

»Siehst du das?«, fragte ich, als wir im vorletzten Tunnel waren. Er führte noch viel weiter ins Dunkle hinein, aber ich hatte an den Wänden etwas entdeckt, das mich für den Moment mehr interessierte. Es sah aus wie eine Zeichnung. Zeichnungen, um genauer zu sein, die mit spitzen Steinen in die sonst glatte Tunnelwand geritzt waren.

»Was ist das?«

Keira fuhr mit den Fingern die Konturen nach. Ich legte den Kopf schief und betrachtete die Linien genau.

»Ich glaube ... ich glaube, das sind Menschen. Zumindest dieser hier.«

Ich deutete mit dem Finger auf die erste Figur. Sie stand neben einem verkrüppelten wulstigen Wesen, das nicht mehr viel mit einem Menschen gemeinsam hatte.

»Das andere sind die Wesen.«

Ich nickte unbeholfen in die Richtung, aus der wir gekommen waren. »Ich wette, da sind noch mehr.«

Ohne Keiras Antwort abzuwarten, lief ich weiter den Tunnel entlang und betrachtete die Wände genau. Je tiefer wir in den Tunnel vordrangen, umso mehr Zeichnungen von den entstellten Wesen zierten die Wände. Ich erstarrte, als ich in der Menge eine Figur entdeckte, um die sich alle anzuordnen schienen. Es war ein großer Mann. Seine Größe übersteigerte die der Wesen um das Vierfache. Erst jetzt fiel mir auf, dass jedes der Wesen zu ihm aufsah. Er stand im Mittelpunkt.

»Der Meister«, flüsterte ich und berührte mit den Fingerspitzen die Figur. »Er trägt etwas um den Hals ...«

Ich verlor mich in meinen Gedanken und tastete mit der linken Hand unbewusst nach dem Amulett der Seelentropfen. Es hing schwer um meinen Hals und schien mir in diesem Moment ein wenig die Luft abzuschnüren.

»Was ist das?«

Meine Frage ging in einem plötzlichen entfernten Dröhnen unter. Es klang, als würde irgendwo ein Tunnel einstürzen. Ich erstarrte, als sich zu dem Lärm von polternden Steinen weitere Geräusche mischten. Aus der Dunkelheit erklang nun auch das Röcheln und Gurgeln.

»Sie kommen«, sagte ich atemlos. Unaufgefordert erklang der Gedanke in meinem Kopf: »Sie haben Craig.«

Ein Knurren stieg in meiner Kehle auf und der rote Schleier war zurück.

»Sie kommen«, sagte ich erneut. Doch schwang nun eine wilde Begierde in meinen Worten mit. Keira packte mich am Arm und riss mich zu sich herum. Sie sah in meine Augen und Furcht zuckte für eine Sekunde in ihnen auf, dann war sie verschwunden.

»Janlan, wir müssen hier weg.«

Ich grinste höhnisch.

»Ich hab keine Angst vor ihnen.«

Keira schleuderte mich gegen die Wand und fesselte mich mit ihrem Blick.

»Janlan, komm zu dir. Du bist verletzt. Du kannst nicht kämpfen, und wenn es so viele sind wie heute Morgen, habe auch ich keine Chance. Ganz zu schweigen von der Decke, die anscheinend gerade dabei ist einzustürzen. Wir müssen gehen!«

»Ich kann kämpfen«, sagte ich mit einem bösartigen Grinsen.

»Sie kommen. Sie fliehen.«

Ich sah, wie rote, blutrote Punkte, aus der Dunkelheit in unsere Richtung rannten. Es waren so viele. Es würde großartig werden. Ich sah Keira in die Augen. Ich wusste, wer sie war, aber dieses Wissen schien keine Auswirkung mehr auf mich zu haben.

»Sie fliehen. Ihr Tunnel stürzt ein. Sie werden lebendig begraben. Sie können nur zu uns kommen. Kein anderer Ausweg. Tod durch Steine oder Tod durch meine Klingen. Das eine oder das andere.«

Ich lächelte Keira an. Sie lächelte nicht zurück.

»Tut mir leid«, hörte ich sie sagen. Ich legte den Kopf schief.

»Was?«

Die Antwort folgte sofort. Keira holte mit aller Kraft aus und schlug mich mit der offenen Hand ins Gesicht.

»Das«, sagte sie trocken. Ich schüttelte den Kopf, um den Schmerz der Ohrfeige zu vertreiben. Als ich mein Gesicht wieder zu Keira wandte, sah sie mich erleichtert an.

»Da bist du ja wieder. Können wir jetzt gehen, bevor auch wir vom Tunnel begraben werden oder von den Wesen überrannt?«

Ein erneutes Grollen verriet, dass der Tunnel immer weiter einstürzte. Ich warf einen letzten Blick auf den Mann mit dem merkwürdigen Schmuckstück und rannte dann mit Keira an der Seite durch den Tunnel. Ich keuchte vor Anstrengung und biss mir vor Schmerzen auf die Lippe, bis diese anfing zu bluten. Eine dicke Staubwolke kam immer schneller auf uns zu. Der Lärm wurde unerträglich.

»Schneller!«, brüllte Keira. Sie packte meinen Arm und zog mich mit sich. Ich spürte, wie der Boden unter unseren Füßen bebte, als wir aus dem Loch im Keller kletterten. Keira schubste mich die Treppe hoch und zerrte mich durch ein Fenster, raus in den Garten. Das Beben wurde immer stärker. Es war, als würde die ganze Erde wackeln.

»Weiter!«, wies Keira mich an. Wir erreichten gerade die

Grenzen des Grundstücks, als das Gebäude unter einem lauten Getöse einstürzte und eine riesige Staubwolke verursachte. Keira zog mich auf die Beine, da die Erschütterung mich zu Boden geworfen hatte. Sie zog mich immer weiter weg von dem eingestürzten Haus. Die Staubwolke hüllte uns gänzlich ein und es war mir ein reines Rätsel, wie Keira überhaupt sehen konnte, wohin sie lief. Die Staubwolke wollte einfach nicht lichter werden.

Ein Gurgeln ganz in unserer Nähe ließ ein Schauer über meinen Rücken laufen. Eines der Wesen hatte es aus den Tunneln heraus geschafft. Das Gurgeln wurde immer lauter und schien sich mit jedem Laut zu verändern. Ich erstarrte, als sich in dem Staub eine gebeugte Silhouette abzeichnete, die mit jeder Sekunde größer wurde.

»Rrraaaahhhhllltttt«, grummelte das Wesen. Es trat nun ganz aus dem Staub. Um uns hatte sich ein Raum gebildet, in dem der Staub nicht durch die Luft wirbelte.

»Was willst du?«, blaffte ich die entstellte Gestalt an.

Das Wesen war anders als die, die ich am Morgen getötet hatte. Es war menschlicher. Die vielleicht vorhandene Wirbelsäule schien aufrechter zu sein und auch die Erde und der Schlamm schienen am Gesicht des Wesens nicht viel verändert zu haben. Es war menschlich. Das Gurgeln wurde zu einzelnen Silben, die ich verstehen konnte. Es hob seinen Arm und deutet auf meine Brust.

»Der Meister des Schwarzen Medaillons will dich und das Amulett. Er -«

Das Wesen verstummte und mit einem Mal stand es völlig aufrecht. Sein Gesicht verzog sich für einen Moment zu einem höhnischen Grinsen, dann sackte es tot zu Boden.

»Warst du das?« Keira sah mich verwirrt an.

»Nein. Ich habe es nicht mal berührt.«

»Na das wird zumindest die Leute ablenken«, sie sagte es und packte mich an der Hand. Sie ließ mich erst verschnaufen, als sie mich zurück in das Hotelzimmer gebracht hatte, ohne dass wir von jemandem gesehen wurden. Als die Tür des Zimmers klickte und ich erschöpft auf dem Sofa halb zusammenbrach, fragte Keira: »Was ist das Schwarze Medaillon?«

»Ich habe keine Ahnung.«

10
Schuldvolle Erkenntnis

»Guten Morgen, Miss Alverra. Und schön sie wiederzusehen, Miss Kanterra.«

Renee begrüßte uns, noch bevor wir einen Schritt aus dem Aufzug getan hatten.

»Hi«, gab ich trocken zurück. »Ich denke, Daniel wartet bereits auf uns.«

Ihr Blick verdüsterte sich für einen Moment, als ich ihren Chef beim Vornamen nannte. Renee betätigte, wie stets, ihren kleinen Knopf am Telefon und sagte mit wichtigtuerischer Stimme: »Mister Reeden, Miss Alverra und Miss Kanterra sind hier, um Sie zu sehen.«

Was als Antwort aus dem Lautsprecher erklang, entlockte mir ein selbstzufriedenes Lächeln.

»Gott verdammt, Renee. Wie oft soll ich es dir noch sagen. Schick Janlan und Keira immer sofort zu mir rein.«

Renee räusperte sich verlegen.

»Er erwartet Sie.«

»Danke, gut dass Sie uns das noch einmal sagen«, gab ich mit einem zuckersüßen Lächeln auf den Lippen zurück. Keira pikste mir in die Seite. Eine klare Aufforderung mit meinem Verhalten aufzuhören. Ich klopfte aus Höflichkeit kurz an die Tür des Büros, bevor wir hineingingen.

»Janlan, Keira, setzt euch.«

Daniels Miene war ernst und er sah noch erschöpfter aus als bei meinem Gespräch mit ihm vor zwei Tagen.

»Es ist schön dich wiederzusehen, Keira.«

»Ich freue mich auch und danke, dass du mir ermöglicht hast, so schnell hierher zu kommen. Es war so schon mehr als knapp.«

Wie stets winkte er mit einem Lächeln ab.

»Das war selbstverständlich. Es tut mir nur leid, dass ich bezüglich der Zeitungen nicht schnell genug handeln konnte, aber die neusten Ereignisse haben die Sache ohnehin verändert. Habt ihr von dem Wesen gehört, das man in der Straße hinter dem Haus des Ordens gefunden hat? Im Gegensatz zum Haus. Das ist völlig zerstört. Wirklich eine merkwürdige Angelegenheit.«

»Ja, wir haben davon gehört. Mehr sogar noch, wir waren da.«

Daniel sah uns mit hochgezogenen Augenbrauen an.

»Eigentlich sollte mich das wohl nicht überraschen. Ich nehme an, das ist einer der Gründe, warum ich dich so schnell wiedersehe, Janlan.«

Ich nickte.

»Das dachte ich mir. Macht es Sinn zu fragen, was mit dir passiert ist? Die Fotos waren ... nun ja ... du hast sie ja sicher selbst gesehen.«

Ich biss mir unruhig auf die Lippen. Ich wusste nicht ganz, was ich zu meinem Verhalten sagen sollte oder konnte. Ich wusste ja selbst nicht, was das war.

»Ich kann nicht sagen, was mit mir passiert ist.«

»Natürlich. Entschuldige, dass ich gefragt habe.«

Er senkte seinen Blick.

»So war das nicht gemeint«, sagte ich schnell. »Ich kann nicht sagen, was mit mir war, weil ich es selbst noch nicht weiß. Ich denke, es hat etwas mit meiner Magie zu tun. Mit der Magie der Seelenseher, aber mehr kann ich mir noch nicht erklären. Das ist vorher nie passiert. Mir tut es leid, falls du dadurch Schwierigkeiten bekommen hast.«

Ich senkte betreten den Blick. Keiras Tiraden waren schließlich doch zu mir durchgedrungen und ich befürchtete, dass meine Veränderung ein wenig ungewollte Aufmerksamkeit auf sich ziehen könnte.

»Der Fund des Wesens hat alles überschattet. Bei dir haben sich viele die Erklärung gesucht, dass es nur ein Streich war. Gute Schminke und überzeugende Kontaktlinsen. Für das Wesen finden sie nicht so eine einfache Erklärung. Du solltest dennoch versuchen, was auch immer das war, nicht wieder passieren zu lassen. Das nächste Mal verschließen die Menschen vielleicht nicht so schnell ihre Augen oder es wird kein anderes Wesen tot auf der Straße gefunden. Aber nun gut, wenn das nicht euer hauptsächlicher Grund ist, weshalb seid ihr dann hier? Ich möchte nicht unhöflich erscheinen, aber ich habe in einer halben Stunde ein Meeting wegen des Wesens. Ich soll mir irgendeine logische Erklärung für die Presse ausdenken.«

Ich nickte verständnisvoll. Mir fiel auf die Schnelle auch nichts ein.

»Eigentlich sind wir nur hier um dich zu fragen, ob du schon mal etwas von einem Schwarzen Medaillon gehört hast.«

Ich beobachtete ihn genau und hoffte in seinem Gesicht etwas zu entdecken, das mir verraten würde, ob es ihm bekannt war. Tiefe Falten bildeten sich auf seiner Stirn, als er in seinem Gedächtnis nach dem Gegenstand forschte. Er schüttelte entschuldigend den Kopf.

»Ich fürchte, das sagt mir nichts. Wo habt ihr davon gehört?«

»Das Wesen hat es erwähnt. Es sagte etwas von einem Meister des Schwarzen Medaillons.«

Daniel machte seine übliche Bewegung und faltete seine Hände auf dem Schreibtisch vor sich.

»Das Wesen hat mit euch gesprochen? Wisst ihr, was es ist? Habt ihr es getötet?«

Ich schüttelte heftig den Kopf. Genau dieses eine Wesen hatte ich nicht getötet. Alle anderen, die nun unter den Resten des Hauses begraben lagen, ja. Dieses eine nicht.

»Nein. Es hat die paar Worte gesagt und dann ist es merkwürdig steif geworden und tot zu Boden gefallen. Und ich weiß nicht, was sie sind. Sie haben ein Herz und Blut strömt durch ihre Adern, aber ihre Haut ist aus Erde und ihr Gesicht ist mit Schlamm überzogen, aber das weißt du ja sicher, wenn du das Wesen gesehen hast.«

»Das ist richtig. Also glaubt ihr, dass der Meister des Schwarzen Medaillons hinter den Entführungen steckt?«

Ich nickte wieder.

»Ich glaube schon und ich glaube, dass er die Wesen irgendwie steuert. Ich weiß nur nicht warum. Deshalb hoffe ich etwas mehr herauszufinden, wenn wir wissen, was es mit dem Schwarzen Medaillon auf sich hat.«

Ich machte eine kurze Pause, bevor ich ihn fragte, »Hast du etwas von meinem Großvater gehört?«

Traurigkeit legte sich über Daniels Gesicht und ich wusste seine Antwort, ohne dass er sie aussprechen musste.

»Es tut mir wirklich leid, Janlan, aber all unsere Hinweise verlaufen im Sand.«

Ich versuchte unbekümmert zu wirken.

»Du kannst nichts dafür. Vor mir hat er sich zehn Jahre lang versteckt.«

Ich konnte nicht verhindern, dass sich Bitterkeit in meine Stimme schlich. Daniel erkannte wohl, dass es besser war, das Thema nicht weiter zu vertiefen.

»Wisst ihr schon, was ihr als Nächstes tun werdet?«

Es war Keira, die auf diese Frage antwortete.

»Noch nicht. Fürs erste bleiben wir wohl noch ein, zwei Tage hier.«

Er nickte.

»Das ist vielleicht das Sinnvollste.«

Er stand auf und knöpfte sein Jackett zu.

»Also, Keira, es war schön dich wiederzusehen. Ich hoffe, ihr findet schnell heraus, was das alles auf sich hat. Es tut mir leid, dass ich unser Gespräch so abrupt beenden muss, aber ich habe ja bereits erwähnt, was mich erwartet.«

»Wir lassen es dich wissen, wenn wir etwas herausfinden.«

»Und ich werde dasselbe tun. Passt auf euch auf.«

Wir verließen sein Büro und nickten Renee zum Abschied nur zu. Keira und ich waren in Gedanken vertieft. Ich wusste nicht recht, wo wir weiter machen sollten.

Wir wollten gerade an der Rezeption vorbei gehen, als die junge Frau uns freundlich zu sich rief.

»Miss Alverra, Sie haben einen Anruf versäumt. Ich habe ihn für Sie notiert.«

Dankend nahm ich ihr den Zettel ab, den sie mir freundlich lächelnd reichte. Verwirrt las ich, was darauf stand. Wer sollte mich anrufen? Keira war bei mir und Craig war in den Händen des Meisters.

»Irena«, sagte ich leise und erschrocken zu Keira. »Ich soll sie sofort anrufen.«

Ich eilte an der Rezeption vorbei und fing an zu rennen, als wir außer Sichtweite waren. Ich stürzte in die Suite und griff nach dem Telefon gleich am Eingang. Es klingelte drei Mal, bis eine Frauenstimme erklang.

»Hallo Miss Alverra?«

Irena war eine Frau in den Mittvierzigern. Sie hatte eine Familie, deshalb machte mein Herz einen erleichterten Sprung, als ich ihre Stimme hörte. Ihr war nichts passiert.

»Irena, was ist los? Warum sollte ich sofort zurückrufen?«

Als sie antwortet, klang sie verängstigt.

»In Ihrem Haus ist etwas passiert. Im Wohnzimmer ist ein Loch im Boden ...«

Ich erstarrte. Von einem Loch im Wohnzimmerboden hatte Keira nichts erzählt. Nur von einem in der Einfahrt.

»Irena, ist jemand verschwunden -«, ich schluckte, »Ich meine noch jemand außer Craig.«

»Nein, Miss. Niemand. Aber da lag ein Brief auf dem Tisch. Er sieht aus, als hätte ein Kind ihn geschrieben.«

Ihre Stimme wurde immer leiser.

»Irena. Was steht auf dem Zettel? Lies ihn mir bitte vor. Wort für Wort.«

Keira kam schon mit einem Zettel und Stift zu mir, noch bevor ich sie darum gebeten hatte.

»Okay, also, was steht dort?«

Mein Herz schlug viel zu laut in meiner Brust, sodass es fast die Worte meiner Haushaltshilfe übertönte.

»Da steht: Der Meister hat nicht nur deinen Mann. Er hat auch deine Vorfahren. Er will dich und das Amulett oder aus ihnen wird, was du getötet hast.«

Irenas Stimme hatte bei jedem Wort gezittert und wie ihre Stimme, zitterte jetzt auch meine Hand. Ich versuchte mich noch für einen Moment zusammenzureißen, obwohl ich das Gefühl hatte, das alle meine Sinne mich jeden Moment verlassen würden.

»Irena, hör mir zu. Ich möchte, dass du und jeder andere aus meinem Haus verschwindet. Geht in ein Hotel und lasst alles auf meinen Name laufen. Aber ihr müsst dort weg. Hast du verstanden?«

»Miss Alverra, warum -«

Ich ließ sie nicht zu Ende sprechen.

»Bitte tu, was ich sage und sorge dafür, dass es auch die anderen tun. Es ist in meinem Haus nicht mehr sicher. Ihr müsst da weg und ich will nicht, dass ihr wieder hingeht, um zu arbeiten. Ich werde euch trotzdem bezahlen, aber bleibt vom Haus weg. Verstanden?«

Ich wartete. Die Atmung der Frau wurde immer schneller, dann sagte sie endlich: »Okay.«

»Danke, Irena. Bitte mach es sofort. Ich muss jetzt auflegen.«

Das Telefon glitt mir aus der Hand und das, was ich bis eben unterdrückt hatte, brach nun mit aller Gewalt über mich herein. Eine Erkenntnis, die mir die Luft abschnürte und mein Bewusstsein lahmlegte. Mein Kopf schlug hart auf den Boden. Auch der Rest meiner Sinne war dem Schock der Erkenntnis erlegen. Ich hörte nur noch, wie Keira besorgt meinen Namen rief, dann war da die vertraute Dunkelheit.

Das Erste, was ich spürte, als ich wieder zu mir kam, war ein kühler Waschlappen auf meiner Stirn und ein schmerzhaftes Pochen an der Seite meines Kopfs. Das Zweite war, dass ich auf einem weichen Untergrund lag.

»Du solltest dir echt angewöhnen, nicht so oft ohnmächtig zu werden. Ich weiß nicht, wie viele Schläge dein Dickschädel noch wegstecken kann.«

»Ich werde versuchen es mir zu merken.«

Keiras Stimme wurde wieder ernster.

»Was stand auf dem Zettel?«

Ein bitterer, verzweifelter Ausdruck zuckte über mein Gesicht.

»Hast du ihn nicht gelesen?«

Keira schüttelte den Kopf.

»Du hast ihn nicht losgelassen. Du hältst ihn immer noch fest, falls du es nicht bemerkt hast.«

Ich wusste, dass sie versuchte mich aufzumuntern, auch wenn sie noch nicht wusste von was.

»Oh«, sagte ich leise, als ich meine verkrampfte Hand löste und ihr den Zettel gab, auf dem ich die Worte aufgeschrieben hatte. Zumindest so gut es meine zitternde Hand nach den ersten Wörtern zugelassen hatte. Ich beobachtete, wie Keira es las.

»Ich verstehe nicht?«, gab sie kleinlaut zu. »Der Meister hat Craig und, wie es aussieht, leider auch deinen Großvater, aber was ...?«

Tränen stiegen in meine Augen, als ich aussprechen musste, was mich in die Ohnmacht getrieben hatte.

»Es sind Menschen. Sie sind Menschen. Ich habe unschuldige Menschen einfach abgeschlachtet ...«

Ich konnte mich nicht gegen die Tränen wehren, die sich gewaltsam aus meinen Augenwinkeln kämpften und sich ihre Wege über meine Wangen bahnten.

»Aus ihnen wird, was du getötet hast«, zitierte ich leise. »Ich habe diese Wesen getötet. Aber es waren keine Wesen. Es waren Menschen. Verstehst du? Menschen. Ich bin eine Mörderin! Und der Meister will aus Craig auch eines machen. Eine dieser unheimlichen Kreaturen, die nach außen nicht mehr aussehen wie Menschen, aber sie sind es!«

»Janlan ...«, flüsterte Keira, als sie mich Trost spendend in den Arm nahm. Meine unzähligen Verletzungen taten bei dieser engen Umarmung weh, aber es war nichts im Vergleich zu dem Schmerz, den ich im Herzen spürte. Die Schuld erdrückte mich. Ich wusste nicht einmal, wie viele ich ermordet hatte und dieses Unwissen machte es noch schlimmer.

»Du hast es nicht gewusst. Und ich denke nicht, dass es noch Menschen sind. Sie waren es vielleicht mal. Aber jetzt nicht mehr. Sie haben keinen freien Willen mehr. Ihr Geist, wenn sie so etwas überhaupt noch besitzen, wird von diesem Meister gesteuert. Und du kannst sie in der Seelensicht nicht sehen, oder? Wenn sie Menschen wären, dann hätten sie doch Seelen, die du sehen könntest. War da was? Hast du auch nur eine einzige Seelenenergie gesehen?«

Ich wusste, dass sie mich nur beruhigen wollte. Einen Teil der Last wegnehmen, die ich mir selbst auferlegte.

»Ich weiß es nicht«, gestand ich. »Ich war nicht in der Seelensicht. Dieser Zustand, in dem ich war. Das war etwas anderes. Es war ähnlich oder zumindest funktioniert es wohl ähnlich, aber ich weiß es nicht. Da hätten Seelen sein können. Ich hätte es nicht bemerkt. Ich konnte auch deine Seelenenergie nicht von ihren unterscheiden. Er will Craig zu einen von ihnen machen, wenn ich ihm mich und das Amulett nicht ausliefere. Keira -«

Ich konnte nicht weiter reden. Verzweiflung und Schuld schüttelten meinen Körper und Tränen erstickten meine Stimme.

»Schhh...«, sagte Keira immer wieder. Sie ließ mich nicht los. Sie wusste nicht mehr, was sie sagen sollte und ich glaubte auch nicht, dass ich in der Lage gewesen wäre, ihren Worten wirklich zuzuhören. Ich ergab mich in meine erdrückenden Gefühle und ließ zu, dass sie an meiner Seite blieb. Ich wusste nicht wann, aber irgendwann hatte ich einfach aufgehört zu weinen und aus dem Fenster gestarrt, bis ich schließlich einschlief.

Es war eine quälende Nacht. Seelen tauchten vor meinen Augen auf und beschuldigten mich, sie getötet anstatt gerettet zu haben. Craig verwandelte sich immer wieder vor meinen Augen in einen lebenden Felsen und dann ragte jedes Mal plötzlich einer meiner Dolche aus seiner Brust und sein Blut klebte an meinen Händen. Jedes Mal warf er mir einen entsetzten Blick zu und flüsterte: »Erkennst du mich nicht mehr? Ich bin es. Ich liebe dich«, dann schlug er tot auf dem Boden auf.

11 Zwiespalt

»Amalen!«, rief ich aus und erwachte mit einem Ruck aus meinen Albträumen.

»Alles okay?«, erklang Keiras verschlafene Stimme.

Verwirrt sah ich mich nach ihr um. Ich hatte nicht erwartet, dass sie in meinem Zimmer war. Ich blinzelte mehrmals und wartete, bis meine Augen sich an die Dunkelheit gewöhnten. Ich entdeckte Keira zusammengerollt auf einem Sessel in der Ecke des Raumes.

»Du hast einen Sessel hier rein getragen?«, fragte ich sie ungläubig. Sie zuckte mit den Schultern und wechselte das Thema.

»Was hast du eben gesagt?«

»Amalen. Ich will zurück nach Amalen.«

»Warum?«

Ihre Stimme klang nun misstrauisch, als vermutete sie, dass ich bereits etwas im Schilde führte, dem sie nicht zustimmen würde.

»Vielleicht hat der Meister mehr zurückgelassen. Vielleicht finde ich etwas im Zimmer meines Großvaters. Vielleicht -«

Ich brach ab. Ich wusste selbst nicht so genau, was ich dort erwartete zu finden.

»Ich denke nicht, dass wir nach Amalen zurück sollten. Dort wird er dich erwarten.«

In der Dunkelheit hatte ich Schwierigkeiten Keiras Gesichtszüge auszumachen, aber ich war mir sicher, dass ich die Berechnung der Schützerin gesehen hätte.

»Wir können nicht zurück. Sie werden ohnehin den Rest deines Hauses durchsucht haben. Wir müssen uns etwas anderes überlegen. Von dem Haus des Ordens in Solem ist ja leider auch nicht mehr viel übrig.«

Der vertraute Schmerz an die Erinnerung lag für einen kurzen Moment in Keiras Stimme. Ich trug die Narben der Folter immer noch gut sichtbar mit mir herum. Ihre waren für das Auge verborgen, aber nicht weniger schmerzhaft oder vergänglich. Sie trug sie alle auf ihrer Seele und manchmal glaubte ich Stellen an ihrer Seelenenergie zu sehen, die ein wenig verzerrt aussahen, so als wäre dort die Seele anstatt der Haut neu zusammengewachsen. Die Erinnerungen beschwerten noch weiter meine Gedanken und schlichen sich in meine Stimme.

»Was dann?«, fragte ich leise, verzweifelt flehend. Ich fühlte mich machtlos und schuldbeladen. Sicher, ich wusste, dass Amalen nur eine Ausflucht von mir war. Ein winziger Strohhalm, an dem ich mich hatte festhalten wollen, sodass ich vielleicht doch noch die Kontrolle über die Ereignisse wiedererlangen würde. Ich hatte die Welt zusammen mit Keira schon einmal gerettet. Jetzt schien es mir, als wäre ich dazu ein zweites Mal nicht imstande. Zudem hatte ich etwas in mir, das unberechenbar schien und sehr gefährlich. Ich fürchtete mich vor diesem Teil meines Selbst.

»Keira, was dann? Was sollen wir tun? Er hat Craig. Ich muss doch irgendetwas tun. Irgendetwas -«

Ich merkte, wie ich mich wieder in etwas hineinsteigerte. Mein Herz fing schneller an zu schlagen und vor meinen Augen erschienen die Bilder meines Traumes.

»Wenn ich nichts tu, dann töte ich ihn! Craig. Ich töte Craig! Ich kann ihn nicht töten. Ich wollte es nicht! Ich wusste es nicht! Ich ... ich muss was tun. Ich muss zu ihm! Ich kann ihn finden. Ich muss ihn finden. Ich will ihn nicht töten, aber ich tu es. Ich muss ... ich muss ...Ich darf nicht. Sie ... ich werde ihn töten ...«

Meine Stimme fing an sich zu überschlagen. Mein Puls raste

und ich merkte, wie mein Sichtfeld zu verschwimmen begann. Keira sprang aus ihrem Sessel und eilte in die Küche. Als sie zurückkam, war ich schon in meiner Panikattacke verloren.

»Hier, trinke etwas.«

Sie reichte mir ein Glas Wasser. Ich nahm es abwesend entgegen. Meine Gedanken rasten wieder in meinem Kopf und schienen sich gegenseitig zu jagen.

»Trink«, forderte sie mich erneut auf. Ich leerte das Glas mit großen Schlucken und stellte es weg.

»Wohin, Keira? Was soll ich tun? Ich kann ihm das Amulett doch nicht einfach geben ...«

Eine merkwürdige Müdigkeit überkam mich, noch bevor ich meinen Gedanken zu Ende gesprochen hatte. Die Albträume hatten mich wieder und quälten mich die endlos wirkende Nacht hindurch. Als die Erlösung des Erwachens kam, traten andere Qualen an die Stelle der Albträume. Mein Kopf pochte und fühlte sich viel zu schwer an. Stöhnend stieg ich aus dem Bett und schlurfte zu meiner Tasche. Ich hatte irgendwo Kopfschmerztabletten. Als ich die Tabletten endlich in dem Durcheinander fand, erschien mir der Weg bis in die Küche wie eine Marathonstrecke. Die Haut unter dem Verband an meiner Hand juckte, so wie eigentlich auch jede andere Verletzung. Das oder sie pochten im selben Rhythmus meines Kopfes. Jeder Schritt war eine Herausforderung und führte dazu, dass ich mein Gesicht unter Schmerzen verzog. Und irgendwie tat mir auch mein Fuß verflucht weh. Ich erinnerte mich nicht, ihn verletzt zu haben, aber so etwas bekam ich auch hin, ohne davon Notiz zu nehmen. Die Suite lag im gedämpften warmen Licht des Sonnenaufgangs, aber auch das erschien mir viel zu hell. Es schmerzte in meinen Augen. Unwillkürlich stieg eine Übelkeit in mir auf. Ich verharrte auf der Stelle und hoffte, dass es vorbei gehen würde, aber das tat es nicht. Mein Magen verkrampfte sich und ich wusste mir nicht anders zu helfen, als zum Badezimmer zu rennen. Kalter Schweiß stand mir auf der

Stirn und mein Körper zitterte noch von der Anstrengung. Ich stützte mich am Türrahmen ab.

»Keira?«, krächzte ich. Ich rief noch einmal nach ihr und bekam wieder keine Antwort.

»Wo ist sie«, murmelte ich unverständlich und legte mich stöhnend auf das Sofa. Das Bett war viel zu weit entfernt. Mein eigentliches Vorhaben, eine Kopfschmerztablette zu nehmen, war sinnlos geworden. Die Übelkeit würde verhindern, dass sie wirkte. Erneut sank ich in einen unruhigen Schlaf. Ich hatte es nicht einmal mehr geschafft, mich mit der Wolldecke zuzudecken, die auf der Lehne lag.

Flüsternde Stimmen retteten mich aus meinem erneuten Mord an Craig. Ich wusste, dass eine der Stimmen zu Keira gehörte, die andere kannte ich, aber ich konnte sie nicht zuordnen. Ich wollte gerade meine Augen aufmachen, als ich Keira leise sagen hörte: »Ich denke, sie hat einen Schock. Ihr Verhalten ist unberechenbar. Ich musste ihr gestern Valium geben, damit sie nicht wieder in ihren merkwürdigen Zustand verfallen würde. Ihre Augen hatten bereits wieder angefangen sich rot zu färben. Es ist wirklich unheimlich, Ryan. Vorgestern hat sie mich nicht einmal erkannt. Sie war drauf und dran auch mir mit ihren Dolchen die Kehle aufzuschlitzen. Sie ist gefährlich, wenn sie so ist.«

Die Angst in Keiras Stimme zu hören, erschreckte mich. Ich hatte gewusst, dass diese merkwürdige rote Seelensicht aus mir etwas Schlechtes machte, aber wenn selbst Keira vor mir Angst hatte ... Was war bloß aus mir geworden. Zu was war ich geworden? Ich spürte, wie wieder Panik in mir aufstieg. Vor meinen Augen erschien der blutgetränkte Boden, der mit Körperteilen übersät war. Ich kämpfte das Bild hinunter und versuchte meine Atmung zu kontrollieren.

»Was glaubst du, wie lange sie braucht, um sich zu erholen?«

Ich hatte vergessen, wie angenehm Ryans Stimme klang. Sie hatte etwas Beruhigendes. Fast so wie Craigs Stimme. Von Keira kam ein trauriger Seufzer.

»Ich weiß es nicht. Im einen Moment ist sie völlig normal, im anderen panisch oder verängstigt oder in der roten Sicht. Zudem hat sie auch noch ihre ganzen Verletzungen und selbst wenn sie in ein paar Tagen wieder okay wäre, was würden wir machen? Ich weiß nicht, wie lange ich sie davon abhalten kann, sich gegen Craig auszutauschen. Ich bin mir sicher, dass sie es versuchen wird, wenn sie keinen anderen Ausweg mehr sieht. Ich werde es nicht zulassen, aber was, wenn sie in diese Sicht verfällt? Dann kann selbst ich sie nicht aufhalten. Du hättest sehen sollen, was sie mit den Kreaturen gemacht hat. Wie viele sie getötet hat. Es war beängstigend. Wenn wir ihr keinen guten Plan liefern, wird sie immer wieder versuchen, uns zu entwischen und irgendwann würde es ihr sicher gelingen und wir wissen nicht, was passiert, wenn dieser Meister des Schwarzen Medaillons das Amulett der Seelentropfen in die Hände bekommt. Wir wissen ja nicht einmal, was es ist. Aber das ist alles wohl eh egal, wenn wir sie nicht aus ihrem Schock bekommen. Ich hätte nie zulassen dürfen, dass diese Wesen ihn entführen. Janlan würde es nicht verkraften, ihn zu verlieren. Das würde sie einfach nicht überstehen. Was soll ich bloß machen? Ich fühl mich so machtlos. Ich mache mir wirklich Sorgen und gleichzeitig habe ich Angst, etwas Falsches zu sagen und die rote Janlan zu wecken. Was soll ich bloß tun -«

Ihre Stimme erstarb, als Ryan sie umarmte. Ich fühlte mich nun noch elender als zuvor und wünschte mir fast einen meiner Albträume zurück. Ich fand es furchtbar, dass Keira damit rechnete, dass ich sie hintergehen würde und gleichzeitig wusste ich, dass sie Recht hatte. Ich würde mich ausliefern, wenn ich keinen anderen Weg fand und ich würde mich dann auch nicht davon abbringen lassen.

Ryans Stimme holte mich aus diesen Gedanken. Ich hatte mich noch nicht entschieden, ob ich sie wissen lassen sollte, dass ich wach war. Ich wusste nicht, was schlimmer sein würde. Ihre ehrlichen Meinungen zu belauschen oder ihr gespieltes, sanftes Verhalten über mich ergehen zu lassen.

»Und diese Wesen sind wirklich die ganzen vermissten Menschen?«

»Zumindest ist Janlan davon überzeugt. Auf dem Zettel, der in ihrem Haus hinterlassen wurde, stand, dass der Meister Craig in eines der Wesen verwandeln wird, die Janlan getötet hat. Deshalb glaubt sie, dass es Menschen sind. Sicher ist, dass sie normal flüssiges Blut haben. Nicht dieses dickflüssige, klebrige Zeug wie bei den Seelenjägern und Sammlern. Und das Wesen, mit dem wir gesprochen haben, sah schon noch irgendwie menschlich aus. Das macht das alles nicht leichter. Ich glaube nicht, dass die unten im Tunnel noch irgendwie menschlich waren, aber ich habe auch kaum welche davon gesehen. Ich kam erst hinzu, als sie schon beinahe alle getötet hatte. Aber wenn es wirklich die Vermissten sind, dann entführt dieser Meister seit mehr als nur ein paar Jahren Menschen und sie können nicht alle aus Alanien sein. So viele. Das ist einfach nicht möglich.«

»Mh... Wir brauchen definitiv mehr Informationen. Ohne kommen wir nicht wirklich weiter und Janlan können wir damit auch nicht weiterhelfen. Vielleicht ... Ich muss jemanden anrufen. Am besten gleich.«

Ich hörte, wie sich Ryans Schritte schnell entfernten und eine Tür irgendwo ins Schloss fiel. Ich fragte mich, was für eine Idee ihm gekommen war. Noch bevor ich weiter darüber nachdenken konnte, verlangte mein aufgebrachter Magen nach Aufmerksamkeit. Ich verkrampfte mich und unterdrückte das erste Würgen.

»Janlan!«, rief Keira erschrocken, als ich an ihr vorbei zum Bad stürzte. Ich spürte Keiras besorgte Hand auf meinem Rücken, als mein gesamter Körper sich immer wieder verkrampfte.

»Wir sollten einen Arzt rufen«, erklang Ryans Stimme hinter mir. Ich brachte gerade noch ein »Nein« hervor, bevor ich mich erneut übergeben musste.

»Geht es?«, fragte Keira mitfühlend, als ich mich etwas entspannte. Ich nickte und stand zittrig auf. Ich wankte mehr zum Sofa, als dass man es wirklich laufen nennen konnte.

»Hast du etwas Schlechtes gegessen?«, fragte sie, als ich mich schwerfällig hinlegte. Ich schüttelte den Kopf. Ich konnte mich im Moment nicht mal erinnern, wann ich das letzte Mal etwas Essbares zu mir genommen hatte. Ich hatte eine ziemlich sichere Vermutung, woher meine Übelkeit stammte. Aufregung, Panik, Stress ... diese Art Emotionen hatte oft eine magenverstimmende Wirkung auf mich.

»Und du willst sicher nicht, dass wir einen Arzt herholen?«

Die Sorge stand Keira mehr als deutlich im Gesicht. Ich schüttelte den Kopf.

»Nein. Mir geht's gut«, keuchte ich nicht besonders überzeugend.

»Ach ja, dir geht es also gut«, erwiderte sie sarkastisch. Ich rang mir ein kränkliches Lächeln ab.

»Einfach prima.«

»Janlan«, ermahnte sie mich streng. »Das hilft dir nicht und es hilft auch mir nicht. Weißt du, warum dir so schlecht ist? Hat sich eine deiner Verletzungen entzündet?«

Ich zuckte mit den Schultern. Ich hatte keine Ahnung, ob etwas entzündet war. Es wäre merkwürdig, wenn nicht.

»Na schön«, stöhnte sie ein wenig genervt. »Die Verbände müssen eh gewechselt werden. Ryan könntest du das Verbandszeug aus dem Bad holen. Chris hat es wieder dorthin geräumt.«

Sie warf ihm ein Lächeln zu, dass mir ein Stich im Herzen versetzte und nur einen Gedanken auslöste: »Craig.«

»Keira, muss das jetzt sein?«

Sie sah mich an und schien den Schmerz in meinen Augen falsch zu verstehen.

»Ja, es muss jetzt sein.«

»Ich will schlafen.«

Ich fühlte mich tatsächlich schon wieder völlig erschöpft und hatte Probleme, meine Augen wirklich offen zu halten.

»Das kannst du gleich. Es dauert nicht lange.«

Ihre Stimme wurde sanfter. Das hatte sicher etwas damit zu tun, dass ich einfach halb tot aussehen musste. So zumindest fühlte ich mich. Es dauerte länger, als ich ertragen wollte, aber Keira schenkte meinem Gejammer kein Gehör. Sie sagte nur immer wieder, dass es nötig wäre. Und sie hatte natürlich Recht. Zum Glück war meine Hand nicht entzündet, dafür aber der tiefere Schnitt am Oberarm und ein paar weitere der kleineren. Es dauerte keine fünf Minuten, bis ich wieder schlief, als Keira auch den letzten kleinen Kratzer begutachtet hatte.

Es war bereits Abend, als ich wieder aufwachte. Die letzten Sonnenstrahlen verzogen sich gerade hinter den Silhouetten der höchsten Gebäude. Keira saß auf dem Sessel, der mir am nächsten war und sah leise Fernsehen.

»Wo ist Ryan?«, fragte ich mit rauer Stimme. Der Tag hatte seine Spuren hinterlassen, auch wenn ich das meiste davon verschlafen hatte.

»Er trifft sich gerade mit einem Freund. Er hat irgendwelche Bücher herbringen lassen.«

»Was für Bücher?«

Keira zuckte mit den Schultern.

»Das hat er nicht gesagt. Brauchst du irgendetwas? Meinst du, du kannst etwas essen?«

Ich verzog bei dem Wort ›Essen‹ das Gesicht. Nur daran zu denken, versetzte meinen Magen wieder in Aufruhr.

»Ich passe. Also, seit wann ist Ryan eigentlich hier?«

Der plötzliche Themenwechsel schien Keira zu verwirren.

»Seit gestern. Er musste sich zuerst mit Daniel treffen. Warum -?«

Ich unterbrach sie, bevor sie ihre Frage zu Ende stellen konnte.

»Und du meinst, er kann helfen?«

Die Frage klang härter als beabsichtigt. Ich war mir nicht ganz sicher, wo die plötzliche Schärfe herkam. Keiras Augenbraue schnellte bei meinem Ton in die Höhe.

»Was soll die Frage?«

Ich zuckte wütend mit den Schultern.

»Was schon. Kann er helfen? Weiß er Sachen, die wir nicht wissen? Kennt er den Meister?«

Ich lief immer aufgeregter in der Suite auf und ab. Es war als würde mein Puls mit jedem Schritt weiter steigen und meine Sicht immer rötlicher werden.

»Warum hast du ihn hergeholt?«

Keiras Gesicht wurde hochrot. Ihre Stimme bebte, als sie mich im Gegenzug ebenfalls anfuhr.

»Was ist dein Problem?«

»Mein Problem? Was mein Problem ist? Was glaubst du denn? Das verdammte Schicksal der Welt ruht schon wieder auf mir. Der Rest meiner Familie ist verschollen. Mein Freund wurde entführt, während ich weg war, um andere zu retten. Und, ach ja, irgend so ein Verrückter hätte gerne mein Leben für das von Craig und du hast nichts Besseres zu tun, als deinen Freund herzuholen. Und, ach ja, ich bin zu einer gefährlichen Mörderin mutiert, vor der sogar du Angst hast.«

Die Farbe, die sich eben in Keiras Gesicht angesammelt hatte, verschwand bei meinem letzten Satz mit einem Mal.

»Janlan, ich -«

Sie sah mich bestürzt an und ich erkannte, dass auch ein Funken Furcht in ihrem Blick lag. Dieser Funken entzündete bei mir ein unaufhaltsames Feuer. Es war wie eine Explosion in meinem Sichtfeld. Jede andere Farbe wurde von einer Sekunde auf die nächsten durch ein Blutrot ersetzt. Mein Verstand setzte aus und ich spürte, wie die simpelsten Gefühle mein Handeln steuerten. Meine Stimme bebte vor unbändiger Wut.

»Ist doch so, oder? Du hast Angst. Meine beste Freundin hat Angst vor mir und mein Freund wurde von dem Mann entführt, der mein Leben für seins einfordert. Sieht so aus, als wäre ich alleine.«

Ich stürmte in mein Schlafzimmer, packte meine Tasche und hatte wenige Minuten später die Tür der Suite hinter mir zugeknallt. Ich war es satt herumzusitzen. Weder Keira noch Ryan waren eine Hilfe oder waren auch nur daran interessiert, Craig zu retten. Die Aufzugstür öffnete sich gerade, als Keira mich am Arm packte.

»Janlan, du musst dich beruhigen. Bitte.«

Tränen standen in ihren Augen, aber mich ließ es kalt.

»Hilfst du mir Craig zu retten? Jetzt.«

»Janlan, wir retten ihn, aber erstmal müssen wir wissen, was mit dir los ist.«

»Mit mir ist gar nichts los. Also, hilfst du mir?«

»Janlan, wir können im Moment nichts tun.«

Ihre Stimme hatte die Autorität der Schützerin. »Und ich lass dich nicht gehen.«

Ich spürte, wie ihr Griff um meinen Arm fester wurde, aber es schmerzte nicht. Ich sah in ihre warmen braun-grünen Augen. Sie hingegen starrte entschlossen in meine blutroten.

»Ich bin deine Schützerin. Ich lass nicht zu, dass du so eine Dummheit machst.«

»Dann hilf mir.«

Ich wartete nur wenige Sekunden, bis ich sie mit einem heftigen Stoß zurück in den Flur schleuderte. Ich sah gerade noch, wie sie gegen die Wand schlug, bevor die Türen zu glitten.

12
Blind

Ich fuhr um die letzte Kurve des Parkhauses, als Keira sich in den Weg stellte. Sie stand mit gespreizten Beinen und Tasche in der Hand mitten auf der Straße und funkelte mich wütend an. Die Reifen des eisblauen Mustangs quietschten und qualmten, als sie nur einen Meter vor Keira zum Stehen kamen.

»Das war dumm, Keira!«

Sie zuckte demonstrativ mit den Schultern und knallte die Autotür zu.

»Sieht so aus als würdest du mich noch nicht genug hassen, um mich umzubringen.«

Diese Worte waren wie ein Schlag ins Gesicht oder das erlösende Durchstoßen einer Wasseroberfläche, kurz bevor man ertrunken wäre. Der rote Schleier lichtete sich, nur um weiterhin im Hintergrund zu lauern.

»Keira, ich hasse dich nicht«, stammelte ich entsetzt.

»Wenn deine Augen rot sind, schon. Also, wo willst du hin?«

Ich sah sie verwirrt an.

»Du lässt mich fahren? Du hältst mich nicht auf?«

»Vielleicht kann ich so verhindern, dass deine Augen wieder rot werden und du wirklich noch etwas Dummes anstellst. Also, wo willst du hin?«

Ich war noch nicht bereit locker zu lassen. Es erschien mir

zu einfach.

»Und was ist, wenn ich dennoch in diese andere Sicht verfalle?«

Sie zuckte wieder mit den Schultern.

»Fürs Erste hoffen wir, dass du dann nicht dazu tendierst, mich umzubringen. Also? Einen Plan?«

Ich merkte, dass sie nicht weiter darüber reden wollte und beschloss, dass es nachdem, was ich alles gesagt hatte, so wohl auch das Beste war.

»Meldon«, sagte ich und ließ den Motor wieder an.

Wir schwiegen, bis Galin ein gutes Stück hinter uns lag. Ich hatte ein schlechtes Gewissen, weil ich Keira so schlecht behandelt hatte und sie glaubte, dass zumindest ein kleiner Teil von mir sie hasste. Ich wollte mich gerade bei ihr entschuldigen, als die Melodie eines ihrer Lieblingslieder von ihrem Handy erklang.

»Hi Schatz«, sagte sie mit sanfter Stimme. Mein schlechtes Gewissen wurde noch schlimmer, als ich daran dachte, dass sie Ryan einfach wegen mir zurückgelassen hatte. Meine Gedanken wurden jedoch abgelenkt, als ich Keiras entsetzte Miene von der Seite sah. Mein Herz krampfte sich zusammen und ich fragte mich, was jetzt Schlimmes passiert war.

»Meldon«, sagte Keira tonlos. »Nein. Bleibe bei ihm. Ich melde mich, versprochen.«

Sie legte auf und steckte ihr Handy zurück in die Hosentasche.

»Was ist passiert?«, fragte ich angespannt.

»Du solltest kurz anhalten.«

Ich fuhr sofort rechts ran. Keiras Miene hatte sich nicht verändert.

»Sie haben etwas über das Wesen herausgefunden. Daniel hat es Ryan eben mitgeteilt. Es sind wirklich Menschen. Oder eher, sie waren es. Ihre DNA verändert sich. Sie mutiert und macht die Menschen zu diesen Erdwesen. Aber sie konnten dennoch genug Übereinstimmungen finden und jetzt wissen sie, wer es war.«

Ich starrte sie an. Ich hatte Recht. Sie waren wirklich Menschen. Sie waren Menschen.

»Wer? Bei wem soll Ryan bleiben?«

»Chris. Es war -«

Ich unterbrach sie. Ich wusste es.

»Rachel. Es war Rachel.«

Sie sah mich überrascht an, dann nickte sie.

»Kanntest du sie?«

»Nein ...«, sagte ich und musste den Kloß in meinem Hals hinunterschlucken, um weiter sprechen zu können, »Sie war seine Verlobte. Er hat mir ein Foto von ihr gezeigt und mich gebeten, sie zu retten. Verstehst du jetzt, dass ich nicht einfach in einem Hotelzimmer sitzen kann. Das gleiche wird mit Craig passieren und mit noch so vielen anderen geliebten Menschen. Ich kann nicht einfach da sitzen und nichts tun. Ich muss wenigsten versuchen, sie zu retten.«

Keira nickte.

»Was willst du in Meldon?«

»Ich will runter in die Tunnel. Vielleicht finden wir noch ein Wesen, ich meine Menschen oder, verdammt, wie sollen wir sie nennen?«

Ich verstummte und dachte wieder an die Unzähligen von ihnen, die ich kaltblütig getötet hatte.

»Janlan, sie sind keine Menschen mehr, wenn die Mutation einsetzt. Das darfst du nicht vergessen.«

Ich nickte, auch wenn ich nicht glaubte, dass ich mich je wirklich davon überzeugen ließ.

»Und was ist, wenn wir kein ... kein Erdwesen finden? Was dann?«

»Dann finden wir vielleicht noch mehr von diesen Wandzeichnungen. So oder so. Einen anderen Ort zum Anfangen haben wir nicht.«

Als sie mir keine Antwort gab, war klar, dass ihr auch nichts einfiel.

Bis Meldon waren es noch zwei Stunden Fahrt, die wir

stillschweigend verbrachten. Die Sonne senkte sich in unserem Rücken zur Erde und tauchte die grünen Blätter der vorbeirasenden Bäume in ein warmes Orangerot. Es war sinnlos, mit Keira darüber zu diskutieren heute noch in die Tunnel zu steigen und ich wusste, dass es nur vernünftig war. Und doch gefiel mir der Gedanke nicht, eine weitere Nacht zu verschwenden. Ich parkte den Mustang drei Kilometer außerhalb von Meldon. In der Dunkelheit in der Nähe von der Erdspalte zu parken, erschien mir nicht besonders klug. Die Sonne war inzwischen schon längst verschwunden und ein sichelförmiger Mond spendete ein ungewöhnlich helles weißes Licht. Wir hatten uns in Wolldecken eingewickelt und die Sitze so weit wie möglich nach hinten gestellt. Ich hatte wirklich gehofft, die Zeit des ›Im-Auto-Schlafens‹ wäre vorbei. Allerdings hatte ich auch nie erwartet, dass ich selbst zu einer Bedrohung werden würde und sogar Keira Angst vor mir bekam. Dass ich Angst vor mir hatte. Ich versuchte meine Gedanken zu unterdrücken. Es war bereits drei Uhr und ich hatte immer noch kein Auge zugemacht. Immer wieder drehte ich mich auf dem Sitz herum und versuchte, eine bequeme Position zu finden, die mir möglicherweise den ersehnten Schlaf bringen würde. Jedes Mal knatschte das Polster des Sitzes und ich befürchtete, Keira dadurch zu wecken. Wenn dem so war, bewegte ich mich eine Minute lang nicht mehr und lauschte, ob sie noch ihre tiefen, regelmäßigen Atemzüge tat. Es schien, als könnte sie nichts wecken. Nicht mal mein Fluchen, als ich mir das Knie schmerzhaft anstieß. Ich beneidete sie wirklich um ihren Schlaf, der wahrscheinlich auch noch albtraumfrei war. Als die Radiouhr mir höhnisch vier Uhr dreißig zeigte, gab ich meinen Kampf mit dem Sitz auf. Ich öffnete, so leise ich konnte, die Tür und kroch mit der Decke um den Körper aus dem Auto. Ich setzte mich auf einen umgefallenen, bemoosten Baumstamm und betrachtete meine Umgebung im Licht des Mondes. Es war ein merkwürdig mystisches Bild. Über allem schien ein silbriger Schleier zu liegen, der sich hin und wieder leise bewegte. Die Nacht war bei weitem nicht so kühl, wie sie wirkte, sodass ich schon bald die Umklammerung meiner Decke löste. Ich fühlte mich, als würde ich in diese Nacht passen. Alles schien mysteriös und zugleich ein wenig unheimlich. Ein wenig so wie ich. Ich fürchtete die neu entdeckte Seite an mir und ich wusste nicht, wie ich sie kontrollieren sollte. Ich wusste auch nicht, wo sie herkam. Sie hatte eindeutig etwas mit der Magie der Seelenseher zu tun. Diese war jedoch zerstörerisch. Ich konnte mir nicht denken, dass sie von etwas Gutem wie der Seelensicht stammen sollte. Diese Sicht war bedrohlich, ja sogar sehr gefährlich, und sie machte aus mir etwas, das nicht mehr wirklich menschlich schien. Ich wurde zu einem Tier, das von seinen niedrigsten Gefühlen gesteuert wurde und bei dem gesunder Menschenverstand nicht mehr ankam. Sie war trügerisch. Sie trickste mich in das Gefühl, unbesiegbar zu sein, nur um dann geschwächt aufzuwachen. Das Wissen, dass diese Seite in mir existierte, vielleicht sogar aus mir heraus entstand, ließ mich unruhig werden. Ich fürchtete mich vor mir selbst und das, was ich tun konnte oder würde, solange ich in dieser Sicht war. Die Erinnerung an das, was ich in den Tunneln getan hatte, schüttelte meinen Körper und rief Gänsehaut hervor.

»Eine besondere Nacht, nicht wahr?«

Ich fuhr erschrocken herum und wäre dabei fast von dem Baumstamm gefallen.

»Wer ...«, stammelte ich überrascht und versuchte das Gesicht des Mannes auszumachen, der plötzlich hinter mir erschienen war.

»Celvin. Celvin Repster. Wir haben uns in meiner kleinen Tankstelle kennengelernt. Du bist etwas überstürzt aufgebrochen.«

Ich hörte an seiner Stimme, dass er lächelte. Er kam langsam um den Baumstamm herum und allmählich konnte ich sein Gesicht und seine Kleidung erkennen. Ich versuchte, so unauffällig wie möglich einen meiner Dolche zu fassen zu bekommen, ohne dass Celvin etwas davon mitbekam.

»Wie ich sehe, besitzt du einen wachen und vorsichtigen Verstand. Nur richtig so. Es ist nicht gerade alltäglich, dass ein älterer Mann wie ich mitten in der Nacht in einem Wald auftaucht. Aber ich versichere dir, von mir droht dir keine Gefahr. Du kannst die Seelensicht verwenden, ich bin sicher, dann erkennst du, dass ich die Wahrheit sage.«

Augenblicklich war ich in ihr versunken und für eine Sekunde durchströmte mich Erleichterung, dass meine Seelenenergie nicht blutrot war. Ich richtete meinen Blick auf Celvin, der inzwischen neben mir saß und mich immer noch freundlich anlächelte. Seine Seelenenergie war von einem tiefen, strahlenden Hellblau. Es war das Blau, das für ein Kind immer den Himmel bedeutete. Es war strahlend und absolut rein. Da war keine Nuance eines anderen Farbtons. Keine Abweichung in seiner Helligkeit. Es schien einfach makellos.

Ich musste ziemlich verdattert aussehen, denn aus Celvins Kehle erklang ein amüsiertes Kichern, das eigentlich nicht zu einem älteren Mann passte.

»Du scheinst überrascht zu sein.«

Ich hatte nicht mal bemerkt, dass ich den Griff meines Dolches losgelassen hatte, so fasziniert war ich von Celvins Seele gewesen.

»Ich ... ich habe ein solches Blau noch nie gesehen.«

Wieder lächelte er mich freundlich an. Es war das Lächeln eines Großvaters, der gerade seiner Enkeltochter eine wundersame Geschichte erzählte und sich an dem gefesselten Ausdruck des Kindes freute.

»Da bin ich mir sicher. Von meiner Art gibt es nicht mehr besonders viele. Vielleicht eine Handvoll auf der ganzen Welt verteilt. Ich bin mir nicht einmal sicher, ob außer mir noch jemand lebt.«

Ich sah ihn verwirrt an.

»Was bist du?«

Wieder lächelte er freundlich.

»Sagen wir, ich bin ein guter Freund aus der Vergangenheit deiner Vorfahren.«

Erneut konnte ich nichts anderes tun, als den Kopf schief zu legen und ihn weiter verwirrt anzusehen.

»Ich verstehe nicht.«

»Ich bin, sagen wir, eine Art leitender Geist. Wenn du es so nennen willst. Ein Beobachter der Weltgeschichte und Hüter dieser Ereignisse. Ich weiß, wie die Zukunft verlaufen soll und manchmal ist es uns erlaubt, einzugreifen und jemandem wie dir den Weg zu weisen. Ja, ich denke, du könntest mich als Schicksalsengel betrachten. Das dürfte der Name sein, mit dem du am meisten anfangen kannst. Auch wenn das nur einer von unzähligen ist. Ich hab deine Mutter in die Richtung deines Vaters gewiesen. Etwas, ohne dessen Geschehen die Weltgeschichte ganz anders gelaufen wäre.«

»Du kanntest meine Eltern?«

Von allem, was Celvin gesagt hatte, überraschte mich diese Tatsache am meisten. Er nickte nur und hörte dabei nicht auf zu lächeln.

»Großartige Menschen.«

»Was ist mit ihnen passiert?«, fragte ich schnell. Ich hoffte, endlich eine Antwort auf diese Frage zu bekommen. Sie beschäftigte mich, seit ich denken konnte. Mein Großvater hatte nie davon gesprochen. Ich war mir nicht mal sicher, ob sie wirklich tot waren.

Das Lächeln auf Celvins Gesicht bekam nun einen anderen Ausdruck. Es verschwand nicht. Es veränderte sich nur.

»Was ihr Schicksal angeht, so bin ich leider überfragt.«

»Was soll das heißen? Sind sie tot oder nicht?«

»Ich weiß es nicht«, antwortete er traurig und die Aufrichtigkeit in seiner Stimme war dabei nicht zu überhören.

»Du beginnst an der falschen Stelle«, sagte er leise und nahm unser Gespräch wieder auf.

»Was?«, fragte ich und versuchte meine Gedanken zu sammeln.

»Meldon. Das ist nicht der richtige Ort. Du wirst dort nur noch mehr Kummer finden, der deine eigene Seele belastet. Meldon ist nicht dein Weg.«

Er sagte den letzten Satz so eindringlich, dass ich aus dem Schleier meiner Gedanken endgültig auftauchte.

»Wohin dann? Wo finde ich Craig? Wie kann ich ihn retten? Wer ist der Meister? Wie kann ich ihn aufhalten? ...«

Die Fragen sprudelten nur so aus mir heraus. Ich hörte erst auf, als ich bemerkte, dass Celvins Lächeln wieder traurig aussah.

»Ich kann dir nur sagen, dass Meldon nicht der richtige Weg ist. Ich sehe nur das Ganze und manchmal kleine Details, wenn sie den Verlauf zu verändern drohen. Dann kann ich ganz spezielle Ereignisse erkennen und ihre Auswirkungen. Du bist dabei, solch ein Ereignis auszulösen. Deshalb sage ich dir: Meldon ist nicht dein Weg. Du weißt ganz genau, wohin du musst, um Antworten zu bekommen, du warst nur zu verblendet, um das Offensichtliche zu erkennen. Du musst zu deinen Wurzeln zurückkehren.«

Ich sah ihn wieder schief an.

»Was genau soll das heißen? Ich soll zu meinen Wurzeln zurückkehren. Wo sind meine Wurzeln?«

Er lächelte wieder, nur war es dieses Mal ein amüsiertes Lächeln.

»Zu stur um das Offensichtliche zu sehen, wie deine Mutter. Ich kann dir nur die Richtung weisen. Zu mehr bin ich leider nicht in der Lage. Ich muss jetzt ohnehin gehen. Die Sonne geht bald wieder auf.«

Mein Blick wanderte unverwandt zum Mond hinauf und ich bemerkt, dass er viel tiefer stand. Sein Licht schien sein Weiß verloren zu haben und überhaupt wirkte er nun ganz anders. Ich wollte mich gerade zu Celvin drehen, um ihn noch etwas zu fragen, doch ich saß alleine auf dem Baumstamm. Verwirrt drehte ich mich in alle Richtungen und suchte zwischen den Bäumen nach dem älteren Herrn. Wie hatte er sich bloß so schnell bewegen können und so lautlos? Ich schüttelte verwundert den Kopf. Ich fragte mich wirklich, wie viel Magie noch auf der Welt existierte und warum es mich eigentlich überhaupt noch überraschte. Ich sah erneut zum Mond hinauf.

»Ich soll zurück zu meinen Wurzeln. Was soll das bedeuten? ... Warum müssen magische Wesen eigentlich immer in Rätseln reden. Meine Wurzeln. Warum bin ich blind?«

Ich fing an im Kreis zu laufen und ging in Gedanken noch einmal jedes Wort durch, das Celvin gesagt hatte. Es traf mich so plötzlich, dass ich zu Eis erstarrte. Ich schlug mir mit der offenen Hand an die Stirn.

»Blind. Das kann man wohl sagen.«

Ich fing an zu lachen, so lächerlich war es.

»Was ist so lustig?«

Ich wirbelte herum und sah in Keiras verdutztes Gesicht

»Was machst du überhaupt hier draußen?«

Ich grinste sie an: »Nachdenken.«

»Ah ja, und das ist so lustig?«

Ihr Blick verriet deutlich, dass sie dachte, ich hätte den Verstand verloren. Endgültig.

»Nun ja, wenn man betrachtet, wie blind ich war und wie einfach die Antwort eigentlich ist, dann ja.«

»Die Antwort auf was genau?«

»Auf die Frage, wo wir Antworten bekommen.«

Keira legte den Kopf schief und sah mich skeptisch an.

»Ich dachte in Meldon.«

»Eben nicht. Es gibt einen Ort, der dafür einfach perfekt ist und ich habe ihn ganz vergessen. Wenn wir dort keine Antworten finden, dann gibt es keine.«

»Okay ...«, erwiderte sie nicht überzeugt, »und wo genau wäre das?«

Ich fing an zu lächeln.

»Im Ewigen Tal.«

13
Hetzjagd

Seit zwei Tagen fuhren wir von Meldon immer weiter nach Westen, zum Ewigen Tal. Ich hatte Keira nicht ganz erklären können, wie und warum ich meine Pläne geändert hatte. Jedes Mal, wenn ich von Celvin erzählen wollte, war es, als wäre meine Zunge gelähmt. Ich konnte weder seinen Namen aussprechen, noch konnte ich sagen, dass ich mit einem Schicksalsengel geredet hatte. Langsam war ich mir selbst nicht mehr sicher, ob ich es wirklich erlebt hatte oder ob es vielleicht mein Verstand gewesen war, der mir einen Streich gespielt hatte. Oder ein Traum, der ein ganz klein wenig zu real gewesen war.

Ich ließ es nicht zu, dass wir anhielten. Jetzt, da ich ein Ziel hatte, eine Aussicht darauf, etwas zu erfahren, war es unmöglich mich aufzuhalten. Ich war mehr als zweimal in den Diskussionen mit Keira in die rote Sicht verfallen. Sie hatte mich nur daraus bekommen, indem sie mir jedes Mal eine heftige Ohrfeige verpasste, bevor ich mich ganz in ihr verlor. Seitdem wechselten wir uns mit dem Fahren ab. Es war, wie immer, nicht das bequemste im Auto zu schlafen, aber das war noch ein geringer Preis im Gegensatz zu anderen, die ich zum Wohle von Alanien schon hatte bezahlen müssen. Inzwischen waren wir schon fast wieder in Amalen. Es war ein merkwürdiges Gefühl zu wissen, dass Craig nicht da war, um mich zu begrüßen, wenn ich nach Hause fahren würde. Zudem war mein Haus wohl auch noch in einem furchtbaren Zustand. Man konnte nicht sagen, dass es normal war, ein Loch im Wohnzimmerboden oder in der Einfahrt zu haben, das auch noch der Eingang zu einem feindlichen Tunnelnetz war. Nichts, was dazu führte, dass man sich sicher fühlte. Das Gefühl der Sicherheit verschwand ohnehin, als ein heftiger Schubser von Keira mich aus meinen unruhigen Träumen riss. Ihre wütenden Rufe hatten auch nicht wenig dazu beigetragen.

»Janlan, verdammte Scheiße, wach gefälligst auf!«

»Au!«, war meine Antwort, als ich mir an die Rippe fasste, die sie getroffen hatte. »Lass das. Hör auf mich immer in die Seite zu piksen!«

»Verdammt, Janlan, dreh dich mal um!«

Verwirrt und ein wenig mürrisch folgte ich ihrer schroffen Aufforderung. Wäre ich eine Cartoonfigur, dann könnte man jetzt in diesem Moment davon ausgehen, dass mir meine Augen vor Schreck rausgefallen wären, so aufgerissen waren sie.

»Was zur Hölle -«, murmelte ich ungläubig in die Nacht. Hinter uns schien die Straße einfach von der Erde verschluckt zu werden. Sie war weg und an ihrer Stelle prahlte ein riesiges schwarzes Loch mit seiner Existenz. Mir war nur zu klar, was dort herauskommen würde.

»Fahr schneller!«

»Was glaubst du, was ich tu! Auf die Bremse treten?«

»Wirklich! Selbst jetzt bist du noch sarkastisch?«

»Wenn du so dumme Fragen stellst«, war ihre trockene Antwort. Der Motor des Mustangs röhrte laut auf und der Tacho kletterte auf gequälte hundertachtzig. Ich konnte mich nicht erinnern, wann dieses Auto jemals so schnell gefahren war. Trotz des schnellen Tempos schien es, als würde die Erdspalte uns verfolgen. Sie verfolgte jede Kurve, die Keira mit halsbrecherischem Tempo fuhr. Es war, als wäre der Erdboden nur ein Trugbild gewesen. Eine dünne Decke über einem endlosen Schlund der Hölle. Die Straße brach einfach weg.

In meinem Kopf rasten die Gedanken mindestens genauso schnell wie der eisblaue Mustang. Ich versuchte, einen Ausweg zu finden. Einen Weg, diesem Schlund zu entkommen oder das Einbrechen weiter zu verhindern. Die Erdspalte musste sich nun schon mindestens drei Kilometer hinter uns herziehen.

»Janlan, was machen wir?«

Keira versuchte ihre Stimme zu kontrollieren, aber die Anspannung war einfach nicht zu überhören.

»Ich weiß nicht ... Fahr ... fahr einfach schneller.«

Es war leeres, unnützes Gerede, aber was besser fiel mir nicht ein. Es war einfach unmöglich seine Gedanken zu sortieren, wenn hinter einem die Erde wegbrach.

»Schneller geht nicht«, kam Keiras ernüchternder Kommentar von der Seite.

»Vielleicht haben wir ja ein paar Meter gewonnen«, antwortete ich, ohne wirklich selbst an meine eigenen Worte zu glauben. Von Keira kam nur ein skeptisches Grummeln. Ich war kurz davor, etwas Harsches zu erwidern. Ich unterdrückte den Impuls sofort, als ich einen roten Schimmer in meiner Sicht bemerkte. Das war das Letzte, was wir jetzt noch brauchten.

Die Erdspalte war nur dreihundert Meter hinter uns. Die stetig aufsteigende Staubwolke war ein ständiger Beweis.

»Janlan, was -«, wollte Keira wieder ansetzten, als eine kleine Explosion unser beider Aufmerksamkeit erlangte. Nicht nur hinter uns strebte nun Rauch in den trüben Himmel. Weißer, undurchdringlicher Qualm entstieg der Motorhaube. Ein Stottern erklang und dann war es vorbei. Die Hetzjagd und das viel zu hohe Tempo hatten den Mustang endgültig geschafft. Die Tachonadel fiel so schnell ab, dass man meinen konnte, Keira hätte eine Vollbremsung hingelegt.

»Scheiße!«, fluchte ich lautstark. Keira war etwas krisensicherer und befahl nur.

»Die Taschen und dann raus.«

Ich tat, was sie sagte und langte nach meiner Tasche auf dem Rücksitz. Es war gut, dass wir nie den Kofferraum benutzten. Die Erdspalte kam immer näher und mit der schrumpfenden Distanz stieg mein Puls spürbar an. Hundert Meter, mehr trennten uns nicht von einem sicher äußerst schmerzhaften bis tödlichen Sturz.

»Renn!«, schrie ich Keira an, die auf der anderen Seite aus dem Auto sprang. Ich wusste, dass rennen uns nicht weiterhelfen würde. Wir waren der Magie, die uns verfolgte, nicht einmal mit einem Auto entkommen. Wie sollten wir es also zu Fuß schaffen? Meine Lunge brannte bereits nach wenigen Minuten. Ich rannte sicher so schnell wie noch nie in meinem Leben. Und dennoch war es einfach hoffnungslos. Ich spürte, wie das Beben der Erde unter unseren Füßen immer stärker wurde. Es wurde fast unmöglich geradeaus zu rennen. Wir rannten in Schlangenlinien. Hin und her geworfen von der Bewegung der Erde. Hinter uns lauerte der Tod und wir waren machtlos. Ich konnte Seelen sehen und nicht Naturgewalten beherrschen. Und Keiras Beschützerinstinkt sowie ihre Schwerter waren nutzlos. Wut. Unaufhaltsame Wut kroch in meinem Körper empor. Ich hatte die Welt mit Keira nur gerettet, um Monate später in einer magisch erzeugten Erdspalte zu sterben. Ich sollte nicht mal lang genug leben, um zwanzig zu werden. Ich war das Opferschaf für das Leben anderer. Genauso wie Keira. Es schien, als wären wir nur auf dieser Welt, um immer wieder zu sterben. Nur dieses Mal wäre es endgültig.

Mit jedem Gedanken, der mir kam, entzündete sich das Feuer der roten Sicht immer mehr. Die Regentropfen, die inzwischen auf uns niederprasselten, sahen für mich aus wie Blutstropfen. Fette Blutstropfen, die ihre Blutlachen über die ganze Welt verteilten. Boten, die berichteten, was geschehen würde, wenn Keira und ich für immer in der Spalte verschwanden. Zu unserem Blut würde sich das vieler anderer hinzugesellen. Ich rannte vor Keira. Sie bekam von meiner Verwandlung zur roten Janlan nichts mit. Sie wusste nicht, dass vor ihr ebenfalls der Tod war. Zumindest etwas, das zum Töten bereit war, wenn nicht sogar danach verlangte. Ich drehte mich um und wollte mich auf das stürzen, was uns verfolgte, ob ich es nun bekämpfen konnte oder nicht. Die rote Sicht trieb mich in den Kampf. Nur war da kein Kampf. Alles, was ich sah, war die Erdspalte direkt hinter uns und Keira, die anfing mit den Armen zu rudern. Die Spalte riss ihr den Boden unter den Füßen weg.

»Nein!«, schrie ich mit einem tiefen Knurren in der Kehle und sprang um Keira herum.

»Janlan!«, rief Keira erschrocken, schockiert und wütend aus. Ihr Gesicht, das eben noch gezeichnet war von den streitigen Gefühlen, verwandelte sich in eine Maske des verwirrten Erstaunens.

»Was - «, stotterte sie. Ich stand mit dem Rücken zu ihr und atmete schwer ein, das Knurren klang immer noch in meiner Brust nach. Die Erdspalte hatte einfach gestoppt. In dem Moment, in dem ich vor Keira trat, war sie erstarrt. Sie riss nicht weiter die Erdoberfläche ein. Sie lag still und schien unbeweglich, fast schon natürlich.

»Janlan, wie hast du das gemacht?«

Mit immer noch verwirrtem Ausdruck trat sie neben mich. Ein Krachen erklang und die Erdspalte machte einen Satz auf uns zu. Mit einem erneuten Knurren schleuderte ich Keira wieder hinter mich. Erneut erstarb das Zittern der Erde. Keira rappelte sich gerade wieder auf, als ein anderes Geräusch erklang. Ein merkwürdiges metallenes Scharren übertönte die plötzlich eingetretene Stille. Die Hinterreifen des Mustangs schwebten in der Luft über der Spalte. Sie waren einfach abgerutscht und nun hing das einzige Erbstück von meinen Eltern an der Klippe einer Schlucht, die mich eben noch hatte verschlucken wollen. Als Keira wieder in meine Nähe kam, fuhr ich zu ihr herum und funkelte sie bedrohlich an. Etwas, das mir in der roten Sicht sehr wohl gelang.

»Bleib vor mir.«

Es klang mehr nach einer Drohung, als nach einer ernst gemeinten Aufforderung.

»Janlan, was geht hier vor sich?«

Sie fragte es vorsichtig, um mich nicht unnötig zu reizen. Mein Blick hätte jeden in stumme Angst verfallen lassen, nur Keira schien sich nur geringfügig davon beeindrucken zu lassen. Sie wusste inzwischen einigermaßen, wie sie mit mir in diesem Zustand umgehen musste.

»Ich weiß es nicht. Gehen wir, bevor sie aus der Spalte klettern.«

Ich knurrte die Worte mehr, als dass ich sie wirklich Silbe für Silbe aussprach. Ich sah bereits rot pulsierende Punkte, die sich in der Erdspalte auf uns zu bewegten. Keira entschied wohl, dass es das Beste war, angesichts der Situation nicht weiter zu diskutieren. Ich preschte los und rannte in den Wald hinein, der sich die ganze Zeit an der Straße entlang geschlängelt hatte. Der Regen war nicht weniger geworden und der Anschein für mich, dass es Blut war, war nicht verklungen. Es tropfte nun auch von den eigentlich grünen Blättern der Bäume auf uns herunter und sammelte sich auf unseren Klamotten. Keira sah aus, als hätte ich unzählige Male auf sie eingestochen. Wäre der größte Teil meiner Gedanken von dieser Sicht nicht unterdrückt, ich glaube, ich wäre von dem Anblick verrückt geworden. In einer Welt des Blutes zu wandeln, war traumatisierend. Zumindest für einen normalen Menschen. Ich konnte im Nachhinein nicht sagen, wie lange wir rannten oder wann genau ich endlich aus dem roten Schleier auftauchte. Alles, an das ich mich erinnern sollte, war der stechende Schmerz, der mich zu Boden zwang. Ich konnte nicht mehr rennen und Keira ging es nicht viel anders. Auch sie keuchte und rang nach Atem.

»Was machen wir jetzt?«, fragte ich krächzend. Jedes Wort stach in meine Kehle wie ein glühend heißer Dolch. Auch wenn es unaufhörlich regnete, war es, als würde mein Inneres verbrennen. Das orangene Licht der Sonne passte wunderbar zu diesem Gefühl. Wir hatten nicht mehr viel Zeit und dann würden wir im Dunklen durch den Wald stolpern. Mir lief bereits der kalte Regen den Rücken herunter, so durchnässt war ich. Ich hatte aufgehört, gegen das Zittern meines Körpers anzukämpfen. Ein völlig sinnloses Unterfangen.

»Wir müssen weiter laufen, bis wir einen Unterschlupf finden und wir werden nicht gleichzeitig schlafen können«, sagte Keira über ihre Schulter hinweg. Ich achtete immer noch darauf, dass sie vor mir herging. Ich wusste nicht was, aber irgendetwas hatte die Erdspalte von mir abgehalten und schien auch nicht an mir vorbei zu können. Magie. Ich würde sie wohl nie ganz verstehen oder auch nur ahnen können, was man alles damit erreichen konnte. Die Gänsehaut, die mich jetzt überfiel, stammte nicht von der Kälte. Es waren meine eigenen Gedanken, die mir gerade etwas offenbart hatten. Ich kannte die Grenzen der magischen Fähigkeiten dieses Meisters nicht. Wer wusste schon, zu was er noch alles in der Lage war. Ich schüttele bestürzt den Kopf, als ich in Keiras Rücken lief.

»Was -?«, fragte ich ein wenig verärgert.

»Da ist ein Haus. Mitten im Wald. Ist das nicht ein wenig merkwürdig?«

Ich sah an ihr vorbei. Das Haus war ein Blockhaus. Es war nicht besonders groß. Zwei kleine Zimmer. Mehr hatte in diesem Haus sicher keinen Platz. Wir gingen langsam darauf zu und horchten, ob wir vielleicht jemanden hören konnten. Es war absolut still. Die einzigen Geräusche kamen von den Vögeln, die in der Dämmerung ihren Gesang einsetzten. Die Stufen der Veranda knarrten, als wir hinaufgingen. Die Tür des Hauses stand offen und drinnen brannte eine schwache Lampe und verbreitete ein gelbliches Licht.

»Ich gehe vor«, kam es von Keira, als sie auch schon im selben Moment ihre Schwerter zog.

»Keira, hier ist niemand.«

Ich hatte das Haus schon von weitem mit der Seelensicht betrachtet.

»Und was ist mit unmenschlichen Wesen? Hast du da welche gesehen?«

Ich senkte den Blick und schüttelte fast nicht sichtbar den Kopf.

»Dazu müsste ich in die rote Sicht wechseln. Und ich weiß nicht wie und ich will es auch nicht wirklich.«

»Dann gehe ich vor«, war ihr trockener Kommentar.

Sie stieß mit der Schulter die Tür weiter auf und sah sich im ganzen Haus um.

»Es ist keiner hier. Liegt nur überall Erde rum.«

Mein Gesicht wurde bleich.

»Dann waren sie auch schon hier. Sie haben denjenigen, der hier gelebt hat, mitgenommen. Noch ein Vermisster, von dem keiner weiß. Es werden immer mehr.«

»Wenn sie hier waren, dann kommen sie so schnell bestimmt nicht wieder. Sie werden nicht denken, dass hier noch jemand ist. Wer auch immer hier gelebt hat. Er hat alleine gelebt. Und das schon sehr lange. Hier ist nicht mal ein zweiter Stuhl.«

Sie sah sich erneut im Raum um und betrachtete jede Kleinigkeit.

»Es muss wirklich einsam gewesen sein. Sollen wir wirklich bleiben?«

Ich fühlte mich ein wenig unwohl bei dem Gedanken, im Haus eines absoluten Einzelgängers mitten im Wald zu wohnen, der jetzt auch noch entführt worden war.

»Besser als draußen im Nassen. Wir holen uns noch den Tod, wenn wir weiter im Regen rumlaufen. Ich werde Wache halten. Du solltest dir was Trockenes anziehen und dann schlafen. Die rote Janlan hat dich wieder sehr angestrengt.«

»Nenn das nicht so.«

Ich mochte es nicht. Es sagte zu deutlich, dass ich es war, die diese Dinge tat. Ich ging in das zweite Zimmer und wartete nicht einmal auf ihre Antwort. Ich schloss die Tür und glitt an dem alten Holz hinunter. Das Zimmer lag in kompletter Dunkelheit. Hätte ich mich von der Stelle bewegt, wäre ich früher oder später gegen ein Möbelstück gelaufen. Also blieb ich einfach, wo ich war. Ich hatte ohnehin nicht die Kraft mich zu bewegen. Nicht weil wir kilometerweit gerannt waren oder ich stundenlang in der roten Sicht gewesen war. Es war die Erschöpfung der Niedergeschlagenheit. Ich fühlte mich schlecht. Ich hatte so viele Gedanken, die ich nicht verstand, und etwas in mir, das ich nicht mal wirklich verstehen wollte. Ich wünschte mir nur, dass Craig mich in die Arme nehmen würde. Es tat weh, ihm nicht nahe sein zu können. Nicht so wie damals, als er ein Seelengeist war. Jetzt war es schlimmer. Ich wusste nicht, wo er war oder wie es ihm ging. Ich wusste nicht, ob ich ihn würde retten können. Seinen Namen auch nur zu denken, schmerzte. Er war nur in dieser Situation, weil er sich mit mir eingelassen hatte. Ich war der Grund, dass er jetzt irgendwo gefangen gehalten wurde. Ich war der Grund, dass Keira sich wieder in Gefahr begab und ihren Freund zurückließ. Ich war der Grund. Der Meister wollte mich und das Amulett und er war bereit, die Erde aufzubrechen, solange, bis er mich finden würde. Er konnte ganze Städte in den Erdspalten verschwinden lassen. Es würde ihn bestimmt nicht interessieren. Er würde die Bewohner in verkrüppelte Erdwesen verwandeln. Sie zu stummen Sklaven seines Willens machen. Sie zwingen, sich vor meine Klingen zu werfen, solange, bis einer mich überwältigen würde. Und wenn ich mich freiwillig ergab? Würde das etwas ändern? Würde ich so Menschenleben retten können? Oder würde es sie nur zu etwas Schlimmeren verdammen? Wie sollte ich Entscheidungen treffen, wenn ich nicht wusste, über was ich entschied. Wie sollte ein Mensch überhaupt so etwas entscheiden können? Ich wollte diese Last nicht schon wieder tragen und doch lag sie wie Blei auf meinen Schultern und zog mich immer tiefer mit meinen Gedanken in die Dunkelheit. Es war ein immer stärker werdender Strom. Ein Sog, in den ich unwiderruflich hineingeraten zu sein schien. Ich wusste, dass Keira im Nebenraum war und die Nacht durch die Fenster beobachtete. Meine beste Freundin war nur wenige Meter von mir entfernt und doch war es, als wäre ich alleine in der Finsternis des Waldes. Ich war einsam. Ich würde immer einsam sein, solange ich das Oberhaupt des Ordens von Alverra war. Meine Bestimmung trennte mich von anderen Menschen. Es war meine Last. Meine Last ganz alleine. Ich konnte sie nicht teilen und niemand konnte sie mir abnehmen. Es war mein Geburtsrecht, das mich wie ein Fluch isolierte. Ich war das Oberhaupt. Ich würde es immer sein, bis zu dem Tag, an dem ich endgültig diese Welt verlassen würde. Ich wusste nicht, wann das sein würde. Niemand wusste, wann seine Zeit endgültig abgelaufen war. Nicht ich, nicht Keira, einfach niemand. Und dennoch lag es bei mir, dafür zu sorgen, dass ihre Zeit nicht zu früh eintraf. Irgendeine alte Macht hatte meine Familie zu den Beschützern der Menschen gemacht. Wir waren anders. Wir waren auserwählt. Wir lebten, um zu retten und starben, um zu schützen. Ich war nicht anders. Ich konnte mich meinem Erbe nicht entziehen. Es fand mich immer wieder und ich hörte in diesem Moment auf, davor wegzulaufen. Es war, als hätte ich die ganz Zeit durch einen verschwommenen Schleier gesehen, den ich vorher nicht bemerkt hatte und der sich nun lichtete. Mein Blick war mit einem Mal glasklar. Ich würde erst wirklich und richtig leben können, wenn ich aufhörte zu bekämpfen, wer ich war. Ein Geräusch schreckte mich aus meinen Gedanken. Es war ganz leise und eigentlich kaum zu hören, aber es war da. Ein leises Pochen. Ein rhythmisches Schlagen. Ich sprang auf die Füße und glitt noch in der Bewegung in die Seelensicht. Die Hütte und der Wald lagen immer noch in Dunkelheit. Die einzigen Seelenenergien waren die von Keira und mir. Keiras Seelenenergie war so intensiv und hell wie immer. Es war meine, die mich für einen Moment ablenkte. Sie schimmerte in einem Blau, das so hell war, dass es schon ans Weiße heranreichte. Sie leuchtete so hell, dass ich dachte, sie müsste das Zimmer erleuchten. Sie schlug in demselben Rhythmus wie mein Herz. Und im selben Rhythmus wie das Pochen, das ich dachte, gehört zu haben. Ich drehte mich immer wieder suchend um meine eigene Achse. Da war keine andere Seele. Niemand, der nicht hier sein sollte und doch war ich mir sicher, dass das Pochen zum Schlagen eines Herzen gehörte.

»Craig?«, flüsterte ich plötzlich in die Dunkelheit. Ich stand auf und ging zum Fenster. Es fühlte sich kalt an, als ich meine offene Hand dagegen legte. Das Fenster beschlug von meinem Atem und legte sich in einem milchigen Schleier um meine Finger. Ein Schauer überfiel mich, als es sich anfühlte, als würde sich eine andere Hand über meine legen und seine Finger zwischen meine schieben. Ich spürte die Wärme eines anderen Körpers. Den Atem eines anderen an meinem Hals. Einen Arm, der sich liebevoll um meine Taille legte. Ich schloss die Augen und genoss den Moment. Ich wusste, dass hinter mir niemand stand und dennoch fühlte es sich so echt an. Ich drehte mich nicht um, um die Illusion aufrechtzuerhalten. Um das Gefühl der Geborgenheit noch eine Minute länger zu genießen.

»Ich liebe dich, Janlan«, flüsterte Craigs Stimme in meinen Gedanken. Eine Träne lief über meine Wange, als seine Gegenwart nach den Worten verschwand und meine Hand wieder alleine auf dem Fenster lag. Der Himmel weinte immer noch mit mir und weigerte sich den Mond freizugeben. Hier am Fenster konnte ich die Geräusche der Nacht hören. Das Rauschen des Regens und das wilde Säuseln des Windes und noch ein Geräusch, das mir bis eben nicht aufgefallen war. Ein Zug fuhr ganz in der Nähe vorbei nach Westen. Ich rannte aus dem Zimmer und packte meine Tasche. Keira schrak von dem einzigen Stuhl auf und sah mich verwirrt an. Ihre Hände fuhren wie selbstverständlich an ihre Schwerter.

»Was ist los?«, fragte sie argwöhnisch.

»Wir müssen los. Schnell, nimm deine Tasche.«

Ich stürmte zur Tür und achtete nicht weiter auf Keiras verwirrte Miene, sondern ging einfach davon aus, dass sie kommen würde. Ich rannte raus in den Regen und folgte dem Geräusch. Ich hatte die Züge vergessen, die durch ganz Alanien fuhren und natürlich fuhren sie auch nach Levan. Die Stadt, die dem Ewigen Tal am nächsten war. Es war eigentlich unmöglich, in der Dunkelheit etwas zu sehen und erst recht bei dem nicht aufhören wollenden Regen, und doch rannte ich mit einer Zielstrebigkeit durch das Unterholz, dass Keira Schwierigkeiten hatte mitzuhalten. Wir rannten zehn Minuten, bis ich über die Gleise stolperte und mir die Hände aufschürfte, als ich mich abfing. Keira griff mir unter die Arme und half mir wieder auf.

»Sieht so aus, als hätten wir unseren Zug verpasst. Hast du dir wehgetan?«

Sie sagte es mit einem ironischen Grinsen im regennassen Gesicht. Der Regen tropfte uns von der Nase und unsere Haare hingen nur noch in Strähnen herunter. Bei keinem von uns hätte man ahnen könne, dass wir Locken oder Wellen hatten.

»Nein. Nicht von Bedeutung.«

»Und jetzt? Du hast nicht ernsthaft geglaubt, dass wir den Zug noch bekommen würden, den du gehört hast.«

Ich schüttelte den Kopf.

»Jetzt laufen wir an den Gleisen entlang und suchen eine Stelle, wo der Zug langsam fahren muss.«

»Also hast du vor, in diesem Regen durch die Nacht zu laufen, obwohl du eben schon über die Gleise gestolpert bist.«

Ich stand mit dem Rücken zu ihr und doch wusste ich, dass sie in diesem Moment ihre Arme verschränkte und eine Augenbraue hochzog. Ein Grund, warum ich mich nicht zu ihr umdrehte, sondern nach Osten loslief.

»Wir haben nicht die Zeit, in einer Hütte zu sitzen, wenn wir die Chance haben noch diese Nacht auf einen Zug aufzuspringen. Was glaubst du, wie viele Tage wir dadurch sparen. Erst recht jetzt, da mein Mustang den Geist aufgegeben hat und über einer Klippe in der Luft hängt. Jetzt ist besser als später. Jetzt könnte Leben retten. Also hab dich nicht so. Es ist nur Regen. Er bringt dich nicht um, solange du nicht aus Zucker bist und das wäre mir neu.«

Ich grinste meine beste Freundin herausfordernd an, bevor ich mich wieder in die Dunkelheit wandte und begann den Gleisen zu folgen.

14
Blutsicht

Wir liefen seit zwei Stunden an den Gleisen entlang und allmählich kroch die Sonne hinter den Schleiern der Nacht hervor. Der Regen war leichter geworden, aber er hatte immer noch nicht aufgehört. Keira war inzwischen mehr als mürrisch und hatte in der letzten Stunde kein Wort mehr gesagt. Selbst dann nicht, als wir zu einer Weiche kamen, die noch mit der Hand verstellt werden musste. Der perfekte Platz, um auf einen Zug aufzusteigen. Manchmal hatte es doch etwas Gutes, dass der Zirkel der Seelensammler den Fortschritt in Alanien behindert hatte. Es dauerte eine weitere Stunde, bis das entfernte Geräusch eines herannahenden Zuges erklang.

»Endlich«, murrte Keira.

»Am besten verstecken wir uns. Der Lockführer sollte uns vielleicht nicht unbedingt bemerken, wenn er die Gleise umstellt.«

Ich schubste Keira in die Richtung eines karg bewachsenen Busches. Es war nicht die beste Deckung, aber es würde sicher seinen Zweck erfüllen. Der Zug kam immer näher und wurde stetig langsamer. Es war ein älterer Güterzug, der mit einem knarrenden, metallischen Geräusch zum Stehen kam.

»Jetzt«, flüsterte ich Keira zu und wir schlichen um den Strauch herum, als der Lockführer gerade ausstieg. Wir rannten zu dem ersten offenen Wagen. Keira sprang auf und hielt mir eine Hand hin. Ich ergriff sie und kletterte unbeholfen zu ihr hinein. Als ich es endlich schaffte, kippten wir keuchend nach hinten um, gerade als der Zug mit einem heftigen Ruck wieder anfuhr.

»Können wir wenigstens hier für mindestens drei Stunden bleiben?«, fragte Keira sarkastisch. Ich überging ihre schlechte Laune und antwortete: »Wenn wir Glück haben, können wir bis Levan fahren, ohne uns auch nur einmal zu bewegen. Wäre dir das recht?«

Keira lehnte sich zurück an die Wand und funkelte mich halb zornig, halb amüsiert an.

»Sehr recht und wenn du eine Heizung zufällig bei dir hättest, wäre ich auch nicht abgeneigt, sie jetzt anzustellen.«

Ich lachte. Etwas, das ich schon seit einer kleinen Ewigkeit nicht mehr getan hatte. Der Zug war nicht gerade ein ICE, aber es war definitiv schneller als laufen. Er rollte stetig vor sich hin und ich verfiel schnell in meinen unruhigen Schlaf. Es war nicht der bequemste Ort zum Schlafen, aber es war trocken und das war der einzige Anspruch, den ich gerade hatte. Keira schien es ähnlich zu gehen. Ihr Kopf war auf ihre Schulter gesackt, noch bevor ich meine Decke aus der Tasche gezogen hatte. Dass es inzwischen hell war und die Sonne auf uns herab starrte, hinderte keinen von uns am Schlafen. Es war bereits sechs Uhr, als ich wieder aufwachte.

»Guten Morgen, Dornröschen.«

»Hahaha«, war meine trockene Erwiderung auf Keiras abgelutschten Witz.

»Hunger?«, fragte sie und überging damit meine Antwort.

»Schon.«

Wir kramten in unseren Taschen und holten alles Essbare heraus.

»Vier Tage«, schätzte Keira, als sie den kleinen Haufen betrachtete. Ich hatte aus Galin ein ganzes Brot, getrocknete Salami, einige Äpfel und fertige Pfannkuchen mitgenommen. Keiras Ausbeute war ein wenig anders. Sie hatte vorwiegend Obst dabei, aber auch Brot und Konserven. Es würde also wirklich ein paar

Tage reichen. Abwechslungsreich würde es nicht werden, aber daran hatte ich mich bereits gewöhnt.

»Also, verrätst du mir endlich, wie es andauernd zu deinen Planänderungen kommt?«

Sie sah mich streng an. So als hätte ich sie die ganze Zeit absichtlich im Dunklen gelassen. Ich zuckte mit den Schultern.

»Ich hatte Zeit zum Nachdenken. Das ist alles.«

»Ach so. Und deine plötzlichen Eingebungen kommen auch aus dem Nichts.«

Sie stellte es nicht als Frage und dennoch wusste ich, dass sie eine Erklärung von mir hören wollte.

»Keira, ich habe dafür keine Antwort. Ich weiß nicht, woher das alles plötzlich kommt. Es ist als hätte sich meine Magie weiterentwickelt. Anders kann ich mir das nicht erklären. Haben sich deine Fähigkeiten nicht verändert?«

Ich hoffte, dass Keira sich auch verändert hatte. Dann wäre es einfach normal, dass meine Fähigkeiten so einen Sprung gemacht hatten.

»Nicht wirklich. Zumindest wüsste ich nicht, was sich verändert haben sollte.«

»Mh«, war alles, was ich dazu noch sagte. Keira schien zu merken, dass ich nicht weiter darüber reden wollte. Sie holte ihre Schwerter heraus und fing an, die Klingen zu polieren. Sie überließ mich den Rest des Tages meinen Gedanken. Und auch abends waren wir nicht besonders gesprächig. Die Ereignisse des letzten Tages zerrten noch an unseren Kräften. Besonders alltäglich war es nicht, von einer Naturgewalt verfolgt zu werden. Auch wenn diese sicher durch Schwarze Magie gesteuert wurde. Ich wünschte mir immer öfter, dass ich eine Art Lehrer hätte, der mich in die ganzen Geheimnisse der Welt, die ich beschützen sollte, einwies. Ich fragte mich wirklich, ob so jemand existiert hat, als der Orden von Alverra noch aus vielen Mitgliedern bestanden hat. Sinnvoll wäre es sicher gewesen. Dieser Lehrer hätte mir bestimmt auch beantworten können, was das für eine rote Sicht war. Sie musste auch einen Namen haben. Es war einfach unmöglich, dass ich die erste mit solchen Fähigkeiten sein sollte.

»Blutsicht«, sagte ich aus dem Nichts heraus. Keira sah verwirrt zu mir auf. Sie hatte es sich auf dem Boden des Wagens so bequem gemacht, wie es nur möglich war.

»Was?«, fragte sie, als ich nicht weitersprach.

»Blutsicht. So heißt das.«

Es war mir mit einem Mal klar gewesen. Wenn der rote Schleier meine Augen überzog, sah ich keine Seelenenergien. Ich sah die Energien von jedem Lebewesen, durch dessen Adern Blut floss. Jede Art von Blut. Selbst das mutierte von den Erdwesen.

»Der Zustand, in den du in letzter Zeit immer mal wieder verfällst?«

Ich nickte.

»Ich sehe das Blut, das durch die Adern jedes Körpers fließt.«

Keira schwieg für einen Moment, als überlegte sie, ob sie ihre Frage wirklich stellen sollte. Es war also etwas, das ich nicht gerne beantworten würde.

»Und warum bist du so aggressiv und übernatürlich stark, wenn du in dieser Blutsicht bist?«

Ja, es war definitiv eine Frage, die ich nicht gerne beantworten würde. Auch wenn ich es möglicherweise erklären könnte. Als sie mich weiterhin ansah und auf meine Antwort wartete, holte ich einmal tief Luft.

»Ich denke, das kommt daher, dass die Blutsicht mein Wesen auf meine Urinstinkte reduziert. Überleben. Und ich denke, ausgelöst wird sie von niederen Gefühlen wie Rache, Zorn und dergleichen. Ich bin mir nicht sicher, ob es überhaupt möglich ist, die Blutsicht wirklich zu kontrollieren.«

Den letzten Satz flüsterte ich nur noch. Ich war mir wirklich nicht sicher und davor hatte ich Angst. Keira sagte nichts, um mich aufzumuntern. Sie wusste, dass jedes Wort ein leeres Wort sein würde.

»Wie wäre es, deine Kampffähigkeiten außerhalb der Blutsicht zu trainieren?«

Keira grinste mich schelmisch an. Das war ihre Art meine düsteren Gedanken etwas heller werden zu lassen. Ich zog die Dolche aus meinen Stiefeln und sprang geschickt auf meine Füße. Keira sah mich verblüfft an.

»Seit wann hast du einen Gleichgewichtssinn?«

Ich grinste nur und wartete auf ihren Angriff. Er ließ nicht lange auf sich warten. Keira stürmte in dem kleinen Waggon auf mich zu. Ich duckte mich unter ihrem ersten Schwert weg und parierte das zweite mit einem Dolch. Dann wirbelte ich selbst um sie herum und zielte auf ihren Rücken. Etwas, das beim Ruckeln des Zuges für mich wie ein Wunder war. Sie war zu schnell und blockierte meinen Angriff. Eine ihrer Klingen zischte nur Millimeter an meinem Gesicht vorbei, ich hatte gerade noch mit einem Seitenschritt ausweichen können. Ich überkreuzte meine Dolche und wehrte den nächsten Angriff von ihr ab. Meine Arme zitterten von der Anstrengung, ihre Klingen von meiner Kehle fernzuhalten. Der rote Schleier erschien vor meinen Augen und mit einem heftigen Stoß schleuderte ich Keira von mir weg.

»Stop!«, rief ich und zog mich in die hinterste Ecke zurück. Ich kniff meine Augen zusammen und versuchte ruhig zu atmen. Keira war das einzige Lebewesen in meiner unmittelbaren Umgebung. Ich würde mich auf sie stürzen, wenn ich nicht die Kontrolle zurückerlangte.

»Janlan?«, fragte Keira vorsichtig, blieb aber auf der anderen Seite des Waggons. Erst als mein Herz wieder seinen normalen Rhythmus angenommen hatte, traute ich mich meine Augen wieder zu öffnen. Ich atmete erleichtert aus, als da kein Rot in meinem Sichtfeld war.

»Alles okay?«, fragte Keira wieder vorsichtig.

Ich nickte.

»Es ist wieder vorbei. Tut mir leid. Sieht so aus, als würde

Bedrohung auch die Blutsicht auslösen. Auch wenn es keine wirklich echte ist.«

»Scheint so. Beeindruckend, wie stark du dann bist. Und anscheinend kannst du es doch kontrollieren.«

Es war ein schwacher Versuch, dem Geschehenen etwas Gutes abzuverlangen.

»Nein. Konnte ich nicht. Ich konnte nicht verhindern, dass ich in sie wechselte und ich konnte sie auch nicht einfach beenden.«

»Aber das hast du doch.«

Ich schüttelte wieder den Kopf.

»Sie ist abgeklungen. Ich habe sie nicht willentlich beendet. Ich glaube, dass mit den Übungskämpfen sollten wir lassen.«

Keira lächelte aufmunternd.

»Sieht ganz danach aus.«

Wir ließen das Thema für den Rest unserer unspektakulären Zugfahrt unberührt. Keira wusste, dass es mich viel zu sehr aufregte. Etwas, das ich im Moment gerne vermeiden würde.

Die Sonne verließ gerade die Berührung der Welt, als der Zug mit einem Ruckeln zum Stillstand kam. Es war zwei Tage her, dass wir uns auf den Zug geschmuggelt hatten, seitdem waren wir nicht aus dem Waggon ausgestiegen. Ich war über unser Glück immer noch verblüfft. Wir hatten tatsächlich einen Zug erwischt, der bis nach Levan durchgefahren war. Lediglich kurze Stopps zum Wechseln des Zugführers hatten die Fahrt unterbrochen.

»Endstation. Aussteigen bitte«, Keira grinste mich an und sprang mit einem eleganten Satz aus dem Güterwaggon. Sie landete geschmeidig wie eine Katze auf ihren Füßen. Ich tat es ihr gleich und wieder landete ich sicherer als sonst. Keira klopfte mit der offenen Hand gegen die Blechwand des Waggons und sagte mit ironischer Stimme: »Danke fürs Mitnehmen.«

Levan war ein kleines Dorf. Vor Monaten hatte ich an der hiesigen Tankstelle einen Seelenjäger getötet und nun war ich schon wieder hier.

»Wohin?«, fragte Keira und sah mich erwartungsvoll an.

»Ich würde vorschlagen, wir besorgen uns ein Auto und dann essen wir etwas.«

»Kaufen, mieten oder stehlen wir eins?«

Sie fragte es so trocken, dass jeder, der sie nicht kannte, davon ausgehen würde, dass sie es völlig ernst meinte.

»Also, eigentlich finde ich stehlen nicht schlecht, aber ich dachte wir probieren einmal den normalen Weg aus und kaufen eine billige Schrottkarre.«

Der Gebrauchtwagenhändler besaß am Rande der Stadt eine riesige Fläche, auf der unzählige Autos standen. Dort war so ziemlich alles dabei. Ich konnte einen Beatle erkennen, einen mitgenommenen Smart und noch ein paar andere Autos, von denen ich gerade so die Namen wusste. Es waren alles nachgebaute Autos. In Alanien fand man keine Originale. Alles war eine Kopie. Eine Kopie basierend auf original Plänen und Techniken der jeweiligen Firmen und dennoch waren es Kopien.

Der etwas korpulentere Herr, der mit einem unglaublich breiten Grinsen auf uns zukam, konnte kein anderer sein als der Besitzer. Sein Lächeln war so aufgesetzt, dass es schon von weitem falsch wirkte.

»Na, wir können uns auf was gefasst machen«, murmelte Keira sarkastisch und erwiderte das breite Lächeln. Ich schubste sie. Eine Mahnung, schön artig zu sein.

»Wunderschönen Tag, die jungen Damen. Was kann Earl für euch tun? Und mit Earl meine ich mich.«

Er lachte über seinen eigenen Witz, wobei sein ganzer Körper in Schwingungen geriet. Ich konnte aus den Augenwinkeln sehen, wie Keira all ihre Beherrschung brauchte, um nicht loszulachen. Earl war das Klischee eines Gebrauchtwagenhändlers. Aufgesetzt freundlich, gut ernährt und sehr profitorientiert. Er half sicher nicht dabei, Vorurteilen entgegen zu wirken.

»Ich habe einen wunderschönen Mercedes gerade reinbekommen. Genau das Richtige für so hübsche Frauen.«

Wieder lächelte er und ich hatte das Gefühl, in einer Pfütze aus Schleim zu versinken.

»Ja ehm. Nein, danke. Wir suchen etwas Anderes. Etwas sehr Preisgünstiges.«

»Bei Earl ist alles preisgünstig. Preisgünstig ist mein Nachname.«

»Ja, das glaube ich Ihnen gerne. Also würden Sie uns dann das Günstigste zeigen, das sie uns anbieten können? Wir haben es ziemlich eilig, wenn Sie verstehen.«

Ich mochte diese Verkaufsgespräche nicht. Immer wollten sie einem mehr andrehen, als man verlangte und irgendwie gelang es den meisten. Ich fühlte mich meist unwohl dabei. Ich mochte es nicht, auf diese Art bedrängt zu werden. Earls Blick wanderte von meinem genervten Gesicht zu Keiras entschlossenem. Sein Lächeln wurde etwas schmaler.

»Earl hat etwas für dreitausend da. Klasse Auto. Ein 68' Ford Galaxy. Prima Auto. Robust und etwas für Liebhaber. Wäre das in eurem Interesse?«

Die schleimige Höflichkeit hatte sich hörbar reduziert.

»Vielleicht sollten Sie uns den Wagen auch zeigen« antwortete Keira, die nun auch langsam keine Lust mehr auf Earl hatte.

»Natürlich. Natürlich. Folgt immer dem Earl. Hier geht's lang.«

Er wies mit einer einladenden Handbewegung auf die Autoreihe zu seiner Linken. Er lief immer weiter, sodass ich schon dachte, er hätte den Ford am anderen Ende von Levan geparkt. Sicher versteckte er die billigen Autos in der hintersten Ecke. Als er endlich stehen blieb, zeigte er auf einen mintgrünen Ford mit weißen Streifen. Der Lack war schon ausgeblichen und hier und dort war er mit Kratzern verziert. Ich konnte auf den ersten Blick auch die eine oder andere Delle sehen. Auch nach Rost musste ich nicht lange suchen. Keira musterte den Ford genauso kritisch wie ich, wenn nicht sogar etwas mehr.

»Zweitausend. Mehr bekommen Sie für den von uns nicht mehr. Und Sie wissen so gut wie ich, dass das noch zu viel ist. Es ist Ihr Glück, dass wir es eilig haben. Jeder andere erfahrene Autokäufer würde Sie für den Preis auslachen und sofort Ihr Grundstück verlassen. Sie wissen, dass das Abzocke ist. Also, nehmen Sie die zweitausend oder wollen Sie uns lieber einen anderen Händler empfehlen?«

Mir fiel fast die Kinnlade runter, als ich hörte, wie Keira Earl zutextete. Sie klang sich ihrer Sache so sicher, dass Earls Gesicht immer heller wurde.

»Ehm ... Ich ... mh... Zweitausend ... Ich ...«

Keira hatte den guten Earl wirklich aus der Fassung gebracht. Ich verkniff mir ein schadenfrohes Lächeln und beobachtete die Situation weiter. Es war das Klügste, Keira von hier an alles Weitere regeln zu lassen.

»Ja oder nein?«

»Zweitausend?«, nuschelte Earl wieder.

»Zweitausend«, wiederholte Keira streng.

»Nun ja. Der Earl ist ja ein Menschenfreund, aber zweitausend kann selbst ich nicht machen. Zweitausenddreihundert, weiter runter kann ich mit dem Preis wirklich nicht.«

Er versuchte uns mit seinem Lächeln um seine wulstigen Finger zu wickeln. Etwas, das sowohl Keira als auch mir einen Schauer über den Rücken jagte. Sie warf mir einen fragenden Seitenblick zu. Ich zuckte mit den Schultern. Ich hätte auch die dreitausend bezahlt.

»Okay. Zweitausenddreihundert.«

Earl lächelte erleichtert. Ich hatte die leise Vermutung, dass ihm Keira nicht ganz geheuer war. Und erneut musste ich ein Grinsen unterdrücken.

»Wunderbar. Einfach großartig. Dann erledigen wir schnell die Papiere und das Prachtstück gehört euch.«

Keira zog bei dem Wort ›Prachtstück‹, eine Augenbraue hoch.

Ich grinste einfach weiter. Es war beeindruckend, wie schnell Earl plötzlich arbeitete. Nach nur zehn Minuten lenkte ich den 68' Ford Galaxy auf die Straße und hielt auf das Stadtzentrum zu.

»Netter Kerl. So sympathisch.«

Ich fing prustend an zu lachen: »Ich dachte mir doch, dass er dir gefällt. Ich war kurz davor ihn für dich auf einen Kaffee einzuladen. Hätte ich das doch bloß getan.«

Ich warf ihr einen neckischen Seitenblick zu.

»Ach komm, Earl war doch viel mehr dein Typ. Gut durchtrainiert und mit schön schmierigen Haaren.«

Keira hatte Schwierigkeiten zwischen ihren Lachanfällen die Wörter herauszubekommen, sodass der Satz fast nicht mehr zu verstehen war. Ihr Gesicht hatte inzwischen ein nettes Purpur angenommen.

»Essen?«, fragte ich schließlich, als wir uns einigermaßen beruhigt hatten.

»Essen.« bestätigte sie mit einem Nicken.

15
Wie es sein sollte

Wir waren dem Ewigen Tal so nahe, dass ich es in Levan nicht länger ausgehalten hätte. Ich hatte Keira in den erstbesten Italiener geschleppt. Ein kleines Restaurant. Fünf Tische, für mehr war kein Platz. Die Pizza war gut. Nicht atemberaubend, aber nach drei Tagen Brot mit Salami schmeckte einfach alles viel besser, als es das in Wirklichkeit tat. Der Supermarkt war dann das Letzte, was wir aufsuchten, bevor das Ortsschild von Levan im Rückspiegel verschwand. Der 68' Ford Galaxy konnte an meinen Ford Mustang natürlich nicht heranreichen. Er war kein Erbstück und er war nicht eisblau, aber er kam nahe an ihn heran. Mal abgesehen von seinem Zustand. Trotz alledem war es ein klasse Auto. Sicher, die eine oder andere Reparatur würde nicht lange auf sich warten lassen, dennoch war ich zufrieden mit dem Handel, den Keira abgeschlossen hatte. Nur die Farbe würde ich verändern, sobald das alles überstanden war. Mintgrün war noch nie mein Fall gewesen. Im Moment schwebte mir ein kräftiges Orange vor Augen. Damit würde ich eher etwas anfangen können. Diese Gedanken machte ich mir, kurz bevor ich einschlief. Keira war an der Reihe zu fahren. Wir hatten beide stillschweigend übereingestimmt, dass Durchfahren noch die sicherste Variante war. Keiner von uns hatte Lust von einer plötzlichen Erdspalte im Schlaf verschluckt zu werden. Ich war mir sicher, dass diese Sorge nicht mehr von

Bedeutung sein würde, wenn wir im Ewigen Tal ankamen. Dieser Ort war anders. Er folgte nicht den gewöhnlichen Regeln. Er hob sich über sie hinaus. Erschuf seine eigenen Gesetze. Er existierte einfach außerhalb unserer Welt. Wenn wir irgendwo sicher waren, dann dort und dort würden wir Antworten finden. Antworten und auch den Schlüssel zu Craigs Rettung. So zumindest musste es einfach sein. Etwas anderes würde ich nicht akzeptieren. Der Galaxy ratterte immer noch die lang gezogene Landstraße entlang, als ich meine Augen wieder aufschlug.

»Stopp!«

Keira fuhr erschrocken zu mir herum und trat die Bremsen des Galaxys bis zum Anschlag durch. Wir wurden in unsere Gurte gedrückt und zurück in den Sitz geworfen, als der Wagen schlitternd zum Stehen kam. Meine Schulter pochte von dem plötzlichen Widerstand des Gurtes, der sich für ein paar Sekunden in meine Schulter gedrückt hatte.

»Was ist?«, fuhr Keira mich zornig an, während sie nach der potenziellen Gefahr suchte.

»Ich ...«

Ich starrte aus dem Fenster und versuchte mich unter Kontrolle zu bekommen.

»Warte hier«, sagte ich dann nur, als meine Hand schon am Türgriff lag. Keira riss mich am Arm herum und funkelte mich an.

»Sag mir sofort, was los ist!«

»Ich will nur etwas nachsehen. Nichts weiter.«

»Und was wäre das? Du glaubst doch nicht, dass ich dich einfach so mitten in der Nacht im Nirgendwo herumspazieren lasse.«

Die Wahrscheinlichkeit, dass sie das tat, war wirklich sehr gering bis unmöglich. Ich biss mir unschlüssig auf die Lippen. Ich wollte unbedingt dorthin, aber eigentlich wollte ich dort alleine sein.

Keira beobachtete mich mit ihrem berechnenden Blick. Die Schützerin glaubte wohl, dass ich erneut versuchen wollte zu türmen. Als wäre ich eine Gefangene, die ihrer Gefängnisstrafe entgehen wollte, nur würde in meinem Fall die Flucht den Tod bedeuten und die Gefangenschaft Leben. Ironisch, wie leicht ein Mensch sich selbst zum Gefangenen seiner Gedanken machen konnte.

»Keira, mir passiert nichts und ich komme in ein paar Minuten wieder. Wirklich.«

Ein letzter Versuch. Ich konnte es ja wenigstens probieren.

»Nein.«

Ich seufzte resignierend und sagte: »Na schön.«

Ich sah das triumphierende Blitzen in ihren Augen, noch bevor es wirklich auftauchte. Ohne ein weiteres Wort stieg ich aus und wartete auch nicht darauf, ob Keira nachkam. Da sie sich eh nicht davon abbringen ließ, war es einfach sinnlos. Ich stolperte ein paar Minuten durch die immer finsterer werdende Nacht. Meine Atmung stoppte, als ich die leichten Dunstschwaden des kleinen Teiches sah. Es war, als würden formlose Gespenster über die Wasseroberfläche wandern. Sie wirbelten umeinander, berührten sich, nur um dann wieder auseinander zu triften. Ich setzte mich an den Rand des Ufers und sah auf den Teich, der vor Monaten wie ein mystischer Ort gewirkt hatte. Jetzt schien er mir einfach nur traurig. Ich zuckte erschrocken zusammen, als mich jemand an der Schulter berührte.

»Craig?«, fragte ich, ohne nachzudenken. Die Berührung wurde sanfter und ich spürte, dass Mitleid in ihr lag. »Keira«, flüsterte ich. Sie setzte sich neben mich und war einfach da, während ich stumm weinte.

»Wollen wir weiter?«, fragte sie schließlich leise, als meine Tränen versiegt waren. Ich nickte nur und ging in einer stumpfen Trance zurück zum Wagen. Ich wusste, dass es ein Fehler gewesen war zur Quelle zu gehen, aber ich hatte mich einfach nicht davon abhalten können. Jetzt musste ich die Schmerzen als Preis ertragen. Keira stieg wie selbstverständlich wieder auf der Fahrerseite ein und öffnete mir von innen die Beifahrertür. Ich rollte mich auf dem Sitz zusammen und starrte in die Dunkelheit. Weit war das Ewige Tal nicht mehr entfernt und doch schien jede Sekunde, in der ich nicht dort ankam, wie ein ganzes Leben. Ich wusste nicht, wann mein stilles Leiden mich in den Schlaf getrieben hatte. Oder wie lange ich von meinen nie aufhörenden Träumen gequält wurde. Es war zeitlos, und umso erlösender war es, als ein sanftes Ruckeln an meinen Schultern mich aus den Tiefen meines Unterbewusstseins zurückholte.

»Janlan? Wo lang?«

Verwirrt richtete ich mich auf. Die Scheinwerfer des Ford Galaxy beschienen eine feste schwarze Felswand, die wie ein Koloss aus dem Boden ragte und unüberwindbar schien.

»Also? Wo lang?«, fragte sie erneut und sah mich erwartungsvoll an.

»Wir sind da«, stammelte ich und stieg aus dem Wagen. Die Felswand schien mich gnadenlos anzuziehen. Ein schwarzes Portal, das Antworten verbarg und nur wenigen Auserwählten Einlass gewährte. Ich war eine davon, genauso wie Keira. Wir beide und niemand sonst konnte diese Wand durchschreiten.

»Hier«, sagte Keira, als sie von hinten an mich herantrat, und reichte mir meinen Rucksack. Ich schulterte ihn und sah wieder zur Wand zurück.

»Was jetzt?«

Ich hatte ihr erzählt, was damals geschehen war, aber ich war mir nie sicher gewesen, ob sie es mir wirklich geglaubt hatte. Jetzt würde sie es selber sehen.

»Wir suchen unsere Schatten.«

Ich trat mit einem Schritt in das Scheinwerferlicht des Fords und starrte in die Augen meines eigenen Schattens. Wie damals hob er seinen Arm und deutet die Wand entlang. Als Keira verwundert zu mir trat, erschien auch ihre Gestalt auf dem Fels. Auch ihr Schatten hob den Arm und deutete in dieselbe Richtung.

»Das ist einfach ... «, ihr schien das richtige Wort zu fehlen und ich war zu sehr in meinen Gedanken verloren, um ihr weiterzuhelfen.

Ich folgte der Felswand bis zu der Stelle, wo der Fels für mich und Keira nur Illusion war. Ich hörte Keira hinter mir. Auch sie folgte ihrem Schatten genauso wie meinem. Es war so, wie es schon vor Monaten hätte sein sollen. Seelenseher und Schützer öffneten gemeinsam das Tor zum Ewigen Tal. Ich legte eine Handfläche an den eigentlich kühlen Stein.

»Keira, du auch«, sagte ich und sah sie ungeduldig an. Verwirrt folgte Keira meiner Aufforderung und legte ihre Handfläche auf den Fels. Das Gestein flackerte und dann lag der schmale Spalt vor uns. Ich packte sie bei der Hand und zog sie hinein. Es war, als würde uns der Fels verschlucken, als aus der Illusion wieder Realität wurde. Der Stein war erneut fest und undurchdringlich, bis zu dem Zeitpunkt, da Keira und ich ihn wieder berühren würden. Wir besaßen Macht. Mehr Macht, als uns beiden wahrscheinlich bewusst war. Ich hatte mich verändert. Meine Magie war stärker geworden und wer von uns wusste schon, ob das nicht wieder passieren würde, und wenn, in welchem Maß.

Die Wände ragten unaufhörlich in den Himmel, davon ausgehend, dass irgendwann überhaupt der Himmel kam. Es war unmöglich, weiter als hundert Meter zu sehen. Der Nebel hatte sich seit meinem letzten Besuch nicht gelichtet. Er schwebte so klamm und unheimlich wie damals in der Felsspalte.

»Nicht gerade ein freundlicher Ort«, kam Keiras Kommentar. Es hörte sich an, als würde sie sich ein wenig unwohl fühlen. Verständlich, wenn man bedachte, dass sie nicht wirklich wusste, was am Ende lag.

»Wenn Realdin und Sebilia bald kommen, werden wir nicht lange hierbleiben.«

»Und du meinst, sie kommen und wir reiten dann auf den Rücken von Löwen in das Ewige Tal?«

Ich hörte sehr wohl die Skepsis in ihrer Stimme, auch wenn sie sie zu verbergen versuchte.

»Ich dachte, du hättest mir meine Geschichten geglaubt?«

Ich drehte mich nicht zu ihr um, als ich sie das fragte. Ich wollte vorankommen und um das zu erreichen, lief man am besten weiter und blieb nicht alle paar Meter stehen.

»Na ja schon, aber du musst zugeben, es hört sich schon ein wenig verrückt an.«

»Du meinst so verrückt wie das Sehen von Seelen oder die Existenz von merkwürdigen Erdwesen oder eine Erdspalte, die einen verfolgt ... Ich kann noch lange so weiter machen, das weißt du. Ich dachte, du hättest dich damit abgefunden, dass die Welt nicht so ist, wie wir noch vor einem Jahr dachten.«

Die Diskussion war mir zu anstrengend. Sie hatte genauso viel Ungewöhnliches gesehen wie ich und sollte nicht mehr daran zweifeln. Aber vielleicht war ich auch einfach nur gereizt und unfair in meinem Urteil. Als Keira nicht antwortete, entschied ich, dass ich es dabei belassen würde. Sie würde ja noch sehen, dass Sebilia und Realdin keine fixen Ideen meines Verstandes waren. Es war unmöglich zu sagen, ob es Tag oder Nacht war oder wie viele Stunden verstrichen. Die Felsspalte war ein einziger grauer Tunnel, der immerzu einen weißen Schleier trug. Es dauerte nicht lange, bis unsere Klamotten wirklich nass waren. Sie klebten unangenehm am Körper und verstärkten nur das Gefühl der Kälte. Es war nur gut, dass unsere Rucksäcke wettergeprüft waren und zumindest die Kleidung darin nicht vor Wasser triefte. Als ich wieder einmal auf mein Handy sah, waren bereits sechs Stunden vergangen. Keira und ich schoben uns immer weiter durch die enger werdende Spalte. Bald würden wir an die Stelle kommen, wo ich das erste Mal auf Keiras Wächter traf. Realdin hatte sich mit seinen mächtigen Flügeln auf den Boden herabgelassen und mich empfangen wie ein König. Ich verlor mich für einen Moment in der Erinnerung und sah mich im Geiste wieder vor ihm stehen. Verwirrt, verunsichert und alleine.

»Was ist das?«, kam Keiras Frage, die durch einen deutenden Finger begleitet wurde. Ich kniff die Augen zusammen und versuchte in dem dichten Nebel etwas zu erkennen. Unwillkürlich fing ich an zu lächeln, was mir einen skeptischen Blick von Keira einbrachte.

»Was grinst du so?«, sie klang verärgert, als dachte sie, ich würde sie auslachen. Dieser Gedanke brachte mich nur noch mehr zum Grinsen. Manchmal konnte Keira genauso schwer von Begriff sein wie ich.

»Also, eigentlich müsstest du als Schützerin ahnen, was das ist.«

Sie sah mich verständnislos an, dann flackerte etwas in ihren Augen, als sich die Schatten im Nebel bewegten. Ihre Hand fuhr zu einem der Griffe der Schwerter. Es war die Schützerin, die ich so eben in ihren Augen gesehen hatte. Ich griff nach ihrer Hand und hielt sie zurück. Es war ohnehin unmöglich hier ein Schwert zu ziehen. Sie würde uns noch eher verletzten, als irgendetwas anderes zu erreichen.

»Nicht«, flüsterte ich besänftigend. Als Antwort funkelte sie mich an. Es war unmöglich einen Schützer zu kontrollieren, wenn er auch nur die Möglichkeit von Gefahr sah. Keira erstarrte, als eine tiefe, majestätische Stimme durch den Nebel zu uns herüber rollte.

»Es ist mir eine Ehre, Euch, Keira Kanterra, endlich gegenüberzustehen. Ihr habt einen ungewöhnlich starken Geist und Fähigkeiten, wie ich sie bei keinem eurer Vorfahren gesehen habe.«

Keiras Hand entspannte sich unweigerlich und ihr Blick wanderte ungläubig zu mir. Ich nickte nur und bedeutete ihr mit meinen Augen, dass sie weitergehen sollte. Es freute mich, dass Keira ihren eigenen Wächter kennenlernte. Wie sie hatte auch er mir schon das Leben gerettet. Es war unbestreitbar, dass die Alverras und Kanterras magisch miteinander verbunden waren. Mit jedem weiteren Schritt, den wir taten, wurden die nebligen Schatten immer größer und gewannen zusehends an Form und Farbe. Die Stimme, die eben noch körperlos gewesen war, hatte jetzt einen deutlichen Ursprung. Realdin saß mit angelegten Flügeln vor uns. Sein Federkleid war benetzt von Wasserperlen. An seinen Seiten saßen zwei weitere Adler. Sie waren kleiner, aber nicht minder beeindruckend. Ihre krummen Schnäbel waren ehrfurchtsvoll zum Boden gesenkt und ihre Augen ruhten auf ihrem König. Keira hatte sich inzwischen an mir vorbei geschoben. Sie stand nun vor Realdin und sah ihn einfach nur an. Ihre Blicke schienen sich für eine Ewigkeit nicht zu trennen. Es war, als könnte man das magische Band zwischen ihr und dem majestätischen Adler förmlich sehen. Es war, als würde die Welt sich für einen winzigen Moment langsamer drehen, als Keira ihre rechte Hand ausstreckte und auf Realdins Schnabel legte. Der Adler schloss bei ihrer Berührung die Augen. Es war ein stummes Erkennen, als wären sie sich schon einmal begegnet und würden sich nun auf vertraute Weise begrüßen. Je länger die Berührung anhielt umso weiter beugte Realdin sich zum Boden. Ich wollte gerade meinen Mund aufmachen, um Realdin nun langsam auch zu begrüßen, als eine weitere Gestalt meinen Blick auf sich zog. Es war kein Adler. Es schien viel mehr, als würde die Gestalt sich gebückt anschleichen. Leise und unbemerkt. Ich musste nicht raten, um zu wissen, wer dort kam oder was es war. Für mich war es so klar, dass es schien, als würde kein Blick die Herannahende verbergen. Und dennoch war es beeindruckend, als sich der Nebel zur Seite schob und die Sicht auf Sebilia freigab. Ihre Schultern hoben und senkten sich in einem perfekten Rhythmus und ihr Fell schimmerte mit Wassertropfen. Es war ein helles Creme, das an keiner Stelle eine ungleichmäßige Färbung aufwies. Sie war, wie Realdin, das perfekte Abbild ihrer Rasse. Die Königin aller Löwen und meine Wächterin. Sie trat majestätisch an Realdins Seite und blieb stehen. Ihre Augen immer auf mich fixiert. Es schien als wäre die Felsspalte mit einem Mal viel größer, als hätte sie uns eben nicht noch beengend zusammengedrängt. Jetzt stand ich frei neben Keira und jeder von uns stand seinem Wächter gegenüber. Es war eine stumme Begrüßung. Ein Bild, wie es über Jahrtausende faszinierte Blicke auf sich gezogen hätte. Die Magie schwebte in der Luft und schien diese förmlich elektrisch aufzuladen. Ich lächelte glücklich, als ich Sebilia meine Hand auf die Stirn legte. Ihr Fell war unglaublich weich und ihre Augen so intelligent, dass es fast unheimlich war. Wie Realdin beugte sie sich unter meiner Berührung immer weiter zum Boden, bis sie mit dem Kopf auf Realdins Höhe war.

»Willkommen zurück«, erklang ihre wohlklingende Stimme, die wie stets von einem leisen Schnurren begleitet wurde. Es war, als hätten Keira und ich schon immer gewusst, was zu tun war. Wie im Gleichklang stiegen wir auf die Rücken unserer Wächter. Keira thronte auf dem prächtigen Adler und lächelte zu mir herüber. Dies war die Art, wie ein Seelenseher und ein Schützer die Felsspalte zum Ewigen Tal bereisten. Auf den Rücken ihrer Wächter. Realdin erhob sich in die neblige Luft, in dem Moment, als Sebilia den ersten Schritt tat. Es war, wie es sein sollte. Sebilia sprang von einem Felsen zum anderen, während Realdin über uns lautlos dahin glitt. Ich spürte meine nassen Klamotten nicht mehr. Merkte nicht, wie mir die Tropfen von der Nase fielen oder wie der Wind mir eine Gänsehaut verpasste. Alles, was ich in diesen Momenten wahrnahm, waren Sebilias rhythmische Bewegungen und das leise Pfeifen von Realdins Flügelschlägen. Es war unmöglich zu sagen, wie lange es dauerte oder wie schnell es vorbei war. Der Nebel wurde lichter und die Temperatur stieg mit jedem zurückgelegten Meter. Aus der bedrohlichen Atmosphäre der Enge wurde das befreiende Gefühl von unbegrenzter Weite. Vor uns erstreckte sich das Ewige Tal. Sein Gras war nicht weniger grün und die Melodie so mächtig und fesselnd wie damals. Sie vibrierte durch jede Faser meines Körpers und zwang mich zu hoffen. Keira schwebte über uns und ich ahnte den überwältigten Ausdruck auf ihrem Gesicht. Sicher war das Tal noch viel beeindruckender, als sie es sich vorgestellt hatte. Dieser Ort war wohl der Einzige, der die Fantasie des menschlichen Verstandes übertraf. Keine Erzählung, keine Dichtung, kein gemaltes Bild konnte wiedergeben, wie es wirklich war.

16
Das Vermächtnis der Erinnerungen

»Es ist unglaublich«, sagte Keira, als sie auf den Wurzeln des Singenden Baumes von Realdins Rücken abstieg. Die Wächter setzten sich an unsere Seiten und sahen mit uns zusammen auf das Ewige Tal hinab. Sebilia sah aus wie eine der ägyptischen Katzen. Sie thronte in unbewegter Haltung und strahlte eine Erhabenheit aus, wie ich sie noch nie empfunden hatte.

»Das Ewige Tal wird unter eurer Anwesenheit noch weiter erblühen.«

Ihre Stimme war durchzogen mit dem Beben ihres Schnurrens. »Es ist lange her, dass eine Alverra zusammen mit einer Kanterra hier war. Sowohl in Körper als auch in Seele«, fügte Realdin hinzu. Es war das erste Mal, dass sie sprachen, seit sie uns aus der Felsspalte geholt hatten.

»Ihr habt erfüllt, weshalb du das letzte Mal gekommen bist?«, Sebilia fragte uns beide, sah dabei aber nur mich an. Ich nickte.

»Der Zirkel der Seelensammler existiert nicht mehr.«

Sebilia schloss für einen Moment ihre Augen.

»Dann hat eure erneute Anwesenheit einen anderen Grund. Es scheint, als wäre die Welt im Aufruhr.«

Ich sah sie verwirrt an. Wie konnte sie das wissen? Als hätte sie meinen fragenden Gedanken gehört, fügte sie hinzu: »Der Singende Baum hat seine Melodie verändert.«

Ich lauschte unweigerlich den Geräuschen, die zusammen zu einer unwiderstehlichen Melodie verschmolzen. In der Tat schien sie anders, als meine Erinnerungen sie wiedergab. Ich hatte nicht gedacht, dass das möglich war. Ich hatte angenommen, dass der Baum seit jeher dasselbe Lied erklingen ließ. Wieder einmal lag ich falsch.

»Wie kommt es, dass er sein Lied verändert«, es war Keira, die diese Frage stellte.

»Es verändert sich mit der Geschichte der Welt«, beantwortete Realdin rätselhaft ihre Frage.

»Dann wisst ihr, was dort draußen passiert?«, fragte ich nun, begierig, endlich Antworten zu bekommen.

»Nicht mehr, als das Lied uns erzählt und das können wir nicht in Worte fassen.«

Es war erneut Realdin, der antwortete und mich aus seinen klugen Augen heraus musterte.

»Ihr seid hier, um Antworten zu finden, nicht wahr?«

Sebilia sprach nicht so sehr in Rätseln, etwas, was ich sehr zu schätzen wusste. Ich war nicht gut in Rätseln und ich mochte sie nicht. Ich nickte und sah hoffnungsvoll in ihre bernsteinfarbenen Augen.

»Du warst schon einmal hier. Du weißt, wo du Antworten findest, wenn sie denn existieren.«

Rätsel. Natürlich. Gerade freut man sich noch, dass sie nicht in Rätseln spricht und das Nächste, was sie sagt, ist genau das. Ich runzelte die Stirn, als ich angestrengt nachdachte und dabei meinen Blick über das weite Tal streifen ließ. Das Wasser lag unbeweglich da und war so klar, dass man selbst auf den Grund der tiefsten Stelle sehen konnte. Das Tal hatte sich nicht verändert. Zumindest nicht so, dass mir sofort etwas ins Auge sprang und dennoch wurde ich das Gefühl nicht los, dass es anders war. Nicht weniger beeindruckend und nicht weniger magisch. Einfach nur anders.

»Ich bin sicher, ihr findet einen Weg«, sagte Sebilia und sah wie ich auf das Tal. Was sie gesagt hatte, passte nicht zum Vorangegangenen und doch wusste ich, was sie meinte. Keira und ich würden einen Weg finden, um auch dieses Mal alle zu retten.

»Es ist nun an der Zeit euch zu verlassen.«

Realdin breitete bei diesen Worten seine Flügel aus und Sebilia sprang von der riesigen Wurzel, nur um elegant auf ihren vier Pfoten zu landen. Und das bei einem Sprung aus bestimmt sieben Metern.

»Hast du verstanden, was sie gesagt haben?«, Keira sah mich fragend an und ich konnte sehen, dass auch in ihr die Melodie des Baumes erklang.

»Sie reden immer in Rätseln und am Ende ergibt dann alles einen Sinn.«

Ich grinste, als Keira verdrossen drein sah.

»Gehen wir in den Baum.«

Sie folgte mir gespannt. Ich hatte ihr natürlich auch von dem Inneren des Singenden Baumes erzählt. Jede Kleinigkeit, an die ich mich hatte erinnern können. Ich fand den Weg zu den Zimmern des Seelensehers und des Schützers so einfach, als wäre ich schon mehr als einmal hier gewesen. Alles war mir vertraut. Nicht, weil ich bereits durch diese Gänge gegangen war, sondern weil es in meinem Blut lag. Dies war das Tal meiner Vorfahren und ihre Erinnerungen leiteten mich. Ich erstarrte bei diesem Gedanken.

Keira wedelte mit einer Hand vor meinem Gesicht herum.

»Noch anwesend?«

»Erinnerungen«, sagte ich wie in Trance. »Klar doch.«

»Wie meinen?«, fragte Keira scherzhaft, aber sichtlich verwirrt.

»Erinnerungen. Wenn jemand weiß, was das Geschwärzte Medaillon ist und wer dieser Meister sein kann, dann sind es die Erinnerungen.

»Ah ... ja. Geht's auch ein wenig klarer? Oder bringt das Tal einen dazu immerzu in Rätseln zu sprechen?«

Ich lachte.

»Die Erinnerungen im Herzen des Singenden Baumes. Es sind Erinnerungen von all unseren Vorfahren. Wenn einer von ihnen schon einmal mit dem Meister oder dem Medaillon in Berührung kam, dann werden wir es von ihnen erfahren. Wollen wir gleich dahin oder willst du erst sehen, wie die Kanterras hier gewohnt haben?«

Ich hoffte, sie würde das Erste nehmen, aber ich konnte es ihr nicht verübeln, wenn sie alles erkunden wollte. Für sie war hier immerhin alles neu und es war genauso ihr Erbe, wie es meines war. Ich legte den Kopf schief und sah sie erwartungsvoll an.

»Dir ist nicht bewusst, dass wir seit sechsunddreißig Stunden wach sind, oder?«

Verwirrt zog ich mein Handy aus der Hosentasche und sah auf Uhrzeit und Datum. Keira hatte Recht. Ich war mir nicht im Geringsten bewusst, wie lange wir durch die Felsspalte gelaufen waren. Und nun, da ich es wusste, überfiel mich die Müdigkeit, als hätte sie nur auf das winzigste Zeichen von Schwäche meinerseits gewartet.

»Wo lang zu den Zimmern?«, fragte sie und unterdrückte ein Lachen, als sie in mein plötzlich müdes Gesicht sah.

»Hättest du nichts gesagt, dann wäre ich jetzt auch nicht müde«, murrte ich und führte sie die Stufen der Wurzel hinunter.

»Naja, hast du nicht erzählt, dass die Zeit hier anders vergeht, also sollten uns ein paar Stunden Schlaf erlaubt sein. Die können wir beide gut gebrauchen.«

»Die Zeit vergeht anders, aber nicht zu unserem Vorteil. Hier im Ewigen Tal schreitet die Zeit viel langsamer voran. Wenn wir also mehrere Stunden schlafen, können draußen schon mehrere Tage vergangen sein. Also, im Grunde können wir uns den Schlaf nicht leisten.«

Ich murmelte es mehr aus Reflex heraus, als dass ich sie wirklich hatte verbessern wollen. Ich hatte damals viel über diese Eigenart des Tals nachgedacht und hatte deshalb so automatisch geantwortet.

»Okay, schön. Wir müssen trotzdem schlafen.«

Auch in ihren Augen war die Anstrengung der letzten Tage stärker zu erkennen. Sie hatte mir zuliebe nichts gesagt und war immer weiter gegangen, auch wenn ihr Körper sicher nach Schlaf geschrien hatte. Mein Schmerz trieb sie genauso an wie mich und sicher noch die Sorgen, die sie sich gleichzeitig machte. Ich war mir durchaus bewusst, dass Keira mich noch nie so besorgt angesehen hatte, wie wenn ich in der Blutsicht versank. Sie hatte jedes Mal Angst ihre beste Freundin an eine von Rache und Blutdurst gesteuerte Kreatur zu verlieren. Wir waren nun mal mehr als Seelenseherin und Schützerin. Mehr als eine Alverra und eine Kanterra. Etwas, das ich in den letzten Wochen immer wieder zu vergessen schien. Ich versuchte meine Gedanken zum Schweigen zu bringen und lief durch die mir vertrauten Tunnel des Singenden Baumes. Keira folgte mir, ohne zu versuchen ein Gespräch zu starten. Mein Stimmungswechsel musste klar in meinem Gesicht zu sehen sein und sie wusste, dass ich gerade nicht reden wollte.

Es dauerte nicht lange, bis ich die hölzerne Tür des Seelensehers aufstieß.

»Willkommen«, sagte ich mit einem aufgesetzten Lächeln und wies mit der Hand einladend ins Zimmer.

»Wow ... aber das ist nicht mein Zimmer, soweit ich das anhand der tausend Löwensymbolen, die hier überall sind, einschätzen kann, also? Und sag jetzt nicht, mein Zimmer ist die Besenkammer nebenan. Das wäre so was von nicht fair.«

Ich lachte. Etwas, das ich vor fünf Minuten nicht erwartet hatte, so müde waren selbst meine Gesichtsmuskeln. Ich hatte geglaubt, dass sie kein Lachen mehr zustande bringen würden.

»Ich dachte, das hätte ich gesagt. Gleich hier. Die Tür da. Es ist aber keine Besenkammer. Eher ein winziger kleiner Schrank, aber ich habe angenommen, dass dir das nichts ausmacht.«

Ich grinste sie herausfordernd an.

»Solange er einen Fernseher hat, nehme ich auch einen Schrank.«

Sie sagte es so trocken, dass man es ihr fast abkaufen konnte.

»Gewonnen«, gab ich geschlagen zu und wartete, bis Keira die Tür öffnete. Das nächste ›Wow‹ war unüberhörbar.

»Das ist unglaublich.«

»Ja, das war damals auch mein erster Gedanke. Recht beeindruckend. Noch mehr, wenn du dir den Schrank anschaust und dann die ganzen Kleider aus den verschiedenen Epochen siehst. Die solltest du dir wirklich ansehen.«

Sie verschwand schon in Richtung des Kleiderschranks, noch bevor ich wirklich zu Ende gesprochen hatte.

»Ja, okay ... also, wie ich sehe, bist du erstmal beschäftigt, also hast du sicher nichts dagegen, wenn ich mich hinlege. Kopfschmerzen und so.«

Ich lachte und schüttelte den Kopf, als sie nicht die geringsten Anstalten machte, auf mein Gesagtes zu reagieren. Es war immer wieder belustigend zu sehen, wie Keira versuchte ein Outfit zusammenzustellen. Diese Sammlung an Kleidern musste ein wahres Paradies für sie sein. Ich war mehr von der Vorstellung gefesselt als von den tatsächlichen Kleidungsstücken. So viele Epochen. So viele Ahnen. Und ich kannte nicht einmal meine Eltern. Im Gegenteil zu Keira war ich der Typ, der eine beliebige Jeans griff und dann irgendein Shirt. So lange es passte, war alles bestens.

Ein erschöpftes Stöhnen entwich meiner Kehle, als ich mich aufs Bett sinken ließ. Erst jetzt bemerkte ich, dass jeder Teil meines Körpers schmerzte. Und der schlimmste Teil davon war mein Kopf. Als ich flach auf dem Rücken lag, dachte ich für einen Moment wirklich, dass der Raum sich drehte. Es dauerte keine zwei Minuten, bis ich auf der Decke und mit immer noch nassen Klamotten einschlief. Es war nicht wirklich ein angenehmer Schlaf. Die Kälte hatte sich in meinen Knochen eingenistet und weigerte sich meinen Körper freizugeben. Als ich unter Zittern aufwachte, strahlte das nachtschwarze Blau durch die Rinde des Singenden Baumes und verbreitete eine Atmosphäre, wie sie nur in einem grandiosen Fantasyfilm wiedergegeben werden konnte. Eine Erhabenheit, die für die wenigstens Menschen wirklich greifbar war. Wie sollte man etwas beschreiben, das kaum jemand erlebt hatte und für das es keine passenden Wörter gab. Es war unvorstellbar, wie Menschen durch ihr Leben gehen konnten, ohne etwas Vergleichbares zu sehen. Aber genau das war der Punkt. Es existierte nichts, das diesem Ort nahe kam. Und es war dieser Ort, der mich nun wieder gefangen nahm. Ich richtete mich in dem Bett auf, das schon so vielen meiner Vorfahren als erholsame Ruhestätte genutzt hatte. Meine Klamotten waren steif und klebten immer noch unangenehm an mir. Ich konnte nicht genau sagen, wie viel Uhr es war, aber die Sonne würde noch lange nicht im Ewigen Tal auftauchen. Ich sprang ungelenk aus dem Bett und griff nach meinem Rucksack, den ich einfach vor dem Bett hatte fallen lassen. Ich kramte nach einem trockenen Shirt und einer, hoffentlich ebenso trockenen, Hose. Ich fluchte leise, als ich weder das eine noch das andere finden konnte. Mein Blick wanderte mit gerunzelter Stirn durch das einfache Zimmer und blieb mit einem Seufzen auf dem, in die Wand eingelassenen, Schrank hängen.

»Dann wohl etwas davon«, grummelte ich leise zu mir selbst. Resignierend ging ich zum Schrank, der seine Anwesenheit nur durch die hervortretenden Griffe verriet. Die Vielfalt der darin aufbewahrten Kleidungsstücke war immer noch beeindruckend und dennoch hatte ich gegen jede Vernunft gehofft, eine Jeans und ein einfaches Oberteil zu finden. Etwas Derartiges befand sich natürlich nicht vor mir. Jeans und Shirt war das, was ich hier irgendwann hinterlassen würde, in der Hoffnung, dass nach mir noch einige Generationen an Seelensehern folgen würden. Ich war noch nie gut darin gewesen, Kleidung ihren Epochen zuzuordnen. Bis auf natürlich so offensichtliche Sachen, wie die Kleider der Blumenkinder in den Sechzigern und ich war auch noch in der

Lage zu sagen, dass eines der Kleider definitiv eine mittelalterliche Tracht war, aber mehr konnte ich nicht identifizieren. Klar war, dass ich das meiste davon nicht anziehen würde. Ich trug eigentlich immer Jeans und ich ging auch nicht davon aus, dass sich das in Zukunft ändern würde. Alleine sich mich in einem dieser Reifröcke vorzustellen, war einfach lächerlich. Nie im Leben hätte ich in eine dieser Epochen gepasst, wo den Frauen nichts anderes erlaubt war als das Tragen von Kleidern. Nicht, dass ich mich auch nur im Geringsten an die damaligen Höflichkeitsformen und schwachsinnigen Regeln hätte halten können. Es war schon gut, dass ich im einundzwanzigsten Jahrhundert geboren wurde. Und in diesem Zeitalter stand ich nun vor einem Schrank, der mir nichts als die Vergangenheit anbot. Das oder der nasse Haufen am Fuß des Bettes. Eben hatte ich noch gesagt, dass ich nie etwas anderes als Hosen anziehen würde und im nächsten Moment griff ich schon nach einem Kleid. Sämtliche Hosen in diesem Schrank würde ich wirklich nie anziehen. Entweder hatten sie einen so großen Schlag, dass man aus dem Stoff sicherlich noch zwei weitere normale Jeans hätte machen können oder sie waren in irgendwelchen schrillen Farben. Ich hatte nach dem Schlichtesten und Einfachsten gegriffen, das ich zwischen den vielen Kleidungsstücken finden konnte. Es war ein cremefarbenes, eng geschnittenes Kleid, das um die Taille herum mit einem schwarzen Band, das sich zu einer Schleife verschlang, verziert war. Ein wenig widerwillig zog ich mich um und betrachtete mein Spiegelbild. Das Kleid reichte mir bis kurz über die Knie und sah überraschend okay aus. Das bedeutete nicht, dass ich mich sehr wohl darin fühlte, aber es war immer noch besser als ein Kleid mit Rüschen und Punkten oder so. Und so lange würde es bestimmt nicht dauern, bis meine normale Kleidung wieder tragbar war.

Trockene Kleider hatte ich jetzt also, nur wusste ich nicht, was ich eigentlich vorhatte. Es war mitten in der Nacht und ich war hellwach. Ich setzte mich für einen Moment an die Kante des

Bettes und starrte auf die schimmernde Wand des Baumes. Ich liebte diesen Ort, aber wie das letzte Mal war mein Aufenthalt hier nicht aus völlig freiwilligen Beweggründen. Ich seufzte und verließ leise das Zimmer, ohne wirklich zu wissen, wohin ich wollte. Meine Stiefel waren ebenso nass wie alles andere, deshalb trug ich überhaupt keine Schuhe. Ich spürte die weiche Rinde unter meinen Füßen. Sie war unglaublich glatt. Sich hier einen Splitter zu holen, war schier unmöglich. Ich schlich durch die Gänge und folgte keiner bestimmten Richtung. Meine Füße fühlten ihren Weg und ich verschwendete keinen Gedanken daran, wohin sie mich führen würden. Es war, als würde ich mich durch einen Traum bewegen und hätte die Last des Denkens für einen Moment abgelegt. Ich fühlte nur das Holz unter meinen Füßen und die Musterung in der Wand, wenn ich meine Hand ausstreckte, um sie zu berühren. Ein Vibrieren fuhr immer wieder durch den Baum und dadurch auch durch mich. Es war ein Zeichen, dass er lebte. Dass er immer noch sein Lied sang. Unaufhörlich und unberührt von den Ereignissen der Welt.

Ich wandelte immer tiefer hinein und folgte den Stufen, die mich Meter für Meter höher in die Spitze trugen. Es kam der Zeitpunkt, an dem ich mich erinnerte, wohin ich eigentlich ging. Ich war denselben Weg schon vor Monaten gegangen. Die Treppenstufen wurden immer breiter, bis die letzte Stufe nahtlos in einen glatten Boden überging. Der Boden war übersät mit Ringen, die die vielen Jahrhunderte des Singenden Baumes bewiesen. Es war schwer vorstellbar, dass dieser Baum einmal nicht mehr als ein einfacher Samen gewesen sein sollte. Ich ging ganz selbstverständlich zu dem pulsierenden Wurzelknoten in der Mitte des Raumes. Es war das Herz des Singenden Baumes. Ich setzte mich davor, was sich mit dem Kleid als schwieriger erwies, als ich erwartete. Ich war in diesem Moment wirklich froh, dass ich alleine hier war. Ich versuchte, den einzelnen Wurzeln mit den Augen zu folgen. Es war einfach unmöglich. Es war ein Meisterwerk, welches das Auge ewig beschäftigen konnte, ohne dass es je das Rätsel der Verknotungen lösen würde.

»Was machst du hier? Und am wichtigsten: Was hast du da bitte an?«

»Heh ... was? Wo kommst du so plötzlich her?«

Keira erwiderte meinen verwirrten Gesichtsausdruck mit einem Lachen.

»Bekommst du eigentlich irgendetwas mit oder hältst du dich nur noch in deinen Gedanken auf? Die Sonne ist vor drei Stunden aufgegangen. Du warst nicht in deinem Zimmer, also bin ich dich suchen gegangen. Wie immer ... Und jetzt könntest du meine Fragen beantworten, wenn du so nett wärst. Was machst du hier? Oder eher, was ist das für ein Raum? Und am wichtigsten, ist dir aufgefallen, dass du ein Kleid trägst?«

Sie grinste mich herausfordernd an. Sie hatte nur zu oft versucht, mich in ein Kleid zu stecken oder wenigstens einen Rock. Ich hatte mich immer erfolgreich wiedersetzt.

»Ehm... ja ... eh meine Jeans waren alle nass, genauso wie die Shirts. Ich hatte nicht besonders viele andere Möglichkeiten, die mich nicht vor Peinlichkeit hätten sterben lassen.«

»Okay ... und was ist mit dem Rest meiner Fragen?«

»Was glaubst du denn? Nach was sieht es aus?«

Keira verschränkte ihre Arme und sah mit hochgezogenen Augenbrauen auf mich herunter.

»Spielst du jetzt Therapeut und beantwortest jede Frage mit einer Gegenfrage?«

Ich zuckte mit den Schultern: »Ich dachte, es wäre offensichtlich. Es ist das Herz des Singenden Baumes.«

»Oh ... «, war alles, was sie dazu erstmal zu sagen hatte.

»Die Erinnerungen sind hier erschienen. Die, mit denen wir reden müssen.«

»Janlan, wie lange hast du geschlafen?«

Ich sah sie verwirrt an. Das war jetzt gerade wirklich nicht weiter von Bedeutung. Wenn wir schon hier waren, konnten wir auch gleich mit den Erinnerungen reden.

»Warum hast du dich eigentlich immer dagegen gewehrt, ein Kleid anzuziehen? So schlecht siehst du darin gar nicht aus.«

Sie musterte mich von oben bis unten, als ich aufstand und anfing, das Herz zu umschreiten. Ich konnte mich nicht mehr erinnern, wie die Erinnerungen das letzte Mal erschienen waren. Waren sie nicht einfach aufgetaucht? Oder hatte ich es irgendwie ausgelöst? Meine Erinnerung war zu verschwommen, als dass ich es genau hätte sagen können.

Das Herz pulsierte in einem stetigen, sich nie ändernden Rhythmus. Ich hatte es inzwischen drei Mal umlaufen. Keira hatte wohl beschlossen, dass meine Müdigkeit mein Denkvermögen beeinflusste und stand schweigend an der hölzernen Wand.

»Was genau machst du?«, fragte sie schließlich doch.

»Nachdenken.«

»Kannst du überhaupt noch denken?«

Ich ignorierte die Frage. Klar, ich hatte nicht viel geschlafen, aber ich fühlte mich nicht mehr müde.

»Ich brauche nur ein wenig Hilfe«, flüsterte ich zu niemandem direkt.

Ich hörte Keiras Schritte, die sich mir allmählich näherten. Sie stellte sich vor mich und verschränkte mit ernster Miene die Arme vor der Brust.

»Janlan, das bringt jetzt ganz offensichtlich nichts. Wir können später wiederkommen. Vielleicht bekommen wir ja dann Hilfe.«

Noch bevor sie die letzte Silbe des Wortes ausgesprochen hatte, durchfuhr mich eine Welle der Energie, die nicht von meinem eigenen Körper ausging. Der ganze Raum schien plötzlich zu vibrieren und noch mehr zum Leben erwacht zu sein, als er es ohnehin schon war. Die Wellen, die meinen Körper erschütterten, als würde ich vor einem riesigen Lautsprecher stehen, kamen vom Herzen und von den Wänden. Sie kamen aus dem Boden, genauso wie aus der Decke. Mit jeder Welle begann Licht den Raum zu fluten und immer heller zu werden. Ich wusste genau, was nun folgen würde.

»Was geht hier vor?«, fragte Keira, der das alles nicht ganz geheuer schien.

»Die Erinnerungen unserer Vorfahren.«

»Oh ... ach so«, erwiderte sie ein wenig kleinlaut. Die bunten Farben vermischten sich und nahmen immer genauere Formen an. Mit jedem neuen Lichtstrahl wurde der Person ein Merkmal gegeben. Ihre Gesichter bekamen Ausdruck und ihre Körper ihre Form. Der Raum war nun erfüllt von flimmernden Menschen, die sich um mich und Keira drängten.

»Das sind alles unserer Vorfahren?«, flüsterte Keira mir leise zu. Es war keine wirkliche Frage. Mehr ein Ausdruck ihrer Überwältigung. Es kam nicht jeden Tag vor, dass man seine Familie bis in die Anfänge vor sich sehen konnte. Einen Stammbaum zu erstellen, sollte hier mehr als einfach sein.

»Jeder einzelne der Familien Alverra und Kanterra. Und mit ihnen all ihre Erinnerungen.«

»Wow ... Das ist wirklich ... wow.«

Ich grinste. Es war schön, Keiras nicht unter den Erinnerungen zu sehen.

»Ihr habt uns gerufen«, sagte eine der Gestalten, als sie aus der Masse heraustrat. Es war eine junge Frau. Sicher nicht älter als fünfundzwanzig. Sie hatte weiche Gesichtszüge, die von einem freundlichen Lächeln bestimmt wurden. Sie war nicht besonders groß und der viel zu lange Rock, den sie zu tragen schien, half dem Erscheinen ihrer Größe nicht gerade weiter.

»Haben wir. Wir brauchen eure Hilfe. Oder eher wir brauchen eure Erinnerungen«, antwortete ich mit ruhiger, respektvoller Stimme.

Die Frau nickte zustimmend.

»Wir werden euch helfen, sofern einer von uns die jeweilige Erinnerung besitzt.«

»Wisst ihr, wer der Meister ist und was es mit dem Schwarzen Medaillon auf sich hat.«

Ich kam direkt zu unserem Anliegen. Mit Erinnerungen Small Talk zu betreiben war ziemlich unsinnig. Das Lächeln der Frau verschwand so schnell von ihrem Gesicht, dass sich ein ungutes Gefühl an meinen Magen klammerte. Ich hatte nicht erwartet, dass Erinnerungen blass werden konnten, geschweige denn Furcht empfanden. Und dennoch sah es ziemlich danach aus. Auch Keira musste einen ähnlichen Gedanken haben, denn ich sah, wie sie sich neben mir aufrichtete und ihre Augen jedes einzelne Gesicht der Erinnerungen scharf musterte.

»Meister nennen ihn nur seine Sklaven.«

Ein älterer Mann war aus der Menge getreten und hatte zu Keira und mir gesprochen. »Er ist älter als jeder von uns. Jeder von uns bis auf einen.«

Die Erinnerungen teilten sich und wichen an die Wand zurück, bis ein Einziger von ihnen in unserer direkten Nähe stand. Es war ebenfalls ein Mann. Er schien uralt geworden zu sein, bevor der Tod auch ihn einverlangt hatte. Seine Gestalt war gebückt. Sicherlich die Folge seines Alters. Sein Gesicht lag in Falten, die ihm das Aussehen eines uralten weisen Mannes gaben, der zu viel in seinem Leben hatte erdulden müssen. Ich konnte nicht sagen, aus welcher Zeit er stammte. Aber ich wusste, dass er aus den Anfängen stammen musste. Seine Stimme klang rau und brüchig. Ich dachte einen leisen Ton von Verbitterung in ihr zu hören und wieder war ich überrascht, dass die Erinnerungen etwas empfinden konnten. Dass sie jetzt noch Gefühle entwickelten und sie deutlich zeigten.

»Er hat hier gelebt. Er war derjenige, der das Amulett der Seelentropfen in unserer Schmiede anfertigte. Das Schmuckstück, das du trägst und das von jeher für einen Seelenseher aus der Familie Alverra bestimmt war. Aber wir wussten, dass das Gleichgewicht der Welt gestört sein würde, wenn nur unsere Magie ein Objekt hätte, dass an diese Magie gebunden ist und sie verstärken und kontrollieren konnte. Zu allem muss es einen Ausgleich geben. Als unsere Familie ihre Magie erhielt, so bekam auch der erste der Familie Kanterra seine. Wenn wir die Seele beherrschten, dann beherrschten die Kanterras den Körper. Es war nur logisch, dass wir ein weiteres Objekt brauchten, das ihre Magie ebenfalls verstärken und kontrollieren würde. Ohne das Amulett würde die Magie irgendwann zu groß werden und zerstören, was sie eigentlich beschützen sollte, und so war es auch mit den Körpern. Jedes Lebewesen trägt Magie in seiner Seele und in seinem Körper. Sie hält alles zusammen. Wir sind die Auserwählten, die diese Magie bewahren können. Jedoch mussten wir dafür sorgen, dass für den Fall, dass unsere Linien ausstarben, das Gleichgewicht der Welt weiter bestehen würde. Und dieses Gleichgewicht besteht in der Verbindung von Seele und Körper. Deshalb ließen wir das Amulett schmieden und als sein Gegenstück das Medaillon. Allerdings trug der Schmied, der der Sohn eines mächtigen Magiers war, etwas in sich, mit dem die ersten Mitglieder der Orden von Alverra und Kanterra nicht gerechnet hatten. Auch wenn er keine Magie besaß, so hatte er doch ein Verständnis von ihr, das unseres und sogar das seines Vaters weit übertraf. Wir haben nie erfahren, wie er es getan hat, aber er schmiedete die Schmuckstücke nicht nur als schützende Anker der Magie. Er machte mehr aus ihnen. Er verlieh ihnen die Fähigkeit grenzenlos zu herrschen, ohne dass der Träger die Magie der Seelenseher und Schützer besitzen musste. Er gab ihnen die Fähigkeit über die Magie der Schmuckstücke zu regieren, selbst wenn der Ursprung dieser Magie aussterben würde. Der Ursprung dieser Magie liegt in uns und den Kanterras. Er gab den Schmuckstücken die Fähigkeit andere zu den Herrschern über unsere gesamte Magie zu machen. Du bist mit der Magie geboren. Sie verzerrt dich nicht, so wie sie es mit jedem normalen Menschen tun würde. Deshalb ist es so wichtig, dass das Amulett nie in andere Hände als die eines Alverras gerät. Genauso wichtig war es, dass das Medaillon nie die Hände eines Kanterras verlassen sollte. Sollten die Linien irgendwann aussterben, so sollten die Schmuckstücke an diesem Ort vergraben werden. Sie sollten das Gleichgewicht der Welt aufrechterhalten. Zumindest zu dem so geringen Maß, dass Körper und Seele immer noch durch diesen einen Funken Magie aneinander gebunden sein würden. Ohne einen lebenden Alverra und Kanterra sollten die Schmuckstücke so gut wie nutzlos werden für jedes andere Lebewesen. Magie würde weiter existieren, aber nicht mehr so, wie wir es kennen. Was passieren würde, wenn unsere Blutlinien aussterben, zeigt uns die Welt außerhalb von Alanien. Die Welt dort draußen musste ohne den Schutz eines Alverras und Kanterras auskommen. Die Magie, die noch durch die Schmuckstücke verstärkt und kontrolliert wurde, ist in Alanien gefangen. Unsere Blutlinien lebten, aber sie waren abgeschnitten von dem Rest der Welt. Und so ist es für die Welt, als würden unsere beiden Familien nicht mehr existieren. Die Magie, die es überall auf der Welt gegeben hatte, bis zu dem Moment, als Alanien von ihr getrennt wurde, hörte auf zu existieren. Zumindest der Teil, der sichtbar war. Wie etwa magische Wesen oder auch magische Fähigkeiten. Was hinter den Grenzen von Alanien lauert, ist eine Welt, die ihre Verbindung zur Magie verloren hat. Seele und Körper sind immer noch aneinander gebunden, durch diesen winzigen Funken Magie, der unser Ende überleben sollte. Aber die Menschen sind blind geworden für den Rest der Magie. Für die Welt dort draußen ist es, als wären unsere Blutlinien erloschen. Die Schmuckstücke funktionieren. Sie haben die Welt davor beschützt alle Magie zu verlieren. Aber was geschehen ist, war nicht natürlich. Unsere Blutlinien existieren noch. Magie existiert noch, aber der Meister hat sie der ganzen Welt, bis auf Alanien, geraubt. Die Welt dort draußen sieht die Magie nicht, die sie zusammenhält, und sie glauben nicht an sie, auch wenn Magie ein essenzieller Teil ihrer Existenz ist. Unsere Verbindung zur Welt wurde gekappt. Das hätte nicht geschehen dürfen. Das Amulett sollte an einen Alverra gehen und das Medaillon an einen Kanterra. Aber das Medaillon hat es nie in den Besitz eines Kanterras geschafft. Der Verräter hat es noch in der Nacht seines Entstehens an sich genommen, in der Sekunde, in der er nicht unter den wachsamen Augen seines Vaters stand. Er ist in der Nacht verschwunden und hat das Ewige Tal, mit samt dem Medaillon, für immer verlassen. Das Medaillon alleine ist in den falschen Händen ein furchtbares Objekt. Mit ihm kann der Verräter jeden Körper beherrschen und nach seinem Willen formen. Und über die Jahrhunderte mussten wir erkennen, dass er mit ihm sein Leben verlängern kann. Wir haben keine Erinnerung daran, wie er es zustande brachte, da nie einer von uns in den Besitz des Medaillons kam. Aber wir wissen, dass es niemals mit dem Amulett verbunden werden darf. Eine Verbindung würde ihm erlauben die Welt nach seinem Belieben zu verändern und zu beherrschen. Er wäre der Einzige, der einen freien Willen hätte und er wäre unsterblich, wenn er es nicht bereits ist. Der Seelentropfen des Amuletts darf nie in seine Hände fallen. Alleine sind die Schmuckstücke mächtig. Zusammen ist es unmöglich, genau zu sagen, wozu er fähig sein wird. Wir können nicht erklären, was wir nicht erlebt haben. Wir teilen euch nur unsere Erinnerungen an Gedanken mit, die sich jeder von uns darüber gemacht hat. Getragen von einem Alverra und einem Kanterra sind beides nur Schmuckstücke. Sie können der Welt nicht gefährlich werden. Sie können sie nur beschützen. So wie es sein sollte. In der Hand des Meisters ist das Medaillon jedoch der Schlüssel zur Zerstörung von allem. Ihr müsst es an euch bringen. Es gehört in den Besitz von Keira Kanterra. Erst dann ist die Welt sicher. Wir können euch nicht sagen, wozu er inzwischen in der Lage ist. Viele von uns hatten gehofft, er wäre gestorben, aber euer Eintreffen bringt uns die bittere Einsicht, dass unser Hoffen, über die Generationen hinaus, sinnlos war.«

Ich stand wie gelähmt inmitten der schimmernden Erinnerungen. Ich hatte auf ein paar Antworten gehofft und nun sah ich mich mit dem ganzen Schicksal der Welt konfrontiert. Ich war hergekommen, um meine eigene kleine Welt zu retten und jetzt musste ich einsehen, dass es die ganze Welt war. Länder, in denen ich noch nie gewesen war. Menschen, die ich nie getroffen hatte. Alles hing von Keira und mir ab. Hing davon ab, dass wir etwas wiederbeschafften, das seit Jahrhunderten in den Händen eines Wahnsinnigen war. Etwas, das ihm unbeschreibliche Magie verlieh. Magie, deren Ausmaße keiner kannte. Magie, die dazu bestimmt war, Leben zu beschützen, die er verwendete, um es zu zerstören. Ich wandte mich zu Keira, nur um zu sehen, dass ihr Gesicht dem eines Geistes glich. Sie war blass und starrte in die Menge unserer Vorfahren. Auch sie hatte nicht mit etwas Derartigem gerechnet. Wie hatten wir bloß denken können, dass der Zirkel der Seelensammler das Schlimmste gewesen war, das der Welt je hatte wiederfahren können. Wie naiv unser Denken gewesen war. Wie beschränkt. Wir waren ein Teil etwas viel Größerem. Ein Teil von etwas, das seit dem Beginn der Zeit zu existieren schien.

»Wir haben euch alles gesagt. Wir können euch nicht weiter helfen. Mehr Erinnerungen besitzen wir nicht.«

Die Ränder der Erinnerung verschwommen. Sie lösten sich in das Licht auf, aus dem sie bestanden.

»Wartet!«, sagte ich hastig. Ich habe noch eine weitere Frage. Die Gesichter der Erinnerungen wandten sich alle in derselben Sekunde zu mir um und sahen mich fragend an.

»Wozu ist ein Seelenseher imstande? Ich meine, was kann seine Magie alles?«

Irgendwie kam ich mir wie ein kleines Kind vor, das fragte, warum der Himmel blau war. Zumindest starrten die Erinnerungen mich an, als hätte ich die dümmste Frage gestellt, die mir hätte einfallen können.

»Wir verstehen deine Frage nicht.«

Ich seufzte erschöpft. Wie sollte ich es denn anders formulieren?

»Ich meine, wozu ist ein Seelenseher fähig? Was kann seine Magie?«

»Er kann die Seelen der Menschen sehen, ihre Gefühle, ihre Beweggründe, ihr Verlangen, Wünsche ... Und mit dem Amulett kann ein Alverra die Seele kontrollieren.«

Ich seufzte erneut, darauf hatte ich nicht hinaus gewollt.

»Das ist es nicht. Das weiß ich alles schon. Ich meine, gibt es noch mehr neben der Seelensicht. Eine andere Art Sicht, so etwas?«

Ich spürte, dass Keira mich skeptisch und ein wenig besorgt von der Seite ansah.

»Wir verstehen deine Frage nicht.«

Was war daran bloß so schwer? Ich seufzte erneut, bevor ich versuchte es anders zu erklären.

»Ich verfalle manchmal in eine andere Sicht. In eine rote Sicht, in der ich das Blut der Menschen und Geschöpfe vor mir zu sehen scheine. Wie kontrolliere ich das? Wie wird sich meine Magie noch entwickeln? Ich will wissen, zu was ich möglicherweise noch fähig bin. Zu was ich werden könnte«

Es war ein lächerliches Bild, als die Erinnerungen den Kopf schief legten und mich ausdruckslos ansahen.

»Wir haben keine Kenntnis von dieser Magie. Sie ist kein Teil unserer Erinnerung. Wir können dir nicht helfen.«

Bevor ich sie wieder aufhalten konnte, verschwanden die Erinnerungen in den Wänden. Keira und ich standen wieder völlig alleine vor dem gewaltigen Herz des Singenden Baumes.

17
Zweifel

Es erschien mir sinnlos. Alles, was wir bisher erreicht hatten, war sinnlos. Wir hatten hier nicht viel mehr erfahren und was wir nun wussten, basierte auf Erinnerungen, die ihr Wissen aus Gerüchten geschlossen hatten. Das Amulett und das Medaillon waren nie miteinander in Berührungen gekommen, also woher sollte auch nur irgendjemand wissen, was passieren würde oder wozu der Meister fähig war. Was war wahr? Ich wälzte mich auf dem Bett herum. Es war Stunden her, dass wir mit den Erinnerungen geredete hatten. Keira hatte mich danach sofort ins Bett befohlen, aber Schlaf war nicht im Geringsten etwas, das ich in nächster Zeit erreichen würde. Es schien, als wäre mir die Fähigkeit dazu abhandengekommen. In meinem Kopf jagten sich wie immer die Gedanken und ich schaffte es kaum, sie voneinander zu trennen. Nur ein Gedanke stach deutlich aus der Masse heraus.

»Ich bin anders.«

Keine der Erinnerungen hatte in ihrem Leben die Magie der Blutsicht besessen. Sie hatten nicht gewusst, wovon ich sprach. Ich war die erste und einzige Seelenseherin, die über die Seele hinaus sehen konnte. Ich wusste nicht im Geringsten, was das für mich bedeutete. Oder zu was es mich machte. War ich eine Seelenseherin? Oder war ich etwas Anderes, etwas Gefährliches?

Ich schüttelte den Kopf, ein sinnloser Versuch die Gedanken zu vertreiben. Als könnte ich sie einfach aus meinem Kopf schütteln, wenn ich es nur stark genug versuchte. Es funktionierte nicht. Es hatte noch nie funktioniert. Ich wusste, dass Keira in ihrem Zimmer schlief. Ich hatte das ruhige Pulsieren ihrer Seelenenergie gesehen und erschrocken festgestellt, dass ein rötlicher Schimmer über der Seelensicht lag. Nun, da ich nicht wusste, wo die Fähigkeit herkam, hatte ich noch mehr Angst vor ihr und damit auch vor mir selbst.

Nach fünf Stunden, die sich wie eine Ewigkeit angefühlt hatten, schwenkte ich die Beine aus dem Bett und schlich aus meinem Zimmer. Wenn ich wirklich leise war und Glück hatte, würde Keira nicht aufwachen. Ich konnte einfach nicht mehr auf meinem Bett liegen und darauf warten, dass ich einschlief. Ich würde nie einschlafen. Der Himmel über dem Singenden Baum war inzwischen in ein tiefes Indigoblau getaucht und bespickt mit dem weißen funkelnden Licht der unzähligen Sterne. Ich hatte diese Nächte geliebt, sie waren immer die schönsten gewesen. Nun war alles anders. Ich wünschte mir nur, Craigs Arme um meine Taille zu spüren. Wir hatten viele Nächte damit verbracht, die Nacht von unserer Terrasse aus zu beobachten. Damals erfüllte mich ein Gefühl des Friedens, jetzt war es Leere. Ich starrte zu den Sternen hinauf, als hoffte ich von ihnen eine Antwort zu bekommen, auf eine Frage, die ich nicht gestellt hatte.

»Wo lang?«, flüsterte ich nun wirklich.

»In die Richtung, die dein Herz dir weist.«

Erschrocken sprang ich herum. Ich hatte niemanden in meiner Nähe gespürt. Verwirrt sah ich mich in der Dunkelheit um. Ich konnte niemanden entdecken. Alles lag genauso still da wie zuvor. Kein Blatt bewegte sich und kein Tier kroch durch die Nacht.

»Wer ist da?«

»Was glaubst du denn? Du willst wohl einfach nicht schlafen.«

»Keira, wie hast du das gemacht? Ich habe dich nicht kommen hören und woher weißt du, wo ich bin?«

Keira hatte im Schatten eines Astes des Singenden Baumes gestanden. Sie zuckte mit den Schultern.

»Ich bin deine Schützerin und deine Freundin. Also lässt du endlich zu, dass ich dir helfe oder willst du weiterhin alle deine Gedanken vor mir verbergen? Oder sagen wir eher, es versuchen.«

Ich sah sie schuldbewusst an. Ich hatte sie wirklich auf Abstand gehalten, in der Hoffnung, sie raushalten zu können. Aber ich musste wohl einsehen, dass sie genauso unwiderruflich in das alles verstrickt war wie ich. Nicht aus freiem Willen, sondern durch ein Erbe, dass sich keiner von uns ausgesucht hatte.

»Wie hast du das eben gemeint?«

Ich entschied, dass es leichter war, nicht direkt auf ihren fragenden Kommentar einzugehen.

»So wie ich es gesagt habe. Das letzte Mal hat uns dein Gefühl gerettet, also wird das sicher dieses Mal auch wieder funktionieren.«

Sie ließ es so belanglos klingen, dass ich fast angefangen hätte zu lachen.

»Letztes Mal schien es nicht eine ganz so große Katastrophe zu werden.«

»Naja, wenn du eine Welt, bevölkert von Seelengeistern, als kein großes Problem sehen willst.«

»Der Meister könnte alles und jeden beherrschen, wenn wir das Falsche tun.«

»Vielleicht. Vielleicht ist das Falsche auch genau das Richtige. Die Frage ist: Was willst du tun?«

Ich schwieg für einen Moment. Es gab nur eine Sache, die ich wollte und diese war mehr als egoistisch.

»Ich will Craig.«

Keira nickte. Sie hatte das genauso gewusst wie ich.

»Dann werden wir ihn zurückholen.«

»Und was ist mit dem Schicksal der Welt?«

Ich sah sie kritisch und vielleicht auch ein wenig flehend an. Ein Teil von mir hoffte, dass Keira, wie durch ein Wunder, die Lösung für alles hatte und sie bis jetzt nur aus Spaß für sich behalten hatte.

»Das sehen wir dann.«

»Warum bist du so ruhig? Solltest du als Schützerin nicht alles tun, um mich dazu zu bringen, die Welt zu retten und nicht eine Person, die für die ganze Welt vielleicht unbedeutend ist?«

Sie zog eine Augenbraue hoch und sah mich verwundert an.

»Ich denke, du hast da etwas verwechselt oder vergessen, denn eigentlich solltest du wissen, dass ich nicht die Schützerin der Welt bin, sondern deine, und allem voran bin ich deine beste Freundin. Und wie ich bereits sagte: Das letzte Mal haben deine Gefühle uns gerettet. Deine Sicht der Dinge und wie du mit ihnen umgegangen bist. Vielleicht hätte jemand anderes es anders gelöst und damit die Seelen auf die Welt losgelassen. Du wirst schon ein wenig mehr in dich vertrauen müssen. Du hast es einmal geschafft ihn und mich zu retten und dazu noch die Welt, also, warum solltest du es nicht wieder schaffen?«

Sie grinste mich aufmunternd an.

»Weil ich nicht mehr sicher bin, was ich bin«, flüsterte ich unsicher und wich ihrem Blick aus.

»Mh, lass mal sehen. Soweit ich weiß, bist du Janlan Alverra, Seelenseherin und Oberhaupt des Ordens von Alverra, Hüterin des Amuletts der Seelentropfen, Retterin der Welt und Freundin. Ach, und du scheinst die mächtigste Seelenseherin zu sein, die bis jetzt gelebt hat. Das hört sich doch alles ganz gut an.«

Sie grinste wieder, aber als ich nicht überzeugt schien, fügte sie leise, aber eindringlich, hinzu: »Du hättest diese Magie nicht, wenn du nicht mit ihr umgehen könntest oder nicht für sie bestimmt wärst. Sie macht dich zu keinem anderen und sie ist auch nicht schlecht, solange du sie nicht für etwas Schlechtes einsetzt. Es sind nicht die Fähigkeiten, die einen definieren, sondern wie wir sie einsetzen.«

»Wann genau bist du so weise geworden?«, fragte ich mit einem schwachen Lächeln. Sie zuckte mit den Schultern und anstatt darauf zu antworten, fragte sie: »Also, wohin?«

Ich zuckte unschlüssig mit den Schultern. Ich wusste nicht, wohin oder was zu tun war. Keira seufzte, was mich verwundert zu ihr sehen ließ. Ich hatte nicht erwartet, dass sie genervt war.

»Du stehst heute wohl gerne auf dem Schlauch oder warum muss ich dir alles aus der Nase ziehen? So verunsichert kannst du gar nicht sein.«

»Was meinst du?«

»Hast du mir nicht mal erzählt, dass du eine Art Verbindung zu ihm hast? Einen Faden oder ein Band oder so etwas, das du das erste Mal hier im Tal bemerkt hast.«

Wieder sah ich sie verwundert an.

»Du merkst dir auch alles, oder?«

Sie grinste. »Zumindest die wichtigen Sachen, den Rest deines Geplappers blende ich meistens aus.«

»Also, kannst du dieses Band noch sehen? Wenn ja, müsste es dir doch sagen, wo Craig ist, oder nicht?«

Ich ohrfeigte mich in Gedanken dafür, nicht selbst daran gedacht zu haben. Wie hatte ich das bloß vergessen können? Gerade als der Funken Hoffnung in meinem Magen Fuß zu fassen schien, kam mir der Gedanke, der ihn sofort wieder erstickte.

»Ich kann die Richtung sehen, so etwa wie eine Fluglinie, aber nicht den direkten Weg. Wir könnten irgendwann plötzlich vor einer Wand oder einem Abgrund stehen.«

»Na und. Das zeigt uns zumindest erstmal die richtige Richtung, das ist immerhin ein Anfang. Also, hier ist dein Rucksack. Da du eh nicht schlafen willst, können wir genauso gut gehen, jetzt, da wir mit den Erinnerungen gesprochen haben.«

Sie hielt mir den Rucksack hin und wartete, dass ich ihn ihr endlich abnahm. Als ich keine Anstalten machte das zu tun, stöhnte sie gespielt hörbar.

»Sonst noch etwas, was wir nur hier erledigen können? Versteh mich nicht falsch, dieses Tal ist der Hammer, aber ich gehe hier lieber weg, als dir dabei zuzusehen, wie du unruhig durch die Gegend zappelst. Also? Los?«

Sie hatte Recht. Wie so oft. Mir fiel nichts ein, weshalb wir noch länger hier bleiben sollten. Warum zögerte ich dann?

Als hätten Sebilia und Realdin unser Gespräch belauscht, tauchten sie aus den Schatten der Äste auf. Realdin schwebte zu uns herab und landete mit ausgebreiteten Schwingen neben Keira. Sebilia stand bereits neben mir und sah mich aus ihren großen, goldenen Augen an.

»Ihr habt euch entschieden das Tal erneut zu verlassen.«

Wie meistens klang es nicht nach einer Frage, wenn Realdin sprach und ich konnte nicht mehr tun als nicken. Ich wusste nicht, was außerhalb der Berge des Ewigen Tals wartete oder was noch alles geschehen würde. Das Tal bot Schutz. Unglaublichen Schutz, der zugleich noch wie das reinste Paradies wirkte. Warum sollte ein Mensch, der noch richtig bei Verstand war, ein solches Paradies verlassen?

»Verantwortung«, flüsterte ich als Antwort auf meine eigenen Gedanken. Ich war mir nicht einmal sicher, warum ich es gesagt hatte. Ich hatte mich eben erst dazu entschieden, Liebe über meine Verantwortung zu stellen. Ich schüttelte den Kopf und kritisierte mich selbst für diese kitschige Formulierung meiner Gedanken. ›Liebe‹, vor einem Jahr war ich mir sicher gewesen, dass das etwas war, was vielmehr in Keiras Bereich fiel und mich eher mied. Erneut versuchte ich meine Gedanken gewaltsam zu verdrängen. Ich bildete mir immer noch ein, dass es ab und zu funktionierte, aber ich konnte mich nicht daran erinnern, wann es das jemals getan hatte.

»Janlan?«, fragte Keira vorsichtig und legte mir eine Hand auf die Schulter. »Alles in Ordnung?«

Ich drehte mich ein wenig widerwillig zu ihr um, gerade erst dachte sie, meine Zweifel beseitigt zu haben und schon war ich mehr entzwei gerissen als vorher. Wenn ich Keira in die Augen sah, würde sie es sicher sofort merken. Sie würde wieder versuchen mich aufzumuntern und mir sagen, dass es okay sei selbstsüchtig zu handeln. Ich würde mich für einen Moment in dieser Illusion wohlfühlen, bis erneut etwas in mir erwachte, das mir die Wahrheit zuflüstern würde. Mir, und nicht ihr.

»Alles in Ordnung. Gehen wir.«

Ich sagte es, ohne sie anzusehen, was mich verriet. Ich hätte genauso gut versuchen können ihr direkt ins Gesicht zu lügen. Es war eine ihrer umwerfenden Fähigkeiten. Sie wusste, wann sie besser schwieg und hinnahm, was ich tat. Auch wenn ich selbst nicht genau wusste, was ich überhaupt tun wollte.

18
Träume

Wenn der Weg in das Ewige Tal schon lange erschien, dann war der Weg hinaus die vollkommene Unendlichkeit. Meine Gedanken verstummten auch nicht für nur eine einzige winzige Sekunde. Es war ein stetiger Abklatsch nie endenwollender Überlegungen. Ich wälzte jeden Gedanken tausendmal um und stolperte immer wieder über meine eigene Zerrissenheit. Keira war auf Realdins Rücken an den Rand der Bergkette zurückgekehrt und hatte so nicht einmal die Gelegenheit gehabt, meine Gedanken in eine andere Richtung zu lenken. Ich war immer noch nicht zu einem Entschluss gekommen, als ich mit steifen Gliedern von Sebilias Rücken kletterte.

»Manchmal ist alles, was uns zu einer Entscheidung fehlt, die Offenheit ihr gegenüber.«

Sebilias Worte erklangen in einem leisen Schnurren, das sich an den Felswänden brach und hundertfach als sanftes Geflüster widerhallte. Ich wollte mich gerade wieder zu ihr wenden, um nach etwas klareren Worten zu fragen, als ich nur noch sah, wie sie von ihren kräftigen Hinterbeinen auf den nächsten Vorsprung katapultierten wurde.

»Bis wir uns wiedersehen, Janlan Alverra, ob in diesem oder im nächsten Leben.«

Es war nur ein leises Flüstern, das merkwürdigerweise nicht als

Echo erklang, und wie von selbst formte sich in meinen Gedanken die stumme Antwort: »Ich hoffe in diesem.«

Keira erwartete mich bereits vor der soliden Felswand, durch die wir gleich wie selbstverständlich hindurchgehen würden.

»Bereit?«, fragte sie und versuchte mich erneut aufmunternd anzusehen. Sie ahnte wohl, dass mein Gemütszustand sich nicht wirklich geändert hatte. Ich nickte als Antwort und streckte eine Hand der Wand entgegen. Es fühlte sich immer noch merkwürdig an, wie meine Hand einfach so in etwas eintauchte, was undurchdringlich sein sollte. Das Gefühl dauerte nur eine Sekunde an, dann begann der Fels zu verschwimmen, bis er schließlich ganz verschwand und nur noch den schmalen Gang zurückließ, der uns zurück in die reale Welt führen würde. Es war ein Tunnel, der einem nach und nach die Magie des Ewigen Tales entzog und die Erinnerung an dieses Paradies abschwächte, sodass ein Leben außerhalb der Bergkette nicht unerträglich erschien.

Ich hörte Keira erleichtert aufatmen, als wir die Enge der Spalte verließen. Ich beneidete sie für einen Moment um dieses Gefühl. Ich hingegen fühlte mich nicht erleichtert und bei dem Anblick des mintgrünen Wagens spürte ich ein leichtes Stechen in meinem Magen. Ich vermisste meinen eisblauen Mustang und das, was er für mich bedeutet hatte.

»Wo müssen wir hin?«, fragte Keira über die Schulter, als sie gerade ihren Rucksack auf den Rücksitz warf. Fast hätte ich mit den Schultern gezuckt, aber dann fiel mir ein, dass Keira immer noch davon ausging, dass wir Craig suchen würden. Alleine der Gedanke, dass ich in Betracht zog es nicht zu tun, verstärkte das Stechen in meinem Magen zu fast unerträglichen Bauchkrämpfen. Ich unterdrückte das Verlangen, meine Arme vor dem Bauch zu verschränken, wie ich es immer tat, wenn ich Krämpfe bekam oder mir schlecht wurde. Alleine dass es zu einem typischen, verräterischen Verhalten von mir geworden war, zeigte, wie falsch mein Leben lief.

»Janlan?«, fragte Keira erneut und nahm auf dem Fahrersitz Platz. Ich starrte für einen Moment, über das Autodach hinweg, in die uns umgebende Nacht. Ich hatte keine Ahnung, wie viel Uhr es war oder wie viele Tage vergangen waren, seit wir das Tal betreten hatten.

»Nächstes Dorf«, sagte ich leise und zog die Autotür mit einem erschreckend lauten Knall zu.

»Gut. Wäre es zu viel verlangt, wenn ich dich bitten würde, dass du versuchst zu schlafen?«

Sie sah mich von der Seite an und legte mit einem knarrenden Geräusch den ersten Gang ein.

»Ich werde mich bemühen«, murrte ich und drehte mich zum Fenster. Die dunkle Landschaft rauschte an uns vorbei, ohne dass ich etwas erkennen konnte. Alles war zu einem verschlingenden Schwarz geworden.

Die Nacht sog meine Gedanken auf, bis endlich die ersehnte Stille in meinem Kopf einsetzte und schließlich die Ohnmacht des Schlafes.

Für einen Moment wusste ich nicht, wo ich war. Meine Füße hingen über einer Klippe und ich spürte das weiche Gras, das selbst hier an der Kante noch wuchs. Der Geruch von frischem Gras und kürzlich verebbtem Regen erfüllte die Luft und trotzdem war der Boden unter mir trocken. Der Himmel war immer noch tiefblau und hin und wieder kämpfte sich ein Stern durch die lichter werdenden Wolkenberge. Ich strich mir eine der Strähnen aus dem Gesicht, als ein leichter Wind aufkam und immer wieder meine Haare um meinen Kopf wirbeln ließ. Mir war nicht kalt. Nicht mal ein wenig, obwohl ich nur ein einfaches schwarzes Top trug und auf der Spitze eines Berges saß, auf dem es eben noch geregnet hatte. Ein Tal breitete sich unter meinen Füßen aus und sah aus, als käme es aus einem weit entfernten Traum, wenn nicht sogar aus einer anderen Welt. Es wirkte so friedlich, dass es unmöglich real sein konnte. Kleine Lichter flimmerten zu mir hoch und deuteten eine winzige Spur von Leben an. Erneut spürte ich die Berührung einer Haarsträhne an meiner Wange und wollte sie wieder hinters Ohr streichen, als ich innehielt und die Augen schloss.

»Das ist ein Traum, oder?«, flüsterte ich leise und traute mich nicht meine Augen wieder zu öffnen. Er zog mich an sich. Ich erschauderte, als ich sein Herz ganz deutlich unter seiner Brust schlagen spürte. Ich spürte seinen warmen Atem und die Bewegung seiner Lippen neben meinem Ohr, als er flüsterte: »Wer weiß.«

»Wo sind wir?«

Ich wand mich nicht in seinen Armen um, aus Angst erkennen zu müssen, dass es wirklich nur ein Traum war und seine Berührung eine täuschend echte Illusion.

»Dort, wo du uns schon einmal hingeführt hast, als wir getrennt waren.«

Gänsehaut breitete sich auf meinen Armen aus, als ich die viel zu echte Berührung seiner Lippen an meinem Hals fühlte.

»Ich vermisse dich«, flüsterte ich und spürte den Druck, der mir die Brust zuschnürte, seit ich von seiner Entführung erfahren hatte.

»Ich bin nie weit weg«

Er hörte nur für ein paar Sekunden auf mich zu küssen

»Das ist nicht wahr«, erwiderte ich traurig und umklammerte seine Hand. Der leise Wind kam wieder auf und beugte die Grashalme, während er mir seinen Geruch in die Nase trieb.

»Das ist zu echt«, hauchte ich, als ich es nicht länger aushielt und mich in seinen Armen umdrehte. Craigs grau-blaue Augen sahen mich liebevoll an. Ich könnte mich in diesen Augen verlieren und würde nicht einmal merken, wie Jahre vergingen. Die Tür zur Seele. Genau das waren Augen. Und in diesem Moment breitete sich Craigs Seele in all ihren Facetten vor mir aus und ich konnte wirklich sehen, wie sehr er mich liebte. Es war fast, als würde ich wieder seinen Seelengeist sehen. Alles, was ihn ausmachte und was er war. Seine Liebe war in jedem Winkel seiner Seele ersichtlich und ich wusste, dass es in mir genauso aussah.

»Zu echt«, flüsterte ich erneut und legte meine rechte Hand auf seine Brust. Genau dort, wo sein Herz saß. Ich spürte jeden Herzschlag. Er vibrierte durch meine Hand und verschmolz mit meinem eigenen. Ich drückte ihn sanft in das hohe Gras. Wir waren verborgen vor allen Blicken. Hoch oben auf einem Berg und völlig alleine. Ich spürte, wie seine Hände über meinen Rücken glitten und er mich noch enger an sich zog. Ich löste meine Lippen nur soweit von seinen, dass ich sprechen konnte.

»Ich halte es nicht aus, von dir getrennt zu sein. Ich werde verrückt und das ist jetzt nicht nur so eine Redensart.«

Er küsste mich, bevor er antwortete: »Du wirst nicht verrückt.«

»Craig -«, wimmerte ich fast schon.

»Janlan, ich liebe dich. Glaubst du nicht, ich wüsste, wenn du verrückt wärst?«

Ich grinste und fragte: »Du liebst mich also?«

»Sag du es mir«, neckte er mich. Bevor ich etwas Schlaues antworten konnte, lenkten seine Lippen mich wieder ab und konzentrierten jeden Gedanken auf ihn. Ich wusste nicht, wie viel Zeit verging oder wie lange ich in seine Arme geschmiegt an der Klippe saß. Es musste eine lange Zeit gewesen sein und irgendwann war ich schließlich eingeschlafen.

Als ich aufwachte, hielt ich die Luft an und traute mich nicht die Augen aufzumachen. Erst als ich das gleichmäßige Heben und Senken seines Brustkorbs spürte und die Wärme, die von ihm ausging, öffnete ich sie. Er zog mich wieder näher an sich und schloss mich noch enger in seine Arme. Er war wach. Wahrscheinlich hatte er mich schon eine ganze Weile beobachtet.

»Ich dachte du wärst vielleicht weg, wenn ich aufwache.«

Er antwortete nicht, sonder zog es vor mich zu küssen. Als er sich plötzlich zurückzog, sah ich ihn stirnrunzelnd an.

»Craig?«, fragte ich verunsichert.

Er sah mich immer noch liebevoll an, aber nun lag etwas

Trauriges und Verletzliches in seinem Blick.

»Du weißt es.«

Ich sah verwirrt in sein Gesicht. Der schlagartige Umschwung seiner Laune machte mir Angst. Ich fühlte, wie der Druck der Realität wieder Gewalt über mein Herz bekam. Ich fürchtete mich vor dem, was auch immer er sagen wollte. Es war nicht gut und das wusste ich.

»Du kannst nicht die Welt für mich opfern.«

Ich spürte, wie Tränen in meine Augen aufstiegen. Ich versuchte sie zu bekämpfen, aber lange würde ich sie nicht zurückhalten können.

»Janlan ...«, flüsterte Craig beruhigend.

»Craig, nicht -«, meine Stimme erstickte.

»Janlan, du würdest es dir nie verzeihen. Du würdest an dem Wissen, dass du all die Menschen hättest retten können, zugrunde gehen.«

Er zwang mich sanft, ihn anzusehen. Die Krämpfe waren mit einem Schlag wieder da und schienen schlimmer als jemals zuvor.

»Craig, ich kann dich nicht einfach -«, ich schaffte es wieder nicht den Satz zu beenden.

»Das verlange ich auch nicht von dir. Ich will nur, dass du ehrlich zu dir bist und weißt, dass ich nichts anderes von dir erwarten würde.«

»Craig ... bitte ...«

Er küsste mich und ich mochte nicht, wie es sich anfühlte. Es war kein normaler Kuss. Es war eine Verabschiedung.

»Ich liebe dich, Janlan.«

»Craig!«, schrie ich und saß plötzlich wieder neben Keira auf dem Beifahrersitz. Mein Gesicht war tränenüberströmt. Es war wirklich nur ein Traum gewesen. Ein Traum, der so perfekt und echt gewirkt hatte und dann plötzlich zum Albtraum wurde.

»Janlan! ... Janlan!«

Keira hielt mein Gesicht in ihren Händen und sah mich besorgt an. Sie versuchte mich in eine Umarmung zu ziehen, die mich beruhigen sollte.

»Craig«, wimmerte ich und versank in den Armen meiner besten Freundin.

»Beruhigt dich, Janlan, es war nur ein Traum.«

Das war genau das Falsche. Jetzt entglitt mir jede Kontrolle. Meine Augen brannten, als ich endlich nicht mehr weinen konnte. Zumindest schien es, als befände sich nicht mehr genug Flüssigkeit in mir, um auch nur noch eine weitere Träne zu vergießen. Ich konnte mich nicht erinnern, wann ich jemals in meinem Leben so viel geweint hatte. Ich fühlte mich wie ein schwaches, kleines Mädchen. Es war lächerlich so viel zu weinen. Und vor allem war es nicht typisch.

»Es tut mir leid«, murmelte ich mit heiserer Stimme. Die Worte stachen in meinem Hals. Ich war wirklich völlig ausgetrocknet.

»Sei nicht albern. Du hast doch gar nichts gemacht, für was solltest du dich dann bitte entschuldigen.«

Sie versuchte mich aufmunternd anzulächeln, aber sie konnte mich nicht über die Sorge in ihren Augen hinweg täuschen.

»Du hattest nur einen Albtraum«, versuchte sie es erneut. Ich schüttelte den Kopf.

»War es nicht. Nicht so richtig. Nicht wirklich.«

»Janlan, du hast nur geträumt ...«

»Nein«, fuhr ich ihr dazwischen. »Es war mehr als ein Traum. So echt kann kein Traum sein.«

Ich verstummte, als Keira eine Augenbraue hochzog und mich fragend ansah.

»Hör auf mich so anzusehen«, protestierte ich mit dünner Stimme.

»Dann sag mir, was du damit meinst oder was überhaupt eigentlich passiert ist.«

»Ich ... Können wir das nicht lassen? Lass uns einfach nach Levan fahren. Wir müssen irgendwie die entführten Menschen retten.«

»Dann sagst du mir nicht, was passiert ist und was genau sich zu echt angefühlt hat?«

Sie grinste mich so frech an, dass ich für einen kurzen Moment dachte, ich würde gleich anfangen zu lachen.

»Keira!«, sagte ich, wobei meine Stimme ein wenig höher klang als sonst. Sie zuckte unschuldig mit den Schultern.

»Ich hab doch gar nichts gesagt«, sie grinste mich so schelmisch an, dass ich mich abwand, weil ich dachte, ich würde das erste Mal in meinem Leben rot werden.

»Also, du hast deine Meinung geändert?«, fragte sie in einem plötzlich ganz anderen Ton.

»Craig hat meine Meinung geändert und er hat natürlich Recht.«

Ich sagte es so leise, dass ich mir nicht sicher war, ob Keira mich überhaupt gehört hatte.

»Hat länger gedauert, als ich gedacht habe.«

Jetzt drehte ich mich wieder überrascht zu ihr. Ihre Miene war so ernst, dass das eben nicht im Geringsten ironisch, sarkastisch oder irgendwie witzig gemeint war.

»Du wusstest, dass ich meine Meinung ändern würde? Warum hast du dann nichts gesagt?«

Ich hätte erwartete, dass sie wie gewöhnlich mit den Schultern zuckte, aber sie tat es nicht. Stattdessen sah sie mich immer noch ernst an und mir wurde einmal mehr bewusst, dass ich die Schützerin in ihr vergessen hatte. Ich kannte Keira seit mehr als zehn Jahren, aber die Schützerin war erst seit einem Jahr ein sichtbarer Teil von ihr. Manchmal schien ich diese neue Entwicklung ganz einfach zu vergessen.

»Weil du es selbst erkennen musstest. Hätte ich etwas gesagt, würdest du immer noch zweifeln und dich nicht entscheiden können. Also habe ich gewartet.«

Ich schwieg für einen Moment und dachte darüber nach. Ich musste mir eingestehen, dass sie wahrscheinlich Recht hatte. Als ich nicht antwortete und wieder aus dem Fenster sah, fuhr Keira zurück auf die Straße und folgte den Schildern, die uns nach Levan führen würden. Es kam mir vor, als wären mehrere Stunden vergangen, bis einer von uns wieder etwas sagte.

»Ich bin sicher, dass wir einen Weg finden auch Craig zu retten.«

Jetzt sprach sie wieder als meine Freundin. Ich antwortete trotzdem nicht, sondern hing weiter meinen Gedanken nach. Sie schien keine Antwort von mir zu erwarten, denn wir verfielen wieder in Schweigen. Die einzigen Geräusche, die man hören konnte, kamen von der Welt außerhalb des Wagens. Meine Augen brannten immer noch. Ich rieb instinktiv mit den Händen darüber, was nur dazu führte, dass sie noch mehr brannten.

»Janlan, da vorne ist ein Motel. Ich werde dort anhalten.«

Ich brauchte einen Moment, bis ich begriff, dass Keira eben mit mir geredet hatte. Schwerfällig wandte ich meinen Kopf zu ihr. Ihr Blick war stur auf die Straße gerichtet und nahm alles wahr, was von den runden Scheinwerfern erleuchtet wurde. Als auch endlich bei mir ankam, was sie gesagt hatte, murmelte ich unverständlich: »Meinetwegen musst du nicht anhalten.«

Als Antwort bog sie auf den Parkplatz des Motels und fischte auf dem Rücksitz nach unseren Rucksäcken.

»Jetzt komm schon. Deine Augenringe fangen an mir Angst zu machen. Todmüde hilfst du niemandem.«

Ich versuchte zu grinsen, aber alles, was auf meinem Gesicht erschien, war ein mürrischer, völlig erschöpfter Ausdruck.

»Okay ... Das war unheimlich. Kommst du jetzt endlich?«

Ich stolperte aus dem Wagen und schwankte zur hell beleuchteten Rezeption. Ich musste die Augen zusammenkneifen, so grell leuchteten mir die roten Neonbuchstaben entgegen und verkündeten »Sunnyside Motel«

Ich konnte mir nicht richtig erklären, warum ich so unglaublich müde war. Ich hatte geschlafen, auch wenn der Traum ziemlich echt gewirkt hatte. Aber dennoch hatte ich geschlafen und war mit dem Kopf an der Fensterscheibe des mintgrünen Ford Galaxy aufgewacht. Eine Schlafposition, die alles andere als gemütlich war.

»Kein Traum«, nuschelte ich zu mir selbst, als ich hinter Keira durch die Drehtür ging. Sie warf mir nur einen kurzen, besorgten Blick über ihre Schulter zu, bevor sie den Mann hinter der Rezeption anlächelte. Er lehnte auf dem Tresen und blätterte in einem Magazin, um nicht einzuschlafen. Er war bestimmt so ungefähr fünfunddreißig und schien für diesen Job mehr als überqualifiziert. Er schreckte auf, als Keira zu ihm herantrat, und überspielte es dann mit einem freundlichen, wenn auch müden, Lächeln.

»Wie kann ich euch helfen?«

Ich versuchte sein Gesicht genauer zu betrachten, aber irgendwie wollte es mir nicht gelingen, es scharf zu stellen. Es verschwamm immer wieder und alles, was ich sehen konnte, war das undeutliche Bild eines Mannes, der vielleicht, und auch nur vielleicht, einen Bart trug.

»Wir bräuchten ein Zimmer für den Rest der Nacht und vielleicht den halben Tag morgen.«

Er nickte und ich bemerkte, wie sein Blick neugierig und ein wenig besorgt zu mir wanderte.

Entweder fragte er sich, ob Keira und ich etwas Besonderes vorhatten oder er vermutete, dass ich auf Drogen war und sie mich mehr oder weniger gerade rettete. So zumindest wirkte sein Gesichtsausdruck auf mich. Vielleicht lag ich mit meiner Einschätzung falsch, als ich dachte, er sei relativ intelligent. Ich lehnte mich erschöpft an den Tresen und versuchte dem Gespräch zu folgen.

»Ihr scheint ja ein paar heftige Nächte hinter euch zu haben«, feixte er und sah Keira aufdringlich an.

»Wir haben auch Kingsize Betten, falls ihr da weiter machen wollt, wo ihr aufgehört habt.«

Dieses Mal heftete sich sein Blick auf mich und ich musste wohl einsehen, dass mein erster Eindruck so falsch gewesen war, dass es unmöglich schien, dass ich die Seelenseherin sein sollte. Zu meiner Verteidigung konnte ich zumindest sagen, dass ich nicht viel mehr als seine verschwommenen Umrisse erkannt hatte. Ich spürte, dass Keiras Körperhaltung sich änderte. Ihre Muskeln spannten sich an. Alles an ihr strahlte nun etwas Bedrohliches aus. Es war eine Genugtuung zu sehen, wie der Mann einen Schritt zurücktrat und hastig zur Tür sah.

»Wir hätten gerne ein ganz normales Zimmer und sollten Sie auch nur auf eine dumme Idee kommen, könnte das sehr schnell schlecht für Sie ausgehen. Ich bin nicht besonders tolerant gegenüber solchen Arschlöchern wie Ihnen. Wenn Sie mir und meiner Freundin auch nur zu nahe kommen, ist das Ihr Ende«, drohte Keira und ich wusste, dass sie nicht scherzte. Ihre ganze Körperhaltung zeigte, dass sie gerade vollkommen in der Schützerin versank. Er schob ihr einen Schlüssel zu und versuchte dabei so weit auf Abstand zu bleiben, wie es ihm nur möglich war.

»Zimmer 3b«, stotterte er und sah Keira immer noch verwirrt und verängstigt an. Ich stieß mich gerade vom Tresen ab, als Keira sich noch einmal zu ihm umdrehte.

»Ach ja, wäre sie nicht nur meine beste Freundin, sondern auch meine feste Freundin, dann wären Sie jetzt wohl schon tot.«

Er wurde totenblass und verschwand hastig in seinem Büro. Keira lächelte zufrieden und schlang sich dann meinen Arm um die Schulter.

»Lass. Ich kann sehr wohl noch laufen«, protestierte ich schwach. Meine Beine bewiesen sogleich das Gegenteil und drohten unter mir zusammenzuklappen.

»Ja, das sehe ich«, war ihre knappe Antwort. Zimmer 3b war zum Glück so nah, dass wir nicht weit laufen mussten. Es war nichts Besonderes und trotzdem ausgesprochen sauber, wenn man bedachte, wer der Besitzer war. Es hatte zwei Betten, die durch kleine Nachttische getrennt waren. In einer Ecke stand ein hässlicher kleiner Tisch, auf dem ein uralter Röhrenfernseher stand, der sogar noch eine Zimmerantenne hatte. Der Kleiderschrank war zwar etwas schief, schien aber nicht jede Sekunde zusammenzubrechen. Alles in allem war es annehmbar. Keira schleifte mich schon fast zu einem der Betten und verstaute dann unsere Rucksäcke auf einem der Stühle, die wahllos ins Zimmer gestellt wirkten. Ich war kurz davor auf der Stelle einzuschlafen, als ich es doch noch fertig brachte etwas zu sagen: »Meinst du nicht, dass das eben etwas viel war. Auch wenn der Typ ganz offensichtlich ein Schwein ist.«

Ich fand es selbst beeindruckend, wie klar ich noch reden konnte. Ich war so müde, das ich dachte, ich könnte vielleicht sogar ins Koma fallen. Keira sah mich an und ich war überrascht, als ich eine gewisse Härte in ihrem Blick sah. Nicht gerade einer ihrer üblichen Ausdrücke. Oder fing mein Kopf bereits an mich reinzulegen?

»Du hast ihn nicht ganz gehört«, fauchte sie, wobei ich wusste, dass ihre Gereiztheit nicht mir galt. Und dennoch stolperte ich über ihre Worte.

»Wie meinst du das? Ich habe alles gehört was er gesagt hat«, fragte ich langsam und betrachtete meine Freundin eingehend. Zumindest versuchte ich es, aber sie schien genauso verschwommen wie das Arschloch, über das wir gerade redeten.

»Das ist es, du hast eben nicht alles gehört. Und was er noch gedacht hat werde ich sicher nicht wiederholen.«

Sie setzte sich auf ihr Bett und sah mich immer noch unverwandt an.

»Okay ...«, antwortete ich ein wenig verwirrt. »Ich versteh nicht was los ist?«

»Naja, es hat recht langsam angefangen und funktioniert auch nicht bei allen. Anscheinend nur bei denen, die nicht gerade einen guten Charakter haben und eine potenzielle Gefahr für dich darstellen.«

»Was funktioniert nicht bei allen?«

Meine Gedanken waren so langsam, dass es sich anfühlte als würde ich versuchen durch Karamell zurück an die Oberfläche zu schwimmen.

»Nur bei denen. Bei dir ist das anders. Zumindest nicht auf diese Weise. Dennoch kann ich in achtzig Prozent der Fälle sagen, was du gerade denkst.«

Jetzt grinste sie mich wieder an. Der Übergang von der Schützerin und Keira war so fließend, dass es manchmal unmöglich war zu sagen, wann die Fähigkeiten der Schützerin einsetzten.

»Keira was ... von was redest du? «, murmelte ich nun völlig undeutlich. Sie lächelte mich wieder an.

»Es kann sicher noch ganz nützlich werden, auch wenn ich vieles lieber nicht hören will.«

Ein düsterer Schatten legte sich in diesem Moment über ihr Gesicht. Es war mir nie so bewusst wie gerade jetzt, dass auch Keira Magie besaß, die sie nicht kannte.

»Was kann nützlich werden? Du beantwortest meine Fragen nicht.«, nuschelte ich, während ich mich wegdrehte und bereits die Augen schloss, ohne das ich es wollte.

»Mein Gedankenlesen. Was denkst du denn, wovon ich die ganze Zeit rede. Warum ich so wütend mit diesem Arsch geworden bin.«

Meine Augen fielen gänzlich zu und ich fand mich selbst in einem schwarzen Land wieder und wanderte immer weiter der Dunkelheit entgegen.

»Janlan? Janlan bist du noch wach? Hast du gehört was ich gesagt habe?«

Keiras Stimme war nur ein dumpfes Geräusch,dessen Laute für mich schon lange keinen Sinn mehr ergaben.

Ich war orientierungslos und erschöpft. Heiße Luft brannte in meiner Lunge und schien meine Augen vollkommen auszutrocknen. Jeder Schritt war eine Qual und jeder Atemzug schien mich ein wenig weiter an den Rand der Bewusstlosigkeit zu treiben. Meine Hände stießen hart gegen eine steinerne Wand, die eben noch nicht da gewesen war. Ich spürte, wie mir scharfe Kanten die Hände zerschnitten. Es war, als würde die Dunkelheit sich immer weiter um mich drängen. Mir jeden Raum für Bewegungen und zum Luftholen nehmen. Ich spürte, wie Panik in mir aufstieg und mir die Brust zuschnürte. Ich konnte nichts tun. Ich lief und trotzdem schien sich nichts zu ändern. Ich versuchte nach Hilfe zu rufen, aber aus meiner Kehle kam kein Laut. Erschrocken fuhren meine blutigen Finger hoch zu meinem Hals. Das Rot meines eigenen Blutes schien sich plötzlich auszubreiten und verschlang selbst die Schwärze der Dunkelheit. Der Boden unter meinen Füßen erzitterte. Ich fiel auf die Knie, wodurch ich die Erschütterungen nur noch deutlicher spürte. In der Ferne hörte ich ein tiefes Grollen, das immer weiter auf mich zu zurollen schien. Überall explodierten, weit hinten in der Dunkelheit, rote Punkte und bedeckten meine Sicht wie die Sterne den Nachthimmel.

»Scheiße!«, entfuhr es mir, als ich auf den Boden neben meinem Bett prallte.

»Keira, wach auf! Sofort!«

19
Bebender Angriff

»Keira, verdammt! Wach auf!«, schrie ich, als ich mich vom schwankenden Boden hoch kämpfte. Hätte ich es nicht besser gewusst, hätte ich gedacht auf einem Schiff aufzuwachen, das gerade einen heftigen Sturm durchfuhr. Ich wünschte mir wirklich, es wäre ein Sturm.

»Keira!«

»Was! Was ist?«

Endlich saß sie senkrecht in ihrem Bett und schaute verwirrt in das dunkle Zimmer. Als die nächste Erschütterung einsetzte, sprang sie so schnell aus ihrem Bett, dass ich es kaum sehen konnte. Ihre nächste Bewegung ging wie selbstverständlich zu ihren Schwertern. Sie sprang über das Bett und hatte im nächsten Moment beide Klingen gezogen. Sie war viel zu schnell für einen Menschen. Ihre Bewegungen verschwammen beinahe in der Dunkelheit.

»Was ist passiert?«, sie sah mich aus gehetzten scharfen Augen an und musterte jeden Meter um mich herum. Es war ganz offensichtlich, dass die Schützerin nach der unmittelbarsten Gefahr für mich suchte. Im Gegensatz zu mir wusste sie nicht, dass die Gefahr aus der Erde kam. Ich sah immer noch die roten Punkte, die wie in Zeitlupe auf uns zu krochen und trotzdem zu schnell waren, um vor ihnen fliehen zu können. Und was noch viel wichtiger war, es waren viel zu viele.

»Janlan, in Alanien gibt es keine Erdbeben!«

Ich hörte sie nur, wie aus weiter Ferne. Ich konzentrierte mich alleine auf die rote Welle. Sie kroch aus dem Boden immer weiter zu uns hinauf. Ich konnte nicht einschätzen, wo sie durch die Erdoberfläche brechen würden. Wenn wir überhaupt so viel Glück haben würden, dass sie wirklich nur an einer Stelle herauskommen würden.

»Sie kommen von unten«, sagte ich trocken. Keira schnellte zu mir herum und sah mich erschrocken an.

»Erdwesen? Wie viele?«

»Zu viele.«

Im nächsten Moment stand sie vor mir und packte mich besorgt an den Schultern.

»Janlan, du kannst jetzt nicht abtriften. Konzentriere dich. Was geht hier vor sich?«

»Ich trifte nicht ab!«, antwortete ich ihr etwas zu heftig. Der Grund dafür war klar. Meine Sicht schimmerte rot und ich versuchte, mich unter Kontrolle zu halten. Sobald ich in der Blutsicht war, würde ich Keira nicht mehr von den Wesen unterscheiden können.

»Janlan, was haben sie vor?«

»Keira, vielleicht solltest du lieber gehen«, fauchte ich mehr, als dass es wirklich menschliche Worte waren. Ich stand am Abgrund zum völligen Verlust meiner Kontrolle. Die Wesen hatten Craig. Wegen ihnen und ihrem widerlichen Schöpfer war ich gezwungen eine Entscheidung zu treffen. Eine Entscheidung, die mich förmlich innerlich zeriss. Keira zog lediglich die Augenbrauen hoch. Sie war die Schützerin und die Chancen, dass sie mich jetzt verlassen würde, gingen gleich gegen null.

»Janlan, du kannst das. Du wirst mir nichts tun, aber ohne mich wirst du es wohl kaum schaffen.«

Meine Augen waren jetzt von einem Rot umgeben. Sie leuchteten bedrohlich und nahmen mir fast jedes menschliche Aussehen. Meine Iris war blutrot und das Weiß meiner Augen war von leuchtend roten Linien durchzogen. Ich war ein Monster, das nur auf Rache und Überleben ausgerichtet war. Mein Überleben.

»Janlan -«, begann Keira und versuchte mich an der Schulter zu berühren. Ich fuhr zu ihr herum und aus meiner Kehle erklang ein tiefes Knurren.

»Janlan, hör auf mit dem Quatsch. Du fällst mich nicht an.«

Ich setzte zu einer wutentbrannten Antwort an, aber mir blieb keine Zeit. Ein Krachen ertönte und die Erde bebte stärker als die ganze Zeit zuvor.

»Sie kreisen uns ein«, knurrte ich mit zusammengebissenen Zähnen. Meine Dolche waren in meinen Händen, ohne dass ich mich daran erinnern konnte, sie gezogen zu haben. Ich spürte eine Berührung am Rücken und wirbelte herum. Die Klinge meines Dolches grub sich in Fleisch und zog einen roten Striemen über Keiras Hals. Sie trat keinen Schritt zurück. Ich sah nur ihr Blut, dass ihm Rhythmus ihres Herzen durch ihre Adern gepumpt wurde.

»Janlan«, setzte sie leise und beruhigend an, obwohl ich wahrnahm, dass ihr Blut immer schneller floss. Sie hatte Angst. Ob vor mir oder vor dem was gleich aus dem Boden brechen würde, wusste ich nicht.

»Janlan, sieh mich an. Ich muss mich von ihnen unterscheiden. Du kannst einen Unterschied sehen, du musst ihn nur erst einmal finden.«

Ich starrte sie an, als hätte ich vergessen, wer sie war. Jeder Muskel in meinem Körper spannte sich an und verlangte nach Blut. Vielleicht sogar nach ihrem Blut. Ich versuchte mir angestrengt immer wieder ins Gedächtnis zu rufen, dass das vor mir Keira war. Keira, meine Freundin, meine Familie. Aber ein Teil von mir wollte es nicht einsehen. Dieser Teil erkannte keinen Unterschied und ich wusste, dass mir die Zeit davon- lief. Wir hatten höchstens noch eine Minute.

»Janlan, da muss etwas sein. Du kannst einen Unterschied finden und du musst, wenn wir das hier überstehen wollen. Ich glaube einfach nicht, dass ein Teil deiner Magie dich so beeinflussen kann. Das ist nicht ihre Natur und vor allem ist das nicht deine Natur.«

Sie bewegte sich vorsichtig auf mich zu, wobei die Klinge ihr weiter ins Fleisch fuhr. Sie zuckte nicht einmal zusammen. Sie fasste mein Handgelenk und drückte es ganz sanft nach unten. Es war, als würde ein Schalter umgelegt. Keira verschwand einfach aus meinem Sichtfeld. Ich nahm sie ganz einfach nicht mehr wahr. Alles, was ich jetzt noch sah, war die rote Welle, die aus dem Boden schwappte. Ein ohrenbetäubendes Krachen dröhnte durch das Zimmer, als die Dielenböden aufsprangen und die Wände Risse bekamen. Im Bad splitterten die Leitungen und versprühten Wasser. Es war nur der Bruchteil einer Sekunde, bis die erste Wand in einer Staubwolke verschwand. Ich wurde gepackt und nach draußen geschleift.

»Lass mich los«, fauchte ich und entwand mich Keiras Griff. Zumindest ging ich davon aus, dass sie es war, da ich sie nicht direkt sehen konnte. Der Staub, der von den verschütteten Wänden aufstieg, leuchtete in meinen Augen rot auf und sah aus wie ein blutiger Schleier, der vom Himmel fiel. Aus den entstandenen Spalten, die nach und nach das Motel verschlangen, drang das vertraute Gurgeln der versteinerten Kehlen. Sie erschienen aus dem blutigen Nebel wie Monster, die einem Horrorfilm entsprungen waren. Es war egal, wohin ich mich wand, überall erschienen die buckligen Schemen der Erdwesen, die ihren Kreis um mich immer enger zogen. Sie knurrten und gurgelten und schwangen ihre klauenartigen Finger. Manche von ihnen trugen kleine Dolche, die das rote Licht des Neonschildes reflektierten, oder eher das, was davon übrig war. Die ersten Wesen waren nur noch einen Meter von mir entfernt. Ihre buckligen Körper rückten immer näher. Ich verharrte solange, bis eines seine Finger gezielt nach mir ausstreckte und unverständlich zu knurren anfing. Diese Bewegung reichte aus. Die Dolche schnellten vor und trennten in einem schnellen Bogen die Klaue vom Rest des Körpers. Ich konnte genau sehen, wie das steinerne Herz des Wesens immer weiter pumpte und so das Blut aus dem Körper trieb. Das Wesen sackte zusammen und machte dabei ein Geräusch, als würde ein Steinhaufen umstürzen. Ich spürte, wie mein Mund sich zu einem höhnischen Grinsen verzog. Ich hatte Blut vergossen und nun wollte ich noch mehr davon. Ich verlangte nach mehr. Meine Dolche fuhren durch die Körper, als würden sie auf keinen Widerstand treffen. Es war wie damals im Tunnel. Keine Bewegung, die ich tat, hinterließ nicht mindestens ein verletztes oder totes Wesen. Der Boden schmatzte bereits und rote Pfützen bildeten sich zwischen dem ganzen Schutt und den erdigen Leichen. Nur am Rande sah ich durch meinen roten Schleier, wie Wesen zur Erde sackten, die ich nicht berührt hatte oder die auch nur in meiner Nähe gewesen waren. Ich sprang über eine Kreatur, die ich eben erst unterhalb des ehemaligen Bauchnabels gespalten hatte. Ich hörte noch das Röcheln, bis auch dieses endlich still wurde und kein Blut mehr durch seine Adern floss. Der Rausch, in dem ich mich befand, trieb mich immer weiter an und hielt vor keinem Wesen, das ich erreichen konnte. Ich hätte nicht mitzählen können, wie viele bereits entstellt im Dreck lagen. Ich sah nur noch dieses eine Erdwesen, das aufrechter ging. Es war am anderen Ende des Motels und schien, im Gegensatz zum Rest, nicht auf mich zuzustürmen und begierig nach meiner Kehle zu greifen. Es erteilte gurgelnd Befehle und schickte den Rest seiner verdammten Art in den Tod. Während ich rannte, durchstieß ich ganz nebenbei den Brustkorb eines Wesens und stach mit der Klingenspitze in sein Herz. Ein anderes brach zusammen, als ich seine Kniesehnen zerschnitt. Die, die noch lebten, krochen über den blutgetränkten Boden und versuchten mich zum Fall zu bringen. Alles, was sie erreichten, war, dass ich mit einem Tritt ihre Brustkörbe zerschmetterte und Knochensplitter in ihre, zum Teil versteinerten, Organe trieb. Jedes Mal erfüllte mich eine primitive Genugtuung, die nie gestillt zu sein schien. Im Gegenteil, der Anblick dieses Wesens, das so anders schien, ließ meine Instinkte nur nach noch mehr Blut verlangen. Das Motel sah inzwischen aus, als wäre es der Schauplatz eines Krieges gewesen. Nie wäre jemand auf die Idee gekommen, dass zwei Frauen eine solche Spur des Todes hinterlassen würden. Ich spürte, dass Keira in meiner Nähe war. Ich konnte förmlich ihr Blut durch ihre Adern pulsieren hören, aber ich konnte sie immer noch nicht sehen. Sie blieb der Blutsicht verborgen.

Das Wesen war nur noch fünf Meter entfernt und knurrte weiter in seiner gurgelnden Sprache. Es verstummte, als ich keuchend vor ihm stand. Mein Körper zitterte, so stark verlangte er nach dem Blut dieses bestimmten Wesens. Meine Brust hob und senkte sich schwer, als ich versuchte mich nicht auf es zu stürzen. Ich bemerkte, wie die anderen Wesen immer wieder versuchten näher zu kommen, aber sie wurden jedes Mal niedergestreckt, bevor sie mich erreichen konnten. Von meinen Dolchen tropfte das Blut, als ich sie anhob und drohend auf das Erdwesen richtete. Ich erkannte durch meinen blutigen Schleier, dass seine Gesichtszüge nicht vollkommen entstellt waren. Sie trugen Spuren des Menschlichen. Und jetzt gerade grinste es mich herablassend an. Was nun aus seiner Kehle kam, war kein Gurgeln oder Knurren mehr, es war eine klare tiefe Stimme.

»Die Hüterin des Amuletts«, höhnte sie. Die Augen des Wesens weiteten sich und schienen jeden Zentimeter meines Gesichtes zu mustern. Sie verweilten für eine gefühlte Ewigkeit auf meiner Brust und betrachteten gierig das Amulett.

»Er hatte wohl recht«, sagte es kalt und verzog die dreckigen Lippen zu einem bedrohlich verlangenden Lächeln. Ich zuckte zusammen, als hätte er mir einen meiner Dolche in mein Herz gerammt.

»Wo ist er?«, knurrte ich und sah nun nichts anderes als das Blut dieses einen Wesens. Das Blut, das ich unbedingt vergießen wollte. Es war fast unmöglich die Farbtöne zu unterscheiden, so rot war der Schleier, den die Blutsicht über meine Augen gelegt hatte.

»Er ist bei mir und genießt meine Gastfreundschaft.«

»Ich töte dich, wenn du ihm auch nur einen Kratzer zufügst«, meine Stimme zitterte vor Zorn. Es war unmöglich mich noch viel länger zu kontrollieren.

»Packt sie und bringt sie zu mir!«, rief es plötzlich. Etwas in seiner Stimme hatte sich verändert. Sie klang immer noch gierig und bedrohlich, aber die Gier schien sich verändert zu haben. Ich schrie auf, als an meinen Unterarmen ein stechender Schmerz entbrannte. Ich hatte die anderen Wesen vergessen. Sie klammerten sich an mich und zerrissen meine Kleider. Ich wirbelte herum und trennte mindestens vier Köpfe ab. Mein eigenes Blut rannte an meinen Armen hinunter und tropfte von meinen Fingern. Die Griffe der Dolche wurden glitschig und drohten mir aus den Händen zu rutschen.

»Tötet sie nicht!«, kreischte das Wesen. »Bringt sie zu mir! Ich will sie haben! Bringt sie zu mir!«

Ich stöhnte erneut auf, als eine Kralle über meinen Bauch fuhr. Ich spürte, wie mir die Dolche entglitten. Meine Finger waren taub geworden. Die Blutsicht tobte immer noch in meinem Inneren, aber mein Körper schien nicht mehr in der Lage dem Verlangen nachzukommen und dennoch hörte ich nicht auf. Ich hatte keine Waffe mehr, aber ich konnte mich immer noch verteidigen. Ich musste mich verteidigen. Ich wollte immer noch das Blut des Wesens und dieses stand nach wie vor an derselben Stelle und starrte mich an.

»Bringt sie zu mir!«, schrie es erneut und übertönte das ganze Kampfgegurgel.

»Bringt sie -«, ein plötzliches Röcheln verschluckte den Rest seiner Worte und ich sah durch meinen roten Schleier, wie das Wesen zu Boden sackte.

»Neiinn!«, schrie ich, als ich erkannte, dass es tot war. Ich sah, wie das Herz ein letztes Mal schlug und den letzten Strom an Blut durch die Adern pumpte. Dann war das Wesen aus meiner Sicht verschwunden.

»Neiiinn«, fauchte ich wieder. Ein Schmerz entbrannte an meiner Schläfe und trübte meine Blutsicht. Das pulsierende Blut der Wesen verschwamm zu einem schlierenhaften Nebel. Ich spürte nur noch, wie meine Knie mit einem schmatzenden Geräusch auf dem Boden aufschlugen und dann wurde es schwarz.

»Janlan? Kannst du aufstehen?«

Mein Kopf pochte und überall an meinem Körper spürte ich stechenden Schmerz. Meine Kleider fühlten sich nass an und an meinen Händen war etwas Klebriges. Erst allmählich fiel mir wieder ein, was passiert war. Was vermutlich eben erst passiert war, da ich immer noch auf der Erde lag. Bei dem Gedanken, dass meine Kleider blutgetränkt waren und ich vielleicht sogar noch in einer Blutpfütze lag, drehte sich mir der Magen um.

»Wo sind sie?«, murmelte ich immer noch leicht benommen.

»Zurück in die Tunnel. Komm, ich helfe dir hoch.«

Keira zog mich vorsichtig auf meine Beine.

»Auuu, scheiße!«, entfuhr es mir, als mein rechtes Knie einfach einknickte.

»Was ist passiert?«, fragte ich mit zusammengebissenen Zähnen, während Keira mir zum Auto half. Wir hatten wohl mehr als Glück, dass es nicht in eine der entstandenen Erdspalten gerutscht war oder unter Mauerteilen begraben lag.

»Nachher. Jetzt holen wir erstmal unsere Rucksäcke. Oder eher ich hole die Rucksäcke und du wartest im Auto.«

»Ich kann dir suchen helfen. Sie sind bestimmt unter Teilen des Zimmers verschüttet.«

Ich versuchte wieder aus dem Auto zu kletter, aber Keira drückte mich einfach wieder zurück auf den Sitz und schloss die Tür.

»Keira!«, protestierte ich schwach. Ich konnte nicht umhin zu bemerken, dass mein Sichtfeld zwar nicht mehr von der Blutsicht verschleiert war, aber wirklich scharf sehen konnte ich auch nicht.

An meinen Unterarmen waren tiefe Schnittwunden, aus denen immer noch Blut sickerte. Mein Bauch war übersät von Kratzern und einer zog sich durchgehend von einer Seite zur anderen, auch diese Wunde blutete stetig weiter. Es war kein Wunder, dass ich mich schwach und schwummrig fühlte. Ich wollte gar nicht erst darüber nachdenken, warum mein Knie eingeknickt war. Ich spürte jetzt noch das stechende Pochen und glaubte zu fühlen, wie Blut an meiner Wade hinab lief. Die Blutsicht würde mich ganz sicher noch umbringen. Während ich in ihr war, merkte ich es kaum, wenn ich verletzt wurde.

Verwirrt sah ich aus dem Fenster, weil ich eine verschwommene Bewegung wahrgenommen hatte. Keira schien die Überreste der Rezeption zu betreten. Was wollte sie da? Allmählich wurde ich nervös. Ich wusste nicht genau, wie lange ich bewusstlos gewesen war. Vielleicht würden die Erdwesen zurückkommen. Ich wusste ja nicht mal, warum sie verschwunden waren. Ich atmete ein wenig erleichtert auf, wobei meine Hand sofort zu meiner rechten Seite wanderte. Ein Schmerz war unerwartet an meinen Rippen ausgebrochen und fuhr nun durch jede Ader meines Körpers.

»Janlan, geht es noch?«, fragte Keira besorgt, als sie hastig in den Galaxy einstieg. Ich versuchte zu nicken, aber mein schmerzverzerrtes Gesicht würde meine ganze Mühe zu Nichte machen. Egal wie ich mich bewegte, ich musste jedes Mal scharf die Luft einziehen, da ein anderer Teil meines Körpers vor Schmerzen aufschrie. Keira musterte mich mehr als besorgt und versuchte so schnell den Gang einzulegen, dass die Kupplung empört aufröhrte.

»Du musst es aushalten, bis wir in Levan sind. Das sind nur noch sechzehn Kilometer. Ich glaube nicht, dass es klug wäre in der unmittelbaren Umgebung zu bleiben. Sie könnten jederzeit wieder kommen und eine zweite Runde schaffen wir wohl eher nicht.«

Es glich schon einem üblen Witz des Schicksals, dass die Sonne gerade blutrot aufging und alles in einen erneuten roten Schleier hüllte. Unwillkürlich sah ich besorgt in den kleinen Spiegel an der Sonnenblende und überprüfte, ob meine Iris sich rot färbte. Aber sie sah normal aus. Eisblau wie stets. Jedoch war sie das Einzige, was mir in diesem Moment vertraut vorkam. Mein Gesicht war so blass, dass ich sicher als ein perfekter Vampir durchgegangen wäre. Unter meinen Augen war ein tiefer Schatten und verkrustetes Blut klebte an meiner rechten Schläfe. Wenigstens wusste ich jetzt, warum ich den Ausgang unserer kleinen Schlacht verpasst hatte.

»Janlan, bleib wach!«, fuhr Keira mich plötzlich an. Ich hatte nicht mal bemerkt, wie mein Kopf gegen die Fensterscheibe gesackt war.

»Keira, hör auf, so schlimm stets um mich schon nicht.«

Ich zuckte kleinlaut zurück, als mich ein beinahe tödlicher Blick von der Seite traf.

»Wir müssen es ja nicht auch noch darauf ankommen lassen. Also, tu mir den Gefallen und bleib einfach wach.«

»Sch -«, unterdrückte ich mein Fluchen, als ich versuchte mich gerade hinzusetzen. Ich sah nur aus den Augenwinkeln, wie Keira eine Augenbraue hochzog und biss mir auf die Lippen, um jeden weiteren Laut zu verhindern. Levan schien mir unerträglich weit weg. Ich war todmüde und wollte einfach nur noch schlafen, vorausgesetzt ich würde eine Position finden, in der mir die Schmerzen nicht die Luft abschnürten.

»Wir sind da. City View Hotel. Du wartest hier, ich besorge uns ein Zimmer und hole dich dann. Wir sollten versuchen dich auf das Zimmer zu bekommen, ohne gleich das gesamte Hotelpersonal zu schocken.«

Ich wollte gerade etwas erwidern, als Keira mich mit einem einzigen Blick zum Schweigen brachte. Es dauerte erneut viel zu lange, bis sie wieder auftauchte. Sie faselte etwas von Hintereingang und schlang sich dann meinen Arm um die Schultern und griff gleichzeitig nach beiden Rucksäcken.

»Ich ... kann ... kann einen nehmen.«

Ich schaffte es nur noch leise zu murmeln.

»Wir sind gleich da, Janlan, dann kannst du dich hinlegen.«

Auch wenn sie versuchte mich zu beruhigen, hörte ich doch, dass sie sich einige Sorgen machte.

»Janlan?«

»Mh?«, war alles, was noch von mir kam.

»Janlan, wir sind im Zimmer.«

»Oh«, nuschelte ich.

Die nächste Stunde war ich wacher, als mir lieb war. Keira reinigte und verband jede Verletzung und ließ es sich nicht nehmen, Betaisodonasalbe auf alle Wunden zu schmieren. Das folgende Brennen war schlimmer als die Verletzung selbst. Ausgenommen von den Schnitten an meinen Armen.

»Die muss ich nähen«, sagte Keira ein wenig abwesend. Unwillkürlich zog ich meine Arme zurück und beäugte sie misstrauisch.

»Seit wann kannst du Schnittwunden nähen?«

Als Antwort zog sie meine Arme etwas zu heftig zu sich.

»Seit ich eine beste Freundin habe, die darauf steht, sich in Scheibchen schneiden zu lassen.«

»Haha«, sagte ich trocken und zuckte zusammen, als die Nadel in die gereizte Haut fuhr. Ich biss mir auf die Lippen, um nicht von den Schmerzen zu schreien.

»Entschuldige«, kam es leise von Keira. Ich schüttelte nur abtuend den Kopf. Es war ja immerhin nicht ihre Schuld. Wenn, dann war es ja wohl meine Schuld. Ich war diejenige, die ihre Magie nicht beherrschen konnte. Ich hätte auch viel früher wach werden müssen.

»Ich muss das nähen, sonst wird es nicht richtig heilen. Es sind sicher nicht mehr als sieben oder acht Stiche.«

»Insgesamt?«, fragte ich aus bloßem Wunschdenken heraus.

»Eher sieben bis acht pro Arm. Da haben sie dich besonders schlimm erwischt.«

»Was ist denn jetzt eigentlich passiert? Warum sind die Erdwesen plötzlich verschwunden?«

Keira zuckte unwissend mit den Schultern, was dazu führte, dass der Faden sich ungewollt spannte. Ich zog pfeifend die Luft ein und verzog ungewollt mein Gesicht.

»Entschuldige«, kam es erneut hastig von Keira. »Sie sind einfach zurück in die Erde, als ich dieses Erdwesen, das sprechen konnte, getötet habe. Immerhin hat es gebrüllt, dass sie dich packen sollen.«

»Es war kein Wesen«, sagte ich plötzlich und wusste trotzdem, dass es stimmte. »Ich denke, das war die Stimme des Meisters.«

Keira hielt so abrupt in ihrer Bewegung inne, dass sie aussah wie eine Wachsfigur aus Madam Tussauds. Es dauerte einen Moment, bis sie ihre Gedanken wieder geordnet zu haben schien.

»Du meinst, der Meister war da? Glaubst du, er ist mit dem Wesen gestorben oder denkst du, das Wesen war der Meister?«

»Das Zweite wäre wohl zu schön, um wahr zu sein und vor allem viel zu einfach.«

Ich konnte meine Worte gar nicht so schnell zurücknehmen, wie sich ihre Augenbraue hob.

»Einfach? Ich nähe gerade deine Arme wieder zusammen, weil wir von Hunderten von diesen Viechern überrannt wurden. Dass wir am Leben sind, grenzt an ein Wunder.«

»Okay ... so war das ja gar nicht gemeint«, antwortete ich besänftigend. Zum Streiten war ich gerade wirklich nicht aufgelegt.

»Außerdem haben wir jetzt noch ein weiteres Problem«, fuhr sie streng fort und zupfte dabei wieder am Faden.

»Ach ja?«, fragte ich ein wenig verwirrt.

»Ja, ganz offensichtlich will er dich entführen. Vielleicht glaubt er, dass er deine Magie braucht, um das Amulett zu verwenden.«

Ich zuckte mit den Schultern. Ich war von dieser Theorie nicht besonders überzeugt. Mir fielen die begierigen Augen des Wesens wieder ein und ich musste einen Schauer unterdrücken.

»Aber so langsam können wir wohl davon ausgehen, dass der Meister nicht gerade unter der Sonne lebt«, murmelte ich leise.

»Das befürchte ich auch. Wenn wir die Menschen wirklich retten wollen, dann müssen wir wohl in diese Tunnel hinabsteigen. Allerdings wäre das, als würden wir uns in die Höhle des Löwen begeben. Immerhin will der Meister das Amulett und das hast nun mal du. Demnach würden wir gleichzeitig riskieren, dass er das Amulett bekommt. Deshalb weiß ich nicht, was wir als Nächstes machen sollen. Aber hier bleiben können wir auch nicht. Er scheint einen Weg zu haben, uns zu finden, egal wo wir sind. Wir haben eventuell überhaupt keine andere Wahl. Ich weiß es einfach nicht. Die Tunnel könnten sich unter ganz Alanien erstrecken und wer weiß schon, wo die Jugendlichen festgehalten werden oder ob sie nicht alle bereits zu diesen Erdwesen geworden sind. Wir können natürlich auch nicht das Amulett einfach irgendwo verstecken. Das wäre auch zu riskant. Am Sichersten ist es, denke ich, bei dir, aber dann bist du nicht sicher.«

Keira redete immer weiter und schien mich gar nicht mehr richtig wahrzunehmen. Sie war in ihre Überlegungen der Schützerin versunken und ich fand auch, dass alles recht logisch klang, aber ich konnte einfach das Gefühl nicht los- werden, dass wir gar nicht den Luxus dieser Überlegungen hatten. Mir kam es nicht so vor, als hätten wir wirklich die Möglichkeit, irgendetwas zu entscheiden. Wir waren Gejagte in unserem eigenen Land und waren gleichzeitig die Einzigen, die unser Land beschützen konnten.

Ich wurde wieder aus meinen Gedanken gerissen, als ich bemerkte, dass Keira immer noch laut vor sich hinsprach und jeden Gedanken formulierte, der ihr durch den Kopf zu gehen schien.

»Außerdem würde ich gerne wissen, wie er das macht. Wie er diese ganzen Monster steuert. Wenn es wirklich so ist, dass das Medaillon die Fähigkeit besitzt, Körper zu kontrollieren, und zwar jeden Körper, den er möchte, warum befiehlt er dann nicht einfach unsere und lässt uns schnurstracks zu ihm kommen. Das ist merkwürdig ...«

»Was hast du gerade gesagt?«, unterbrach ich sie hastig. Sie sah zu mir hoch und schien für einen Moment überrascht, mich vor sich zu sehen.

»Ähh... was? Was habe ich gesagt?«

Sie hatte inzwischen längst meine Arme genäht und feste Verbände darum geschlungen. Ich war also im Prinzip verarztet und hätte schlafen gehen können und dennoch saßen wir immer noch in dem kleinen Bad und starrten uns an, als hätten wir gerade im Lotto gewonnen.

»Du hast dich gefragt, warum er nicht einfach unsere Körper kontrolliert.«

Ich sah sie an und wartete, dass sie bestätigend nickte. Dann konnte ich ein triumphierendes Grinsen nicht mehr unterdrücken. Bei Keira rief es nur Skepsis hervor. Sie war noch nicht dahinter gekommen.

»Warum grinst du so doof?«

»Weil ich weiß, dass er uns nichts anhaben kann. Du hast es selbst gesagt. Er kontrolliert uns nicht. Und der einzige Grund dafür kann nur der sein, dass er weder dich noch mich kontrollieren kann. Du besitzt die Magie des Schwarzen Medaillons und ich die des Amuletts der Seelentropfen. Dir kann die eigene Magie nichts anhaben und das Amulett ist der Ausgleich zum Medaillon. Wir könnten also direkt zu ihm laufen und er könnte uns nicht befehligen. Wir müssten nur mit den Dolch schwingenden Erdwesen fertig werden.«

Ich grinste immer noch. Das war die Lösung und wir hatten sie die ganze Zeit nicht gesehen. Wie Blinde waren wir durch die Gegend gerannt und hatten einen Ausweg gesucht.

»Deshalb sind wir nicht in die Erdspalte gefallen, als sie uns verfolgt hat. Die Magie musste vor uns haltmachen. Sie hat nicht nur vor mir gestoppt, bei dir wäre der Boden auch nicht unter den Füßen weggebrochen. Deshalb hat er in Amalen versucht, das Amulett von meinem Hals klauen zu lassen. Er kann uns nicht befehligen. Also muss er uns töten oder mit Gewalt entführen oder eben das Amulett stehlen.«

Keira sah mich nun konzentriert an.

»Vielleicht hast du Recht, aber trotzdem wären da wirklich noch die Erdwesen. Wir haben das heute überstanden, aber wer weiß, wie viele von denen noch unter unseren Füßen lauern. Du stellst es dir zu einfach vor.«

»Und du es dir zu kompliziert!«, fuhr ich sie etwas zu heftig an und für einen Herzschlag lang war das ganze Bad in Rot getaucht. Ich stürmte an Keira vorbei, bevor ich noch wütender werden würde. Ich warf mich unüberlegt auf mein Bett und schrie in Gedanken vor Schmerz auf. Ich hörte ihre vorsichtigen Schritte, als sie sich mir näherte. Ich wusste und merkte, dass ich an der Grenze stand. Es brauchte nur noch einen Funken und ich wäre in der Blutsicht gefangen.

»Janlan ...?«, setzte sie leise und behutsam an.

»Lass mich!«, fauchte ich zurück und vergrub mich unter der Decke. Glaubte sie, ich fand das alles toll? Dass sich das alles zu meinem Hobby entwickelt hatte und ich mir nichts Besseres vorstellen konnte? Ich würde liebend gerne nach Amalen zurückfahren und die ganze Welt ihrem eigenen Mist überlassen. Und einfach nur in den Armen meines Freundes auf der Terrasse meines riesigen Hauses sitzen. Ich wollte nicht in dreckigen Tunnel rumkriechen und ein ganzes Land nach entführten Kindern und Jugendlichen absuchen und dabei Craigs Leben gefährden. Das alles nur, weil ich mit Nachnamen Alverra hieß. Ich wollte das alles nicht, aber ich hatte ja wohl keine Wahl. Das hatte mir die Welt inzwischen mehr als klar gemacht.

»Janlan«, sagte sie nun etwas weniger ruhig.

»Ich werde da runter gehen und diesen Bastard töten und seine ganzen verkrüppelten Wesen auch und dann werde ich endlich mein eigenes Leben führen. Entweder kommst du mit oder du kannst nach Hause fahren.«

Ich hatte die Augen geschlossen und dennoch wusste ich, dass sie von einem leuchtenden Rot umzeichnet waren.

»Janlan ...«

»Keira!«, fauchte ich ein letztes Mal, bevor ich mich ganz wegdrehte, und versuchte mich in den Schlaf zu flüchten.

20
Erlauschte Hilfe

Ich traute mich kaum, am nächsten Morgen die Augen aufzumachen. Mein schlechtes Gewissen hatte mich schon in meinen Träumen verfolgt. Aber andererseits hatte ich ja nicht ganz Unrecht und dass ich so aggressiv gewesen war, lag ja an der Blutsicht und nicht direkt an mir. Ich wusste, dass das Haarspalterei war, aber für den Moment war das für mich völlig okay. Es gab keinen anderen Weg. Ich würde hinabsteigen, möglicherweise den einen oder anderen Kampf bestreiten müssen, und dann würde ich den Meister finden und töten oder zumindest das Medaillon an mich bringen. Das war mein Plan. Es war ihre Entscheidung, ob sie ihn zu unserem Plan machen wollte.

»Steh auf, wir müssen los.«

Ich fuhr so erschrocken zusammen, dass ich fast aus dem Bett gefallen wäre. Keira stand mit verschränkten Armen vor meinem Bett und sah mit hochgezogener Augenbraue auf mich herunter.

»Wird auch Zeit, dass du aufwachst. Müssen wir einen deiner Verbände wechseln, bevor wir losfahren?«

Ich hörte an ihrer Stimme, dass sie ein wenig sauer war, aber sie schien entschieden zu haben, über gestern Abend nicht zu reden.

»Ich weiß nicht. Ich denke nicht«, stotterte ich immer noch ein wenig überrumpelt.

»Ich habe einen Vorschlag: du stehst auf und dann werden wir ja sehen, wie viele deiner Verletzungen wieder angefangen haben zu bluten.«

Ich gehorchte nur widerwillig. Als ich meinen Oberkörper aufrichtete, ächzte jeder Muskel und die unzähligen Kratzer und Schnitte fingen höllisch an zu brennen. Ich biss mir auf die Lippe und versuchte jedes Geräusch, das aus meiner Kehle kommen wollte, zu unterdrücken.

»Wie kommt es eigentlich, dass du völlig unverletzt bist?«, fragte ich mürrisch. Keira hatte nicht einmal einen einzigen Kratzer.

»Tja. Das könnte daran liegen, dass ich nicht wie eine Wilde durch die Feinde renne und keine Rücksicht darauf nehme, ob mir etwas passiert. Was man von dir nicht behaupten kann. Hast du überhaupt bemerkt, dass du von hunderten kleiner Dolche durchbohrt wurdest? Oder mir fast mal den Kopf abgeschlagen hättest?«

»Ich hab dich fast geköpft?«, fragte ich entsetzt. Ich hatte nicht bedacht, dass Keira nicht sehen zu können, auch bedeutete, dass ich ihr gegebenenfalls nicht ausweichen konnte.

»Ist nicht so schlimm, ist ja nichts passiert«, sagte sie hastig, als sie sah, wie mir das Blut aus dem Gesicht wich und blankes Entsetzen darauf erschien.

»Ich hab dich fast geköpft, wie kann das nicht schlimm sein! Okay, damit ist das geklärt, du fährst zurück nach Amalen!«, brüllte ich viel zu laut. Alleine der Gedanke Keira zu töten, brachte mich förmlich um, auch wenn ich eben noch sauer auf sie gewesen war. Die Vorstellung war einfach nicht akzeptabel. Sie war schon einmal meinetwegen gestorben und das hatte ich mir kaum verziehen, wenn ich es überhaupt inzwischen wirklich tat. Und wenn ich diejenige war, die sie tatsächlich umbrachte, dann würde ich es mir nie vergeben. Wie sollte man sich so etwas auch verzeihen, alleine der Gedanke daran war unverzeihlich.

»Du spinnst wohl!«, kam jetzt die ebenso laute Antwort von Keira. »Ich gehe ganz sicher nicht zurück nach Amalen! Wie oft willst du noch versuchen mich loszuwerden? Du wärst bereits mehr als einmal gestorben, wenn ich nicht da gewesen wäre! Du bist vielleicht die Seelenseherin, die die Welt retten soll, aber ich bin die Schützerin, die die Seelenseherin retten soll. Also hör auf so zu tun, als würdest du diese Last ganz alleine tragen! Ich trage sie genauso. Wenn du stirbst, habe ich versagt und die Welt geht unter! Glaubst du, der Gedanke gefällt mir? Glaubst du wirklich, ich finde es toll, meiner beste Freundin zu raten, dass sie ihren Freund vielleicht nicht retten kann? Ich finde es nicht toll! Ich hasse es, dich so leiden zu sehen. Ich hasse es zu wissen, dass du dich selbst zerfleischst, weil du die verkrüppelten Wesen töten musstest. Ich hasse es, dass du denkst, ich hätte Angst vor dir und ich hasse es, dass du dich selbst für ein blutrünstiges Monster hältst! Ich hasse es, dass meine beste Freundin denkt, sie wäre eine kaltblütige Mörderin! Ich hasse das alles genauso wie du und ich bin davon ein genauso wichtiger Teil, also hör auf! Hör einfach auf damit! Ich will nie wieder hören, dass du mich wegschicken willst. Ich werde nämlich nicht gehen! Nicht jetzt und auch nicht irgendwann anders!«

Sie schnaubte so schwer, dass ich dachte, dass sie gleich explodieren würde. Es war unglaublich, wie schnell ihr Temperament in Fahrt geriet und wie viel sie in letzter Zeit geschluckt haben musste, dass es jetzt alles aus ihr herausbrach. Keira schien gerade Luft zu holen, um eine zweite Runde zu starten.

»Du hast Recht«, sagte ich schnell und ein wenig kleinlaut. Ich ging vorsichtig auf sie zu. Es bestand die Möglichkeit, dass sie vollkommen ausflippen würde, wenn ich jetzt versuchte sie versöhnlich zu umarmen, aber vielleicht würde es sie auch wieder beruhigen. Die Chancen standen so ungefähr fünfzig-fünfzig. Sie funkelte mich immer noch an und schien gerade selbst abzuwägen, wie sie reagieren wollte.

»Du hast Recht«, sagte ich noch einmal und umarmte sie. Eine Sekunde lang dachte ich wirklich, dass sie mich wegstoßen würde, aber dann löste sich ihre Körperspannung und sie sackte erschöpft in meine Arme.

»Keira, vielleicht sollten wir doch noch hier bleiben. Du hast nicht viel mehr geschlafen als ich in der letzten Zeit, oder? Du hast nur so getan. Stimmt's?«

Ich wusste, dass ich richtig lag. Sie hatte die ganze Zeit das Gefühl gehabt, auf mich aufpassen zu müssen.

»Es tut mir leid, Keira. Ich war wohl ziemlich egoistisch.«

Sie schüttelte kaum merklich den Kopf.

»Verständlich ...«, war das Einzige, was ich von ihrem Gemurmel verstand.

»Warum hast du nicht eher etwas gesagt?«

Dass sie anfing zu lachen, hatte ich jetzt doch eher weniger erwartet.

»Ich dachte, wir hätten schon genug um die Ohren. Besonders ruhig war es dort, wo wir waren, ja nie. Und außerdem warst du nicht besonders aufnahmefähig. Eher wie ein Zombie als eine Seelenseherin. Tut mir leid, dass ich so laut geworden bin.«

Sie versuchte mich schwach anzulächeln, als sie ihren leicht hysterischen Lachanfall überwunden hatte.

»Ist okay, du hattest ein Recht dazu. Also, wie wäre es, wenn du dich hinlegst und mal wirklich schläfst. Wir -«, sie schüttelte den Kopf, noch bevor ich zu Ende gesprochen hatte.

»Wir sollten jetzt fahren. Wenn wir in Bewegung bleiben, dürfte es für sie schwieriger sein uns zu finden. Hoffe ich zumindest. Aber vorher ... deine Arme und dein Bauch.«

Der plötzliche Themenwechsel überrumpelte mich kurz. Was mir offensichtlich anzusehen war, denn Keira deutet nur auf meinen Bauch. Ich trug ein graues Schlaf-Shirt oder zumindest war das mal seine ursprüngliche Farbe gewesen. Jetzt hatte sich ein breiter roter Fleck darauf ausgebreitet und meine Verbände an den Armen sahen nicht anders aus.

»Oh ... Ohje«, stammelte ich, als ich mein eigenes Blut sah und mir plötzlich die Schmerzen wieder einfielen.

»Tut es weh?«, fragte Keira nun wieder sanft gestimmt. Ich nickte und biss mir dabei auf die Lippe. Ich musste noch nicht of genäht werden und wenn doch, hatten sich die Wunden immer entzündet und hässliche Narben hinterlassen und diese Wunden waren nie so groß gewesen wie die Schnitte jetzt. Ein zittriges Stöhnen entglitt mir, als Keira vorsichtig versuchte, den Verband an meinem rechten Arm zu lösen. Er klebte an der Wunde und riss die dünne, nutzlose Kruste wieder auf. Ich musste nicht hinsehen, um zu wissen, dass sich bereits eine gelbliche Flüssigkeit aus den Schnitten herausdrückte.

Ich biss mir so fest auf die Lippe, dass ich schon bald den vertrauten Metallgeschmack im Mund hatte, aber das reichte nicht aus, um mich von dem Brennen des Armes abzulenken. Der andere Arm würde nicht viel besser aussehen.

»Janlan -«, setzte Keira an. Ich schüttelte den Kopf und öffnete meine bis dahin zusammengepressten Augen.

»Sag es nicht. Bitte.«

»Wir müssen ins Krankenhaus.«

»Neiiinn«, jammerte ich und sah sie flehend an.

»Janlan, das ist entzündet und nicht nur ein bisschen. Ich bin sicher, dass du deine Arme in nächster Zukunft auch noch benutzten möchtest und das wird schlecht gehen, wenn sie abfallen.«

»Das wird schon wieder. Wir müssen nicht ins Krankenhaus und überhaupt, wie sollen wir das erklären? Entschuldigen Sie bitte, fiese kleine, ehemals menschliche, verkrüppelte und magische Erdwesen haben mir mit ihren winzigen Dolchen die Unterarme aufgeschlitzt. Klingt nicht besonders glaubwürdig, oder?«

Keira grinste mich an und trotzdem wusste ich, dass ich verlor.

»Das vielleicht nicht, aber hin musst du trotzdem. Uns fällt schon noch etwas ein.«

»Ich will nicht! Die werden die Nähte aufmachen, die Wunden reinigen und dann alles wieder zu machen. Das wird scheiß wehtun! Ich gehe nicht.«

Ich klang wie ein trotziges Kleinkind, das sich weigerte, seinen Gemüsebrei zu essen.

»Janlan. Echt jetzt, das wird nur schlimmer werden und dann wirst du dich selbst verfluchen, dass du nicht ins Krankenhaus bist und die Schmerzen ertragen hast. Und überhaupt weißt du ganz genau, dass du eh keine Wahl hast, also hör auf zu jammern.«

»Man kann es ja mal versuchen«, murrte ich.

Keira beschloss, dass es sinnlos wäre, die Verbände zu wechseln, wenn der Arzt das dann ohnehin machen würde.

Die Rezeptionistin starrte mich unverhohlen an, als Keira sich nach dem nächsten Krankenhaus erkundigte. Ob es jetzt Glück oder Pech für mich war, dass ein kleines Krankenhaus im Zentrum Levans lag, wusste ich nicht. Und außerdem wusste ich nicht, ob so etwas wie ein kleines Krankenhaus existierte, wie die Dame es benannt hatte. »Das kleine Krankenhaus«, hatte sie wortwörtlich gesagt, ohne ihren Blick von meinen Armen abzuwenden. Höchst wahrscheinlich dachte sie, ich hätte mir die Pulsschlagadern aufgeschnitten. Menschen neigten dazu, immer das Schlimmste anzunehmen. Das Schlimmste und das Dramatischste. Der Gedanke, dass es völlig hirnverbrannt war, dass jemand, der sich die Pulsadern aufgeschnitten hatte, putzmunter und völlig normal vor ihr stand, kam ihr nicht.

»Tut mir Leid wegen dem vielen Blut. Ich hoffe, das geht aus den Laken wieder raus«, sagte ich spitz, als Keira und ich uns zur Tür wandten. Die junge Frau erstarrte in ihrer Bewegung und sah mich schockiert und verwirrt zugleich an. Keira hingegen versuchte, ein hartnäckiges Kichern zu unterdrücken.

»Nett«, gluckste sie anerkennend und führte mich zu dem mintgrünen Ford Galaxy, da ich letzte Nacht nicht so ganz mitbekommen hatte, wo wir parkten. Was die Levaner als Krankenhaus bezeichneten, hätte ich höchstens eine Gemeinschaftspraxis genannt. Wir wären ja schon fast vorbei gefahren, nur das sterile Weiß des zusammengepferchten Hauses erinnerte entfernt an ein Krankenhaus. Rote Wandfarbe musste mal von der Fassade herabgeleuchtet und tatsächlich das Wort ›Krankenhaus‹ verkündet haben. Als wir eintraten, offenbarte sich, dass die umliegenden Häuser dazugehörten. Man hatte einfach die trennenden Wände eingerissen und so die Klinik über bestimmt sechs Häuser erstreckt, ohne dass es von außen ersichtlich war.

Eine dickliche Frau kam auf uns zu und sah sofort, dass nicht Keira die Patientin war.

»Ach du meine Güte, was ist dir denn passiert?«

Besorgt musterte sie mich und versuchte zu erahnen, ob ich unter meiner karierten Bluse noch mehr Verletzungen hatte. Wie meistens übernahm Keira in solchen Situationen die Führung. Das war mir nur recht. Es graute mir immer noch vor der Wundreinigung. Ich hasste es, wenn der Arzt die Verletzungen regelrecht auskratzte. Das tat noch mehr weh als die Wunde selbst.

»Meine Freundin hier hatte gestern einen Unfall. Wir haben bis jetzt gebraucht, ein Krankenhaus zu erreichen.«

Keira lächelte sie einnehmend an und ließ keinen Zweifel daran, dass ihre Geschichte die reine Wahrheit war.

»Du armes Ding, das tut sicher teuflisch weh. Ich werde sofort nachschauen, welcher der Ärzte für dich Zeit hat. Ihr könnt hier warten oder ihr geht dort hinten in ein Behandlungszimmer. Das mit der Nummer sechs. Wie ihr möchtet.«

Sie lächelte mich aufmunternd an und zugleich hatte sie diesen Ausdruck unverhohlener Neugier. Ich war hier gerade wohl der Autounfall, zu dem keiner hinsehen wollte, aber trotzdem niemand es schaffte, seinen Blick abzuwenden. Dörfer oder Kleinstädte konnten so ätzend sein. Immer war jeder auf Tratsch aus, ob es nun um einen Einwohner ging oder um ein junges Ding, das suspekte Wunden an den Unterarmen hatte. Es war doch einfach überall dasselbe. Die Namen der Menschen variierten vielleicht, aber die Geschichten waren alle dieselben.

»Wir warten im Zimmer«, sagte Keira mit einer honigsüßen

Stimme. Aus irgendeinem Grund lehnte Keira die Tür nur an, als ich mich, erneut mürrisch, auf den Behandlungsstuhl schwang.

»Wieso machst du die Tür nicht zu?«

Ich merkte, dass sie sich so platzierte, dass sie ungesehen auf den Flur hinaussehen konnte.

»Um eventuelle Überraschungen zu verhindern. Davon hatte ich die letzte Zeit genug.«

»Du bist ganz schön angespannt, dabei werden mir doch gleich die Arme wieder aufgespalten.«

»Janlan, lass uns nicht schon wieder in diese Richtung gehen und so schlimm wird das schon nicht werden.«

Ich verzog die Mundwinkel skeptisch. Das glaubte auch nur sie. Ich verstummte, als Stimmen vor der Tür erklangen.

»Und wenn ich es dir sage. Die Tochter vom Chef hat selbst beobachtet, wie der Riss in der Erde, gleich hinter dem verfallenen Bauernhof, entstanden ist. Sie sagte, die Erde sei einfach weggebrochen. So ganz einfach ins Nichts. Und jetzt klafft dort ein Spalt, der über drei Meter breit ist und ich habe auch gehört, dass man in die Spalte klettern könnte ...«

Fast synchron richteten Keira und ich uns auf und horchten auf jedes Wort, das vor der Tür gesprochen wurde. Ich hätte beinahe den Atem angehalten, nur um sicherzugehen, dass – wer auch immer dort draußen tratschte – meinetwegen nicht plötzlich verstummte.

»Wenn ich es dir doch sage. Es ist unglaublich. Ich hätte nie erwartet, dass diese furchtbaren Verbrechen auch hier in Levan geschehen können. Andrea hat mir erzählt, wie ihre Freundin in Zimmer dreizehn gehört hat, dass Kai ... Du weißt doch, wer Kai ist?«

Eine andere Frauenstimme meldete sich nun auch zu Wort. Ich war sicher, dass das Leben der anderen Frau zu achtzig Prozent aus dem Austausch des neusten Klatschs bestand.

»Du meinst den kleinen Kai der Selmanns? Ist der nicht

erst vierzehn?«

Ich konnte mir bildlich vorstellen, wie die Frau eifrig nickte, wenn dies der gemeinte Kai war.

»Genau, der Sohn der Selmanns soll dort gewesen sein. Oder zumindest haben seine Eltern sein Mountainbike bei dem Rest des Bauernhofs gefunden. Es heißt, dass Schleifspuren vom Rad wegführten und bis zur Kante der Spalte reichten. Ist das nicht furchtbar? Ich möchte nicht in der Haut der Eltern stecken. Ich meine, die müssen doch jetzt schreckliche Schuldgefühle haben, weil sie nicht richtig auf ihn aufgepasst haben.«

Ich spürte, wie Zorn meine Kehle hinauf kroch und nur darauf lauerte, diesem dümmsten Exemplar einer Frau die Meinung zu sagen. Wie konnte sie bloß so kaltherzig sein? Es war ja mal ganz sicher nicht die Schuld der Eltern. Sie hatten ihren Sohn nicht mit verkrüppelten und versteinerten Fingern in den Abgrund gezogen. Nicht die Eltern. Dieser Widerling von Meister hatte den Eltern ihren Sohn geraubt und ihm seine Zukunft. Ich schüttelte den Kopf, als ich bemerkte, dass die Blutsicht in meine Augen kroch.

»Janlan«, hörte ich Keiras warnende Worte. »Ich kann vielleicht die Schwestern ganz gut ablenken und belügen, aber ein Arzt würde wohl kaum über die Röte in und um deine Augen hinweg sehen. Also reiß dich zusammen.«

Das Letzte fand ich etwas zu hart, biss mir aber auf die Lippen, um die Erwiderung, die mir bereits auf der Zunge lag, nicht laut auszusprechen.

»Nun ja, ich finde, man sollte die Eltern anzeigen. Also wirklich, wie wollen die sich noch mal auf irgendeiner Veranstaltung blicken lassen? In den Nachrichten wurde doch mehr als genug von den ganzen Entführungen berichtet. Da kann man sein Kind doch nicht einfach so unbeaufsichtigt mit dem Fahrrad durch die Gegend fahren lassen. Also wenn ich Kinder hätte ...«

Ah ja, da lag der Hund begraben. Die Frau hatte selbstverständlich keine Kinder und ganz sicher auch keinen Mann oder Freund, deshalb stürzte sie sich so auf die armen Eltern. Mir war das einfach unbegreiflich. Ich wurde aus meinen deprimierenden Gedanken gerissen, als das rundliche Gesicht der Frau plötzlich in der Tür erschien. Sie lächelte wieder freundlich, ohne dass es echt gemeint war. Sie hielt ein Klemmbrett und einen Kuli in der Hand.

»Der Doktor wird gleich kommen, allerdings müssten Sie das hier noch ausfüllen.«

Sie hielt erst mir das Brett hin, aber ich streckte meinen Arm nicht danach aus. Sollte sie mich doch für selbstmordgefährdet halten. Mit meinen ganzen Narben war ich an solche Blicke schon gewöhnt, egal wie versteckt der neugierige und bestürzte Ausdruck war, ich erkannte ihn immer. Immerhin war ich eine Seelenseherin. Wenn ich die Leute nicht einschätzen konnte, wer dann? Keira runzelte ein wenig die Stirn, als sie ihr dann schließlich die Formulare abnahm. Sie wartete, bis die Krankenschwester wieder gegangen war und fragte: »Deine Krankenkassenkarte?«

»Portemonnaie.«

Es war ein Wunder, dass wir beide es geschafft hatten, unsere Geldbörsen nicht zu verlieren und dazu auch noch alle Karten und Ausweise beisammenzuhalten.

Ich schaute erst wieder auf, als das Rascheln eines weißen Kittels erklang und endlich die Ankunft des Arztes ankündigte. Die zwei tratschenden Frauen waren zum Glück verschwunden.

»Also ...«, setzte er an. Er hatte silbriges Haar und trug eine Brille, die ihm bis auf die Nasenspitze herunter rutschte. Unter seinem dunkelgrünen OP-Outfit zeichnete sich ein gut erkennbarer Bierbauch ab.

»Also, Miss Alverra, sie hatten einen Unfall ...«, während er sprach, hatte er mich nicht einmal angesehen. Seine Nase hing so tief über den Formularen, dass ich dachte, dass dieser Mann trotz Brille völlig blind sein musste.

»Wie genau ist das passiert?«

Keira tischte ihm eine weitere gut gelungene Lüge auf, da ich keine Anstalten machte, die Frage des Herrn Doktors zu beantworten. Irgendwie mochte ich die Leute dieser Stadt nicht. Vielleicht lag das aber auch nur an meinem ohnehin schlechten Gemütszustand. Und wirklich vorhalten konnte man mir das, denke ich, auch nicht.

»Die Schwester wird die provisorischen Verbände abnehmen und dann werde ich wiederkommen.«

Kaum das er den Punkt hinter seinen Satz gesetzt hatte, war er auch schon wieder aus der Tür gerauscht.

»Was hältst du von dem, was wir gehört haben?«, fragte ich schließlich, weil ich versuchte, nicht auf die eitrigen und brennenden Schnitte zu sehen.

»Ich denke ...«, antwortete sie leise, »... dass der Meister unvorsichtig wird. Vorher war in den Nachrichten noch nie von einer Erdspalte die Rede. Ich dachte, wir wären die Einzigen, die er mit dieser Magie jagt. Ich fürchte, er ist dabei, richtig sauer zu werden.«

Sie sagte es so trocken, dass es fast schon wieder komisch war. Fast, wenn nicht so viel Wahrheit darin stecken würde. Ich fürchtete, dass uns die Zeit davonlief und die Zahl der Opfer ins Unmessbare stieg, wenn sie das nicht schon längst war. Wer eine Erdspalte am Rande einer Stadt entstehen ließ, würde früher oder später auch nicht davor zurückschrecken, eine ganze Stadt von der Erde verschlucken zu lassen, wenn er dadurch bekommen würde, nach was es ihn verlangte.

»Sieht so aus, als hätten wir unseren Zugang zu den Tunneln gefunden«, sagte ich wenig glücklich. Ganz sicher konnten wir nicht sein, aber irgendetwas sagte mir, dass das nur eine Ausflucht war, um die Wahrheit nicht erkennen zu müssen. Alles, was uns passiert war, hatte nicht im Geringsten etwas mit Zufall zu tun gehabt.

»Wir werde -«, setzte Keira an, doch dann erklangen die hektischen Schritte des Arztes, der nur Sekunden später vor mir stand. Die Prozedur war noch schlimmer, als ich es mir vorgestellt hatte. Die Schmerzen führten dazu, dass ich mir die Lippe aufbiss und den ekligen Geschmack von Blut ganz deutlich schmeckte. Mir drehte sich der Magen um und für ein paar Sekunden war mir sogar schwarz vor Augen geworden. Als der super beschäftigte Arzt seine Folter beendet hatte, entließ ich endlich die angehaltene Luft und presste mir ein Taschentuch auf die Lippe.

»Können wir gehen?«, murrte ich und war auch schon an Keira vorbei geeilt, bevor sie noch auf die Idee kommen konnte, die anderen Verletzungen untersuchen zu lassen.

21
Todesengel und Mörderin

Von dem Bauernhof war wohl noch weniger übrig als zuvor. Das einzige Gebäude, das noch halbwegs stand - und halbwegs war noch gut gemeint – war die Scheune. So wie es aussah, hatte sie in den besten Zeiten des Bauernhofs nicht mal ein Ziegeldach gehabt. Hier und dort hingen noch vergammelte Strohhalme vom Dach herunter, die einzigen Überreste, die davon berichteten, dass ein Dach wirklich einmal existiert hatte. Es war fast ironisch, dass das Einzige, das noch völlig unversehrt aussah, die Doppeltür war. Nur winzig kleine Löcher im Holz zeigten, dass Holzwürmer oder irgendwelche anderen Insekten sich an ihr zu schaffen gemacht hatten.

Keira parkte den mintgrünen Ford hinter der höchsten Mauer, in der Hoffnung, dass er keine Aufmerksamkeit auf sich ziehen würde. Ansonsten würden wir noch mehr zum Thema des Tratsches werden. Zwei fremde Frauen, die zuerst im Krankenhaus auftauchen und dann zu der kürzlich entstandenen Schlucht fuhren. Das würde sicher die eine oder andere Frage aufwerfen. Aber wie immer hatte sich Keira nicht davon abbringen lassen, ein ›Fluchtfahrzeug‹ in der Nähe zu haben.

Ich saß auf dem Beifahrersitz und starrte abwesend auf meinen Rucksack, den ich auf dem Schoß hatte.

»Sicher, dass wir das tun wollen?«, fragte Keira und sah mich dabei eindringlich an. Ich seufzte leise. Das war nun das dritte Mal innerhalb einer halben Stunde, dass sie mich das fragte. Wobei sie ein fast perfektes zehn-Minuten-Timing hatte.

»Keira, ich glaube, dass weder du noch ich eine andere Wahl haben.«

Sie nickte stumm und stieß mit einer beschließenden Bewegung die Autotür auf. Wir waren nach dem Krankenhaus in ein anderes Hotel gegangen. Das größte, das wir in Levan finden konnten, um genau zu sein. Wir hofften, dass wir dort weniger auffallen und auch weniger beobachtete würden. Es war unmöglich gewesen, gleich nach dem Krankenhaus zur Schlucht zu fahren, dazu war Keira viel zu erschöpft und ich hatte gegen etwas mehr Schlaf auch nichts einzuwenden. Geschweige denn gegen etwas Richtiges zu essen oder einfach die Tatsache, diese wahrscheinliche Selbstmordaktion einen Tag hinauszuzögern.

Tja und genau dieser Tag war jetzt vorbei und ich folgte meiner besten Freundin mit einem schrecklichen Gefühl im Magen. Ich musste meine Hand zur Faust ballen, um das Zittern zu unterdrücken, das sie plötzlich geschüttelt hatte, als ich nach der Tür griff. Es war, als würde alles in mir schreien »Geh dort nicht hinunter. Renn weg! Renn ganz weit weg!« Warum ich darauf nicht hörte, war mir zwar klar, aber irgendwie auch schleierhaft.

»Janlan?«, fragte Keira, als sie bemerkte, dass ich nicht direkt hinter ihr war.

»Ich komme«, sagte ich schnell und schüttelte das Gefühl ab. Als ich an die Kante trat, kam es mir vor, als hätte die Unendliche Schlucht sich einfach weiter ausgebreitet. Diese Schlucht ließ genauso wenig einen Boden erahnen.

Selbstmord. Das war es ganz sicher.

»Kannst du etwas sehen?«, fragte Keira, als sie sich weit über die Kante lehnte. Wenn ich das tun würde, würde sie mich wutentbrannt von der Kante wegreißen.

Ich schüttelte den Kopf.

»Mit der Seelensicht kann ich sie nicht sehen. Nur mit der

Blutsicht und in der befinde ich mich gerade nicht so richtig.«

Sie zog ihre Augenbraue hoch und gab mir damit zu verstehen, dass Sarkasmus jetzt nicht hilfreich war. Selbst wenn wir beide diese Sprache fließend sprachen.

»Dann wohl blind.«

Sie sagte es so trocken, dass es nur ernst gemeint sein konnte. Und irgendwie hatte sie Recht. Ich konnte die Erdwesen nicht sehen, wir könnten also jederzeit in sie hineinlaufen, sobald wir es in einen Tunnel geschafft hatten und das setzte voraus, dass ich die Kletterei erst einmal überleben musste. Denn einen absolut einfachen geraden Weg zu dem Loch in der Wand, auf das Keira eben noch gewiesen hatte, gab es nicht.

»Zieh die Schnallen enger«, sagte sie, als sie mich noch einmal musterte. Ich war nicht die Einzige, der der Gedanke gekommen war, dass ich nicht besonders kletterfest war. Besonders, wenn man bedachte, was das letzte Mal passiert war, als ich eine Wand hinauf klettern wollte. Ich war abgestürzt und das vor Craigs Augen. Noch so ein Moment, den ich eigentlich nicht überlebt haben sollte. Es war alleine Realdin zu verdanken, dass ich mich nun daran erinnern konnte. Er hatte mich mitten aus meinem Fall geschnappt und hinauf zu der Spitze des Bergs Alverall getragen. Ich war mir nicht sicher, dass wieder ein riesiger Adler vom Himmel stürzen würde, für den Fall, dass meine Finger abrutschten.

»Es sieht nicht so schwer aus. Das bekommen wir hin, sofern du endlich die Riemen deines Rucksacks um einiges enger ziehst.«

Ich hatte mich mal wieder so in meinen Gedanken verloren, dass ich Keiras Anweisung schon wieder ganz vergessen hatte. Schnell zog ich an dem abgewetzten Stoff. Die Riemen des Rucksacks schnitten mir jetzt fast schon in die Schultern.

»Ich gehe zuerst«, kaum das sie es gesagt hatte, war sie auch schon über die Kante verschwunden. Ich holte noch einmal tief Luft und versuchte mich ein wenig zu entspannen. Es war keine Überraschung, dass die Entspannung sofort wieder verschwand, als ich über die Kante sah.

»Na das wird etwas«, murmelte ich und folgte Keiras Beispiel. Klettern. Genau das Richtige für einen Tollpatsch wie mich. Ein falscher Handgriff und ich würde wieder einmal den freien Fall genießen. Vorerst reichte jedoch der Genuss der scharfen Kanten, die schmerzhaft in meine Hände drückten. Ich keuchte bereits nach wenigen Minuten und verfluchte mal wieder meine Herkunft. Wenn Bergsteiger Freude daran hatten, na schön, aber ich mochte diese Aktivität ganz und gar nicht. Ich wünschte mir wirklich, dass ich nicht so oft nach unten sehen müsste, auch wenn da nicht wirklich etwas zu sehen war.

»Janlan, du weißt schon, dass der Boden nur fünfzig Zentimeter von deinen Füßen entfernt ist?«

Ich hörte die leise Belustigung in ihrer Stimme ganz genau und überlegte mir schon, was ich antworten sollte, als Keira plötzlich gehetzt wieder sprach.

»Janlan, du solltest dich beeilen, ich glaube nicht, dass wir hier alleine sind.«

Und da hatten wir es auch schon. Leicht war etwas, das in meinem Leben nicht existierte. Ich spitzte die Ohren, als ich mich ungeschickt auf den Boden fallen ließ. Das würde einen blauen Fleck geben, aber ich hatte ganz sicher nicht die Zeit, deswegen groß rumzujammern. Jetzt hörte nämlich auch ich das vertraute Gurgeln und Kratzen der Erdwesen. Ich verfluchte mich dafür, dass ich nicht durch bloßen Willen in die Blutsicht wechseln konnte. Wüsste ich, wie ich sie kontrollieren musste, stünden wir jetzt nicht, bereits zwei Tage später, wieder vor einer Konfrontation mit diesen kleinen, fiesen Wesen.

»Weglaufen?«, fragte ich leise und wusste ganz genau, dass das kaum möglich war. Dass Keira nach ihren Schwertern griff, bestätigte es nur. Beunruhigt musste ich feststellen, dass hier nicht besonders viel Platz war. Die Spalte wurde nach oben hin weiter. Hier unten waren es vielleicht gerade mal zwei Meter von der einen bis zur anderen Felswand. Und ansonsten gab es nur den Weg in den Tunnel, der vor uns lag oder wieder die Wand hoch. Aber das hatten wir ja bereits verworfen. Ich zuckte zusammen, als das Gurgeln aus dem Tunnel zu uns schallte.

»Bist du bereit?«

Ich schluckte hart. War ich bereit, mal wieder etwas zu töten, was früher mal ein Mensch gewesen war? Ich war nicht in der Blutsicht und damit dröhnten mir die Worte meines Gewissens mehr als deutlich in meinen Gedanken. Ich wollte nicht töten. Ganz und gar nicht. Ich spürte, wie meine Knie nachgaben, als hätte eines der Wesen mir die Sehnen durchgeschnitten.

»Janlan, jetzt ist nicht der Zeitpunkt. Wir haben beschlossen, hier runter zu kommen und wirklich weg können wir hier nicht mehr. Also bitte, Janlan, ich habe keine Ahnung wie viele da kommen, es ist also gut möglich, dass ich das alleine nicht hinbekomme. Deshalb musst du dich zusammenreißen oder tun, was auch immer du tun musst, um in die Blutsicht zu wechseln. Aber jetzt gleich umzukippen, wäre ganz sicher die schlechteste Idee.«

Während sie gesprochen hatte, hielt sie mich mit ihrem Blick fest, obwohl ich genau merkte, wie angespannt ihr Körper war. Dass ihre Knöchel um den Griff der Schwerter weiß hervortraten, half nicht gerade dabei, ihre Anspannung zu verbergen.

»Ich ... Keira ... ich kann nicht willentlich in die Blutsicht wechseln und ohne sie werde ich nicht so ... ohne sie bin ich immer noch ein Mensch. Ich kann nicht so einfach zur Mörderin werden.«

Kaum dass ich es ausgesprochen hatte, bereute ich es. Keiras Augen wurden schlagartig so kalt, dass ich eine Gänsehaut bekam.

»Also siehst du in mir eine Mörderin? «

»Keira, nein! So war das nicht gemeint.«

Panik stieg in mir auf. Die Geräusche aus dem Tunnel wurden immer lauter und Keira funkelte mich so wütend an, dass ich mir nicht ganz sicher war, ob sie nicht auf mich losgehen würde, anstatt auf die Wesen.

»Wenn ich in der Blutsicht bin, würde ich jeden töten. Ich würde keine Ausnahmen machen. Ich bin die Mörderin. Du beschützt. Du tötest nicht, weil du das Blut sehen willst oder weil dein Körper so stark danach verlangt, dass du es einfach nicht verhindern kannst. Du bist keine Mörderin, aber ich kann eine sein!«

Ich spürte, dass mir Tränen in die Augen stiegen und wurde wütend darüber. Das würde nicht weiterhelfen. Wieder einmal bewies ich, wie schwach ich sein konnte. Ich fing an zu weinen, weil ich meine eigenen Gedanken nicht ertragen konnte. Als ich meinen gesenkten Blick wieder auf Keira richtete, dachte ich für eine Sekunde ihre gewohnte Sanftheit zu sehen, doch dann war da wieder diese Kälte, als würde sie mich nicht wiedererkennen.

»Du hast Recht. Ich bin nicht die Mörderin! Ich habe nicht Menschen zu Staub werden lassen oder Hunderte dieser armen Kreaturen einfach abgeschlachtet. Ich habe nicht ewig gewartet, um etwas gegen diese Entführungen zu machen. Ich bin nicht einfach in einem egoistischen Anflug verschwunden und habe zugelassen, dass der einzige Mann, der mich jemals geliebt hat, entführt wird und wahrscheinlich auch noch in diesem Moment gefoltert. Ich habe nicht meiner besten Freundin einen Dolch an die Kehle gehalten und sie im Grunde tatsächlich getötet. Ich habe das alles nicht getan. Das warst du. Du, Janlan Alverra! Nur du bist für dieses ganze Unglück verantwortlich! Du trägst die Schuld an allem! Du trägst die Schuld an den vielen unschuldigen Toten und du bist schuld, dass Craig bestimmt tot ist! Du! Nicht ich! Du hast ganz Recht. Du bist eine Mörderin! Egal wohin du gehst, der Tod folgt dir! Du bist der Tod. Sich mit dir einzulassen, ist wie ein Pakt mit dem Todesengel. Du bist eine Mörderin.«

Jedes Wort, das sie sprach, stach in mich wie ein glühendes Messer. Und die Schuld fraß sich durch meinen Körper wie eine ätzende Flüssigkeit. Doch dann schlug meine Schuld in tobende Wut um. Wie konnte sie es wagen, mir das alles aufzuerlegen. Wie konnte sie es wagen zu sagen, dass ich Craig getötet hätte oder sie.

Wie konnte sie überhaupt so etwas zu mir sagen. Sie wusste ganz genau, welche Auswirkungen ihre Worte auf mich haben würden.

»Das ist nicht dein Ernst!«, fauchte ich und ignorierte dabei das Gurgeln in meinem Rücken.

»Doch!«, schrie sie mich förmlich an und behielt dabei diesen kalten Ausdruck in den Augen. »Du bist eine kaltblütige Mörderin und das weißt du. Deshalb fürchtest du dich so vor der Blutsicht, weil sie zeigt, wer du wirklich bist! Du bist eine kaltblütige, instinktgesteuerte Mörderin!«

Ein roter Schleier explodierte vor meinen Augen und tauchte alles in ein berauschendes Blutrot.

»Das ist nicht wahr!«, knurrte ich der Gestalt entgegen, die ich eben noch als Keira erkannt hatte. Jetzt war sie nur ein Lebewesen, in dessen Adern Blut floss und im Rhythmus des Herzens pulsierte. Die Dolche lagen so sicher in meinen Händen, dass es sich anfühlte, als wären sie schon immer ein Teil von mir gewesen. Tödliche Verlängerungen meiner Arme. So wie ich früher nur Keiras Schwerter gesehen hatte. Waffen um Kehlen aufzuschlitzen und den Boden mit Blut zu tränken. Ich wollte gerade auf die Gestalt losstürmen, als mein Instinkt mich herum zwang. Ich lächelte begierig, als im Tunnel ein Meer aus rot pulsierendem Blut auftauchte. Genug Blut um meinen Blutrausch vielleicht sogar zu stillen. Sie schwangen ihre kleinen Dolche und knurrten mit ihren steinernen Stimmen. Sie sprangen auf mich zu und zielten auf jedes meiner Körperteile, das sie erreichen konnten. Ein kratzendes und zugleich schmatzendes Geräusch erklang, als mein Dolch dem Ersten die Kehle aufschlitze. Das Blut spritze aus seinem Hals und hinterließ seine eindeutigen Spuren auf Wand und Boden. Noch bevor der Körper auf der Erde aufschlug, durchtrennte ich die nächste Halsschlagader. Es war ein Leichtes, die Dolche in Brustkörbe zu stoßen und ihn mit einem Ruck aufzusprengen. Es war einfach, ihnen die Kniesehne durchzuschneiden oder ihre Krallenhände abzuschlagen. Blut tropfte bereits von meinen Armen und der Gedanke, dass es nicht meins war, ließ die Dolche noch schneller werden. Ich spürte ein anderes Wesen hinter mir, eines, dessen Blutfluss gleichmäßiger war, auch wenn sein Puls ungemein hoch schien und dennoch bedrohte es mich nicht. Meine Aufmerksamkeit richtete sich alleine auf die gebeugten Gestalten, die einen schweren zähen Blutfluss hatten. Fast so als würde ihr Herz flüssigen roten Stein durch die Adern pumpen. Sie waren diejenigen, die mich tot sehen wollten oder zumindest diejenigen, die mir feindlich gesinnt waren. Sie knurrten und gurgelten und immer wieder ging es in ein heiseres Röcheln über, das schließlich in einer Pfütze ihres eigenen Blutes erstickte.

Mein Herz hämmerte immer weiter und trieb jeden Muskel in meinem Körper zu höchster Anstrengung. Meine Bewegungen wurden so schnell, dass ich sie selbst nicht mehr erkennen konnte. Ich stand keuchend da, als ich mit einer letzten Bewegung den Dolch aus dem schweren Herz des letzten Erdwesens zog. Es sackte zu Boden und landete auf der blutgetränkten Erde. Der Tunnel wirkte, als wäre er erst kürzlich von einer Flut roten Wassers überrannt worden. Das Blut tropfte noch von den Dolchen, als ich meine Arme senkte und inmitten der Leichen stand Meine Brust hob und senkte sich in einem gleichmäßigen, aber stetig langsamer werdenden Rhythmus. Ich fuhr herum und hob die Dolche wieder auf Angriffshöhe, als ich an der Schulter berührt wurde. Ich starte auf den Blutfluss, den ich die ganze Zeit gespürt, aber nicht angegriffen hatte. Er war meinem eigenen ähnlich und das hielt mich zurück. Ich versuchte durch den roten Schleier hindurchzublicken und mehr als nur das Blut zu erkennen.

»Janlan, es ist vorbei. Sie sind alle tot.«

Die Hand ließ mich nicht los, obwohl ich einen Schritt zurücktrat.

»Janlan, es ist okay. Alles in Ordnung. Du kannst wieder zu dir kommen. Es ist keiner mehr von ihnen in der Nähe, oder?«

Ich starrte es an und allmählich schien es, als würde sich das Rot in ein Rosa verwandeln und damit bekam sie auch wieder ihre wirkliche Gestalt zurück. Keira stand vor mir und sah mich besorgt an, als wäre sie sich nicht sicher, ob ich wieder ich werden würde. Ob meine Iris wieder ihre eisblaue Farbe annehmen würde. Ich erstarrte, als mein Blick erneut klar war und auf die blutigen Leichen fiel. Meine Knie sackten so schnell unter mir weg, dass es nicht einmal Keira gelang mich aufzufangen.

»Du hast Recht. Du hast mit allem Recht«, wimmerte ich, als das Blut in meine Hose sickerte und ich versuchte meine blutigen Hände an meiner Kleidung sauber zu wischen.

»Das ganze Blut ...«, flüsterte ich abwesend.

»Janlan ...«, sagte Keira eindringlich, als sie sich vor mich kniete. »Janlan, ich habe das alles nur gesagt, um dich sauer zu machen. Es war alles gelogen. Ich habe nichts davon wirklich gemeint. Du bist nicht schuld an den Dingen, die passiert sind. Ich wusste nur keinen anderen Weg, um unser Überleben zu sichern. Es tut mir leid. Es tut mir wirklich leid. Du darfst dir nichts von dem, was ich gesagt habe, zu Herzen nehmen. Hörst du? Du bist keine Mörderin. Ganz sicher nicht. Und auch ganz sicher kein Todesengel. Das war alles nur, um dich wütend zu machen. Damit du in die Blutsicht wechselst und das hat auch funktioniert. Jetzt weißt du, wie du auf sie zugreifen kannst. Du bist keine Mörderin und das hatten wir auch schon einmal besprochen. Das bist du einfach nicht und das weißt du auch. Janlan, wirklich«, sagte sie nun ein wenig flehend. Ich wusste, dass sie ein schlechtes Gewissen hatte, weil sie all das zu mir gesagt hatte. Auch wenn sie es nicht meinte, ein Teil von mir war sich nicht sicher, dass sie nicht vielleicht doch Recht hatte. Dennoch sagte ich leise: »Ich weiß. Alles okay. Mir geht's gut.«

Für mich waren diese Worte absolut leer, aber auf Keira hatten sie eine beruhigende Wirkung. Sie griff mir unter die Arme und zog mich auf die Beine.

»Gut. Dann sollten wir jetzt weiter. Hier will ich nicht so gerne bleiben. Hast du die Taschenlampen?«

Es war ein Glück gewesen, dass Keira daran gedacht hatte, Unmengen an Batterien zu kaufen, bevor wir zu dem Bauernhof gefahren waren. Hier unten war es ziemlich dunkel und ich ging nicht davon aus, dass es irgendwann heller werden würde. Ich nickte und wühlte in meinem Rucksack, froh über diese simple Beschäftigung. Ich reichte ihr eine und knipste meine ebenfalls an. Wobei ich es zugleich wieder bereute. Das Blutbad, das ich zum größten Teil angerichtet hatte, war nun viel zu deutlich erkennbar. Das Rot wirkte noch stechender und die Spritzer an der Wand zeigten, wie bestialisch ich sie alle getötet hatte. Keira war vielleicht davon überzeugt, dass nichts Schlechtes in mir steckte und ich auch keine Mörderin war, aber ich war mir da nicht so sicher.

Keira griff mich am Oberarm und zog mich von den Leichen weg, tiefer in den Tunnel hinein.

22
Licht oder Dunkelheit, Liebe oder Hass

Das schwummrige Licht der spärlich verteilten Fackeln war ein schwacher Funken, der es nicht schaffte weiter als zwei Meter zu leuchten. Und dennoch schleppte Keira mich immer weiter. Immer tiefer in das Dunkel, das sich endlos hinter dem runden Lichtpegel zu erstrecken schien. Mir kam es vor, als würden wir uns mit jedem Schritt ein wenig mehr von der Welt an der Oberfläche entfernen. Als würden wir sie einfach hinter uns lassen und eine ganz neue Welt betreten. Eine, die mit der unseren nichts mehr zu tun hatte.

»Keira, stopp«, nuschelte ich. Ich konnte keinen weiteren Schritt mehr gehen, obwohl sie mich bereits mehr trug als stützte.

»Janlan, wir haben noch nicht einmal ein Versteck gefunden. Wir können nicht anhalten, bis wir nicht wenigstens eine kleine Felsspalte gefunden haben. Lehn dich einfach auf mich.«

Ich versuchte den Kopf zu schütteln. Ich wollte nicht weiter. Ich wollte mich hier und jetzt auf den Boden legen und schlafen. Ich fühlte mich, als wäre ich eine Woche gelaufen, ohne auch nur eine Sekunde anzuhalten. Meine Kehle brannte und der metallene Gestank von Blut reizte ununterbrochen meine Nase. Ich musste in dem spärlichen Licht nicht an mir herabsehen, um zu wissen, dass meine Kleider von Blut getränkt waren und dass sicher ein wenig davon von mir stammte. Ich versuchte genug Luft in meine Lungen zu zwingen, damit ich ein paar Worte herausbringen konnte. Die staubige Luft trug nicht gerade dazu bei, dass meine Kehle sich etwas weniger trocken anfühlte. Ich hasste die Blutsicht mit jeder Faser meines Körpers.

»Keira ... stopp«, krächzte ich.

Es war nicht meine Bitte, die sie zum Anhalten brachte. Eher die Tatsache, dass meine Beine einfach wegknickten und ich mit einem dumpfen, rauen Geräusch auf den erdigen Boden prallte. Sie konnte nur in die Knie gehen, um nicht selbst unkontrolliert zu stürzen. Normalerweise wäre dies ein Moment gewesen, bei dem wir uns vor Lachen den Bauch halten mussten. In Angesicht der Tatsache, dass wir blutverschmiert und sicher verletzt waren und ich eben unzählige Wesen getötet hatte, war es alles andere als lustig.

»Janlan?«, hörte ich Keiras besorgte Frage. Ich wollte gerade antworten, als das Licht der Fackel plötzlich erlosch. Für einen Moment dachte ich den rauen Boden auch an meiner Wange zu fühlen, zusammen mit dem brennenden Schmerz einer oberflächlichen Schürfwunde. Ich musste mich geirrt haben, denn als endlich wieder Licht meine Umgebung erleuchtete, fühlte es sich an, als würde ich aus einem langen Traum erwachen. Ein Traum, den sich niemand freiwillig erträumen würde. Ich hatte mich selbst nicht wiedererkannt und die Welt, in der der Traum gespielt hatte, auch nicht. In dieser Welt hatte Magie existiert. Weiße sowohl wie die Schwarze. Und die Schwarze war es, die diese Welt zu verschlingen drohte und alles mit sich in die pechschwarze, unendliche Tiefe riss. Das Einzige, was ich noch sah, waren blutrote Augen, die auf mich niederstarrten und so eindringlich nach Blut verlangten, dass mich ein Schauer überkam. Ich starrte in sie hinein und fürchtete, dass sie mich jeden Moment auslöschen würden. Dass die bloße Macht ihres Blickes mein Wesen aufsog und mich zu etwas machten, das noch weniger war als das Biest, das mich anstarrte. Ich hasste es und ich fürchtete es. Ich wollte es genauso vernichten wie es mich. Es schien, als würden wir uns in einem unerbittlichen Kampf befinden, den schließlich nur einer von uns überleben würde. Mein Puls fing an zu rasen und ich konnte keinen Ausweg finden, während das Rot der Augen sich immer weiter um mich herum ausbreitete. Es war noch beängstigender als das Schwarz, das eben noch regiert hatte. Ein Schlag zerrte mich aus der unfreiwilligen Umarmung des Rots, das sich unaufhörlich um mich wickelte, als wollte es mir die Luft aus den Lungen pressen.

»Janlan!«, schrie Keira mich so laut an, wie sie es in der beengenden Dunkelheit des Tunnels wagte.

Ich war ohnmächtig geworden. Da war kein Traum gewesen, aus dem ich erwacht war. Das war ein Wunsch gewesen, der viel zu schnell einem wirklichen Traum Platz gemacht hatte.

»Gottverdammt! Kippst du jetzt jedes Mal aus den Latschen, wenn du in der Blutsicht warst? Das ist nicht hilfreich.«

Trockener Humor um die Situation aufzulockern. Normalerweise ein erfolgreiches Mittel. Doch war mein Leben einfach nicht mehr normal. Ich versuchte mich aufzusetzen und an Keiras Gesicht abzulesen, wie besorgt oder sauer sie wirklich war. Ich hätte es vielleicht sehen können, wenn ich meine Muskeln auch wirklich dazu gebracht hätte, meinen Befehlen zu folgen. Aber sie weigerten sich hartnäckig. Das Einzige, was ich an mir noch unter Kontrolle hatte, waren meine Finger. Zu mehr reichte es nicht. Alles andere fühlte sich einfach taub an. Es kribbelte nicht einmal mehr. Meine Gliedmaßen waren wie tot.

»Schlaf«, war alles, was noch über meine Lippen kam, bevor ich wieder zur Seite kippte und in eine erneute Ohnmacht fiel oder in einen Schlaf, der dem verdammt nahe kam. Ich spürte ein Zerren an meinem Körper, aber es interessierte mich nicht weiter. Ich wollte das weiche, neutrale Schwarz genießen, das mich so unbeeindruckt und gleichgültig umgab und die Welt vor meinen Augen verbarg.

Wie meistens brauchte ich einen Moment, um mich daran zu erinnern, dass der Albtraum Wirklichkeit war und der Traum genau das: ein Traum. Ich wollte gerade genervt bei dieser Erkenntnis aufstöhnen, als sich eine Hand so ruppig auf meinen Mund presste, dass mir dir Lippe an meinen eigenen Zähnen aufriss. Was zum Henker war jetzt schon wieder los?

»Schh!«, hauchte Keira mir ins Ohr und verringerte dabei jedoch nicht im Geringsten den Druck auf meinem Mund. Das Blut sickerte immer weiter aus meiner Lippe und verteilte seinen widerlichen Geschmack. Wenn Keira mich nicht bald losließ, würde ich mich in ihre Hand übergeben. Auch wenn ich mir gerade nicht sicher war, ob sich überhaupt irgendetwas in meinem Magen befand. Wann hatte ich eigentlich das letzte Mal etwas gegessen?

»Ich glaube, dahinten sind welche«, hauchte sie erneut. Es war beeindruckend, wie leise sie flüstern konnte. Wäre ihr Mund nicht direkt an meinem Ohr, ich war sicher, ich hätte sie nicht gehört. Ich hingegen würde nicht so leise flüstern können und auf einen erneuten Kampf hatte ich ganz sicher keine Lust, also hielt ich vorerst lieber meine Klappe. Ich wechselte in die Seelensicht, obwohl ich mir ziemlich sicher war, dass ich nichts würde sehen können. Naja, nichts außer Keira. Ich wurde nicht enttäuscht oder eigentlich ja doch. Sofort überkam mich eine Welle des Frustes, als ich einsehen musste, dass ich die Wesen wirklich nur mit der Blutsicht sehen konnte. Ich konnte die Flüche in meinem Kopf kaum stoppen. Ich wollte nicht in die Blutsicht. Nie wieder. Ich wollte nicht wieder zu diesem Monster werden. Warum konnte ich sie nicht sehen, wenn ich in der Seelensicht war? Sie waren einmal Menschen gewesen. Es kann einfach nicht sein, dass ihre ganzen Seelen ausgelöscht wurden, ohne die winzigste Spur zu hinterlassen. Es musste doch einen Schlupfwinkel für mich geben. Erneut wollte ich frustriert aufstöhnen und hatte schon wieder ganz vergessen, warum ich überhaupt wieder darüber nachdachte. Unwillkürlich nahm Keiras Druck zu und ich würgte von dem metallenen Geschmack. Mein Blut lief nun auch über ihre Finger, aber sie schien es gar nicht zu bemerken.

»Hör auf!«, zischte Keira mir ins Ohr und ich erstarrte. Was hatte ich getan? Allmählich wurde das Verlangen, das Blut auszuspucken, unerträglich. Es machte mich einfach krank. Und daran zu denken, wie viel ich vergossen hatte, verstärkte seine Wirkung nur.

»Nicht bewegen!«, zischte sie erneut. Worauf wartete sie? Ich hörte nicht das Geringste.

»Köira waos -«, man hörte sich das bescheuert an, wenn ich versuchte mit einer auf den Mund gepressten Hand zu sprechen und bis zum Ende hatte sie mich noch nicht mal kommen lassen. Ich war wirklich versucht, ihr in die Hand zu beißen. Was glaubte sie denn, was ich machen würde? Aus unserem Versteck rennen und ›Hier sind wir!‹ brüllen? Ich wollte gerade an ihrer Hand ziehen und dieses Mal hätte ich mich nicht abwimmeln lassen, als ich schlurfende Schritte hörte. Sie waren so nah, dass ich mir sicher war, dass ich sie berühren könnte, wenn ich nur die Hand ausstreckte. Ich spürte, wie Keiras Körper sich anspannte und meiner tat es ihr wie ein Spiegelbild nach. Einmal mehr musste ich mich wohl bei Keira bedanken. Auch wenn es mir ein Rätsel war, wie sie die Wesen so viel früher als ich hatte hören können. Ich konnte nicht sagen, wie lange wir ungerührt verharrten. Nach den Schmerzen in meinen Muskeln und Gelenken zufolge war es eine ganze Weile. Entweder zog gerade eine ganze Armee an uns vorbei – und der Gedanke war wirklich erschreckend – oder sie waren alle bereits wieder in der Dunkelheit verschwunden. Ich hielt es kaum noch aus, meine Pose beizubehalten. Meine Knie schrien danach, entlastet zu werden. Warum hatte ich mich auch hinknien müssen? Ich konnte nie lange knien. Wieder fluchte ich, ohne auch nur einen Ton von mir zu geben. Langsam reichte es wirklich. Da war es ja fast angenehmer und schmerzfreier von kleinen Krallen durchbohrt zu werden. Oder vielleicht war das dann doch ein wenig übertrieben.

»Sie sind weg«, sagte Keira wieder in normaler Lautstärke und unterbrach mein stilles Selbstgespräch. Ich atmete erleichtert auf und spuckte sofort das Blut auf den Boden.

»Okay ...«, sagte Keira ein wenig verwirrt. »Wann hast du es geschafft dir die Lippe aufzubeißen?«

Ich rollte ungläubig mit den Augen. Fast hätte ich ihr an den Kopf geworfen, dass sie das war, aber dann viel mir ein, dass das wohl der kleinere Preis gewesen war, im Gegensatz zur eben vorbei gezogenen Alternative.

»Wo sind wir überhaupt?«, wechselte ich unverwandt das Thema. Erst jetzt bemerkte ich, dass wir logischerweise nicht mitten im Tunnel standen. Keira zuckte unwillkürlich mit den Schultern.

»Vom Tunnel gehen immer mal wieder kleine Räume ab. Ich hatte gehofft, dass sie nur beim Entstehen des Tunnels benutzt wurden und ich glaube ich habe Recht. Was in dem Fall definitiv eine gute Sache für uns wäre.«

Ich versuchte zu erkennen, wie weit sie mich wohl noch getragen hatte, nachdem ich einfach auf der Stelle eingeschlafen war. Ich gab auf und fragte sie.

Sie zuckte mit den Schultern, wobei ihre Augenbrauen sich zusammenzogen. Auf diese Frage würde ich keine Antwort bekommen. Dann eben nicht.

»Weißt du, wie spät es ist?«, fragte ich etwas pampig. Ich hatte das Gefühl, dass die Dunkelheit mir nicht besonders gut tat. Vor allem schmerzten meine Ellenbogen, die ich mir immer mal wieder an der Wand anschlug, wobei ich mir stets jeden Mucks verbot. Auf eine Schimpftirade hatte ich gerade keine Lust.

»Ich habe keine Ahnung, meine Uhr ist schon vor langem zu einem Opfer des Gefechts geworden und mein Handy spare ich mir lieber für Notfälle, auch wenn es mich wundern würde, wenn einer von uns beiden hier unten Empfang hat.«

Damit hatte sie ganz sicher Recht. Die meisten SMS gingen ja schon an der Oberfläche der Erde verloren, hier unten ...

»Dann anders. Gehen wir weiter oder bleiben wir hier?«

»Weiter. Solange nicht noch mehr von denen auftauchen.«

Das klang logisch, obwohl ich sicher war, dass wir es früher oder später nicht vermeiden konnten. Erst recht sobald der Meister mitbekam, dass wir in seinem Tunnel herumstromerten.

»Was glaubst du? Gehen wir in die richtige Richtung?«

Ich war mir nicht ganz sicher, was mich gerade dazu antrieb, eine Frage nach der anderen zu stellen.

»Naja, eine andere Wahl hatten wir ja noch nicht und außerdem solltest du das besser wissen als ich.«

Ich legte den Kopf schief und versuchte ihren Ausdruck in dem fahlen Licht zu lesen, was eigentlich fast unmöglich war. Ich konnte ihren Gedanken nicht aufnehmen und wusste nicht, worauf sie anspielte. Sie seufzte ein wenig genervt und sah mich noch erwartungsvoller an, bis sie schließlich aufgab.

»Der Faden oder wie du das nennst.«

Ein unerwarteter Stich fuhr durch meinen Magen und sorgte dafür, dass ich mir reflexartig die Arme um den Bauch schlang. Bei dieser merkwürdigen Reaktion zog Keira verwundert eine Augenbraue hoch. Ich hatte nicht an den Faden gedacht. Oder ich vermutete eher, dass ich nicht daran denken wollte. Ich wollte mich nicht daran erinnern, dass wir womöglich in seine Richtung gingen und ich vielleicht nicht in der Lage wäre ihn zu retten. Unwissenheit war eine Art Schutz gewesen. Ein Schutz, den Keira mit ein paar simplen Worten eingerissen hatte.

»Ehm ... ja ... stimmt«, sagte ich schnell und hoffte, es würde sie über meine Reaktion hinwegtäuschen. Ich schwieg für einen kurzen Moment, bevor ich nickte, ohne ihr in die Augen zu sehen.

»Richtig«, murmelte ich und ging plötzlich voraus in den Tunnel. Ich war nicht in die Seelensicht gewechselt. Ich wollte es nicht sehen. Wollte mein Herz nicht mit Hoffnung füttern. Ich wusste nicht, ob ich stark genug sein würde, das Richtige zu tun, sollte es zu einer solchen Entscheidung kommen. Ich sah Keira für eine ganze Weile nicht an, aus Angst, sie würde mein schlechtes Schauspiel doch noch durchschauen.

»Janlan ...«, setzte sie hinter mir an. Ich schüttelte den Kopf heftiger als ich beabsichtigt hatte. Ein brennender Schmerz saß in meiner Kehle. Ich konnte jetzt unmöglich etwas sagen, ohne mich zu verraten. Die Gedanken an Craig verwandelten sich zunehmend in seelische Qualen, die ich einfach nicht würde aushalten können. Nach jedem Kampf dachte ich, es gäbe keine schlimmeren Schmerzen als die, die einem das Fleisch zerreißen und tiefe Wunden hinterlassen, aber leider wurde ich immer wieder eines Besseren belehrt. Ich würde jede noch so tiefe Wunde gegen das tauschen, was ich jetzt gerade fühlte. Die Dunkelheit war mir nun plötzlich mehr als willkommen. Sie war wie ein Freund, der schweigend meine Tränen verbarg und mir erlaubte, alleine zu sein, ohne es sein zu müssen. Eigentlich hatte Keira diese Dunkelheiten immer für mich erleuchtet, alleine mit dem Licht ihrer Anwesenheit. Aber dieses Gefühl hatte ich nicht mehr. Oder zumindest nicht mehr so stark. Selbst sie konnte gegen meine Schmerzen nicht viel machen. Ihre Anwesenheit war nur ein schwacher Trost, der hinter mir flimmerte und vergeblich versuchte, die Schatten um mich herum zu vertreiben. Licht und Dunkelheit. Sie waren in mir so verworren, dass ich sie nicht mehr auseinanderhalten konnte. Es war unmöglich zu sagen wer gewinnen würde. Hoffnung oder Hoffnungslosigkeit, Angst oder Mut, Liebe ... oder Hass. Ich wusste nicht, welches von beidem am Ende meines Weges wartete. Und das machte mir vielleicht am meisten Angst. Was, wenn ich Craig für immer verlor? Die Rachsucht würde so groß sein, dass ich vielleicht nie wieder aus der Blutsicht auftauchen würde. Der Hass würde mich ganz sicher verzerren, bis nur noch mein Äußeres an mich erinnerte, wenn das mit den roten Augen überhaupt möglich war.

»Licht oder Dunkelheit, Liebe oder Hass«, murmelte ich so leise zu mir selbst, dass Keira es unmöglich hören konnte.

23
Blinder Zorn

Es dauerte nicht lange, bis ich die ewige Dunkelheit satt hatte. Das schale Licht der weit entfernten Fackeln änderte daran nichts. Es war unmöglich zu sagen, wie weit wir an einem Tag liefen oder wie viel Zeit wir damit verbrachten, uns zu verstecken. Keira hielt mich stets davon ab, meine Taschenlampe herauszuholen oder sonst irgendetwas zu machen, was uns an eventuell in der Nähe befindliche Erdwesen verraten hätte. Dass das nicht ausreichte, um sie uns vom Hals zu halten, war klar. Oder zumindest war ich der Meinung und wartete eigentlich nur auf einen weiteren Zusammenstoß. Das war vielleicht nicht die beste Einstellung, aber es fiel mir viel zu schwer, die Dinge positiv zu sehen. Immer wieder hatte ich versucht meinen Gedanken einen positiven Ton zu verleihen, aber allein die Versuche kosteten mich so viel Kraft, wie ein tagelanger Marathon. Ich merkte, dass meine Gedanken wieder abstumpften, bis sie fast ganz verstummten und ich mich einfach nur noch darauf konzentrierte einen Fuß vor den anderen zu setzten und Keiras Befehle auszuführen. Alles andere verbrauchte Kraft, die ich nicht besaß. Als es darum ging das Amulett zu finden und Keiras vorübergehenden Tod zu verarbeiten, hatte ich Craig gehabt, der mir immer wieder die Kraft gab weiter zu gehen. Auch wenn Keira mir nicht weniger bedeutete, so war es, als wäre ich am Ende. Ich nickte nur noch, wenn sie sagte, dass wir das Medaillon bekommen und Craig retten würden. Jedes Mal lächelte sie mich so ehrlich an, dass ich ein schlechtes Gewissen bekam, nicht angemessen oder mit ebenso viel Optimismus reagieren zu können.

»Janlan!«, schrie Keira mich an und riss mich am Arm herum. Ich hatte nicht einmal mitbekommen, dass sie mit mir gesprochen hatte. Alles, was ich jetzt ohnehin fühlte, war ein stechender Schmerz, der an meinem Unterarm ausbrach und immer weiter in meinen Körper sickerte. Es fühlte sich an, als hätte ich einen wirklich starken Stromschlag bekommen. Mein Kopf fing an zu schwirren und ich versuchte, Keiras Gesicht zu fixieren. Was zur Hölle war jetzt passiert?

»Scheiße!«, fluchte Keira plötzlich viel zu laut.

Ich sah sie verwirrt an. Ich war doch diejenige, die gerade einen Schlag verpasst bekommen hatte. Oder irgendetwas Ähnliches.

»Seit wann bluten deine Schnitte wieder!«

»Schnitte?«, fragte ich noch verwirrter. Was für Schnitte? Viel zu ruppig riss Keira meinen Arm hoch und zeigte mir ihre andere Handfläche. Sie war rot mit Blut. Wie es schien rot mit meinem Blut. Angestrengt versuchte ich im Dämmerlicht etwas mehr von meinem Arm zu erkennen als nur die Form.

»Verdammt, Janlan! Wie hast du das hinbekommen!«

Ich musste Keiras Gesicht nicht sehen, um zu wissen, dass sie verärgert und zugleich besorgt war. Ich drehte mich um und ging zu der nächsten Fackel. Erst als ich direkt unter dem flackernden Licht stand, sah ich, weshalb Keira so aufgebracht war. Unser letzter Zusammenstoß mit den Erdwesen war alles andere als unbemerkt an mir vorbei gegangen. Die Bluse, die gestern noch blau-grau gemustert war, wies jetzt überwiegend rote Flecken auf und dort, wo die ursprüngliche Farbe noch zu erkennen war, durchzogen Risse den Stoff. Es war mir ein Rätsel, wie ich nicht hatte bemerken können, dass der Stoff durch mein Blut an meinen Armen klebte und unangenehm feucht war. Kein Wunder, dass ich mich so kraftlos fühlte. Wenn ich ehrlich sein musste, sah ich aus wie ein Opfer aus einem Teenie-Horrorfilm. Ich war so voll mit Blut, dass es fast unmöglich schien, dass es kein verzierendes Kunstblut war.

»Merkst du überhaupt nichts, wenn du in der Blutsicht bist?«, fauchte Keira mich an und knallte ihren Rucksack ohrenbetäubend auf den Boden. Ihr Vorsatz keinen Lärm zu machen, um unbemerkt zu bleiben, schien völlig vergessen. Ich schüttelte stumm den Kopf. Ich merkte es wirklich nicht. Wir waren heute Morgen in eine Gruppe von Erdwesen gelaufen. Es waren ungefähr dreißig gewesen. Der Kampf hatte nicht lange gedauert, aber der enge Raum war mir wohl zum Verhängnis geworden. Jetzt starrte ich ein wenig beschämt auf meinen eigenen Körper, der aussah, als habe man ihn durch einen Fleischwolf gedreht. Meine Beine sahen nicht viel besser aus als meine Arme oder mein Oberkörper. Überall hatten kleine, scharfe Krallen meine Kleidung zerfetzt und in mein Fleisch geschnitten. Fast hätte ich mir meine Schuhe ausgezogen, um sicherzugehen, dass ich noch alle zehn Zehen besaß. Ich schien es nicht zu bemerken, wenn man mich in kleine Scheiben schnitt, also würde ich es auch bestimmt nicht merken, wenn mir ein Zeh abgeschlagen wurde. Alleine die Tatsache, dass ich keine nassen Füße hatte, hielt mich von meinem Vorhaben ab.

»Ehrlich. Warum hast du nichts gesagt? An deinen Fingern tropft schon das Blut. Das kannst du unmöglich nicht bemerkt haben.«

Bei ihren Worten zuckte ich ein wenig unwillkürlich zusammen. Ich hatte es ganz einfach nicht bemerkt. Ich bemerkte im Moment rein gar nichts. Nicht mal jetzt tat mir einer der Schnitte weh. Es war nur der kurze Moment von Keiras Berührung gewesen, bei dem ich etwas gemerkt hatte. Jetzt schien es wieder, als würde mein Körper im Koma liegen und nicht mitbekommen, dass er nach und nach verstümmelt wurde.

»Gott, scheiße, Janlan, was ist los mit dir?«

Sie funkelte mich wirklich wütend an, während sie energisch in ihrem Rucksack, wahrscheinlich nach Verbänden, suchte. Wieder sah sie zu mir auf und kam dann mit einem wütenden Schnaufen auf die Beine.

»Setz dich«, sagte sie und drückte mich dabei schon an die Wand, damit ich, bei dem Versuch mich zu setzten, nicht umfallen würde. Erst als ich auf dem Boden saß, nahm sie ihre Suche wieder auf. Ich biss mir schuldbewusst auf die Lippen. Mitten unter einer Fackel zu sitzen und das weit weg vom letzten Unterschlupf, war mehr als dumm. Aber vorübergehend interessierte Keira meine Gesundheit mehr als die Sorge um herannahende Gefahr. Verlegen und schuldig biss ich mir weiter auf die Lippe und kaute so lange auf ihr herum, bis ich wieder einmal den vertrauten Geschmack von Metall wahrnahm. Ich stöhnte innerlich. Widerlich. Aber ich stank ja eh schon wie eine verrostete Schrottkiste.

»Scheiße«, fluchte Keira zum hundertsten Mal, als sie mit dem Kramen aufhörte.

»Die Verbände sind leer. Du hast es geschafft alle Verbände aufzubrauchen!«

Sie musterte mich mit einem strafenden Blick, der schließlich über meine Bluse wanderte.

»Zieh die aus«, sagte sie trocken und wies mit einem Nicken auf den Fetzen, der wirklich mal eine Bluse gewesen war.

»Ich soll die Bluse ausziehen?«, fragte ich nach und dachte schon fast, dass ich sie falsch verstanden hatte.

»Ja, du sollst die Bluse ausziehen«, erwiderte sie, als würde sie mit einem begriffsstutzigen Kind sprechen.

»Eh ... Okay«, nuschelte ich und versuchte mit meinen blutverschmierten Fingern die Knöpfe zu lösen. Ein äußerst schweres Unterfangen. Keiras Blick beschleunigte die Sache auch nicht besonders. Er war so durchbohrend und vorwurfsvoll und auch besorgt, dass es mir unmöglich war, ihrem Blick auch nur für eine Sekunde zu begegnen. In den kurzen Momenten, in denen ich sie ansah, konnte ich auch an ihr Kratzer sehen, aber diese waren so oberflächlich und klein, dass sie nicht mal wirklich geblutet hatten.

Als ich es endlich geschafft hatte, den nassen Stoff über die geschundene Haut zu schieben, ohne dabei auch noch wie ein geschlagener Hund zu winseln, streckte Keira mir bereits ihre Hand entgegen.

»Gib schon her.«

So langsam fing sie an mir auf die Nerven zu gehen. Ich hatte sicherlich keinen Spaß daran, so wenig Kontrolle zu haben, wenn ich in der Blutsicht war und die Schmerzen musste immerhin ich ertragen und nicht sie. Trotzdem reichte ich ihr wortlos die Bluse, obwohl mir bereits eine Erwiderung auf der Zunge lag. Surrendes Reißen ertönte, als Keira mit wenig Mühe den Rest meiner Bluse in kleine Streifen zerlegte. So ganz ohne Oberteil und nur im BH war es im Tunnel ziemlich kalt. Ich musste mich sehr zusammenreißen, um ein ungewolltes Zittern zu verhindern. Das würde Keira jetzt auch noch gefallen. Dann müsste ich nicht auf den nächsten Angriff der Erdwesen warten, um in Stücke gerissen zu werden. Ich überlegte, ob ich mir einfach schon ein neues Oberteil anziehen sollte. Entschied mich aber dagegen, da Keira sicherlich auch die Wunden auf meinem Bauch und Rücken begutachten wollte und drei Mal rein und raus aus einem Pulli wollte ich mir nicht antun, dafür spürte ich nun das Brennen meines eigenen Fleischs viel zu sehr. Es schien, als wäre jeder Zentimeter meiner Haut gerötet und dick und an unzähligen Stellen mit Blut verkrustet. Ein Bad wäre jetzt sicher eine gute und vor allem entspannende Idee gewesen. Zu blöd, dass ich meterweit unter der Oberfläche war und sicher Stunden entfernt von der nächsten Badewanne. Alles, was ich hier machen konnte, war mir noch ein wenig mehr Dreck in die offenen Schnitte zu reiben. Sehr förderlich für Narbenbildung. Also genau das, was ich eigentlich verhindern wollte. Ich wurde mir wirklich selbst zum Feind, wenn ich in der Blutsicht verschwand.

»Wir können die nicht alle sauber machen«, sagte Keira im trockenen Tonfall. Ich wusste, dass sie keine Antwort von mir erwartete und blieb deshalb auch stumm. Ich würde es tunlichst vermeiden sie noch wütender zu machen. Das Letzte, was wir gebrauchen konnten, war, dass Keira in einen ihrer Temperamentausbrüche verfiel und alle Wesen im Umkreis auf den Plan rief. Schützerin oder nicht, sie war immer noch Keira.

»Pflaster sind im Übrigen auch nur noch vier da. Ich frage mich echt, warum du überhaupt noch lebst.«

Vielleicht war das der Punkt. Genau die Frage, die man mir jetzt stellen sollte. Lebte ich noch? Oder war ich fast wie die Körper der Menschen, denen der Zirkel der Seelensammler die Seelen entrissen hatten. Ein bloße Hülle, die lebte, ohne zu erfahren, ohne zu erleben, ohne zu fühlen. Ich konnte vielleicht noch denken, aber selbst das war dabei immer weniger zu werden. Der Zirkel war zerstört und dennoch schien ich allmählich einen Teil von mir zu verlieren. Ich wusste nur zu gut, woher das Gefühl der Leere kam und wie schnell es sich als Schleier über alles andere legte. Tot war im Moment wohl wirklich der passendere Begriff um mich zu beschreiben.

»Janlan!«, fauchte Keira mich an und ich zuckte erschrocken zusammen. Ich war wieder in meine Gedanken abgedriftet und hatte nicht ein Wort von dem gehört, was sie gesagt hatte.

»Kannst du wenigstens so tun, als würdest du mir zuhören! Ich kann es auch lassen, dich immer wieder zusammenzuflicken, wenn du dich lieber in Stücke reißen lassen willst. Tu dir keinen Zwang an. Ich bin sicher, hier irgendwo findest du noch einen spitzen Stein, den du dir noch nicht in die Haut gebohrt hast.«

»Hör auf!«, fauchte ich sie plötzlich an. Mit einem Mal war ich nicht weniger wütend als sie. Ich brauchte keinen Spiegel, um zu wissen, welche Farbe meine Iris angenommen hatte. Rot. Sie war Blutrot, sowie alles, was ich jetzt sah. Keira tat einen Schritt zurück. Sie hatte die Bestie in mir geweckt und jetzt wusste sie nicht, wie sie damit umgehen sollte. Ich sah wirkliche, echte Furcht in Keiras Augen aufflackern. Wie ihr das Blut in die Wangen schoss und ihre Augen hektisch umherwanderten. Ihre

Gestalt wurde immer verschwommener und meine Gedanken immer leiser. Das letzte bisschen Kontrolle, das ich noch besaß, versuchte ich darauf zu verwenden, die Wut zurückzudrängen, bevor ich noch etwas sehr Böses und Dummes tun würde. Etwas, das ich mir dieses Mal wirklich nicht würde verzeihen können.

»Janlan, es ist alles in Ordnung. Beruhige dich«, versuchte Keira verunsichert zu mir durchzudringen. Ich versuchte mich zu beruhigen, aber ihr Blut wurde immer schärfer in seinen Bahnen und das Pulsieren spornte den primitiven, nach Blut verlangenden Teil von mir an. Ein Knurren entrang sich meiner Kehle und dröhnte von den Tunnelwänden wieder.

»Entschuldige, Janlan, das war unfair von mir«, sagte die mir bekannte Gestalt. »Janlan.«

Nun klang es ihrerseits etwas bedrohlich. Es war, wie mein Knurren, eine Warnung. »Janlan, komm runter! Ich finde, jetzt reicht es. Du hast deinen Punkt klar gemacht.«

Ich knurrte. Allmählich kam mir die Bedeutung der einzelnen Worte abhanden. Es war, als würde man ganz langsam in Narkose versetzt. Die Gedanken und das Bewusstsein schliefen einfach ein. Der Teil in mir, der noch klar denken konnte, brüllte mich an, endlich die Kontrolle zurückzuerlangen. Zu verstehen, wer da vor mir stand und wen ich gleich anspringen würde wie eine ausgehungerte Raubkatze. Meine Sinne waren inzwischen so übernatürlich geschärft, dass ich glaubte, das schnellere Schlagen Keiras Herzens zu hören.

Gerade als ein erneutes Knurren aus meiner Kehle rollte und ich einen Schritt auf sie zu machen wollte, zuckte mein Kopf herum. Hinter mir war ein Echo erklungen, das nicht von meinem Knurren stammte. Es war viel tiefer und grollender als das, was ich zustande brachte. Ein flammendes Rot erschien in dem ansonsten dunklen Tunnel. Es war ein Meer an pulsierendem Blut, das durch unzählige Adern floss und immer weiter in meine Richtung stürmte. Es waren so viele, dass ich die Zahl nicht einmal schätzen konnte. Es war nur noch eine Welle von warmem Blut, das unaufhaltsam durch den Tunnel auf uns zu stürzte. Es war, als würde ein Schalter umgelegt. Mein Kopf schnappte wieder zu Keira zurück und ich sah sie. Ich erkannte sie als meine beste Freundin Keira und nicht als eine laufende Blutbank. Keiras Augen weiteten sich vor Überraschung, als sie plötzlich wieder in meine eisblauen Augen sah. Ich ignorierte es und packte sie einfach am Arm und wirbelte mit ihr herum.

»Renn!«

Der Ton in meiner Stimme reichte aus, um ihr unsere Lage verständlich zu machen.

»Wie viele?«, keuchte sie, während wir durch die Tunnel preschten, zurück von wo wir gekommen waren.

»Zu viele. Viel zu viele. Selbst für dich und die Blutsicht.«

Meine Lungen brannten vor Anstrengung und meine Muskeln drohten mir den Dienst zu versagen. Keira rannte dicht an meiner Seite, eine Hand immer am Schwertgriff, und sah alle paar Meter über ihre Schulter. Würde ich das tun, wäre ich schneller in eine Wand gerannt, als ich hätte reagieren können. Auch wenn sie nicht zu sehen waren, waren das Gurgeln und das Klackern ihrer Krallen auf dem Boden und an den Wänden viel zu deutlich zu hören. Sie holten auf. Wie, wusste ich nicht, aber sie taten es.

»Scheiße!«, hörte ich Keira wütend fluchen, als ich auch schon ihren Arm im Magen spürte und sie mich damit schmerzhaft zum Anhalten brachte. Ich wollte sie gerade anfahren, als mein Blick auf das traf, was Keira vor mir erspäht hatte. Vor uns, in der Richtung, in die wir flohen, standen sie. Wie Stalagmiten wuchsen sie aus dem Boden und verhinderten jedes Durchkommen. Verkrüppelte Körper, von deren Haut Gestein bröckelte, füllten jeden Zentimeter des Tunnels vor uns aus. Sie regten sich nicht. Sie wirkten wahrlich versteinert, aber das waren sie ganz sicher nicht. Sie warteten auf uns. Sie hatten uns in einen Hinterhalt getrieben, wie das blinde Vieh, das kopflos die Flucht antrat und nicht sah, wohin es rannte. Wir saßen in der Falle. Es gab keinen Ausweg. Keinen Raum zum Kämpfen und keine Chance zu überleben. Wir waren blindlings in unseren Tod gerannt. Wie hatte ich das zulassen können. Ich hätte Keira nie in das alles hineinziehen dürfen. Jetzt würde sie erneut sterben, an meiner Seite, weit unter der Erde, in einem stickigen, dreckigen, von widerlichen Wesen übersäten Tunnel. »Grandios gemacht, Janlan«, fauchte ich mich selbst in Gedanken an.

»Es tut mir leid«, flüsterte ich zu Keira und sah in ihre gutmütigen braun-grünen Augen, die selbst jetzt ein Bild der Ruhe waren. Sie hatte noch nicht aufgegeben. Sie würde kämpfen. Sie würde für mich kämpfen. Das konnte ich ganz klar in ihren Augen ablesen. Ich schüttelte traurig den Kopf.

»Nein, Keira. Nicht dieses Mal.«

Es war nicht überraschend, dass sie ihren Griff um das Heft ihrer Schwerter nicht lockerte. Stattdessen zog sie es vor, mich unverwandt wütend anzufunkeln. Ich verlangte gerade von ihr, entgegen ihrer ganzen Natur zu handeln. Ich legte eine Hand auf eine von ihren, die so verkrampf waren, dass ihre Knöchel mehr als deutlich hervortraten. Als sie nicht reagierte, schob ich mich vorsichtig vor sie und stand nun zwischen ihr und den lebenden Stalagmiten, die sich immer noch nicht bewegt hatten. Das Gurgeln in unseren Rücken stieg immer weiter an, aber diese Erdwesen waren näher. Sie waren gerade die unmittelbare Gefahr. Aber sie wirkten nicht, als würden sie uns in nächster Zeit angreifen. Sie waren hier, um uns den Fluchtweg zu versperren. Ich spürte Keiras bohrenden Blick in meinem Rücken und versuchte den Impuls zu unterdrücken mich zu ihr umzudrehen. Es würde nur eine Sekunde brauchen, in der ich meine sichere Haltung aufgab und Keira würde sich auf die Wesen stürzen. Ich konnte die Energie, die von ihren gespannten Muskeln ausging, förmlich spüren. Es war ein lächerlicher Scherz, dass ich jetzt gerade so selbstsicher wirkte. Nur war es nicht Selbstsicherheit, die sich daran aufbaute, dass wir siegen würden. Es war Sicherheit, dass wir verloren hatten.

»Der Meister erwartet euch«, gurgelte es aus der Kehle, des größten Wesens, das direkt vor mir stand. Ich konnte nicht einmal mehr einen Mund bei ihm ausmachen und wunderte mich, wie er die Worte hatte aussprechen können. Es dauerte einen Moment, bis seine Worte wirklich in mein Gehirn sickerten. Sie sollten uns nicht umbringen. Natürlich nicht. Hatten sie nicht schon im Motel versucht, MICH gefangen zu nehmen? Ein kleiner Funken Hoffnung flammte in mir auf, vielleicht, wirklich nur vielleicht, bestand die winzige Möglichkeit Keiras Leben zu retten. Unwillkürlich richtete ich mich auf. Meine Stimme klang so fest, dass ich mich selbst wunderte, wie ich das zustande bekam. Sie verriet nicht im Geringsten, wie die Gefühle nun plötzlich in mir tobten, als wären sie aus ihrem ewigen Winterschlaf aufgeschreckt. Es war, als würden sämtliche Emotionen, die ich in der letzten Zeit verdrängt hatte, nun auf einmal auf mich einbrechen. Nur mit Mühe konnte ich die Gedanken herausfinden, die ich jetzt brauchte. »Rette Keira. Schütz den Seelentropfen.« Diese zwei Gedanken ermöglichten es mir zu sprechen. Für einen kurzen Moment hatte ich ein Ziel, das ich erreichen konnte. Ich atmete einmal tief ein und spürte gleichzeitig, wie Keira hinter mir erstarrte, als hätte sie plötzlich die Absicht in meinem Verhalten erkannt. Ich wusste, dass sie gerade dazu ansetzte etwas zu sagen, aber ich schüttelte nur den Kopf, ohne sie anzusehen oder mich nach ihr umzudrehen.

»Euer Meister, er will mich. Nur mich, ist doch so?«

Ich starrte nur auf das Erdwesen und blendete alles andere um mich herum aus. Wenn ich zu sehr auf Keira achtete, würde ich es vielleicht nicht schaffen. Ich ging unverwandt einen Schritt auf die klumpige Erdgestalt zu. Es war unbegreiflich, wie in so etwas noch ein Herz schlagen sollte. Ein Herz, das einmal genauso menschlich war wie das, das in meiner Brust schlug. Das Wesen zeigte keine Regung. Es wirkte fast wirklich so, als hätte der Stalagmit vor mir einfach aus dem Nichts ein Paar Augen bekommen. Es war schwer erkennbar, wo die Beine und Arme des Wesens waren. Oder überhaupt etwas auszumachen, was verraten hätte, dass es einst mal ein Mensch gewesen war. Es sah aus, als würde es auf eine Stimme lauschen, die außer ihm niemand hören konnte. Erst als er wieder mit seiner grollenden Stimme anfing zu sprechen, sah ich den dünnen Riss, der wohl sein Mund war.

»Der Meister will dich.«

»Dann lasst meine Freundin gehen und ich komme mit euch zu eurem Meister.«

Ein Keuchen ertönte in meinem Rücken. Keira konnte nicht fassen, dass ich das gerade wirklich vorhatte. Ein malmendes Knirschen erklang, als das Wesen seinen Kopf bewegte und ihn langsam von einer Seite zur anderen drehte.

»Der Meister lässt ein so seltenes Exemplar wie deine Freundin nicht einfach entkommen. Ihr werdet beide mit uns gehen.«

Seltenes Exemplar? Klar, ich sah Keira als einen äußerst ungewöhnlichen Menschen, aber warum hatte der Meister Interesse an ihr. Er wollte das Amulett und ich war dessen Hüterin, also wollte er auch mich. Nur was erwartete er sich von ihr? Mir zog sich der Magen zusammen, als ich einsehen musste, dass weder Keira noch ich aus diesem Tunnel herauskommen würden. Und wenn doch, als eklige versteinerte Hülle unseres Selbst, die dem Willen eines Verrückten gehorchen würde. Ich wusste, dass Keira kämpfen wollte. Aber war es nicht genau das, was wir eigentlich wollten? In die Nähe des Meisters, um das Medaillon an uns zu bringen. Nur war es nicht so gelaufen, wie wir es uns vielleicht erhofft hatten. Wir waren ja auch mehr als naiv gewesen zu glauben, wir würden das alles unbemerkt hinbekommen. Die Wesen zeigten uns gerade den einzigen Weg, den wir würden gehen können. Mit ihnen oder gar nicht. Ich nickte resigniert, als ich zu dieser Einsicht kam. Vielleicht würde später noch eine Chance kommen, damit Keira fliehen konnte. Ich hoffte es.

»Okay. Wir kommen mit.«

Ich ignorierte das entsetzte Luftholen von Keira. Ich konnte ihren Augen jetzt nicht begegnen. Ich wollte nicht sehen, was sie jetzt gerade von mir dachte. Erst hatte ich ihr verboten zu kämpfen, dann hatte ich sie wegschicken wollen und nun hatte ich uns beide einfach ausgeliefert, ohne auch nur ein Wort mit ihr darüber zu wechseln.

24 Jahrhundertelanges Verlangen

Ich hatte mich weder getraut mit Keira zu reden, noch hatte ich ihr in die Augen gesehen. Wir liefen seit mindestens drei Stunden durch die Tunnel. Die Anzahl der Erdwesen, die sich direkt vor und hinter uns befanden, war unbegreiflich. Es schien, als hätte der Meister eine ganze Armee geschickt, um Keira und mich gefangen zu nehmen. Die kleinen Massaker, die hauptsächlich ich angerichtet hatte, waren ihm offensichtlich nicht entgangen. Dieses Mal hatte er sichergestellt, dass wir keine Chance hatten. Es war unmöglich jetzt zu entkommen, selbst wenn wir es wollten. Ich spürte, dass Keira mich immer wieder von der Seite ansah und versuchte so zu tun, als würde ich die Beschaffenheit der Tunnel zum ersten Mal sehen. Tatsächlich sah ich sie wirklich das erste Mal bewusst an, aber der Grund dafür war mehr als beschämend. Ein Funkeln fiel mir auf, das immer mal wieder in der dunklen Wand aufleuchtete. Es war stets winzig und kaum sichtbar, wenn man nicht darauf achtete. Neugierig ließ ich meinen Blick zum Boden wandern. Auch dort fand ich dieses Funkeln, das von kleinen schimmernden Steinen ausging. Steine, die so ähnlich aussahen wie der Seelentropfen. Aufregung flammte in mir auf und ich versuchte angestrengt, es mir nicht anmerken zu lassen. Zumindest für den einen

Gedanken hatte ich vielleicht eine Lösung gefunden. Ich stolperte über meine eigenen Füße oder zumindest tat ich so und fiel plump zu Boden. Dabei schürfte ich mir die Knie auf, aber das war jetzt ziemlich unwichtig. Ich hatte bestimmt nur Sekunden, deshalb suchte ich hektisch den Boden ab und schloss gerade noch meine Hand um einen der Steine, als ich von Keira wieder auf die Beine gestellt wurde. Sie sah mich verstohlen an und zog fragend eine Augenbraue hoch. Mein kleiner Auftritt hatte sie nicht getäuscht. Ich hoffte, dass die Wesen mein schauspielerisches Talent nicht ebenso einfach durchschauen würden. Ich atmete erleichtert aus, als ich feststellte, dass nicht eines von ihnen auch nur im Geringsten auf mich achtete. Ihre schiere Anzahl schien für sie zu reichen, um Keira und mich im Zaun zu halten. Während der ganzen nächsten Stunden hielt ich den Stein umklammert. Dieser mickrige, kleine Stein war die einzige Chance der Welt zu überleben. Ich konnte nicht auf Keiras fragende Blicke antworten, die sie mir immer und immer wieder zuwarf, bis allmählich ein wütender Ausdruck mit ihnen einherging. Warum verstand sie nicht, dass ich nicht einfach frei mit ihr reden konnte. Woher sollte ich wissen, wie viel diese Wesen noch verstanden. Das zu unterschätzen, könnte dazu führen, dass absolut alles, aber auch alles, sinnlos gewesen wäre. Alles, was wir geopfert hatten, wäre dann für nichts gewesen, wenn dieser eine kleine Teil schief ging. Und überhaupt hing der Erfolg davon ab, ob ich mit meinen Vermutungen richtig lag. Wenn ich mich irrte, dann wäre die Welt mit uns verloren. Ein kleiner Stein entschied das Schicksal der Welt und ihrer Bewohner. Er entschied, ob alle versklavt wurden oder weiterhin in Freiheit und vor allem mit freiem Willen leben konnten. Es war lächerlich, wie so vieles von so wenig abhängen konnte. Ich dachte schon, wir würden nie anhalten, um zu schlafen oder einfach nur eine Pause zu machen. Wir liefen sicherlich schon einen Tag lang und meine Füße fühlten sich an, als würden sie bei jedem Schritt über glühende Kohlen gehen.

Von meiner Hand tropfte Blut, so fest hielt ich immer noch den Stein. Sicherlich hatten sich ein oder zwei Fingernägel in meine Handfläche gebohrt. Der Stein selbst war so rund, dass ich mich daran unmöglich schneiden konnte. Das würde nicht einmal ich schaffen. Ich hatte schon vor einer Ewigkeit aufgegeben, mir die ganzen Abzweigungen zu merken, die wir nahmen. Keira und ich mussten gerade einmal am Rande des Tunnelsystems gewesen sein. Wir waren nie an so viele Abzweigungen und Kreuzungen gekommen. Jetzt war es, als würde alle fünfzehn Meter eine neue auftauchen. Wie hatte sich so etwas unter Alanien ausbreiten können, ohne dass auch nur irgendjemand etwas davon mitbekommen hatte? Es war beängstigend, was dem Bewusstsein der Menschen alles entging oder was sie einfach nicht sehen wollten.

Ich wusste nicht, was die Erdwesen plötzlich dazu veranlasst hatte, stehen zu bleiben, aber sie taten es. Fast wäre ich in ein paar von ihnen hineingelaufen, so abrupt kam der Halt.

»Waas -«, setzte ich überrascht an, als ich mein Gleichgewicht unter Kontrolle bekam. Das Erdwesen, das auch schon bei unserer Gefangennahme gesprochen hatte, drehte sich schwerfällig zu uns um und öffnete seinen linienartigen Mund. Die grollenden Stimmen waren jedes Mal so unnatürlich, dass mir ein kleiner Schauer über den Rücken lief. Vielleicht war es eine instinktive Warnung.

»Der Meister sagt, ihr braucht eine Pause.«

Mehr kam nicht über seine versteinerten Lippen. Unschlüssig sah ich Keira an. Das Wesen sah nicht aus, als würde es noch mehr von sich geben. Vielleicht war jetzt meine einzige Möglichkeit, meinen Plan in die Tat umzusetzen oder zumindest ihn ins Rollen zu bringen. Ich rückte allmählich immer weiter aus dem direkten Lichtpegel der schwachen Fackel, wobei ich stets darauf achtete, dabei keinem Erdwesen näher zu kommen. Ich musste Keira nicht mal zu verstehen geben, dass sie es mir gleich tun sollte. Sie blieb ohnehin immer in meiner Nähe. Meistens trennten uns nicht mehr als fünf Zentimeter. Ihre Instinkte wiesen sie immer noch an, für den Fall der Fälle bereit zu sein und mein Leben mit dem ihren zu verteidigen.

»Was ist los?«, zischelte sie und es war unüberhörbar, wie ungeduldig sie war. Mir entging der Blick auf meine Hand nicht und auch nicht die Missbilligung, die sich beim Anblick meines Blutes in ihren Augen ausbreitete. Ich ignorierte es. Daran war ich ja gewöhnt. Ich antwortete nicht gleich, sondern fasste, so unauffällig wie es mir möglich war, an das Amulett und werkelte dort einen Moment herum. Ein leises Klicken erklang, das sich in meinen Ohren anhörte wie ein Glockenschlag, sofort fuhr mein Kopf herum, um zu sehen, ob eines der Erdwesen es auch gehört hatte. Es war eine dumme Reaktion gewesen. Eine, die ganz und gar nicht unauffällig war, aber zu meinem Glück waren meine Nerven einfach so überreizt, dass ich sogar bei dem Surren von Insektenflügeln fürchterlich zusammengezuckt wäre. Das Geräusch war wahrscheinlich überhaupt nicht wirklich zu hören gewesen. Keira starrte mich an. Sie verstand noch nicht, was ich gerade vorhatte. Als ich jedoch meine Hand senkte, in der nun der Seelentropfen lag und eine leere Verankerung im Amulett zurückließ, weiteten sich ihre Augen vor Überraschung. Ich hoffte inständig, dass das nur mir so stark auffiel.

»Was -?«, wollte sie ansetzen, aber ich schüttelte wieder den Kopf. Je weniger Worte wir gebrauchten umso besser. Vorsichtig rieb ich den Stein an meiner Hose sauber, wobei ich sorgsam darauf achtete, dass er nie unter meiner Handfläche hervorblitzte. Ich hinterließ eine Spur von Blut auf dem Stoff, aber das fiel neben den vielen anderen Flecken nicht weiter auf. Langsam hob ich die Hand, mit dem nun sauberen Stein, zum Amulett, so, als wollte ich es einfach nur berühren. Es kam mir quälend lange vor, wie ich dort saß und versuchte den Stein in das Amulett zu setzten. Panik stieg in mir auf, als ich dachte, dass er vielleicht nicht passen würde. Dass er zu groß oder zu klein war, doch ein leises Klicken, erlöste mich von dieser Angst. Ich betrachtete mein Werk und stellte zufrieden fest, dass der Stein wunderbar den Platz des Seelentropfens ausfüllte und täuschend echt aussah. Keira zog erneut eine Augenbraue fragend hoch. Es behagte ihr nicht, dass ich den Seelentropfen vom Amulett gelöst hatte. Verständlich, da dieser kleine Gegenstand dazu in der Lage war, eine Seele zu kontrollieren, sie von ihren Körpern zu trennen und wieder zu verbinden und vor allem konnte er Seelen für immer auslöschen. Ein mächtiger Gegenstand, der eine tödliche und katastrophale Waffe sein konnte. Ich griff nach Keiras Hand. Ich ließ sie nicht los, auch wenn sie versuchte mich abzuschütteln.

»Keira!«, zischte ich und festigte meinen Griff, ich war mir sicher, dass es ihr wehtun musste, aber das war jetzt gerade nicht zu ändern. Sie würde noch meinen Plan zunichte machen, wenn sie sich weiterhin so verhielt. Ich zog an ihren verkrampften Fingern und drückte ihr den Seelentropfen in die Hand. Sie zuckte bei seiner Berührung merklich zusammen. Vielleicht war das doch keine gute Idee gewesen. Vielleicht bot Keira nicht die Ausnahme und war der Macht des Seelentropfens nicht gewachsen. Ich sah meiner Freundin in die Augen. Sie waren mit Angst und Unbehagen gefüllt. Sie verstand immer noch nicht, was ich beabsichtigte. Und zu welchem Schluss ich gekommen war.

»Janlan, was ...?«

Sie war wirklich völlig verwirrt. Ich traute mich nicht, viel zu sagen. Wer wusste schon, welche versteinerten Ohren sich gerade an ihre ursprüngliche Funktion erinnerten.

»Ist sicherer«, war das Einzige, was ich erwiderte, bevor ich noch einmal versichernd ihre Hand drückte. Dann zog ich mich ein Stück von ihr zurück. Ich sackte erschöpfter gegen die Wand, als ich erwartet hatte. Die ganze Zeit auf eine Möglichkeit zu lauern, hatte mich mehr mitgenommen, als ich gedacht hätte. Es war fast so, als wäre plötzlich eine Wand in meinem Inneren eingestürzt, die alle Emotionen weggesperrt hatte, zusammen mit der Müdigkeit. Ich brauchte wirklich eine Pause. Ich war mir nicht sicher, ob die Fackel einfach erlosch oder meine Augenlider so schnell zu fielen, dass es schlagartig dunkel wurde. Was auch immer von beidem es war. Ich hieß es willkommen und erlaubte meinem Geist in Träume abzuschweifen, die mich für einen kurzen Moment die Wirklichkeit vergessen ließen.

Als ich aufwachte, fühlten sich meine Beine noch schwerer an. Der Schlaf hatte also nicht ausgereicht, um die Anstrengung unserer gezwungenen Wanderung auszugleichen. Ich ätzte leise, als ich mich auf meine steifen Glieder kämpfte, und versuchte meine Muskeln zum Arbeiten zu bringen. Jeder Schritt war eine Höllenqual und ich wusste nicht, wie lange ich das noch durchhalten würde. Ich war unglaublich durstig. Meine Kehle fühlte sich heiß und trocken an.

»Keira, hast du noch Wasser?«, fragte ich sie leise. Ein schmerzhafter Ausdruck schlich sich in ihr Gesicht und ich wusste, dass sie keins mehr hatte und selbst äußerst durstig war. Seit wann waren wir unterwegs? Gottverdammt! Ich konnte mich nicht einmal daran erinnern. Mein Gehirn war schon vernebelter, als ich es erwartet hatte. Ich atmete tief ein, wobei die trockene Luft in meiner Kehle piekste und das Verlangen nach Wasser nur stärkte.

»Ehm ...«, räusperte ich mich, als meine Stimme wegbrach. »Entschuldigt ...« Warum zum Henker entschuldigte ich mich? Ich schüttelte verwirrt den Kopf und fing noch einmal von vorne an. »Wir brauchen Wasser.«

Das war schon besser. Bestimmender. Ich musste mich ja nicht wie eine Gefangene aufführen, nur weil ich eine war.

»Hallo!«, sagte ich noch lauter, als keines der Erdwesen reagierte. Wütend trat ich auf das Wesen zu, das der Anführer dieser netten Truppe zu sein schien. Als es mich immer noch ignorierte, tat ich etwas, was vermutlich sehr dumm und riskant war, aber ich hatte Durst. Sehr großen Durst. Ich schlug mit der zur Faust zusammengeballten Hand gegen die versteinerte Schulter.

»Auuu!«, schrie ich auf und hielt die Hand gekrümmt, schützend vor meinem Körper. Ich musste nicht hinsehen, um zu wissen, dass sie sich rasend schnell blau verfärbte und anschwoll. Ich hatte mir mindestens zwei Knochen gebrochen und wahrscheinlich alle anderen geprellt. Und zudem war natürlich die Haut über den Knöcheln aufgerissen und ließ nun mein Blut freimütig über den Handrücken laufen.

»Scheiße«, wimmerte ich jetzt nur noch. Warum musste ich auch immer so fürchterlich dumme Sachen machen. Welcher Mensch, der noch völlig bei Verstand war, schlug mit voller Kraft gegen einen Stein! Keira war augenblicklich an meiner Seite und schob sich vor mich, als das Erdwesen sich verdutzt umdrehte oder zumindest glaubte ich diesen Ausdruck auf dem, in Stein gemeißelten, Gesicht zu erkennen.

»Wasser?«, grollte es und schien nicht mehr zu wissen, was dieses Wort bedeutete.

»Ja, Wasser«, fauchte ich aus vor Schmerz zusammengebissenen Zähnen. Wie zuvor wandte das Wesen seinen Kopf zur Seite und sah etwas an, das ich nicht sehen konnte.

»Zeig mal«, forderte Keira in der Sekunde, in der das Wesen wegsah. Widerwillig hielt ich ihr meine rechte Hand hin. Sie war inzwischen wirklich blau und so dick, dass sie eher wie ein unförmiger Fleischklumpen aussah, als eine Hand.

»Gebrochen«, war ihre nüchterne Feststellung. Das hatte ich vorher schon gewusst, um genau zu sein in der Sekunde, in der ein Knacken zu hören war und ein beißend heißer Schmerz durch die Hand zuckte.

»Ja, danke, weiß ich, danke«, zischte ich unfairerweise zurück. Für einen Moment dachte ich, Keiras Mund würde sich zu einem Grinsen verziehen, aber ihre Mundwinkel zuckten nur kurz. Ich wollte mich gerade entschuldigen, als die grollende Stimme hinter mir erklang.

»Der Meister sagt, ihr bekommt Wasser, wenn wir in der Stadt sind.«

Stadt?

»Und wann ist das?«, fragte Keira, da ich noch zu sehr mit dem Wort ›Stadt‹ beschäftigt war. Wir waren nicht im Geringsten bergauf gegangen, demnach konnten wir kaum in der Nähe der Oberfläche sein und eine Stadt Kilometer unter der Erde war einfach absurd. Oder etwa nicht?

»Der Meister sagt noch eine Stunde.«

»Warum können wir nicht jetzt etwas haben?«, beharrte Keira. Wieder sah das Wesen in die nicht vorhandene Ferne.

»Der Meister sagt, weil wir kein Wasser brauchen und daher keins haben.«

Ich stöhnte innerlich und presste meine gebrochene und grotesk geschwollene Hand an meinen Körper. Eine Stunde, das konnte eine sehr lange Zeit sein und außerdem hieß es, dass wir dann den Meister treffen würden und ich wusste nicht, was passieren würde. Und wahrscheinlich wollte ich es auch nicht so genau wissen.

Quälend lange. Ich hatte es ja geahnt. Ich spürte jeden Schritt wie ein pochendes Echo in meiner Hand. Die angebliche eine Stunde fühlte sich an wie ein halbes Jahrhundert. Meine Hand tat unterdessen immer mehr weh und ich konnte nicht anders, als mir ununterbrochen auf die Lippe zu beißen, um mich abzulenken. Es funktionierte bei weitem nicht so gut, wie ich es mir wünschte. Das könnte noch heiter werden, wenn ich davon ausging, dass ich noch ein Weilchen lebte. Keira warf mir immer wieder besorgte Blicke zu, die ich nach einer Zeit nicht mehr mit einem aufgesetzten Lächeln erwiderte. Das kaufte sie mir eh nicht weiter ab und es konnte ja wohl auch kaum glaubhaft sein. Immerhin stand mir der Schweiß auf der Stirn und meine Lippen waren zu einer dünnen Linie zusammengepresst. Nicht der Ausdruck einer entspannten Person. Ich keuchte gerade vor Anstrengung und Schmerzen, als mir die Luft wegblieb. Stadt, in der Tat. Wir waren gerade um eine Biegung gegangen und standen jetzt auf einer hohen Terrasse, die einen Blick über etwas offenbarte, das ich wirklich nicht erwartet hatte. Es war, als wäre ich soeben in einen Dokumentarfilm über die Azteken gestolpert. Zumindest sah hier alles danach aus. So gut hatte ich in der Schule nicht aufgepasst, um genau sagen zu können, ob es nicht doch eher einer anderen Kultur glich. Dieser Eindruck reichte für mich, um mir die Sprache zu verschlagen. Fast noch beeindruckender war die Lebhaftigkeit, die sich vor uns ausbreitete. Überall liefen Erdwesen herum und gingen Tätigkeiten nach, die ich für diese Kreaturen nicht für möglich gehalten hatte.

Die Stadt erstreckte sich soweit in die Tiefe, dass ich die untersten Häuser nicht mehr erkennen konnte. Alles war aus einem rötlichen Sandstein, der durchsetzt war mit einem dunklen Braun oder Schwarz. Welche Farbe genau es war, ließ sich aus der Ferne nicht wirklich gut sagen. Die Erdwesen, die uns führten, trieben Keira und mich weiter eine Treppe hinunter, die uns dem Treiben der Stadt immer näher brachte. Allmählich zeigten sich Details, die zwar immer noch an die Kunst der Azteken erinnerten, aber dennoch etwas völlig Eigenes und Anderes waren. Die Häuser waren Quader mit abgeflachten Dächern und einfachen Löchern als Fenster. Die Türen waren aus zusammen gesammeltem Holz und das Innere schien, zu meinem Überraschen, möbliert zu sein. Aber irgendetwas passte einfach nicht. Die Erdwesen, die uns immer angegriffen hatten und schließlich auch gefangen genommen hatten, passten einfach nicht in das Bild, das sich hier zeigte. Ich kam von meinem Gedanken ab, als mein Blick auf eine riesige Skulptur fiel, die sich von der untersten Ebene der Stadt bis nach hier oben empor hob. Es war die Statue eines Mannes, der mit Stolz geschwollener Brust aufrecht stand und mit beiden Händen einen Gegenstand umfasste, den er würdevoll präsentierte. Sein Gesicht war erschreckend schön. Es war die Zusammenstellung von allem, das ein Mensch als schön ansehen würde. Er hatte ein markantes Kinn, das sich perfekt abhob und gleichzeitig einfügte.

Seine Nase war gerade und schien nicht einen Millimeter zu groß. Seine Wangenknochen traten erhaben hervor und betonten die Augen, die von geschwungenen Augenbrauen beschattet wurden. Das Haar war locker zerzaust und lag perfekt. Sein Körper, soweit das zu erkennen war, war die meisterhafte Darstellung des männlichen Körpers, wie er nur von einem Künstler wie Michelangelo dargestellt werden konnte und dieser hatte die Erscheinung dieser Statue nicht erreicht. Kein Mensch konnte solch einen Körper haben. Alles schien einfach perfekt. Wären da nicht die Augen, dann wäre dies der Mann, dem jede Frau verfallen würde. Egal, ob er nun ihr Typ war oder nicht.

Ich hatte fast vergessen zu atmen, so sehr hatte mich dieser Anblick gebannt und vor allem waren es seine Augen, die es nicht zuließen, dass ich meinen Blick abwandte. Sie waren stechend und verrieten, dass sein Äußeres nur eine Hülle war. Ein Gemälde, das er nach seinem Willen geschaffen hatte, um die Menschen mit seinem bloßen Aussehen zu versklaven. Sie verrieten seine Gier nach Macht und Kontrolle und offenbarten sogar einen Funken des Wahnsinns, der ihn antrieb. Ich erschauderte. Wie sollte man die Welt vor so etwas beschützen?

»Der Meister wartet nicht«, grollte das Erdwesen und schubste mich mit einer spitzen Kralle weiter. Der Anblick der Statue hatte mich so gefangen genommen, dass ich nicht bemerkt hatte, was sich hinter dem riesigen Steinkopf verbarg. Es war eine Art Tempel, der alles überragte und nur durch eine unendliche Vielzahl von Treppen zu erreichen war. Ich stöhnte bereits innerlich von der Anstrengung, die diese Treppen mir abverlangen würden. Ich war jetzt schon nicht weit entfernt von der Grenze meiner Kräfte.

Während wir weiter durch die Straßen getrieben wurden – und es waren wirklich Straßen – kamen uns keine Erdwesen entgegen und nun verstand ich auch, was so falsch war. Weshalb die Erdwesen, die uns stetig voran schubsten, nicht hierher passten. Denn das taten sie wirklich nicht. Hier oben war nicht ihr Platz.

Sie mussten so etwas wie Arbeiter sein. Völlig verunstaltet und nur noch für den Zweck da, die Wünsche des Meisters zu erfüllen. Hier oben wohnten Menschen. Wirkliche Menschen. Menschen, in deren Brust noch ein völlig normales Herz schlug. Auch wenn sie sofort in die Straßen auswichen, wenn sie uns kommen sahen, so konnte ich genug von ihnen sehen, um sagen zu können, dass sie noch Menschen waren. Das Einzige, das verriet, dass mit ihnen etwas nicht stimmte, waren ihre merkwürdig leeren Augen. Diese Stadt war in Schichten erbaut. Davon war ich jetzt überzeugt. Ich war sicher, dass, je tiefer man hinabstieg, die Bewohner immer mehr aussehen würden wie lebende Steine, wie die Wesen, die gerade an jeder Seite von mir gingen. Ganz unten lebten die Kreaturen, für die jede Hilfe zu spät kam. Einer Eingebung folgend glitt ich in die Seelensicht und blieb ungewollt stehen. Die Anzahl der blau leuchtenden Seelenergien war einfach überwältigend. Es war eine ganze Bevölkerung, die sich über diese Stadt verteilte. Ihre Seelenenergien wurden mit jeder Terrasse schwächer, aber sie waren noch da. Diese Menschen waren noch Menschen und konnten als solche vielleicht noch gerettet werden. Die Frage war nur, wie. Ich musste meine Gedanken auf die Treppen lenken, ansonsten würde ich sicher stolpern und es schaffen mir das Genick, zusätzlich zu meiner Hand, auch noch zu brechen. Der Eindruck, den der Tempel von weitem gemacht hatte, war trügerisch gewesen. Es waren noch viel mehr Treppen, als ich vermutet hatte. Ich keuchte bereits nach wenigen Minuten und drückte meine Hand ununterbrochen schützend vor meinen Körper. Wenn ich fiel, würde ich kaum in der Lage sein, meinen Sturz abzufangen. Mein Keuchen wurde immer lauter und ich konnte hören, dass auch Keira langsam die Anstrengung überkam. Vierhundertdreizehn zählte ich bereits und es schien noch lange nicht vorbei. Ich sackte auf die Knie, als ich bei siebenhundert ankam. Die letzte Stufe oder die erste, wie auch immer man es sah.

»Aufstehen«, grollte es hinter mir. Ich versuchte der Aufforderung nachzukommen, aber meine Beine gehorchten mir nicht. Meine Oberschenkel brannten und verkrampften sich in stetigen Wellen.

»Aufstehen«, grollte es erneut und ich spürte den stechenden Schmerz einer Kralle in meinem Rücken. Immer noch schwer atmend erschien Keira neben mir und griff mir vorsichtig unter die Arme. Ich verstand nicht, woher sie noch die Kraft nahm. Nun war die Zeit, um einzusehen, dass wir tatsächlich Gefangene waren. Wir hatten keine Wahl mehr und mussten uns fügen, egal was kam. Keira stützte mich und achtete dabei sorgsam darauf, nicht an meine Hand zu stoßen. Das Tempelinnere war ein großer Raum, von dem an jeder Seite eine Tür wegführte. Ich konnte nicht ausmachen, welche Ausmaße die Nebengebäude hatten, da sie von einer schwummrigen Dunkelheit verschlungen wurden. Die Decke war so hoch, dass sie nur zu erahnen war. Der Boden war aus demselben Stein wie die Wände, nur war er hier poliert, sodass sich alles darin spiegelte. Der Raum, oder eigentlich eher die Halle, war leer, bis auf diesen einen Stuhl ganz am Ende. Mein Magen zog sich zusammen, als ich die Umrisse einer Person ausmachte, die in ihm saß. Je näher wir kamen, umso größer wurde mein Drang wegzurennen. Jede Faser meines Körpers war auf Flucht eingestellt, aber das war unmöglich. Hinter uns baute sich eine undurchdringliche Wand aus Erdwesen auf. Ich wandte mich schnell an Keira und sah sie eindringlich an.

»Sicher?«, nur Keira konnte aus diesem einen Wort schließen, was ich meinte. Sie verstand, dass ich nach dem Seelentropfen fragte und ob sie ihn sicher versteckt hatte. Sie nickte kurz. Uns war beiden klar, dass sich hier alles entscheiden würde. Jeder Schritt kostete mich Überwindung und dennoch gelang es mir nicht, einfach stehen zu bleiben. Ich wurde von dem Mann angezogen, der mit jedem Schritt deutlicher wurde. Seine wirkliche Gestalt war noch anziehender als seine Statue. Ich wusste, diese Anziehung würde verschwinden, sobald seine Augen ihn verrieten, aber dafür waren wir noch zu weit entfernt. Noch war er einfach nur der attraktivste Mann, den ich je gesehen hatte. Es dauerte weitere sechs Minuten, bis wir vor dem Stuhl standen, der sich als protziger Thron entpuppte.

Der Mann, der bis eben still gesessen hatte, als wäre er auch nur eine Statue, erhob sich und breitete einladend die Arme aus. Als mich seine Augen trafen, durchzuckte mich mit solcher Wucht die Abscheu, die er in mir auslöste, dass ich für einen Moment benommen da stand.

Ein breites, zufriedenes Grinsen erschien auf dem perfekten Gesicht. Jetzt, da ich vor der realen Person stand, konnte ich die Farbe seiner Augen und Haare sehen. Die Haare waren schwarz und die Augen von einem stechenden Grün.

»Willkommen, Janlan Alverra.«

Er trat auf mich zu und erneut durchzuckte mich die Wucht seines Blickes. Ich wollte einen Schritt zurücktreten, aber die spitze Kralle in meinem Rücken gab mir unmissverständlich zu verstehen, dass mir das nicht gestattet war. Ich musste bleiben, wo ich war und das war genau vor dem Meister.

»Janlan Alverra«, sagte er erneut und in seiner Stimme erklang etwas, das mich mehr erschreckte, als alles, was ich je erlebt hatte. Ich hoffte, dass es die bloße Einbildung meiner gereizten Nerven war.

Er trat noch einen Schritt auf mich zu und schien Keira nicht einmal zu bemerken. Sein Gesicht war jetzt so nahe, dass ich seinen Atem auf meiner Haut spüren konnte. Ich erstarrte, als mir jetzt erst bewusst wurde, dass ich seinen Atem auch auf meiner Brust, meinen Armen und meinem Bauch fühlte. Ich war nie dazu gekommen, mir ein neues Oberteil anzuziehen. Ich erstarrte zu einer Salzsäule, als ich den Blick des Meisters auf jedem Zentimeter meines Körpers spürte. In seinen Augen stand eine Gier, die ich nie zuvor bei einem Menschen gesehen hatte. Meine Nerven hatten mich nicht getäuscht. Er trat noch näher an mich heran und nun spürte ich seine harten Muskeln, die sich unter seiner einfachen Kleidung abzeichneten. Sein Gesicht lag an meinem und die

Berührung brannte wie Feuer. Er sog hörbar meinen Duft ein und entließ dann ein verlangendes Stöhnen aus seiner Kehle. Aus den Augenwinkeln sah ich Keiras gequältes Gesicht und ihren angespannten Körper. Sie wollte sich auf ihn stürzen, aber etwas hielt sie davon ab. Ich versuchte, sie am Rande meines Sichtfelds schärfer zu sehen. Es war fast unmöglich und so anstrengend, dass meine Augen anfingen zu schmerzen. Doch dann erkannte ich, was sie festhielt und ich wünschte mir fast, ich würde es nicht. Steinerne Krallen gruben sich in ihre Arme und hielten sie zurück. Blut strömte aus den Wunden und breitete sich allmählich auf dem Boden aus. Meine Aufmerksamkeit wurde brutal zurück verlangt, als der brennende Schmerz von meinem Gesicht in einer dünnen Linie an meinem Hals hinabführte, über mein Schlüsselbein und bis zu meinem Bauchnabel hinunter. Der Meister hatte seinen Finger ganz langsam an mir heruntergleiten lassen. Ich spürte seine Berührung noch lange, nachdem er sie gelöst hatte, wobei er sich nicht von mir zurückgezogen hatte. Er war mir immer noch so nahe, dass ich jede Einzelheit seiner perfekten Haut erkennen konnte. Als er wieder sprach, hörte ich, dass seine Stimme so klar und betörend war, dass auch sie nicht natürlich sein konnte. Sein Atem schlug mir bei jedem Wort heiß entgegen und verriet, wie erregt er war.

»Janlan Alverra, weißt du eigentlich, wie lange ich auf dich gewartet habe?«

25
Die Befugnisse einer Königin

Sein Atem, seine Berührung, ja sogar seine bloße Nähe brannte auf meiner Haut. Es schmerzte, in sein perfektes Gesicht sehen zu müssen. Es war, als würde mein ganzes Wesen von ihm abgestoßen. Alles an ihm verursachte mir Qualen und drängte mich zu fliehen. Nur dass es keinen Ausweg gab. Auch wenn er meinen Körper vielleicht nicht kontrollieren konnte, so hatte ich mich doch zu einer Gefangenen gemacht. Ich zog scharf die Luft ein, als seine Finger erneut über meinen Oberkörper wanderten und dann vor dem Amulett schwebten.

»So ein schönes Stück. Fast so schön wie seine Hüterin.«

Ein kalter Schauer fuhr durch meinen Körper.

»Janlan Alverra, ist dir bewusst, dass wir füreinander geschaffen sind?«, fragte er in seiner verführerischen Stimme, die bei mir nur Abscheu auslöste.

»Ganz sicher nicht«, brach es plötzlich aus mir hervor und ich sah überraschend durch einen rötlichen Schleier. Nur war es dieses Mal anders. Ich wusste noch sehr genau, wer ich war und was da für eine abscheuliche Kreatur vor mir stand. Diese plötzliche Veränderung verwirrte mich und ich wusste nicht, was sie ausgelöst hatte oder ob es anhalten würde. Ein amüsiertes Lachen brach aus seiner Kehle hervor und hallte hundertfach von den hohen Wänden wieder. Seine Finger glitten an meinem Gesicht hinab und zwangen mich ihn direkt anzusehen.

»Meine Königin«, hauchte er zuckersüß. »Wie füreinander geschaffen, ich sagte es ja.«

Er grinste, als wäre es das normalste der Welt, dass er mir so nahe war und mich berührte. Er beugte sich zu mir vor. Seine Lippen waren jetzt nur noch einen Zentimeter von meinen entfernt. Mit aller Kraft, die ich besaß, trat ich ihm in den Unterleib. Anstatt auf die Knie zu sacken und vor Schmerzen zu stöhnen, trat er einfach nur einen Schritt zurück und lächelte mich wieder amüsiert an. Es hatte ihm nicht das Geringste ausgemacht.

»Das war nicht nett, Liebste. Du wirst noch erkennen, was ich von dem Moment an wusste, da ich deine roten Augen sah.«

Ich versuchte mein Gesicht abzuwenden, aber er ließ es nicht zu.

»Wir sind füreinander bestimmt. Wir werden gemeinsam die Welt regieren und formen wie sie uns gefällt. Gott und Göttin, die auf ewig leben.«

»Niemals!«, fauchte ich ihn an. Sein Gesicht sah durch den roten Schleier nicht weniger perfekt aus. Eine Tatsache, die mich noch wütender machte. Ich wollte mich nicht zu einer solchen Maske hingezogen fühlen. Es war ein reines Trugbild, das die wirkliche Hässlichkeit verbergen sollte.

»Wo ist Craig?«, verlangte ich mit einer Autorität, die ich ganz sicher nicht besaß. Für eine Sekunde war das Lächeln aus seinem Gesicht verschwunden, doch dann erschien es wieder, als wäre es nie fort gewesen.

»Craig ist deiner nicht würdig. Er unterdrückt nur deine wahre Natur. Ich bin der, der für dich vorgesehen ist. Von dem Tag deiner Geburt an warst du bereits mein. Du wirst es noch einsehen. Du kannst dich mir nicht entziehen.«

Er lächelte so selbstsicher, dass mich ein Schauer überkam. Wie konnte er sich dessen so sicher sein?

»Was willst du von mir?«, schrie ich plötzlich verzweifelt. Ich hatte das hier nicht kommen sehen. Seine Lippen legten sich auf meine Wange und es fühlte sich an, als würde er mir ein Brandzeichen einbrennen. Ich zuckte zusammen, was sein Lächeln nur noch breiter werden ließ.

»Was ich schon die ganze Zeit wollte. Dich. Die erste Seelenseherin. Und ich werde dich bekommen und mit dir das Amulett. Dann werden wir unaufhaltsam sein. Unsterblich.«

»Niemals!«, sagte ich erneut und versuchte ihn wütend anzufunkeln. Ich hoffte, dass mir das wenigstens einmal in der Blutsicht gelingen würde. »Ich gehöre zu Craig! Nur zu Craig! Wo ist er? Ich will zu ihm!«

Zorn flammte in seinen Augen auf.

»Er ist sicher. Zumindest noch. Ich habe noch nicht entschieden, was ich mit ihm oder mit deiner Freundin dort drüben machen werde.«

Die Drohung in seinen Worten war unmissverständlich. Er würde alles tun und jeden gegen mich verwenden, um mich an ihn zu binden.

»Du kannst ihr nichts anhaben«, sagte ich so überzeugt, wie ich nur konnte. Als er wieder sprach, war der Wahnsinn deutlich in seine Augen getreten.

»Ich kann sie vielleicht nicht kontrollieren, aber ich kann sie immer noch töten.«

Die Wahrheit darin war zu schmerzhaft, um sie auch nur zu denken. Wie um seine Worte und meine Gedanken noch zu unterstreichen, schrie Keira auf.

»Nur dass du weißt, dass ich nicht bluffe«, flüsterte er süffisant.

»Wehe du tust ihr etwas an.«

Er lächelte mich einnehmend an.

»Das liegt in deiner Hand, mein Herz.«

Noch bevor ich mich dagegen wehren konnte, lagen seine Lippen auf meinen. Ich wollte schreien und ihn wegstoßen, aber mein Körper war wie erstarrt. Ich nahm nur noch den brennenden Schmerz wahr, der sich von meinen Lippen in meinen ganzen Körper ausbreitete.

»Du wirst mich lieben«, hauchte er mir schließlich ins Ohr und er sagte es mit so einer Endgültigkeit, die mir das Blut in den Adern gefrieren ließ.

»Bringt sie in ihre Gemächer«, wies er plötzlich seine Erdwesen an. Ich stand immer noch wie versteinert da und war in dem Schmerz gefangen. Ich brauchte einen Moment, um mich genug zu sammeln, damit ich sprechen konnte. Als ich es schließlich schaffte, klang meine Stimme brüchig und schwach. Als hätte sein Kuss meine Stimmbänder versenkt. Das zufriedene Grinsen, das sich dabei auf seinem Gesicht ausbreitete, war unerträglich.

»Ich will Keira bei mir haben«

Ich hoffte, dass ich so viel verlangen konnte. Er sah mich einen Moment stirnrunzelnd an und betrachtete dann Keira, als würde er abwägen, wie gefährlich sie werden könnte. Er zuckte schließlich mit den Schultern.

»Wie du wünschst«, dann wandte er sich ganz nebensächlich an Keira, die immer noch mit den Krallen der Wesen an Ort und Stelle gehalten wurde.

»Ach Keira ... gib dir keine Mühe einen Fluchtversuch zu starten. In jedem Tunnel warten mehr als tausend meiner Diener und wie du weißt, müssen sie weder trinken noch essen oder schlafen. Es wäre nur ein unnützes Ärgernis.«

Dann war sein Gesicht wieder ganz nahe bei meinem.

»Wir sehen uns schon bald wieder, mein Herz.«

Endlich wich er von mir zurück und verließ mit einem leichten, federnden Schritt die große Halle. Es war, als würde ein Bann von mir abfallen und ich konnte mich wieder bewegen. Ich stürzte zu Keira, die inzwischen über ihrer eignen Blutlache stand und trotzdem noch versuchte, aus den Fängen der Wesen zu entkommen.

»Keira«, flüsterte ich besorgt, als die Erdwesen von ihr abließen und sie unkontrolliert zur Erde fiel. Ich hatte sie noch nie in einer derart geschwächten Lage gesehen.

»Hier entlang«, grollte das Erdwesen und versuchte eine einladende Geste zu imitieren. Der Anblick wäre komisch gewesen, wären wir nicht Gefangene in einem unterirdischen Palast. Denn genau das schien es zu sein. Ich versuchte Keira mit meiner gesunden Hand so gut ich konnte beim Aufstehen zu helfen. Sie schwankte, als sie sich aus ihrem eigenen Blut erhob. Ich stützte sie und sie stütze in gewisser Weise mich. Das Erdwesen führte uns durch die linke Tür. Der Raum dahinter offenbarte sich als ein Flur, von dem unzählige Türen abgingen. Ich war zu sehr auf Keira konzentriert, um weiter mitzubekommen, durch wie viele Türen wir gingen und wie viele Flure wir entlang liefen. Als das Erdwesen endlich stehen blieb, waren bestimmt weitere fünfzehn Minuten vergangen.

»Eure Gemächer, Gebieterin.«

Die Anrede verdutzte mich kurz. Ich bezweifelte doch sehr, dass ich irgendjemandem etwas gebieten konnte. Ich drückte die Tür mit meinem Rücken auf und blieb wie angewurzelt stehen. Ich stand inmitten eines Wohnzimmers, wie es nur in den nobelsten Hotels existieren würde. Hotels, die ich mir nicht leisten konnte und das bedeutete schon etwas. Noch überraschender war es allerdings, so etwas Normales hier zu finden. Auch wenn die Stadt beeindruckend war, so hatte sie doch ein wenig rückständig gewirkt. Dieses Zimmer oder Suite oder Apartment, wie auch immer man es nennen sollte, war das genaue Gegenteil. Dass Einzige, was ich nicht entdeckte, war ein Fernseher oder Computer.

Erst das leise Stöhnen von Keira riss mich aus meinen Gedanken. Schnell, zumindest so schnell wie möglich, half ich ihr zum Sofa, das von einem Burgunderrot war und mit winzigen Goldfäden durchzogen.

»Eure Dienerin wird jeden Moment bei euch sein«, gurgelte das

Wesen unbeholfen und verschwand dann, wobei seine Krallen auf dem polierten Steinboden klackerten. Dienerin? Hatte ich irgendetwas nicht mitbekommen. Immerhin waren wir doch Gefangene.

»Wie geht es dir?«, fragte Keira mit schmerzverzerrtem Gesicht. Na, das war typisch. Sie war halb tot und fragte, wie es mir ging.

»Keira, warum hast du nicht einfach stillgestanden?«

Ich wusste, dass ihr das nicht möglich gewesen war, aber es hätte ihr die ganzen Schmerzen erspart.

»Ist schon nicht so schlimm«, versuchte sie es herunterzuspielen. Fast hätte ich gelacht, als mir dieser Satz so unglaublich bekannt vorkam.

»Haben wir plötzlich die Rollen getauscht?«

Ihre Mundwinkel zuckten, das war alles, was sie noch zustande brachte. Ein leises Klopfen erklang an der Tür.

»Ja?«, fragte ich unsicher.

Entgegen meinen Erwartungen trat eine junge Frau ein. Sie war nicht sehr viel älter als Keira oder ich. Ihrem Aussehen nach kam sie aus einem südlichen Land. Ich schätzte aus Spanien. Sie hatte ein sympathisches Gesicht, das von einer Unmenge an schwarzen Locken umgeben war. Sie verbeugte sich, als sie einen Meter von mir entfernt stehen blieb.

»Ich bin Carmen«, stellte sie sich vor und lächelte mich freundlich an.

»Janlan. Und das ist Keira.«

Sie nickte.

»Leander hat mir das natürlich gesagt. Ich bin eure persönliche Dienerin und stehe immer zur Verfügung.«

Ich sah sie verwirrt an.

»Leander?«

Überrascht begegnete Carmen meinem Blick.

»Leander, unser König, der Mann des Volkes und euer Verlobter.«

»Mein was!«, quiekte ich auf.

»Verzeiht, passt euch dieser Ausdruck nicht?«

Oh nein, das tat er ganz und gar nicht. Ich wollte gerade zu einer aufbrausenden Antwort ansetzen, als Keiras schwache Stimme mich davon überzeugte, dass es jetzt gerade Wichtigeres gab. Ich atmete einmal tief ein, um mich einigermaßen zu kontrollieren. Ein rotes Zucken war bereits wieder über mein Sichtfeld gezuckt und das konnte ich augenblicklich nicht gebrauchen.

»Carmen ...«, setzte ich mit einem Seufzer an, »... wir brauchen ganz dringend etwas zu trinken und einen Arzt?«

Carmen nickte ergeben.

»Natürlich. Ich lasse sofort nach einem schicken und bringe euch Wasser. Wäre da noch etwas, das ich für euch tun könnte.«

Ich schüttelte erschöpft den Kopf. Das war alles viel zu skurril. Carmen verbeugte sich immer wieder, bis sie den Raum verließ. Ich sackte auf dem Sofa neben Keira zusammen. Es lief alles schief. Nichts lief auch nur annähernd so, wie ich es erwartet hatte.

Was war hier gerade alles passiert? Wo zum Teufel hatte ich uns bloß reingeritten?

Ich vergrub mein Gesicht in dem weichen Polster der Couch und versuchte, die Hoffnungslosigkeit zurückzudrängen. Ich lachte gequält auf, als ich Keiras tröstende Hand auf meinem Rücken spürte. Sie war ausnahmsweise einmal schwerer verletzt als ich und dennoch tröstete sie mich.

»Wir finden einen Weg.«

Leere Worte.

»Keira, hast du Leander -«, ein Schauer zuckte durch meinen Körper, als ich seinen Namen aussprach, »Hast du ihn nicht gehört? Wir können nicht durch die Tunnel zurück. Wir würden uns bei dem Versuch umbringen.«

»Wir schaffen das.«

»Und dann? Er hat immer noch das Medaillon.«

»Wir bekommen es.«

Wie konnte sie bloß so sicher sein. Warum überkam sie keine Hoffnungslosigkeit? War ich so schwach?

»Mir macht eher Sorgen, was er von dir will«, sie sagte es so leise, dass ich es kaum gehört hatte und doch hatte mein Körper sich wie von selbst versteift und überall, wo er mich berührt hatte, brannte der Schmerz wieder auf.

»Er will mich«, sagte ich leise und verzweifelt. Die Gier in seinen Augen, in seinen Berührungen und in seinen Worten, war unmissverständlich gewesen.

»Das lasse ich nicht zu«, wisperte sie. Zu mehr als das schien ihre Stimme nicht mehr zu reichen.

Ich lachte hysterisch.

»Ich weiß nicht, wie ich mich dagegen wehren sollte. Er hat mich in der Hand. Er hat mich, indem er dich und Craig hat. Ich werde nicht zulassen, dass er euch etwas antut. Nie.«

»Janlan, hör mir zu. Soweit wird es nicht kommen!«

Ich senkte den Blick.

»Keira, ich glaube, er kann meinen Körper kontrollieren, nur weiß er es noch nicht richtig.«

Das Entsetzen in ihrem Gesicht zeigte nur zu deutlich, was ich selbst fühlte. Alleine die Vorstellung, die Kontrolle über den eigenen Körper zu verlieren, war grauenhaft. Noch mehr, wenn ich an seine Augen dachte. An die Gier in ihnen. An das Verlangen, als er mich berührte. Ich schüttelte mich, als würde das etwas helfen.

»Das kann er nicht. Du hast gesagt, dass er es nicht kann. Dass wir deshalb nicht von der Erdspalte verschluckt wurden. Weil unsere Magie seine ausgleicht.«

Ich hörte die Panik in ihrer Stimme und wünschte, dass ich sie beruhigen könnte, aber dazu würde ich lügen müssen und das würde sie durchschauen.

»Als er mich -«, ich stockte, alleine der Gedanke an seine Lippen auf meinen war unerträglich. Ich holte tief Luft und zwang mich weiterzusprechen. »Als er mich geküsst hat, konnte ich mich nicht mehr bewegen. Ich glaube, er weiß es noch nicht, aber er kann meinen Körper kontrollieren, wenn er es wollte.«

Ich wich ihrem Blick aus. Uns war beiden nur zu gut klar, was er mit meinem Körper tun würde.

»Janlan, nein. Das ... warum konnte er es dann früher nicht?«

»Der Seelentropfen«, flüsterte ich. Ich hatte es gewusst, in dem Moment, als ich meinen Körper nicht mehr selbst kontrollieren konnte. Ich hielt Keiras Hand fest, als diese sofort nach dem Seelentropfen greifen wollte. Ich wollte nicht einmal wissen, wo sie ihn versteckte. So war es sicherer.

»Janlan!«, fauchte sie mich an. Ich schüttelte den Kopf.

»Das geht nicht.«

»Dann wärst du aber sicher!«

»Ich. Und der Rest der Welt, was ist mit dem! Ich werde nicht das Risiko eingehen, dass er einen Weg findet, meine Magie zu überwinden und mich dazu bringt, ihm den Seelentropfen auszuhändigen. Dich kann er nicht kontrollieren. Ganz egal wie mächtig er ist, bei dir versagt seine Magie. Du bist ihr Ursprung, deshalb kann sie dich nicht bezwingen. Bei dir ist er sicherer als irgendwo anders auf der Welt. Sogar sicherer als bei mir.«

Jetzt erwiderte ich ihren Blick und sah nicht weg. Sie musste erkennen, dass es anders nicht ging.

»Du hast das gewusst«, fuhr sie mich wütend an. »Du hast es gewusst, deshalb hast du ihn mir schon in dem Tunnel gegeben und nicht jetzt erst!«

Sie wurde wütend, weil sie erkannte, dass ich Recht haben würde. Ihr viel zu blasses Gesicht wurde rot vor Wut. Ich nickte traurig. Ich war mir der Möglichkeit sehr sicher gewesen und eben hatte sie sich bewahrheitet.

»Es tut mir leid.«

»Warum gibst du so schnell auf!«

Sie steigerte sich immer mehr in ihre Wut. Ich wusste, dass sie es nur tat, weil sie die Wahrheit fürchtete, und trotzdem fühlte ich mich verletzt. Sie war sauer auf mich. Aber ich wusste nicht, was ich sonst tun sollte. Wie hätte ich mich und gleichzeitig alle anderen beschützen sollen. Es schien, als wären diese zwei Dinge einfach nicht kompatibel.

»Ich kann dich zwingen, ihn wieder zurückzunehmen!«

Ich schüttelte den Kopf.

»Das kannst du nicht. Du kannst die Welt genauso wenig ausliefern, wie ich es konnte, egal wie wichtig ich dir bin.«

Sie wollte gerade zu einer hitzigen, wenn auch kratzigen, Antwort ansetzten, als es erneut an der Tür klopfte.

»Ja«, sagte ich wieder, doch nun klang meine Stimme nicht verwirrt, sondern unendlich müde und traurig. Carmen kam herein und hielt ein Tablett in der Hand. Wieder lächelte sie mich freundlich an. Sie wirkte so zufrieden. Als würde sie lieben, was sie tat und keine Gefangene weit unter der Erde sein. Hinter ihr ging ein älterer Mann, der eine schwarze Tasche bei sich hatte. Er war auf keinen Fall Spanier. Seine Haut war fast so blass wie meine und sein Gesicht war kantig und grob. Aber auch er schien völlig zufrieden zu sein. Er lächelte ebenfalls und kam freimütig zu mir und Keira.

»Es ist mir eine Ehre, Sie kennenzulernen.«

Er sprach, als wäre ich eine Prominente, von deren Existenz er seit Jahren wusste.

»Ich bin Anatolij, aber ihr könnt einfach Toli sagen, so nennt mich jeder.«

Er hatte eine angenehm raue Stimme. Merkwürdigerweise sprach er aber ohne jeden Akzent. Genauso wie Carmen, wenn ich es mir jetzt überlegte.

»Carmen sagte, dass ihr eine schwere Reise hinter euch habt und einen Arzt braucht. Zufälligerweise ist das genau mein Spezialgebiet.«

Er grinste breit, wobei sich tiefe Krähenfüße an seinen Augen zeigten und Grübchen seine Wangen zierten. Schwere Reise, ich hätte am liebsten sarkastisch gelacht, aber langsam glaubte ich, dass die Menschen hier nicht wussten, wer ihr König war oder eher was.

»Ja, eine schwere Reise trifft es wohl.«

Nur Keira nahm den sarkastischen Ton in meiner Stimme wahr, den ich nicht hatte unterdrücken können.

»Mit wem soll ich anfangen? Sie sehen beide ziemlich mitgenommen aus, wenn ich das so direkt sagen darf.«

Wieder lächelte er.

»Mit Keira«, sagte ich schnell, bevor sie mir zuvor kommen konnte. Sie stöhnte wütend auf. Ich hatte es ja gewusst. Natürlich hatte sie gewollt, dass Toli sich erst um meine ganzen Verletzungen kümmerte und vor allem um meine Hand, die heiß und dick war. Aber ich war nicht diejenige, die das Sofa voll blutete, zumindest nicht so stark.

Es dauerte eine ganze Ewigkeit, bis jede unserer Wunden gereinigt und verbunden oder sogar genäht war. Toli hatte mir eine Schiene verpasst und sie mit einem giftgrünen elastischen Verband fixiert, sodass es nun aussah, als wäre meine Hand zu der von Hulk geworden. Toli – was im Übrigen ein saudoofer Name war – fragte nicht einmal, wie wir zu den Verletzungen gekommen waren.

»So, das wäre es fürs Erste. In ein bis zwei Wochen sollten Sie beide so gut wie neu sein. Abgesehen von Ihrer Hand natürlich. Das wird etwas länger dauern. Bis dahin würde ich etwas langsam machen.«

»Danke«, erwiderte ich tonlos und sah mich nach etwas um, das ich mir umlegen konnte. Ich wollte mir endlich etwas anziehen. Es hatten mich mehr als genug Menschen und Wesen im BH gesehen.

»Carmen ...«, fragte ich schließlich, »... gibt es irgendwelche Kleidungsstücke, die nicht mehr benötigt werden. Wir haben unsere Rucksäcke verloren.«

Carmen sah mich überrascht an.

»Leander hat Ihnen eine ganze Garderobe der feinsten Kleider in den Schrank hängen lassen.«

»Oh, okay.«

»Und es wurde schon nach einer Garderobe für Miss Keira geschickt. Sie wird bald eintreffen.«

»Danke«, konnte ich nur perplex sagen. Das war alles viel zu merkwürdig.

»Kann ich noch etwas für Sie tun?«, fragte sie schon wieder. Ich schüttelte den Kopf.

»Ich wüsste nicht was.«

»Ruft einfach nach mir, sobald euch etwas einfällt.«

Sie verbeugte sich, genauso wie Toli, und wollte dann gerade die Tür hinter sich zuziehen, als ihr offensichtlich noch etwas einfiel.

»Herr Leander lässt Ihnen ausrichten, dass Sie sich frei bewegen können. Er erwartet Sie nur beim Abendessen.«

Noch bevor ich etwas erwidern konnte, klickte das Schloss und Carmen war gegangen. Ich sah Keira verwirrt an. Wir konnten uns frei bewegen? Ich sah etwas in Keiras Augen aufblitzen und für eine Sekunde spürte ich einen schwachen Funken Hoffnung.

26
Ein unerwarteter Widerstand

»Er unterschätzt uns«, sagte Keira zum tausendsten Mal und grinste dabei so breit, dass ich mir sicher war, dass ihre Gesichtsmuskeln bereits wehtun mussten. Ich hatte sie nicht zurückhalten können. Kaum, dass Carmen die Tür hinter sich zugezogen hatte und ihre Worte in unsere Gedanken gesickert waren, hatte Keira mich schon auf die Beine gezogen und war mit mir im Schlepptau aus dem Zimmer gestürmt. Es war klar, dass sie keine Zeit verlieren wollte, um alles genau zu untersuchen. Jeden Winkel der Stadt. All ihre Gedanken waren nur noch auf eine Flucht ausgerichtet. Alles, was ihr fehlte, war der tatsächliche Fluchtweg und den wollte sie jetzt sofort finden. Es dauerte nicht lange, bis zumindest ich einsah, dass ›frei‹ nicht das richtige Wort gewesen war. Ich wurde das Gefühl einfach nicht los, dass uns jemand oder etwas verfolgte. Aber jedes Mal, wenn ich mich umsah und eine verräterische Bewegung suchte, war da nichts. Einmal dachte ich am Rande meines Sichtfelds etwas Rötliches gesehen zu haben. Als ich mich jedoch in die Richtung drehte, war dort nichts zu sehen.

Die Ausläufe der Stadt waren riesig und der Palast – wie ich den Tempel nun eher nannte – kreiste alles ein. Es war, als wäre Leander überall. Egal wohin wir uns wandten, es dauerte nicht lange, bis wir einem Bildnis von ihm begegneten.

»Keira, können wir bitte etwas langsamer gehen?«, fragte ich hoffnungslos. Ich konnte nicht begreifen, wie sie es schaffte, in ihrem Zustand so schnell zu laufen. Die richtige Motivation schien wahre Wunder bei ihr zu bewirken. Und die Aussicht auf eine mögliche Flucht war mehr als genug Motivation für sie. Keira war in ihrer Rolle als Schützerin gefangen. Sie würde erst aufgeben, wenn sie feststellte, dass kein Ausweg bestand.

»Keira -«, setzte ich von neuem an mich zu beschweren, als ich vor Schreck erstarrte. Vor mir, das hieß in der kleinen Gasse, in der wir waren, war eine junge Frau aus einem der Häuser getreten. Bis jetzt hatten uns alle Bewohner noch gemieden.

»Clara?«, fragte ich ungläubig und starrte die Frau, nur wenige Schritte von mir entfernt, an. Sie war fast so alt wie ich. Langes, glänzendes, blondes Haar fiel über ihre Schultern und bedeckte fast die Hälfte ihres Rückens. Sie hatte einen schlanken Körper, der zu ihren feinen Gesichtszügen passte. Sie war die Art Mädchen, die jederzeit als Model durchgehen würde. Ein Model, das dringend etwas mehr zu essen gebrauchen könnte.

»Miss Alverra?«, sie sah mich ebenso überrascht an, wie ich sie, obwohl ich bei dem Miss doch fast angefangen hätte zu lachen. Ohne weiter nachzudenken, hatte ich die Distanz zwischen uns zurückgelegt und das zerbrechliche Mädchen in die Arme genommen. Ein wenig unbeholfen durch die klobige Schiene.

»Dir geht es gut.«

Sie erwiderte meinen Ausbruch mit einem schwachen Lächeln. Die Art Lächeln, das erzwungen und nicht ehrlich war.

»Wie man es nimmt«, antwortete sie mit einem bitteren Unterton, den ich von ihr nicht kannte.

»Entschuldige«, schob ich schnell hinterher. So gut würde es ihr sicherlich nicht gehen, immerhin war sie entführt worden und lebte nun unter der Erde. Clara war nicht der Art Mensch, der unter der Erde leben konnte. Sie brauchte die Sonne und die Hitze, um sich in Szene zu setzen. Überraschenderweise schob sich Keira plötzlich zwischen uns und packte Clara eindringlich am Arm.

»Kann man irgendwo reden, ohne belauscht zu werden?«

Sie flüsterte es so leise, dass ich es kaum hörte und ich stand nur einen Schritt hinter ihr. Clara nickt so schwach, dass man es eigentlich nicht nicken nennen konnte.

»Folgt mir.«

Sie drehte sich um, ohne auf uns zu achten und verschwand immer tiefer in den Schatten. Ich wollte ihr gerade folgen, als ich erneut glaubte, eine Bewegung hinter mir zu sehen. Wieder drehte ich mich zur Stelle, an der ich glaubte, es gesehen zu haben. Dort war nichts außer dem trockenen staubigen Boden. Ich überlegte kurz, ob ich hingehen sollte, um genauer nachzusehen, aber ich entschied mich dagegen, als Clara und Keira sich in Bewegung setzten. Clara hielt schließlich vor einem altertümlichen Kellereingang an. Es war eine in den Boden eingelassene Doppeltür, die nur von außen zu erreichen war. Schwaches Licht flackerte uns entgegen, als sie die ächzende Tür anhob. Mit einer raschen Handbewegung bedeutete sie uns hinunterzugehen. Ihr Verhalten zeigte ganz klar, dass das hier mehr als gefährlich und verboten war. Es war wohl ein Gutes, dass Neuankömmlinge die Alteingesessenen verschreckten. Für einen Moment fühlte ich mich in ein Haus des Ordens versetzt. Überall standen Regale an der Wand und hin und wieder zierten Bücher sie. Betten standen in einer Ecke und überall lagen Papiere verteilt. Aber einen ganz gravierenden Unterschied gab es. Mir waren mindestens zehn Gesichter zugewandt. Gesichter, die fast allesamt in meinem Alter waren und nun zugleich erschrocken, überrascht und froh aussahen. Ich hörte, wie Clara leise die brüchige Tür schloss und dann an mir vorbei zu dem runden Tisch ging. Sie nahm einen der leeren Plätze ein, nur um mich dann genauso anzusehen, wie der Rest. Keira stand ebenso perplex wie ich neben mir. Dieser Tag schien vor Überraschungen oder unerwarteten Wendungen nur so zu strotzen. Ich fragte mich, was noch alles geschehen würde. Ich wusste nicht, was ich sagen sollte. Ich wusste ja nicht einmal, was das hier war und doch sahen sie mich an, als würden sie eine umwerfende Rede erwarten. Eine Rede, über die Epen geschrieben wurden und Kriege gewonnen. Stattdessen bekamen sie ein: »Was? Wer? Ich verstehe nicht.« Es war Keira, die mich neben sich auf einen Stuhl zog. Ich sah, wie sie kurz zusammenzuckte, als sie sich setzte. Die Bewegung hatte ihre geschwollene Haut gespannt, ein Gefühl, das ich nur zu gut kannte. Für eine Sekunde verschwendete ich meine Gedanken damit, mich zu wundern, ob es kein Zufall war, dass gerade noch zwei Stühle frei waren.

Als wäre ich ein Magnet, folgten mir ihre Blicke. Ich wurde nervös und als Zeichen dafür biss ich mir auf die Lippe. Es gefiel mir nicht, wie ich angesehen wurde. So als wäre ich die lang ersehnte Rettung. Die Hilfe, auf die sie so lange gewartet hatten. Wie sollte ich ihnen wohl begreiflich machen, dass meine Anwesenheit nicht Rettung bedeutete. Dass ich vielleicht noch viel mehr als sie hier gefangen war. Der Druck auf meiner Lippe wurde immer fester, ohne dass ich es bewusst wahrnahm.

»Ihr seid Janlan Alverra«, sagte ein junger Mann, der mir direkt gegenüber saß. Er hatte wache, braune Augen, die zu seinem kurzen, ebenso braunen Haar passten. Er hatte die Ausstrahlung eines Anführers. Das war unverkennbar, nicht nur durch die Tatsache, dass sich alle Köpfe ihm zuwandten, als er sprach und trotzdem sprach er mit mir, als wäre ich ihm überlegen.

»Eh, ja«, antwortete ich unbeholfen. Warum musste ich immer mit allem überfallen werden? Er nickte bei meiner Antwort zufrieden und wirkte doch zugleich traurig darüber, dass ich *ich* war. Vielleicht hatte er mehr erwartet, als eine abgemagerte, mit Narben übersäte und nicht gerade zuversichtliche junge Frau. Die zu dem nun auch noch eine geschiente Hand hatte und unzählige Verbände und Pflaster. Ich musste aussehen wie die Überlebende einer Katastrophe, die nur noch mit Pflastern zusammengehalten wurde. Und dasselbe galt für Keira, wie ich mit einem Stich im Magen dachte.

»Dann seid ihr sicherlich Keira Kanterra.«

Wieder war es keine wirkliche Frage. Er stellte es fest.

»Was ist das hier?«, fragte ich, bevor Keira etwas sagen konnte.

»Entschuldigt. Wir haben gleichzeitig gehofft und gefürchtet, dass ihr irgendwann hierherkommt.«

Okay. Das klang nicht gut oder doch? Ich war verwirrt.

»Wir sind die jüngste Generation.«

Ich hatte mich geirrt. Jetzt war ich erst richtig verwirrt.

»Die jüngste Generation? Und was genau soll das bedeuten?«

Ich mochte es nicht, wenn man mir so ausweichend antwortete. Es war wohl klar, dass das kaum die Antwort gewesen sein konnte, nach der ich gefragt hatte.

»Wir sind die Jüngsten, die nach Infernus gebracht wurden«, erklärte Clara. »Mit ein paar Ausnahmen.«

»Dann kommt ihr alle aus Alanien?«, fragte ich vorsichtig. Ein zustimmendes Raunen ging durch die Runde. Sofort fing ich an die Köpfe zu zählen. Es waren elf.

»Die Generation, die vor uns entführt wurde, kam aus England. Davor waren sie alle aus Italien. Davor wiederum aus Amerika. Oregon glaube ich. Leander folgt keinem Muster. Das Einzige, was er beibehält, ist das Land und eine generelle Einschränkung auf junge Leute.«

»Und was genau ist die jüngste Generation?«, fragte ich, während ich noch über sein eben Gesagtes nachdachte.

Ich vermutete mal, dass mehr dahinter steckte als ein bloßer Zusammenschluss derer, die aus Alanien kamen.

»Sagen wir, man könnte uns mit dem Widerstand vergleichen, nur dass wir noch nicht in der Lage waren, tatsächlichen Widerstand zu leisten. Zumindest bis jetzt. Nun, da ihr hier seid, kann sich das ändern.«

Ich hatte es ja befürchtet. Keira warf mir einen raschen Blick zu. Ihre Wangen waren gerötet vor Aufregung. Für sie war das hier das Beste, was uns hätte passieren können. Zumindest unter den gegebenen Umständen.

»Dann seid ihr nicht Leanders Magie verfallen?«

Wieder überkam mich bei seinem Namen ein Schauer und ich musste mich stark konzentrieren, um mich nicht zu schütteln. Es war erneut Clara, die antwortete. Erst jetzt fiel mir auf, dass sie ihren Arm um den Mann geschlungen hatte, der hier der Anführer zu sein schien. Irgendwie überraschte mich das nicht. Clara hatte schon immer andere um sich geschart, ohne es wirklich zu beabsichtigen.

»Wir sind noch zu jung. Zumindest nach den Maßstäben, die hier gelten. Glaubt mir, nichts ist hier, wie es scheint. Je länger man hier lebt -«, sie verzog bei diesen Worten sarkastisch das Gesicht. »Umso mehr vergisst man, wer man eigentlich ist. Dann fängt diese Anbetung für ihn an. Dann hat man die Kontrolle über seinen eigenen Körper gänzlich verloren und das ist nur der Fall, wenn man Glück hat. Wenn er sich auf dich konzentriert und dich nicht nur als eine von vielen Entführten betrachtet, dann bist du so schnell verloren, dass du es nicht einmal mitbekommst. Hat er einmal die ganze Kontrolle, dann hat er sie immer.«

Sie klang unnatürlich verbittert für ihr Alter. Aber ich wusste, dass das, was sie sagte, Sinn ergab. Sobald er die ganze Kontrolle hatte, hatte er das Gleichgewicht zwischen Körper und Seele gebrochen und es zugunsten des Körpers entschieden. Ich fragte mich, wie es sich anfühlte, wenn er gewaltsam den Körper an sich riss, wie sein bloßer Wille mit der jeweiligen Seele kämpfte und schließlich durch das Medaillon gewann. Jeder hier war dazu verdammt, eine seelenlose Hülle zu werden, sobald es Leander danach verlangte. Keine von ihnen würde sich der Macht des Medaillons widersetzen können, wenn sie damit konfrontiert wurde. Keine außer Keira. Ich wusste, dass auch ich dieser Kampf verlieren würde, sobald er es darauf ankommen ließ. Ich würde mich eine Zeit lang wehren können, aber früher oder später würde ich den Kampf verlieren. Kein Wunder also, dass sie verbittert klang. Es war der Grund, warum ich Keira den Seelentropfen gegeben hatte.

»Woher wissen wir, dass er euch nicht in diesem Moment kontrolliert und uns in eine Falle lockt?«, Keira fragte es so scharf, dass ich selbst ein wenig von ihr abrückte. Auf Claras Gesicht breitete sich ein zynisches Lächeln aus.

»Ihr würdet es merken. Sobald er einen besitzt, ist man wie hirntot. Oder zumindest hört man sich so an, aber am eindeutigsten ist dann diese unendliche Verehrung. Man würde dann sofort von der obersten Terrasse springen, wenn er einen darum bittet«, setzte sie hintendran. Keira entließ sie nicht aus ihrem prüfenden Blick.

»Und was genau habt ihr vor?«, fragte sie in einer plötzlich ganz anderen Tonlage. Sie klang wie ein Kind, das gerade den grandiosesten Streich aller Zeiten plante.

»Naja ...«, setzte der junge Mann an.

»Wie heißt du?«, fuhr ich ihm unhöflich dazwischen. Ich wollte für meinen Gedanken einen Namen haben. Er schien für eine Sekunde von meiner unerwarteten Zwischenfrage verwirrt.

»Entschuldigt. Ich habe aufgrund der ganzen Aufregung wohl ganz vergessen, mich vorzustellen. Ich bin Jason.«

Jason, das passte irgendwie.

»Gut, Jason, du wolltest mir gerade antworten«, fuhr Keira fort und sah mich dabei verärgert an.

»Ich wollte sagen, dass es darauf ankommt, was ihr vorhabt. Unser Plan bestand bis jetzt darin, uns im Hintergrund zu halten, damit wir nicht unseren Verstand verlieren.«

Seele traf es wohl besser, dachte ich bitter. Sie wussten alle gar nicht, was für Ausmaße das alles hatte. Ich war mir nicht einmal sicher, ob ich das so genau wusste. Keira funkelte mich strahlend an. Sie hatte ihre eigene kleine Armee gefunden.

»Woher wisst ihr überhaupt, wer wir sind?«, fragte ich erneut dazwischen. Bis vor kurzem war ich noch ein Niemand gewesen und jetzt ...

»Ehm, das ist wohl mein Verdienst.«

Ein schlaksiger Junge hatte sich unbeholfen geräuspert und sah nun verunsichert zu mir. Offensichtlich befürchtete er, dass ich sauer sein könnte und ihn mit einem Blitz aus meinen Augen niederstreckte.

»Und du bist?«, fragte ich tatsächlich etwas angriffslustig. Wer weiß, was er ihnen alles erzählt hatte. Janlan Alverra, die Superheldin Alaniens. Ich hätte am liebsten laut gelacht.

»Robert«, antwortete er scheu.

»Und woher willst du wissen, wer ich bin?«

Keira versetzte mir unter dem Tisch einen Tritt, den ich geflissentlich überging. Sie hatte nicht stark genug zugetreten, damit ich zusammenzuckte. Sicherlich fiel ihr dazu die Kraft, auch wenn sie gerade alles andere als kraftlos wirkte. Die Macht der Motivation, wie ich wieder dachte.

»Ich äh, mein Onkel. Er ist ein Freund von Daniel Reeden.«

Natürlich. Kleiner konnte die Welt wohl nicht mehr werden.

»Und seit wann bist du hier?«

»Seit zwanzig Jahren.«

Das hatte ich nun nicht erwartet und es verschlug mir buchstäblich die Sprache. Keira ging es ganz ähnlich.

»Ich sagte doch, dass hier nichts so ist, wie es scheint. Robert ist der Älteste unter uns, aber er sieht kaum älter aus als sechzehn. Nicht wahr?«

Ich nickte. Mir fehlten immer noch die Worte.

»Tja, das liegt daran, dass man nicht mehr altert, sobald er auch nur für einen winzigen Moment die Kontrolle hatte. Es ist, als würde er einen kurz brechen, nur um einen Schalter umzulegen und dann ignoriert er einen wieder, falls man Glück hat. Ich glaube, er mag gealterte Menschen nicht. Zumindest ist mir noch nie einer begegnet. Der Älteste, den ich getroffen habe, war neunundzwanzig.«

Hatte er meinen Schalter schon umgelegt? Alleine die Vorstellung, dass Craig und Keira alterten, während ich genauso blieb, wie ich jetzt gerade war ... Ich konnte den Gedanken nicht zu Ende bringen. Vielleicht würden die beiden nie die Möglichkeit bekommen alt zu werden und wenn das geschah, dann war es meine Schuld.

»Also?«, fragte Jason, der gespannt auf unseren genialen Plan wartete.

»Wir müssen zu allererst jemanden finden«, sagte Keira so selbstischer, dass kein Zweifel bestand, dass sie soeben Jason und Clara als Anführerin abgelöst hatte und die beiden schienen keine Einwände zu haben. Ich sah sie einfach nur völlig verwundert und sprachlos an. Ich hatte erwartet, dass sie anfangen würde über die Möglichkeiten einer Flucht zu sprechen.

»Wen?«, fragte Jason begierig. Er wollte zurück an die Erdoberfläche. Zurück in die Welt. Das war ganz eindeutig und mehr als verständlich. Wer schon würde hier nicht fliehen wollen, wenn er noch ganz bei Verstand oder eher Seele war.

»Er heißt Craig Selton.«

Ich sprang vom Stuhl auf, ohne dass ich es wirklich gemerkt hatte. Sein Name hatte mir einen Stich versetzt.

»Keira!«, knurrte ich warnend. Sie wollte mich manipulieren. Sobald sie wüsste, wo Craig war, würde ich alle Vorsicht und jede Verantwortung vergessen, nur um ihn zu sehen. Craig hatte mir bei unserem ersten Treffen gesagt, dass er nicht wollte, dass ich mein Leben für seines opferte. Ich wusste, dass sich daran nichts geändert hatte. So sehr ich mich dafür hasste. Er würde nie wollen, dass ich ihn rettete und dafür alle anderen womöglich verdammte. Was Keira da gerade tat, war nicht fair. Wie konnte sie die Leben aller anderen so viel weniger schätzen.

Warum war ich nicht in der Lage, um mein und sein Leben zu kämpfen? Ich fühlte mich, als hätte ich schon lange aufgegeben. Als wäre die Tat, Keira den Seelentropfen zu geben, meine letzte gewesen. Als wäre ich jetzt bloß noch eine Randfigur.

Zorn flammte in mir auf. Zorn über die Ungerechtigkeit, dass ich nicht leben durfte. Zorn darüber, dass Craig meinetwegen sterben könnte. Zorn darüber, dass andere meinetwegen sterben würden, wenn ich Craig rettete. Zorn über Keiras Sturkopf. Über ihren unbeugsamen Willen nicht zu erkennen, was wirklich um uns herum geschah. Zorn, dass ich zum Teil ein Monster war. Ein Monster, das Leander unwahrscheinlich anzog und das vielleicht sogar ein wenig von ihm angezogen wurde. Zorn darüber, dass ich mich so machtlos fühlte. Meine Sicht flammte rot auf und ich rannte aus dem Keller, bevor ich noch jemanden in meinem Blutrausch umbringen würde. Ich hatte die Pforte zu meinen Gefühlen geöffnet und was sich dahinter befand, war purer, überwältigender Zorn. Wie kopflos rannte ich durch die Stadt und hoffte, dass die Bewegung alleine ausreichen würde, um die Blutsicht zu vertreiben.

Ich lenkte meine Schritte nicht, ich hatte gar nicht die Wahl sie zu lenken. Sie rissen mich mit sich und führten mich in die riesige Halle des Palastes. Innerlich lachte ich über meine Frage, wie es sich anfühlen würde, wenn der eigene Körper von jemand anderem kontrolliert wurde. Ich wusste es bereits. Ich hatte es gewusst, von dem ersten Mal, da die Blutsicht mich überkam.

»Liebste«, erklang die berauschende Stimme von Leander von der anderen Seite der Halle.

Ich stürzte mich auf ihn und dann wurden meine Gedanken schwarz.

27 Verzweifelte Versprechen

»Das hättest du nicht versuchen sollen, mein Herz.«

Seine Stimme drang wie durch einen Traum zu mir.

»Jetzt weiß ich, dass du dich mir nicht widersetzen kannst. Du gehörst mir, sobald ich es nur will.«

Ich erstarrte. Was war eben geschehen? »Und dabei habe ich die ganze Zeit den Kampf mit dir gefürchtet. Wer hätte gedacht, dass die alten Philosophen sich geirrt haben. Es scheint, als wäre der Körper trotzt allem stärker als die Seele.«

Er strich eine meiner Haarsträhnen zurück und sogleich entbrannte der Schmerz, den seine Berührungen bei mir auslösten.

»Oh, es war so einfach«, hauchte er und sein Mund war dabei meinem so nahe, dass ich seinen süßlichen Atem schmecken konnte. Wieder versuchte ich zurückzuweichen, aber es gelang mir nicht. Erst jetzt bemerkte ich die Arme, die mich umschlangen und festhielten. Wann war ich in seine Umarmung geraten? Ich wollte mich befreien, versuchte mich mit meinen Händen von ihm wegzudrücken. Ich erstarrte, als ich auf meine beiden Hände sah und keine von beiden einen Verband trug. Meine Hand, sie sah völlig normal aus. Rosa, weich und nicht angeschwollen. Leander strich einen Finger über meine Wange. Sofort brachte das Brennen meine Aufmerksamkeit wieder zu ihm.

»Du weißt es nicht. Oder?«

Ich zwang mich ihn anzusehen. Wovon redete er? Was wusste ich nicht? Panik keimte in mir auf. Was hatte ich noch alles übersehen? Er lächelte zufrieden, als ich meinen Widerstand aufgegeben hatte.

»Du hast es noch nicht durchschaut.«

Der amüsierte Ton in seiner Stimme war alles andere als beruhigend.

»Was?«, fauchte ich.

Er lachte nur.

»Was?«, wiederholte ich wütend.

»Ahh«, sagte er genüsslich. »Da sind sie wieder. Diese wunderschönen roten Augen.«

Ich war wieder in der Blutsicht und hatte auch nicht das geringste Verlangen daran etwas zu ändern. Es war einfacher zornig zu sein. So zornig, dass man die Kontrolle verlor. Es war einfacher als die ganze Verantwortung und die Last. Einfacher, als sich zwischen Liebe und Leben zu entscheiden.

»Sie steht dir. Diese allumfassende Rachsucht. Ist es nicht berauschend so mächtig zu sein? Möchtest du nicht die Macht tausender Seelen spüren, wenn du sie deinem Willen unterwirfst? Es liegt in deiner Magie, genauso wie in meiner, alles und jeden zu kontrollieren. Du musst es nur wirklich wollen. Lass los und werde mein, dann schuldest du niemanden mehr Rechenschaft. Dein Wille ist dann alles, was zählt. Ich lasse dir die Wahl.«

Er säuselte es so verführerisch in mein Ohr, dass das Monster in mir ihm verfiel. Der eigensüchtige Teil, der sich nicht um die Welt scherte. Dieser Teil wollte Leander. Er wollte Leander und die Welt, die er ihm vorhersagte. Die Welt, in der niemand mir etwas vorschreiben konnte. In der niemand von mir und meinen Entscheidungen abhängig war. Die Welt, in der ich mein Leben leben konnte, ohne an andere gefesselt zu sein. Die Gier in mir wurde so groß, dass ich es kaum ertrug. Ich war in diesem Moment nicht Janlan, die Seelenseherin. Ich war vielmehr Janlan, der Racheengel.

Der Racheengel, der dieses unvergleichliche Geschöpf wollte.

Ihn und all das, was er ihm versprach. Meine Seele, der Teil von mir, der immer noch ich war, schrie nach meinem Bewusstsein. Kämpfte um die Kontrolle, aber es schien, als hätte sich eine Wand errichtet, die alleine von diesem Racheengel durchdrungen werden konnte.

Heißer, brennender Schmerz zuckte durch meinen Körper, als sich dieser an Leanders schmiegte. Ich spürte jeden einzelnen seiner perfekten Muskeln. Fühlte, wie sie vor Erregung arbeiteten und mich immer enger an sich zogen. Entsetzt beobachtete ich aus meinen eigenen Augen heraus, wie ich mich immer mehr zu seinem Gesicht beugte. Ich spürte die suchenden Bewegungen meiner Lippen und empfand diese schreckliche Erleichterung, als sie seine endlich berührten. Wie hatte er das geschafft? Ich war noch Herr über meine Seele und dennoch hatte ich die Kontrolle über meinen Körper völlig verloren. Ich war nicht mehr nur eine Gefangene dieser Stadt. Ich war die Gefangene meines eigenen Körpers. Ich versuchte seine Berührungen auszublenden, aber der Schmerz ließ es nicht zu. Er bohrte sich in meine Seele und grub seine Fänge in mich. Gierig zog ich seinen Atem ein und gab seinem Drang nach meinen Mund zu öffnen.

Craigs wunderschönes Gesicht flackerte in meinen Gedanken auf und unweigerlich nahmen die Schmerzen zu. Ich war zweigeteilt. Mein Körper existierte getrennt von meiner Seele, ohne dass sich ihre Verbindung löste. Es war schlimmer, als einfach ausgelöscht zu werden. Meine Hände glitten über seinen Rücken und untersuchten jeden Zentimeter seiner warmen Haut. Sein Kuss wurde mit jeder meiner Berührungen verlangender. Ich wollte aufhören. Wollte mich von ihm lösen und mich übergeben. Den Schmerzen nachgeben und einfach bewusstlos werden. Ich wollte es nicht miterleben. Ich wollte nicht spüren, wie ich Craig verriet. Wie ich Craig betrog. Ich wollte sterben.

Seine Hände glitten unter mein blaues Shirt und verbrannten meine Haut. Er zog mich immer weiter mit sich, ohne auch nur eine

Sekunde die Berührungen zu lösen. Ein Ärmel meines Shirts gab seinem Reißen nach und trennte sich vom restlichen Stoff. Seine Finger glitten an meinem entblößten Schlüsselbein entlang. Wir hatten die rechte Tür der Halle erreicht. Leander stieß sie so heftig auf, dass das Holz splitterte. Ich hatte keine Augen für den Raum, der sich dahinter erstreckte. Ich spürte nur, wie die Luft aus meinen Lungen gepresst wurde, als er mich auf ein Bett warf.

Meine Seele atmete auf, als er mich für wenige Sekunden nicht berührte. Und dann war er auch schon wieder über mir. Seine Augen bohrten sich in meine. Ich konnte ihre Farbe nicht mehr erkennen. Für mich war alles nur noch in verschiedene Rottöne getaucht. Begierig zog ich ihn erneut an mich. Seine Lippen fuhren an meinem Hals entlang, als sie auf den Stoff trafen, riss er erneut an ihm und wieder fügte er sich mit einem Reißen. Mein Shirt hing nur noch in Fetzen an mir und mit einem letzten Ruck zerrte er es mir ganz vom Körper. Mit einer einzigen geschmeidigen Bewegung zog er sein Shirt über den Kopf und warf es unachtsam in den Raum. Zum ersten Mal sah ich es.

Das schwarze Medaillon hing an einer dünnen Silberkette um seinen Hals. Es war dunkler als die tiefste Nacht. Es war, als würde es alles Licht um sich herum einsaugen. Alleine das runde Auge in seiner Mitte schien sich dem zu entziehen. Leander lehnte sich wieder zu mir herunter. Das Medaillon schmiegte sich kühl an meine Haut und ein Zittern fuhr durch meinen Körper. Ich wollte es ihm entreißen, aber mein Körper gehorchte nicht. Ich war ihm so nahe und war gleichzeitig so unbeschreiblich machtlos. Leanders Hand wanderte von meinem Hals über meinen Bauch hinunter zu meiner Jeans.

»Nein!«, schrie ich innerlich. Mit einem Mal war die Verbindung zu Craig so deutlich, dass sie in mir loderte wie das hellste Feuer. Ich würde das nicht zulassen. Nicht aus freien Stücken. Nicht, wenn ich noch denken konnte.

Der Faden, der sich von meinem Herzen erstreckte, pulsierte im

Rhythmus meines Herzens und im Rhythmus von Craigs. Er war am Leben und er war in meiner Nähe. In meinem Sichtfeld vermischte sich die Seelensicht mit der Blutsicht. Ich sah beides. Ich sah das erregte Fließen Leanders Blutes und das vertraute Schimmern meiner Verbindung zu Craig. Ich hatte die Wahl.

»Nein!«, schrie ich erneut und dieses Mal kamen mir die Worte auch über die Lippen. Leanders Verlangen wandelte sich in wütende Überraschung. Er verstärkte seinen Druck und wollte seine Lippen wieder auf meine pressen.

»Nein! Nie!«, schrie ich mit aller Kraft, sowohl laut als auch in Gedanken. Es war, als hätte ich eine Druckwelle aus meiner Seele entfesselt. Sie prallte gegen Leander und schleuderte ihn gegen die gegenüberliegende Wand. Ich sprang auf meine Füße und preschte los. Ich musste ihm entkommen, solange er noch benommen am Boden lag. Ich rannte so schnell, dass meine Lungen sich anfühlten, als würden sie unter der Anstrengung bersten. Ich rannte in die einzige Richtung, die mir einfiel. Dem Einzigen entgegen, das ich kannte. Keiras Seelenenergie. Sie leuchtete ungewöhnlich hell, als wollte sie mir den Weg weisen. Je näher ich ihr kam, umso schwächer wurde das Rot in meinem Sichtfeld. Ich schlug die Tür hinter mir zu und stellte erleichtert fest, dass sie ein Schloss besaß. Keira war bei meinem abrupten Auftauchen aufgesprungen, wobei sie gefährlich ins Schwanken geriet, und sah mich entsetzt an.

»Sind hier noch andere Schlösser?«, fragte ich sie gehetzt und stürmte auch schon in die anliegenden Zimmer. Jedes Schloss, das ich fand, ließ ich einschnappen. Ich wusste nicht, ob es ihn aufhalten würde, aber ich wusste auch nicht, was ich sonst machen sollte. Keira hatte nicht nachgefragt, sondern war in die andere Richtung gerannt und hatte, wie ich, alles verriegelt. Als ich wieder in das große Wohnzimmer mit dem rotgoldenen Sofa kam, stand sie schon wieder dort und wartete auf mich. Ihre Schwerter hingen zu beiden Seiten an ihrer Hüfte.

»Janlan, was ist passiert?«, fragte sie mit zusammengebissenen

Zähnen und ich wusste, dass sie kurz davor war sich zu vergessen.

»Ich ... er ... ich konnte ...«

Ich brach auf dem Sofa zusammen und fing an zu weinen. Ich war entsetzt darüber, was ich beinahe getan hatte.

»Janlan, beruhig dich.«

Sie legte mir einen Arm um meine bebende Schulter und versuchte mich dazu zu bringen, sie anzusehen. Sie zog verwirrt eine Augenbraue hoch. »Wo ist dein Verband und die Schiene? Warum ist deine Hand nicht mehr geschwollen?«

Ich winkte die Frage beiseite, während ich noch versuchte meine Beherrschung zurück zu erlangen.

»Er hat sie geheilt, glaube ich. Ich weiß nicht. Ich ... Keira- Ich- Er-«, ich brach ab und gab auch den Kampf gegen meine Tränen auf. Keira versuchte mich erneut dazu zu bewegen sie anzusehen. Ich konnte es nicht. Ich schämte mich. Mehr noch, ich hasste mich für das, was eben geschehen war.

»Er hat einen Teil von mir unter seiner Kontrolle«, schluchzte ich. »Ich weiß nicht, wie lange ich mich gegen ihn wehren kann.«

Wie als wollte Leander mir beweisen, dass es nicht lange sein würde, erklang seine schmeichelnde Stimme in meinen Gedanken.

»Du wirst dich mir hingeben.«

Ein Schauer durchzuckte mich und ließ meinen ganzen Körper beben.

»Ich habe nicht viel Zeit«, flüsterte ich mit quälenden Schmerzen, die seine Stimme in meinem Kopf ausgelöst hatten.

»Janlan, was ist passiert?«

Ihre Sorge war mehr als deutlich zu hören. Sie fürchtete das Schlimmste. Ich konnte es in ihren Augen erkennen.

»Die Blutsicht. Ich konnte sie nicht kontrollieren und dann hat er meine Kontrolle über meinen Körper unterbunden ...«, ich brachte es nicht über mich weiterzusprechen. Der Kloß in meinem Hals schmerzte, als hätte man mir die Kehle aufgeschnitten. Er schnürte mir die Luft ab und verhinderte jedes weitere Wort.

»Nimm den Seelentropfen. Bitte, Janlan«, sie flehte mich an. Keira war die Welt egal, solange ich sicher war. Ich wusste nicht, wie ich solch eine Loyalität verdient hatte. Ich brachte nur ein schwaches Kopfschütteln zustande.

»Keira, versteh doch. Ich bin zu schwach. Ich kann gegen ihn nicht bestehen. Er würde mich überwältigen, wie er es eben schon getan hat und er würde mich dazu bringen, ihm den Seelentropfen einfach zu geben. Das kann ich nicht. Bring mich nicht dazu, diese eine Sache, für die ich stark genug bin, aufzugeben.
Ich kann nicht ...«

Ich konnte die Tränen nicht wieder herunterkämpfen. Sie strömten aus meinen Augen und sammelten sich in kleinen Pfützen auf meiner Jeans und dem Sofa.

»Ich habe ihn geküsst.«

Ich würgte und rannte ins Bad, das ich zum Glück bei dem Verriegeln aller Türen entdeckt hatte. Die Übelkeit, die ich die ganze Zeit verspürte hatte, setzte nun mit aller Gewalt ein. Ich spürte Keiras tröstende Hand, aber sie verhinderte nicht, dass sich mein ganzer Körper immer wieder verkrampfte und in wütenden Wellen schüttelte.

»Das warst nicht du«, sagte sie leise, als ich mich mit schweißgebadeter Stirn gegen die kühle Wand lehnte.

»Doch«, wisperte ich. »Ein Teil von mir. Der Teil, den er kontrollieren konnte. Was soll ich bloß Craig sagen. Er wird mich hassen. Er wird mich genauso hassen, wie ich es tu.«

Sie war plötzlich an meiner Seite und hüllte mich in eine schützende Umarmung.

»Das wird er nicht. Er würde dich nie hassen. Janlan, er liebt dich.«

»Wird er mich noch lieben, wenn er es erfährt? Er wird so verletzt sein.«

Mein Magen zog sich wieder zusammen, als ich daran dachte, wie verletzt er sein würde.

»Wie konnte ich nur, Keira? Wie konnte ich ihm das antun?«

»Scchhhh. Janlan, beruhige dich. Er liebt dich. Daran wird sich nichts ändern.«

Ich schüttelte, an ihre Schulter gelehnt, den Kopf. Ich hatte seine Liebe überhaupt nicht verdient, genauso wenig wie ihre Freundschaft.

»Keira, wir haben nicht viel Zeit. Ich habe Leander gekränkt. Er wird alles daran setzten, auch noch den Rest meiner Seele zu brechen. Wir müssen ... Du musst hier weg. Du musst den Seelentropfen soweit wie möglich von ihm fortbringen. Er darf ihn nicht bekommen. Ich habe erlebt, wie es wirklich ist in seinem Körper gefangen zu sein. Das kann ich nicht zulassen. So etwas darf niemand erleben. Du musst hier weg ...«

Ich redete mich immer mehr in meine Panik hinein. »Und wenn du kannst, musst du Craig retten. Ich schulde ihm wenigstens seine Freiheit. Bitte, Keira. Versprich mir das. Versprich mir, dass du ihn retten wirst und dann mit ihm und dem Seelentropfen fliehst. Versprich es. Versprich es mir, solange ich noch ich bin. Bitte, Keira. Bitte ...«, meine Stimme war nur noch ein gequältes Flehen.

»Ich gehe nicht ohne dich«, gab sie mit fester Stimme als Antwort. Ich schüttelte heftig den Kopf.

»Ich glaube nicht, dass ich noch gehen kann. Er wird mich nicht gehen lassen. Du musst es mir versprechen. Es ist der einzige Weg. Der einzige Weg, bei dem wir die Menschheit retten können und der einzige Weg, bei dem ich dich und Craig beschützen kann. Ich kann nicht gehen. Er wird mich nicht lassen. Keira, bitte.«

Sie presste die Lippen aufeinander. »Keira, mach mich nicht wütend. Wenn ich wütend werde, wird er nach mir greifen. Dann hat er mich wieder unter seiner Kontrolle. Dann kann er -«

Ich erschauderte in ihren Armen. Was war aus mir geworden?

»Janlan, ich kann nicht ...«, nun klang sie genauso flehend wie ich. Wieder schüttelte ich den Kopf.

»Du musst es. Du bist etwas Größerem verpflichtet als nur mir.

Du verrätst mich nicht«, fügte ich hinzu, als ich einen Teil ihrer Scheu plötzlich verstand.

»Du und ich, wir haben die Möglichkeit, über unser eigenes Leben zu bestimmen, schon lange verloren. Wenn wir sie jemals wirklich hatten. Wir wissen nichts. Leander ...«

Wieder jagte mir der Name einen schrecklichen Schauer, begleitet von einem lodernden Schmerz, durch den Körper. »Er hat gesagt, dass ich es noch nicht wüsste. Dass ich es wohl immer noch nicht erkannt hätte. Wir übersehen etwas. Etwas sehr Wichtiges. Du musst es versprechen. Ich kann dir sagen, wo Craig ist. Du musst ihn holen und dann fliehen. Bitte, Keira! Bitte.«

Sie begegnete meinem Blick nicht.

»Und dann? Hast du die ganzen Erdwesen vergessen? Ich dachte, du denkst, dass es zu viele wären.«

»Die jüngste Generation, nimm sie mit. Vielleicht können sie einen Ausgleich schaffen. Keira, bitte.«

Ich fing wieder an zu weinen. Ich konnte es nicht verhindern. Ich war zu schwach. Ich hatte alles verraten. Diese eine Sache musste ich richtigstellen. Ich musste dafür sorgen, dass sie entkamen. Ich musste ihn ablenken.

»Aber er kontrolliert doch auch sie.«

Ich schüttelte schluchzend den Kopf.

»Ich denke nicht. Nicht so, dass er sie zurückrufen könnte. Und außerdem ...«, ich stockte kurz. »Keira, du kannst sie von ihm befreien.«

Ich setzte mich ruckartig auf und sah in ihre geröteten braungrünen Augen. Auch sie kämpfte mit den Tränen, wenn auch erfolgreicher als ich.

»Du hast den Seelentropfen! Und du hast deine Magie! Du kannst sie von seinem Einfluss befreien. Du kannst ihr Gleichgewicht wieder herstellen!«

»Dann kann ich das doch auch bei dir machen.«

Ich zuckte zusammen. War das möglich? War es so einfach?

Würde Keira mich von Leander befreien können? Nein. Ich schüttelte verzweifelt den Kopf.

Ich konnte nicht sofort antworten. »Ich bin anders.«

»Janlan ...«

»Nein, Keira. Bei mir wird es nicht funktionieren. Ich bin anders. Ich bin die Ausnahme. Es würde nicht gehen. Glaube mir. Mit mir ist etwas anderes passiert als mit Clara und Jason und den anderen. Sie kannst du retten. Mich nicht.«

Jetzt konnte sie ihre Tränen nicht zurückhalten. Wo hatte ich sie bloß mit hineingezogen. Sie verdiente es nicht. Vorsichtig nahm ich ihr Gesicht in beide Hände – ich verstand immer noch nicht, wie meine Hand wieder gesund war - und brachte sie dazu mich wieder anzusehen.

»Du musst es mir versprechen. Rettet euch, wenn ich die Möglichkeit dazu geschaffen habe.«

Sie wollte ihr Gesicht abwenden, aber ich konnte es nicht zulassen.

»Keira, du hast nicht versagt. Du hast nie versagt. Nicht als Schützerin und schon gar nicht als Freundin. Gib mir dieses eine Versprechen und ich werde versprechen, dass ich nie aufhören werde gegen ihn zu kämpfen, so lange, bis ich zu dir und Craig nach Hause kommen kann.«

Sie wollte wieder den Kopf schütteln. Ich hatte das Gefühl, dass meine Seele aufleuchten musste, so hell empfand ich plötzlich das Badezimmer. Während der ganzen Zeit hatte ich die Seelensicht nicht verlassen, in der Hoffnung, sie würde wie ein Schild gegen die Blutsicht wirken. Es war ein grelles Weißblau, das noch intensiver wurde, als ich sagte:»Ich verspreche es, Keira. Ich komme zurück. Ich werde zu dir und Craig zurückkommen. Jetzt musst du mir mein Versprechen geben.«

»Janlan. Ich kann nicht.«

Ich lächelte sie so unbefangen an, wie ich es getan hatte, als sie mich vor Monaten in unserem Tal gefunden hatte.

»Doch, du kannst. Du bist stärker als ich. Du bist zu viel mehr fähig. Du musst es nur noch herausfinden. Es ist noch nicht zu Ende. Versprich es, Keira«, forderte ich ein letztes Mal eindringlich. Ein Nicken war alles, was meine beste Freundin noch zustande brachte. Ihr Nicken war für sie so bindend wie ein Vertrag und das wusste ich. Wir hatten einen Pakt geschlossen. Jetzt musste ich sie nur noch zu Craig führen und einen Weg finden, wie sie entkommen konnten. Meine Hoffnungslosigkeit schien sich in meine stärkste Waffe zu verwandeln. Leander würde vielleicht meinen Körper bekommen, aber meine Seele gehörte mir.

28
Rettender Verrat

Mir war heiß, als ich erwachte und mich verwirrt umsah. Ich hatte schon so lange nicht mehr in einem Bett geschlafen, dass es so ungewohnt war, in einem aufzuwachen. Hinter den Fenstern war es immer noch dunkel. Keine Überraschung im Anbetracht der Tatsache, dass ich gerade in einer Stadt weit unterhalb der Erdoberfläche war. Ich seufzte. Wie lange war es her, dass ich die Sonne nicht mehr gesehen hatte? Mein Körper zitterte, als ich mich auf meine Füße stellte. Ich schwankte für eine Sekunde, dann hatte ich mein Gleichgewicht im Griff. Der Kleiderschrank war zum Bersten gefüllt mit den unterschiedlichsten Kleidungsstücken. Ich würde sicherlich nicht mal die Hälfte von ihnen anziehen. Rüschen und Spitze. Rosa und Gelb ... Alles Dinge, mit denen man mich jagen konnte. Ich hatte mit Mühe ein Negligé zum Schlafen gefunden, das zumindest nicht völlig durchsichtig war. Es war, zu meinem Ärger, das Einzige, was ich annähernd akzeptabel fand. Negligés waren nicht etwas, was ich oft trug. Eigentlich trug ich sie so gut wie nie. Alleine Keira hatte ich es zu verdanken, dass drei Stück in meinem Schrank in Amalen hingen. Sie war der Meinung, dass ich Craig hin und wieder eine Freude machen sollte. »Immer dieselben ausgetragenen Hemden oder T-Shirts können auf lange Zeit nicht gut sein«, hatte sie damals belustigt gesagt und mir in die Seite geknufft. Allerdings waren diese in einem ganz einfachen

Schwarz oder Dunkelblau. Nie etwas Ausgefallenes oder nur ein Stofffetzen, den man eigentlich gar nicht erst anziehen brauchte, so wenig wie da dran war. Das, was ich jetzt anhatte, hatte meine persönliche Grenze schon überschritten. Es war zwar dunkelblau, aber der Stoff war so dünn, dass man das ›dunkel‹ wohl vergessen konnte. Schwarze Spitze lag über allem und ragte verzierend über die Naht hinaus. Keira und ich waren nach unserem äußerst emotionalen Gespräch müde in unsere Zimmer gegangen. Mir war ohnehin noch keine Idee gekommen. Und Leander hatte keine Anstalten gemacht, mir zu folgen. Er wartete wohl wirklich darauf, dass ich freiwillig zu ihm kam. Ein Schauer überfiel mich, wie jedes Mal, wenn er sich in meine Gedanken drängte. Es fühlte sich an, als wären wir hier schon eine Ewigkeit gefangen und dabei war es vielleicht gerade mal ein einziger Tag. Es war schwer hier unten die Zeit abzuschätzen. Ich war eingeschlafen, nachdem ich mindestens eine Stunde lang jede Tür mit der Seelensicht überwacht hatte. Keira hatte auch eine ganze Weile gebraucht, bis ihr Atem sich beruhigte und sie in ihren verdienten Schlaf abgedriftet war. Jetzt gerade lag sie im anderen Schlafzimmer und schlief tief und fest. Es war unübersehbar, dass sie Schlaf mehr als nötig hatte. Ich hingegen schien die Fähigkeit abzuschalten schlicht und einfach verlernt zu haben. Immer wieder war in meinen Träumen Craigs Gesicht aufgetaucht. Jedes Mal hatte ich ihn liebevoll geküsst, nur um dann zusammenzufahren, wenn ich mich von ihm löste und plötzlich in Leanders Gesicht sah. Ich war erschrocken aus dem Schlaf hochgefahren, als seine Lippen sich zu einem verführerischen Lächeln verzogen hatten und seine süße Stimme mir zuflüsterte: »Ich habe dir gesagt, dass du zu mir gehörst.«

Sein triumphales Gesicht verfolgte mich jetzt noch. Würde ich wirklich so schnell vergessen, wer ich bin? Wie lange würde ich mich ihm entziehen können? Wie lange würde ich noch wissen, wie Craigs Gesicht aussah? Wie liebevoll sich seine Lippen auf meine legten ... Der blausilberne Faden, der aus meinem Herzen hinaus in die Dunkelheit führte, flackerte auf und pulsierte eindringlich. Ich hatte schon einmal für einen Moment vergessen, wer Craig war. Es war einer der schlimmsten Momente meines Lebens gewesen. Alleine die Vorstellung, ich würde wieder vergessen ... Mein Magen zog sich zusammen und mein Körper wehrte sich vehement gegen diesen Gedanken. Mein Entschluss, den ich vor ein paar Stunden noch so sicher vor Keira verteidigt hatte, bröckelte nun. »Craig«, hallte es in meinen Gedanken. Ein tausendfaches Echo, das nicht leiser wurde. Noch bevor ich mir meiner Entscheidung bewusst war, tapste ich mit nackten Füßen durchs Zimmer und griff nach einer Strickjacke, von der ich sehr überrascht war, sie zu finden. Sie war genau meinem Geschmack entsprechend und das hieß, entgegen dem Geschmack des Kleiderschranks hier. Sie war hellblau und wurde von grauen Mustern durchzogen, die sich nur auf die obere Hälfte beschränkten. Ich wurde den Gedanken nicht los, dass sie eher zufällig hier gelandet war. Ich zuckte zusammen, als meine Tür mit einem leisen Klicken zufiel. Sofort wanderte meine Aufmerksamkeit zu Keiras, zum Glück immer noch ruhig pulsierender, Seelenenergie. Sie schlief so tief, dass vermutlich nicht einmal der Weltuntergang sie wecken würde. Beneidenswert. Wie von selbst folgte ich dem silberblauen Faden, der mir wie ein Licht in der Dunkelheit den Weg wies. Als ich auf den polierten Steinboden hinaus trat, fröstelte es mich an meinen Füßen. Es war, als hätte ich gerade einen zugefrorenen See betreten. Eine dünne glatte Eisschicht, die darauf wartete, unter mir wegzubrechen oder mindestens dafür sorgte, dass ich ausrutschen würde. Also, alles in allem, kein guter Untergrund. Ich ignorierte es. Und wenn ich hinfiel. Was sollte das schon machen. Ich war blaue Flecke mehr als gewohnt.

Der Flur lag in tiefer Dunkelheit. Es war hier wohl nicht üblich nachts Fackeln an zu lassen. Er musste sie alle in ihren Betten halten. Zumindest war das die Erklärung, die ich mir zurechtlegte für diese unheimliche Stille. Ich vermisste die Geräusche der

Nacht. Das Rauschen der Blätter und des Grases. Das Rascheln des Unterholzes, wenn eine Maus hindurch jagte. Die Rufe der Eule und die frühen Gesänge der Vögel. Aber vor allem vermisste ich den frischen, klaren Duft, der das Denken immer so viel einfacher machte. Hier unten war es stickig und trocken. An den Wänden tauchten immer wieder verzierte Pilaster auf. Ihre Kapitelle waren mit feinen Figuren versehen. Wieder erinnerte es mich an die Azteken, ohne dass es wirklich nach ihnen aussah. Es waren eher schlechte Kopien, die aber für sich alleine gut waren. Sofern das einen Sinn ergab. Ansonsten hing hin und wieder ein Bild an den Wänden. Ich vermied es darauf zu sehen. Ich war mir sehr sicher, was ich da erkennen würde. Und das wollte ich absolut nicht. Jedes Mal, wenn der Faden sich leicht zu einer Richtung neigte, nahm ich die nächste Tür. Es war ein Wunder, dass ich wirklich noch niemandem über den Weg gelaufen war. Jemand sollte ich wohl besser als Erdwesen definieren. Menschen oder zumindest die, die diesem Begriff noch am nahesten waren, schliefen alle. Ich konnte das sehr schwache Flimmern ihrer Seelenenergien sehen, wenn ich es wollte. Ich flog mit einer unglaublich schnellen Bewegung herum, als ich mir ganz sicher war, dass mir etwas in der Nacht folgte. Ich spürte es in meinem Nacken. Die Nacht, in der ich eben noch alleine gewesen war, war plötzlich zu etwas Bedrohlichem für mich geworden. Ich hatte die Anwesenheit einer zweiten Person gespürt. So wie man es manchmal einfach merkte, wenn jemand einen im Rücken beobachtete. Ich war mir ganz sicher: Da war etwas gewesen. Ich suchte jeden Zentimeter meiner Umgebung ab, die wegen des fehlenden Mondlichts merkwürdig flach wirkte. Hatte ich an der nächsten Biegung im Flur nicht gerade etwas Buschiges um die Ecke flitzen sehen? Es war klein gewesen. Ganz sicher. Etwas Kleines, nicht einmal kniehoch, hatte mich in der Sicherheit der dunklen Nacht verfolgt und sobald ich mir seiner Gegenwart bewusst geworden war, war es verschwunden. Aber ich glaubte etwas gesehen zu haben. Da war etwas gewesen, ganz sicher. Ich ärgerte mich, dass ich keine Waffe dabei hatte. Was bitte würde ich machen, wenn ich wirklich über einen dieser Steine stolperte. Wie konnte ich, nach all diesen Monaten, immer noch so unvorsichtig sein. Erst recht hier, mitten im Feindesgebiet, um es mal auf die Spitze zu treiben. Die Antwort war klar. Ein Gedanke, der alles andere ausgeschaltete hatte. Ganz abgesehen davon, dass ich meine Stiefel nicht trug und so die Assoziation zu meinen Dolchen gar nicht erst zustande kam. Meine Füße waren inzwischen eiskalt und eigentlich schon gar nicht mehr zu spüren. Schuhe. Noch so etwas, was generell gut gewesen wäre. Erst recht, da ich nicht einmal genau wusste, wo ich noch lang laufen würde. So vieles sprach dafür, umzudrehen und zurück in mein Gefangenenbett zu gehen. Mein Verstand sagte mir das mehr als deutlich, erst recht jetzt, da ich wusste, dass ich nicht alleine war, aber ich hörte nicht zu. Es war, als wäre jeder andere Gedanke nur ein leises Summen. Unverständlich und völlig unwichtig. Ich glitt durch eine Tür und wusste sofort, dass ich auf dem richtigen Weg war.

Mein Verfolger war nur noch eine blasse Erinnerung, die wenige Sekunden nach ihrer Entstehung fast schon wieder vergessen war. Verdrängt von dem einen Gedanken, der so tief in mir verwurzelt war. Der Boden war schlagartig nicht mehr poliert. Er lag nur noch in seiner natürlichen Beschaffenheit vor. Die Wände waren ebenso roh und von Pilaster oder Gemälden war keine Spur mehr zu sehen. Es war stockdunkel. Draußen im Flur war es irgendwie noch ein wenig heller gewesen. Ich tat einen Schritt vor und ein überraschtes Quieken entglitt mir, als ich einfach nach vorne wegkippte. Ich ruderte mit den Armen und versuchte, den Sturz abzufangen. Ein harter Gegenstand schlug mir gegen den Unterarm und entfachte ein scharfes Pochen. Schnell griff ich danach und klammerte mich, wie es schien, an ein Geländer. Wäre schön gewesen zu wissen, dass es da war. Immerhin hatte ich es geschafft, nicht die ganze Treppe hinunterzufallen. »Vorsicht Treppe«, wäre ein Schild, das hier gut aufgehoben schien. Keira hätte mich eigenhändig umgebracht, wenn ich mir eine Platzwunde oder Gehirnerschütterung oder so etwas zugezogen hätte. Sie würde mich umbringen, wenn sie wüsste, dass ich hier gerade alleine durch die Dunkelheit wanderte und auch noch dachte verfolgt zu werden, von etwas, das ich nicht sah und dem ich noch nicht einmal weiter auf den Grund ging.

Ich tastete mich immer weiter vor, hinein in die unendliche Dunkelheit, und hoffte, nicht bei einer der Erdwesenterrassen anzukommen. Ein nächtliches Zusammentreffen mit einem Haufen bewaffneter Steine und ich nur im Negligé war nicht gerade wünschenswert.

Aufgeregt stellte ich fest, dass das Pulsieren des Fadens immer stärker wurde, zusammen mit seiner Leuchtkraft. Ich war ihm sehr nahe. Mein Herz setzte für eine Sekunde aus. War es mir wirklich erlaubt ihn zu sehen? Der Boden unter meinen Füßen war nun wirklich staubig und immer wieder gruben sich kleine spitze Steine in meine Fußsohlen. Die Wand, an der ich mit den Händen entlang glitt, war rau und ich spürte, dass sich ein feiner Staubschleier über meine Handflächen gelegt hatte.

»Craig!«, rief ich vor Aufregung in Gedanken. Ich konnte mich gerade noch zurückhalten, nicht loszurennen. Er war nicht mehr als maximal zehn Meter entfernt. Ich traute mich nicht laut nach ihm zu rufen. Ich musste mein Schicksal ja nicht schon wieder herausfordern. Das tat ich so wohl schon oft genug. Meine bloße Existenz war eine Herausforderung. Wenn ich die Blutsicht nur kontrollieren könnte und nicht nur in einem Moment, der für mich schlimmer gewesen war als jeder Kampf, den ich schon durchstanden hatte. Dann wüsste ich zumindest, was oder ob etwas hier unten war. Aber ich traute mich nicht es zu versuchen. Ich hatte das Gefühl, dass er von ihr angezogen wurde. Der inzwischen schrecklich vertraute Schauer überfiel mich, obwohl ich nicht mal seinen Namen gedacht hatte. Nur die leiseste Andeutung reichte anscheinend aus, um es auszulösen. Ich schüttelte mich. Ich wollte nicht an ihn denken. Ich wollte an ihn denken. An Craig. Meine

Hand zitterte, als ich endlich etwas anderes unter ihr spürte als Stein. Es war hart, aber weicher, und hatte viele kleine Kerben, denen man leicht nachfühlen konnte. Es war Holz. Eine Tür. Der silberblaue Faden führte direkt durch sie hindurch. Er war dahinter. Ich wusste es. Nein, ich spürte es vielmehr mit jeder Faser meines Körpers. Jede Zelle in meinem Körper schien zu vibrieren, als hätte seine Nähe sie in Schwingungen versetzt.

Meine Finger suchten einen Türgriff, ein Schloss, irgendetwas. Ich wurde mit jeder Sekunde hektischer, in der ich nichts fand. Es konnte jetzt nicht an einem blöden Stück Holz scheitern. Das konnte nicht sein. Ich hätte fast vor Freude aufgeschrien, als meine Finger auf etwas Kühles stießen. Es hatte eine grobe Struktur und fühlte sich rau und kalt an. Ich untersuchte die Form und erkannte, dass es ein einfacher Vorschieberiegel war. Das war alles, was er für nötig hielt. Keira hatte Recht. Er unterschätzte uns.

Es benötigte nur einen einzigen Ruck, damit das sicherlich rostige Metall beiseite glitt. Für einen Moment hatte ich befürchtet, dass es verräterisch laut quietschen oder scharren würde, aber es tat nichts von beidem. Ich zog die schwere Tür einen Spaltbreit auf und schlüpfte so schnell hindurch, wie es mir möglich war.

Ich erstarrte, als ich gegen die Wand geschleudert wurde und eine Hand mir die Kehle zudrückte.

»Cr...Craig!«, keuchte ich angestrengt. Der Druck verschwand so plötzlich von meiner Kehle, wie er aufgetaucht war. Stattdessen wurde ich noch stärker gegen die Wand gepresst und seine Lippen suchten heftig nach meinen. Seine Hände gruben sich in meine Locken und zogen mich an ihn. Endlich fand er meine Lippen und mir entfleuchte ein leises Keuchen. Ein Schauer jagte durch meinen Körper und ließ mich jede seiner Berührung noch intensiver fühlen. Seine Lippen wanderten von meinem Mund über meinen Kiefer bis zu meinen Ohren. Sie kitzelten meinen Hals und verursachten bei mir eine Gänsehaut. Wie hatte ich die ganze Zeit bloß ohne ihn überstanden?

»Craig ...«, japste ich erneut, als sein heißer Atem auf meiner Haut tanzte. Seine Finger lösten den Reisverschluss der Strickjacke. Er ließ sie ungerührt zu Boden fallen und fuhr mit seinen Händen meinen Bauch hinauf. Seine Augen weiteten sich für einen Moment, als er mich in diesem verdammten Negligé sah. Wieder küsste er mich am Hals und nun konnte ich mich nicht mehr zurückhalten. Ich drückte mich an ihn und verlangte nach seinen Lippen. Ich vergrub meine Hände in seinem Haar, das in der Zeit ungewöhnlich lang geworden war. Langsam zog ich ihm den Fetzen vom Oberkörper, der wohl mal ein Hemd gewesen war. Er hob mich mit einem Ruck von meinen Füßen und trug mich zu einer Art Bett. Sein schwerer Körper lag auf mir, ohne mich zu erdrücken.

»Janlan«, flüsterte er, als er mir meine feuchten Haare aus der Stirn strich. Mein Kopf lag auf seiner Brust und ich lauschte seinem immer noch rasenden Herzschlag.

»Meine Janlan«, raunte er liebevoll und küsste mich. Es waren ähnliche Worte, aber doch trugen sie eine ganz andere Bedeutung in sich. »Wie hast du mich hier gefunden?«

Es war wie ein Schlag in die Magengegend. Mit einem Mal war die ganze brutale Realität zurück. Erinnerungen brachen über mich herein. Tränen stiegen gewaltsam in meine Augen und ein brennender Schmerz schnürte mir die Luft ab.

»Janlan, was -?«, er sah mich entsetzt und hilflos an. Ich schluckte hart. Wie hatte ich das eben zulassen können.

»Janlan -«, setzte er wieder besorgt an. Ich schüttelte den Kopf. Ich zog hektisch das Negligé wieder an und suchte nach der Strickjacke. Er hielt sie mir entgegen und ich konnte in seinen Augen sehen, dass ihn die Sorge über mein Verhalten fast umbrachte.

»Craig, wir müssen hier weg. Wir hätten gleich fliehen sollen. Wir ... du kannst hier nicht bleiben. Er wird dich gegen mich einsetzten. Wir müssen dich hier wegbringen.«

Er wollte mich festhalten, aber ich entwandte mich seinem

Griff. Ich konnte ihm nicht in die Augen sehen. Wie sollte ich auch?

»Janlan, du verschweigst mir etwas.«

Wieder musste ich schlucken, um nicht die Kontrolle zu verlieren und in meinen eigenen Tränen zu ertrinken.

»Dafür ist jetzt keine Zeit.«

Zögernd packte ich seine Hand, so als wäre ich mir nicht mehr sicher, ob mir das erlaubt war. Wie selbstverständlich schloss er seine um meine. Es war eine so normale Geste und doch schmerzte sie so sehr.

»Wo ist Keira?«, fragte er plötzlich.

»In ihrem Zimmer. Ich werde dich zu Freunden bringen, so lange ich noch kann.«

Ein Ruck fuhr mir durch den Arm, als ich weiter eilte, er aber stehen blieb und meine Hand immer noch fest umschlang.

»Janlan, wie seid ihr hergekommen?«, seine Stimme hatte plötzlich einen harten Unterton.

»Craig, nicht jetzt, bitte. Keira wird dir alles erklären. Vielleicht sollte sie dich zu ihnen bringen. Ich weiß nicht, wie viel Zeit ich noch habe.«

Entsetzen breitete sich auf seinem wunderschönen Gesicht aus.

»Was meinst du damit?«

»Craig ...«, wimmerte ich nun, »... bitte. Nicht jetzt. Bitte.«

Wie war es bloß dazu gekommen, dass ich nur noch am Flehen war. Wie war das alles nur soweit gekommen? Craig nickte resignierend. Er musste wohl einsehen, dass mitten in einem Gefängnistrakt nicht der richtige Zeitpunkt war auch nur irgendetwas zu besprechen.

»Craig, hör zu ...«, sagte ich, als wir durch die Dunkelheit eilten. »Ich werde dir einen Weg beschreiben. Du musst ihn dir merken und dir am Ende ein Versteck suchen. Wenn wir Glück haben, hat er ...« Ich schluckte schwer bei dem Gedanken, dass Leander etwas mitbekommen hatte. »Dann weiß er davon nichts. Aber ich bin nicht sicher. Ich werde dir Keira schicken, sie wird dich irgendwo verstecken. Ich darf nicht wissen, wo.«

Als er etwas sagen wollte, fing ich schnell an, ihm die ganzen Abbiegungen einzuprägen. Was hatte ich bloß getan.

»Janlan, ich will dich nicht verlassen. Ich liebe dich. Ich kann dich nicht einfach zurücklassen.«

Ein Flehen klang in seinen Worten mit. Das hatte das letzte bisschen Beherrschung, die ich noch gehabt hatte, davon gespült wie ein Blatt Papier bei einem Tsunami.

»Craig, du musst gehen. Wenn du bleibst, bringt er dich meinetwegen vielleicht noch um. Bitte.«

Er schüttelte den Kopf.

»Ich habe dir geschworen, dich nie zu verlassen.«

Ich hätte es wissen müssen. Er würde mich niemals im Stich lassen. Er würde mich nie betrügen, so wie ich es getan hatte. Er würde, wie Keira, alles tun, damit ich entkam, sogar wenn es hieß, dass er dabei starb. Ich konnte das nicht zulassen. Nicht, wenn ich ihn genauso liebte wie er mich. Auch wenn er es gleich vermutlich nicht mehr tun würde.

»Craig«, wimmerte ich. Ich wollte ihn nicht derartig verletzten. Er wollte mich in den Arm schließen, aber ich stieß ihn weg.

»Craig, ich habe fast mit einem anderen geschlafen«, ich sagte es ohne jedes Gefühl. Er schüttelte ungläubig den Kopf.

»Das sagst du jetzt nur so.«

Ich biss mir auf die Lippe und schmeckte sofort Blut.

»Nein. Das tu ich nicht. Es ist die Wahrheit.«

Ein Ausdruck trat in seine Augen, der mich wünschen ließ, dass ich tot wäre. Fast dachte ich, mein Wunsch würde erfüllt, als ich zu Boden gerissen wurde. Ein gehässiges Lachen erklang in meinen Gedanken. Die Zeit war abgelaufen. Verwirrt, verletzt und besorgt tat Craig einen Schritt auf mich zu. Ich keuchte und hielt mir die rechte Hand. Ein Schmerz brannte auf und bohrte sich in die scharlachrote Narbe auf meiner Handfläche. Ein heiserer Schrei entrang sich meiner Kehlen, als meine Haut entlang der Narbe aufbrach. Blut ergoss sich aus dem Schnitt, der, wie damals, vor meinen Augen immer tiefer wurde.

»Renn!«, schrie ich Craig an. Er sah mich zerrissen an. Der Ausdruck des Betrogenseins stand noch immer schmerzhaft deutlich in seinen Augen. Ich biss die Zähne zusammen. Der Schmerz drohte mein Bewusstsein zu übermannen und mich in die Schwärze der Ohnmacht zu ziehen.

»Ich habe dich betrogen«, knurrte ich mit schmerzverzerrter Stimme. Ich konnte mich nicht bewegen. Ich konnte nur auf die Hand starren und auf die weißen Knochen, die sich von meinem tiefroten Blut abhoben.

»Renn! Bitte!«, schrie ich ihn in Gedanken an. Zu mehr war ich nicht mehr fähig. Er sah mich an, als hätte ich ihm gerade einen meiner Dolche ins Herz getrieben, dann drehte er sich um und rannte in die Richtung, die ich ihm gesagt hatte.

Ich litt. Mein Körper, meine Seele. Ich litt Höllenqualen bei dem Wissen, Craigs Liebe soeben verloren zu haben. Ich hatte es wohl nicht anders verdient. Ich sackte nach vorne und schlug mit einem dumpfen Ton auf den polierten Steinboden. Mein Blut breitete sich unter meiner Hand aus und das Feuer des Schmerzes löschte mein Bewusstsein.

29
Adam und Eva

Das Erste, was ich spürte, war das brennende Stechen meiner Hand. Dann erst drangen die eigentlich fast genauso schmerzhaften Kopfschmerzen an die Oberfläche. Keines von beidem kam aber nur annähern an den Schmerz heran, den die Erinnerung an Craigs Augen auslöste. Sofort spürte ich wieder den stechenden Schmerz im Hals und die Tränen, die mit rasender Geschwindigkeit in meine Augen stiegen.

»Craig ...«, murmelte ich mit erstickter Stimme.

»Er ist in Sicherheit. Vorerst«

Ich fuhr so schnell hoch, dass der Raum um mich sich heftig zu drehen anfing und für ein paar Sekunden wieder schwarz wurde. Wie hart hatte ich mir meinen Kopf wohl gestoßen?

»Du solltest vielleicht ein wenig langsamer machen, wenn du nicht gleich schon wieder bewusstlos werden willst.«

Keira saß in einem Sessel mir gegenüber und versuchte, mich sorgenlos anzulächeln. Es gelang ihr natürlich nicht. Keira war nie sorgenlos und in unserer jetzigen Lage erst recht nicht.

»Wo ...«, setzte ich an, schüttelte dann aber den Kopf. »Sag es mir nicht. Es ist bestimmt besser, wenn ich es nicht weiß.«

»Janlan, was ist passiert? Wie hast du das mit deiner Hand wieder geschafft und vor allem, was hast du zu Craig gesagt?«

Ihr Blick war bohrend. Ja sogar ein wenig vorwurfsvoll. Weil ich mich verletzt hatte oder weil ich Craig verletzt hatte? Ich wusste nicht, was von beidem zutraf. War es möglich, dass ich nicht bemerkt hatte, dass er für sie in den ganzen Monaten auch sehr wichtig geworden war. So wichtig, dass sie sauer auf mich sein würde, wenn ich ihn aufs Tiefste verletzte.

»Das war er«, sagte ich leise und starrte auf meine provisorisch verbundene Hand. Das letzte Mal hatte ich bei dieser Verletzung ins Krankenhaus gemusst.

»Craig?«, fragte Keira mit überraschtem Ton.

»Nein!«, entfuhr es mir. »Natürlich nicht. ER.«

Ich wollte seinen Namen nicht aussprechen. Musste sie mich denn unbedingt dazu zwingen. Es war doch mehr als klar, wen ich meinte. Sie zog eine Augenbraue hoch, als sie zu verstehen schien und gleichzeitig schlich sich Skepsis in ihre Augen.

»Er war doch gar nicht mit euch auf dem Flur. Zumindest hat Craig davon nichts gesagt.«

Ich zuckte bei seinem Namen zusammen. Wieder wollte ich fragen, wo er war. Zu ihm rennen und mich entschuldigen. Ihm erklären, dass ich nicht ich gewesen war. Dass er meinen Körper kontrolliert hatte. Das zumindest versuchte ich mir immer noch einzureden.

»Er hat es getan. Von wo auch immer er war. Er hat die Narbe auf meiner Hand wieder aufgerissen und mich gezwungen zuzusehen, wie sie immer tiefer wurde. Er war vielleicht nicht körperlich da, aber er war da. Er hat das getan, als Strafe.«

»Strafe?«

Echt jetzt? Hatte Craig ihr überhaupt irgendetwas erzählt.

»Keira«, sagte ich flehend. Musste ich das alles wirklich noch einmal durchmachen, indem ich es erzählen musste? Als sie nicht auf mein unausgesprochenes Flehen einging, atmete ich schwer ein und biss mir auf die inzwischen völlig zerschundene Lippe.

»Als Strafe, dass ich mit Craig zusammen war«, nuschelte ich in der Hoffnung, dass sie es vielleicht nicht verstehen würde.

Natürlich verstand sie sehr genau und zog nun wirklich vorwurfsvoll eine Augenbraue hoch.

»Das war wohl kaum der richtige Zeitpunkt, meinst du nicht?«

Ich biss mir noch fester auf die Lippe, um mich davon abzuhalten, etwas Dummes zu antworten. Es reichte, einen Menschen, den ich liebte, verletzt zu haben. Sie deutete mein Schweigen als Zustimmung.

»Aber wenn du so nett zu Craig warst und auch noch *das* anhattest, warum war er dann so merkwürdig und wortkarg?«

Bei ihren Worten nickte sie zu dem nun blutigen Negligé, das ich immer noch trug. Wie war ich eigentlich hierher gekommen? Wieder schluckte ich und kaute auf meiner Lippe. Ich wollte es nicht aussprechen. Warum musste das jetzt alles noch sein. Ich wollte einfach nur schlafen. Mich in irgendeinen verrückten Traum flüchten und hoffen, dass alles wieder gut sein würde, wenn ich aufwachte. Naiv. Völlig naiv. Die Probleme der Welt lösten sich nie von alleine.

»Ich habe ihm gesagt, dass ich ihn betrogen habe.«

Nach jedem Wort stockte ich und musste mich zwingen, das nächste auszusprechen.

»Aber das hast du nicht. Warum sagst du ihm so etwas!«

Okay, ich hatte meine Antwort. Sie war sauer, weil ich Craig verletzt hatte. Sie waren bessere Freunde geworden, als mir bewusst gewesen war.

»Weil er sonst nicht fliehen würde. Und außerdem habe ich es ja fast getan«, schob ich hinterher.

»Fast. Und dieses fast war auch noch unfreiwillig. Janlan, das war dumm.«

»War es nicht!«, fuhr ich sie nun richtig an.

»Er ist genauso stur wie du! Er würde nicht von hier fortgehen. Er würde hier bleiben und meinetwegen sterben! Genauso wie du es tun willst! Ihr würdet es beide tun, wenn ich euch ließe! Ihr würdet es tun, ohne dass ich es verdient habe! Die einzige

Möglichkeit, ihn am Leben zu erhalten, war, ihn zu verletzen! Die einzige Möglichkeit, dich zu retten, war dir den Tropfen zu geben. Ich lasse keinen von euch sterben. Nicht wegen mir.«

Ich funkelte sie wütend an und ich glaubte, dass es zum ersten Mal in meinem Leben funktionierte.

»Du hast mich manipuliert!«, fuhr sie mich plötzlich genauso wütend an. »Du hättest mir den Tropfen gar nicht geben müssen. Du wärst sicher, wenn du ihn mir nicht gegeben hättest!«

»Das wäre ich nicht! Das habe ich dir schon erklärt. Er stellt nur sicher, dass du auch wirklich gehst und er ihn nicht bekommt! Genauso wie Craig gehen wird, weil er mich wohl kaum noch lieben kann ...«

Meine Wut war mit einem Mal verpufft und ich brach in Tränen aus. Ich hatte nicht mal gemerkt, dass ich auf die Beine gesprungen war, aber jetzt schwankte ich bedrohlich und versuchte mich an der Sofalehne abzustützen. Meine Hand griff ins Leere. Ich schwankte nach vorne und meine Knie brachen ein, als es ihnen zu viel wurde. Keira fing mich gerade noch auf, um zu verhindern, dass ich mit dem Kopf gegen die Ecke des Couchtisches knallte.

»Warum glaubst du eigentlich, dass du das alles alleine schaffen müsstest? Ich bin deine Schützerin. Ich bin Teil dieser Aufgabe.«, sagte sie, als sie mich in den Arm nahm und ich meinen Kopf hoffnungslos gegen ihre Schulter presste.

»Deswegen musst du gehen«, flüsterte ich mit zittriger Stimme. Wie viel Blut hatte ich verloren? Schweiß war mir auf die Stirn getreten und ich hatte das Gefühl, dass jeder Muskel brannte. »Und du musst Craig mitnehmen.«

»Er liebt dich, auch wenn du ihm diese Lüge erzählt hast.«

Ich schüttelte mühsam den Kopf.

»Das darf er nicht. Er muss es glauben. Er muss glauben, dass ich ihn nicht mehr liebe. Er würde nicht gehen, Keira. Du darfst ihm nicht die Wahrheit sagen.«

»Janlan ...«

»Nein, Keira. Es ist bestimmt besser so.«

»Du bringst dich damit selber um.«

Ich nickte. »Mag sein, aber dann ist er wenigstens in Sicherheit. Ich bin hier gefangen. Ich kann nicht erlauben, dass er mit mir hier bleibt und stirbt.«

»Janlan, warum machst du das? Warum stößt du uns beide weg?« Ihre Stimme konnte nicht verbergen, wie verletzt sie war, auch wenn sie es versuchte. Also hatte ich es doch geschafft, beide zu verletzten.

»Erfolgreiche Nacht«, dachte ich bitter. »Tu ich nicht, aber ich kann euch auch nicht hier bleiben lassen.«

Sie sah weg. Ich war sicher, dass ihre Augen ungewöhnlich stark glitzerten.

»Wie bin ich eigentlich hergekommen?«, fragte ich, um schnell das Thema zu wechseln. Keira räusperte sich, bevor sie mir antworten konnte.

»Carmen kam mit dir durch die Tür, gerade als ich losrennen wollte. Für so eine kleine Frau ist sie ziemlich stark.«

»Oh, dann muss er sie geschickt haben.«

Warum hatte er mich nicht einfach verbluten lassen? Warum mich schwer verletzen und dann retten? Warum erst überhaupt meine gebrochene Hand heilen, nur um sie dann wieder ähnlich schlimm zu verletzen? Er musste meine gebrochene Hand einfach geheilt haben. Ich konnte es mir anders nicht erklären. Damit er mich noch mehr quälen kann, beantwortete ich mir schließlich meine eigene Frage. Das hier war noch lange nicht vorbei.

»Hat sie etwas von Craig gesagt?«, fragte ich ängstlich. Vielleicht würde er ihn suchen lassen. Sehr wahrscheinlich würde er ihn suchen lassen. Craig war noch lange nicht sicher, auch wenn er nicht mehr in diesem Kerker saß. Er war noch lange nicht in Sicherheit.

»Keira, wir müssen schnell handeln. Wir können nicht mehr warten, ansonsten kommt hier keiner mehr weg. Wir -«

Ich wusste nicht mehr, was ich sagen wollte. Mein Kopf schwirrte und fühlte sich an, als wäre er nicht mehr mit meinem

Körper verbunden. Meine Augenlider flackerten.

»Vielleicht, aber nicht mehr heute Nacht«, hörte ich Keira gerade noch sagen. Dann war es auch schon wieder zu viel für meinen Körper.

»Janlan, wach auf«, flüsterte Keira und legte mir eine Hand auf die Stirn, wie um zu sehen, ob ich Fieber hatte.

»Was ist?«, nuschelte ich erst, dann fuhr ich mit einem Ruck hoch. »Ist was passiert?«

Sie sah mich besorgt an.

»Du hast Fieber.«

Das war keine Antwort. Auch wenn sie sicher Recht hatte, so schlecht wie ich mich fühlte. Ich war sicher, einen Vampir zu erblicken, wenn ich es zu einem Spiegel schaffen sollte.

»Deshalb wirst du mich wohl kaum geweckt haben.«

Ich versuchte sie streng und forschend anzusehen, aber das gelang mir mit meinem kränklichen Aussehen offenkundig nicht. Sie sah mich so besorgt an, dass mir Angst die Kehle hinauf kroch.

»Was ist? Sag schon.«

Sie zögerte noch einen Moment, der mir unerträglich lang vorkam.

»Es ist ... Du hast eine Art unfreiwilliges Date.«

»Oh.«

»Carmen war eben hier. Sie sagte ... Sie sagte, dass er dich in seinen Gärten erwarten würde.«

»Gärten«, fragte ich verwirrt. Wir waren unter der Erde. Wo zum Teufel sollte es hier einen Garten geben. Keira nickte. Aber die Tatsache, dass es hier einen Garten geben sollte, schien sie kaum zu wundern. Alles, was in ihr Gesicht geschrieben stand, war Sorge.

»Wann?«, fragte ich tonlos.

»Sie holt dich in fünfzehn Minuten ab.«

Die Vorstellung gefiel ihr ganz und gar nicht. Nicht dass sie mir auch nur irgendwie im Geringsten zusagte. Er hatte mir aus der Ferne die Hand aufgerissen. Was würde er tun, wenn ich direkt vor ihm stand.

»Und du?«, fragte ich, um meine Gedanken abzulenken. Sie zuckte mit den Schultern.

»Ich darf mich wohl immer noch frei bewegen. Vielleicht kann ich dir folgen«, überlegte sie leise.

»Nein, das wirst du ganz sicher nicht!«

»Janlan, was soll schon passieren.«

Sie versuchte gleichgültig zu klingen, aber sie war zu klug, um nicht zu wissen, was passieren könnte.

»Vergiss es und ich weiß, wenn du dich in der Nähe aufhältst, also versuche es gar nicht erst. Du könntest -«, mir versagte für einen Moment die Stimme. »Du könntest nach Craig sehen.«

Der Schmerz in meinen Augen reichte aus, um sie zu überzeugen.

»Okay. Aber vorher müssen wir dir etwas anderes anziehen, so lass ich dich nicht gehen.«

Ich sah prompt an mir herunter. Ein blutiges Negligé.

»Ja, das wäre nicht besonders klug«, stimmte ich zu und unterdrückte den Schauer, der mich überfallen wollte, als ich daran dachte, wie er auf ein solches Outfit reagieren würde. Eine Jeans und eine weiße Bluse waren das Ergebnis. Ich war mehr als froh, dass ich etwas derart Unverfängliches gefunden hatte. Mehr als die Hälfte der Oberteile waren tief ausgeschnitten oder hatte irgendwelche viel zu süßen Verzierungen. Ein Klopfen ließ mich stärker als normal zusammenzucken. Dabei schlug ich mir die Hand an der Schranktür an und zog scharf die Luft ein, als ein stechender Schmerz in der frischen Wunde explodierte. Typisch verfluchte ich mich in Gedanken.

»Miss Alverra, Herr Leander erwartete Sie. Ich werde Sie zu ihm bringen.«

Carmen verbeugte sich, wie stets, ergeben und ich fühlte mich dabei, wie immer, völlig bescheuert. Die Zeit der Sklaven war meines Erachtens lange vorbei, aber das galt wohl nur für die wirkliche Welt. Die Welt, in der die Sonne das Licht erzeugte und nicht tausende Fackeln. Ich sah über meine Schulter zurück zu Keira. Sie konnte ihr Gesicht nicht schnell genug unter Kontrolle bekommen, um ihre Sorge zu tarnen. Sie fürchtete sich genauso wie ich vor den Dingen, die geschehen könnten. Es war in diesen fünfzehn Minuten nicht das erste Mal, dass ich mich fragte, was er wollte.

Ich lief hinter Carmen durch den polierten Flur und erstarrte an der Stelle, wo sich heute Nacht noch mein Blut über den Boden verteilt hatte.

»Äh, Carmen«, setzte ich unsicher an. »Was will er von mir?«

Ich hatte ehrlich versucht, seinen Namen auszusprechen, aber es gelang mir nicht. Als hätte sich bereits ein Selbstschutz tief in meinem Inneren entwickelt, und sich nun auch nicht mehr abstellen ließ.

»Sie meinen Herr Leander?«

Ich zuckte zusammen und nickte nur. Lächelnd sah sie mich an, als würde sie meine Reaktion überhaupt nicht bemerken oder verstehen, was sie bedeutete.

»Er will Sie sehen. Immerhin sind Sie seine Verlobte.«

Ich biss mir so heftig auf die Lippe, dass die Blutkruste wieder aufbrach. Verlobte. Das Wort hallte in meinen Gedanken wider und hielt mich in einem schaurigen Klammergriff. Bis jetzt hatte ich nie etwas darauf geantwortet und bis jetzt war mir immer noch nichts eingefallen, was ich darauf erwidern sollte.

»Ach so«, entriss ich meiner Kehle, weil ich nicht unhöflich sein wollte. Ab da verstummte ich. Ich achtete nicht mehr darauf, wohin Carmen mich führte. Dafür war ich viel zu sehr in meine Gedanken vertieft. Keine besonders angenehmen. Eher schreckliche, fantasievolle Ausmalungen von allem, was mich erwarten könnte. Immer wieder zuckte ich zusammen, um meine eigenen Gedanken zu verscheuchen. Wenn sie nicht bei ihm waren, dann landeten sie bei Craig und das war nicht weniger schmerzhaft oder schrecklich. Ich hatte mir wirklich ein tolles Gefängnis geschaffen.

Wieder einmal fragte ich mich, wie es so hatte enden können. Wie hatte ich es geschafft, mich in diese Lage zu bringen. Meine Gedanken kreisten immer noch umeinander, als Carmen plötzlich vor einer riesigen Doppeltür stehen blieb. Fast wäre ich gegen sie gelaufen.

Die Tür war überdimensional groß. Ein Abbild einer Paradiesszene, die mir merkwürdig bekannt vorkam, nahm den gesamten Platz ein. Bäume und Sträucher rankten sich im Hintergrund umeinander. Tiere spähten aus dem Gestrüpp hervor und wurden teilweise von den Schatten der Bäume verschlungen. Es hatte etwas Bedrohliches an sich, wie die Körper einfach im Nichts verschwanden. Es wirkte nicht natürlich. Vögel saßen auf den Zweigen und starrten den Betrachter aus unbeweglichen Augen an. Ich glaubte eine Katze an den Füßen der einen Person zu erkennen, aber ich war mir alles andere als sicher. Mein Blick wanderte nur langsam zu der männlichen Abbildung. Natürlich hatte er sich als Adam abbilden lassen und als meine Augen schließlich zu Eva kamen, erschauderte ich. Ich sah in mein eigenes Gesicht. Ich lächelte ihn verführerisch an, wobei mein langes, lockiges Haar um meinen Kopf wehte. Ich hielt keinen Apfel in der Hand und eine Schlange war auch nirgends zu sehen, aber es war dennoch mehr als deutlich, dass es auf Adam und Eva anspielte. Ich wollte meinen Blick nicht an meiner Darstellung heruntergleiten lassen. Ich wollte mich nicht als eine Aktdarstellung von Eva sehen. Aber genau das war es. Schnell wanderten meine Augen wieder zu meinem Gesicht. Ich fühlte mich zu beschämt, zu entblößt, auf einer riesigen Tür nackt gezeigt zu sein. Auch wenn es nicht wirklich meinen Körper zeigte. Dafür fehlten die tausend Narben. Aber etwas anderes zog meine Aufmerksamkeit auf sich. Die Eva, die ich war, hielt das Amulett in den Händen und streckte es ihm entgegen. Auch er hielt etwas in der Hand. Es war das Medaillon. Wie gebannt starrte ich auf dieses riesige Bild. Die Ähnlichkeiten zum Sündenfall waren wirklich mehr als deutlich und dennoch hatte es nichts Verworfenes an sich. Es zeigte keine Sünde, wie mir klar wurde. Es zeigte eine Art Wiederholung mit anderem Ausgang. Mit anderen Ureltern. Ich schauderte, als ich wirklich verstand, was es bedeutete. Was es darstellen sollte. Was er darin sah. Einen Neuanfang der Geschichte der Menschheit. Mit mir als Urmutter und mit ihm als Urvater. Mein Blut gefror und ich wollte auf der Stelle umdrehen und davon rennen. Wie konnte es immer noch immer schlimmer werden?

»Wunderschön, nicht wahr?«

Carmens weiche Stimme riss mich aus meiner Erstarrung und meinem Horror vor der Zukunft.

»Ich ... was ... seit wann ist das schon hier?«, brachte ich endlich hervor, als ich meine Gedanken gewaltsam ordnete. Wieder lächelte sie mich so freundlich und ehrlich an. Diese Frau war wahrlich einer Gehirnwäsche unterzogen worden.

»Schon immer. Seit es Infernus gibt.«

Wieder erstarrte ich. Diese Stadt musste schon seit mehr als zwanzig Jahren existieren. Und das hieß, dass dieses Bild schon vor meiner Geburt entstanden war. Jahrhunderte, wahrscheinlich, bevor mein Leben auch nur vermutet werden konnte. Keira und ich wussten nicht im Geringsten, in was wir uns, alleine durch unsere Abstammung, verwickelt hatten. Es war größer als alles, was sich einer von uns auch nur hätte ausmalen können. Das zumindest war etwas, das ich inzwischen mit Sicherheit sagen konnte.

30
Ungeahnte Verbundenheit

Es war, als würde ich eine andere Welt betreten. Eine andere Welt als die Stadt unter der Erde. Eine andere Welt als die, in der ich groß geworden war. Das hier ... Es war anders.

Eine warme, angenehm feuchte Luft stieß mir entgegen, als die schweren Doppeltüren endlich aufschwangen und das Bild auf ihnen aus meinem Sichtfeld verschwand. Plötzlich war ich von einer braunen, immer gleich aussehenden Umgebung in ein Paradies aus Farben gestolpert. In dem die Farbe Grün der König war. Es war unglaublich. Ich stand an der Grenze eines kleinen Paradieses. Fast hätte ich mir auf die Lippe gebissen bei der Verwendung des Wortes ›Paradies‹. Sofort war nämlich das Bild wieder vor meinen Augen erschienen. Es hatte ein Paradies dargestellt. Sein Paradies und das hier, vor mir, war sicher nur der Anfang.

»Herr Leander erwartet Sie an seiner Lieblingsstelle.«

Ich sah Carmen unverständlich an. Woher sollte ich wissen, wo das sein sollte. Nicht dass ich das Verlangen verspürte, mich freiwillig dorthin zu begeben.

»Äh und wo wäre das?«, fragte ich dann schließlich doch. Ich würde ja so oder so nicht drum herum kommen.

»Es tut mir leid, aber ich darf den Garten nicht betreten.«

»Warum?«, fragte ich überrascht. Wieder lächelte sie mich an, als wäre das hier unten die perfekte Welt.

»Das darf niemand von uns. Keiner außer ihm hat diesen Garten je betreten. Nun ja, Sie sind natürlich die Ausnahme.«

Sollte ich mich darüber jetzt freuen. Ganz sicher nicht.

»Oh, okay.«

»Sie sollten nun hineingehen. Er wartet sicher schon auf Sie.«

Unwillig folgte ich ihrer einladenden Handbewegung. Es war, als würde ich mich in einen tropischen Wald begeben. Die Farben waren so intensiv, dass sie eigentlich nur gemalt sein konnten. Die Luft so sauber, dass es unmöglich erschien, dass wir unter der Erde waren. Aber das, was mich am meisten verwirrte, waren die Pflanzen selbst. Sie kamen mir nicht bekannt vor. Nicht eine Einzige. Ich hatte vielleicht nicht den grünsten Daumen, aber ich kannte ein paar Pflanzen. Aber hier ... Ich konnte nicht eine Einzige mit Namen nennen. Sie sahen alle irgendwie unwirklich aus. Als entstammten sie einer fantastischen Erzählung. Ich blieb erstaunt stehen, als ich nur wenige Schritte hinter der Tür eine Pflanze entdeckte, die die merkwürdigsten Blütenblätter hatte. Sie waren eingerollt und wuchsen an dem dicken Stängel der Decke entgegen, wobei sie das Licht zu reflektieren schienen und das ganze Farbenspektrum eines Regenbogens durch das Leuchten erschien. So eine Pflanze existierte nicht. Das war unmöglich. So eine außergewöhnliche Pflanze würde sicher selbst ich kennen. Verwirrt und beeindruckt zugleich ging ich weiter den engen, erdigen Pfad entlang. Er schlängelte sich zwischen den Pflanzen hindurch und wirkte, als sei er einfach nur ein zufälliger Teil dieser kleinen Welt.

Es dauerte nicht lange, bis ich wieder stehen bleiben musste. Dieses Mal vor einem wahren Monstrum an Pflanze. Eine Art Mischung zwischen Baum und Blume. Zumindest sah es danach aus. Der Stängel dieser Pflanze war so dick wie der Stamm eines fünfzigjährigen Baumes. Da, wo eigentlich das Geäst sein sollte, war eine unglaublich große Kugel. Anders wusste ich es nicht zu beschreiben. Eine Kugel, die aus tausenden, winzigen, strahlend weißen Blüten bestand. Langsam vermutete ich, konnte ich einschätzen, wie Alice im Wunderland sich gefühlt haben musste. Ich stand neben einer Blume, die mich mehr als zwei Meter überragte. Wie war das möglich? Wie konnten solche Blumen existieren, ohne dass ein Mensch davon wusste? Ich ging weiter und wartete schon auf die nächste wundersame Erscheinung. Ich wurde nicht enttäuscht. Je tiefer ich in diesen Dschungel vorstieß, umso vielfältiger wurden die Pflanzen. Inzwischen hatten sich richtige Bäume hinzugesellt. Wobei auch diese wie von einer anderen Welt wirkten. Ihre Farbe war zu rein und ihre Rinde viel zu weich. Farne ragten aus dem Boden und waren wie ein samtener Teppich, der sich zu den Füßen der anderen Pflanzen ausstreckte. Ich bog um eine kleine Ecke, als ich erstarrte. Eine, im Vergleich, winzige Blume hatte mich vollkommen in ihren Bann gezogen. Ihre fünf Blütenblätter wellten sich leicht und hatten, wie es aussah, ganz kleine Fransen, die ihre Umrisse ein wenig verwischten. Die Blüten waren von einem so intensiven, reinen Mitternachtsblau, dass alle anderen Farben plötzlich blass wirkten. Zur Mitte hin wurde das Blau zunehmend schwarz. Ich kniete mich vor dem zarten Blümchen hin und konnte nichts anderes tun, als es einfach nur zu betrachten. Sie war eigentlich unscheinbar und wirkte doch für alle anderen unerreichbar in ihrer Ausstrahlung.

»Wunderschön, nicht wahr?«

Ich wusste nicht, wie viele verschiedene Arten des Erstarrens es gab, aber die, in der ich jetzt war, war schrecklich. Sie war eine Starre aus Angst und Zorn.

Leander stand zwischen zwei dichten Pflanzen und sah direkt auf mich hinunter. Ein Schauer kroch über meinen Rücken, als ich seine Augen so deutlich auf mir fühlte. Ich richtete mich auf, um mich weniger machtlos zu fühlen. Natürlich hatte das nichts mit meiner Haltung zu tun. Ich war so oder so machtlos. Das war heute Nacht mehr als deutlich geworden.

Er lächelte mich an und deutete dann wieder auf die Blume.

»Ich dachte mir, dass sie dir gefällt. Nicht zuletzt, weil ich sie nach dir entworfen habe.«

Er kam auf mich zu und ich wollte instinktiv zurückweichen, aber mein Körper blieb, wo er war. Er tat es schon wieder. Seine Lippen berührten meine Wange und wieder hinterließen sie ein stechendes Brennen.

»Du hättest mich heute Nacht wirklich nicht dazu bringen dürfen«, flüsterte er sanft und wies dabei auf meine Hand. »Aber immerhin hast du erkannt, dass du zu mir gehörst. Vielleicht lass ich ihn am Leben, damit du siehst, dass ich kein Monster bin.«

Ja genau, als würde das mein Urteil über ihn ändern. Und dennoch spürte ich einen kleinen Funken Hoffnung, dass Craig doch sicher sein könnte. Zumindest solange ich mich von ihm fernhielt.

»Du lässt ihn gehen?«, fragte ich schwach.

»Natürlich. Du hast ihn fortgeschickt, also warum sollte ich ihn zurückholen.«

Er klang so unbeschwert. Als hätte er schon die ganze Zeit gewusst, dass ich so handeln würde.

»Allerdings glaube ich nicht, dass er weit kommt. Meine kleinen Haustiere sind angewiesen jeden umzubringen, der versucht meine Stadt zu verlassen. Aber ich werde sie nicht nach ihm suchen lassen, solange er mich nicht herausfordert.«

Plötzlich funkelten seine Augen wild und er sah mich verlangend an. Ich zuckte zusammen. Die Herausforderung drehte sich wohl um mich. Ich hatte Recht behalten. So sehr es wehtat. Craig war am sichersten, wenn er glaubte, dass ich ihn betrogen hatte.

»Nun ja, sei es drum. Widmen wir uns einem freudigeren Thema. Wie gefällt dir unser Garten.«

Unser? Hatte ich denn überhaupt keine Wahl. War ich einfach in seinen Besitz übergegangen, wie ein Pferd, das er auf einer Auktion gewonnen hatte. Wieder fiel mir das Bild auf der Tür ein. Für ihn war ich seit einer sehr langen Zeit seins. Sofern das wirklich ich da draußen war. Ein ungutes Ziehen in meinem Magen war eindeutig der Meinung, dass es nur ich sein konnte.

»Ich äh ... Er ist wunderschön«, murmelte ich, da er mich so lange anstarrte, bis ich ihm eine Antwort gab. Er stand immer noch unangenehm nahe vor mir und schien die Luft um uns herum unnötig tief einzuatmen. Jedes Mal, wenn sein heißer Atem auf meine Haut traf, zuckte mein Körper unter einer Welle von Schmerzen zusammen. Man sollte meinen, dass nach so vielen Verletzungen und ja, sogar Berührungen mit Seelengeistern, ich kaum noch in der Lage sein sollte, Schmerzen überhaupt zu spüren, so sehr war ich an sie gewöhnt. Ich spürte seine grünen Augen auf mir. Wie sie jeden Zentimeter musterten und sich dabei in meine Seele zu bohren schienen. Seine Finger fuhren plötzlich über eine Narbe an meinem Arm. Es fühlte sich an, als würde sie erneut aufbrechen, ganz so wie die Narbe auf meiner Handfläche. Ich war überrascht zu sehen, dass sie es nicht tat.

»Ich könnte dich von ihnen befreien. Dir deine vollkommene Schönheit zurückgeben.«

Ich starrte ihn an. Seine Augen waren auf die roten Striemen gerichtet, die nicht von meinem Oberteil verdeckt wurden.

»Es wäre ein Leichtes, nach dem ich all das hier erschaffen habe.«

Er wies mit einer auslandenden Geste auf die pflanzlichen Wunder hin, die uns umgaben. Mir stockte der Atem. Es waren keine natürlichen Pflanzen. Ganz und gar nicht.

»Aufregend, nicht wahr?«, er flüsterte es in mein Ohr, wobei seine Stimme einen Klang annahm, der jeder Frau den Kopf verdreht hätte. Jeder Frau außer mir. Mir jagte es einen Schauer durch den Körper und erschütterte mich bis in die Seele. Er war zu perfekt, als dass ich auf seine Maske hereingefallen wäre.

»Du hast sie erschaffen?«, ich keuchte es fassungslos. Der Schmerz surrte noch in mir nach und ließ meine Stimme unkontrolliert zittern. Er lächelte zufrieden. Wobei das nur durch seinen Mund erkennbar wurde. Nichts erreichte jemals seine Augen. Sie waren der einzige Teil, den er nicht beeinflussen konnte. Sie zeigten mir nur zu deutlich, wer er war. Sie zeigten mir seine

Seele. Dafür brauchte ich nicht einmal die Seelensicht. Sie war so deutlich zu sehen ...

»Jede Einzelne. Es ist einfach mit Pflanzen, aber für Menschen fehlt mir etwas Entscheidendes. Ich denke, du weißt, was es ist.«

Wieder lächelte er und glaubte wohl, es würde mich in Verlegenheit versetzen. Hatte er mir wirklich gerade offenbart, dass er versucht hatte, Menschen zu erschaffen? Zu schöpfen, wie die Bibel es von Gott berichtet hatte? Hatte er wirklich so sehr den Verstand verloren, dass er glaubte, er könne Gott spielen?

»Nicht möglich«, stotterte ich. Er konnte wohl kaum so mächtig sein. Das war nicht möglich. Keira konnte auch nicht einfach mal eben eine Pflanze aus dem Nichts erschaffen. Das ging nicht. Das war nicht möglich. Meine Gedanken wurden zu schnell, als dass ich ihnen noch hätte folgen können. Sie wurden zu einem einzigen Ausdruck des Entsetzens. Er lächelte zufrieden.

»Für mich ist fast nichts unmöglich. Willst du es sehen?«

Er wartete gar nicht erst auf eine Antwort. Er nahm meine gesunde Hand und legte seine darauf. Ich zuckte zusammen, noch bevor ich das Brennen wirklich spürte. Was löste es nur immer wieder aus? Das Brennen wurde zu einem merkwürdigen Kitzeln und ich spürte, wie meine Hand immer schwerer wurde. Seine hingegen fing ganz langsam an, sich von meiner zu heben. Zwischen ihnen war ein zierlicher grüner Stiel, an dem gerade winzige Blätter entstanden, die sich ganz allmählich ausrollten. Ich beobachtete dieses kleine Wunder und war wie gebannt. Der Stiel wurde immer kräftiger, bis er so dick war wie mein kleiner Finger. Erst zögernd und dann mit einer beeindruckenden Kraft brachen scharlachrote Blütenblätter hervor und breiteten sich weit auf. Ihre Farbe wurde, wie bei den mitternachtsblauen Blumen, nach innen immer dunkler. Leander nahm seine Hand nun endgültig weg und ich starrte auf die Pflanze, die einfach auf meiner Handfläche entstanden war.

»Oculi Alverras«, sagte er leise und drückte mein Kinn nach

oben, sodass ich ihn ansehen musste. In seinen Augen flackerte die Besessenheit. Natürlich hatte ich meinen Nachnamen gehört, ich war mir nur nicht sicher, was das erste Wort bedeutete.

»Augen Alverras. So wie ich sie am liebsten sehe.«

Noch bevor ich mich bewegen konnte, lagen seine Lippen auf meinen. Ich erstarrte, aber dieses Mal bewusst. Ich regte mich nicht. Wahrscheinlich konnte ich es nicht einmal. Ich wartete und betete nur, dass dieses Brennen nachlassen würde, das sich von meinen Lippen ausbreitete und meine Lungen in Brand zu setzten schien.

Ich hasste meine Augen, wenn sie diese Farbe hatten. Ich hasste mich, wenn sie so rot waren. Ich hasste dann alles an mir und deshalb hasste ich diese Pflanze. Sie zeigte nicht, wer ich war. Dieses Rot war nicht ich. Es durfte einfach nicht sein.

»Ich denke, ich werde später noch ein paar mehr von ihnen hier verteilen. Ist ihre Farbe nicht einfach unvergleichlich?«, fragte er mich, als er mich endlich aus seiner quälenden Umarmung freigegeben hatte.

»Nein, ist sie nicht«, antwortete ich, ohne darüber nachzudenken, was ich sagte. Sein Ausdruck änderte sich schlagartig. Das zufriedene Lächeln wandelte sich in eine Grimasse des Zorns.

»Sag, dass sie unvergleichlich ist!«, schrie er mich an und in seinen Augen funkelte der Wahnsinn. Das Einzige, was sie jemals erreichte, wie mir klar wurde.

»Ist sie nicht«, sagte ich ruhig und genoss es. Dass ich widersprach, schien ihn wahrlich wahnsinnig zu machen. Es war dumm, aber ich konnte nicht anders. Es war die einzige Art des Widerstandes, die mir noch blieb. Etwas an der Tatsache, dass ich in der Lage war, frei zu sagen, was ich dachte, schien ihn so wütend zu machen, wie es wohl kaum etwas anderes schaffen würde.

»Sag es!«, knurrte er bedrohlich.

»Nein«, erwiderte ich ganz ruhig. »Sie ist hässlich.«

Die Luft wurde aus meinem ganzen Körper gepresst und ein Schmerz explodierte an meinem Rücken, als ich gegen etwas

Hartes geschleudert wurde. Ich hatte seinen Schlag nicht mal kommen sehen. Benommen versuchte ich mich aufzustützen. Mein Sichtfeld war unscharf. Ich konnte nicht ausmachen, wo er war, bis er direkt über mir kauerte. Ich musste seine Augen nicht erkennen, um den ganzen entfesselten Wahnsinn zu sehen.

»Widersprich mir nie wieder.«

Dann drehte er sich um und verschwand einfach zwischen seinen Kreationen. Immer noch benommen zog ich mich auf die Beine und stellte fest, dass ich gegen einen Baum geprallt war. Ich hangelte mich von einem Stamm zum nächsten und versuchte, einen Ausweg aus diesem grünen Labyrinth zu finden. Ich glaubte überall seine Augen zu sehen. Sie schienen mich durch das Grün der Pflanzen zu verfolgen. Immer wieder griff ich daneben und fand mich auf der kühlen, nassen Erde wieder. Ein Pochen hüllte mein linkes Auge ein. Hatte er mir ins Gesicht geschlagen? Es war zu schnell gegangen. Ich hatte es nicht mitbekommen. Ich hatte es nicht einmal richtig gespürt.

»Dumm, Janlan. Wirklich dumm«, murmelte ich.

Endlich spürte ich, wie die Luft trockener und stickiger wurde. Mit größter Mühe und nicht geringeren Schmerzen stemmte ich mich gegen eine der Doppeltüren. Als sie plötzlich nachgab und aufschwang, stürzte ich haltlos nach vorne.

»Janlan!«, rief Keira überrascht.

Wie war sie jetzt hierher gekommen?

»Was zum Teufel?«

Ihr Gesicht war zwar unscharf, aber ich kannte sie ja lang genug, um zu wissen, dass sie mich fassungslos musterte.

»Was ist passiert?«, verlangte sie eine Antwort, als sie sich einen meiner Arme um die Schulter legte und mir von diesem verfluchten Garten weg half. Ich betete, dass sie das Bild auf der Doppeltür nicht gesehen hatte und wenn doch, mich wenigstens nicht erkannt hatte.

»Hat er dir das dicke Auge verpasst?«

Ihre Stimme bebte vor Zorn. Na, das erklärte das Pochen.

»Blutet es?«, fragte ich besorgt.

»Was? ... Nein.«

Meine Frage hatte sie verwirrt.

»Gut. Dann gibt es wenigstens keine Narbe.«

»Darüber machst du dir Gedanken? Warum hat er dich geschlagen?«

Ich biss mir auf die Lippen. Ihr würde es nicht gefallen. Auch wenn ich das Gefühl hatte, dass es das wert gewesen war.

»Ich habe ihm widersprochen. Und das hat ihm nicht gefallen.«

»Ich bring ihn um«, knurrte sie kaum verständlich.

»Und wie?«, fragte ich scharf. Sie zuckte mit den Schultern.

»Mir egal, irgendwie. Warum hast du widersprochen? Was wollte er von dir?«, fragte sie in einem bedrohlichen Ton.

»Nur, dass ich ihm sage, dass eine Blume eine schöne Farbe hat.«

Ich flüsterte es. Es war wirklich bescheuert gewesen.

»Janlan! Warum kannst du bei so etwas nicht einfach mal ein wenig intelligent handeln. Es hätte dich nicht umgebracht, so etwas Lächerliches zu sagen. Warum lässt du dich lieber schlagen?«

»Weil meine Worte das Einzige sind, was er nicht kontrollieren kann. Das werde ich mir nicht nehmen lassen«, fauchte ich sie an. Es hatte ihn wahnsinnig gemacht, dass er nicht kontrollieren konnte, was ich sagte. Ich hatte meinen freien Willen also noch nicht verloren.

»Du lässt dich lieber schlagen und meinst von mir verlangen zu können, dich einfach zurückzulassen.«

»Fang nicht wieder an! Ich werde ihn nicht unnötig provozieren, jetzt, da ich weiß, wie er reagiert.«

»Ganz toll und anders hättest du das nicht herausfinden können?«, fragte sie, ohne eine Antwort zu wollen.

»Was hast du dort überhaupt gemacht?«, fragte ich, als wir gerade die Tür zu unseren Zimmern öffneten.

»Bist du mir doch gefolgt!«, fuhr ich sie wütend an.

»Nein, bin ich nicht«, sagte sie und betonte dabei jedes Wort.

»Ich habe in der Nähe einen weniger bewachten Tunnel gesucht und dann so etwas wie einen Schlag gespürt. Da bin ich dann dorthin gelaufen. Und dann bist du auch schon aus der Tür gestolpert.«

Ich kniff die Augen zusammen und zuckte kurz, als mein linkes anfing zu brennen. Ich musste es dringend kühlen. Aber vorher stutzte ich, als Keiras Worte in meinen Gedanken widerhallten.

»Was meinst du mit: ›Du hast einen Schlag gespürt‹?«

»Genau das, was ich sage. Es hat sich angefühlt, als hätte mir jemand ins Gesicht geschlagen. Nur, dass da natürlich keiner war und ich mir auch nicht so einfach ins Gesicht schlagen lasse, im Gegensatz zu anderen anwesenden Personen.«

Ich ging auf ihren Seitenhieb nicht ein. Wie konnte sie fühlen, was mir passierte?

»Das geht doch gar nicht. Wie sollst du das gefühlt haben? Es war immerhin mein Gesicht, das Kontakt mit seiner Faust gemacht hat.«

Sie zuckte mit den Schultern.

»Keine Ahnung. Habe nicht darüber nachgedacht. Ich bin einfach nur in deine Richtung gegangen. Wenn du willst, kann ich es ja das nächste Mal ignorieren, wenn du dein Gesicht wieder als Punchingball anbietest.«

»Keira!«, fuhr ich sie mal wieder an. »Findest du das nicht merkwürdig. Du wirst doch nicht sagen, dass du Empathie kannst.«

»Und warum nicht? Ist nicht gerade so, als wüsste ich nie, was du fühlst. Was glaubst du, wie ich dich vor elf Jahren in unserem Tal gefunden habe?«

»Ich dachte, du hättest mich dorthin laufen sehen.«

Sie schüttelte den Kopf.

»Ich habe dich erst gesehen, als ich dir bereits hinterher gelaufen war, ohne dich gesehen zu haben. Wenn du verstehst, wie ich das meine.«

War das möglich? Warum stellte ich solche Sachen überhaupt noch infrage. Hatte ich nicht inzwischen so viel Unmögliches erlebt, dass so etwas wie Empathie mich kaum noch überraschen sollte.

»Hast du es schon immer gespürt, wenn ich mich verletzt habe?«

Ich biss mir auf die Lippe bei der Vorstellung, dass es mir nicht gelungen war, vor Keira auch nur eine einzige Verletzung die Jahre über geheim zu halten.

»Nein. Das war das erste Mal.«

»Und das macht dir keine Angst?«

»Nicht wirklich«, antwortete sie unbeeindruckt. »Passt doch irgendwie, immerhin bin ich eine Schützerin. Liegt sicher in meiner Natur.«

Entwickelte auch ihre Magie sich weiter? Sie musste es wohl, warum sollte das nur bei mir der Fall sein. Aber natürlich musste ich zu einem Monster werden und Keira wurde zu einer noch besseren Freundin. Naja, mehr oder weniger. Ob es so toll sein würde, wenn sie meine Empfindungen so deutlich spürte, wusste ich noch nicht.

»Du solltest endlich was Kaltes auf dein Auge legen. Das tut doch höllisch weh.«

Ich sah sie prüfend an.

»Willst du mir jetzt auch noch sagen, dass du spürst, wie mein Auge pocht?«

Sie lachte.

»Nein. Aber es ist inzwischen so blau, dass es nicht anders sein kann.«

»Oh, okay«, stammelte ich und fühlte mich ein wenig blöd. Ich ging ins Badezimmer, um der Situation zu entkommen. Ich wusste noch nicht im Geringsten, was ich davon halten sollte. Als ich den nassen Waschlappen vorsichtig auf das zugeschwollene Auge legte, stöhnte ich vor Schmerzen und Erleichterung. Ich fuhr erschrocken aus dem Sessel hoch, in den ich mich hatte fallen lassen, als ich Keiras Stimme hörte: »Du siehst echt scheiße aus.«

Verwirrt sah ich mich um. Keira war nicht im selben Zimmer.

»Keira!«, schrie ich. »Das ist nicht komisch. Wo bist du?«

Ich erhaschte eine Bewegung rechts von mir und erstarrte, als ich Keiras mehr als überraschte Miene sah, mit der sie aus ihrem Zimmer kam.

»Hier. Was ist nicht komisch?«

Ich starrte sie an. Langsam wurde es zu viel.

»Sag mir, dass du das in deinem Zimmer vor dich hin gesagt hast«, ich klang völlig entsetzt.

»Ich habe nichts laut gesagt.«

Die Art, wie sie ›laut‹ sagte, gefiel mir ganz und gar nicht.

»Dann hast du es leise gesagt. Geflüstert?«

Sie schüttelte den Kopf.

»Ach komm. Du verarschst mich! Du hast eben leise in deinem Zimmer gesagt ›Du siehst scheiße aus‹. Gib es zu.«

Ich bildete mir ein, dass ihr Gesicht ein wenig an Farbe verlor.

»Das habe ich nicht gesagt. Ich habe es gedacht.«

»Nicht mehr lustig, Keira.«

»Es ist kein Scherz!«, sagte sie mit einem scharfen Unterton.

»Du willst sagen, dass ich eben einen deiner Gedanken gehört habe! Das ist doch Schwachsinn.«

Sie zuckte mit den Schultern.

»Hör auf mit den Schultern zu zucken!«

Ich sprang auf die Beine und der nasse Waschlappen fiel von meinem schmerzenden Auge.

»Janlan, komm runter. Ich habe schon länger gedacht, immer mal wieder einen Gedanken von dir aufzufangen, ohne dich angesehen zu haben. Seit wann schockt es dich, dass wir uns ohne Worte verständigen? Ich habe nur nicht gedacht, dass ich dir meine übertragen kann ...«

Sie hatte Recht. Wir hatten schon immer ein Verständnis füreinander gehabt, das über das normale hinausging.

»Also kannst du meine Gedanken lesen. Willst du mir das auch noch mitteilen? Du fühlst nicht nur, was ich fühle, sondern du hörst auch noch, was ich denke?«

»Nein, quatsch. Gott, ich will gar nicht immer hören, was du denkst. Dann wäre ich letzte Nacht sicher bekloppt geworden. Es war immer nur manchmal. Ganz selten. Ich habe keine Ahnung, ob oder wie ich das steuern sollte.«

»Seit wann zur Hölle kannst du das?«

Sie wich meinem Blick aus.

»Also schon länger. Seit wann genau?«, fragte ich erneut, als ich ihr Verhalten offensichtlich richtig verstanden hatte.

»Ungefähr seit du das erste Mal in die Blutsicht gewechselt bist«, sie flüsterte es. Wohl wissend, was ich gleich sagen würde.

»Warum hast du nichts gesagt?«

Sie atmete tief ein.

»Weil du ein Wrack warst und wohl kaum noch mehr verkraften konntest. Und außerdem habe ich mal etwas gesagt. In dem Motel.«

»Und jetzt bin ich kein Wrack? Warte, was? Im Motel? Ich kann mich an nichts dergleichen erinnern.«

»Naja, doch. Aber ich habe das ja wohl nicht absichtlich verraten. Ich wusste nicht, dass du irgendwann auch Gedanken von mir aufschnappen würdest. Und dass du dich nicht erinnerst, wundert mich nicht. Zu dem Zeitpunkt hast du bereits mehr geschlafen, als mir bewusst zugehört.«

»Du hättest es mir dann eben noch einmal sagen sollen. Du hast ganz sicher gewusst, dass ich mich daran nicht erinnere«, gab ich trotzig zurück und bückte mich nach meinem Waschlappen.

»Vielleicht, aber es kann sicher nützlich werden.«

Ich hatte meinen Blick nicht so lange von Keira abgewandt, als dass ich die Bewegung ihres Mundes bei diesen Worten hätte verpassen können. Aber ihr Mund hatte sich keinen Millimeter bewegt.

»Keira! Lass das!«

Sie grinste.

»Ich glaube, ich habe den Dreh raus.«

»Na super! Freut mich, dass du das so schnell kontrollieren kannst.«

Bitterkeit schwang in meiner Stimme mit. Warum konnte sie es so einfach kontrollieren und ich war der Blutsicht immer noch ausgeliefert.

»Jetzt komm, Janlan. Du weißt genau, dass ich das nicht böswillig einsetzen würde. Außer du ärgerst mich, dann könnte es echt nützlich werden.«

Sie grinste schelmisch, aber mir war nicht nach Witzen. Das war mir definitiv zu viel für einen Tag. Gerade hatte ich herausgefunden, dass er meine Gedanken nicht kontrollieren konnte, da musste ich auch schon entdecken, dass Keira sie ganz einfach lesen konnte. Gehörte mir denn gar nichts mehr?

»Ich gehe schlafen«, murmelte ich und verschwand auch schon in meinem Zimmer. Ich ließ mich schwer aufs Bett fallen und machte mir nicht mal die Mühe, eines dieser blöden Negligés anzuziehen. Ich hatte keine Ahnung, wie viel Uhr es war. Ob Tag oder Nacht. Es war mir auch egal. Wenigstens im Schlaf war ich niemandem, außer mir selbst, ausgeliefert.

»Es tut mir leid.«

»Keira! Hör auf!«, schrie ich durch die geschlossene Tür und drehte mich, unter Schmerzen stöhnend, auf die Seite.

31
Unglückliches Glück

So erholsam, wie ich mir meinen Schlaf erhofft hatte, war er natürlich nicht. Das Pochen in meinem Auge schlich sich sogar in meine Träume und erschütterte jeden einzelnen von ihnen. Ich stöhnte genervt, als das Pochen zu einem lauten Geräusch wurde, das sich zusätzlich schmerzhaft in meinen Kopf bohrte. War ja klar, dass ich früher oder später auch noch Kopfschmerzen bekommen würde. Ich stolperte in das riesige Badezimmer und tastete nach dem Lichtschalter.

»Auu! Scheiße, verdammt!«

Ich hüpfte auf einem Bein zur Toilette und rieb mir den schmerzenden Zeh. Wie oft konnte eine Person gegen einen Türrahmen laufen?

»Was hast du gemacht?«, fragte Keira und ich fuhr erschrocken herum. Ich war noch nicht einmal dazu gekommen, das Licht einzuschalten. Das hatte Keira jetzt übernommen.

»Hat dir etwa plötzlich dein Zeh wehgetan?«, fuhr ich sie unnötig scharf an. Die Nacht hatte nicht ausgereicht, um mich an den merkwürdigen Gedanken zu gewöhnen. Ich fühlte mich immer noch ein wenig ausspioniert.

»Du hast laut genug geflucht.«

Ich grummelte nur Unverständliches und versuchte, den Spiegelschrank über dem üppigen Waschbecken zu öffnen, ohne dabei aufstehen zu müssen. Ein unmögliches Unterfangen, wie ich feststellen musste.

»Kopfschmerztabletten?«, fragte Keira nur knapp. »Dein Auge sieht im Übrigen noch ein wenig übler aus.«

»Echt? Und ich dachte, so ein Veilchen würde nach ein paar Stunden wieder verschwinden.«

»Nicht gut geschlafen?«

Sie reichte mir die Kopfschmerztabletten, wobei sie nicht auf meinen bissigen Humor einging. Ich nahm ihr die Tabletten ab, ohne auf ihre Frage zu antworten.

»Hast du einen Plan für heute?«

Wieder grummelte ich. Ich wollte mir keine Gedanken um irgendetwas machen. Eigentlich wollte ich einfach wieder unter meine Decke kriechen und an absolut gar nichts denken. Mir tat mein Auge weh und mein Rücken war auch nicht zu verachten. Gegen einen Baum zu prallen, war nicht so ganz spurlos an mir vorbei gegangen. Ich war mir sicher, eine Schwellung zu spüren. In Gedanken sah ich meinen Rücken, wie er in den verschiedensten Blautönen schillerte.

»Hab keinen«, gab ich müde zurück.

»Gut. Ich aber schon. Du kommst mit zu Clara.«

»Und was soll ich da?«, fragte ich und drückte mich an Keira vorbei aus dem Badezimmer. Ich ließ es mir nicht anmerken, dass bei jedem Schritt mein Zeh protestierte. Ich hievte mich angestrengt aufs Bett und versank zwischen der Daunendecke.

»Du wirst mit Craig reden.«

Ihre Worte durchzuckten mich wie ein sicherlich tödlicher Blitzschlag.

»Was!«, schrie ich schon fast. Wobei sich meine Stimme ein wenig höher als normal anhörte. »Warum sagst du mir das! Verdammt, Keira, hast du mir gar nicht zugehört! Du musst ihn da wegbringen. Sofort. Und sage mir bloß nicht wieder, wo er ist!«

Das Blut schoss in mein geschwollenes Auge, da ich mich viel zu schnell aufgesetzt hatte.

»Janlan, beruhige dich. Ihr müsst miteinander reden. Das bringt euch doch beide nur um.«

»Nein!«, fauchte ich. »Es rettet ihn. Warum machst du das!«

Ich spürte, wie ein Kloß in meiner Kehle anschwoll und Tränen brennend in meine Augen stiegen.

»Janlan ...«, flüsterte Keira leise und ich hörte, dass etwas anderes in ihrer Stimme mitschwang. Es war ein Teil meiner traurigen Verzweiflung. Ich ertrug es nicht, dass ich meine eigenen Gefühle auch noch durch sie ertragen musste.

»Janlan, er wird es nicht mitbekommen. Meinst du nicht, dass es dir ein wenig hilft? Ein wenig ... naja ... ein wenig von deinen Schmerzen lindert.«

Da lag der Hund begraben. Sie ertrug nicht, was ich fühlte. Hatten ihre Fähigkeiten sich so stark entwickelt? Spürte sie so deutlich, wie zerrissen ich war? Wenn ja, dann war sie nicht besser dran als ich. Ich wandte mein Gesicht ab und starrte auf die einfache Wand, an der nicht ein zierendes Bild hing.

»Du solltest inzwischen wohl nachvollziehen können, warum ich so handele. Genau aus diesem Grund versuchst du ja, mir zu helfen. Aber Keira, bitte ... bring Craig da weg und sag mir nicht, wo er ist. Ich bin eine Gefahr für sein Leben. Das hat mir Leander mehr als deutlich gesagt. Also, bitte, verstärke diese Gefahr nicht auch noch dadurch, dass du mir sagst, wo er ihn finden kann.«

Ich konnte sie nicht wieder ansehen.

»Es tut mir leid, Janlan.«

Ich wusste, dass sie sich nicht für ihr Drängen entschuldigte. Ich nickte nur. Meine Stimme hatte mir inzwischen den Dienst verweigert. Als Keira wieder sprach, klang sie ein wenig verunsichert.

»Du willst sicher noch ein wenig schlafen, wenn du Kopfschmerzen hast. Ich komme nachher wieder?«

Das Letzte war eine Frage, auf die ich ihr keine Antwort gab. Ich atmete erst wieder auf, als sie die Tür meines Zimmers leise ins

Schloss fallen ließ. Stumme Schluchzer schüttelten schon längst meinen Körper und zuckten durch die vielen gepeinigten Stellen. Ein kleiner Teich hatte sich auf meinem Kopfkissen gebildet und wurde stetig weiter aus der Quelle meiner Augen genährt. Ich wollte nicht aufstehen. Ich wollte in diesem Bett versinken und, wie Dornröschen, erst wieder aufwachen, wenn die Welt wieder in Ordnung war. Wenn mein Prinz in strahlender Rüstung angeritten kam und das Monster niedergestreckt war. Warum konnte das Leben nicht ein einfaches Märchen sein? Eine fantastische, lehrreiche Geschichte, deren letzte Worte immer waren: »Und sie lebten glücklich bis ans Ende ihrer Tage«. Zu blöd, dass die Realität nie so einfach war. Zumindest war es nicht gerade schwierig, dieses Zimmer zu verdunkeln und einfach wieder einzuschlafen. Alles, was dazu nötig war, damit es so dunkel wurde, dass ich nicht mal meine Hand sehen konnte, war, das Licht auszumachen. Ein Vorteil, wenn man unter der Erde lebte. Die Fenster führten nur in weitere Dunkelheit und wirklich helles Licht konnte man hier wohl kaum finden. Ich drehte mich auf die Seite und starrte die kahle Wand an, die ich eigentlich nicht wirklich sehen konnte. Es tat schon fast weh, so fest presste ich die Augen aufeinander und hoffte, dass ich einfach wieder einschlafen würde. Wenn es möglich wäre, ohne auch nur irgendetwas zu träumen. Dass ich nicht mal eben wieder einschlummerte, war so was von klar, dass ich immer wieder wütend das Kissen in eine nie stimmende Form schlug. Ich stöhnte auf, als ich mich blöderweise genervt auf meinen Rücken warf.

»Au, verdammte ...«

Ich biss mir auf die Lippe, um dem drohenden Schwall an Flüchen Einhalt zu gebieten.

»Wäre ja auch zu einfach gewesen«, grummelte ich missmutig und suchte mal wieder nach einem Lichtschalter. Immerhin gelang es mir, dieses Mal meinen Zeh nicht schmerzhaft gegen die Tür zu stoßen. Es dauerte nicht lange, bis ich auch schon die Tür zu unserem Apartment unter der Erde laut zuzog.

»Kann ich Ihnen helfen?«

Ich zuckte zusammen, als Carmen plötzlich um die Ecke bog und mich, wie stets, unheimlich freundlich anlächelte.

»Äh, nein. Ich gehe nur ein wenig spazieren ... oder so.«

»Mister Leander ist in seinem Garten, falls Sie zu ihm möchten.«

»Nein!«, sagte ich etwas zu überstürzt und heimste mir so einen merkwürdigen Blick von Carmen ein.

»Aber danke, Carmen.«

Ich lief schneller und versuchte dabei nicht völlig dämlich auszusehen. Ich wusste sehr genau, in welche Richtung mich meine Füße leiten wollten. Ich ging genau in die entgegengesetzte. Zumindest versuchte ich es. Dieses Gebäude kam mir immer noch vor wie das reinste Labyrinth und ich war mir nicht einmal sicher, ob ich den Garten oder die Kerker finden würde. Nicht, dass ich auch nur annähernd das Verlangen verspürte, in diesen unnatürlichen Garten zurückzugehen.

Die Wände sahen überall gleich aus. Fast würde ich erwarten, an einer Ecke ein Erdwesen zu treffen, das sich mit dem Verkauf des Grundrisses des Gebäudes bereicherte. Ich blieb überrascht stehen, als ich die Tür zu der riesigen, leeren Halle aufstieß. Für einen Moment fürchtete ich, eine sitzende Gestalt auf dem einzigen Möbelstück zu sehen. Meine Muskeln, die sich panisch zusammengezogen hatten, entspannten sich ein wenig, als ich erkannte, dass der bedrohliche Thron zum Glück leer war. Leander musste noch in seinem Garten sein. Irgendwie erwartete ich, dass er überall war. Dass ich geradezu verdammt dazu war, ihm in die Arme zu laufen. Ich hoffte inständig, dass mir das erspart blieb. Mich zog es hinaus. Auch wenn das hier hieß, hinaus in die Unterwelt eines Verrückten. Ich sehnte mich danach, frische Luft einzuatmen, wenn ich eine Tür aufstieß oder auch nur die Wärme eines einzigen Sonnenstrahls auf meinem Gesicht zu spüren. Nicht gerade das, was mir entgegenkam, als ich endlich die Halle hinter mir ließ. Die Luft war einfach nur trocken und stickig.

An die Sonne wollte ich gar nicht erst denken. Ganz zu schweigen von den ewig vielen Treppen, die mich von dieser kuriosen Stadt trennten. Mir wurde jetzt schon übel, wenn ich daran dachte, dass ich die ganzen Stufen wieder würde hinaufkriechen müssen. Aber ich wollte weg von dem Labyrinth hinter mir. Weg von dem Garten. Weg von Leander, der dort irgendwo lauerte. Auch wenn die riesige Statue, die in der Mitte der Stadt thronte, alles überschattete und jeden daran hinderte zu vergessen, wer der Herrscher in dieser Welt war. Ich erschauderte kurz, als mein Blick ungewollt den perfekten steinernen Körper hinaufwanderte und an den leeren Augen hängen blieb. Ich wandte mich von dem steinernen Abbild ab und versuchte, von ihm wegzulaufen.

Die Gassen der Stadt waren genau das. Gassen. Sie waren enge Schleichwege, die zwischen den eckigen, dürftigen Häusern hindurchführten. Die vielen Skulpturen, die immer mal wieder in Nischen in den Wänden standen, polierten den Eindruck nur minimal auf. Wie vor Tagen begegnete ich niemandem. Jedes Lebewesen auf dieser Ebene der Stadt suchte das Weite, sobald es mich kommen sah. Etwas, das schnell dazu führte, dass ich mir mehr als einsam vorkam. Es war, als hätte ich eine tödliche, ansteckende Krankheit. Wieder einmal bog ich unüberlegt in die eine Richtung ab und das nächste Mal auch schon wieder in die andere. Ich hatte keinen Plan. Ich wusste nicht, wohin ich gehen sollte. Ich wusste nur, wohin ich gehen wollte und genau dort durfte ich nicht hin.

Das Licht der Fackeln wurde immer dunkler, je weiter ich mich von der Stadtmitte entfernte. Sie flackerten nur noch schwach und verbreiteten ein tiefes, dunkles Orangerot.

»Hchalt!«, gurgelte es vor mir. Ich erstarrte. Die Ausläufe der Stadt lagen hinter mir, ohne dass ich wirklich bemerkt hatte, wie ich die Grenze zwischen Stadt und Tunnelsystem überschritten hatte. Hier fing das Reich der Erdwesen wieder an. Die Wesen, die durchaus gefährlich werden konnte.

»Niemarrrnd verlässt die Strradt.«

Ich tat einen Schritt zur Seite und versuchte, etwas in dem Tunnel zu erkennen. Erst dachte ich, das Wesen vor mir wäre das Einzige. Der Schock, das Gegenteil zu erkennen, war beängstigend. Da war nicht nur ein Wesen. Der Tunnel war gefüllt mit ihnen. Sie standen Schulter an Schulter und füllten jeden Zentimeter aus. Ein Durchkommen war einfach unmöglich.

»Verrboten!«, knurrte das Wesen und seine scharfen Krallen zuckten begierig zum Haft des winzigen, fiesen Messers.

»Nein, ich wollte auch nicht die Stadt verlassen«, sagte ich hastig und drehte auf der Stelle um. Wenn jeder Tunnel derart bewacht war, dann würde ich Keira und Craig nie aus dieser Hölle bekommen.

Ich hielt erst wieder an, als ich erschöpft gegen eine Sandmauer sackte. Ich war gerannt. Warum auch immer ich gerannt war, war mir ein Rätsel. Ihre schiere Zahl war überwältigend gewesen. Wie vielen Menschen hatte er schon das Leben genommen? Sie zu verkrüppelten, charakterlosen Sklaven seines Willens gemacht. Ich glaubte nicht, dass man die Anzahl der Erdwesen erfassen konnte. In jedem Tunnel würden genauso viele warten und lauern. Lauern auf den hoffnungslosen Versuch, aus dieser Stadt hinauszukommen. Ich lehnte mich gegen die Wand und legte meinen Kopf in den Nacken. Ein wenig zu heftig. Typisch. Mein Hinterkopf knallte gegen die harte Wand. Ich zuckte schon zusammen, in der Erwartung eines stechenden Schmerzes, der die Ankunft einer Beule verkündete. Stattdessen entrang sich mir ein überraschtes Piepsen, als ich nach hinten wegkippte. Ein raues, dunkles Scharren erklang hinter mir. Ich war mit meinem Kopf in ein schmales, kaum wahrnehmbares Loch in der Wand gerutscht. Ein Klicken war ertönt, bevor das Scharren einsetzte, das die Wand hinter mir erbeben ließ. Ich drehte mich allmählich um und war auf fast alles gefasst. Nur nicht auf das. Die schmale Kuhle, die ich vorher nicht im Geringsten bemerkt hatte, war nun zu einem winzigen Spalt geworden. Ich spähte hinein. Ich hatte irgendetwas ausgelöst. Irgendeinen Mechanismus, der diesen Spalt freigelegt hatte. Ich atmete tief ein, bevor ich mit meiner Hand in der dunklen Spalte herumtastete. Ich erstarrte, als ich eine Art Griff fand. Ich sah mich hektisch um. Was auch immer das hier war, jemand hatte sich sehr viel Mühe gegeben es zu verbergen und daher war es sicher nicht gewollt, dass irgendjemand es fand. Ich versuchte, den Griff herunterzudrücken, aber er bewegte sich keinen Millimeter. Ich wollte meine Hand gerade wieder herausziehen, als ich mit meinem Wappenring an etwas hängen blieb. Ich zog ruckartig meine Hand zurück und versuchte mich zu befreien. Ich fiel ein Stück nach hinten, als der Widerstand unerwartet verschwand. Der Griff war aus der Wand gerutscht. Ein Knarren erklang und ich beobachtete, wie sich der Boden unter meinen Füßen absenkte und ein Teil der Sandsteinwand einfach nach hinten einrückte und dann zur Seite glitt. Beinahe hätte ich mir die Augen gerieben, so unwahrscheinlich war das, was ich vor mir sah. Ein Eingang. Ein absolut winziger Eingang, aber immer noch ein Eingang. Der Boden hatte eine kleine Treppe geschaffen. Wieder sah ich mich um und hoffte, dass ich noch nicht entdeckt worden war. Mir fiel fast die Kinnlade herunter, als mir erst jetzt auffiel, wo ich eigentlich war. Über mir ragte Leanders Statue in die Höhe. Mein Blick huschte noch einmal hinauf und dann wieder zu diesem verborgenen Eingang. Ich kletterte schnell hinein. Jetzt musste ich einfach wissen, was sich dahinter verbarg.

Kaum dass ich mich gebückt hindurch gezwängt hatte und von undurchdringlicher Finsternis umgeben war, erklang erneut das Knarren. Nur klang es dieses Mal bedrohlicher. Der Grund dafür lag ganz einfach darin, dass sich der Eingang hinter mir verschloss und ich nicht die geringste Idee hatte, wie er wieder aufging. Ich wollte gerade versuchen, durch den winzigen Spalt zu huschen, der noch offen stand, als ein Zischen hinter mir mich davon abhielt. Licht erstrahlte plötzlich und erhellte meine Umgebung. Fackeln, die durch eine merkwürdig schmierige Schnur verbunden waren, hingen in regelmäßigem Abstand an der Wand und verbreiteten ein ungewohnt helles, klares Licht. Mir stockte der Atem. Vor mir lag ein Tunnel. Keiner der Tunnel, wie sie aus der Stadt hinausführten. Dieser war feiner gearbeitet und von einer glatten, geschmeidigen Oberfläche. Der Boden war mit gleichgroßen Steinen gepflastert und wies nicht den kleinsten Erdklumpen auf. Kurz unter der Decke rankte sich ein verzierendes Muster entlang. Es sah aus, als wäre es vor langer Zeit an die Wand gemalt worden. Die Farbe war schon leicht verblasst, verschleierte aber nicht die Brillanz, die sie mal gehabt haben musste. Weiter hinten erahnte ich ein Bild, das die Fläche unterhalb der Girlande einnahm. Das hier war kein normaler Tunnel. Er war bedeutend. Und er war geheim. Ich versuchte mich, so leise wie nur irgend möglich, durch den Tunnel hindurchzubewegen. Meine Aufregung machte es aber nicht gerade einfach. Meine Schritte wurden immer schneller und mein Herz schien sie stets überholen zu wollen. Ich wurde das Gefühl nicht los, dass ich das erste Mal, seit wir hier unten gefangen waren, Glück hatte. Das hier konnte etwas Gutes sein. Das hier musste einfach etwas Gutes sein.

32
Ein uralter Plan

Der Tunnel, oder eigentlich eher der Gang, schien sich immer weiter in die Tiefe zu winden. Der Gedanke, eventuell auf der untersten Ebene der Stadt herauszukommen, war nicht gerade beruhigend oder ermutigend. Ich fürchtete mich vor dem Gedanken, dass das hier nicht der buchstäbliche Ausweg war. Die Bilder, an denen ich immer wieder vorbei kam, hatten etwas erschreckend Vertrautes. Ich erkannte die Pinselstriche. Auch wenn sie nicht so eindeutig waren wie die freie und doch sanfte Pinselführung von Monet oder die starke und wilde von VanGogh. Diese hier waren kontrolliert. So kontrolliert, dass es schon zwanghaft wirkte. Selbst hier, wo ganz sicher kaum eine Person entlang ging, war Leander gegenwärtig. Er hatte diese Bilder gemalt und das war Grund genug für mich, sie nicht anzusehen. Noch so eine Überraschung, wie vor dem Garten, brauchte ich wirklich nicht. Und dennoch gelang es mir nicht, über jedes Bild hinwegzusehen. Immer wieder erkannte ich Ausläufe von Bildern. Meistens schienen sie eine paradiesische Umgebung zu zeigen. Noch ein Grund, weshalb ich meinen Blick zunehmend nur noch auf den Boden richtete. Wie lange lief ich eigentlich schon durch diesen Gang? Wann würde es Keira oder sogar Leander auffallen, dass ich nirgends zu finden war. Mein Herz schlug mit einem Mal schneller. Was, wenn ich gerade die einzige mögliche Chance auf Flucht zunichte machte? Wenn Leander mich suchte und dann hier fand? Dieser Tunnel war geheim. So viel war sicher und ich war mir auch sicher, dass es sein Geheimnis war. Sein geheimer Gang, von dessen Existenz nur er wusste. Den nur er beschützte. Wenn das hier ein Weg hinaus war, dann musste ich hier weg. Wieder einmal würde sich mein Wissen als Gefahr für alle anderen erweisen, wenn ich nicht aufpasste. Ich drehte mich bereits um, noch bevor mein Gehirn die bewusste Entscheidung getroffen hatte. Ich rannte jetzt. Rannte den Gang hinab und verwendete meine ganze Konzentration darauf, nicht zu stolpern. Es dauerte nicht lange, bis meine Muskeln brannten und ein Stechen in meinen Seiten ausbrach. Ich war definitiv kein Langstreckenläufer oder Sprinter. Eigentlich war ich überhaupt nichts, was man durch einen Sportbegriff definieren konnte. Und dennoch ließ ich mich von meinen Schmerzen nicht aufhalten. Ich würde weiter rennen, selbst wenn ich mir dabei einen Muskelfaserriss zuziehen würde. Ich musste hier raus. Jetzt sofort. Es wäre besser gewesen, wenn ich nie hier hereingegangen wäre. Ich hätte es Keira erzählen sollen und ihr die Erkundung überlassen müssen. Warum fiel mir so etwas erst immer viel zu spät ein? Ich keuchte, als das raue Scharren hinter mir erklang und die Sandsteine zurück an ihre Stelle glitten. Ich versuchte, meine Atmung unter Kontrolle zu bekommen. Hier umzukippen oder dabei beobachtet zu werden, wie ich angestrengt nach Luft schnappte, war nicht gerade unauffällig und das wollte ich unbedingt sein.

Ich eilte ein wenig steif weg von der Statue und zog mich in den Schatten eines der kümmerlichen Häuser zurück. Meine Brust hob und senkte sich noch angestrengt, als ich mich gegen die Wand lehnte und darauf wartete, dass mir mein Herz nicht mehr im Hals schlug. Meine Augen waren währenddessen immer auf den einen Fleck auf dem Sandstein gerichtet. Es war wirklich nicht mehr als ein Fleck und es wirkte auch nur wie ein Fleck, da ein winziger Schatten auf den Stein geworfen wurde. Es war wirklich unmöglich zu erkennen, dass es keine zufällige Unebenheit in der Oberfläche des Steins war. Sie war ungefähr einen Meter von der rechten Ecke des Sockels der Statue entfernt.

»Hier bist du, Liebste.«

Mein Herz, das eben noch raste, hatte nun einen Schlag ausgesetzt. Mein Körper versteifte sich. Ich regte mich keinen Zentimeter mehr.

»Ein ungewöhnlicher Ort, den Freitagnachmittag zu verbringen, findest du nicht?«

Er trat aus der Gasse neben mir und lächelte mich erwartungsvoll an.

»Ich habe mich nur in der Stadt umgesehen«, antwortete ich etwas zu überstürzt. Ich wollte zurückzucken, als Leander plötzlich seine Hand hob und vorsichtig über mein blaues Auge strich. Auch wenn er mir nicht direkt wehtat, so löste seine Berührung doch das inzwischen vertraute Brennen aus und vermischte sich mit dem einsetzenden Pochen des geschwollenen Auges.

»Das tut mir im Übrigen leid.«

Fast schon hätte ich ihm sein menschliches Verhalten abgekauft. Fast, wenn ich es nicht viel besser wüsste.

»Ich kann es wieder rückgängig machen.«

Ich starrte ihn nur noch an. Unfähig seinem Blick auszuweichen. Er berührte mit seinen Fingerspitzen die Verletzung, die ich ihm zu verdanken hatte. Über sein perfektes Gesicht legte sich ein Schleier aus Konzentration. Ich keuchte erschrocken auf, als ein Kribbeln für einen Moment das Brennen seiner Berührung übertönte. Dann nahm er meine Hand, die er wieder aufgerissen hatte und auch dort spürte ich ein merkwürdiges Kribbeln. Als er sie wieder freigab, war der Schnitt in meiner Hand verschwunden und eine Narbe hatte ich auch nicht mehr.

»So ist es doch sicher viel besser.«

Er lächelte mich freundlich an und beobachtete, wie ich ungläubig meine Hand zu meinem Auge hob und meine nun wieder verheilte

Handfläche betastete. Die Schwellung war weg. So hatte er es auch mit meiner Hand gemacht. Der Bruch, er hatte ihn wirklich geheilt.

»Einfach wunderbar, nicht wahr? Es ist so einfach, den menschlichen Körper nach Belieben zu verändern und anzupassen.«

Ich antwortete nicht. Ich wusste nicht, was ich antworten sollte.

»Ich dachte, du würdest mich vielleicht bei einem kleinen Spaziergang begleiten wollen. Ich hatte vor, dir persönlich meine Stadt zu zeigen. Nun bist du mir aber zuvorgekommen, deshalb bin ich gerade etwas ratlos, was wir machen sollen.«

Es war verblüffend, wie normal er sich anhörte.

»Ich ... eh ...«

Ich wusste immer noch nicht, was ich sagen sollte.

»Nun gut, ich bin sicher, du hast noch nicht alles gesehen.«

Er hielt mir seine offene Handfläche entgegen. Es sah merkwürdig aus. Und dementsprechend starrte ich sie auch an.

»Liebste? Können wir los?«

Ich schüttelte den Kopf, wie um meine verwirrten Gedanken zu vertreiben.

»Ich ... eh ...«

Er lächelte und griff dann einfach nach meiner Hand. Es war, als hätte ich sie in ein loderndes Kaminfeuer gelegt und konnte sie nicht mehr hinausziehen. Er schien nichts davon zu bemerken. Warum konnten ihm die Berührungen meiner Haut nicht auch wehtun, dann würde er vielleicht seine Finger von mir lassen. Ich versuchte erneut meine Hand seinem Griff zu entwenden, aber alles, was ich erreichte, war, dass er sie noch fester umklammerte.

»Sind dir die Hängebrücken aufgefallen, als du hierhergekommen bist?«

Erneut lächelte er mich an.

»Hängebrücken?«, fragte ich verwirrt.

»Natürlich. Anders kommst du nicht zu dem Monument.«

Ein belustigter Glanz hatte sich nun in sein Lächeln geschlichen. Wie stets schimmerte es jedoch nicht in seinen Augen. Sie waren so kalt und wahnsinnig wie bei unserer ersten Begegnung. Er zog mich immer weiter hinter sich her und führte mich über eine der vier tatsächlich existierenden Brücken. Wie hatte ich sie bloß nicht bemerken können? Und auch das Geländer, gegen das er sich nun locker lehnte und zu der Statue sah, die ihn selbst darstellte. Das Geländer war logisch, immerhin umgab die Statue ein Abgrund, der anscheinend unendlich weit in die Tiefe reichte. Aber auch das war mir zuvor nicht aufgefallen.

»Ich habe bereits den Auftrag gegeben, die Plattform vergrößern zu lassen.«

Ich sah die Statue verständnislos an. Es war ein skurriles Bild. Der echte Leander stand genau vor mir und hinter ihm ragte sein gigantisches Selbst in die Höhe. Als er lachte, war ich nur noch verwirrter.

»Du hast wohl nicht besonders gut geschlafen. Stimmt etwas mit deinem Bett nicht?«

»Eh ... was?«, stammelte ich. Ich war wie gelähmt.

»Du scheinst etwas abwesend. Ich meinte eine Vergrößerung für deine Statue.«

Mein Gesichtsausdruck musste mir nun völlig entglitten sein, denn wieder fing er an, melodisch zu lachen.

»Mach dir keine Sorgen, sie kommen beide auf den großen Platz in Solem, sobald wir nach oben zurückgekehrt sind und das dürfte nicht mehr lange dauern.«

Dass ich jetzt erstarrt war, hatte nichts mit meiner Verwirrung zu tun.

»Was?«, fragte ich wieder, aber dieses Mal hatte es einen scharfen, klaren Unterton. Der Wahnsinn in seinen Augen brach nun aus wie ein Buschfeuer und verschlang den letzten Funken klaren Menschenverstandes.

»Natürlich.«

Er trat so schnell auf mich zu, dass ich dieses Mal wirklich zurückzuckte.

»Stell sie dir vor. Wie sie im Zentrum von Solem stehen und alles überblicken. Wie die Sonne sie umfängt und ihre Pracht umhüllt. Stell dir vor, wie wir über unser Königreich herrschen. Wie wir alles nach unserem Willen formen und erschaffen. Wir werden einfach großartig sein. Wir werden unsterblich sein.«

Er verfiel in einen wahnsinnigen Rausch.

»Das alles wird schon sehr bald möglich sein. Und ich meine bald. Keine Armee der Menschen kann sich gegen unsere erwehren. Wir werden sie überrennen, noch bevor sie wissen, wie ihnen geschieht. Wir werden die Welt neu erschaffen. Die Gattung der Menschheit neu definieren. Genauso wie mein Vater es in seiner Prophezeiung gesehen hat.«

Noch bevor ich wusste, was ich tat, unterbrach ich ihn, gebannt von seinem Wahnsinn und dem Verstehen, was er vorhatte.

»Prophezeiung?«

Er schnellte wieder zu mir herum und starrte in meine eisblauen Augen.

»Die Prophezeiung. Du hast sie gesehen. Das Bild auf der Tür des Gartens. Das ist ein Teil von ihr. Du und ich und eine neue Welt. Mein Vater wusste nicht, dass er eine Vision hatte. Es war ein Glücksfall, dass ich ihn in diesem Moment berührte und sehen konnte, was er sah.«

Ein glänzender Ausdruck breitete sich auf seinem Gesicht aus. Es war, als würde er von innen anfangen zu strahlen.

»Durch ihn habe ich dich das erste Mal gesehen, vor so vielen Jahrhunderten. Jahrhunderte bevor du überhaupt geboren wurdest. Er hat gesehen, wie ich eine neue Welt mit dir erschaffen würde. Er sah, wie ich die Magie der Schützer dafür verwenden würde und das war der Moment, indem ich erkannte, dass ich mir irgendwie Zugriff zu dieser Magie verschaffen musste. Ich überredete die Orden, ihre Magie in das Medaillon und das Amulett zu übertragen. Ich machte es möglich, dass andere sich der Magie bedienen konnten. Dass ich mich der Magie bedienen konnte. Damit ich alles vorbereiten konnte, für den Tag, an dem du endlich zu mir finden würdest. Ich habe gesehen, wie ich mit einer Armee aus niederen Lebewesen die Menschheit, wie sie jetzt existiert, auslöschte. Wie wir die Geschichte neu schreiben und die Schöpfungsgeschichte verändern würden. Die Menschen werden nicht wissen, was passiert, wenn sich meine Erdwesen über die Welt verteilen. Es wird ganz schnell gehen, ohne dass sie leiden. Und es ist fast so weit. Alles, auf was ich noch warten musste, war dein Wohlwollen.«

Er umgriff plötzlich meine Hände und sah mich so begierig an, dass ich nicht anders konnte, als merklich zu zittern. Das war verrückt. So krank konnte kein Mensch sein.

»Und du hast mir dein Wohlwollen gezeigt. Hast du es immer noch nicht erkannt, Liebste? Ist dir deine Rolle in diesem uralten Plan noch nicht klar geworden? Die neue Welt ist nur möglich wegen dir. Ich wusste, dass du deinen Weg zu mir nicht von alleine finden würdest. Ich habe durch meinen Vater gesehen, wie du die ersten Jahre deines Lebens ziellos umherwandern würdest. Ich habe alles geplant, von Anfang an. Ich überredete sie zum Schmieden der Schmuckstücke. Mir gelang es, eines von ihnen an mich zu bringen. Ich wusste, dass du das Amulett brauchen würdest, um deine und meine Macht ins Unermessliche zu steigern. Doch haben sie es versteckt. Ich konnte nicht mehr zurück, also musste ich dafür sorgen, dass du es finden würdest, bevor du zu mir kamst. Verstehst du jetzt?«

Ich schüttelte den Kopf. Panik stieg in mir auf, als ich erkannte, in welche Richtung das alles führte. Was hatte ich getan?

»Ich habe den Zirkel der Seelensammler erschaffen. Ich war ihr Priester. Der Zirkel war nur ein Mittel zum Zweck. Und damit niemand anderem das Amulett in die Hände fiel, musste ich dafür sorgen, dass du die Letzte deines Ordens warst. Ich habe sie gejagt und die, die ich nicht zwangsläufig töten musste, in meine Armee aufgenommen. Der Zirkel hat dich zum Amulett geführt. Nur so konnte ich dafür sorgen, dass du es aus dem Ewigen Tal holen würdest. Verstehst du? Der Zirkel war nie wirklich real. Er war eine Maskerade, um dir den Weg zum Amulett zu weisen. Ohne dich würde es dort noch liegen und wir würden nie unsere neue Welt formen können. Siehst du es jetzt?«

Ich war für das hier alles verantwortlich! Seine Besessenheit für mich hatte das alles ausgelöst und ich hatte nach seinem Willen gehandelt und hatte wirklich geglaubt, ich hätte die Welt gerettet. Stattdessen hatte ich alles getan, um ihren Untergang herbeizuführen.

»Nur noch wenige Wochen, Liebste, und wir werden unter der Sonne leben.«

Ich schluckte und versuchte meine Panik einzudämmen, um wenigstens einen klaren Gedanken fassen zu können.

»Wochen?«, war alles, was ich herausbrachte. Zu mehr Worten traute ich mich nicht. Ich fürchtete, dass meine Stimme anfangen würde zu zittern. Leander zog mich in eine Umarmung und küsste mich auf die Stirn.

»Ja, Liebste. Die Vorbereitungen werden nur noch wenige Wochen in Anspruch nehmen. Höchstens sechs Monate. Aber das bezweifele ich sehr. Ich denke, es wird noch schneller gehen. Freust du dich?«

»Eh ... klar«, sagte ich kleinlaut. Ich hatte aus gestern gelernt und ihm jetzt zu widersprechen, würde nicht nur ein blaues Auge zur Konsequenz haben. Er umarmte mich noch fester und hob mich überschwänglich in die Luft.

»Ist es nicht wunderbar? Endlich sind wir zusammen. Die Qual und das lange Warten hat endlich ein Ende. Unser Königreich ist nur noch ein Augenzwinkern entfernt und diese Stadt wird sich an die Oberfläche erheben, wie es eigentlich Atlantis bestimmt sein sollte.«

»Großartig«, quiekte ich und hatte das Gefühl Verbrennung dritten Grades überall am Körper zu erleiden.

»All die Arbeit und das lange Planen. Endlich wird es sich auszahlen. Du wirst sehen. Meine Kreaturen werden nicht lange brauchen. Es wird großartig werden. Es wird perfekt werden.«

Wieder drückte er mich. Ich konnte nicht verhindern, dass mir ein leises, schmerzhaftes Stöhnen entwich.

»Oh, entschuldige. Ich habe vergessen, dass es dir heute nicht so gut geht. Wie geht es deinen Kopfschmerzen? Carmen hat mir berichtet, dass Tabletten gefehlt haben. Willst du dich wieder hinlegen?«

Seine Stimme klang so sanft und besorgt, dass es unmöglich war, an seiner Obsession für mich zu zweifeln. Er glaubte wirklich, dass er mich liebte und dass ich diese Gefühle erwiderte.

»Äh, ja. Das wäre, glaube ich, eine gute Idee.«

Er nickte und gab mir einen weiteren Kuss auf die Stirn.

»Soll ich dich zu deinem Zimmer begleiten?«

»Äh, nein. Nein!«, sagte ich hastig. »Das ist nicht nötig. Du hast so viel zu tun. Ich will dich nicht davon abhalten.«

Er nickte.

»Wie du wünschst, mein Herz.«

Ich versuchte zu lächeln, aber so wirklich gelang es mir nicht.

»Dann gehe ich mich hinlegen«, murmelte ich unsicher.

»Natürlich. Ich werde mich wieder den Vorbereitungen widmen.«

Jetzt nickte ich und drehte mich von ihm weg. Ich eilte in eine der Gassen. Ich wusste nicht, ob es auch nur annähernd die richtige Richtung war. Meine Gedanken waren auf etwas anderes gerichtet. Ich war schuld. Meinetwegen war all das passiert. Meinetwegen waren anscheinend Tausende von Menschen aus ihren Leben gerissen worden und sicherlich noch viele mehr ermordet und es würden noch viel mehr werden. So wie Leander es sich vorstellte, würde es die ganze Menschheit sein. Er wollte sie umbringen. Jeden Einzelnen und das alles wegen einer Prophezeiung von mir, die er vor Jahrhunderten mit angesehen hatte. Und ich hatte alles genau so getan, wie er es für mich geplant hatte. So viel zu meinem freien Willen. Ich hatte wohl nie etwas Derartiges besessen.

»Keira!«, schrie ich in Gedanken, während ich nun die Gassen entlang rannte. Ich hoffte inständig, dass ihre Fähigkeit jetzt gerade einsetzte.

»Janlan, was zum Henker?«

Ich rannte Keira fast um, als ich durch die Tür zu unserem Zimmer stürmte. Es war ihrem Gleichgewicht zu verdanken, dass wir nicht beide durch mich zu Boden gerissen wurden.

»... nicht ... gehört?«, keuchte ich und überging den Verlust des einen oder anderen Wortes.

»Okay, wir wäre es, wenn du dich hinsetzt und es mal mit Luftholen versuchst.«

»Kein ... Sarkasmus«, japste ich, als ich auf einem der Sessel zusammenbrach.

»Okay ...«, war ihre verwirrte Antwort, wie sie sie meistens gab, wenn sie nicht so genau wusste, was sie sagen sollte. Dann wurde ihr Blick plötzlich scharf und sie musterte mich so genau, dass es schon unangenehm wurde.

»Hat er etwas hiermit zu tun? Hast du neue Verletzungen? Warte ... dein Auge-«

»Nein ... er hat ... hat es geheilt, wie ... gebrochene Hand«

Ich bekam immer noch keine ganzen Sätze heraus. Jetzt gerade bereute ich sehr, dass ich den Sportunterricht so gut wie immer geschwänzt hatte. Meine Lungen brannten und mein Herz hämmerte so laut in meiner Brust, dass es alles andere übertönte. Ich versuchte es mit ein paar kontrollierten Atemzügen, bevor ich wieder ansetzte, etwas zu sagen.

»Meine Schuld«, war das Erste, was einigermaßen wieder normal klang. »Er ist verrückt. Er ist völlig verrückt ...«

Ich hörte seine Worte in meinen Gedanken widerhallen und spürte, wie die Panik erneut in mir aufkeimte.

»Ja, Janlan. Das ist nicht gerade etwas Neues.«

»Sarkasmus bringt uns heute ausnahmsweise mal echt nicht weiter!«, fuhr ich sie an.

»Okay, dann sag mir vielleicht, was ist, dann versuche ich mein Verhalten deinen Wünschen anzupassen«, erwiderte sie scharf.

»Leander hat eine Armee. Eine Armee an Erdwesen und die Zahl übersteigt unsere Vorstellungskraft.«

Ich sah, wie sie sich ein wenig anspannte, aber es war nicht die gewohnte Reaktion, die sie bei größerer Gefahr zeigte. Sie sprang nicht auf und hatte innerhalb einer Sekunde ihre Schwerter gezogen. Sie sah mich nur an, als verstehe sie nicht mehr als Bahnhof.

»Und? Das war uns doch auch schon klar. Wir haben nicht gerade wenige seiner Erdwesen aus dem Dienst genommen.«

Sie grinste schelmisch über ihren eigenen Witz.

»Verdammt, Keira! Er wird sie auf die Menschen loslassen. Er will jeden einzelnen umbringen und das in wenigen Monaten!«

Ich schrie sie förmlich an und endlich setzte die Reaktion ein, auf die ich gewartet hatte. Ihre Muskeln spannten sich an und in ihre Augen trat der berechnende Ausdruck der Schützerin.

»Was meinst du damit?«

Es war keine Frage des Unverständnisses, sondern eine Aufforderung ihr alles zu sagen, was ich wusste.

»Es ist meine Schuld«, antwortete ich leise und ein Schauer erschütterte meinen Körper, als das Bild auf der Tür in meinen Gedanken aufblitzte. Diese Vision hatte zu jahrhundertelangem Wahnsinn geführt.

»Was ist deine Schuld? Janlan, wie wäre es, wenn du es endlich mal ausspucken würdest. Du kannst mir nicht so einfach Bruchstücke an den Kopf werfen und mich dann im Dunklen lassen.«

»Er will eine neue Welt erschaffen. Eine perfekte Welt, wie er immer wieder sagte. Er will, dass er und ich zusammen die Welt formen, wie wir es wollen, und dafür will er alle Menschen umbringen. Damit er wahrlich von vorne anfangen kann. Er ... er hat vor Jahrhunderten eine Vision gesehen ...«

»Was für eine Vision?«, unterbrach sie mich sinnloserweise.

»Wenn du mich nicht unterbrechen würdest, hätte ich sie dir jetzt schon längst erzählt«, fuhr ich sie bissig an. Verstand sie nicht, wie wenig Zeit uns blieb. Er hatte mich bei der Statue gesehen. Er wusste, was dort lag. Wenn er auch nur vermutete, dass ich den Gang entdeckt hatte, waren meine Aussichten, Keira und Craig zur Flucht zu verhelfen und die Warnung der Menschen, verloren.

»Er hatte eine Vision gesehen von ihm und mir.«

Ich stockte und wartete eine Sekunde, ob sie dazu etwas zu sagen hatte. Sie blieb stumm. Sicherlich nicht darauf erpicht, von mir wieder angefahren zu werden.

»Das war wohl der Beginn seiner Besessenheit für mich. Was gruselig genug ist, in Anbetracht der Tatsache, dass ich damals sehr weit entfernt davon war, geboren zu werden. In der Vision hat er auch diese perfekte Welt gesehen, die er wohl mit mir und vor allem für mich erschaffen will. Aber das ist eigentlich alles unwichtig. Das einzig Wichtige ist, dich und die anderen sofort aus dieser Stadt zu schaffen. Du musst die Menschen warnen. Du musst sie dazu bringen, sich zu wehren. Du musst sie dazu bringen, sich zu vereinen und sich ihm in den Weg zu stellen. Vielleicht können wir ihn aufhalten, wenn er die Menschheit nicht in ihrem Unwissen überrennt.«

Erst jetzt holte ich wieder Luft. Die Worte waren aus mir herausgebrochen, als hätten sie schon seit einer Ewigkeit darauf gewartet.

»Und wie stellst du dir das vor? Ich habe nicht einen Tunnel gefunden, der nicht mit Erdwesen überfüllt war und ich habe jeden Zentimeter der Stadtgrenzen abgesucht. Auch Clara hat nichts gefunden und Craig war auch erfolglos.«

Ich versteifte mich unbewusst. Sie hatte es gesagt, bevor sie darüber nachgedacht hatte.

»Ich habe einen Ausweg gefunden oder zumindest denke ich, dass er nach oben führt. Ich denke, es ist sein Geheimgang. Allerdings hat er mich dort gesehen, deswegen haben wir keine Zeit. Wir müssen euch sofort hier rausbringen.«

»Janlan, das ist doch Wahnsinn. Glaubst du wirklich -«

Dieses Mal ließ ich sie nicht ausreden.

»Genau das ist es! Er ist wahnsinnig! Er hat das geplant. Er hat das seit Jahrhunderten geplant. Er hat mich ausgespielt wie eine Marionette und alles, was ich getan habe, um die Menschen von Alanien zu retten, hat nur dazu geführt, dass nun absolut jeder Mensch in Gefahr ist. Ich hätte nicht mehr falsch machen können.«

Tränen traten in meine Augen.

»Was soll das wieder heißen?«

Ich schluckte und versuchte den Knoten in meinem Hals zurückzudrängen.

»Der Zirkel der Seelensammler war nur eine Maskerade, um mich dazu zu bringen, das Amulett der Seelentropfen aus dem Ewigen Tal zu holen. Ich habe dafür gesorgt, dass er zu der Magie der Seelenseher Zugang bekommt und ich meinen Weg zu ihm finde.«

Die letzten Worte waren nur noch als ein Flüstern über meine Lippen gekommen.

»Janlan, das -«

Ich schüttelte den Kopf. Ich wollte ihre leeren, tröstenden Worte nicht hören.

»Das ist egal. Es ist passiert. Ich kann es nicht mehr ändern, aber ich kann versuchen, dir zu helfen, den Ausgang richtigzustellen. Wie viele der Jüngsten Generation werden dich begleiten?«

»Janlan!«

»Keira, fang nicht wieder an!«

Ich wusste genau, was nach dem ›Janlan!‹ noch gefolgt wäre.

»Wie viele seid ihr?«

Ich ließ sie nicht aus den Augen und erlaubte auch nicht, dass sie meinem Blick auswich.

»Inzwischen achtzehn. Ich habe noch acht weitere gefunden, die noch bei klarem Verstand sind. Aber Janlan, wie stellst du dir das vor? Sollen einfach alle einundzwanzig zu diesem Tunnel laufen und hoffen, dass es niemand bemerkt?«

»Er wird es sicher bemerken, aber ich werde dafür sorgen, dass ihr genug Zeit habt.«

»Janlan!«

»Keira, nein! Wie lange brauchst du, um alle zusammen zu trommeln?«

Als sie nicht antwortete, funkelte ich sie an.

»Keira, wie lange!«

Sie sah mich wütend an. Alles in ihr sträubte sich immer noch dagegen, mich hier zurückzulassen.

»Zwei Stunden«, zischte sie durch zusammengepresste Lippen.

»Gut, dann solltest du losgehen. Der Gang ist im Sockel der Statue. Ihr werdet ein paar Ebenen heruntersteigen müssen. Ich treffe euch dort.«

Ich stand auf und hoffte so, die bevorstehende Diskussion mit Keira zu verhindern. Ich ging in mein Zimmer, als Keira hinter mir etwas sagte. Als ich mich umdrehte, saß sie immer noch auf dem Sofa.

»Und was wirst du tun, wenn wir weg sind?«

Ihre Stimme klang ungewöhnlich kühl. Ich konnte sehen, wie sie darunter litt, mir das Versprechen gegeben zu haben. Ich atmete tief ein. Ich wollte etwas sagen, damit sie sich besser fühlte. Aber mir fiel nicht wirklich etwas ein.

»Ich werde versuchen das zu erreichen, weswegen wir hergekommen sind. Das Schwarze Medaillon gehört nicht ihm. Es gehört dir und ich werde alles tun, um es zu bekommen. Vielleicht schaffe ich es, die Katastrophe, die ich angerichtet habe, im Keim zu ersticken. Wir sehen uns in zwei Stunden.«

Ich wartete nicht auf eine Antwort und ich sah sie auch nicht an. Ich ging in mein Zimmer und ließ die Tür hinter mir zufallen. Langsam glitt ich an dem edlen Holz hinunter und ergab mich meinen Tränen. Für einen Moment würde ich mich diesem egoistischen Verlangen nach dem Versinken in meinem Selbstmitleid hingeben.

Als die Tränen endlich nachließen und schließlich erloschen, hatte ich nur noch eine Dreiviertelstunde. Langsam stand ich auf und ging zu dem übergroßen Kleiderschrank. Die Tür knarrte, als ich sie öffnete. Meine Augen wanderten über die Regale, bis sie fanden, was ich suchte. Gezielt zog ich das einzige verbleibende schwarze Oberteil heraus. Mein Blick viel auf ein dunkles, unförmiges Bündel in der hintersten Ecke des Schrankes. Verwirrt zog ich eine Augenbraue hoch. War das gestern schon da gewesen? Ich zog daran und hielt plötzlich meinen eigenen Rucksack in der Hand. Ich hatte ihn als verloren geglaubt. Wie war er hierhergekommen? Langsam ging ich zum Bett und kippte den mitgenommenen Beutel aus. Ich wühlte durch den kleinen Haufen, um zu sehen, was alles die Torturen, die uns hierher geführt hatten, überstanden hatte. Meine Finger glitten über den vertrauten Stoff meiner Blusen. Nur zwei hatten es bis hierher geschafft und auch sie waren in einem sehr schlechten Zustand. Ich stieß mit den Fingerkuppen gegen einen kühlen Gegenstand.

Der Gealen reflektierte schwach das dumpfe Licht. Er funkelte wie ein gut gehütetes Geheimnis. Ich hatte völlig vergessen, dass ich ihn vor Monaten in meinem Rucksack verstaut hatte. Ich nahm ihn vom Bett und wiegte ihn kurz in der Hand. Ein beruhigendes Gefühl strömte kurz durch meinen Körper. Ein Gefühl, das der Gealen bisher noch nie bei mir ausgelöst hatte. Er fühlte sich an wie ein Freund, der im Dunklen auf meine Rückkehr gewartet hatte. Ich lächelte traurig über diese vergessene Waffe. Sie war, wie ich, nicht mehr als ein Mittel zum Zweck gewesen. Ein gefährliches und grausames Mittel, aber nichtsdestotrotz ein Mittel, das bereits vergessen wurde, kurz nachdem seine Geschichte erzählt war. Ich riss mich aus meinen Gedanken. Ich hatte jetzt keine Zeit erneut in Selbstmitleid zu fallen, diese Zeit hatte ich mir eben gegeben und jetzt war sie vorbei. Ich legte den Gealen zurück in den Rucksack und stapelte alle anderen Habseligkeiten aus meinem alten Leben über ihn. Vorsichtig drückte ich den Rucksack zurück in die dunkelste Ecke des Schrankes und vergewisserte mich, dass er nicht zu sehen war, wenn man nicht ganz genau nach ihm suchte. Wo war mein Rucksack hergekommen? Ich schüttelte kurz den Kopf und versuchte meine Aufmerksamkeit wieder auf das zu richten, was ich tun musste. Ich streifte die Bluse ab, die ich gerade trug, und ersetzte sie mit dem Shirt, das ich aus dem Schrank gezogen hatte. War es ein Zufall gewesen, dass der Rucksack gerade neben dem einen Oberteil gelegen hatte, das ich auf jeden Fall aus dem Schrank nehmen würde? Wieder schüttelte ich den Kopf und schalte mich in Gedanken »Konzentrier dich, Janlan!«

Zu dem schwarzen Oberteil zog ich eine dunkle Jeans an. Mit einer Ruhe in mir, die einer gewissen Taubheit ähnelte, setzte ich mich auf das Bett und schlüpfte in meine Stiefel. Sie waren inzwischen abgenutzt und das Leder war weich geworden. Dennoch passten sie so gut wie am ersten Tag. Mit einem angenehmen Geräusch steckte ich die Dolche in die Laschen und überprüfte ihren Sitz. Ich musterte meine Erscheinung in dem reich verzierten Spiegel. In meinen Augen funkelte eine Entschlossenheit, die ich sonst nur in Keiras entdeckt hatte. Ich sah aus, als wäre ich bereit in die Blutsicht abzutauchen und genau das hatte ich vor. Blut würde fließen, bei diesem Fluchtversuch, das war sicher. Aber es würde kein Menschenblut sein, dafür würde ich sorgen.

33
Das Geschwärzte Medaillon

Fünf Minuten. Das war alles, was noch an Zeit blieb. Ich ging durch die Schatten der Gassen und hatte meinen Blick auf die Ausläufe der riesigen Statue gerichtet. Mein Herz setzte aus, als ich nahe genug war, um die Felsen zu sehen, die vor ein paar Stunden noch nicht da gewesen waren.

»Janlan?«, erklang Keiras Stimme. Ich sah mich um. Ich konnte sie nirgends entdecken. »Ich habe dir gesagt, dass es nützlich werden könnte.«

»Wo seid ihr?«, fragte ich in Gedanken und fühlte mich dabei mehr als dämlich.

»In der Nähe der mittleren Hängebrücken auf der Rückenseite der Statue.«

»Bleibt, wo ihr seid.«

»Janlan, was hast du vor?«

Selbst in meinen Gedanken hörte ich die Sorge in ihrer Stimme. Ich hätte ihr eine Antwort gegeben, aber ich war mir selbst noch nicht sicher, was ich tun wollte. Leander hatte etwas vermutet und Vorsichtsmaßnahmen ergriffen. Ich spähte um die Ecke des Hauses. Es waren nicht besonders viele Erdwesen. Soweit ich sehen konnte, waren es immer nur vier an einer Brücke. Eigentlich kein großes Hindernis, aber etwas in mir glaubte dem Bild nicht, dass ich sah.

»Janlan?«

»Keira, ich muss denken. Gib mir eine Minute.«

Erneut betrachtete ich die Szene vor mir.

»Keira, ihr bleibt, wo ihr seid und rennt erst über die Brücke, wenn ich es sage. Dann müsst ihr zu mir kommen, auf die andere Seite der Statue.«

»Janlan, was hast du vor?«

Ihre Stimme klang ein wenig befehlend. Ich ignorierte es.

»Ich werde sie ablenken.«

»Das kannst du vergessen!«

Ich zuckte zusammen, so laut brüllte ihre Stimme in meinen Gedanken.

»Keira, tu, was ich sage! Nur dieses eine Mal!«

Ich konnte förmlich spüren, wie sie ihren Widerstand aufbaute. Genau deshalb trat ich aus dem Schatten. Ich rannte auf die erste Brücke zu. Die Dolche lagen bereits in meinen Händen. Es war ein Einfaches, den roten Schleier über meine Augen auszubreiten. Alles, was ich erfahren hatte, hatte ich in mir aufgestaut und rief es nun auf einmal hervor. Es war, als wäre die Welt in Blut getaucht.

Die Erdwesen drehten sich unnatürlich langsam zu mir herum. Ich sah, wie ihre schlitzartigen Münder sich öffneten und gurgelnde Worte aus ihren Kehlen drangen. Bevor die Worte meine Ohren erreichen konnten, fielen die enthaupteten Körper in den Abgrund um die Statue. Die Köpfe selbst schlugen mit einem dumpfen, krachenden Schlag auf den Boden und zersplitterten wie Glas. Die anderen beiden Wesen stürzten sich mit blitzenden Krallen und scharf schimmernden Dolchen auf mich. Es war ein Einfaches, ihren abgehackten Bewegungen auszuweichen. Dem Ersten versetzte ich einen Tritt und beobachtete lächelnd, wie er rückwärts stolperte und dann einfach verschwand. Dann drehte ich mich und bohrte einen Dolch in das steinerne Herz. Ein Gurgeln und dann war auch das vierte Wesen nicht mehr als ein lebloser Steinhaufen. Es war eine Genugtuung.

Ihr Blut tropfte von meinen Dolchen und klebte bereits an

meinen Händen und ich fand es großartig. Ich stürmte über die Brücke und zerschnitt mit einer einzigen Bewegung die Seile der Brücke. Mit einem ohrenbetäubenden Krachen stürzte die Brücke in die Tiefe. Das Holz barst in tausend Stücke, als es gegen die Felswand krachte. Vergnügt steuerte ich die nächste Brücke an. Ich musste nicht weit laufen, um auch schon meinem nächsten Opfer zu begegnen. Die Erdwesen rannten auf mich zu und hatten ihre Dolche hoch erhoben. Ich lachte bei dem Gedanken, dass vier kleine Erdwesen mich wirklich versuchten aufzuhalten. Ich wartete, bis sie fast das Ende der Brücke erreicht hatten, dann erst durchtrennte ich ein weiteres Mal die Seile. Es war wie eine Zeichentrickszene. Sie schienen für einen Moment in der Luft zu schweben, bevor sie abstürzten. Jetzt blieb nur noch eine einzige weitere Brücke, bevor ich zu Keira und der Jüngsten Generation kommen würde. Es war einfach. Es war so einfach.

Ich rannte an der Brücke vorbei, an dessen Ende sie wartete. Die Erdwesen an der nächsten hatten mich früher entdeckt als ihre Kameraden. Sie hatten die Brücke bereits überquert. Ich duckte mich unter einer heranschnellenden Kralle hinweg und fing an zu lachen, als meine eigene Bewegung mich an diese eine berühmte Szene aus Matrix erinnerte. Ich fühlte mich, als würden die Gesetze der Physik für mich nicht gelten. Ich drehte mich in den Rücken meines Angreifers und durchtrennte die Wirbelsäule. Ich wartete nicht, bis das Wesen zu Boden schlug. Ich ging in die Knie und wich so einem der winzigen Dolche aus. Ich musste nur meinen Arm nach hinten strecken und sah zu, wie das Erdwesen sich selbst aufspießte. Ich rollte mich zur Seite, sprang auf die Füße und sah in zwei verunstaltete, kaum mehr erkennbare Gesichter. Ich zog ihnen die Beine weg. Das war alles, was es brauchte. Sie strauchelten, fielen übereinander und ihr eigenes Gewicht zog sie über die Kante.

»Keira, lauft los.«

Ich rannte weiter, die Dolche immer angriffsbereit. Ich sah, wie

Keira an der Spitze einer kleinen Gruppe über die Brücke rannte, als ich um die Ecke der Statue bog. Die vier Erdwesen schienen nicht zu wissen, wen sie angreifen sollten. Es war eine unfaire Wahl. Egal wen sie wählen würden. Tod stand immer am Ende ihrer Entscheidung. Ich oder Keira. Tod oder Tod. Es dauerte keine Minute, da standen wir auch schon alleine auf dem Platz. Ich grinste Keira an, als ich auch die Seile der letzten Brücke kappte.

»Das war einfach.«

Es war merkwürdig, dass ich genau wusste, dass Keira vor mir stand. Fast schon gab ich mich der Illusion hin, dass ich die Blutsicht beherrschte.

»Hier lang.«

Ich wies auf die Richtung, aus der ich eben noch gekommen war.

»Wenn du so etwas noch einmal machst, bring ich dich höchstpersönlich um«, murmelte Keira in mein Ohr, als sie neben mir herrannte. Ich antwortete nicht, sondern grinste nur weiter. Es schien wirklich, als stünde das Glück ausnahmsweise einmal auf unserer Seite. Ich blieb stehen und wollte mich gerade den Sandsteinen zuwenden, als eine Stimme hinter mir erklang, die mein Herz aussetzten ließ.

»Janlan?«

Es war eine vorsichtige Anfrage. Ich biss mir auf die Lippe und überlegte, ob ich so tun könnte, ihn nicht gehört zu haben.

»Janlan.«

Er war näher gekommen. Ich drehte mich langsam herum. Es war, als hätte man mich gerade über die Kante geschupst. Ich verlor den Boden unter den Füßen. Craig stand vor mir, so wundervoll wie immer. Seine graublauen Augen weiteten sich plötzlich und er zuckte zurück.

»Deine Augen ...«, es war ein entsetztes Murmeln. Sofort wandte ich mich wieder ab. Er sah das Monster, das ich war. Ich war nicht diese mächtige, unbesiegbare Person, wie ich mich eben noch gefühlt hatte.

»Entschuldige.«

Ich konnte nicht mehr sagen. Ich konnte ihn nicht ansehen. Ich wollte mich in seine Arme werfen. Ihm sagen, dass es alles nicht so war, wie ich sagte. Ich wollte so vieles und ich tat nichts davon. Ich drehte mich nicht mehr um. Ich wusste nicht, ob er noch etwas sagen würde oder ob er versuchen würde mir nahe zu kommen. Seine Nähe schmerzte. Es war, als wäre er wieder ein Seelengeist. Ich starrte auf die Steine und versuchte, den Schatten zu finden, der ihre Flucht bedeuten würde. Gerade als ich dachte, ihn gefunden zu haben, schrie jemand erneut meinen Namen.

»Janlan!«

Es war ein panischer Schrei. Angst schwang darin mit. Ich fuhr herum. Dreckige Hände mit schimmernden Krallen schoben sich über die Kante. Es waren schon jetzt zu viele um sie zu zählen. Es war wirklich zu einfach gewesen. Wie hatte ich glauben können, er würde es so einfach geschehen lassen.

»Sucht die Wand ab! Es ist eine kleine Einbuchtung. Nicht größer als der Handballen eines Kindes! Ihr müsst ihn drücken und dann den Griff herausziehen, der in der Spalte ist!«

Ich rief ihnen die Anweisungen zu und stürmte auch schon auf die Kante zu. Das Rot des Schleiers, das eben noch heller geworden war, flammte nun wieder blutrot auf. Gurgeln drang an meine Ohren und wuchs immer weiter an. Jedes Wesen, das sich über die Klippe zog, schien sich an mir vorbei schieben zu wollen. Meine Wut wuchs nur noch mehr. Sie sollten nicht mich stoppen. Sie sollten Keira, Craig und die Jüngste Generation aufhalten und wahrscheinlich töten.

Ich fuhr unter die Kreaturen wie ein Schatten. Immer wieder erhaschte ich Blicke auf die kleine Menschengruppe, die an der Wand entlang rannte, und Mitglieder, die in einen Kampf verwickelt waren. Keira war rechts von mir und ihre Schwerter zuckten nicht weniger tödlich durch die Reihen der Erdwesen wie meine Dolche. Es war der Anblick Craigs, der mich die Kontroller verlieren ließ. Fünf Erdwesen drängten sich um ihn und sie waren nur die erste Reihe. Es schien, als wäre er ihre oberste Priorität. Ich stürmte durch die Reihen, wobei ich eine Spur von zweigeteilten Körpern zurückließ. Das Knurren ertönte aus meiner Kehle und verstummte nicht wieder. Es störte mich nicht, dass sich Krallen in meine Arme bohrten und Dolche tiefe Schnitte hinterließen. Blut tropfte von meinen Dolchen und es war nicht mehr länger nur das Blut dieser Monster. Ich stieß einen Dolch in den Rücken des Erdwesens, das gerade auf Craigs Hals gezielt hatte. Es sackte zu Boden. An seiner Stelle stand ich. Craig starrte mich überrascht an. In seinen Augen funkelte etwas, das ich nicht lesen konnte. War es Zuneigung oder war es Abscheu. Ich konnte es nicht sagen und Zeit hatte ich dazu auch nicht. Immer wieder fuhr ich herum, ging in die Knie und wehrte Angriffe ab, die für Craig gedacht waren. Keira bewegte sich in unsere Richtung. Auch sie war unter ständiger Belagerung, aber die Wesen konnten sich gegen ihre Kampfkunst nicht wehren.

»Keira, beschütze Craig! Ich suche den Eingang.«

Sie nickte. Ich verschwand zwischen den vordringenden Erdwesen, ohne Craig noch einmal anzusehen. Ich wollte nicht erkennen, dass es vielleicht doch Abscheu war. Craig war sehr wohl in der Lage sich zu verteidigen. Sicherlich besser als viele andere, aber ich wollte kein Risiko eingehen. Wenn Keira ihn beschützte, dann hatte er die beste Chance lebend aus dieser Hölle zu kommen.

»Janlan, wir finden es nicht!«

Es war Clara, die mir panisch zurief. Ich brauchte nicht lange, bis ich bei ihr war. Hier waren es weniger Kreaturen, die sich in meinen Weg warfen. Leander hatte es fast ausschließlich auf Keira und Craig abgesehen. Die Mitglieder der Jüngsten Generation waren von minderer Bedeutung für ihn.

»Rechts!«

Ich stürzte an ihr vorbei, als ich den kleinen Schatten entdeckte.

Ich drückte eine Hand dagegen. Sie hinterließ einen blutigen Abdruck, bevor der Stein zurückfuhr und die Spalte freilegte. Ich streckte den Arm hinein und zog an dem Griff. Das Knirschen ertönte und Staub bröckelte von den Steinen, als sie sich beiseite schoben und der Boden sich absenkte.

»Hier!«

Die Köpfe aller Mitglieder drehten sich zu mir herum. In ihren Gesichter funkelte Hoffnung auf.

»Hier lang!«, rief ich erneut und schlitze einem Erdwesen die Kehle auf. Clara zuckte zurück, als das Blut spritzte. Alle bewegten sich in meine Richtung und mit ihnen kamen auch die Erdwesen. Keira und Craig kämpften Rücken an Rücken und schafften es dennoch, sich stetig in meine Richtung zu bewegen. Es war trotzdem zu langsam. Sie waren einfach zu langsam. Ich drehte mich hastig zu Clara um.

»Folgt einfach dem Gang. Ich bin sicher, er führt euch nach oben. Und jetzt hör mir zu. Ich habe Keira schon alles erklärt, aber für den Fall -«, ich brach ab. Ich konnte den Satz nicht einmal zu Ende denken. »Es steht ein Krieg bevor und ihr müsst eine eigene Armee aufstellen. Setzt euch mit dem Widerstand in Verbindung. Ihr habt nicht viel Zeit. Und ich bin nicht sicher, ob ich es rechtzeitig abwenden kann. Die Menschen müssen sich wehren! Hast du das verstanden?«

Ich fixierte Clara mit meinen roten Augen, die sie merklich einschüchterten. Alles, was sie zustande brachte, war ein Nicken, dann duckte sie sich und verschwand als Erste in dem geheimen Gang. Ich wartete nur ein paar Sekunden, um sicherzugehen, dass die anderen ihr folgten. Das zumindest musste ich nicht vorantreiben. Sie hatten die Freiheit vor Augen und waren nur zu eifrig diesem Ruf zu folgen. Ich bückte mich gerade noch rechtzeitig, um einer Kralle zu entkommen, die ansonsten meine Hauptschlagader aufgerissen hätte. Ich knurrte und stürzte mich auf das Wesen. Alleine die Tatsache, dass es mich fast tödlich verletzt hätte, reichte aus, um meine Wut dermaßen zu nähren, dass ich ihm einfach das Genick brach.

»Keira, verschwindet!«

Sie waren zu weit entfernt, als das sie mich hören konnten. Die Erdwesen hatten es geschafft, sie abzudrängen. Sie waren viel zu nahe an der Kante. Nur noch ein wenig und sie würde abstürzen. Mein Herz schlug nun so schnell, dass es sich anfühlte, als wäre es ein einziger, nie aufhörender Herzschlag. Ich wirbelte herum, als ein Dolch auf meinen Körper zuflog und beobachtete mit Genugtuung, wie er die Brust eines weiteren Erdwesens durchbohrte. Eine Kralle flog durch die Luft, als ich sie abschlug. Immer mehr der Wesen gingen nun auf mich los und es machte mir nichts aus. Ich saß hier eh fest. Ich musste Keira und Craig nur genug Platz und Zeit geben, damit sie den anderen folgen konnten.

»Keira, verschwindet!«, schrie und knurrte ich zugleich. Craigs Kopf zuckte hoch, als er meine Stimme hörte. Seine entsetzten Augen warnten mich gerade noch rechtzeitig. Ich sprang zur Seite und rollte mich ab. Dann vollführte ich eine Drehung und zog dem Erdwesen die Füße weg. Es krachte zu Boden und ich versenkte meinen Dolch in seiner Brust.

»Verdammt, Keira!«

Sie waren nicht weiter von der Kante abgerückt. Ich rannte zu ihnen und stieß die Erdwesen einfach nur noch beiseite und stach nur zu, wenn es sich ergab. Die Krallen, die sich erneut in mich bohrten, gingen in dem Schmerz unter, den der Gedanke in mir auslöste, dass Keira und Craig über die Kante stürzen könnten.

Endlich war ich bei ihnen, ich riss Keira an ihrem Arm zurück und verhinderte so, dass sie einen Dolch genau in die Niere bekam.

»Verschwindet! Jetzt!«, fuhr ich sie an. Sie starrte wütend zurück in meine blutroten Augen.

»Keira, geh! Jetzt!«

Ich schubste sie in Richtung des Eingangs und stieß dabei ein Erdwesen über die Kante. Immer mehr kamen aus dem Abgrund.

Es schien einfach kein Ende zu nehmen.

»Geht jetzt! Er kommt bestimmt gleich!«

»Wer?«, fragte Craig plötzlich. Es war, als hätte mich ein glühend heißer Dolch soeben durchbohrt. Ich konnte ihm nicht antworten. Ich wollte ihn nicht weiter verletzen.

»Janlan, wer kommt?«, fragte er eindringlicher.

»Craig, bitte. Geht einfach«, antwortete ich flehend. Und wieder musste ich dieses unnötige Gespräch unterbrechen, um zu verhindern, dass einer von uns erstochen wurde. Ich hatte es immerhin geschafft, sie von der Kante wegzubekommen. Es waren jetzt nur noch wenige Meter bis zu dem Eingang. Jason stand dort und schlug immer wieder ein Erdwesen zurück, das sich auf den Eingang fixiert hatte. Gerade als es einen Sprung vorwärts machte, ragte ihm meine Dolchspitze aus der Brust. Ich hatte es geschafft, einen Durchgang in die Reihen der Erdwesen zu schlagen und hatte Craig hinter mir hergezogen. Keira folgte uns und enthauptete hier und dort immer wieder eine der Kreaturen. Blut tropfte nun immer stetiger von meinen Verletzungen und machte meinen Griff auf Craigs Arm rutschig. Auch hatte ich das Gefühl, dass meine linke Hand taub wurde. Lange würde ich dem Ansturm nicht mehr standhalten. Auch ich hatte Grenzen. Blutsicht oder nicht. Es war der seelische Kampf, der mir die meiste Kraft abverlangte. Immer noch wollte ich Craig einfach an mich ziehen und küssen. Einfach vergessen, dass wir umstellt waren und so ziemlich jedes Wesen hier ihn umbringen wollte und meine beste Freundin noch dazu.

»Janlan, du kommst mit, oder?«

Ich erstarrte. Ich konnte mich nicht mehr rühren. Ich wusste nicht, ob es der Schock seiner Frage war oder das, was ich die ganze Zeit gefürchtet hatte.

Der rote Schleier vor meinen Augen war mit einem Mal verschwunden. Die Augen, in die Craig jetzt sah, waren eisblau und füllten sich mit Tränen.

»Geht!«, versuchte ich in einem befehlenden Ton zu sagen.

Alles, was es wurde, war ein Flehen. Ich hörte Keira keuchen und fuhr herum. Ein Erdwesen stand vor ihr und sie hielt sich den linken Arm merkwürdig vor die Brust. Als ich den roten Fleck sah, der sich unter ihren Fingern ausbreitete und Blut hervorquoll, war die Blutsicht zurück. Ich stieß Craig in den Eingang und versuchte meinen Griff um den Dolch in meiner linken Hand wieder zu verstärken. Stechender Schmerz brach in der Hand aus, aber ich ignorierte ihn. Fügte ihn einfach der dumpfen Masse an Schmerzen hinzu, die sich über meinen Körper zog. In einer wirbelnden Bewegung brachte ich mich zwischen Keira und das Erdwesen. Ich stieß beide Dolche in sein kaltes Herz und knurrte bedrohlich.

»Keira, renn! Er kommt.«

Ich wusste es. Ich hatte es gespürt. Es war nicht mein Wirken gewesen, als ich mich für einen Moment nicht bewegen konnte.

»Du hast ihn noch, oder?«

Wie hatte ich vergessen können, sicherzustellen, dass sie den Seelentropfen wirklich mit sich nahm. Ich atmete erleichtert auf, als sie mit zusammengebissenen Zähnen nickte. Ihr Gesicht war für sie ungewöhnlich bleich. Meine Augen flogen zu ihrem Arm, den sie immer noch umschlungen hielt. Blut sickerte immer weiter unter ihren Fingern heraus. Es musste tief sein. Ich knurrte. Läge das Wesen nicht bereits tot zu meinen Füßen, hätte ich es gleich noch einmal umgebracht. Ich riss mit meiner rechten Hand ein Stück meines Oberteils ab. Erst jetzt fiel mir auf, dass es schon mehr als in Mitleidenschaft gezogen war. Das Stück Stoff war mit kleinen Schnitten übersät, aber es würde fürs Erste gehen. Ich schob Keira gegen die Wand und musste erst noch einem Dolch ausweichen und seinen Besitzer unschädlich machen, bevor ich nach Keiras Arm griff.

»Geht«, knurrte sie. Ich ignorierte es und wickelte den Stoff um ihre Verletzung. Sie zuckte zusammen, als ich ihn festzog.

»Janlan!«, rief sie und erneut musste ich mich von ihr abwenden. Ich trat dem Erdwesen vor die Brust.

»Geh!«

»Janlan ...«

Sie flehte mich an. Sie wollte nicht ohne mich gehen Ich schüttelte den Kopf und warf schnell einen Blick über die Schulter. Craig stand im Eingang und sah mich immer zu an. Eine Kralle bohrte sich in meinen Knöchel, als eines der am Boden liegenden Erdwesen seine letzte Kraft zusammennahm. Blut quoll aus dem Schnitt über der frischen Wunde. Ich schob Keira in Craigs Richtung und wurde durch ein Erdwesen von ihr getrennt. Es drängte mich an die Wand. Ich duckte mich unter seinem Arm durch und hörte das Klirren, als seine Klinge auf den Stein traf. Ich trennte seinen Arm an der Schulter ab und folgte Keira.

»Janlan, bitte«, flehte sie erneut und Craig sah aus, als wollte er etwas sagen.

»Ich -«

Ich konnte mich nicht länger wehren. Ich wollte mit ihnen gehen. Natürlich wollte ich das. Ich tat einen Schritt nach vorne. Es war nur noch ein Meter, der mich von ihnen trennte. Die Erdwesen zogen ihren Kreis um uns immer enger. Sie würden den Gang stürmen, wenn Keira ihn nicht bald verriegelte. Oder sollte es mir möglich sein, es selbst zu tun. Konnte ich mit ihnen gehen? Ich wollte gerade noch einen Schritt tun, als ich zu Boden gerissen wurde und meine Knie hart aufschlugen. Ich spürte, wie sie aufrissen. Blut sickerte durch die zerfetzte Hose und bildete zwei Pfützen um meine Knie. Ich sah Entsetzen in Craigs Augen und unerträgliche Sorge und Angst in Keiras.

»Genug, Liebste.«

Ich konnte mich nicht bewegen.

»Rennt!«, schrie ich sie an und Tränen flossen aus meinen Augen. Ich stürzte mich vor, als seine Kontrolle für eine Sekunde nach ließ und schlug auf die Ausbuchtung in der Wand. Es hatte den erhofften Effekt. Die Sandsteine schoben sich zurück an ihre Stelle. Erst verschwand Craigs Gesicht hinter dem hellen Stein und ich sog ein letztes Mal jede Kleinigkeit seines wundervollen Gesichtes auf. Dann war es Keira. Der Schmerz in ihren Augen und der aufgezwungene Verrat zuckten durch meinen Körper und waren schlimmer als alles andere.

»Rennt!«, flüsterte ich noch einmal. »Du hast es versprochen.«

Der Schmerz in ihren Augen wurde noch stärker. Ich drehte mich um, ohne es zu wollen. Die Erdwesen, die mich umzingelten, teilten sich und gaben einen Gang frei. Leanders perfekte Gestalt bewegte sich mit leichten Schritten auf mich zu. Er lächelte. Der Boden rund um seine Statue war mit Blut getränkt und dennoch lächelte er.

»Das war unklug, Liebste. Ich kann sie jederzeit einfach wieder zurückholen.«

Er blieb vor mir stehen und zog mich dann auf meine Füße. Ein gequälter Schrei entwandt sich meiner Kehle, als meine Knie mit meinem Körpergewicht konfrontiert wurden. Aber das war nicht der wirkliche Ursprung meines Schmerzes. Es war viel mehr das, was ich im Inneren spürte. Meine Seele. Sie schmerzte, wie ich es noch nie gespürt hatte. Es fühlte sich an, als würde sie gewaltsam in zwei gerissen. Es war so viel schlimmer als alles, was ich jemals gefühlt hatte. Ich glaubte zu sehen, wie die Ränder der Blutsicht kurz schwarz und unscharf wurden. Ich glaubte, dass meine Beine jeden Moment einknicken würden. Es war einfach unmöglich noch länger aufrecht zu stehen. Ich wollte mich auf den Boden fallen lassen und meine Qualen herausschreien. Den Schmerzen einen Ausweg geben, in der Hoffnung, dass es sie ein wenig schwächen würde. Aber das taten sie nicht. Jeder Schrei, der von mir kam, half nicht im Geringsten, er führte nur dazu, dass ich mir meiner Qualen noch bewusster wurde. Noch mehr ihren Ursprung und ihren Grund fühlte. Dann riss mich das Brennen von seinen Berührungen aus meiner drohenden Bewusstlosigkeit.

Er strich mir eine blutgetränkte Strähne aus dem Gesicht und küsste mich auf die Stirn, auf die einzige Stelle, die nicht gereizt war oder blutete.

»Du siehst schlimm aus. Du hättest es wirklich besser wissen sollen. Aber gut. Ich bringe dich auf dein Zimmer und kümmere mich um deine Wunden.«

Ich sagte nichts. Ich lauschte auf Geräusche aus dem Tunnel. Ich konnte nichts hören. Aber immerhin schien Leander niemanden hinter ihnen herzuschicken. Er schien meinen Blick bemerkt zu haben, denn er wandte sich zu dem, nun wieder verborgenen, Eingang.

»Oh, ja. Ich habe mich noch nicht entschieden. Du bist erst einmal wichtiger.«

Zeit. Sie hatten ein wenig Zeit.

»Rennt! Rennt, so schnell ihr könnt!«, rief ich in Gedanken und hoffte, dass Keira sie hörte. »Noch hat er euch niemanden hinterher geschickt. Bitte, Keira, rennt und bleibt ja nicht stehen. Keiner von euch!«

Ich wartete angespannt, während ich stumm von Leander durch die Stadt geführt wurde. Er hatte aus dem Nichts einfach eine neue Brücke erschaffen.

»Ich komme wieder«, hallte Keiras Stimme plötzlich in meinen Gedanken. Fast hätte ich vor Erleichterung aufgeatmet. Aber nicht wegen dem, was sie sagte, sondern einfach weil sie etwas gesagt hatte.

»Ich komme wieder und rette dich.«

Ich wusste und ich hörte, dass es ein Versprechen an mich war. Mein Blick fiel auf das Schwarze Medaillon, das um Leanders Hals hing und unschuldig glänzte, als hätte es mit all diesen Ereignissen nichts zu tun.

»Rette die Welt«, war meine stumme Antwort.

Epilog

Keira starrte auf die Stelle, an der sie eben noch die Augen ihrer besten Freundin gesehen hatte. Die Augen, die sie seit so vielen Jahren besser kannte als ihre eigenen und doch waren es andere gewesen. Sie kannte den Ausdruck, der in ihnen lag. Die Wärme, das Vertrauen, die unglaubliche Liebe für sie und Craig. Keira kannte Janlans Augen. Sie kannte ihre eisblaue Farbe, die funkelte, wenn ihre Freundin lachte und glitzerte wie Eis, wenn sie weinte. Sie kannte sie. Sie kannte Janlan. Sie liebte Janlan, die Frau, die sich hinter ihrer Fassade versteckte. Die so verletzlich sein konnte wie das neunjährige Mädchen, das sie vor so vielen Jahren kennengelernt hatte.

Doch ihre beste Freundin hatte sich verändert. Ein Schmerz hatte sich in ihre Augen eingenistet und war zu einem ständigen Begleiter geworden. Zusammen mit dem Rot, das die Janlan, die sie kannte, immer mehr übernahm. Sie wusste, dass es immer noch ihre Freundin war. Ihre Freundin, für die sie letztes Jahr ihr Leben geopfert hatte. Ihre Freundin, die das Gleiche nur wenig später für sie getan hatte. Sie kannte sie so gut und trotzdem machte es ihr Angst. Sie hatte Angst, dass Janlan sich selbst verlor, dass sie vergaß, wer sie war. Aber vor allem hatte Keira Angst, dass sie Janlan verlieren würde. Das alles brach über sie herein, als sie in Janlans blutrote Augen sah, die viel zu schnell hinter dem Sandstein der Statue verschwanden. Sie hatte Janlan verraten. Sie hatte sie einfach ihm ausgeliefert. Sie hatte Janlan an ein Monster überreicht, das ihre beste Freundin auslöschen würde. Sie wusste, dass er sie nicht töten würde, was nicht hieß, dass er sie nicht dennoch umbrachte. Keira hatte es nur zu deutlich in Janlans Augen gesehen, als sie sowohl Craig als auch sie von sich gestoßen hatte. Janlan wollte sie beschützen und das brachte sie Stück für Stück um. Sie würde sich verlieren, wenn Keira sie nicht rettete.

Keira zuckte zusammen, als sie Janlans gequälte Stimme hörte. Ihre Schreie. Sie wusste nicht, was auf der anderen Seite der Wand passierte. Es zerriss förmlich ihre Seele und überlagerte den stechenden Schmerz in ihrem Arm.

»Keira, wir müssen ihr helfen!«

Craig versuchte, sich an ihr vorbei zu schieben, zurück zu dem Eingang des Tunnels. Sie verstand ihn nur zu gut. Auch sie wollte nichts anderes tun, als das Monster in Stücke zu reißen, das ihre beste Freundin geradezu folterte. Keira wusste, dass es nicht Janlans körperliche Schmerzen waren, die sie schreien und leise wimmern ließen. Es war das, was Leander ihrer Seele antat und das, was Janlan sich selbst antat.

Sie kannte Janlan schon so lange und nie hatte sie gesehen, wie sich Janlan jemand anderem geöffnet hatte als ihr. Sie hatte ihr Herz immer eng bei sich getragen, verschlossen und versteckt hinter einer dicken Mauer, die sie über die Jahre errichtet hatte. Craig war es gelungen diese Mauer zu überwinden. Noch nie hatte Keira Janlan so glücklich gesehen wie in der Zeit, in der sie mit Craig zusammen war. Es war eine so kurze Zeit gewesen und nun hatte die Welt sie dazu gezwungen, sich gegen ihn zu stellen. Sich von ihm abzuwenden. Ihn zu verletzen. Ihn dazu zu bringen ihr zu misstrauen, ja vielleicht sogar sie zu hassen. Wie genau Craig über Janlan fühlte, musste Keira noch herausfinden, aber es war sicher, dass Janlan glaubte, er würde sie hassen und das war etwas, so wusste sie, das Janlan nicht würde ertragen können. Ihr Herz, das so lange gebraucht hatte, um zu vertrauen und zu lieben, würde es nicht überstehen.

Tränen stiegen in Keiras Augen und brannten, als sie sich über die geschundene Haut ergossen. Sie streckte den unverletzten Arm aus und zog Craig an seinem Shirt zurück. Sie schüttelte den Kopf und schluckte, denn der Kloß in ihrem Hals hinderte sie für einen Moment am Sprechen.

Sie hatte Janlan ein Versprechen gegeben.

»Wir können nicht, Craig. Wir müssen fliehen. Ich habe es ihr versprochen.«

Craig funkelte Keira wütend und verzweifelt an.

»Wir können sie nicht einfach hier lassen. Nicht bei ihm!«

Er schrie die letzten Worte. Keira schüttelte wieder den Kopf und presste sich den Arm weiterhin an den Bauch. Es blutete kaum noch, seitdem Janlan einen Teil ihres Shirts fest um die Stichwunde gebunden hatte.

»Wenn wir zurückgehen, um ihr zu helfen, dann ist alles, was sie tut, alles, was sie erträgt, umsonst. Tu ihr das nicht an. Tu mir das nicht an. Ich habe sie betrogen, indem ich hier mit dir stehe. Zwinge mich nicht sie noch einmal zu betrügen, indem ich mein Versprechen breche. Craig, bitte! Tu es für sie. Sie hat gerade alles geopfert, um dich und mich zu schützen. Bitte, lass uns gehen!«

Keira sagte die Worte nicht nur zu Craig, sondern auch zu sich selbst. Sie versuchte sich selbst zu überzeugen und zum Fliehen zu bewegen.

Würde Craig nicht sehr bald nachgeben, würde Keira es ganz sicher tun und das durfte nicht passieren. Nicht wenn sie Janlan nicht noch mehr Qualen bereiten wollte.

Craig bewegte sich immer noch nicht und war selbst wie eine Statue. Blankes Entsetzen, Zorn und Schmerz standen ihm nur zu sichtbar im Gesicht. Er wusste nicht, was hier gerade alles passiert war. Er kannte Janlan in der Blutsicht nicht und hatte dieses verstörende Bild eben das erste Mal gesehen. Gleichzeitig versuchte er immer noch zu verstehen, was Janlan alles zu ihm gesagt hatte, was sie getan hatte, wie sie ihn weggestoßen hatte.

Keiras Stimme war flehend: »Craig, bitte!«

»Keira, ich -«, er brach ab und sie wusste nicht, was er hatte sagen wollen. Die Zeit lief ihr davon. Sie sah ihn erneut flehend an. Alle Stärke, die sie besaß, die Stärke, die Janlan immer an ihr bewunderte, bröckelte und wich dem stechenden Griff der Verzweiflung. Sie sah zurück zur Sandsteinwand und glaubte Janlan etwas rufen zu hören, oder schrie sie? Schrie sie, wie Keira es noch nie zuvor von ihr gehört hatte?

Sie hatten schon viel zu lange hier gestanden. Sie mussten fliehen oder es würde völlig umsonst sein. Clara, Jason und die anderen waren schon weit vorne im Tunnel und kaum noch zu sehen. Nur mit ganzer Macht konnte Keira ihren Willen stählern und tun, was sie versprochen hatte. Sie packte Craig am Arm und zwang ihn sie anzusehen.

»Sie kehrt zu uns zurück. Das hat sie mir versprochen. Craig, sie wird zu uns zurückkommen! Aber das kann sie nur, wenn wir überleben und die Chance nutzen, die sie uns mit einem so hohen Preis erkauft hat. Sie kommt zu uns zurück! Glaube mir. Ich werde alles dafür tun!«

Für einen kurzen Moment fixierte sie ihn noch, dann packte sie ihn noch fester und drehte sich mit einem erneuten letzten Blick um. Weg von Janlan und hin zu einer dunklen Zukunft.

Bevor sie jedoch auch nur einen weiteren Schritt tat, flüsterte sie in Gedanken: »Ich komme wieder. Ich komme wieder und rette dich.«

Sie hoffte inständig, dass Janlan sie hörte. Sie traute dieser neuen Form der Kommunikation noch nicht ganz und befürchtete, dass ihre Worte, die Janlan ein wenig Hoffnung und Trost spenden sollten, auf dem Weg zu ihrem Ziel verloren gingen. Sie meinte jedes Wort. Nichts auf der Welt würde sie davon abhalten Janlan zu retten, es zumindest zu versuchen oder dabei zu sterben.

Sie zog Craig immer weiter hinter sich her. Er versuchte immer noch zurückzugehen. Keira biss sich, wie Janlan es stets tat, auf die Lippe und unterdrückte die Laute, die ihre Trauer aus ihrer Kehle zwingen wollte. Die Tränen konnte sie jedoch nicht aufhalten. Sie versäumte fast einen Schritt und wäre beinahe gestolpert, als die Stimme ihrer besten Freundin in ihren Gedanken erklang.

»Rette die Welt.«

Keira schloss für eine Sekunde die Augen und schluckte alles hinunter was sie fühlte, bevor sie weiterrannte und ihre beste Freundin hinter sich zurückließ. Unwissend, ob sie sie jemals wiedersehen würde.

Danksagung

Ich möchte mich bei allen bedanken die mich dabei unterstützt haben auch den zweiten Band der Seelenseher-Trilogie herauszubringen.

Ohne meine Familie wäre auch dieses Buch nicht möglich gewesen. Das größte Danke geht natürlich an meine Mutter Annette und meinen Vater Andrew. Meine Mutter, die wie stets meine erste Leserin war und auch inhaltliche Diskussionen mitgemacht hat. Die eine oder andere gestalterische Frage blieb auch zu später Stunde von ihr nie unbeantwortet. Meinem Vater danke ich für die unermüdliche Unterstützung und Beistand bei Werbefragen. Beiden danke ich für das Umherreisen in Deutschland und die Aufgabe einiger Wochenenden, um mit mir auf Conventions hinter einem Seelenseher Tisch zu stehen und die Nachricht um Alanien immer weiter zu verbreiten. Ich möchte auch meiner Tante Moni danken, die als Probeleserin geradegestanden hat und mich durch ihre Begeisterung weiter motiviert. Seither ist ihr Begrüßungssatz: „Wann kommt der dritte Teil?“ Ich danke auch den vielen anderen Probelesern, die mich weiter bestärken.

Ganz besonders möchte ich mich bei Kristina K. und Charlotte Hauschild bedanken, die sich meiner unzähligen Kommata Fehlern annahmen und was sich sonst noch so in den vielen Sätzen verstecken kann. Kristina danke ich auch für ihre kreative Hilfe an mancher kleinen inhaltlichen Sache und anderem.

Und nicht zu vergessen: meine Leser, die sich nicht von einem unbekannten Namen haben abschrecken lassen und so die Verbreitung von Janlans und Keiras Geschichte ermöglichen und mich mit ihrer Begeisterung schon jetzt zu weiteren Büchern inspirieren.

Laura Jane Arnold

Die Autorin wurde 1991 in Bad Homburg geboren und lebte einige Jahre in Arnoldshain im Taunus, bis sie schließlich mit ihrer Familie in die Nähe von Darmstadt zog. Das Schreiben entdeckte sie für sich, im Vergleich zur Malerei, erst mit vierzehn Jahren als sie beschloss einen Fantasy Roman zu schreiben. Sie studiert Allgemeine und Vergleichende Literaturwissenschaft mit Kunstgeschichte im Nebenfach. Die Idee zum Auftakt der Chroniken der Seelenseherin "Das Amulett der Seelentropfen" kam ihr kurz vor ihrem Abitur. Nicht der beste Zeitpunkt um so ein zeitumfassendes Projekt zu beginnen. Umso mehr Zeit bot sich ihr dann in der freien Zeit bis zum Beginn ihres Studiums. Sie war 18 Jahre alt als sie "Das Amulett der Seelentropfen" schrieb. Neben ihren Studium überarbeitete sie den Roman und veröffentlichte ihn als ihren Debütroman im März 2012. 2014 übersetzte Sie den ersten Roman der Reihe ins Englische mit dem Titel „Janlan Alverra – Soulsight.

Laura Jane Arnold ist neben ihrer Tätigkeit als Schriftstellerin auch noch begeisterte Hobbykünstlerin und hat die gesamte Gestaltung ihrer Romane selbst übernommen.

www.laura-jane-arnold.de

www.facebook.com/LauraJaneArnold.SeelenseherTrilogie

www.facebook.com/L.J.Arnold.Autorin/

Die Geschichte von Janlan und Keira geht weiter in:

Die Chroniken der Seelenseherin

DAS SCHMUCKSTÜCK DER WELT

Leseprobe

Wie soll man leben, wenn Hoffnung etwas ist, dass man sich nicht mehr leisten kann? Wie die Nacht überstehen, wenn der eigene Körper jederzeit zum Feind werden kann? Wie soll man leben mit dem Wissen, dass der eine Mensch, den man liebt eine Seite gesehen hat, die Liebe unmöglich macht?

Die trockene Luft meines persönlichen Gefängnisses, welches mir gleichzeitig als mein Königreich beschrieben wurde, kratzte in meinem Hals. Es war ein ständiges Kratzen. Es hörte nie auf und bohrte sich in meine Lungen, als würde ich mit der Luft feine Glassplitter einatmen, die nach und nach mein Fleisch zerrissen. Ich hatte aufgehört, die Tage zu zählen. Aufgehört, auf die Sonne zu hoffen, deren Strahlen doch nie die Tiefen dieser Hölle erreichten. Ich war die Einzige hier. Ich war der einzige Mensch, der noch seine vollständige Seele besaß und doch war ich so gefangen, wie jeder dieser traurigen Sklaven. Sklaven eines Mannes, der mit einfachen Worten nicht zu beschreiben war. Noch immer hatte ich mich nicht an den Wahnsinn in seinen Augen gewöhnt. An die Reaktion, die er bei mir auslöste. An den Abscheu, der mich überfiel und die quälende Hoffnungslosigkeit.

Ich schloss meine Augen und versuchte mir für einen Moment vorzustellen, wie Wind meine Haare zerzauste und meine Lunge mit kühler Luft füllte. Wie die Sonne den wärmenden Ausgleich eines Herbsttages bot. Hier unten gab es nur Staub, Dreck und erstickende Hitze. Ich konnte nicht so schnell trinken, wie mein Körper auszutrocknen schien. Es war unnatürlich. Unter der Erde müsste es kühl sein. Sollte es kühl sein, aber die Gesetze der Natur galten in diesem düsteren Reich nicht. Mein unsicherer Gang war inzwischen der ungleiche Tanz eines Alkoholikers. Ich fühlte mich krank. Es war, als hätte Keira das letzte bisschen Stärke, das ich besessen hatte, mitgenommen und Craig das letzte bisschen Hoffnung. Auch wenn ich genau wusste, dass meine Seele noch mir war, fühlte es sich dennoch an, als wäre sie tot. Ein abgespaltener Teil, den ich nicht mehr zu fassen bekam. Er war mit Keira und Craig in dem geheimen Tunnel verschwunden. Ein Ausweg, dem ich nicht hatte folgen können. Ich streckte meine Hand aus und wollte die eine Stelle berühren, die Flucht bedeutete. Wie stets schienen meine Finger auf eine undurchdringliche Wand zu stoßen, die sich vor meinen Augen verbarg. Ich wusste es besser und vor allem fühlte ich es. Ich fühlte seine Gegenwart in meinem Körper. Es war keine Wand die meine Finger daran hinderte den Sandstein zu berühren. Er war es. Er kontrollierte meine Hände. Er war ein ständiger Geist, der mich begleitete, egal wohin ich mich in dieser unwirklichen Stadt bewegte. Die Stadt, die er Stolz Infernus nannte. Er hatte mein Leben gelenkt, seit ich auf diese Welt gekommen war. Er hatte alles geplant. Freier Wille war etwas, das er mir genommen hatte. Er hatte mir alles genommen. Er hatte mich zu seinem Werkzeug gemacht. Zu einem Werkzeug, das er dazu verwenden wollte, die Welt zu seinem persönlichen Paradies zu wandeln. Er wollte die Menschen neu erschaffen. Er wollte alles und vor allem wollte er mich. Er liebte mich.

»Sie kommen nicht zurück, solange ich es nicht will.«

Wieder schloss ich die Augen. Nicht aus Erschöpfung oder dem Versuch in eine Traumwelt zu flüchten. Es war der brennende Schmerz seiner Gegenwart, der durch meine Adern raste und in meinen Augen glühte. Es war schlimmer geworden. Viel schlimmer. Er löste es aus. Jedes Mal, wenn er mir nahe war. Meine Augen brannten und ich wusste dass sie feuerrot waren. Er rief das Monster in mir zum Vorschein. Das Monster, das ohne zögern töten konnte. Das Monster, das Craig gesehen hatte.

»Leander«, sagte ich bedrohlich, wobei ich mich nur langsam von dem Sockel seiner riesigen Statue abwandte. Sein übernatürlich perfektes Gesicht war nur eine Handbreit von meinem entfernt. Er lächelte. Immer lächelte er. In der Blutsicht war ich die Janlan, die er als seine Königin begehrte. Mit der er seine Welt erschaffen wollte. Sein Atem brannte heiß auf meiner Haut und sein Geruch stach in meiner Nase. Und dennoch war er verlockend. Alles an diesem Mann war verlockend. Er hatte Jahrhunderte Zeit gehabt, diese Wirkung zu erschaffen und dennoch gelang es ihm nicht, meine Seele an ihn zu binden, wie er es mit meinem Körper getan hatte. Doch für ihn war es vorerst genug. Kleine Elektroschocks zuckten durch meinen Körper, als ich mich ungewollt in seine Arme begab. Seine Lippen schlossen sich um meine und einmal mehr, fühlte ich einen Schmerz, der beinahe nicht zu übertreffen war. Es war nicht so sehr mein Körper der schmerzte, sondern meine Seele, die ein weiteres Mal Craig betrug. Es war mein persönlicher Albtraum, der sich immer und immer wieder wiederholte. Meine Füße bewegten sich ohne meinen Befehl. Meine Hand schloss sich um seine und zog ihn mit. Es war sein Art, mich für meine Rolle bei der Flucht von Keira und Craig zu bestrafen. Er machte mich zur handelnden Person. Ich versuchte mich fallen zu lassen, in den Tiefen meiner Seele zu versinken. Dort, wo das Bewusstsein nicht mehr war, als eine schwache Idee. Meistens gelang es mir für ein paar Minuten, bevor die Schmerzen mein

Bewusstsein gewaltsam zurückholten. Ich tauchte aus einer dieser Tiefen auf. Die Realität schlug wie eine Granate in mein Bewusstsein ein. Für mich gab es einfach kein Entkommen. Sein Körper drückte mich in die Matratze und entzündete auf meiner Haut ein stechendes Meer aus Flammen. Meine Gedanken schmiegten sich um den einen Gegenstand. Die eine Stelle, die ich ansehen konnte, ohne ihn sehen zu müssen. Das Geschwärzte Medaillon. Es hing um seinen Hals und berührte immer wieder meine Haut, wo seine Kühle für einen kurzen Moment die Flammen erstickten. Es war dieser Gegenstand, der mich hierher gebracht hatte. Es war so nahe und doch konnte ich nichts tun. Ich war nicht Herr meines Körpers. Ich konnte meine Hände nicht dazu bringen, es Leander vom Hals zu reißen, oder ihn sogar mit der silbernen Kette zu erwürgen. Ich konnte es nur ansehen und daran denken, was es bedeutete. Meine Versklavung und die Möglichkeit des Untergangs meiner Welt. Einzig meine Abstammung verhinderte noch die Apokalypse. Ich wurde aus meinen schützenden Gedanken gerissen, als sein heißer Atem auf mein Ohr traf und seine Stimme wie Honig in meine Gedanken drang.

»Irgendwann wirst du mir das Amulett der Seelentropfen aushändigen.«

Es war drei Tage her, dass er versucht hatte, das Amulett von meinem Hals zu reißen. Es war ihm nicht gelungen. Er hatte es nicht einmal berühren können. Das Amulett hing immer noch um den Hals einer Seelenseherin. Ich hatte noch meine Seele und ich glaubte, dass, solange ich sie festhalten konnte, das Amulett für ihn unerreichbar bleiben würde. Alleine diese Tatsache schien den Schutz auszumachen, denn der Seelentropfen, den das Amulett und deren Trägerin eigentlich hüten sollte, war längst nicht mehr in seiner Mitte. Der Tropfen war nicht mehr als ein gläserner Stein. Ich wusste, wo sich der echte Seelentropfen befand, aber Leander ahnte es nicht. Er ahnte nicht, dass der Gegenstand, den er so dringend brauchte, weit weg war. Keira hatte den Seelentropfen und sie hatte ich weggeschickt. Es war ein kleiner Trost. Es bedeutete, dass sie und Craig mehr Zeit hatten, die Menschen wachzurütteln und ihre eigene Armee aufzustellen. Für mich bedeutete es mehr Zeit mit ihm. Mehr Zeit in der er mich zu allem zwingen konnte. Mehr Zeit, in der er versuchen würde, mich dazu zu bringen ihn zu lieben. Mehr Zeit, in der ich verlernen würde, wie man liebt. Denn Liebe war ein Luxus der Hoffnungsvollen. Ich war nur noch ein Schatten. Ich wusste nicht, ob Hoffnung etwas war, das ich mir leisten konnte. Wie sollte ich hoffen, dass Craig mich nach allem noch lieben würde? Wie sollte ich hoffen, wenn alles was ich noch kontrollieren konnte, meine Gedanken waren? Wie sollte ich die Welt retten, wenn ich mich selbst schon längst für verloren hielt? Ich wusste schon länger nicht mehr, wie lange diese Hölle bereits mein zu Hause war und mit jedem weiteren Tag schwand die Erinnerung an Sonne und Licht. An Liebe und Freundschaft. Wie sollte man auf Leben hoffen, wenn alles, was es bedeutete, einem entglitt. Wenn selbst die Erinnerungen zu verschwammen begannen.

»Du gehörst mir«, flüsterte Leander, als ich schließlich in seinen Armen lag. Es war nur noch eine Frage der Zeit, bis sein Verlangen über sein Ego siegen würde, bis aus den erzwungenen Küssen mehr wurde. Bis er nicht mehr darauf warten würde, dass ich freiwillig seine Nähe suchte. Er würde sich nehmen, wonach es ihm verlangte. Und ich würde nichts dagegen tun können. Alles, was ich in diesem Moment tun konnte, war auf die Freiheit des Schlafes zu warten. Auf den schwachen Schimmer meiner Erinnerungen an ein verlorenes Leben.

Lesen Sie weiter in:

50829113R00250

Made in the USA
Charleston, SC
09 January 2016